August Becker
Die Nonnensusel

August Becker

Die Nonnensusel

Ein Bauernroman aus dem Pfälzischen Wasgau

Pfälzische Verlagsanstalt

1996
Überarbeitet von Oskar Bischoff †

Umschlaggestaltung: Werner Korb, Neustadt an der Weinstraße
Gesamtherstellung: Pfälzische Verlagsanstalt GmbH,
Landau in der Pfalz
ISBN 3-87629-105-4

Der neuen Auflage ein Wort auf den Weg

Menschen haben ihre Schicksale, und viele Bücher haben sie auch. Von den Werken August Beckers trifft das vor allem für die „Nonnensusel" zu. Sowohl für das innere Gefüge des Romans, sein episch-breit markiertes Handlungsgefälle und die darin placierten Gestalten, als auch für das, was mit seiner Ausarbeitung und Edition zusammenhängt.

Der Stoff hat den Verfasser schon lange vor der Niederschrift beschäftigt. 1856 hatte er sich vorgenommen, das damals „Ursprüngliche und Charakteristische des Volkslebens" seiner engeren pfälzischen Heimat zwischen Queich und Lauter „in größeren farbenreichen Bildern" zu zeichnen. Das sollte durch die „Nonnensusel" geschehen. Doch erst im Jahre 1881 machte er sich endgültig an die Arbeit, die – nach den Aufzeichnungen seines vor Jahren verstorbenen letzten Sohnes Karl August – folgendermaßen vor sich ging:

„Wenn wir Kinder uns morgens in der Dämmerung auf den Schulweg machten, schlief der Vater noch. Wir wußten, daß er die ganze Nacht hindurch bis in die Morgenfrühe gearbeitet hatte, bis entweder die Petroleumlampe erlosch oder die Kälte im Zimmer dem Schaffen ein Ende setzte. Bei unserer Heimkunft hatte die Mutter das Essen bereit, war aber, wie in jeder freien Viertelstunde, damit beschäftigt, das schwer leserliche, auf kleine Zettel geschriebene Manuskript des Vaters in ihrer schönen regelmäßigen Handschrift abzuschreiben. Nur kurze Zeit weilte der Vater beim Mittagessen, um bald wieder an die Arbeit zu gehen. Den Tag, der immer Störungen und Lärm brachte, benutzte er zum Studium; in der Dämmerung saß er dann gern, eine Pfeife rauchend, in einer Ecke des Sofas, um beim Leuchten und Knistern der Ofenflamme die Arbeit zu überdenken. Nach dem Nachtessen, wenn wir Kinder schlafen gegangen waren und im Haus und auf der Straße Ruhe herrschte,

förderte er ungestört sein Werk. So ging es bis in den Mai, die Sonne hatte den Schnee schmelzen lassen, die Natur begann zu blühen und zu grünen. Ein schöner Maimorgen dämmerte, da konnte der Dichter den Schlußstrich unter den Roman ‚Die Nonnensusel' setzen."

Im Sommer 1884 erschien der Roman in Fortsetzungen im „Berliner Tageblatt", ein Jahr später dreibändig in einem Jenaer Verlag – und fand eine sehr gute Aufnahme. „Aber es ist eigenartig", erinnerte sich Karl August Becker, „daß aus der Pfalz, der Heimat der Nonnensusel, dem Dichter nicht ein anerkennendes Wort zukam, obgleich der Roman sogar 1886 in einer pfälzischen Tageszeitung abgedruckt worden war. War der Widerhall in Deutschland ein sehr freundlicher, so verbreitete sich der Ruf des Buches auch in die Welt hinaus." Beweise: Nachdrucke im „Wochenblatt der westlichen Post" (St. Louis) und im „Pfälzer in Amerika". In den Jahren und Jahrzehnten nach dem Tode August Beckers erschien das Buch auch in der Pfalz in mehreren Auflagen.

Was den Roman auszeichnet, ist der ruhige Gang der Handlung, die aber laufend von Spannungsmomenten ausgeleuchtet wird; zum anderen die mit fotografischer Treue geschilderten Schauplätze, Sitten und Bräuche und das harmonische Ineinanderfließen von Erfahrungen und Erfundenem. Es fällt auf, daß der Volksschriftsteller August Becker seine Personen nie in der Mundart ihrer Heimat reden läßt; seine Sprache verrät jedoch ziemlich deutlich ihre pfälzische Herkunft.

Für die vorliegende Neuauflage habe ich den Roman behutsam überarbeitet, zu wortreiche Erörterungen gestrafft und unwesentliches Beiwerk weggelassen.

Im Spätsommer 1962 Oskar Bischoff

Das stille Dorf

Weniger bekannt als das goldene Weinland an der Haardt ist dessen südliche Fortsetzung gegen das Elsaß hin, die Landschaft an der Grenze von Landau bis Weißenburg. In den Chroniken des späten Mittelalters wird sie als „Niederer Wasgau" bezeichnet: Den Pfälzern gilt sie als das Oberland, die „Alte Welt", wo sich noch viel ursprüngliches Volkstum bewahrt hat. Aus der Rheinebene zwischen Queich und Lauter zum Wasgenwald hinansteigend, schloß die Landschaft das frühere Gebiet der am Fuß der Vogesen vom fränkisch-austrasischen König Dagobert gestifteten Abteien Klingenmünster und Weißenburg ein.

Es ist eine schöne Landschaft, reich gesegnet vom Rheinstrom bis zum Saum des Gebirges, dessen vorderer Kamm die tiefen Forsten der Weißenburger Mundat und des Abtswaldes von Klingenmünster trägt.

Von Kastanienbäumen umrauscht, von Reben umsponnen, rückt der alte Vogesus etwas weiter in die Rheinebene vor. Hohe angebaute Hügelwellen bilden von klaren Bächen bewässerte Gründe, die ihren Talcharakter bis in die Nähe des Stromes bewahren. Hier ist jedes Dorf in der grünen Bergwiege eine kleine idyllische Welt für sich; die üppigen Weinlauben, die mächtigen Kronen der Walnußbäume und Edelkastanien geben ihr einen fast südlichen Charakter.

Am anmutigsten entfaltet sich die Mitte dieser Landschaft, das Klingbachtal, durch das von der Hauptbahn aus ein Postomnibus bis in meinen Geburtsort führt. Wer aber eine besondere Fußwanderung antreten will, steige in Bergzabern aus dem Zuge der hier endenden Zweigbahn, und wandere hügelauf, hügelab nordwärts nach dem von den Ruinen Landeck, Madenburg und Neukastel überragten Flecken Klingenmünster. Es ist nur eine Stunde Weges durch Weinberge, kastanienumschattete Hohlwege, Fruchtfelder und Wiesengründe,

Viel tausendmal bin ich diese Straße hin und her gewandert; in jungen Jahren täglich zweimal mit dem Schulränzel auf dem Rücken, um in der Heimat des kräuterkundigen Tabernaemontanus, wo schon die Römer ihre Bergschenken hatten, in das Idiom Cäsars und Xenophons eingeweiht zu werden. Von jeder Höhe, über welche die Straße führt, hatte ich den Anblick des blauen Schwarzwaldes, der, aus dem dunklen Grenzforst der Rheinebene aufsteigend, den Horizont als hohe Gebirgsmauer abschließt. Die Goldammern auf den Schlehdornzweigen, die schnarrende Wachtel am Wiesengraben, der schmetternde Buchfink auf dem Mandelbaum, der oft schon unter Schneeflocken seine Blütenpracht in den kahlen Reben entfaltete, waren mir vertraute Erscheinungen. Kaum bückte ich mich mehr nach den Walnüssen im Straßenstaub, oder im falben Herbstlaub der Hohlwege nach den geplatzten Stachelhülsen der Edelkastanien, die man hier „Kästen" heißt.

Im übrigen waren mir alle Obstbäume am Wege alte Bekannte; insbesondere ein schöner Apfelbaum, der mir schon beim Durchschreiten der langen Dorfgasse von Pleisweiler von ferne gastlich entgegenwinkte. Dieser Apfelbaum, der mich so oft durch seinen Schatten und seine Frucht erquickt hat, stand bei der steinernen Ruhebank zwischen den einander benachbarten Dörfern Pleisweiler und Oberhofen, die politisch und kirchlich eine Gemeinde bilden, in der Nähe eines zertrümmerten Kruzifixes auf einer dornumrankten, moosgrauen Weinbergsmauer, aus deren Spalten mich jedesmal eine goldgrüne Eidechse geheimnisvoll anäugte, wenn ich den gefallenen Sommerapfel von der Straße aufhob. Zuleide konnte ich dem zutraulichen Tierchen nichts tun: denn der Kindermund wußte davon zu erzählen, daß Eidechsen dem Menschen gegen böse Schlangen warnend und helfend beistehen. Scheu zog sich das Geschöpf mit den Märchenaugen nur dann völlig zurück, wenn ich der Gastlichkeit des Apfelbaumes durch einen gutgezielten Steinwurf zu Hilfe kam; darin hatte ich viel Übung, aus bloßer Hand und mit der Schleuder, die ich stets mit mir führte.

*

Es war ein heißer Nachmittag im Spätsommer. Kein Lüftchen regte sich. Schon aus einiger Entfernung hatte ich bemerkt, daß kein Apfel von „meinem" Baum im Staub der Straße lag. Die lange Gasse des Winzerdorfes Pleisweiler lag bereits hinter mir und das kleinere Nachbardorf Oberhofen, still und wie ausgestorben, kaum hundert Schritte seitwärts vor mir. Dennoch konnte mich das Dorf, an dem ich täglich vorüberkam, ohne es jemals zu betreten, in meinem Vorhaben, nach dem Wipfel des Baumes zu zielen, nicht abhalten. Denn niemand war weit und breit zu sehen, und mein jugendliches Gewissen noch weich und biegsam. Ein Steinhaufen am Straßenrand lieferte das Geschoß, das ich, kurz besonnen, in die Baumkrone schleuderte, wo die Äpfel am dichtesten hingen.

Als ich jedoch hinzueilte, um Ernte zu halten –, wie erschrak ich, einem Blick zu begegnen, der sich fest auf mich richtete. Es waren nicht die goldgeränderten Märchenaugen der grünen Eidechse, auch nicht die Argusaugen des gefürchteten Flurschützen; es war das blaue Augenpaar eines jungen Weibes, das aus der Wingertsfurche herausgekommen war. Ihr blasses Antlitz drückte Schmerz und kaum verhaltenen Unmut aus. Aus dem kleinen Weidenkorb, der ihr halb entglitten war, fielen Äpfel und Weintrauben in die Brombeerhecke. Ihre linke Hand griff nach dem rechten Oberarm, wo der rückprallende Stein getroffen haben mochte.

Im Grunde noch mehr erschrocken als sie selbst, verharrte ich, rot wie ein Blutfleck. Indes hatte sie sich soweit erholt, um vollends die Stufen herunterzukommen und neben dem halbversunkenen Kreuzsteinsockel stehenzubleiben. Sie war ländlich, sommerlich gekleidet, wie die Frauen der besseren Klasse jener Gegend. Der mir halb zugekehrte hübsche Frauenkopf mit einer helmartigen blütenweißen Haube ragte aus einer frischen Halskrause von der Form des Maria-Stuart-Kragens. Von ihrem braunen Haar waren außer dem Flechtenbund im Nacken nur das anmutig gewundene Seitenlöckchen an der Schläfe und die vorderen Scheitelsträhnen sichtbar, die sie jetzt mit dem Finger unter die Haube zurückstrich, indem sie sich noch mit dem weißen Schürzenzipfel leicht über die Stirn fuhr, um sich mir dann ganz zuzuwenden. Noch zögerte sie mit der Ansprache, wohl überlegend, was sie mit mir beginnen sollte.

Mir selbst wurde dabei immer beklommener zumut. Seltsamerweise fiel es mir diesmal nicht ein, zu entwischen. Ihrem Blick ausweichend, versuchte ich, mich nach den Äpfeln und Frühschwarzen zu bücken, um die entfallenen Früchte ihr wieder zurückzugeben.

„Hast du geworfen, Kleiner?“ fragte sie. Ich nickte ein Eingeständnis.

„Darf man denn das?“ fuhr sie im Dialekt der Gegend fort, merklich milder, wie mir schien, da sie meine Bestürzung wahrnahm. „Wart’, ich werd’ es deinem Vater sagen, was du für Sachen anstellst. Aber, wo bist du denn her, und wem gehörst du denn?“ Verschüchtert gab ich die verlangte Auskunft.

„So, von Münster“, wiederholte sie, und ein eigentümliches, fast wehmütiges Lächeln kräuselte ihre Lippen. „Was meinst, Lieber, wenn’s der Schütz gesehen hätte? Du bekämst ja ein Protokoll!“ fügte sie mit wohlwollend schreckhafter Mahnung hinzu.

Indes hatte ich mich beeilt, die aus ihrem Körbchen gefallenen Früchte wieder aufzulesen.

„Gelt, bei so schwülem Wetter kriegt man Lust auf Obst. Nun, behalt’ nur die Äpfel und Trauben, wirf aber nicht mehr in den Apfelbaum, wenn Leute um den Weg sind, und – grüß’ mir auch deine Mutter schön!“

Damit strich sie mir die Wange, nickte mir freundlich zu und begab sich, ohne sich umzusehen, auf dem abzweigenden Seitenweg nach dem stillen Dorf, während ich, mit einer neuen Erfahrung und der Errungenschaft an erquicklichen Dingen, nachdenklich meines Weges ging. War doch die Begegnung merkwürdig genug. Denn Schädigung des Eigentums oder gar körperliche Verletzung so ruhig hinzunehmen, ist sonst dort nicht Gepflogenheit. Als ich kurz vorher eine bissige Gans, die mich anzischte, ein wenig flügellahm geschlagen hatte, waren mir die racheschnaubenden Frauen in der langen Dorfgasse kreischend und zeternd nachgelaufen, um mir die Haare auszureißen, die Augen auszukratzen, wenn sie mich kriegten. Und auch die Leute in dem stillen Nachbardorf standen keineswegs im Ruf besonderer Liebenswürdigkeit. Um so seltsamer erschien mir der Umstand, daß sich die gute Frau dahin gewandt hatte, als sei sie dort zu Hause.

Es hatte mit diesem Orte überhaupt seine eigene Bewandtnis. Viel tausendmal war ich schon, wie gesagt, an ihm vorüber, aber noch nie hineingekommen. Kein Kirchturm überragte die Hausfirsten, keine Glocke schlug zeitverkündend herüber, kein Brunnenrauschen unterbrach das Schweigen. Tiefe ungewöhnliche Stille lag über dem Ort. Man würde kaum geahnt haben, daß hinter den Bäumen auch Leute wohnen, wenn nicht zufällig ein Hahnenkrähen, das Brüllen einer Kuh, oder das Gekläff eines Spitzes von menschlichen Wohnungen Kunde gegeben hätten. Dann und wann kamen auch schweigsame Menschen den Feldpfad herauf, nach den Wingerten an der Straße. Und hin und wieder stieß man auch auf die im Weinland seltene Erscheinung einer eingepferchten Herde des Schäfers von Oberhofen. Da stand der Patriarch im breitrandigen Hut und weißen Rock, mit Hund und Schippe neben seinem Schlafkarren in einem Brachfeld, oder er zog drüben mit seiner Herde im Sonnenschein über die Höhen – stets eine ebenso befremdliche wie anziehende Erscheinung.

Wie ihr Schäfer in dem geheimnisvollen Rufe stand, er könne mehr als Brot essen, so galten die Bewohner des Ortes überhaupt als besonders „aparte" Leute, und man sagte ihnen nach, sie hielten sich selbst dafür. Daß sie sich gern abschlossen, war offenkundig. Nahm ihr Dorf auch noch Teil am Segen des Weinlandes, so zählte es doch keineswegs zu den eigentlichen Winzerorten, sondern mehr zu den Gäudörfern rechts von der Straße, deren Wohlstand auf dem Ertrag der weiten Gemarkung, auf der eigentlichen Landwirtschaft beruhte. Der kleine Ort galt als der reichste der Umgegend; seine Bewohner als fleißige, tüchtige Landwirte, haushälterische, nüchterne Leute, die „nichts draufgehen lassen" und aus jeder Scholle noch einen Extrataler drücken möchten. Man warf ihnen Bauernstolz vor, ein einbildnerisches Selbstgenügen, ja eine gewisse Selbstbespiegelung, wovon ihr Spitznamen „Spiegelgucker" herrühren mochte, gegen den sie jedoch viel Empfindlichkeit zeigten. Andere meinten, sie hießen nicht bloß so ob ihrer bäuerlichen Eitelkeit, sondern auch deswegen, weil sich hinter jeder Fensterscheibe – dortzulande ebenfalls Spiegel genannt – neugierige Gesichter zeigten, sobald ein fremder Schritt auf dem Pflaster dröhnte, wenn es auch nur ein Holzschuh- oder Besenhändler oder ein nach Kälbern suchender Metzger war.

Überall am Alten hängend, wenn ihr Vorteil es mit sich brachte, waren die Spiegelgucker von Oberhofen mitten in der gemischten Bevölkerung des Weinlandes ausnahmslos Protestanten, als frühere Reformierte der presbyterianischen Verfassung zugetan und – ohne pietistische Anwandlungen – mit einem Stich ins Puritanische, womit ihr republikanisch unabhängiger Sinn, der gelegentlich hervorbrach, sich wohl vertrug. Nur Bauern wohnten in dem Dorf, nicht einmal der Lehrer. Der kleine Ort hatte nicht

Raum für Schulhaus und Kirche, die am Eingang des Nachbardorfes standen. Es war mit diesem und den links von der Straße, an den Bergen gelegenen Winzerorten Gleishorbach, Gleiszellen meiner Heimat Klingenmünster eingepfarrt, wogegen sich das Selbstgefühl der Oberhofener Bauern innerlich ebenso sträubte, wie gegen den Umstand, daß die Bürgermeisterwahl zuweilen auf einen Bewohner von Pleisweiler fiel. Wenn sie die Berührung mit den Schwestergemeinden möglichst mieden und sie ihre Heiraten am liebsten unter sich schlossen, mußten sie sich dennoch gefallen lassen, daß ihre Kinder gemeinschaftlich mit den anderen in der Mutterkirche zu „Münster" konfirmiert wurden.

*

Einmal, an einem schulfreien Nachmittag, hatte mich mein Vater in Bergzabern abgeholt. Durch Pleisweiler zur Ruhebank gekommen, wo bei dem steinernen Kreuzstrunk der Weg nach Oberhofen abzweigt, schlug er vor, „einmal durch den Ort zu gehen."

Ich entsinne mich nicht, daß mir – außer den Ziehbrunnen mit Rad und Eimer statt der gewohnten laufenden Brunnenstöcke – in der sauber gepflasterten, menschenleeren Gasse etwas Besonderes aufgefallen wäre. Die tiefe Ruhe hatte nichts Überraschendes, weil sie vorausgesetzt werden konnte. (So ungewöhnliche Stille habe ich dann erst viele Jahre später im wendischen „Hansjochenwinkel" der Altmark und in den Flecken und Dörfern der Lüneburger Heide, seitwärts von Ülzen, wieder gefunden, wo die strohgedeckten Einzelhöfe nur die „Diele" der Straße oder dem Dorfplatz, ihre Fenster aber rückwärts dem Baumgarten zukehren.)

Hier in Oberhofen standen die Häuser – im Charakter des Übergangs rheinfränkischer Bauart zur alemannischen Form – wie allenthalben am Oberrhein in geschlossener Reihe mit hellblinkenden Fenstern, Giebel an Giebel die Gasse entlang; die geringeren mit offenem Hofraum, die übrigen stattlich überm Keller auf steinernem Unterstock, das Fachwerk in weißem Kalkanstrich, das Gebälk in seiner Naturfarbe, hoch darüber die zurückweichende Stirn der Dachwalbe, kleinere Schutzdächer über den Fensterreihen und dem großen Flügeltor, das, zwischen Hauptbau und Nebenhaus in steinernen Pfeilern hängend, den von Ökonomiegebäuden umschlossenen Hof nach außen sperrt: jedes Haus eine feste Burg bäuerlichbehaglichen Familiensinnes.

Während wir hallenden Schrittes die öden Gassen entlang gingen, unterbrach mein Vater das waltende Schweigen mit gedämpfter Stimme: „Sieh dir das Haus an."

„Welches Haus, Vater?"

„An dem wir jetzt vorüberkommen."

Es war eines der stattlichsten und wohnlichsten in der Reihe, mit hellen Scheiben unterm Fenstersturz, mächtigen Torsäulen aus Quadern; daneben das „Nadelöhr", die zum Plattenpfad des Hofraums und zum eigentlichen Hauseingang führende äußere Pforte. Das Ganze in seiner Abgeschlossenheit ein Bild ländlichen Wohlstandes und sauberster Wohnlichkeit.

Ich fragte, wer da wohne.

„Wenn ich die Zeit biete, tue ebenfalls dein Käppchen herunter", sagte mein Vater, ohne meine Frage zu beachten.

Als er nun nach einem der Fenster hingrüßte und ich meine Mütze zog, bemerkte ich das von einem weißen Vorhang halbverdeckte Gesicht einer Frau, die freundlich nickend den unvermuteten Gruß erwiderte.

Lebhaft fragte ich, da ich meine Unbekannte von der Ruhebank erkannte, wer die blasse Frau sei. Mein Vater winkte ab; ich sollte schweigen. Erst draußen im Hohlweg bei den „Hanflöchern" sagte er: „Hast du bemerkt, daß jemand die Nebelkappe an der Fensterscheibe zerdrückte, um uns nachzusehen? Nein! Niemand nimmt sich Zeit dazu, alles ist bei der Arbeit daheim oder auf dem Felde. Man schafft ohne viel Lärm. Da heißt es nicht: viel Geschrei und wenig Wolle. Es sind keine Manschettenbauern, sondern jedermann greift rechtschaffen mit an. Trübselig sind sie deswegen noch lange nicht, hat doch Oberhofen seine Musikanten, die sich während der Winterruhe einüben. Tüchtige Leute, solider Wohlstand, weil selbstverdient durch richtigen landwirtschaftlichen Betrieb. Haushälter ja, aber keine Hungerleider. Werden ihre Kinder konfirmiert, springen die Kronentaler dem Herrn Pfarrer nur so in die Tasche. Freilich machen sie auch kein Hehl daraus, wenn er sie einmal zu lange auf den Beginn des Gottesdienstes warten läßt. Daß sie gern unter sich heiraten, nun, das Vermögen bleibt in der Familie. Guck einmal die Fruchtäcker hier: *den* Weizen, *den* Raps, *die* Spelz und Gerste, *den* Hanf, *den* Klee, *das* Korn! Und so in der ganzen Gemark!"

Mein Vater beschrieb mit dem Spazierstock einen weiten Kreis in der Luft, als wir mit dem kleinen Bach die Wiesen entlang ostwärts wanderten, und er sich über die Oberhofener viel günstiger aussprach, als ich es zu hören gewohnt war. Vielleicht hielt er so große Stücke auf die „Spiegelgucker", weil er selbst einer echten Bauernfamilie entstammte. Solche allgemeine Bemerkungen genügten jedoch meiner erwachten Neugierde nicht. Während bereits ein anderes Dorf, Niederhorbach, vor uns auftauchte, von dem er ebenfalls Rühmliches aus gleichen Gründen zu sagen wußte, fragte ich ihn direkt, wer die Frau am Fenster gewesen war.

„Die Nonnensusel", antwortete er nach einigem Zaudern. „Es ist die Nonnensusel", wiederholte er mit achtungsvollem Nachdruck.

Nonnensusel? Welch' seltsamer Namen!

„Das ist nicht ihr Familiennamen", fuhr er erläuternd fort, „nur ein Beinamen; jeder führt in diesen Orten einen solchen."

„Aber woher hat sie den Namen, Vater?"

„Das ist eben ihre Geschichte", antwortete er.

Da war ich nun so klug wie vorher. Daß es in der Gegend keine Klöster, also auch keine Nonnen gab, war mir bekannt. Überdies war Oberhofen streng protestantisch. Sollte diese Frau die einzige Katholikin und etwa in einem Kloster gewesen sein?

„Man heißt Frauenzimmer, die lieber ledig bleiben als heiraten wollen, auch Nonnen", sagte mein Vater, als hätte er meine Gedanken erraten.

Verwundert schaute ich zu ihm auf. Daß Frauenzimmer, die unverheiratet bleiben wollen, in der Pfalz so selten sind wie wirkliche Nonnen, wußte ich. Jedermann heiratet, wenn sich Gelegenheit gibt. Und daß Ledige ihre eigene Haushaltung führen, wie es hier der Fall schien, war mir unbekannt.

„Das Haus gehört ihr, und sie ist noch ledig?" erkundigte ich mich.

„Ledig – dafür kann man sie doch nicht recht ausgeben", bemerkte der Vater stockend, so daß mir seine Zurückhaltung auffiel. „Eine charaktervolle Person und – eine merkwürdige, eine sehr merkwürdige Geschichte."

Mehr wollte mein Vater offenbar nicht verraten, und es war auch, wie ich ihn kannte, nichts aus ihm herauszubringen, wenn er sich nicht anders besann. Er konnte überhaupt – von Haus aus jedem Geplauder über andere abhold – ebenso vorsichtig wie rücksichtsvoll sein. Nie habe ich ihn bei einer üblen Nachrede ertappt.

Indes waren wir bei vorgerückter Stunde dem anderen reichen Gäudorf Niederhorbach so nahe gekommen, daß ich annahm, der Vater wollte hier noch seinen geschätzten Kollegen besuchen. Eben schlug die Turmuhr von dort herüber, als mein Vater beim letzten Schlag stehenblieb und, indem er die Spitze seines Stockes in den Acker am Weg stieß, sich plötzlich zu mir wandte. „Hierher wollte ich dich führen", sagte er bedeutungsvoll.

Doch ich konnte nichts Auffälliges wahrnehmen. Es war ein sogenannter Spitzacker, bei dem wir standen.

„Hier stand einst die Kirche eines blühenden Dorfes, Weier hieß es, das gleich bei Beginn des Dreißigjährigen Krieges durch Brand und Pest zugrunde ging. Dieser Acker war der Kirchhof. Noch vor kurzem standen die Grundmauern des Kirchturms, und in einer Nische stieß man unter anderem auf eine große Bilderbibel, die wohl noch in Oberhofen oder Niederhorbach zu finden sein wird."

Das war es nicht, was ich eigentlich zu hören erhoffte. Noch immer erwartete ich, den Platz in Beziehung zur Nonnensusel gebracht zu sehen. Allein es war eine Täuschung.

„Es wird schon Abend", sagte dann mein Vater und schwenkte links ein. „Der Weg hier kommt von Weißenburg herunter; er führt nordwärts über den Kreuzstein nach Klingenmünster, heim zur Mutter. Es ist der alte Heerweg."

Dieser Heerweg war mir seither nur aus unheimlichen Sagen bekannt. Ich hoffte nun, der alte Heerweg werde dem Vater Anlaß geben, auf die Nonnensusel zurückzukommen und mit weiteren Aufschlüssen herauszurücken. Aber nichts dergleichen; statt dessen wurde ich darüber aufgeklärt, daß der langhaarige Merowinger Dagobert, der rheinfränkische Bauernkönig, auf diesem Heerweg nach seiner Residenz Landeck zu reiten pflegte. Dann deutete mein Vater, indes sich der Abend über den Bergen und den hochgelegenen Winzerorten entzündete und der Dämmerschein die weite Flur verklärte, über die Kastanienbüsche der Kreuzsteinhänge nach dem Turm jener Burgruine hin, die in späteren Zeiten wohl dem schönsten, von der Wasigenfirst bis zum Rheinstrom reichenden, kurpfälzischen Amte den Namen gegeben hat.

Daß es den Vater reute, die Nonnensusel erwähnt zu haben,

hätte mir auffallen müssen, als wir so im dunkelnden Abend über baumleere Feldhöhen und an verrufenen Stellen vorbei dem Heerweg folgten. Vor uns setzte Reineke Fuchs auf der Hasenjagd über den Einschnitt. Gespenstig, im weißen Rock auf seine Schippe gelehnt, stand einsam der Schäfer am Hochrand des Hohlwegs. In dessen Tiefe spukten seltsame Schatten. Kam da nicht Prinz Walter von Aquitanien, mit Prinzessin Hiltgunde hinter sich im Sattel, dahergetrabt auf seiner Flucht nach dem Wasgenstein? Doch war es nur ein quer auf seinem Gaul heimreitender Ackerknecht. Welche Erinnerungen weckte der Heerweg! Seine historische Bedeutung war jedoch für mich an diesem Abend nicht vorhanden; meine Gedanken kehrten immer wieder zu der Frau in dem stillen Dorf zurück, bis wir oben beim Friedhof auf der Kreuzsteinhöhe der Ruine Landeck gegenüberstanden, und die heimatlichen Lichter im Tal erblickten.

Meines Vaters Mitteilungen über das verschwundene Dorf haben mich später zu der Erzählung „Die Pestjungfer“ angeregt. Die Nonnensusel schien einen noch dankbareren Stoff zu bieten. Doch der Vater wich auch später allen Fragen über sie und ihre Lebensgeschichte aus.

*

Andere waren weniger zurückhaltend. Ich kam allmählich dahinter, welche Leidenschaften und Schicksale die so ruhige und doch durchsichtige Oberfläche ländlichen Daseins zuweilen verdeckt. Sooft ich von München wieder nach den heimatlichen Bergen kam, forschte ich dem Geheimnis jener Frauenseele nach. So manchen Gang über Feld machte ich zu diesem Behufe, und nach langer vergeblicher Mühe auch die Bekanntschaft des damaligen Schäfers von Oberhofen. Auf der Deichsel seines Schäferkarrens sitzend, wenn die Schatten der weißen Herbstwolken vom Gebirge her über das weite Land flogen, lauschte ich dem Erzähler, der nüchtern berichtete, zuweilen aber auch fragmentarisch dunkel orakelte.

Mein guter Vater sah dieses Treiben mit ungünstigen Augen.

Einmal fragte er mich, warum ich meinen Stoff nicht in vornehmerer Gesellschaft suche. Was er darunter verstand, konnte ich mir wohl vorstellen, ihm aber nicht sagen, wie unendlich gleichgültig mir dergleichen Leute längst geworden waren; ich fragte nur, ob er je gehört hätte, daß Künstler und Poeten sich von Präsidenten und Räten angeregt fühlen, für Friedensrichter und Landkommissäre sich begeistern und für Notare schwärmen.

„Von der Nonnensusel und den Spiegelguckern will ich erzählen", sagte ich ihm.

Er machte ein bedenkliches Gesicht. „Warte wenigstens damit, bis ich nicht mehr da bin!" meinte er.

*

Seit vielen Jahren ruhen nun Vater und Mutter auf der Höhe des heimatlichen Friedhofs über den steilen Hohlwegen des breiten Kreuzsteinrückens. Lange habe ich die Hoffnung gehegt, diese und manche andere Erzählung aus den Erinnerungen meiner Jugend einmal an Ort und Stelle, im lebendigen Eindruck der umgebenden Natur schreiben zu können. Doch auch dieser Traum ist ausgeträumt! Aller Wahrscheinlichkeit nach werde ich überhaupt meine Heimat nicht wiedersehen, und wenn diese Erzählungen noch vollendet werden sollen, muß ich mich beeilen, sie zu beginnen.

*

I

Frau Juliane

Mehrere Jahre nach der Gründung der unierten pfälzischen Kirche durch die Vereinigung der Reformierten und Lutheraner hatte es an einem heiteren Herbstsonntag bereits zweimal zum Gottesdienst geläutet. Im dunklen Feiertagsstaat, mit dem neuen Gesangbuch unterm Arm, kamen die Leute schon die Gasse herauf, um in ernster Sammlung und Haltung, gemessenen Schrittes, gruppenweise oder einzeln, die kleine Wegstrecke bis zur Kirche am Eingang des Nachbardorfes zurückzulegen. Dort war noch die Ankunft des Geistlichen abzuwarten, der jeden Sonntagmorgen von Klingenmünster her zur Besorgung seiner Filialen über die Höhen und Rebhügel wanderte.

In der mit weißem Sand bestreuten Stube eines der besten Häuser des stillen Dorfes stand eine stattliche Frau mit ihrem heranwachsenden Töchterchen am breiten Renaissancetisch aus Eichenholz. Sie war im Begriff, eine dampfende Weinsuppe nebst Weckschnitten anzurichten, als eine junge Magd hastig hereintrat. „Bas, ich möcht' auch in die Kirche! Es wird bald zusammenläuten, der Herr Pfarrer wird gleich über den Berg kommen; und der Vetter ist auch schon fort."

Juliane Groß, die eben aus einem großen, massiv aus Nußbaumholz verfertigten Wandschrank ein zierliches Porzellangeschirr nahm, drehte sich bei der letzten Bemerkung langsam um.

„Was geht dich der Vetter an?" fragte sie barsch, daß die dralle Magd bis unter die schwarzbraunen Scheitelhaare errötete. „Als Presbyter muß mein Mann in die Kirche, nicht ich oder du. Hättest übrigens schon gestern fragen können, Nettl. Du bist ja eine ganz eifrige Kirchgängerin! Abhalten will ich dich nicht", sagte sie weniger hart. „Setz' aber vorher noch das Rindfleisch bei, das Sauerkraut mit Dörrfleisch über, und vergiß nicht, die Kästen abzubrühen. Dann, Nettl, kannst du meiner Eve gleich die Kindbettsuppe mitbringen, verstehst?"

„Ja, Bas!" Und die Magd schlüpfte zur Tür hinaus, um dem Auftrag nachzukommen und sich vollends anzuziehen, während die Hausfrau mit ihrem Töchterchen die Speisen für die junge Wöchnerin in einem Körbchen unterbrachte. „Du bist Tante geworden, Susel", sagte Juliane, „mußt jetzt deiner Mutter unter die Arme greifen lernen, mein Augapfel. Wir müssen zusammenhalten, Kind, und was gewonnen wird, ist dir gewonnen, kommt dir zugut. Guck, da draußen wartet Vetter Balzers Hannes auch mit seinem Gesangbuch", fügte sie durch das Fenster sehend hinzu, ohne daß der Hinweis jedoch des Mädchens Aufmerksamkeit dahin wandte.

Nacheinander kamen jetzt die Hausbewohner, um ihren Kirchgang anzuzeigen: Zuerst Hanjerg, der verheiratete Knecht, der nach dem Gottesdienst noch seine „Alte" aufsuchen wollte. Er möge seine Käthrine grüßen, sagte die Hausfrau zu dem Getreuen. Kaum war er draußen, streckte eine alte Magd, auf dem ergrauten Haarwulst ein altertümliches, rundanliegendes, schwarzgetüpfeltes Nebelkäppchen, den Kopf herein und kreischte mit starrem Lächeln: „Juliane, möcht' ein bissel beten geh'n, – kann's auch brauchen."

„Hab' nichts dagegen!" winkte die Hausfrau ab, um sich dann wieder ihrem Töchterchen zuzuwenden: „Was nur die taube Aplone in der Kirche tut! Daß wir nicht mehr reformiert, sondern uniert sind, weiß sie kaum. Sie schleppt noch das alte Gesangbuch mit dem Resedenzweig darin mit, wie in jungen Jahren. Wenn sie mir nur nicht wieder mitten in der Predigt ihren Psalm anstimmt!"

Susel drückte den Deckel des Körbchens zu, und ein etwas ungeschlachter Bursche mit unangenehm derben Gesichtszügen stolperte herein, um sein Gesangbuch vom Wandschrank herunterzuholen. Man hätte ihn für den zweiten Knecht halten können, wenn er sich nicht so ungezwungen, vielmehr ungehobelt benommen hätte. Denn er nahm seine Marderpelzmütze nicht ab, und als Juliane bemerkte: „Auch du, Stoffel, gehst in die Kirche? Deine Mutter kann ja zusehen, wie sie daheim zurechtkommt", gab er zur Antwort, was er denn vom Daheimbleiben hätte, worauf Frau Juliane mit entsprechender Handbewegung äußerte: „Ab von der Schippe – ihr könnt alle abkommen!"

Während nun Stoffel, der wie seine verheiratete Schwester Eve aus erster Ehe der Mutter stammte, sich zu seinem draußen wartenden Freund Hannes gesellte, sagte Juliane zu ihrem jüngsten und einzigen Kind aus zweiter Ehe: „Ja, wir bleiben aufeinander angewiesen, mein Herz!" Aber die Anwandlung von Zärtlichkeit wich rasch einem abweisenden Blick, als die junge Magd, zum Kirchgang gerüstet, wieder hereinkam. Deren Kleid scharf musternd, äußerte sich die Gebieterin etwas ungnädig: „Hast dich ja recht herausgeputzt, Nettl. Ist das blaue Seidentüchel ein Kirwestück?"

„Ja, Bas", antwortete die Magd, um nicht zu widersprechen und rasch hinauszukommen; sie nahm das Körbchen, die Hausfrau rief ihr noch nach: „Besorg's gut, sag', ich käme bald selber nach, und guck' mir in der Kirch nicht so nach den Mannsleuten. Hörst du!"

„Ja, Bas, will's ausrichten", sagte Nettl, und schon war sie draußen auf der Gasse.

Mit „Vetter" und „Base" werden nach schöner patriarchalischer Sitte jener Gegend Herr und Frau des Hauses vom Gesinde unbeschadet des Respektes angeredet, und diese Benennung bleibt fürs ganze Leben, auch wenn das Dienstverhältnis längst aufgehört hat. Dementsprechend sind Knecht und Magd gehalten; sie essen mit am Familientisch und gelten den Kindern, mit denen sie der Hausordnung unterworfen sind, als gewissermaßen zur „Freundschaft" gehörig. Denn „Freunde", „Befreundete" heißen die Verwandten, so daß Franz von Sickingens Todesklage: „Unsere Freunde sind unsere ärgsten Feinde!" zuweilen noch jetzt zur Geltung gelangt. Nur *gute* Freunde brauchen keine Verwandte zu sein.

Da Taglöhner stets zu haben sind, werden nur wenig Dienstboten gehalten. Kleinere Leute, deren Feldbetrieb nicht ihre volle Zeit in Anspruch nimmt, arbeiten willig und gern im Taglohn, zudem schaffen Söhne und Töchter tüchtig mit. Sah Stoffel wie ein Knecht aus, so arbeitete er auch als solcher; entzog sich, obwohl ihm sein Vermögensanteil bereits ausbezahlt war, so wenig einer Aufgabe wie Hanjerg, der langjährige Acker- und Pferdeknecht.

Neben dem lebenden Erbstück, der alten Aplone, die das Kleinvieh versorgte und im übrigen der im Vorbehalt wohnenden Großmutter zur Verfügung stand, hielt Juliane, da ein Kindermädchen nicht mehr nötig und für den Winter eine eigene Spinnfrau leicht zu haben war, nur noch eine Magd für die Melkkühe und die Küche. Seit Weihnachten war es Nettl vom Gleiszeller Berg.

Ja, diese Nettl! Weil sie in Münster gedient und dort zwei Jahre ausgehalten hatte, mußte etwas an ihr sein, und so war Nettl anderen vorgezogen und gedungen worden. Droben am Waldrand des Hatzelberges, wo die Füchse und Hasen einander gute Nacht sagen, hoch über den Münsterer Steinbrüchen, lebte ihre Mutter in einem Stübchen jener Häusergruppe, die, noch bedeutend höher über dem an sich schon hoch gelegenen Winzerdorf Gleiszellen, die höchsten Wohnsitze am ganzen Gebirg in sich vereinigt. Das arme Weib hatte nach mütterlicher Gepflogenheit bei der Verdingung ihrer Tochter der neuen „Base" strengste Überwachung auf die Seele gebunden. Und kam sie seitdem einmal, um sich umzusehen, fand sie immer eine offene Hand; denn Hartherzigkeit war Julianes Fehler nicht. Und Nettl, die Tochter dieser Bedürftigen, fing nun an, sich so auffallend zu putzen!

Etwas nachdenklicher hatte sich Juliane, während ihr Töchterchen sich in die Küche begeben hatte, mit einem Gesangbuch ans Fenster gesetzt; ohne rechte Andacht blätterte sie darin, und zwischendurch warf sie einen Blick auf die verödete Gasse. Eben war nur noch, als letzte Kirchgängerin, die alte Bärbel aus dem Häuschen beim Hanfloch mit wackelndem Kopf und Rockwulst vorübergekommen und hatte, zum Fenster aufblickend, gemurmelt: „Die Juliane braucht nicht in die Kirche zu gehen, Gottes Segen fließt ihr doch zu. Wo viel ist, fällt viel hin – und wer das Glück hat, dem kalbt der Sägbock. Ach Gott, mein Herr und Tröster!"

Nun lag noch tiefere Stille als sonst, eine feierliche Sonntagsruhe über dem Dorf, über Haus und Hof der Beneideten. Dieser aber schien die rechte Ruhe zu fehlen. Lange in keine Kirche mehr gekommen, las sie einen Liedvers, dachte jedoch an anderes. Ohne die nötige Sammlung blieb auch die Andacht aus.

Diese Nettl! Die Magd war im Grunde nicht übel: gutmütig, flink und unverdrossen bei der Arbeit. Früh bei der Hecke, ging ihr alles von der Schipp', wie man in der Pfalz von tüchtigen Dienstboten zu sagen pflegt. Dabei war sie ein sauberes Ding, ohne Ansatz von Kropf, der auf den Gleiszeller Kalkhängen oft die hübschesten Mädchen verunstaltet. Draußen stets guter Laune, gern lachend und singend – beim Füttern im Stall, beim Grasen im Felde hörte man ihre helle Stimme –, war sie in der Stube vor „Bas" und „Vetter" zumeist still, schüchtern, bescheiden, als könne sie nicht bis drei zählen. Kurz, es gab nicht viel an ihr auszusetzen, als daß sie mit einem Male anfing, sich zu putzen – für wen? – und schönzumachen, statt ihre Mutter zu unterstützen. Wie kam sie zu dem Staate? Hing sie ihren Lohn daran? Das erregte Bedenken. Indes hatte die Hausfrau doch auch noch andere Sorgen.

„Ich werde ihr gelegentlich den Kopf zwischen die Ohren setzen!“ sagte Juliane. Sie stand auf und begab sich in die Küche. Doch auch hier litt sie es nicht lange. Ihr Töchterchen ermahnend, das Abschäumen der Fleischbrühe nicht zu versäumen, stieg sie die Treppe hinan, wuchtigen Schritts, um in der Oberstube herumzustöbern. Als sie wieder herunterkam, ließ sie die Blicke nochmals flüchtig umhergehen und begab sich dann über die Schwelle in den Hof.

Dieser war sauber gekehrt, der zu den Ställen führende Plattengang blank gewaschen, das Hoftor verschlossen. Den Riegel der kleinen Eingangspforte daneben schob Juliane selbst vor, warf einen hastigen Blick nach den von Vorhängen dicht verhüllten Fenstern des „Altenteils“, und begann ihren Umgang. Soweit war alles in Ordnung. Wedelnd kam der treue Spitz, um die Herrin zu begleiten. Der Haushahn krähte inmitten seines scharrenden Volkes am hochgeschichteten Dunghaufen; neben dem leeren Schafstall grunzten die Speckschweine vergnüglich hinterm Trog. Sauber gestriegelt und wohlgefüttert stampften die Gäule in ihren Ständen; behaglich wiederkäuend lag im Kuhstall das Melkvieh vor der Krippe.

Überall sah Juliane nach – in der Scheuer und Spreukammer, im Kartoffelkeller, Schuppen, Wasch- und Kelterhaus, bald flüchtig, bald schärfer prüfend, mit Gemurmel oder laut hervorbrechendem Tadel, da etwas aufhebend, dort zurechtrückend, jetzt bedächtig, dann emsig weiterschreitend, um plötzlich ein Hindernis wegzuräumen und eine dunkle Ecke genauer zu untersuchen, in seltsamer Anwandlung alles beiseite schiebend, mit eigener Hand in einen Winkel, in eine Nische, in ein spinnwebiges Mauerloch zu greifen.

Vorsichtig, ja ängstlich sah sie sich zuweilen um, ob sie in dem nach außen völlig abgeschlossenen Hof nicht bei ihrem Tun beobachtet werde, stets darauf bedacht, den Schein der Nachforschung zu vermeiden und ihre Unbefangenheit zu bewahren. Die Unruhe, von der sie umhergetrieben wurde, mußte neben der gebotenen Umsicht der sorglichen Hausfrau noch einen besonderen, geheimen Grund haben. Vielleicht schloß ihr Töchterchen, wie eine lauernde Nachbarin hätte schließen können: die Mutter forsche nach verlegten Eiern der Haushühner. Denn daß sie nach einem Versteck suchte, war klar.

Nur der Weinkeller blieb von ihren Nachforschungen frei. Denn dort waren schon jeder Stein, jede Fuge, jede Schwelle so genau und so oft untersucht worden, daß es völlig unnütze Mühe gewesen wäre. Zudem scheute sie sich, allein den dunklen Raum zu betreten. Ihr erster Mann und dessen Vater hatten sich, wie so viele andere im Weinland, dort den Tod geholt durch heimliches „Petzen", wie man in der Pfalz das Kneipen und damit auch das Trinken nennt. Die Dienstboten wollten seitdem bald den verstorbenen Mann, bald den Großvater in Kniehosen, Wadenstrümpfen und weißer Zipfelhaube im Hause umgehen, besonders am Faßspund drunten im Keller gesehen haben. Glaubte auch Juliane nicht an den Spuk, so war ihr doch der unterirdische Keller unheimlich; sie mied ihn und beschränkte ihre Untersuchungen auf jene Räume, die über der Erde lagen.

Teils mit zerfahrenem Entdeckungseifer, teils mit einem Anflug gelassenen Verzichts, wurde endlich auch das Backhaus besichtigt, dessen Ofen, vom gestrigen Kuchenbacken noch warm, Hürden voll Backobst enthielt. Da sich auch hier nichts Besonderes vorfand, wurde damit der sonntägliche Umgang beschlossen.

Juliane ging mit einer Gebärde, als wollte sie Antrieb und Zweck ihres wunderlichen Trachtens als eitle Grille und unnütze Quälerei von sich abschütteln, in den freien Hofraum zurück und fand, nach den Fenstern des Nebenbaues emporblickend, zu ihrer Beruhigung, daß dieselben geschlossen und wie gewöhnlich dicht verhängt waren. Während sie den Hund zurückscheuchte, schickte sie sich mit ernster Fassung an, in diesem Nebengebäude, das seinen Gipfel ebenfalls der Gasse zukehrte, zum Oberstock zu gelangen, wobei es galt, eine unangenehm knarrende Treppe möglichst leise hinanzusteigen.

Oben angelangt, verhielt sie sich ein wenig ruhig. Sie vernahm hinter einer Türe ein schwaches Hüsteln und Ächzen. Dann pochte sie an, und trat in eine freundliche, weißgetünchte, saubere Stube mit Alkoven und Gardinenbett, in dem eine alte Frau anscheinend schwer krank lag.

2

Die Schwieger

„Großmutter, wie geht's?" fragte Juliane teilnehmend am Lager der Mutter ihres ersten Mannes, die hier im Vorbehalt wohnte. Mit „Oh!" und „Ach!" und „o Jerres" klagte sie, daß sich keine Seele um sie kümmere, niemand nach ihr, der armen Todkranken, gucke. Da Juliane das Aussehen der Schwiegermutter keineswegs schlimm fand, warf sie ein, daß Evens Kindbett viel Zeit beanspruche, und sie erwartete, der Hinweis auf die Geburt des Urenkels werde einen beschwichtigenden Eindruck hervorbringen. Aber weit gefehlt.

„O Gott, ich kann ja verhungern, oh!" fuhr die Alte fort und fügte kläglich seufzend hinzu: „So, du bist da, Juliane", als gewahre sie deren Anwesenheit erst jetzt.

Mit einem Blick auf die Tasse, die leere Kaffeekanne und die über Teller und Tisch zerstreuten Bröseln, erwiderte Juliane: „Aber Großmutter, die Aplone hat Euch doch versorgt und es scheint, Ihr habt außer dem Zimmetkuchen auch den Zwetschen-, Apfel- und Traubenkuchen versucht."

„Versucht? Ach ja!" winselte die Alte geringschätzig. „Wenn der Bissen nur vergönnt war!"

„Gott gesegn'es Euch! Wenn's nur geschmeckt hat."

Nun hob eine neue Klage an. Ihr armer Magen! Da liege es wie ein Eisklumpen, gerade so; alsdann ziehe es herum, ganz herum, und nun sei es, als ob etwas drinnen zersprungen wäre, gerade so und zwar da! Da! „Ich leb' auch gar zu lange, gelt, Juliane?"

Die Schwiegertochter mahnte, solche Reden nicht zu führen. Vorwürfe seien unverdient. Man lasse ihr nichts abgehen, tue, was man ihr an den Augen absehe. Wer könne dafür, wenn sie dem Kuchen mehr zugesprochen habe, als ihr gut tue! Hätte man ihr zu wenig vorgesetzt, dann wollte man sie erst klagen hören!

Hierauf erfolgte als Antwort wieder Ächzen und Seufzen, dann die Aufzählung: eine alte, kranke Frau ohne guten Zahn im Munde könne nicht klappern – sie sagte übrigens „knäwre" – wie eine junge. „Meinem schwachen Magen, o Jerres, täten Weinsuppen und Weckschnitten auch besser. Das aber meiner Sohnsfrau zuzumuten, der liebe Gott bewahr' mich!"

Verblüfft sah Juliane auf die Alte. Wußte sie auch hiervon? Sonderbar: monatelang kam sie nicht aus dem Bett und war dennoch von allem, was im Hause vorging, so genau unterrichtet wie vordem, als sie noch frisch wie eine Ente in Haus und Hof umherstrich. Seit ihrer „Krankheit" waren ihre Fenstervorhänge immer dicht geschlossen. Zum Aushorchen des Gesindes fehlte ihr die Gelegenheit, da sie mit Ausnahme der alten, tauben Aplone, deren Treue Juliane kannte, mit den Leuten nicht in Berührung kam. Ihr Enkel Stoffel aber nahm sich keine Zeit, um ihr Dinge zu hinterbringen, die sie schon besser wußte.

Wie kam sie nun dahinter? Der Umstand erschien nachgerade unheimlich, wollte man sich nicht mit der Annahme begnügen, sie wittere alles.

Es sei wahr, erklärte Juliane, während sie einen Stuhl abräumte, um sich zu setzen: der Eve sei eine Kindbettsuppe geschickt worden, und weil die Großmutter schon Kaffee getrunken und bald Fleischbrühe bekomme, habe man deren Anteil an Weckschnitten für den Fall aufgehoben, daß sie etwa zu Mittag das Familienessen verschmähe. Nach einigem Bedenken schien sich die Alte auch zufriedenzugeben, meinte aber so nebenbei: „Susel hat wohl schon ihren Teil; so ein Kind, das Herzenskind, kann man nicht warten lassen."

„Nicht *so* viel hat sie davon gekriegt", berichtete Juliane mit einigem Eifer. „Nicht so viel! Ich erzieh' mir keine Schleckerin!"

Auf diese Anzüglichkeit hin folgte eine kleine Pause. Vielleicht fühlte die Alte sich nicht einmal sehr getroffen, da sie sich bewußt war, gute Dinge zumeist aus *dem* Grunde gern zu essen, damit andere sie nicht bekämen. Ihre Mißgunst überwog noch ihre Lüsternheit.

Da Juliane das Bedürfnis fühlte, die Schwiegermutter zu beschwichtigen, wollte sie sich eben mit begütigenden Worten an sie wenden, als die alte Frau anfing: „Wenn du so red'st, Juliane, darf ich nicht mehr an die Persching' denken." Sie meinte die Pfirsiche im Weinberg gegenüber der Kirche. „Hab' mich so darauf gefreut;

das einzige Obst, das mir gut tut. Mein Adam, dein erster, hat nie versäumt, seiner Mutter die Persching' heimzubringen. Jetzt hat sie – der Kuckuck weiß."

Juliane meinte nicht, daß die Persdhinge schon fort seien.

„Hm", warf die Alte hin. „Die Nettl trägt ja Taschen in ihren neuen Schürzen."

Juliane wurde aufmerksam. „Ja, Schürzentaschen trägt sie. Aber was soll's damit?"

„Nichts weiter", versetzte die alte Frau, „nichts, als daß sie sich sonntags aufdonnert und dahergeht, als sei sie's! Wo sie's nur her hat?"

„Wo wird sie's her haben! Ihren Lohn hängt das Gackohrle an den Staat!" bemerkte Frau Juliane etwas gereizt. „Aber wart', ich will ihr die Flügel schon stutzen! Und was nun das betrifft, glaubt Ihr, Großmutter, meint Ihr gar, daß – Ihr versteht mich, he?"

Während die alte Frau sich aufrecht setzte, – denn sie hatte sich während des Plauderns von ihrer Schwäche gar sehr erholt, – sah sie ihre Schwiegertochter mit einem lauernden Seitenblick an und dann etwas bedenklich drein, enthielt sich aber jeder Äußerung. Sie wiegte nur leise das graue Haupt, bis Juliane sich bestimmter erkundigte: „Großmutter, ist etwa wieder was gefunden worden?"

„Was?"

„Ein Strumpf!" betonte Juliane vertraulich.

„Versteh dich nicht!" entgegnete die Alte, die unruhig an ihrer Bettdecke zupfte. Und als Juliane bemerkte, sie solle doch nicht tun, als wisse sie von nichts, fragte die alte Frau, nochmals die Bettdecke gegen die Wand hin niederdrückend: „Was meinst du? Ich habe nichts gefunden, such' auch nicht danach. Ich nicht. Du, freilich, am Suchen läßt du's nicht fehlen, Juliane."

Diese gestand, daß ihr allerdings, der Kinder wegen, der Gedanke alle Ruhe nehme, daß hierin etwas versäumt werden könnte; es wären doch Errungenschaften.

„Und wenn," fiel die Alte, in Unruhe geraten, ein, „doch nicht von dir und deinem Heinrich errungen, Juliane, doch in schwerer Zeit nur von mir und meinem David selig und von meinem Adam, deinem ersten Mann, errungen, der so früh hat sterben müssen, und zwei Kinder hinterlassen hat. Soll denn alles für deine Susel sein?"

„Na, wißt Ihr, Schwieger", entgegnete Juliane, „was das betrifft, da fühl' ich mich rein. Weder Eve noch Stoffel – es sind ja doch meine Kinder – sollen um einen Kreuzer verkürzt werden. Damit müßt Ihr mir nicht kommen. Was mir in die Hand fällt, wird nicht verhehlt!"

„Verhehl ebbe ich?" fuhr die Schwiegermutter in ihrem Bett auf. „So wahr ich da sitze, meine Lebtage keinen roten Heller!" beteuerte sie mit einem fast beängstigenden Eifer. Sie drückte die Decke zwischen Bett und Wand so krampfhaft nieder, als habe sie dennoch etwas zu verbergen. Wäre Juliane argwöhnisch gewesen, hätte es ihren Verdacht erregen müssen; so aber fiel es ihr nicht auf, während die Alte heftig fortfuhr: „Nichts habe ich gefunden, gar nichts, als den Dr . . bald hätte ich etwas gesagt!" unterbrach sie sich, nach einer Wandnische deutend, in der eine alte Schachtel und neben anderem kleinen Gerümpel ein altes, abgegriffenes Buch lag. „Guck dir den Schatz nur an, hol' ihn nur herunter, Juliane, gib mir aber auch meine Hornbrille und das Gebetbuch her. Ich will doch auch meinen Sonntag haben", setzte sie mit weinerlichem Vorwurf hinzu.

Juliane kannte die Schachtel, auf deren Inhalt sie schon oft in ähnlicher Art verwiesen worden war, genau. Sie nahm sie mit allem übrigen herunter, um nicht noch einmal dazu aufgefordert zu werden. Hunderte von Scheinen waren da angehäuft, Papiergeld in Bündeln, wie sie sich damals noch allerorts in verstaubten Schubladen und Hauswinkeln als Erinnerung an schwere Tage vorfanden.

„Weiß ja", meinte Juliane beschwichtigend, als sie die Schachtel wieder an ihren Ort brachte, „keine rote Bohne sind sie wert. Regt Euch nur nicht so auf, Großmutter. Handelt sich's doch um Schwereres, als um lumpiges Papiergeld!" Und damit schickte sie sich an, das in Unordnung gebrachte Bett zurechtzumachen, Decke und Kissen auszuklopfen und die unruhige Alte bequemer zu legen. dagegen diese jedoch sich so ängstlich, ja heftig und nachdrücklich wehrte, daß ihre Schwiegertochter notgedrungen einhielt und wieder auf ihren Stuhl zurücksank.

„Au!" schrie die alte Frau, als ob man ihr weh tue, „mach' mein Bett schon selber. Wenn du ebbe noch bleiben willst, Juliane", fuhr sie dann fort, „so setz' dich wieder, und ich möcht' dich fragen: Meinst du, Vetter Jokeb gibt unserm Stoffel einmal die Gretel?"

Juliane nahm das auf die leichte Schulter. Gretel gehe mit Susel noch in die Schule, Stoffel denke nicht daran, und es sei noch lange Zeit für die „Krotten", – wie sie als Pfälzerin für Kröten sagte, aber nicht als Schimpf-, sondern mehr als Kosenamen für junge Mädchen.

„Er wird wohl nicht daran denken!" versetzte die Alte verschmitzt. „Der Stoffel ist nicht so da. Meinst du, er bleibt euch zulieb' ledig und schindet sich ab wie ein Knecht?"

Allerdings war Juliane der Ansicht, daß er sich vorderhand gut genug befinde; er habe sein Essen und Trinken, könne in den Keller, wenn's ihn dürste, – ihr „Henrich" halte ihn nicht zu kurz. Stoffel lebe als Kind im Haus, habe für nichts zu sorgen, brauche seine Zinsen nicht anzugreifen und schlage sie zum Kapital.

„Ja, ja", stimmte die Großmutter jetzt zufrieden bei, „jeden Kreuzer dreht er in der Hand um und gibt ihn dann erst recht nicht aus."

„Er schlägt nicht aus der Art," dachte Juliane laut.

„Ein Vertuer ist er nicht", sagte die Alte, „aber doch nur Knecht!"

„Im Haus seiner Mutter?"

„Das Haus, Juliane, stammt von *unserer* Seite her", mahnte die Schwiegermutter. „Er schafft für euch; und alle Errungenschaften in jetzigen besseren Zeiten kommen nicht ihm und unserer Eve, sondern deiner Susel zugut."

„Natürlich. Es ist so ausgemacht – vor dem Notar."

„Aber es ist nicht recht."

„So, auch noch!" Juliane erhob sich. „Das geht mir doch übers Bohnenlied! Wer hat denn darauf gedrungen? Wer hat dem Vormund Tag für Tag in den Ohren gelegen? Wer hat steif darauf bestanden, daß den Kindern aus erster Ehe ihr Anteil ausbezahlt werde? Ihr und Eure Leute!"

„Versteht sich, du hast dich wieder verheiraten wollen!"

„Und ihr alle seid gegen die Heirat gewesen."

„Ja, ja! Weiß wohl, Juliane."

„Und wer hat denn darauf geschworen, daß es mit mir ganz zurückgehe, daß ich arm werde und an den Bettelstab gerate?" fragte Juliane. „Ihr und wieder Ihr. Und wär' ich zugrund gegangen, wär' ich in Armut und Elend versunken, und wär' ich hungernd und bettelnd zu Euch gekommen: Kein Stück Brot hättet Ihr mir gereicht, Schwieger. Aber es ist anders gekommen. Wir haben's uns sauer werden lassen! Mein Mann hat Zugebrachtes bar drangegeben, wir haben Geld aufgenommen, wir haben's geleistet, – ich und mein Henrich! Wir haben uns gerührt! Er hat Euch gezeigt, daß wieder ein Mann im Hause war, und was für einer! Die unschuldigen Kinder haben wir bei uns behalten, sie erzogen, Eve ist eine brave Frau geworden. Stoffel hat schaffen gelernt. Die Schulden sind bezahlt, die Äcker, Wiesen, Wingerte noch unser. Ich bin heut' nicht ärmer, ich bin reicher als vor der Abschichtung! Und mein Susele, mein Susele ist – da beißt keine Maus einen Faden ab – das reichste Mädel im ganzen Dorf!"

„Da wird ja Vetter Balzers Hannes wohl auf dein Susele warten", warf die alte Frau mit äußerem Gleichmut hin.

„Glaub' selber", bestätigte Juliane triumphierend, denn dieser Hannes war der einzige Sohn eines der ersten Bauern im Ort. „Ja, ja, so steht es. Und daß ich es so weit gebracht habe, das dank' ich neben dem lieben Gott und mir selber meinem Mann, meinem Henrich.

„Na, na!" ließ sich die Alte mit wackelndem Kopf vernehmen. „Wenn man dich hört, sollte man denken, ihr wäret ein Herz und eine Seele."

„Sind wir es nicht?!"

„Im wichtigsten uneins."

„Uneins?" wiederholte Juliane mit finsterer Miene, die sich aber sofort wieder aufhellte. „Ich kann mir denken, worauf Ihr stichelt, Schwieger. Daß er als Presbyter in die Kirche geht, ist seine Sach'; daß ich daheim bleib, ist meine Sach'. Deswegen sind wir noch lange nicht uneins. Es geht niemand was an, wenn ich ihn seine Wege gehen lasse."

„Das ist wahr", bemerkte die Alte „und wären's Nebenwege."

Merklich zuckte Juliane zusammen und schaute, sich verfärbend, der Schwiegermutter gerade ins Gesicht. Dann aber faßte sie sich, um nur noch gleichmütig mit den Achseln zu zucken.

„Da lach' ich, Schwieger", sagte sie. „Das ist zum Lachen. Mein Henrich? Zum Lachen."

Dennoch lachte sie nicht, sondern hörte, anfänglich zerstreut, erst aufmerksam zu, als die Schwiegermutter in ihrer Weise jetzt fortfuhr: „Steht es so mit dir, wie du sagst, kannst du auch lachen, Juliane. Daß es aber so steht, na, dazu hat doch mein David selig den Grund gelegt und auch mein Adam, dein erster, sein redlich Teil beigetragen, vielleicht mehr als man weiß. Die Hälfte des Vermögens ist dir gerichtlich zugesprochen worden."

„Versteht sich. Zusammen übrigens noch nicht so viel, als ich in die Ehe gebracht hab'", erwiderte Juliane, während sie mit verschränkten Armen in dem kleinen Gemach hin und her ging. „Errungenschaften? Zurückgekommen sind wir damals. Ein heimlicher ‚Petzer', wie sein Vater, hat er ihm auch die andere Verrücktheit abgelernt. Wie die Katze ihre Jungen, hat er das bißchen Geld verschleppt. Sind das nicht Narrenstreiche sondergleichen? Gott verzeih' mir meine Sünden. Aber nach seinem Tode – der liebe Gott hab' ihn selig! – seid Ihr zu mir gekommen, Schwieger, um nach der Hinterlassenschaft an barem Geld zu forschen. Als ob die arme Witfrau es weggeschafft hätte! Bei all der schweren Last auch noch *das* Kreuz! Und ich hab' den Verdacht auf mir liegen lassen müssen, lange Zeit. Aber was geschieht? Da bringt einmal die Aplone einen alten Strumpf, ganz vollgestopft, aus dem Taubenschlag, dann der Hanjerg einen anderen Strumpf aus dem Strohbarren, und wieder die Aplone einen aus einem Rattenloch im Waschhaus und einen ganzen Hafen von Sechsbätznern vom Katzenlauf herunter, und wegen ihrer glücklichen Hand habt Ihr dann die alte taube Person zur Bedienung verlangt. Die rote Käthel, die in selbiger Zeit bei mir gedient hat, soll jetzt auch in guten Verhältnissen leben. Und wer weiß, wieviel noch verschleppt worden ist oder noch versteckt liegt im Haus, – wer weiß!"

„Ah", machte die Alte geringschätzig, „was soll denn noch versteckt liegen?!"

„Meint Ihr?" sagte Juliane und ging einen Schritt gegen das Bett zu, daß die Alte wieder ängstlich die Bettdecke an der Wand niederdrückte. „Wißt Ihr das gewiß, Großmutter? Ich wäre in den Tod froh. Eine wahre Last wäre mir von der Seele genommen. Man hätte doch einmal seine Ruhe. Solange man aber noch merkt, daß der Stoffel durch's Sparrenwerk krattelt . . ."

„Ach", sagte die Alte und schaute zur Seite, „es kratteln noch andere über die Balken!"

Juliane suchte einen Augenblick nach dem Sinn dieser Worte und fragte dann: „Ihr glaubt also nicht, daß Nettl einen Strumpf . . ."

„Ah pah! Aus einem Strumpf kommt ihr Staat nicht."

„Woher dann, habt Ihr schon etwas bemerkt, Großmutter, haltet Ihr sie für unehrlich?"

„Warum fragst du mich, das fünfte Rad am Wagen?" Weißt du, Juliane, so ein Dienstbote kann auf verschiedene Weise untreu werden. Und ein Mann kann auf verschiedene Weise Geld anbringen. Der eine verleiht's, der andere vertut's, der eine steckt's in einen Strumpf, der andere in eine Schürzentasche . . ."

„Ich weiß nicht", sagte Juliane nach einer Pause, „worauf das abzielt. Ihr redet in letzter Zeit so herum, Schwieger. Es wäre mir lieb, Ihr ginget mehr aus Euch heraus."

„Ich will dir was sagen, Juliane", antwortete die alte Frau aufrichtig, „du bist nun einmal meine Sohnsfrau gewesen, wenn dir auch der Henrich und die Susel mehr ins Herz gewachsen sind, als ich, Stoffel und Eve. Du hast damals meinen Adam genommen um seines Geldes wegen. Mehr brauch ich nicht zu sagen."

„Es wäre mir aber lieb, Ihr ginget jetzt mehr aus Euch heraus", wiederholte Juliane.

„Kein Wort sag' ich mehr, kein Wort."

„Auf halbem Weg bleibt man nicht stehen, Schwieger!"

„Ich weiß nicht, was du willst, Juliane! Wie kommst du mir denn vor?!" Die Alte schlug einen anderen Ton an. „Ganz matt bin ich, förmlich krank von dem vielen Reden. Nicht wahr, Juliane, du bist so gut und schickst mir gleich die Fleischbrühe. Vergiß' auch die Weinsuppe nicht; mir wird schwach, und auch die Weckschnitte nicht. Auch die Persching, – sie haben mir immer so gut getan. Sag' unserer Eve, sie soll sich nur halten, wenn auch das Kleine kreischt, als ob's am Spieß stecke, – das tun alle Kinder. Sag' auch, es tät mir leid, daß ich nicht selber kommen kann. O Gott! Komm ja nicht einmal mehr in die Kirche!" Ächzend war sie in das Bett zurückgesunken und kehrte ihr Gesicht der Wand zu.

Juliane betrachtete, noch kurz verweilend, die Alte. Sollte sie dieselbe nochmals auffordern? Vergebliches Bemühen. Sie wußte, daß nichts aus ihr herauszubringen war.

Mit einem Stachel im Herzen verließ sie das kleine Gemach, begab sich die knarrende Treppe hinunter, über den Hof in die Küche.

von da in den Oberstock, um dann frisch geschürzt und mit einer neuen Haube auf dem Kopf durch die Scheuer das Haus zu verlassen. Durch die Gärten ging sie zur Wohnung ihrer im Kindbett liegenden Tochter Eve. Dort fand sie alles in bestem Befinden. Und dann ging sie zum Dorf hinaus zur nahen Ruhebank.

Eben scholl von der Kirche ein Choral herauf. Juliane kannte Wort und Weise. Sie hätte mitsingen können, aber es war ihr nicht darum.

Mit dem katholischen Gotteshaus drinnen im Dorf konnte sich das innen und außen schmucklose protestantische Gotteshaus, das am Dorfeingange stand, nicht messen. Aber mit seltsam gemischten Gefühlen sah Juliane nach dem schlichten Kirchlein, dessen Glocke bereits Gebet und Segen verkündete. Nun wurde noch ein Schlußvers gesungen. Wie rasch war der Gottesdienst zu Ende! Wenn sie sich nicht eilte, träfe sie mit den heimkehrenden Kirchgängern zusammen. Das wollte sie vermeiden.

Noch sah sie mit gespannter Aufmerksamkeit hinunter. Dann aber brach sie hastig die schönsten und reifsten Früchte vom Baum; die „Persching“ durften nicht vergessen werden! Dann machte sie sich eilig auf den Heimweg.

3

Der Herr Pfarrer

Der Gottesdienst war zu Ende. In weihevollem Abstand kamen zuerst die Frauen aus dem Portal und unter die bereits vergilbende junge Linde; die Ledigen barhäuptig, die jungen Frauen mit gestärkten, duftig weißen „Nebelkappen“ und Ziehhauben, die älteren in schwarz punktierten Hauben, rund und eng anliegend. Dann erst folgten, in strenger Ordnung, die Knaben und älteren Burschen, und zuletzt die Männer in langen, dunklen, mit breiten Metallknöpfen besetzten, kragenlosen Röcken und dreieckigen Hüten. Diese Ordnung löste sich auch nicht auf, als sich die Hälfte der Kirchgänger links in die Dorfgasse von Pleisweiler hineinwandte, während die andere auf der Landstraße die Richtung nach Oberhofen einschlug.

Den Schluß machte eine Gruppe ernster Männer, zumeist Presbyter, mit dem Geistlichen, den der schwarze Frack, die weißen Bäffchen unterm Kinn und das tiefschwarze Genfer Flormäntelchen, ein faltiger Merinostreifen auf dem Rücken, kenntlich machte, da damals der weite lutherische Chorrock noch nicht eingeführt war. Auch der Herr Schulmeister, der die Orgel geschlagen und mit der Kreide die Choralnummer angeschrieben hatte, gesellte sich zu ihnen, leicht von den andern zu unterscheiden durch den stahlblauen Rock mit hohen Achselwulsten, den schmal zulaufenden, hohen Hut, die kreidigen Hände und den weißen Nasengiebel.

„Nun, Jerg“, wandte sich der Geistliche an einen jungen Mann mit derben Zügen und von vierschrötiger Gestalt, der ebenfalls unter der Linde verharrte, und dessen rotes Gesicht vor Freude und Genugtuung glänzte. Er bringe den Mund nicht mehr zusammen, meinte einer der Kirchenvorstände. „Nun, Jerg“, sagte also der Geistliche, „der liebe Gott hat euer junges Hauswesen gesegnet? Was hat er euch denn beschert?“

„Ein Pfannenstielchen oder ein Bohnenblättchen?“ erkundigte

sich auch der Herr Schulmeister, während die anderen ruhig umherstanden.

„Hö, hö, hö, ein Pfannenstielchen", lachte der junge Bauer. „Und heut' über drei Wochen soll die Taufe sein, Herr Pfarrer, wenn Sie so gut sein möchten."

„Gern, wie soll es denn heißen?"

„Poppel, hö, hö, hö! Poppel wie der Vetter Jokeb da", war die lachende Antwort des Glücklichen, indem er auf einen breitschulterigen, stattlichen Mann zeigte, der neben dem Pfarrer stand.

„Also auf den Namen Jakob soll es getauft werden", sagte der Geistliche. „Mutter und Kind sind wohlauf? Nun, Jerg, da wünsche ich Glück. Der Kleine macht euch wohl Freude?"

„Ah", fing der glückliche Vater an, „so ist noch nichts dagewesen. Schon so gescheit, so vernünftig! So was gibt's nicht wieder. So lieb!"

„Alle kleinen Kinder sind lieb!" bemerkte der stattliche Vetter Jokeb.

„Ja, aber nicht so!" wandte der junge Vater ein. So ist noch keines auf die Welt gekommen! Wie das schon schnullt und an meinem kleinen Finger zieht und suggelt; es kriegt aber nichts raus und fängt auch gleich an zu heulen, wie ein Alter."

„Gut, in drei Wochen wollen wir es taufen, und nun Gott befohlen!" bemerkte der Geistliche, der weiter drängte, da er noch eine Filiale zu versehen hatte.

Jetzt erst fanden die Männer Zeit, ihm ihren Dank für die schöne Predigt auszusprechen, worauf er diejenigen von Pleisweiler mit einem „Guten Appetit" entließ und in Begleitung der Presbyter die Landstraße entlang, unter den Nußbäumen hin, mit Gesprächen über die Angelegenheiten der Kirchengemeinde und über die Aussichten der Weinlese zurückwanderte.

An der Ruhebank, wo der steinerne Kreuzsockel halb versunken an der Weinbergterrasse steht und der Weg rechts nach dem stillen Dorf abzweigt, verabschiedete sich der Geistliche auch von den Männern von Oberhofen, während er einen von ihnen noch mit den Worten zurückhielt: „Seid so gut, Groß, ich habe mit Euch zu reden."

Der, ein schlanker, junger Mann, trat an des Geistlichen Seite, um ihm mit dem Schulmeister noch das Geleit zu geben. Er war von gerader, stracker, hoher Gestalt und stolzer, stattlicher Haltung, wie man es öfters bei jenen Bauern trifft. Wie ein Freiherr trug er den Kopf in einem stehenden Kragen. Vor vierzehn Jahren hatte er als Fremder in das Dorf geheiratet, wurde hier aber, auch von der Verwandtschaft seiner Frau, als Eindringling angesehen; die reichen Bauern ließen ihn beiseite. Mißgünstig erwartete man von seiner „Lebesucht" einreißende Unordnung und Rückgang der Vermögensverhältnisse seiner Frau. Als man aber seine Tätigkeit erkannte, Haus und Feld unter ihm sichtlich gedieh, lernte man ihn anders beurteilen. Und jetzt saß der verhältnismäßig noch junge Mann bereits im Presbyterium und im Gemeinderat.

Von der Ruhebank führte die Straße durch Weingärten sanft bergan. Man kam flüchtig auf den glücklichen Vater zu sprechen, der eine Stieftochter von Groß zur Frau hatte, und meinte, nach reichlicherem Kindersegen werde Jerg sein Glück gelassener tragen. Darauf wandte sich der Geistliche plötzlich an seinen Begleiter:

„Groß, als Kirchenvorstand steht Ihr doch fest zur Union?"

„Versteht sich, Herr Pfarrer, gewiß."

„Wie kommt's denn, daß man weder Eure Frau, noch Euer Töchterchen in der Kirche sieht? Wollt Ihr denn das Kind nicht konfirmieren lassen?"

„Ich schon, Herr Pfarrer."

„Aber sie leidt's nicht!" ergänzte der rechts gehende Schulmeister, während er seinen auffällig weiten Nasenöffnungen geräuschvolle Prisen zuführte.

„Wie?" fuhr der Geistliche auf. „Ihr seid doch der Mann, Groß, um dafür zu sorgen, daß aus dem Hause eines Presbyters kein Ärgernis und böses Beispiel kommt."

„Herr Pfarrer", entgegnete der junge Kirchenälteste, „ich halt' es, wie in unserer unierten Kirche, auch in meinem Hause mit der Gewissensfreiheit, die uns durch die Unionsurkunde von Anno 1818 verbürgt ist."

„Gewissensfreiheit ist recht schön", versetzte der Geistliche bedenklich. „Nur darf sie nicht bis zur Gleichgültigkeit in Kirchensachen gehen."

„Lassen wir's gut sein, Herr Pfarrer", bemerkte Groß gelassen. „Kommt Zeit, kommt Rat. Einstweilen weich' ich gern dem Zwist im Hause aus. Mit Widersprechen kommt's leicht zum Brechen. Um es dazu kommen zu lassen, ist doch eine Ursache, ein richtiger Grund nötig."

„Ist denn Frau Groß so unzulänglich?" fragte der Geistliche.

„Ja, sie ist ihres Kopfs!" war die lächelnde Antwort.

„Nun, ich will doch einmal mit ihr selbst sprechen, wenn sich bei der Taufe ihres Enkels Gelegenheit dazu gibt. Ich denke nicht, daß es besondere Schwierigkeiten machen wird."

„Na, Herr Pfarrer, da werden sie die Bas Juliane kennenlernen", sagte der Schulmeister, und wollte noch etwas hinzufügen, aber verblüfft verstummte.

Denn unerwartet trat eine stattliche Frau im halben Sonntagsstaat links aus den Reben, und mit einem etwas trockenen: „Guten Morgen, Herr Pfarrer", gesellte sie sich der kleinen Gesellschaft bei.

„Du hast wohl gewußt, Henrich, daß ich in den Wingerten bin, und willst mich heimholen?" fragte sie Heinrich Groß.

„Nein, Frau Groß", nahm der Geistliche das Wort, „ich forderte Ihren Mann auf, mich zu begleiten, weil ich wegen der Konfirmation Ihrer Tochter mit ihm reden wollte. Die Pfarrstunden beginnen bald. Sie wollen doch Ihre Tochter konfirmieren lassen?"

„Ja", sagte Juliane, „meine Susel soll, wie ihre Eltern und Großeltern, im angestammten reformierten Glauben konfirmiert werden!"

„Dann ist ja alles in Ordnung, und Susanne wird mit den anderen Kindern die Pfarrstunden in Münster besuchen."

„Das habe ich nicht gesagt, Herr Pfarrer", sagte die Frau ruhig. „Da hab' ich noch gar manche Bedenken. Warum denn in Münster?"

„Ei, weil's der Pfarrort ist."

„Warum ist's aber der Pfarrort?"

„Liebe Frau, das ist so von alters her. Auch die wenigen Protestanten in den Gebirgsdörfern, im ganzen Gossersweiler Tal und selbst, bis vor kurzem noch, dahinten im Reichsdörfchen, wo der Abtswald in die Weißenburger Mundat hineinragt, sind nach Klingenmünster eingepfarrt. Denn die ganze Gegend, Bergzabern und Landau nicht ausgenommen, gehörte einst dem Abt von Klingenmünster, weil König Dagobert die Landschaft seiner Stiftung schenkte, als er noch auf dem Münsterer Schloß, der Burg Landeck, residierte. Er hat damals, wie jeder weiß, auch unseren Bauern die großen Bergwälder vermacht."

„Ja, ja, man sagt es", meinte Juliane. „Er soll es Not gehabt haben, der alte Dagobert, da ihm die guten Bauern gegen die Stokraten beigestanden sind an der Hahndornhecke bei Frankweiler drüben selbiges Mal. Und nur die von Mörzheim haben nichts gekriegt, weil sie ihm die Jagdhunde totgeschlagen haben – selbiges Mal vor dreihundert Jahren."

„Vor zwölfhundert Jahren, Frau Groß", berichtigte der Geistliche. „Später stand die Landschaft unter der Fautei Landeck und Stiftschaffnerei in Münster."

„Ob mit Willen der Leute, ist doch die Frage, Herr Pfarrer", warf Frau Juliane gelassen ein. „Ich hab' mir sagen lassen, sie seien einmal hinüber nach Münster gezogen und hätten den faulen Pfaffen das Stift über den dicken Schädeln angesteckt."

„Im Bauernkrieg", gab der Geistliche zu, taten das leichtfertige Knaben aus Oberhofen und Pleisweiler, wie die Chronik sagt; sie verfielen dafür in Pön und Buße. Da kostete es viele Schweißtropfen und manchen Taler, bis das Stift in Münster wieder aufgebaut war, Frau Groß. Nach der Reformation wurde es von Kurpfalz eingezogen. Da kamen glückliche Zeiten. All die großen steinernen Häuser mit den hohen Torbogen und Erkern in den Weinorten hier am Gebirg, wurden damals erbaut, bis der Dreißigjährige Krieg das Land zugrund richtete und vernichtete. Auch das Dörflein Weier da drunten ging damals ein, Frau Groß."

Diese bemerkte, daß sie noch eine Bibel habe, die daher stamme. Und sie habe einmal gehört, an dem Elend sei auch eine Union schuld gewesen. Das gab der Geistliche jedoch nicht zu, während Heinrich Groß mit seiner Meinung zurückhielt. – Die Uneinigkeit zwischen Reformierten und Lutheranern, führte indes der Geistliche aus, trüge viel Schuld auch an allem späteren Elend, da auf das reiche und schöne Amt Landeck und auf die Stiftsschaffnerei Münster – als Allodialgut der berühmten Herzogin Elisabeth Charlotte von Orleans, einer pfälzischen Prinzessin – Beschlag gelegt und den Reformierten zur Genugtuung der Lutheraner die Kirchen weggenommen wurden. Und so sei es auch nach dem Frieden geblieben, da eine fremde katholische Linie ins Land gekommen sei, welche die Verfolgung fortsetzte.

„Und die Münsterer", warf Frau Juliane geringschätzig ein, „haben sich auch noch das Kirchengut abschwatzen lassen, und die große Kirche im Stift dazu. Aber ich wollte von allem nicht reden, wenn noch das Kirchlein auf dem Kreuzstein unsere Pfarrkirche wäre. Da ist nicht weit hin; es liegt so schön da droben über der Flur, man hat es vom Feld aus sehen, sein Glockengeläute hören können. Da hat es einem noch hingezogen. Aber nein, da müssen die Gescheiten in Münster eine neue reformierte Kirche weit hinunter in den Ort, noch unter die lutherische, hinter den Berg bauen, so daß man sie erst sieht, wenn man mit der Nase daran stößt."

Der Geistliche war über diese Begründung der sonst so nüchtern erscheinenden Frau einigermaßen erstaunt. Allein das Kreuzkirchlein, die alte Pfarrkirche von Klingenmünster, war – in den Tagen der Mönchsherrschaft – auf schamlose Weise entweiht worden und stand zur Zeit nur noch als malerische Ruine auf dem hochgelegenen Friedhof, um bald darauf (leider!) abgebrochen und auch von dem Freund vollkommener Landschaftsbilder schwer vermißt zu werden.

„Der Druck", entschuldigte der Geistliche, „war damals zu groß."

„Der Leuteschinderei", verbesserte Frau Juliane, „der faulen und feilen Wirtschaft, ich hab's erlebt, daß ihr ein Ende gemacht worden ist. Gott sei Dank! Wir haben die Ratten aus dem Nest gejagt, Herr Pfarrer, damals Anno 1792. Auch uns haben sie ein Kruzifix vor's Dorf gestellt, als sei Oberhofen nicht ganz reformiert. Aber – wir dulden keinen Bilderdienst, wir. Mir ist, als sei es gestern gewesen. In Bergzabern schon Republik, in allen Zweibrückischen Orten des Oberlandes" – und Frau Juliane deutete südostwärts über das Tal und die jenseitige Höhe hin – „überall Freiheitsbäume. Da ist's auch hier im Kurpfälzischen losgegangen. Auf unsere Kirchweih im Spätjahr sind unsere jungen Burschen heraus an die Ruhebank, haben das Kruzifix umgestürzt und den Freiheitsbaum aufgestellt, und wir Mädel haben dazu gesungen und gejuchzt."

„So, Frau Groß, Sie waren zugegen?" fragte der Geistliche.

„Freilich, dort an der Ruhebank sind wir dabei gestanden, haben auch den Freiheitsbaum mit Bändern geputzt, unsere Nasen überall vorn dran gehabt. Dafür ist man jung, Herr Pfarrer. Und dann sind unsere Leute mit den Oberländer Bauern nach Münster. Überm

Bach die Münsterer Aufrührischen mit Heugabeln und Gewehren, hüben im Stift die Pfälzer Reiter, unsere Leute grad' denen im Rücken. Da ist's drunter und drüber gegangen und all' das Stokratengeschweiß – Amtsleute, Amtskeller, Stiftsschaffner, Schreiber, Einspännler, Zöllner und andere Blutsauger – alles hat noch in selbiger Nacht aus Münster fortgemußt mit den flüchtigen Reitern zum Stift hinaus."

„Ja, Frau Groß", sagte der Pfarrer, „ich entsinne mich jener Tage noch wohl. Alle Orte südlich der Queich gegen das Elsaß hin schlossen sich damals sofort den republikanischen Neufranken an und begeisterten sich für die Guillotine. Unsere Landschaft heißt seitdem auch wohl die ‚Hackmesserseite'. Es waren schwere Zeiten."

„Für den Anfang unter der Republik nicht so schlimm!" erwiderte Juliane. „Erst im folgenden Frühjahr heißt es auf einmal: Hinter Landau steckt alles voll Preußen und Kaiserlichen! Dazu sind anfangs Juni noch die Reben erfroren und gegen Barthelmä rückten gar die Rotmäntel über Münster her. Die Kopfabschneider! Kein Nagel an der Wand war vor ihnen sicher, geschweige denn unsere Behälter in den Häusern. Da hat mancher sein Geld so gut versteckt, daß er's selber nicht mehr gefunden hat. Tag für Tag hat's geknallt da von der Apfelhöh, vom Kirchberg, vom Hexenplatz, im Weitfeld und Schneeteich gegen die Freiheitsmänner in Bergzabern. Es wurde gestohlen und geplündert. Von Errungenschaften keine Rede mehr. Unsere Bauern fast samt und sonders durch Fuhrdienste zugrunde gegangen. Zum Verzweifeln!"

„Schlimme Zeit", warf der Schulmeister ein, während Groß noch immer nicht mitredete. „Gekreuzigt, an die Nußbäume angenagelt hat man damals die Rotmäntler – drüben bei Dierbach und Freckenfeld!"

„Unsere Leute sind auch keine Lämmer", setzte Juliane dem entgegen. „Wurst wider Wurst, nichts umsonst! sagte der Franzkaspar von Billigheim. Eines Sonntags im Herbst sagte mein Vater frühmorgens: Ans Kirchgehen ist doch nicht zu denken, holen wir drüben am Kirchberg die paar Trauben! Mit Hotten und Kübeln gehen wir also hinüber. Überm Bergwald brennt's und donnert's. Na, sagte mein Vater, da drüben geht's wieder schön zu! Und wie er's sagt, kracht's vor uns ganz fürchterlich. Unsere Aplone ist seitdem stocktaub, sag' ich Ihnen, stocktaub! Wir heim, zitternd an Arm und Bein. Ein schöner Sonntag das! Ringsum kracht's und donnert's."

„Aber Frau Groß", sagte der Geistliche ungeduldig, „ich muß mich kurz fassen, um noch recht zum Gottesdienst in Gleiszellen zu kommen. Nach dem zweiten Pariser Frieden reichten sich die lange geschiedenen evangelischen Christen in der Pfalz die Hand zur Union. Vierzigtausend Familienväter haben, als man Umfrage hielt, ihre Zustimmung gegeben; nur wenige, meist Lutheraner, nicht."

„Mich hat man nicht gefragt, Herr Pfarrer, und ich habe meine Zustimmung nicht gegeben", sagte Juliane geflissentlich ruhig und gelassen. „Ich bin reformiert getauft und will reformiert sterben."

„Was haben Sie denn gegen die Union? Sind Sie so unduldsam?"

„Nicht im geringsten, Herr Pfarrer. Bas Marlis von Pleisweiler ist lutherisch geblieben, und doch eine ganz gute Freundin von mir."

„Ich gebe die Hoffnung nicht auf", betonte der Geistliche, „daß Sie sich eines Besseren besinnen und Ihre Susanne in die Pfarrstunde nach Münster schicken."

„Schwerlich, Herr Pfarrer."

„So soll das Mädchen nicht konfirmiert werden?"

„Das hat keine Not, Herr Pfarrer", sagte Frau Juliane in dem seitherigen milden Ton. „Unsere Gäule würden den Winter über doch nur steif im Stall. Man läßt anspannen und fährt über Weißenburg, wo ich die Bas Marlis an der lutherischen Kirche absetze, zu unserer Freundschaft im Elsaß. Das hat keinen weiteren Anstand. Die Schwedenbauern hinterm Geisberg sind noch gut reformiert. Dort wird meine Tochter konfirmiert und braucht nicht Antworten aus dem unierten Katechismus hersagen, den doch kein Mensch versteht."

Der Geistliche, der erwartet hatte, daß die Hartnäckige zuletzt einlenken, ihren Widerstand brechen werde, war nunmehr entschlossen, weiteres Zureden, zu dem ihm ohnehin die Zeit mangelte, für heute aufzugeben und schickte sich zum Abschied an, als Juliane die bis zuletzt aufgesparte Bemerkung fallen ließ: „Und dann hat mir ja der Herr Pfarrer damals sagen lassen, ich solle mein ungescheites Maul halten und nicht dreinreden in Kirchenangelegenheiten! Ich red' gar nichts mehr drein, Herr Pfarrer, handle aber auch nach meinem Dafürhalten."

„Wie?" fragte der Geistliche. „Das ließ ich Ihnen nie sagen, Frau Groß. Man hat mir zu verstehen gegeben, ich würde die Gemeinde zu lange auf den Beginn des Gottesdienstes warten lassen. Hitze, Unwetter, Schnee, Glatteis würde ich nicht einmal als Hindernis geltend machen. Allein, es gibt Kirchensachen zu besprechen; man hat Zeit und Worte zu verlieren, wie eben, und kommt man dann etwas zu spät, beklagen sich die Weiber, daß ihnen die Mittagssuppe kalt werde. Da habe ich doch wohl das Recht, zu dem alten Grundsatz zu greifen, den jener Heilige dem Bild der Mutter Gottes im Dom zu Speyer zugerufen hatte, als sie fragte: Sancte Bernarde, unde tam tarde? (Warum so spät, heiliger Bernhard?) Darauf war seine Antwort: mulier taceat in ecclesia! (Das Weib hat keine Stimme in Kirchensachen.) Das ist doch keine Beleidigung?"

„Nein", bestätigte der Herr Schulmeister, sich eine ausgiebige Prise erlaubend. „Selbst die Mutter Gottes hat sich's gesagt sein lassen und zu Herzen genommen, denn seither hat ihr Bild im Speyerer Dom kein Wort mehr gesprochen."

„Die Mutter Gottes von Speyer kann's meinetwegen halten, wie sie will – geht mich nichts an!" sagte Juliane. „Mir hat's der Herr Doktor Flax übersetzt, ich solle in Kirchendingen mein ungescheites Maul halten. Gut, Herr Pfarrer, ich halt's, rede kein Wort, tu' nur in der Stille, was mir recht dünkt. Meine Susel geht nicht in die Pfarrstunde nach Münster!"

„Seien Sie unbesorgt, Herr Pfarrer", sagte Heinrich Groß darauf, „wir wollen sehen. Es wird schon recht werden."

Dann wandte sich Groß zu seiner Frau, um mit ihr, bei der Biegung der Straße, einen Fußpfad nach dem Dorf hinunter einzuschlagen, während der Schulmeister noch seinem Geistlichen unter den Kastanien des Hohlwegs über die Anhöhe das Geleit gab.

4

Am Herd

Ohne Ahnung, zu welchen weltgeschichtlichen Erörterungen sie Anlaß gegeben hatte, stand unterdes Susel am Herdfeuer und dachte darüber nach: Warum sie nicht auch, wie Vetter Jokebs Gretel und andere junge Mädchen, in die Kirche durfte; warum die Großmutter stets krank sei und doch so guten Appetit habe; warum die Leute sagten, Vetter Balzers Hannes sei als einziger Sohn der reichste Bursche in ganz Oberhofen und einmal für sie bestimmt, weil dadurch am meisten Vermögen zusammenkomme.

Ach, davon wollte Susel überhaupt noch nichts wissen. Es ärgerte sie jedesmal, wenn der große Hannes kam, um Bruder Stoffel zu besuchen. Sie war ja noch nicht einmal konfirmiert. Während andere in die Kirche gingen, mußte sie allein daheim bleiben in dem großen Haus, wo es manchmal hinter der Kelter, auf dem Speicher, im Keller so seltsam raschelte, als ginge . . .

Horch, war nicht jemand in der oberen Stube? Susel lauschte. Aber es blieb jetzt wieder alles still.

Und nun wußte sie nicht einmal, ob sie mit den anderen Mädchen in Münster konfirmiert werde. Die Mutter wollte nichts davon hören. Warum? In Münster war's doch so hübsch! Dreimal war sie schon drüben gewesen; einmal durchgegangen aufs Münsterer und Eschbacher Schloß – Landeck und Madenburg –, dann wieder auf den Trifels. Und als kleines Mädchen war sie drüben gewesen mit Vater und Mutter beim Reformationsfest, wo die Reformierten und Lutherischen sich die Hände reichten und die Schuljungen oben beim Kirchhof auf dem Kreuzstein zum Angedenken junge Bäume pflanzten.

Ach ja! Vom Kreuzstein hatte sie hinunter gesehen auf den Ort im tiefen Tal, auf die Kirchtürme, auf den Rathausturm, auf die Häuser mit Erkern, auf die uralte Kapelle drüben in den Reben, auf die Höhe oben und die Wingertshäuschen, und gerade gegenüber auf den Schloßturm Landeck, wo jetzt der „Schloßmichel" wohnte, der arme, alte, närrische Mann mit dem langen grauen Bart und dem Zwillichmutzen, den er mit Brombeeren färbte. Die Glocken läuteten und die Mühlenwasser rauschten aus dem Tal herauf. Damals stand der Vater im Kreise mit dem Herrn Pfarrer und anderen Herren, die Mutter plauderte freundlich mit einigen Madamen von Münster, und alle waren im besten Einvernehmen und schönsten Feiertagsstaat.

Und da war einer, vielleicht ein Jahr älter als sie, ein rechter wilder, blonder „Krusel-“ oder Krauskopf; Schorsch hieß er, so viel wie Georg. Sie mußte heute noch lachen, wenn sie an ihn dachte, obwohl sie sich zuerst vor ihm fürchtete, wenn er seine Kameraden zurückstieß, um – über zwei Grabhügel gleich auf einmal – zu springen. Es dürfte sonst keiner darüber und es könne auch keiner, sagte er, denn sein Großvater und seine Großmutter lägen da begraben und daneben seine alte Tante; und nun wolle er mit einem Hups über alle drei Gräber setzen, sagte er, indem er zu ihr hersah. Sie zweifelte auch nicht, daß er dazu imstande sei, hatte aber nicht das Herz, es zu äußern, sondern schaute immer wieder beklommen zu der Mutter zurück, die noch mit den Madamen plauderte.

Aber diesmal strauchelte der Blondkopf über dem Grab seiner Tante und purzelte tüchtig hin, war jedoch behend wieder auf und prügelte die andern durch, die gelacht hatten, so daß Susel zurücklief: „Mutter, er händelt!“ Und er stritt sich denn auch lärmend mit seinen Kameraden, bis ein älterer Mann Frieden stiftete und die Knaben ausschalt, daß sie sich am Versöhnungsfest über den Gräbern prügelten.

Doch damit war die Bekanntschaft noch nicht aus. Denn der wilde „Kruselkopf“ kam zu seiner Mutter und sagte, er wolle heim, er habe Hunger. Seine Mutter schüttelte ihn ab: er solle ihr vom Nacken bleiben. Und da stand ihm Susel auf sechs Schritte gegenüber, die sich an der Mutter Rock hielt. „Und was bist du denn für eine?“ fragte er.

„Was werde ich für eine sein? Von Oberhofen bin ich, und Susanne Groß heiß’ ich.“

„Bist du eine Lutherische?“

„Nein, reformiert bin ich, Warum soll ich eine Lutherische sein?“

„Du siehst so aus!“

„Mutter, er schilt, der da, ich sehe lutherisch aus!“

„Ist denn das eine Beleidigung heute, wo sich beide Konfessionen die Hände reichen? Sitz' mir nicht immer so auf dem Nacken, Susel“, sagte die Mutter und wandte sich wieder zu den Madamen. „So sind Kinder, denken nicht an die Bedeutung des Tages.“

Aber hat es jetzt nicht in der Oberstube genauso gekracht – und geknarrt, als ob jemand da droben über die Dielen ginge? Die Mutter war wohl wieder heimgekommen von ihrem Ausgang und hatte sich wohl durch die Spreukammer auf den Speicher und in den Oberstock begeben. Zur Besorgnis war also kein Grund vorhanden.

Damals plauderte die Mutter mit den Madamen von Münster auf dem Kirchhof oben weiter, und auch der Schorsch, der wilde, gab keine Ruhe.

„Eßt ihr heute auch geschnittene Nudeln?“ fragte er.

„Ich glaub'.“

„Und was dazu?“

„Hinkelsbrüh'.“

„Das muß gut sein. Was ißt du denn am liebsten? Bratwürst', Fastnachtsküchelп oder Leberknöpp?“

„Was gut ist. Aber hast du heute an nichts besseres zu denken als an Bratwürst' und Leberknöpp?“

Und wieder standen sie sich gegenüber, wieder ging es los. Sie erinnerte sich noch an jedes Wort. „Meine Mutter kann aber besser kochen und ist schöner als deine!“ hatte Susel erwidert; sie wußte heute noch nicht, wie sie so albern sein konnte.

„Meine Mutter hat schöne Kleider und deine nicht.“

„Und meine Mutter hat viele Äcker und Wingerte, und deine nicht.“

„Und meine Mutter kann ihr Haar abnehmen und in die Schublade legen, und deine nicht.“

„Mutter, er sagt, seine Mutter könne ihr Haar . . .“

„Willst du still sein!“, sagte die Mutter halb böse, halb lächelnd. „Du bist ja heute nicht zum Abschütteln, du Krott!“

„Ja, aber er sagt, seine Mutter könne ihr Haar abnehmen und in die Schublade legen, und meine nicht.“

Von da ab gab es verdrießliche Mienen und anzügliche Reden. Eine der Madamen fragte, auf den Spitznamen der Leute von Oberhofen stichelnd, ob Frau Groß keinen Spiegel bei sich habe, um hineinzugucken, da sie heute für eine so junge Frau nichts besonders gut aussehe, so als ob es sie friere. Auf diese Anspielung hin brach man die Unterhaltung kurz ab; die Mutter gesellte sich mit Susel zum Vater, und man verließ, sich französisch empfehlend, den Münsterer Friedhof, um über den Kreuzstein heimzuwandern, so daß Oberhofen in einer starken Viertelstunde erreicht war. Die Mutter, auf dem Heimweg ziemlich verdrießlich, machte dem Vater spöttische Mitteilungen über den Verkehr mit den Münsterer „Damen." Sie war seitdem noch schlechter auf Münster zu sprechen.

Aber horch nur! Da knarrte es wieder ganz deutlich. Susel ging aus der Küche in den Hausflur an der Treppe. „Mutter!" rief sie laut hinauf. „Seid Ihr wieder da?"

Keine Antwort. Susel eilte die Stufen hinauf und sah sich in der Oberstube um. Nichts rührte sich. Die Mutter, wenn sie's war, mochte wohl wieder ihren Rückzug durch die Spreukammer in die Scheune genommen haben. Aber da ließ sich ein Ton hören, als ob jemand eine Tür hinter sich zuziehe. Susel hielt die Richtung ein, aus welcher der Ton gekommen war, und stand bald vor einer verschlossenen Kammertür. Sie rüttelte, vermochte sie aber nicht aufzubringen.

„Ist jemand da?" fragte sie laut. „Ist jemand drinnen?"

Niemand antwortete. Die Kammer war wohl leer, die Tür wie gewöhnlich geschlossen; die Mutter, wenn sie's überhaupt gewesen war, schon durch den Speicher in die Scheuer zurück und kam wohl durch den Hof ins Haus. Susel eilte darum die Treppe wieder hinunter und sah sich im Hofe um. Da regte sich nichts Ungewöhnliches. Das Geflügel ging gackernd umher; die aus dem Feld heimgeflogenen Tauben tanzten krucksend auf den Brettern des Taubenschlags überm Hoftor; die Fenster an Großmutters Zimmer waren nach wie vor verhängt. Aber auch die Mutter war in der Scheuer nicht zu sehen. Das Mädchen schaute sich in den Ställen um –, niemand war da, außer dem Hausvieh. Wer könnte nun auf dem Speicher gewesen sein?

In diesem Augenblick klang es von der Einlaßpforte des „Nadelöhrs" her, indem die Klinke rasch auf und ab bewegt wurde.

„Gleich!" rief Susel und lief auf das Tor zu und schob, während sich von der Gasse viele Schritte und ein leises Kichern hören ließ, den Riegel der äußeren Hoftür zurück.

„Du bist's, Nettl? Die Kirche schon aus?"

„Allemal", sagte Nettl lachend, „allemal!", was soviel als „natürlich", „allerdings" heißen sollte. „Die Aplone kommt auch gleich. Vetter Balzers Hannes ist auch in der Kirche gewesen. Geld mag er haben, aber schön ist er nicht! Er guckt ja ins Gerstenfeld."

Susel, die mit in den Hausflur zurückgegangen war, wußte wohl, daß dies so viel heißen sollte, wie: er schielt. Beleidigt war sie durch Nettls Bemerkungen keineswegs. „Drum heißt er auch der scheele Hannes", sagte sie lachend. „Aber dafür kann er nichts. Nettl, geh' einmal hinauf in deine Kammer. Vorher war jemand oben, aber ich kann nicht herauskriegen, wer."

„Um Gottes willen, geht's wirklich um?" rief Nettl. „Mir ist es manchmal so. Aber meinetwegen. Fressen wird man mich nicht!"

Sie tappte rüstig die Treppe hoch, um sich droben des überflüssigen Staats zu entkleiden und ihr Gesangbuch in die Kiste zu legen. Es fand sich alles in Ordnung, und als sie nach kurzer Weile in die Küche herunterkam, sah sie auch hier die Dinge so gut besorgt, daß sie sich singend und lachend in Scheuer und Stall begab, um nach ihren Kühen zu sehen.

Indes hatten Vater und Mutter von der Straße her langsam den geraden, zum Dorf hinunterführenden Feldpfad verfolgt. Schon die Hälfte der Strecke war zurückgelegt und das Schweigen noch nicht gebrochen.

„Die Krautköpfe müssen demnächst heim!" sagte sie endlich.

„Das kann morgen geschehen", meinte er. „Wie der Reps schön steht und die Spelz schön aufgegangen ist!"

„Es scheint so!" sagte sie nach einer Pause. „Die Frühschwarzen in den Wingerten sind übrigens zum Herbsten reif."

„Ende der Woche. Aber, Juliane, was soll der Herr Pfarrer von deinen Reden denken?"

„Ich hab' doch deutlich genug gesagt, was ich will. Du wärst wohl gern noch mit dem Pfarrer nach Gleiszellen hinauf, Henrich?"

„Fällt mir nicht ein; ich wäre am liebsten gleich heimgegangen."

„Es ist auch wahr!" sagte sie so eigen, daß er fragte, was sie habe. „Sei nur ganz still, Henrich, nur ganz still. Jedes Wort ist zuviel." Er sah sie mit fragendem Staunen flüchtig an, und dann vor sich hin. Fast wäre er herausgeplatzt, zog jedoch vor, zu schweigen, bis sie wieder anfing: „Die Nettl hätt' auch heute aus der Kirche bleiben können."

„Das hättest du ihr sagen sollen."

„Damit sie sich beklage, ich lasse sie nicht in die Kirche. Sie müßt' selber so viel Einsicht haben, da der Fall mit der Eve eingetreten ist."

„Einsicht bei so leichtsinnigem jungem Volk!" bemerkte er.

„Ein Glück, daß unsere Susel schon so vernünftig ist!"

„Ja, unsere Susel wird brav und hübsch. Verzieh' mir sie nur nicht, Juliane. Was der Hollerstock voll Beeren hängt!" bemerkte Heinrich Groß, über die kleine Barre für das Geflügel in der Zauntür schreitend. „Bist du in den Wingerten gewesen, Juliane?"

„Ich hab' der Großmutter dort die Perschinge geholt. Sie führt in letzter Zeit so wunderliche Reden."

„Das tut sie schon solange ich sie kenne. Man muß sie reden lassen, Juliane."

Und ohne ein weiteres Wort gingen sie durch Garten, Scheuer und Hof ins Haus, indes aus dem Kuhstall Nettls Stimme erklang:

„Wenn ich schon keinen Schatz mehr hab',
Werd' ich schon einen finden.
Ging ich's Gäßlein auf und ab
Bis an die Linden.

Als ich an die Linde kam,
Stand mein Schatz daneben.
Grüß dich Gott, mein herztausiger Schatz,
Wo bist du gewesen?"

„Die hat eine schöne Sonntagsandacht aus der Kirche heimgebracht", bemerkte Groß. „Jugend hat keine Tugend."

Bei aller Leidenschaftlichkeit war Juliane noch ein kluges Weib, das wohl zu durchgreifenden Entschlüssen geneigt war, wo verletzte Eigenliebe es gebot, aber doch auch Vernunft und Vorsicht walten ließ, wo noch andere Interessen ins Spiel kamen. Die Äußerungen der Großmutter hatten ihre Wirkung nicht verfehlt und einen Keim zum Argwohn gelegt, doch auch das Bedenken erregt, ob sie jenes Gerede richtig gedeutet, ob kein Mißverständnis unterlaufe, ob sie der Mutmaßung – und mehr konnte es nicht sein –

nicht zu viel Gewicht beilege. Sie kannte die mißtrauische Schwieger. Dazu fiel ihr schwer, an solchen Verrat an ihr, der Juliane, zu glauben. Auch war ihr noch nie ein Anlaß dazu gegeben, und sie war in der Tat, schon aus Selbstgefühl, schon durch ihre Eigenliebe nicht geneigt, sich solchem Argwohn hinzugeben. Das Verhalten ihres Mannes war ohnehin ein völlig unbefangenes, und Juliane klug genug, nicht selbst Zunder anlegen zu wollen. Was fiel der alten Frau nur ein! Hätte doch auch die treue Aplone schon einen Wink gegeben, wenn's nötig wäre!

Zudem war Juliane im ganzen mit Nettl zufrieden. Bis jetzt war die junge Magd fleißig, bescheiden und treu; und wenn sie sich gern putzte, nun, sie war in den Jahren, wo Mägde den Burschen gern gefallen möchten, – da war nichts weiter dabei. Ihr ohne Anlaß aufkündigen, ging nicht; der Ruf einer Magd war leicht geschädigt, Aufsehen immer vom Übel. Man ist doch so einem jungen Ding einige Rücksicht schuldig. An ihr weiß ich, was ich habe, dachte Juliane, und wechseln tue sie sowieso nicht gern. Zudem war die Frist zur Aufkündigung schon verflossen, Nettl also stillschweigend wieder gedungen. Und warum unnötigerweise der Schwieger eine Genugtuung gewähren, damit sie sagen könne: Da haben wir's ja! Nein!

Julianes stille Beobachtungen entsprachen ihren Wünschen. Was meinte nur die Schwieger! Heinrich Groß war viel zu stolz. Und die Magd saß auch bei Winterbeginn noch bescheiden und still beim Spinnrad in der Stube, lachte nur, wenn andere lachten, sang nur, wenn andere sangen. Ging sie jedoch in der nächtlichen Achtuhrpause auf die Gasse hinaus, da legte sie freilich sofort mit ihrer hellen Stimme drollig genug los:

„Mein Schatz geht über die Gaß',
So dick als wie ein Butterfaß,
Wackelt hin und her,
Als ob's die Aller – Allerschönst' –
Als ob's die Aller – Allerschönst' –
Auf Erden wär."

Darüber mußte auch Juliane lachen, wenn sie's hörte. Nettl brachte überhaupt erst einiges Leben in das stille Dorf, und war gut zu leiden.

„Aber Obacht muß man auf sie haben", sagte Heinrich Groß gewöhnlich zu seiner Frau, wenn Nettls Stimme auf der Gasse erscholl:

„Hab' ich dir nicht schon zum öftern Mal gesagt,
Du sollst kommen alle Samstag zu Nacht,
In der Woch sechsmal?
Wärest du gekommen,
Hätt ich dich genommen,
Keinen andern nicht."

„Das sind so Münsterer Liedchen", dachte Susel, vor sich hinlächelnd, in der nicht unrichtigen Voraussetzung, Nettls lustiges Wesen rühre von ihrer Dienstzeit in Münster her.

Nach Ablauf der nächtlichen Ruhepause ging dann Nettl, zum heimlichen Ergötzen der Hausgenossen, wieder so still und bescheiden in die Stube, saß so fleißig am Rädchen, als sei sie's gar nicht gewesen, die das stille Dorf soeben mit Gelächter und Gesang erfüllt hatte.

Indes hatte Susel seit jenem Sonntag nichts mehr von dem Spuk im Hause wahrgenommen; es war wohl eine Täuschung gewesen. Auch die Weinlese war vorbei, sogar die Taufe des Enkels von Juliane vorübergegangen, ohne daß es zu weiteren Erörterungen wegen der Konfirmation Susels gekommen wäre. Diese dachte unbekümmert, sie werde wohl schon rechtzeitig eingesegnet werden. Da wurde sie jedoch bei Winterbeginn, einige Tage nach der spät in den November fallenden Kirchweih, in der Schule aufgerufen.

„Nun, Susanne Groß", sagte der Schulmeister, „es muß sich jetzt entscheiden: Wirst du am Konfirmandenunterricht des Herrn Pfarrers in Münster teilnehmen oder nicht?"

Die Aufgerufene, unter den Augen der ganzen Schule rot geworden wie ein Weidenröslein, vermochte keine Auskunft zu geben. „Ich weiß nicht!" war die einzige Antwort.

„Wir müssen es aber wissen, da du bis Ostern aus der Schule entlassen werden sollst", äußerte der Schulmeister, sich eine Prise gestattend. „Du bist weitaus die größte von allen. Sag' es deiner Mutter! Setz' dich!"

Susel schämte sich sehr vor den andern Kindern, und ging, diesmal mit Schiefertafel, Gesang- und Lesebuch unterm Arm, eiligen

Schrittes allen voraus, was sie um so leichter konnte, als sie nicht bloß die größte, sondern auch die behendeste unter ihren Mitschülerinnen war. Vetter Jokebs Gretel rief ihr mehrmals zu, was sie denn habe. Allein, ohne sich umzusehen, legte Susel die kleine Feldstrecke auf dem bereits gefrorenen Weg rasch zurück und erreichte das stille Dorf und das elterliche Haus mit rotem Kopf. Hastig entledigte sie sich ihrer Schulsachen und stellte sich dann, mit dem Finger am Mund, der Stube abgewandt, an das in den Hof gehende Fenster.

„Na, was gibt's?" fragte Juliane von ihrem Stuhl her, wo sie Brotkrumen für das Federvieh in ihre Schürze schnitt.

„Mich allein hat er gefragt, ob ich nicht in die Konfirmandenstunde gehe, mich allein!"

„Und was hast du gesagt, Susel?"

„Ich wüßte es nicht, habe ich gesagt."

„Da hast du ganz recht getan. Es geht ihn im Grunde nichts an. Die Sache hat noch Zeit."

„Zeit? Aber Mutter, heut über vierzehn Tage geht der Konfirmandenunterricht an, und alle andern gehen dann in die Pfarrstunde nach Münster."

„So laß sie gehen", sagte die Mutter mit etwas ärgerlichem Nachdruck, als ob ihr daran nichts gelegen wäre.

„Und ich soll daheim bleiben und nicht konfirmiert werden?" entgegnete Susel, beinah weinend. „Ach Gott, ich schäme mich halb zu Tod! Die Buben weisen mit Fingern auf mich."

„Ei was!" meinte die Mutter. „Lecken doch alle einmal die Finger nach dir."

„Mutter", wandte das Mädchen, sich umkehrend, halb flehend, halb vorwurfsvoll ablehnend ein, „ich muß doch konfirmiert werden!"

„Das wirst du auch. Sorge jetzt nicht für ungelegte Eier. Treiben sie mir's zu bunt, nehm ich dich gleich aus der Schule und tu dich bis zur Konfirmation zu unserer Freundschaft ins Elsaß, nach Rott oder Kleeburg hinterm Gaisberg zu den reformierten Schwedenbauern."

„Was tu ich denn im Elsaß, in Rott oder Kleeburg hinterm Gaisberg bei den reformierten Schwedenbauern? Münster liegt doch näher!"

„Und ich sag': was tust du drüben bei den Münsterer Holzschlegeln und Heidelbeerschnitzern! Da mag's den Moosrupfern von Gleishorbach gefallen, aber mein Kind hat nichts bei den Münsterern zu suchen. Von denen hat jeder seinen Gickel und Krattel, als sei der große Hund sein Vetter, und nichts ist dahinter. Ich kauf' sie alle aus, wie sie drüben sind. Merk dir's. Und jetzt ab und zur Ruh."

Juliane stand auf, um draußen im Hof die Hühner zu füttern, wobei sie noch unter der Tür dem Töchterchen anbefahl, den Tisch zu decken. Unter Tränen kam Susel dem Befehl nach. Ach, sie hatte sich so gefreut, mit den andern nach Münster in die Pfarrstunde zu gehen. Sie wußte selbst nicht, warum sie sich so gefreut hatte.

Bruder Stoffel trat ein und fragte sie, warum sie weine. Als sie ihm den Grund nannte, gab er ihr keinen Trost, sondern sagte nur: „Ob du in Münster oder anderswo konfirmiert wirst, was habe ich davon?" Und ging hinaus. Die alte Aplone kam, und Susel legte ihr für einen Augenblick das Köpfchen an die Brust; aber verständlich machen konnte sie sich der Tauben nicht.

Inzwischen war der Vater mit einer Fuhre Holz aus dem Wald heimgekehrt und in die Stube getreten, um aus der offenen Schenklade des Eckschranks ein Schoppenglas zu nehmen, das er im Keller aus dem angestochenen Weinfaß füllen wollte.

„Nun, mein Kind, was hast du denn?" fragte er.

„Was soll ich haben? Nichts hab' ich Vater!" war ihre ausweichende Antwort. Aber sie weinte dabei. Er ließ nicht nach, und erfuhr auch, worum es sich handelte. Heinrich Groß war ernster geworden, als er den Schmerz seines Töchterchens sah. „Sei nur ruhig, mein Kind! Nur getrost!" sagte er. „Da hab' ich auch ein Wort mitzureden. Wenn die Not an den Mann geht, wird geschehen, was muß. Bis dahin möcht' ich gern Frieden halten im Hause und mit deiner Mutter. Denn ich fürchte, wenn es einmal zwischen uns zum Treffen kommt, dann aut oder naut! Aber es wird nichts so heiß gegessen, als gekocht. Wenn du auch deiner Mutter folgen sollst, so bin ich doch dein Vater und der Mann im Hause. Hoffentlich läßt deine Mutter mit sich reden."

5

Bas Marlis

Die Schüler hatten den Nachmittag frei. In den beiden Nachbarorten war schon lange darüber gesprochen worden, daß Bas Juliane, die Frau des Kirchenältesten Groß, sich nicht mehr in der Kirche sehen lasse. Nun brachten die Kinder heim, was der Herr Schulmeister zur Susanne Groß gesagt hatte. Andere Leute wußten ziemlich genau, was an jenem Herbstsonntag zwischen dem Herrn Pfarrer und Juliane verhandelt worden war. Man wollte auch wissen, daß der Herr Pfarrer auch deswegen die Einladung zur Taufmahlzeit damals ausgeschlagen habe, obwohl der Grund ein anderer war; der Geistliche fand an Sonntagen wohl kaum Zeit, solchen Einladungen nachzukommen.

Niemand empfand größere Genugtuung über diese Gerüchte als Bas Marlis von Pleisweiler, die aus keinem anderen Grund auf ihrem lutherischen Standpunkt beharrte, weil sie bei der Umfrage im Jahre 1818 auch nicht gefragt worden war. Ihr Mann, der damals noch lebte, hatte der Union zwar zugestimmt, aber nicht sie, die Bas Marlis. Die Ähnlichkeit ihrer Anschauung hatte ihr bei Juliane schon manche gute Aufwartung verschafft, und sie lebte in Verhältnissen, daß sie darauf Rücksicht zu nehmen hatte.

Als nun Bas Marlis selbigen Nachmittag von dem Vorgang in der Schule hörte, verbanden sich damit sofort angenehme Kaffeegedanken mit Waffel- und Weißbrotideen. Sie zog also ihre schönste „Betze“ über den Kopf, ihr rotgestreiftes Halstuch um den etwas schwammigen Oberleib, fragte beim Dreher am Brunnen an, ob er keine Spindel, keine Spule oder sonst ein ausgebessertes Stück von einem Spinnrad für Juliane Groß liegen habe, und machte sich dann mit einer neu hergestellten hölzernen Schraube frohgemut nach Oberhofen hinunter, während sie Stricknadeln und ein Wollknäuel für den eigenen Gebrauch mitnahm.

Juliane saß eben mit Nettl, der alten Aplone und einer eigenen Spinnfrau in der Stube. Der Vater überrechnete für sich die schlechten Weinerträgnisse, sowie die Kosten und den voraussichtlichen Ertrag der Herbstsaat. Susel hatte ebenfalls ein Spinnrädchen vorgenommen, um sich zu üben, während Knecht Hanjerg in der Scheuer mit Häckselschneiden, und Stoffel in der Werkstube drüben neben dem Backhaus mit „Welchenputzen" beschäftigt war, d. h. er richtete Weiden zum Anbinden der Reben her.

Da öffnete sich die Tür der warmen Wohnstube, und herein kam die Bas Marlis von Pleisweiler. Der Empfang war gut, die Schraube paßte und kam eben recht, und Bas Marlis war nur erschienen, um sich zu erkundigen, wie es der Großmutter gehe. Man hieß sie Platz nehmen, um die Ruhe nicht aus dem Hause zu tragen, und sie klagte eine Weile über den Fluß in den Gliedern.

„Man wird eben alt, Bas Marlis", sagte Frau Juliane und schlug dann vor, zur Großmutter hinüberzugehen. „Ich will doch dafür sorgen, daß wir einen warmen Kaffee kriegen. Du, Nettl, kannst jetzt Rüben klein stoßen für das Vieh, aber ganz klein!"

Während die Magd ging, begab sich Bas Marlis ins Nebengebäude zur Großmutter, wo die Unterhaltung sich bald im richtigen Gleis befand, als der Besuch ein warmes Plätzchen am Ofen erobert und bei der Erkundigung nach dem Befinden die Antwort erhalten hatte, es gehe soweit wieder besser. Das Gespräch war eingeleitet.

„Ja, ja", sagte die alte Frau im Bett und sah starr vor sich hin, in eine Ecke. „Das hätte sich mein Adam nicht gedacht, daß so bald ein anderer an seiner Stelle säße und die Herrschaft in seinem Haus führe."

„Das sag' ich auch immer", bestätigte, emsig strickend, Bas Marlis. „Wär' sie Witfrau geblieben, hätte sie sagen können: Nein, ich stimme nicht zu der Union, stimme nicht bei, daß reformiert und lutherisch durcheinander geschüttelt werden, gleich dem Futter fürs liebe Vieh. Ich stimme nicht zu, und damit basta!"

„Wär' das alles?" meinte die Alte, mit der Hand auf ihr Deckbett schlagend. „Aber 's tut auf die Dauer nicht gut, wenn der Mann jünger ist als die Frau."

„Gar nicht gut", stimmte Bas Marlis zu. „Er ist zwar ein tüchtiger Mann, der Henrich Groß, das hört man allgemein, aber –"

„Er ist doch einmal seine fünf oder sechs Jahre jünger als die Juliane", fiel die Alte ein. „Sie muß schon Augen hinten und vorn haben, – er ist ja doch einmal seine fünf oder sechs Jahre jünger."

„Ja, ja, sie ist doch sechs oder sieben Jahre älter als er", fing Bas Marlis an. „Aber das muß man an ihr loben, daß sie jetzt so Widerpart hält wegen der Pfarrstunde in Münster. Das gefällt mir an ihr, daß muß ich schon sagen."

„Weißt, Marlis, sie kann es nicht verschmerzen, daß der jetzige Bürgermeister von Münster selbiges Mal nicht sie, sondern eine andere im Aug' gehabt hat", berichtete die Alte vertraulich. „Sie hat gemeint, er wagt alles, auch das Leben, ihretwegen!"

„Ach ja! Sooft ich den Bürgermeister auf seinem Nickel durch unser Dorf reiten seh', denk ich daran", begann jetzt Bas Marlis, eine Nadel aus dem Strickstrumpf ziehend. „Die Mordsschlägerei selbiges Mal auf der Oberhofener Kerwe! Nur sein Kamerad, der Kuntzefriederle im Oberdorf zu Münster, hat ihn herausgebissen, hat gleich den siedenden Wurstkessel in der Küche ausgehoben und unter die Oberhofener geschmissen. Da hat's Luft gegeben, und sie sind davon gekommen, die Münsterer, sonst wären sie mausetot geschlagen worden, mausetot! Zuletzt aber, und das ist heute noch nicht verwunden, zuletzt hat sich herausgestellt, daß er einer gewissen anderen zu Gefallen gegangen ist. Aber er hat doch den Braten in Oberhofen dann zu heiß gefunden und ist weggeblieben. Und dann ist mein Adam noch einmal vorgegangen. Adam, hab' ich g'sagt, jetzt ist's Zeit, die Beeren sind zeitig. Und da ist sie froh um ihn gewesen, hätt' es auch nicht zu bereuen gehabt, wenn – –"

„Wenn er nicht gern getrunken hätte", fiel Bas Marlis etwas unvorsichtig ein, fuhr aber sofort, als sie den üblen Eindruck ihrer Bemerkung empfand, in ihrer Ausführung weiter: „Aber das macht gar nichts; trinken tut jeder. Er hat's ja reichlich gehabt, warum hätt' er nicht trinken sollen? Jeder Mensch hat seine Schwachheiten! Das können unsere Männer einmal nicht lassen. Sie tragen wenigstens kein Geld ins Wirtshaus, sondern petzen daheim im eigenen Keller. Der Wein hat jetzt ohnehin keinen Preis und verkauft sich schwer. Warum sollen sie nicht trinken? Leider sterben sie leicht daran. Mein Martin hat ja auch den Umstand an sich gehabt, und plumps! ist er dagelegen. Gott sei seiner armen Seele gnädig!"

„Ich hab' einen anderen Umstand im Auge, Marlis!" sagte die Alte.

„Ach ja, es gibt ja Ursachen zu Unfrieden in der Ehe gerad' genug, Bas Evekäth."

„Sie hätt nach seinem Tod Witib bleiben sollen", fuhr die Alte fort, ohne sich unterbrechen lassen zu lassen. „Der Stoffel hätt' bald die Sach' verstehen können. Aber nein! Der Henrich steckt ihr im Kopf. Der Henrich muß es sein: sie hat keine Ruh' mehr gegeben."

„Na, es ist wenigstens nicht übel ausgefallen."

„Aber er ist immerhin seine fünf bis sechs Jahre jünger als sie."

„Ein bedenklicher Umstand, das", bestätigte Bas Marlis, „wenn die Frau gleich sieben oder acht Jahre älter ist als der Mann. Das stört manchmal den Hausfrieden."

„Und ob!" bemerkte die Alte im Bett nachdrucksvoll.

„Uneben ist er ja gerade nicht gegen mich, das könnt' ich nicht sagen; aber seit Eve sich verheiratet hat – wenn sie nur nicht zu viel Kinder kriegt – hab' ich nur den Stoffel im Haus."

„Und der wird sich auch bald nach einer Frau umgucken. Fehlen wird's ihm nicht, er darf nur zugreifen, euer Stoffel. Im Oberland ist noch viel Reichtum."

„Ja, da sitzt er und hat ein Hütchen auf", entgegnete die Alte mit einer bekannten Redensart. „Die Reichen sind meistens schon als Kinder vergeben."

„Na", meinte Bas Marlis, „auf Vermögen braucht euer Stoffel nicht zu sehen. Ihr, Bas Evekäth, versorgt ihn schon, Ihr habt's ja!"

„Ich?" schrie die alte Frau auf. „Gar nichts hab' ich, nichts hab' ich, als den Trödel da. Lang' nur einmal die Schachtel herunter, Marlis."

Es schien, die Schwiegermutter halte diese Schachtel stets bereit als Ableitung aller Mutmaßungen über heimliche Mittel, die ihr zu Gebote ständen. So jetzt auch gegenüber der Bas Marlis, die beim Anblick des vielen Papiergeldes aus vergangenen Zeiten doch ihren Ernst beibehielt.

„Siehst du", sagte die Alte, „Hunderte von Scheinen, aber alles keine Bohne mehr wert. Mein David selig hat sie seinerzeit genommen, die Zettel! Jetzt hab' ich den Bettel. Noch weniger wert als die Lumpen, aus denen das Papier gemacht ist."

„Das ist doch nicht so gewiß", wandte Bas Marlis ein. „Nur behalten! Der Immelbalzer in der Stadt schwört darauf, es kämen wieder andere Zeiten, und die Republik zahle dem alles haarklein bar aus, der die Zettel vorweist. Auch die Regine in der Kuckuckshütte meint, man könne nicht wissen! Dann sind die Assignaten wieder oben."

„Wenn das wahr wird", fing die Alte an und nahm ein Bündel in die Hand, – „guck, Marlis, das tät ich dir gleich schenken."

„Brauchen könnt' ich's ja", ließ sich Bas Marlis vernehmen. „Mein Mann selig hat mich recht bedürftig zurückgelassen, und wenn Ihr mir mit etwas Geld aushelfen möchtet, Bas Evekäth . . ."

„Wenn wir's erleben", fiel die Alte ein, „erinnere mich daran, Marlis, und stell' die Schachtel wieder an ihren Ort! Oder besser, ich behalte sie gleich neben mir. Und daß ich meine Rede nicht vergesse, Marlis, der Stoffel trinkt ja auch, – was hätt' ich sonst davon? sagt er – es kostet ihn ja nichts im Haus, das doch von rechtswegen ihm einmal zufällt. Aber von Münster herüber soll er sich keine Frau holen. Da ist viel Schein und man sieht nicht hinein. Darin stimmt auch die Juliane mit mir überein und will nicht einmal ihre Susel drüben konfirmieren lassen . . ."

„Nun, das lob' ich an ihr", schaltete Bas Marlis ein. „Sie hat Münster auf dem Strich. Doch ist sie selbiges Mal beim Unionstag drüben gewesen . . ."

„Aber mit rotem Kopf heimgekommen", fügte die Alte hinzu. „Sie haben ihr drüben das Alter vorgerückt, – ihr Henrich, na ja, der ist ja doch seine fünf oder sechs Jahre jünger und das hat man in Münster auch gemerkt . . . Aber, pst, – sie kommt mit dem Kaffee! Ob sie Waffeln gebacken hat?"

Die Hausfrau kam mit dem Kaffeegeschirr, Susel hinter ihr mit Weißbrot. Für Waffeln war die Zeit zu kurz gewesen. Während gedeckt wurde, meinte Juliane, gut gelaunt, indem sie Platz nahm, den Kaffee einschenkte und zum Zugreifen einlud: „Über Münster ist's hergegangen? Na, da bin ich gleich dabei. Du, Susel, kannst übrigens wieder gehen. Ja, die Münsterer! Wie glücklich schätzten sie sich selbiges Mal, mich, die Frau Groß, auch einmal drüben zu sehen. Ach so glücklich!" Juliane ahmte Ton und Gebärde auf lächerliche Weise nach.

„Und sie haben nicht gestichelt?" erkundigte sich der im Kaffee schwelgende Besuch.

„Wieso, Marlis?"

„Nicht etwa auf den Unterschied der Jahre angespielt, wenn die Frau älter ist als der Mann, oder so?"

Julianes Miene verfinsterte sich. „Darauf hätt' ich sie doch gehörig abgetrumpft", bemerkte sie. „Es ist übrigens gut, daß man nichts mit den Münsterern zu tun hat. Ich bin seitdem nicht mehr hinüber, möcht' nichts mehr von ihnen wissen. Sie können mir alle gestohlen werden!"

„Aber die Susel wirst du doch in Münster konfirmieren lassen müssen", meinte die Alte im Bett lauernd.

„Müssen? Susel kann bei unserer reformierten Freundschaft im Elsaß konfirmiert werden!"

„Das hör' ich gern", sagte Bas Marlis. „Ich kann dir aber auch sagen, Juliane, wenn du deine Susel nach der neuen Mode in Münster konfirmieren ließest: guck, nicht mehr ins Haus wär' ich dir gekommen, nicht mehr ins Haus!"

„Wie?" fragte Juliane erstaunt.

Die Alte im Bett, klüger als Bas Marlis, deren Verstand im Kaffee schwamm, hüstelte mehrmals bedenklich. Aber Bas Marlis bemerkte das aufsteigende Unwetter nicht; sie blies mit Wohlbehagen ihren duftigen Trank, in den sie noch Weißbrot bis zum Überlaufen hineintunkte, und fuhr fort: „Nein, Juliane, wenn du mir das antätest und deine Susel nach der neuen Mode in Münster konfirmieren ließest! Ich sähe dich nicht mehr an. Das darfst du nun und nimmermehr!"

„Was?" begann Frau Juliane und starrte der Unbedachtsamen steif ins Gesicht. „Wer wollte mich denn hindern? Ich weiß gar nicht, wie du mir vorkommst? Hast du mir zu befehlen? Was ginge es dich denn an, Marlis? Und was wolltest du denn anfangen, wenn ich's doch täte?"

„Nein, nicht mehr ins Haus käm' ich dir, Juliane, nicht mehr ins Haus."

„Ei, so bleibe drauß!"

„Juliane!"

„Drauß bleibe mir, sage ich!" fuhr Juliane fort. „Ich tu' was ich will, und lasse mir nicht von lutherischen Dickköpfen vorschreiben. Gerade jetzt geht meine Susel in die Pfarrkirche!"

„Nach Münster? Nein!" schrie die Unbesonnene, in ihrem Kaffeerausch die ganze Sachlage verkennend. „Das darf ja nicht sein. So schlecht denk ich nicht von dir, Juliane.“

„Denk' von mir, was du willst!“ erwiderte Juliane bestimmt. „Hör einmal da! Ich kann doch mein Kind hinschicken, wohin ich will, ohne dich erst fragen zu müssen. Es liegt mir doch noch immer mehr am Herrn Pfarrer als an so einer!“

„Juliane“, fing die Enttäuschte an, die aus allen Himmeln fiel, „das ist dein Ernst nicht! Na, und ich nehme ein Wort zu viel auch nicht übel. So bleibt's beim Alten, und du schickst dein Kind nicht nach Münster.“

„Gerade jetzt tu' ich's!“ versetzte Juliane. Sie erhob sich, riß das Fenster auf und schrie hinaus: „Susel, Susel!“

„Was denn, Mutter?“ kam die Antwort von unten.

„Morgen geh' ich mit dir in die Kirche und du setzest dich neben des Bürgermeisters Lene! Verstanden? Geh' noch heut' zum Herrn Schulmeister und sag' ihm, daß du mit den anderen Konfirmanden die Pfarrstunden in Münster besuchen wirst!“

„Ja, Mutter, gleich!“

Juliane warf das Fenster wieder zu und wandte sich nach der erblaßten dicken Frau. „Hat sie mir sonst noch was zu sagen, Bas Marlis?“

„Nein, nein, wahrhaftig nicht! Gar nichts!“ beteuerte diese, ihr Strickzeug zusammenrollend, nachdem sie noch rasch ihre Tasse geleert und ein Stück Weißbrot eingesteckt hatte. „Gar nichts!, Juliane. Adjes, Großmutter, bleib' sie gesund in dem Haus! Zum Glück schlägt das nicht hinaus. Adjes auch, Frau Juliane Groß, adjes!“

Und mit Schmerz verließ sie die warme Stube, wo noch so viel ungenossener Kaffee dampfte, so gutes Weißbrot zum Tunken da war.

„Will mir die lutherische Zahnraffel da sagen, was ich zu tun habe“, bemerkte Juliane noch im Stübchen der Großmutter. „So geht's, wenn man sich mit solchen Leuten gemein macht. Übrigens, Schwieger“, wandte sie sich an die alte Frau im Bett, „wenn Ihr's noch nicht wissen solltet: Nettl bleibt! Ich hab' sie mit Lohnaufbesserung wieder auf ein Jahr gedungen!“

Als dann Juliane in die Wohnstube zurückkam, sagte ihr Mann: „So ist's gut, Juliane. Ich hab' ja gewußt, daß du das Rechte treffen wirst. Drum hab' ich zurückgehalten und mich nicht hineingemischt, wofür hab' ich eine gescheite Frau, wenn ich sie nicht gewähren lassen darf. Unsere Susel ist ganz glücklich."

„Ich werde mir doch nicht von einer Bas Marlis vorschreiben lassen, was ich zu tun habe. Sie soll mir aus dem Haus bleiben!"

„Versteht sich."

„Und dann tu' ich doch noch eher dem Herrn Pfarrer und dem Hausfrieden etwas zuliebe als so einer!"

„Versteht sich, Juliane, versteht sich."

Und der wiederhergestellte Einklang im Hause leuchtete aus den Mienen von Vater, Mutter und Kind.

6

Pfarrstunden

Wenn man an Wintervormittagen von Klingenmünster über die Höhe der Kreuzstraße die Richtung nach Bergzabern einhält, begegnet man vielen halberwachsenen Knaben und Mädchen, die rudelweiß dem Flecken Klingenmünster in der Tiefe zustreben. Es sind Konfirmanden aus den Orten Gleiszellen-Gleishorbach und Pleisweiler-Oberhofen, die über die Rebhügel und Feldhöhen das Gebirge entlang in die Pfarrstunde wandern.

Kein Wetter hält sie ab. Ob die Röcke noch so sehr im Winde fliegen und die weißen Flocken um die Näschen stieben; plaudernd, schäkernd geht es bergauf, bergab. Die Mädchen gewöhnlich Hand in Hand oder die Arme sich gegenseitig um die Nacken schlingend. Auch Susanne Groß von Oberhofen war unter ihnen. Hochgewachsen wie keine andere ging sie stets zu zweien mit Vetter Jokebs Gretel, oder zu dreien mit Nachbars Liesel die Kreuzstraße hinunter nach Münster. War es für die Mutter daheim eine Beruhigung, daß ihr Kind, in hellen warmen Biberstoff gekleidet, vor den Unbilden des Wetters geschützt war, so machte sich Susel doch wenig aus dem Wetter und freute sich dieser Gänge. So viel weckte in Münster ihre Teilnahme, außer anderem auch das „Amtshaus", dann das große Storchennest auf einem Schornstein im Stift und der große Rathausbrunnen mit der kupfernen Weinaiche und den steinernen Trögen, an denen die Waschweiber im beginnenden Frühjahr mit Klopfen und Rätschen so lustigen Lärm vollführten, daß man sein eigen Wort nicht verstand. Und kam Susel mit Gretel vorbei, so schrien sie: „An denen macht einer einmal einen Fang! Das sind die reichsten Mädel weit und breit."

Kam dann Susel im Schneegestöber heim, die Mutter ihr mit der warmen Suppe entgegen, da gab es zum Plaudern gerade genug, auch mit Nettl am Spinnrad, die ihr dann immer heimlich zuflüsterte: „Ja, Münster ist oben!" Auch war es keine geringe Genugtuung für die Mutter, daß ihr Töchterchen die oberste in der Pfarrstunde war. Noch nicht dagewesen, daß keine von Münster, sondern eine „Fremde" die Erste in der Pfarrstunde war!

Zu oberst auf der „Bubenbank" saß einer, der am meisten wußte, und der der stärkste und größte von seinen Kameraden war. Schorsch hieß er; nicht Jerg, sondern Schorsch, und seine Eltern wohnten in einem Erkerhaus nah am Ratsbrunnen bei der früheren Stiftsschaffnerei. Ob er sich ihrer noch erinnerte von damals, wo er von nichts als „Essensspeisen" sprechen wollte? Wie herzhaft gab er Red' und Antwort, wenn der Herr Pfarrer eine Frage stellte, während sie selbst nur immer schüchtern, befangen und mit flammenden Wangen antworten konnte. Einmal aber, als Schorsch sich vergeblich besann, konnte Susel nicht umhin, ihm die Antwort möglichst vernehmlich zuzuflüstern. Allein, er antwortete in der Verwirrung etwas Albernes, und wurde vom Pfarrer tüchtig ausgezankt. Er ließ sie es entgelten, die es so gut mit ihm gemeint hatte, und zischte ihr heimlich zu: „Schweig ein andermal, du Bachstelze, wenn du nichts weißt. Tu' nicht so gescheit, du Spiegelguckerin!"

Sie hatte Mühe, über diese Unfreundlichkeit nicht laut hinauszuweinen. Der Herr Pfarrer bemerkte es, und in der Voraussetzung, daß Schorsch unartig gegen sie gewesen sei, hob er drohend den Finger gegen ihn. Nun hatte sie beim Ausgang noch Worte wie „Flennsusel! Hopfenstange! Einfältige Spiegelguckerin!" und dergleichen zu hören. Mit verwundetem Gemüt nahm sie auf dem Heimweg am Plaudern, Lachen und Schneeballwerfen ihrer Genossen nicht teil. Daheim angelangt, versuchte Susel unbemerkt ins Haus zu schlüpfen, legte dort still mit kummervollem Herzen ihre Kapuze ab, während die Mutter selbst die warmen Socken und das zurückgestellte Mittagessen herbeibrachte, fragend, was ihr denn begegnet sei, da sie sich so still verhalte. Ob der Herr Pfarrer mit ihr gezankt habe?

„Nein, Mutter, der Herr Pfarrer ist gut und freundlich."

„Nun, was ist denn geschehen? Du bist doch nicht krank? Du hast dich doch nicht erkältet?"

Um die Angst der Mutter zu beschwichtigen, blieb dem Mädchen nichts übrig, als mit der Wahrheit herauszurücken. Nun nahm es Juliane auf die leichte Achsel.

„Ei was, Susel, mein Kind! Was kümmert dich, was so ein Heidelbeerenschnitzer oder Holzschlegel sagt. Grad' so viel, als wenn es ein Moosrupfer gesagt hätte", meinte sie, die Spitznamen derer von Münster und Gleishorbach betonend. „Laß das Lumpenpack schelten!"

Solcher Trost verfing jedoch bei Susel nicht. Schorsch war kein Lumpenpack, und sie konnte nur hoffen, daß er ihr noch Gerechtigkeit widerfahren lassen werde, wenn er erfahre, wie gut sie's gemeint hatte. Allein in der nächsten Pfarrstunde empfing sie nur hämische Blicke und Worte von ihm. Als sie mit einer Mitschülerin ein Stückchen bunte Wolle austauschte, hätte er sie als oberster, nahezu mit dem Ruf angegeben: „Sie fuggert!" Eine gewöhnliche Beschuldigung unter Kindern jener Gegend, die sich von jenen historischen Augsburger Handelsherren herschreibt, und soviel heißt als: Sie treibt Tauschhandel, das während der Schule nicht erlaubt, zuweilen streng verboten ist. Und dann rollte er sein Tintenglas auf der Tafel in einer Weise gegen sie, daß es klirrend zu Boden fiel und die Tinte den Schürzen und Rocksäumen mehrerer Mädchen schwarze Flecken beibrachte. Susel, die diesen Ausgang vorausgesehen hatte, befand sich in größter Verlegenheit; sie bückte sich hastig, um die Scherben aufzulesen und mit ihrem Taschentuch die Flecken von den Kleidern zu wischen, so daß der Geistliche, in seinem Vortrag unterbrochen, nicht anders glauben konnte, als in ihr die Schuldige zu sehen. Mit strenger Miene stellte er sie zur Rede: „Hätte dieser da", er deutete auf Schorsch, „das verübt, und dem Schlingel wäre es zuzutrauen, würde ich ihn trotz seines guten Kopfes vor der Konfirmation noch zurückstellen. Dir, Susanne, die mein Mißfallen bis jetzt noch nicht erregt hat, lasse ich es mit der Verwarnung hingehen, ein ander Mal weniger zerstreut zu sein und den Konfirmandenunterricht nicht durch so unnützes Spielen mit dem Tintenglas zu stören. Schäme dich!"

Und Susel schämte sich gern. Ihr Gesicht war purpurrot, schweigend nahm sie den Tadel hin. Kaum war dann der Herr Pfarrer zur Tür hinaus, hörte sie einen sagen: „Du hast mich aus einer schönen Patsche gezogen!"

Sie hatte nicht den Mut, sich nach ihm umzusehen, wechselte mehrmals die Farbe; aber unglücklich fühlte sie sich nicht. Auf die Äußerungen, wie einfältig es sei, sich für einen anderen auszanken zu lassen, erwiderte sie nichts, ließ auch daheim nichts davon verlauten. Als die Mutter es dennoch erfuhr und schalt, daß sie für den Münsterer Taugenichts die Strafe unschuldig erduldet habe, nahm sie auch diese Vorwürfe still und gelassen hin.

Von da an erfuhr die Haltung des „kruselköpfigen" Schorsch ihr gegenüber eine Änderung. Harte Worte blieben jetzt aus, und auf der Eisbahn, die im Vorbeikommen benutzt wurde, stand er ihr helfend und stützend zur Seite. Er erwies ihr überhaupt so manche kleine Aufmerksamkeit, die er früher keiner, nur vielleicht einer gewissen Katel, der kleinen hübschen Tochter des Löwenwirts, gewidmet hatte. Sein Kamerad Michel dagegen beschäftigte sich mehr mit Gretel oder vielmehr „Dretel", denn Michel konnte das „K" und „G" nicht aussprechen.

Nur einmal kam Susel in jenen Wochen verstimmt heim. Auf der Kreuzstraße oben, wo der Weg von Gleiszellen her auf der First des Kreuzsteins die Straße rechtwinkelig durchschneidet, war eben ein schwer mit großen Weinfässern beladener Wagen vierspännig dahergekommen, als die Konfirmanden vorüber wollten. Nebst dem Fuhrknecht war noch ein hübscher junger Mann beim Wagen, der den Knecht halten ließ, und, zu Susel herkommend, fragte: „Bist du nicht von Oberhofen und heißt Groß, mein liebes Kind?"

„Susanna Groß", war ihre etwas betroffene Antwort.

„Saperment, Susele", fuhr er vertraulich fort, „wie bist du groß geworden. Noch ein paar Jahre, und du könntest meine Frau werden!"

Während die anderen lachten, errötete sie tief, und das Weinen stand ihr vor Ärger und Beschämung nahe. Wie kam denn der fremde Mensch dazu, ihr das zu sagen! Als er ihr nun gar die Hand unters Kinn legen wollte, entwandt sie sich ihm voll Unmut. Er lachte. „Grüß mir deine Leute schön vom Kronenwirts Konrad!" sagte er, knallte mächtig mit der Peitsche, trieb die vier Pferde an, und fuhr den Firstweg auf dem Rücken des Kreuzsteins entlang.

Dem Mädchen war es eine höchst unangenehme Begegnung gewesen; sie ärgerte sich sehr, so sehr, daß es ihr fast den ganzen Tag verleidete. „Der garstige Mensch! Seine Frau! Eher tät' ich mir ein Leid an!" sagte sie zu Gretel. Und als diese meinte, er habe ja nur so im Spaß gesprochen, meinte Susel: „Ich mag solche Späße nicht!"

Als ihre Mutter davon erfuhr, sagte sie: „Das braucht dich nicht zu ärgern, der gehört zu unserer reichsten Freundschaft. Wär' er nicht schon Hochzeiter und du so gut als versagt, wer weiß, was geschehen könnte!"

Das klang für Susel sehr bedenklich. Versagt? Mit innerem Schreck erfüllte sie das Wort. Sie konnte ihre Traurigkeit längere Weile nicht verwinden. –

Der Frühling war gekommen. Die Wiesen und Wegraine waren wieder grün, die Mandelbäume standen in voller Blütenpracht in den kalten Reben, die Lerchen und Finken sangen. Da zog auch Hoffnung und Freude in das junge Menschenherz, und glücklich streichelte sie gelegentlich dem von ihrem Vater verhätschelten Füllen den Hals, wenn es zierlich zu ihr her an die Hausstaffel tänzelte, um dann scheu wieder zurückzuweichen; oder sie kraulte den jungen Lämmern die wolligen Köpfchen, wenn sie im Grasgarten und Hof zu ihr hergelaufen kamen. Eines Tages nahm dann Susel das zusammengefaltete Papier mit schwerem Inhalt, und brachte es in der letzten „Stunde" dem Herrn Pfarrer, der seinen besonderen Dank ausrichten ließ.

Und nun war der Palmsonntag über das grünende Land heraufgestiegen, an dem die Einweihung der Konfirmanden in Münster stattfinden sollte. Juliane, die sich ohnehin mit der unierten Kirche völlig ausgesöhnt hatte, ließ für diesmal das Vorurteil gegen Münster fallen. War doch Susel die oberste von allen und – das unterlag keinem Zweifel – auch die größte und schönste in ihrem neuen schwarzen Merinokleid mit dem großen weißseidenen Halstuch. Man konnte ja für das Herzenskind etwas aufwenden. Und nun wurde angespannt; man fuhr am sonnigen Morgen des Palmsonntags durch die aufgrünende Hügellandschaft nach Münster in die Pfarrkirche.

Der Verlauf des Gottesdienstes war erhebend, die Prüfung, das Bekenntnis, die Einsegnung gar rührend, wenn die Gemeinde sang und dann die Kinder ihren Vers anstimmten. Sie standen geschmückt um den Altar; die Jungen aus Gleiszellen, Gleishorbach, Pleisweiler und Oberhofen in mächtigen Nebelspaltern, was denen von Münster etwas Anlaß zu innerer Heiterkeit gab, besonders da die Gleiszeller ihre Antworten plärrend herleierten. Man erkannte die Angehörigen der einzelnen Gemeinden sofort an der Aussprache. Susanne Groß hatte schon einmal eine Frage ruhig, schüchtern, aber ohne Stocken beantwortet. Sie war auffallend bleich, auch ihre Mutter, ihr Vater gespannt, als müsse noch ein besonders weihevoller Moment kommen. Und nun fragte der Geistliche, sich an Susel wendend: „Und warum, Susanne Groß, heißt unsere Kirche protestantisch?"

Das Mädchen atmete tief auf, ihr Herz pochte; allein sie war sich des feierlichen Augenblicks völlig bewußt und durfte keine Schwäche über ihr junges Herz kommen lassen. So begann sie denn ihre Antwort, langsam, ausdrucksvoll, bald selbst ergriffen und gehoben von den Worten, die ihr nie so verständlich geklungen waren wie jetzt, wo sie in ihrem Munde zum Verständnis der ganzen Gemeinde gelangten, so daß in tiefer Stille schon von Anfang alles der schönen, vollen Mädchenstimme lauschte und jedermann, selbst der würdige Geistliche, mit Innigkeit ihrem Vortrag folgte: „Weil unsere Kirche das edelste Recht des vernünftigen Menschen, frei und redlich in der wohlgeprüften Wahrheit fortzuschreiten mit christlichem Mut, in Anspruch nimmt, gegen alle Geistesknechtschaft wie gegen allen Gewissenszwang ewigen Widerspruch einlegt und dabei ungestörte innere Glaubensfreiheit behauptet."

Man hatte diese Ausführung des damaligen Katechismus schon öfter gehört, aber noch niemals war dieser, für Kinder und einfache Landleute allerdings schwere und verwickelte Satz so ergreifend zum Verständnis der Gemeinde gedrungen wie diesmal.

Henrich Groß, im Stuhl der Kirchenältesten, sah in tiefem Ernst vor sich hin. Juliane strahlte in Tränen; ihr Herz schlug beklommen stolz in ihrer Mutterbrust, und ohne allzu bescheidenen Dank hörte sie das bewundernde Geflüster umher. Man hatte kaum mehr auf weitere Katechismusfragen acht, aber schluchzend hörte man endlich vor der Einsegnung, die Kinder ein eingeübtes passendes Lied dreistimmig singen: „Wir nahen uns, o Vater, wir, deine Kinder, nahn, um deinen Vatersegen, von neuem zu empfahn."

Kurz, es verlief sehr feierlich und rührend. Und erschüttert stand dann Frau Juliane mit der Tochter vor der Kirche, einen Händedruck von Leuten empfangend, die sie noch nie gesehen hatte, um auf den Vater zu warten, der erst mit dem Herrn Pfarrer und dem vereinigten Presbyterium herauskommen konnte.

Der Geistliche und die Presbyter kamen und reichten mit schmeichelhaften Äußerungen Mutter und Tochter die Hand. Nun wurden sie von mehreren Seiten eingeladen, zum Mittagessen zu bleiben. Als Juliane darauf hinwies, daß die Pferde schon ungeduldig würden und daß man sich doch etwas aus der Ordnung fühle, äußerte einer der Männer von Münster: Man sei schon in Ordnung und wenn es not tue, so gebe es auch in Münster Spiegel, um sich zu überzeugen. Der Mann hatte nichts Böses dabei gedacht. Allein Juliane war einsilbig geworden, drängte und fühlte sich nicht eher ruhig, als bis man auf dem Wagen saß und die Pferde, von Hanjerg angefeuert, die Kreuzstraße hinansprengten.

Susel saß still neben der Mutter. Sie sah ernst und nachdenklich aus. Sie hatte ja auch Anlaß zum Nachdenken. Mit dem heutigen Tag hatten die Gänge nach Münster ihren Abschluß gefunden. Wann kam sie wieder dahin! Vielleicht nie, nie wieder. Von den Nußbäumen an der Straße sangen die Buchfinken. Es war sehr schön.

Sie legte die Hand vor die Augen. Da war es ihr, als ob's Nacht geworden sei, eine rauhe Frühlingsnacht, und ihr entgegen käme ein Wagen; darauf saßen hinterm Fuhrmann zwei Männer und eine Frau im Hochzeitskleid, tief verhüllt, trauernd wie eine Nonne. Und da sie vorüberfuhr und sie ihr in das bleiche Gesicht sah, da erschrak sie auf den Tod, – denn sie war es selbst.

7

Im Gefilde

Eine stille, minder bewegte Zeit folgte für das junge Mädchen. Susel ging nur noch in die Sonntagsschule, außerdem fleißig in die Kirche, und wandelte an Sonntagnachmittagen mit Gretel dann und wann ins Gefilde, den Heerweg entlang oder auf der nach Münster führenden Straße. Über die Ortsflur hinaus wagten die Mädchen sich nur selten; das ist auf dem Lande nicht Sitte.

Andere junge Leute von Oberhofen, Knechte und Mägde, machten ihre Ausflüge zumeist den Wiesengrund hinunter bis zur Stelle des untergegangenen Dorfes Weier, wo man an Sonntagabenden wohl auch mit der jungen Welt von Niederhorbach zusammentraf. Nur Susel und Gretel liebten es, einsam nordwärts durch wogendes Korn und blühenden Klee zu wandeln, bis sie den Schloßturm von Landeck hinter dem Kreuzstein aufragen sahen.

Von Schorsch hörten sie wenig mehr. Dann und wann hatte er Grüße ausrichten lassen. Einmal, ja, da waren sie ihm auf der Straße nach Bergzabern mit anderen begegnet; auch Michel und Löwenwirt's Katel waren dabei. Wenige schüchterne Worte wurden gewechselt – das war alles, und doch ein Lichtblick in Susels Leben. Gretel nahm die Sache leichter; Michel hatte sie wieder „Dretel“ angesprochen, und nun scherzte sie darüber, meinte aber doch: „Wie hübsch er das sagt!“

Nun verlautete, daß beide – Schorsch und Michel – fortgekommen seien in die Lehre, der eine, um die Küferei zu lernen, der andere, um Metzger zu werden. Das sind nebst der Müllerei dortzuland die vornehmsten Beschäftigungen. Weit fort seien sie gekommen, wohin konnte man nicht erfahren. Von nun an getrauten sich die jungen Mädchen auf ihren Spaziergängen über die stillen Feldhöhen etwas weiter, in größere Nähe von Münster. Und eines Sonntagnachmittags gelangten sie den Heerweg entlang bis über die Fuchsgruben und die Bruchwiesen hinaus auf die Hügelkette, die vom

Kreuzstein her ein schönes Hochfeld mit Kastanienbüschen an den Hängen bildet. Dort an der Flurscheide verschiedener Orte, wo am Saum des Waldes von Klingen, beim Rappenteich, einst der Münsterer Galgen stand, wird die Höhe durch steile, schroff abfallende Schluchten verengt, von denen besonders die sogenannte „Bubenstube", damals noch mehr umbuscht als jetzt, an Klüfte in den Abruzzen erinnert, und die in der ganzen Umgebung als verrufener Ort bekannt ist. Bis dahin erstreckten sich vom Gebirge noch die „Kastanienbüsche" in die Rheinebene hinein, weiter nicht. Von altersher trieben die Schäfer von Oberhofen und Niederhorbach ihre Herden bis auf diese entlegenen Höhen. Dort über der „Bubenstube" besaßen Susels Eltern noch einen Acker, von dessem hohen Rand man über das „Pfaffenkastanienstück" hin ins Tal von Münster sehen konnte, auf die stolz aufsteigenden Bergkegel und die Ruinen, die den vorderen Gebirgskamm schmücken. Da und dort in der Flur unten saßen die Münsterer Mädchen auf den Feldrainen und sangen Lieder, die bis hier herauf klangen.

Eine Weile sahen die jungen Freundinnen still in die Landschaft hinein und lauschten den verhallenden Weisen. Dann zogen sie sich auf ein schattiges Plätzchen unter den Kastanien zurück.

Jenseits der „Bubenstube", drüben am sandigen Hang, standen blühende Pfriemenstauden wie brennende Büsche. Es war ein heimliches Plätzchen auf trockenem Gras. Dennoch sagte man, es sei an dem Ort nicht „richtig". Daß er gemieden war, konnten sie bemerken. Denn weit und breit regte sich nichts, kein Mensch, kein Tier, selbst kein Vogel. Nur eine Goldammer saß unfern auf schwankendem Zweig und ließ dann und wann ihren Gesang erschallen, der die Stille gewissermaßen erst vernehmlich machte. Auch zirpten auf den Sandrillen zwischen dem Heidekraut die Feldheimchen.

Susel fühlte sich in jener Zeit gerade von solcher Einsamkeit und Ruhe angezogen. Die Mädchen flüsterten dann und wann zusammen, in kurzen abgebrochenen Worten. Wovon? Nun, dort unten im Bruch, über dem jetzt die sonnige Luft zitterte, sei – so lautete die Überlieferung – im Dreißigjährigen Krieg eine schwedische Batterie mit Mann und Roß versunken. Auf dem Heerweg aber zögen in gewissen Nächten Reiter ohne Kopf einher; eine Kutsche rolle da auf und ab, und ein fahles dreibeiniges Roß sprenge den Hohlweg entlang, bis zum untergegangenen Dorf und wieder zurück. Der alte Schäfer Abraham habe es schon oft gesehen oder seinen Hufschlag gehört. Aber da, in der „Bubenstube“ selbst, war es erst recht nicht geheuer. Hundert Geschichten erzählte man davon. Hierher waren viele gebannt, die keine Ruhe im Grab fanden; auch der Stiefgroßvater, wie die Leute sagten. Er habe Grenzsteine verrückt, gewuchert, eine arme junge Witwe aus Gleiszellen um alles gebracht. Und als er mit ihr einmal hier im Feld zusammentraf, und die Arme ihm Vorwürfe machte, habe er sie im Zorn getreten, daß sie rücklings in die „Bubenstube“ hinunterstürzte und den Hals brach. Und nun hatte man sie und auch ihn schon da gesehen, wie er durch das Buschwerk strich, hemdärmelig, in Lupfhosen, Wadenstrümpfen, Schnallenschuhen und weißer Zipfelhaube, genau wie er im Leben wohl auch daheim umhergegangen war.

Von solchen Munkeleien beim Leifeln und Kernen der Nüsse und in den Kunkelstuben mußte unvermeidlich auch manches den jungen Mädchen zu Ohren kommen. Nun dachten sie beide daran, dorten in der Sonntagsstille, als es mit einem Male hinter ihnen raschelte, als streiche jemand durch das Strauchwerk, halte die Zweige auseinander und lasse sie hinter sich zurückschnellen. Erschreckt schrie Gretel auf; Susel sah nur erblassend um und erhob sich, indem sie der Freundin Hand faßte, um sie ebenfalls aufzurichten.

„Ihr Mädel, habe ich euch so erschreckt?“ fragte eine Stimme, deren Klang unserer Susel alles Blut wieder aus dem Herzen in die Wangen trieb. Denn vor ihr stand der, den sie nicht so nahe geahnt hatte. „Ihr seid groß und – hübsch geworden!“

„Und wo kommst du denn her, Schorsch?“ fragte Gretel, die zuerst wieder ihre Fassung erlangt hatte.

„Ich?“ fragte er, während er eine frisch geschnittene Gerte durch die Luft sausen ließ. „Geradewegs von Münster. Ich hatte in Niederhorbach und dann noch in Bergzabern etwas auszurichten und meinen Weg durch die Bubenstube genommen, um nach den jungen Birken zu sehen, ob sie zu Faßreifen heranwachsen. Aber wollt ihr euch nicht wieder setzen?“

Die Mädchen hatten es nicht im Sinn, sondern sie begleiteten ihn nach stillschweigender Übereinkunft den Sandweg am „Bremmenbüschel“ entlang über die Bruchwiesen gegen die Fuchsgruben hin.

Er sei wegen der nahen Kirchweih auf Besuch daheim, sonst in der Lehre in Edenkoben, sagte er.

„Ach, so weit!" seufzten die Mädchen; denn es waren vier gute Stunden zu Fuß dahin. Auch Michel war fort, in Bellheim.

„Ach der denkt so wenig mehr an mich, als ich an ihn. Es kann ja doch zu nichts führen."

Nach einer Pause machte Schorsch, der die Ungleichheit des Vermögens kannte, beiläufig die Bemerkung: „Ein oder zwei gute Weinjahre gleichen viel aus. Und du, Susel, denkst du denn noch manchmal an Münster zurück?"

„Oft genug!" sagte sie sanft, hatte aber nicht den Mut, ihn dabei anzusehen.

„Auch an mich?"

„Warum denn nicht!"

„Das freut mich!" sagte er.

„Aber du kommst da ganz von deinem Weg ab!" meinte sie.

„Das macht nichts!" sagte er.

Wieder trat eine Pause ein, in der sich indes eine seltsame Musik vernehmlich machte. Es klang, als ob einer auf einem Lindenblatt den „Lauterbacher" blase und ein anderer als Begleitung: „Ei, du lieber Augustin" dazu pfeife. Als unsere jugendliche Gesellschaft aus dem Hohlweg auf die Feldhöhe kam, wo ihre Richtung den Heerweg schnitt und das stille Dorf hinter den Brachäckern und Obstgärten hervorschaute, kamen auf einem der dort kreuzenden Wege zwei große Bauernburschen mit den Händen in den Taschen und sichtlichem Behagen an ihrer Musik etwas lümmelhaft dahergeschlendert. Schorsch, der nicht nach Oberhofen wollte, grüßte die Burschen aus einiger Entfernung, ohne Gegengruß zu erhalten, verabschiedete sich dann mit einem raschen Händedruck von den beiden Mädchen und schlug auf einem Seitenpfad die gerade Richtung nach Niederhorbach ein, indem er über die Feldhöhe schritt, seine Gerte schwang und vor sich hinsang: „Mädchen meiner Seele, bald verlaß ich dich! Aber du sollst bleiben unveränderlich."

In demselben Augenblick verstellten die zwei Burschen den Mädchen den Weg.

„Was hat denn der Heidelbeerenschnitzer von euch gewollt?" fragte Stoffel.

„Du siehst doch", erwiderte Susel, „er geht über Feld."

„Ich will nicht hoffen, euch zu gefallen", meinte Stoffel, sich mit seinem Freund Hannes den Mädchen an die Seite heftend. „Das ginge doch dich nichts an", antworteten beide Mädchen in einem Atem.

„Das will ich dir doch zeigen!" sagte Stoffel zu seiner Schwester. „Der ist ja noch nicht trocken dahinten. Und wenn ich ihn noch einmal in unserem Feld erwische, reib' ich ihm die Ohren."

„Ich tät's auch!" fügte der scheele Hannes, vor sich hinlächelnd, hinzu und machte eine Handbewegung, als würde er ihm dazu noch die Rippen entzweischlagen.

„Du nicht und der da nicht!" versicherte Susel gereizt.

„Es gehört sich gar nicht, daß solche Krotten allein sonntags über Feld gehen", fuhr Stoffel fort. „Werdet erst flügge! Es gehört sich nicht."

„Dich geht es nichts an!" sagte Susel fest.

„Na, wart', ich werd's der Mutter sagen."

„Meinetwegen mach' den Angeber!" versetzte Susel. Es war ihr aber doch nicht einerlei.

Dann fingen die beiden Burschen an, sich über die Äcker am Wege zu unterhalten, daß Silbernagel's Spelz schön stehe und der Repsacker einige Fuhren Mist vertragen könnte.

Da tauchte eine Reihe von Mägden auf, die, Arm in Arm, in getragenem Ton fast klagend vor sich hinsangen:

„Wenn ich einst gestorben bin,
Wer wird mich dann bedauern?
Die Vöglein in dem grünen Wald,
Die werden dich betrauern."

„Gewiß ist eure Nettl dabei", sagte Gretel. „Ein schönes Lied, wie sie es in Münster singen, nur zu traurig. Kann die Nettl so traurige Lieder singen?"

„Oh, der Nettl ist alles einerlei!" warf, seiner Schwester zuvorkommend, Stoffel hin, während die Sängerinnen grüßend herübernickten und ohne Einhalt drüben langsam den Weg in die Flur hinein verfolgten. „Die singt alles!" fügte Stoffel hinzu. „Was will denn der Holzschlegel in Niederhorbach tun?" erkundigte er sich dann, nochmals auf Schorsch zurückkommend.

„Das bindet er wohl niemand auf die Nase", war die ärgerliche

Antwort. Denn die Mädchen vermochten ihren Widerwillen gegen die ihnen aufgedrungene Gesellschaft nicht zu verleugnen. Sie konnten ihren Unmut jedoch noch so sehr kundgeben, sich hinwenden, wohin sie wollten; die beiden Burschen blieben ihnen zur Seite und schienen es darauf abgesehen zu haben, mit ihnen in das Dorf zu gehen.

„Ihr alten Esel", sagte Gretel entrüstet, „laßt uns jetzt in Ruhe."

„Ei, wie lang dauert's", erwiderte Stoffel gleichmütig, „und ihr seid gerade alt genug für uns."

„Für euch? Nicht mit einem Stecken möcht' ich dich anrühren, bleibe du mir von der Seite!" sagte Gretel und rannte mit Susel davon, so rasch sie konnten, hinter den Zwetschgengärten hin, so daß die Burschen, um Aufsehen zu vermeiden, nicht weiter nachsetzten.

Aber noch am nämlichen Abend nahm Juliane ihr Töchterchen vor und erkundigte sich, warum sie so schnell heimgelaufen sei.

„Mutter", klagte Susel, „der alte Stoffel und der scheele Hannes lassen uns keine Ruh', wenn wir im Feld spazierengehen."

Die Mutter jedoch schien es ganz in Ordnung zu finden, daß die Burschen sich zu ihnen hielten. Aber Susel beteuerte, sie und Gretel wollten durchaus nichts von den beiden Eseln wissen.

Darauf äußerte die Mutter, man solle nichts so weit wegwerfen, um es nicht wieder holen zu können. Der Hannes sei ein sehr ansehnlicher Bursche.

„Aber er guckt ins Gerstenfeld."

„Laß ihn nur gucken. Sein Gerstenfeld ist das größte im Gemark. Und außerdem hat er noch andere Felder, über die er weithin gucken kann."

„Er kann haben, was er will; ich laß mir nicht gefallen, daß die zwei uns überall nachlaufen."

„Laß es gut sein, Susel. Du weiß nicht, was du willst. Künftig gehst du sonntags mit Gretel nicht gegen Münster zu spazieren, sondern am Bach hinunter, wie Stoffel und Hannes, gegen Niederhorbach hin."

„Ich kann doch hingehen, wohin ich will, Mutter!"

„Nein, das kannst du nicht", fuhr Juliane auf. „Und damit fertig meine Küch'!" Das war so ihr Ausdruck, wenn sie keinen Widerspruch mehr hören wollte.

Susel erschrak und sah betroffen vor sich hin. Über das junge Herz kam eine beklemmende Angst, über die sie sich kaum Rechenschaft abgeben mochte. Sie widersprach nicht länger. Sie verhielt sich still, ging von nun an mit Gretel zwar nicht mehr gegen die Kreuzsteinhöhe hin spazieren, aber auch nicht mit dem großen Haufen den Wiesengrund hinunter, sondern blieb zumeist am liebsten daheim.

8

Übergänge

Der Sommer war dahingegangen. Die Feldarbeit hörte aber nicht auf und dauerte bis über den Herbst noch tief ins Spätjahr hinein. Die Rüben mußten behackt, die Kartoffeln ausgemacht, das Wurzelwerk heimgebracht, die Felder geräumt, gepflügt, gedüngt, die Wintersaat bestellt werden. Und mit der Weinlese ging die Arbeit an der Kelter und im Keller los, und das Dungfahren in die Wingerte zog sich noch in den Winter hinein. Da hatte der Vater immer zu tun und nachzusehen; auch die Mutter konnte wenig an anderes denken, als an die Führung des Haushaltes für die eigenen Leute und für die vielen Taglöhner am Tisch.

Unter diesen Umständen fiel das veränderte Wesen des Töchterchens, das alle Munterkeit verloren zu haben schien und sich meistens still daheim und in der Stube hielt, weniger auf. Vater und Mutter waren zu sehr in Anspruch genommen, um genauer drauf zu achten, und Juliane hatte gerade damals wieder ihre eigenen Sorgen.

Die Großmutter im Nebenbau hatte wieder angefangen, in ihrer Weise halbe Reden zu führen und rätselhafte Andeutungen zu geben, ohne sich jedoch beim Wort nehmen zu lassen. Die Alte wußte oder erriet alles – man vermochte nicht dahinterzukommen – was im Haus vorging. Zwar verließ die Schwiegermutter noch immer ihr Bett nicht, war aber dennoch in alle Kleinigkeiten eingeweiht, so daß man glauben konnte, sie erfahre es im Traum oder die Hausgeister stellten sich bei ihr ein, um ihr diese Heimlichkeiten zuzuflüstern. In der Tat, es schien nicht mit rechten Dingen zuzugehen, so genau wußte sie Auskunft über Dinge, die selbst dem scharfen Auge der Hausfrau entgangen waren. Sollte sich die alte Frau gerade in dem Betracht, der Juliane nahezu der wichtigste dünkte, einem Irrtum, einer Täuschung hingeben?!

Als sie nun einmal wieder, während bei nassem Wetter in der Tenne gedroschen wurde, von der Schwiegermutter herüberkam, sagte sie zu ihrem Mann, der eben einen ausgebesserten kleinen Kleiderrechen an der Wand der Wohnstube befestigte, indes sie auf den Schemel stieg, um Weinreste aus Gläsern und Krügen in das tönerne Essigfaß überm Ofenmäuerchen zu schütten, wobei sie sich halb zu ihm hinkehrte: „Wir müssen eine Änderung machen, Henrich."

„Inwiefern?" fragte er ruhig.

„Nettl muß bis Weihnachten fort."

„So! Bist du denn nicht mehr zufrieden mit ihr?"

„Zu klagen hab' ich ja eigentlich nicht", sagte Frau Juliane in einiger Verlegenheit. „Aber es tut nicht länger gut." Und dabei warf sie einen beobachtenden Blick nach ihm.

Völlig ruhig und gelassen klopfte er den Nagel fest und sagte in einem Ton, der ihr alles überließ: „Das ist deine Sache, Juliane."

„Sie wird mir so gefallsüchtig."

„So! Mir ist es noch nicht aufgefallen", erwiderte er und erprobte das angenagelte Brettchen mit dem Zapfen, ob es auch fest genug sei.

Überdies kamen die taube Aplone und Nettl fast gleichzeitig in die Stube; jene, um Brotkrumen für die eingesperrten Kapaunen zu holen, diese, um einige Töpfe in die Milchbank am Ofen zu stellen, während sich Groß jetzt mit einer Probe des geernteten Hanfsamens beschäftigte. Juliane hatte ihre eigene Manier, sich mit der getreuen Aplone trotz deren Taubheit zu verständigen; es geschah durch sprechende Blicke, worin sie ein außerordentliches Geschick entwickelte, wie sie überhaupt über ein sehr ausdrucksvolles Mienenspiel verfügte. Einen solchen Blick, der zwei Personen im Zimmer streifte, die keine Ahnung von dieser Verständigung und ihrem Zweck hatten, fing nun die alte Aplone auf, schüttelte darüber den Kopf, füllte ihre Schürze mit Brotresten und sagte, hinausgehend, nur das halbartikulierte Wort: „Ah pah!"

Als nun auch der Hausvater sich in den Hof und nach der Scheuer zu seinen Dreschern begab, um sich aus Hanfbast einige Peitschenschnüre zu flechten, wie er es als Knabe getan hatte, befand sich Nettl mit der Hausfrau allein im Zimmer, so daß diese in weniger entschlossenem Tone begann: „Meinst du nicht, Nettl, daß wir einen Wechsel eintreten lassen könnten?"

„Ich habe auch schon daran gedacht", sagte die Dirne etwas unmutig. „Man scheint nicht zufrieden mit mir zu sein, und ich habe mir doch Mühe gegeben und geschafft, so gut ich kann."

„Woran merkst du denn, daß man unzufrieden mit dir ist, Nettl? Deine Mutter hat mir damals auf die Seele gebunden, acht auf dich zu haben."

„Ei, Ihr, Bas, seid ja gut gegen mich", sagte die Magd. „Aber der Vetter ist so kurz und von oben herunter. Der Vetter muß etwas gegen mich haben."

Frau Juliane sah sie mit durchdringenden Augen an, als wolle sie ihr klar ins Herz sehen. Aber Nettl hielt den Blick aus. Es war offenbar ihr aufrichtiger Ernst.

„Nun", sagte die Hausfrau, gutmütig lachend, „tröste dich mit anderen, Nettl. Es ist seine Art so. Du mußt dich daran nicht kehren und nur deine Pflicht tun. Weiteres bedarf es nicht, und es bleibt beim Alten."

Bei sich aber nahm sich Juliane vor, der bösartigen Schwieger einmal den Standpunkt recht klarzumachen, wenn sie noch einmal solche argwöhnischen Reden führe. Und Nettl blieb wieder für ein Jahr im Hause.

Heinrich Groß aber, der bei fortdauerndem Regen zuweilen nach dem Hanf sah, der auf den gemähten Wiesen zur Röste ausgebreitet lag, schüttelte damals und nachher über das sonderbare Benehmen seiner Frau verwundert den Kopf. Welche Launen gaben sich doch im Verhalten der Hausfrau kund! Seine Aufmerksamkeit war erregt. Aber erst allmählich drängte sich ihm die Mutmaßung bis zur Überzeugung über die eigentliche Triebfeder ihres Tuns auf, und er fragte bei sich, unter welchen Einwirkungen und Beweggründen sie wohl handle. Anfänglich ärgerte er sich im stillen, später lächelte er über seinen Ärger und ihren Argwohn.

Das Jahr ging zur Neige. Bis in den Advent zog sich noch die Zubereitung des durch Regen, Tau und Herbstnebel auf den Wiesen gerösteten Hanfes hin. Das Dörren über den Feuern der Hanflöcher, die Bearbeitung unter der klappernden Brechbank und unter dem unheimlich sausenden, alles zermalmenden Steinklotz der Hanfreihe, zuletzt auf der Hechel: alles war endlich vorüber, und nun umschlossen ihn die schimmernden Kunkelbänder, und die Spinnrädchen schnurrten wieder in den Winter hinein.

Damals, bei Adventbeginn, hielt aber die Hausbewohner noch

eine eigene Sorge in Atem. Es war der Ziehungstag für die Konskriptionspflichtigen, zu denen auch Stoffel und Hannes gehörten. Die Glut in den Hanflöchern leuchtete noch in den dunklen Morgen und Abend hinein, als die jungen Burschen in Hoffnung und Bangen, ob sie das Los treffe, dennoch laut singend früh nach der Stadt zogen und dann abends wieder ihre Losnummern und bunte Bänder an den Mützen mit hallendem Gesang heimkehrten, dabei in den Wirtshäusern an der Straße den verhängnisvollen Tag feierten.

Nur zwei Konskribierte gingen nicht mit, sondern schlichen verstohlen querfeldein, die gewohnten Pfade nach dem Dorf zurück: Stoffel und Hannes. Es war damals Sitte, daß die reichen Bauernsöhne schon vor der Ziehung die Einstehersumme erlegten, um allem enthoben zu sein. Allein Stoffel und Hannes taten das nicht, sondern ließen es darauf ankommen mit dem Los; man konnte ja nicht wissen, ob nicht die hübsche Summe erspart wurde. Und richtig, die beiden reichen Filze zogen die höchsten Nummern und waren also völlig militärfrei. Nun erwarteten ihre weniger glücklichen Kameraden, daß sie doch mindestens diesmal am Zusammentrinken teilnähmen und möglicherweise etwas „springen" ließen. Aber!

„Was hab' ich davon?" sagte Stoffel und zog seinen Freund Hannes heimlich fort, nach Hause, wo sich beide dann allerdings am elterlichen Wein so toll und voll tranken, daß sie noch den andern Tag kaum stehen konnten. Solches Verhalten aber stimmt nicht zum Charakter der Bewohner des Weinlandes, und als es ruchbar wurde, gab es besonders in Münster viel Anlaß zu spöttischen, ärgerlichen und lächerlichen Bemerkungen. Aber Stoffel und Hannes machten sich nicht das mindeste daraus und fanden desto größere Anerkennung bei der Großmutter im Altenteil.

Diese stand damals unter Behandlung des Doktor Flax oder Flaccus, wie er sich gern nennen hörte, desselben, der Juliane jene Übersetzung des Bernhardinischen Grundsatzes vom Schweigen der Weiber in der Kirche gegeben hatte. Er war ein Original, das konnte ihm niemand absprechen, dabei ein unscheinbares Männchen mit aschblondem Backenbart, Brille, feinen Zügen. Sein Wohnsitz war nicht in der nahen Stadt, sondern im Dorfe Pleisweiler; seine Kleidung, sommers und winters, dasselbe leichte, lichte Gewand, das er als vorzugsweise gesund rühmte. Man sagte, er sei ein Schwiegersohn des Amtskellers und kurpfälzischen Hofgerichtsrates Orsolini, der in der Revolutionszeit durch die Maires Adam Jung und David Silbernagel von Pleisweiler und Oberhofen, zum Entgelt früherer Amtsübergriffe, nicht wenig gehudelt worden. Aber des Doktors Frau war gestorben und hatte ihm nichts hinterlassen, auch keine Kinder. Seine Praxis war nicht besonders groß, auch seine Rechnungen waren es nicht. Mit seinen Patienten stand er auf dem freundschaftlichsten Fuß, aß und trank, was gerade vorhanden war, und suchte wohl selbst in Schubladen und Schränken danach oder klimperte verständlich mit dem Kellerschlüssel. Schwartenmagen zum Wein, ob neuer oder alter, galt ihm gleich, war seine Liebhaberei; doch verschmähte er auch sonstige Aufwartungen pfälzischer Gastfreundschaft nicht, selbst da, wo sich keine Patienten für ihn fanden. Kurz, er war aller guten Menschen Freund, und hatte nur einen Feind, den er haßte: den Schäfer Abraham, der ihm starke Konkurrenz machte.

Unser Doktor Flaccus kam eines Wintertages aus dem Vorbehaltszimmer der Großmutter in die Wohnstube herüber, wo bereits ein Krug „Neuer" auf dem Ofenmäuerchen stand und der Tisch mit einer Platte Schinken und sonstiger Hauskost, gerade wie er es liebte, ausgestattet war. Es bedurfte keiner weiteren Einladung; Dr. Flaccus setzte sich und begann sein Werk.

„Na, wie stehts drüben, Doktor?" fragte Heinrich Groß, indem er den Kopf nach der Hofseite schwenkte.

„Bedenklich, höchst bedenklich!"

„Was fehlt ihr denn eigentlich?"

„Meine Diagnose lautet auf morbus simulatus."

„Was ist das?"

„Eine sehr gefährliche Krankheit."

„So! Dann schmeckt es ihr nicht mehr?"

„Doch, doch. Das ist dieser Krankheit eigentümlich, daß es den damit Behafteten vortrefflich schmeckt und wohl bekommt."

„Sonderbare Krankheit. Also wirklich gefährlich?"

„Sehr, – weniger dem Patienten selbst als den Angehörigen."

„Ich fange an, zu begreifen!" meinte Groß heiter.

„Im Vertrauen, lieber Freund!" sagte der Doktor, indem er den Weinkrug am Henkel faßte und das Schoppenglas wieder vollschenkte, „es fehlt ihr im Grunde gar nichts. Sie ist so gesund wie eine Eichel und kann noch euch und Frau Juliane überleben."

„Potz Donner?" fuhr es Groß heraus, und er brach eine Walnuß auf, die er gern zum Wein knusperte.

„Warum will sie nur krank sein, und warum verschreiben sie ihr das Apothekerzeug?"

„Verschreibe ich ihr nichts, so wendet sie sich an den Schäfer. So mag sie denn manches unschädliche Säftlein verschlucken, das ihr wenigstens Bauchgrimmen macht. Sie will ja weiter nichts, als wie eine Kranke behandelt sein und jede Schleckerei verlangen dürfen. Was sie verzehrt, bekommt sonst niemand, denkt sie. Aber sagt nur der Frau Juliane nichts von alldem."

„Ah, pah! Ich werde was sagen! Fällt mir nicht ein!" versicherte Groß. „Meine Frau würde es auch nicht glauben und argwöhnen, ich mißgönne der Schwieger etwas. Aber Sie, Doktor, widerstrebt nicht Ihrem Gewissen solcher Unterschleif?"

„Nicht sehr, ich kurier' die Leut nach meiner Art, wie der Doktor Eisenbart, mache Tote gesund und Lebendige krank, wenn sie Lust dazu haben. Diese da leidet aber wirklich an einem großen Übel."

„Na, wieso?"

„Sie hat die Drachensucht."

„Ha, ha! Versteh'!"

„Sie legt sich ins Bett, um euch zu ärgern."

„Sie ärgert mich nicht. Auf Ihre Gesundheit, Doktor!" Und damit trank Groß und brachte es seinem Gaste zu.

„Habt Ihr schon vom Fafnir gehört, der als Drache auf seinem Hort lag?" fragte der Doktor, nachdem er getrunken hatte.

„Mein Lebtag' nicht."

„Nun, ein ähnlicher Fall scheint hier vorzuliegen. Aber, nun im Ernst, Freund Groß, was ist denn mit meinem lieben Schatz, eurer Susel? Sie gefällt mir nicht."

Der Vater verfärbte sich. Es war ihm auch eine starke Veränderung in dem Wesen seines Kindes aufgefallen. Sie war grämlich, stets zum Weinen aufgelegt, bleich im Gesicht. Allein, er hatte sich weiter keine Sorge gemacht und geschlossen, es käme vom Wachsen. Dabei zeigte sich eine täglich wachsende Menschenscheu; sie saß am liebsten allein an ihrem Rädchen oder bei ihrem Strickzeug. Mit beklommenem Herzen sah der Vater den Doktor an, indes auch Juliane eintrat und ebenfalls geängstigt den Andeutungen des Hausarztes folgte.

„Großer Gott", rief sie, die Hände faltend. „Sie wird mir doch nicht kränkeln?"

„Sie kümmert", drückte sich Doktor Flaccus aus. „Ist sie denn streng gehalten oder in ihren Wünschen eingeschränkt?"

Vater und Mutter sahen einander fragend an und antworteten gleichzeitig, daß sie nicht wüßten.

„Daß sie nicht überbürdet ist, glaube ich gern", fuhr der Doktor fort. „Ich fürchte im Gegenteil, man mutet ihr zu wenig zu –"

„Wär es denn schon zum Heiraten Zeit?" fragte endlich die Mutter.

„Gott bewahre!" verneinte der Doktor bestimmt, fügte dann aber ernst mahnend hinzu: „Laßt sie mehr zu ihresgleichen, das gibt Lebensfreude. Und dann hinaus an die frische Luft! Laßt sie mit Frühjahrsbeginn ins Feld. Nichts besseres als Feldluft. Seht die Mägde an, die Nettl, die strotzt von Gesundheit. Also fleißig mit ins Feld, täglich. Das ist das Heilsamste."

Und Heinrich Groß sagte damals und noch öfters nachdenklich zu Frau Juliane: „Ich glaube, der Doktor hat recht!"

9

Im Lenz

Es sang eine junge Magd, die mit der Sichel und dem Grastuch unterm Arm auf dem Wiesenpfad vom Dorf her in die Wiesen ging. Und da waren noch zwei Mädchen auf der Bleiche; die eine lief, hochgeschürzt, mit der Gießkanne wie eine Bachstelze die glänzenden Linnenstreifen entlang.

„Natürlich ist's die Nettl, die so singt", sagt das schlanke Mädchen. „Die hat keine Sorgen."

„Hast du Sorgen, Susel?" fragte die andere lachend.

„Warum denn nicht! Allerhand Kummer!" war die seufzende Antwort. „Das ist Erdenlos!" Dann aber lachte sie über ihre altkluge Weisheit. Sie spritze die Gießkanne vollends aus und horchte dem Gesang:

> Und als er wieder nach Hause kam,
> Herzliebste stand unter der Tür,
> „Gott grüß dich, du hübsche, du feine, jujah, du feine,
> Von Herzen gefallest du mir!"

„Susel! Susel!" rief Nettl, ihr Lied unterbrechend.

„Was denn?"

„Acht geben! Münster ist oben!" schrie Nettl, und dann sang sie weiter:

> „Was brauch ich denn dir zu gefallen,
> Ich hab' ja schon längst einen Mann;
> Dazu einen hübschen und feinen, jujah, gar feinen,
> Der allzeit gefallen mir kann."

Acht geben? Münster ist oben? Was sollte denn das heißen und bedeuten? fragten die Mädchen einander, bis Gretel plötzlich rief: „Susel, wer kommt da von der Stadt über den Kirchberg?"

Susel erschrak so sehr, daß ihr beinah die Gießkanne entfiel.

Denn in der Tat, dort kam einer mit eiligen Schritten den Hohlweg herunter und gerade auf die Wiesenbleiche zu.

„Ich geh", sagte die Gretel schalkhaft. „Der wird dir die Sorgen schon vertreiben!" Lachend lief sie davon, den Bach entlang, während Susel in ihrer Verwirrung sich zu dem Linnen niederbeugte, um ihr Erröten zu verbergen.

„Das ist schön, Susel", rief eine ihr wohlbekannte Stimme, „daß ich dich treffe; ich gehe eigens des Weges, um dich wieder einmal zu sehen."

„Die Sehnsucht wird nicht so groß gewesen sein", erwiderte sie befangen und verschüchtert.

„Doch! Meinst du, ich denke nicht an dich, Susel?"

„Weiß ja nicht", sagte sie sanft.

„Hast du denn auch manchmal an mich gedacht, Susel?"

„So vergeßlich ist man ja nicht!"

In dieser Weise lief noch eine Weile der Faden des Gesprächs hin. Während er ihr nun mitteilte, daß er vorziehe, in Bergzabern vollends auszulernen, bevor er in die Fremde gehe, neigte sie sich den bleichenden Linnenstreifen zu, als vermeide sie ihn anzusehen. Schorsch hatte sich ebenfalls gebückt und pflückte eine der goldenen Butterblumen, die er ihr nach Kinderart ans Kinn hielt. Sie richtete sich auf; er aber ließ nicht nach, hielt noch immer die Blume an ihr Kinn.

„Eure Butter ist gut!" sagte er dann, wie Kinder tun, wenn sie auf diese Weise die Butter prüfen.

„Du hast sie ja noch nicht versucht", meinte Susel lachend.

„Darf ich kommen und sie einmal versuchen?" fragte er.

Sie wußte nicht, ob sie bejahen dürfe; sie wagte es nicht.

„Ich sehe schon, ich darf nicht", sagte er. „Ich muß mich anderswo umsehen. Zudem kommt dort deine Mutter und – da drüben gibt's etwas!" setzte er hinzu. Er berührte rasch ihre Hand und eilte wieder nach dem jenseits der Wiesen hinführenden Weg zurück, wo sich Menschen ansammelten, während die unverkennbare Gestalt von Juliane Groß den Pfad längs des Wiesengrabens daherkam.

So hatte er sich nicht unfreundlich, mehr scherzhaft empfohlen; allein dem Mädchen war es doch, als ob sich die Frühlingssonne hinter eine finstere Wolke verhüllte, als jetzt ihre Mutter zu ihr trat, fragend, wer der junge Mann gewesen sei. Der Wahrheit gemäß antwortete Susel: es sei einer der Konfirmationsgenossen von Münster. – Und was er denn da suche? – Er sei nur vorübergekommen, bemerkte Susel. – Mit unnötig scheinender Strenge meinte die Mutter, sie hätte ihn auch vorüber lassen sollen. Sie sah dann nach, ob die Linnenstreifen begossen seien, und fand alles, nur vielleicht das Gemüt ihres Kindes nicht, in Ordnung.

Indes blieben die Leute, die ins Feld gingen oder von ihm kamen, an einer Stelle halten, wo ein älterer Mann und sein Bub um eine Kuh bemüht waren, die, allein an einen leichten Dungkarren gespannt, nicht mehr weiter wollte. Stöhnend lehnte sie an einem Nußbaum am Wegrand, während der Mann fluchte, sein Bub heulte.

„Was gibt's denn da?“ fragte Heinrich Groß, der mit einem Häckchen auf der Schulter des Weges kam und den armen Weber vom Kirchberg erkannte. Irgend jemand sagte, die Frau des Mannes liege krank, die Kuh sei im Tausch gegen eine andere genommen, wolle aber nicht weiter. „Wie kann man ein solches Tier eintauschen, das keinen Tropfen Milch mehr gibt?“ fragte Groß, und als jemand einwarf, sie habe doch keine Altersringe an den Hörnern, fügte er hinzu: „Die können abgefeilt sein. Das Horn wird gegen die Spitze hin immer dicker. Kurz, es ist eine alte Kuh.“

„Und nun geht sie mir zugrunde!“ schrie der Weber verzweifelnd.

„Die Kuh ist aufgebläht, hat nassen Klee gefressen!“ sagte Groß, seine Taschen befühlend.

„Wo soll sie denn Klee herkriegen?“ schrie der Weber.

„Ja, sie hat Klee gefressen“, bestätigte heulend der Bube, „auf Silbernagels Kleeacker da vorn.“

„Also auf fremdem Acker. Wo ist der Feldschütz?“ fragte Groß. „Ohne Protokoll geht das nicht ab. Wer hat ein scharfes Messer bei sich?“

„So, auch noch!“ schrie der arme Weber und hieb mit dem Peitschenstiel auf seinen heulenden Buben ein, während ein junger Fremder vortrat und sein neues Taschenmesser hinreichte, das Groß prüfend in der Faust hielt. Der Junge heulte um seine „Bläß“, der Weber sagte erblassend: „Ihr steht mir für die Kuh, Henrich Groß.“

„Versteht sich!“ erwiderte der und stieß im nächsten Augenblick das Messer dem stöhnenden Tiere bis ans Heft an einer bestimmten Stelle in den aufgetriebenen Wanst, drehte die Klinge in der Wunde und sagte ruhig: „Es ist hohe Zeit, daß die Luft heraus kommt. Wäre es ein junges Tier, so könnte man das Fleisch gut anbringen. Aber so!"

Das Tier stöhnte erleichtert, während einige Männer es stützten und Groß nun wieder das Messer wendete. Dann hielt er eine Frau von Oberhofen an, die mit unverkaufter Butter vom städtischen Wochenmarkt heimkehrte, und bestrich die Wunde dick, indem er das Messer dem jungen Manne – es war Schorsch – mit Dank zurückreichte. Hierauf hieß er den Burschen sofort zum Apotheker Grohé in die Stadt laufen, um auf seine Rechnung eine Flasche Salmiakgeist, und was sonst heilsam in solchen Fällen, zu holen.

Die ausgespannte Kuh schritt mit sichtlicher Linderung langsam weiter, während Groß dem armen Manne noch einige Verhaltungsmaßregeln gab. „Schickt zu uns um die nötige Milch, Weber, und besucht mich einmal. Die Anzeige wegen der Kuh im fremden Klee wird gemacht. Ordnung muß sein!"

Er warf dem jungen Fremden noch einen grüßenden Blick zu und ging, mit dem Häckchen auf der Schulter, seines Wegs.

*

Die schöne Jahreszeit schritt immer weiter vor. Wenn die Pferde stark beschäftigt waren und sich keine Zeit fand, mit dem Wagen Grünfutter zu holen, mußte Nettl gleich andern Mägden den jungen Klee in hoch aufgeschichteter Tracht, in sogenannten „Loggen" auf dem Kopf heimtragen. Und eine junge Pfälzerin, hoch und stark, mit so schwerer Kopflast, deren Gleichgewicht sie mit zurückfallenden Ärmeln stützt, über die Feldhöhe heimkehren zu sehen, bildet eine der schönsten Staffagen der fruchtreichen Landschaft.

Selbst das Töchterchen des Hauses ging damals fleißig mit hinaus ins Feld, um beim „Grasen" zu helfen, mit der Sichel den süßen Klee zu schneiden und ebenfalls ihren „Loggen" heimzutragen. Das war gesund und sie blühte dabei sichtlich auf. Ohne Müdigkeit oder Langeweile tat sie ihre Arbeit, „draußen in der Au", von wo man nach dem Münsterer Weinberg hinüber sah. Nettl schwatzte von ihrer Dienstzeit in Münster, wie lustig es in den Kunkelstuben und in der Ruhepause auf der Gasse sei, vom Advent, wenn

Christkind und Pelznickel umgehen, vom Ostermarkt, der Kirchweih zu Barthelmä und von jener im Stift zu Michaeli. So verging die Zeit; der Klee war geschnitten und in mitgebrachten Grastüchern aufgeschichtet, für Nettl ein „Loggen" so hoch als sie selbst, für Susel eine kleinere Last. Aber wer half sie auf den Scheitel heben? Weit und breit war niemand zu sehen. Da kam in der Ferne jemand auf der Straße her über die Brücke im Horbacher Wiesengrund. Nettl rief und winkte. Es war Schorsch, der nach Bergzabern zurückkehrte und nun eilig herbeikam.

„Willst du so gut sein, uns die Loggen aufzuhelfen?"

„Recht gern!" rief er schon aus einiger Entfernung. „Da komm ich ja gerade recht. Aber wie halten wir's?"

„Das versteht sich doch von selber", sagte Nettl lachend. „Ihr beide helft mir meinen Loggen auf, dann hilft Schorsch allein der Susel."

Und so geschah es. Nettls Last war schwer, aber sie stemmte sich kräftig entgegen und hatte sie nun hoch zu Häupten, worauf sie mit lachendem Gesicht auf Susel wartete.

„Was krieg' ich?" fragte Schorsch das Mädchen, „wenn ich dir aufhelfe?"

„Was willst du denn?"

„Ein Bäckelchen", sagte er, und meinte einen Kuß.

„Nein!"

„Macht, macht!" sagte Nettl, zur Eile mahnend. „Die Kühe brüllen daheim nach Futter."

So griff denn Schorsch zu, und auch das Töchterchen des Hauses hielt ihre leichtere Last jetzt ebenfalls im Gleichgewicht auf dem Kopf. In demselben Augenblick beugte sich Schorsch unter die Kleelast und küßte das Mädchen auf beide Wangen.

„Aber nein!" sagte Susel vorwurfsvoll mit hochrotem Antlitz. „So was, wenn man sich nicht wehren kann!"

Nettl lachte, daß sie nahezu ihre mächtige Kleelast abwarf. Auch Schorsch nahm sich das Schelten nicht allzusehr zu Herzen und meinte, was man nicht freiwillig erhalte, nehme man sich gelegentlich. Er verließ die Straße und ging neben beiden her auf dem Weg, der unten am stillen Dorf vorüberführt. Susel grollte, gab nur kurze, einsilbige Antworten. Sie schämte sich, wußte nicht wohin mit ihren Augen. Zum Glück war die Strecke nicht weit. Während

Schorsch fröhlich pfeifend am Dorf vorüber seinen Weg nach der Stadt nahm, gelangten die Kleeträgerinnen durch den Garten in die Scheuer, wo beide ihre Last abwarfen. Susel grollte noch immer mit unmutiger Miene. Nettl dagegen warf sich in den Klee und lachte.

„Na", rief sie, „was hat er denn Arges getan? Ein Bäckelchen hat er dir gegeben!"

„Zwei!" berichtigte Susel verdrießlich, worüber Nettl noch ausgelassener lachte. „Das ist aber was!" sagte sie ein über das andere Mal.

„So, ist das nichts?" entgegnete das junge Mädchen. „Ich geh' nicht mehr in den Klee mit dir!"

„Na, wollen wir sehen!" sagte Nettl, sich aufraffend, während sie einige blühende Kleestengel, die noch in ihren schwarzen Haaren hingen, wegstrich und sich singend in den Stall begab:

„Es ging ein Jäger jagen
Ins Fichten- und Tannenholz,
Begegnet ihm auf der Straßen
Ein Mädchen, das war stolz.
Wohin, wohin du Stolze,
Wohin steht dir dein Sinn?"

Wenige Wochen darauf ging Schorsch, der jetzt in Bergzabern auslernte, wieder eines Montags in die Stadt zurück, durch den Höheneinschnitt, wo das stille Dorf in Sicht kommt, als aus der Wingertsfurche neben der Straße geworfen wurde. Gleichzeitig vernahm er ein unterdrücktes Kichern, und so stürmte er ahnungsvoll mit geheuchelter Entrüstung in die Weinlaube, um den Frevel zu bestrafen. Dort fand er, wie vorauszusehen, wieder Nettl, die sich vor Lachen schüttelte, während Susanne Groß in größter Verlegenheit und fast bestürzt an der Stelle verharrte, wo sie schon im frühesten Lenz beim Rebenlesen geholfen hatte und wo sie nun mit der Magd die Wingertsfurche ausgrasen wollte. Nun mußte die Unschuldige leiden, zur Strafe für den Mutwillen der andern abgeküßt zu werden, und all ihr Widerspruch half ihr nichts.

Diesmal ging Susel, nachdem Schorsch wieder seiner Wege geschritten war, heim und ließ Nettl allein; sie schämte sich zu sehr; auch brauchte es niemand zu wissen.

Indes kam von den Ereignissen des Tages dennoch etwas zu Ohren der Eltern. Stoffel, der mit einem Pferd und einem Karren hinausgefahren war, um das Gras heimzuholen, hatte den ihm wohlbekannten jungen Mann aus dem Wingert kommen sehen und fragte ihn nun beim Vorüberkommen, was er da zu suchen habe. Darauf erhielt er die Antwort, daß ihn das nur wenig angehe. Nun meinte Stoffel, er wolle es ihm austreiben, und er solle sich nicht mausig machen, sonst nehme er ihn bei den Ohren.

„Du mich an den Ohren nehmen?" hatte Schorsch höhnisch geantwortet, indem er, des weiteren gewärtig, stehenblieb.

Stoffel fuhr weiter, klatschte dann aber, als er weit genug war, so fürchterlich mit seiner Peitsche in der Richtung hin, daß mehrere Leute im Felde aufmerksam geworden waren. Und so hatte auch der Vater davon gehört.

„Das muß ich doch erst untersuchen!" sagte er zu Susel. „Ruf' mir den Stoffel einmal herein, mein Kind!" Mit diesen Worten setzte er sich in den Lehnstuhl und wartete, bis sein Stiefsohn kam.

Der gab ziemlich mürrisch Red' und Antwort; allein sein Stiefvater war nicht der Mann, der sich Unziemliches bieten ließ, und er gebot, den Hergang zu erzählen. Stoffel verhehlte nicht seine Meinung, daß der junge Mensch um das Susele schleiche.

„Mach' keine Flausen", sagte Heinrich Groß. „Er ist mit ihr konfirmiert worden, sie kennen sich, sie sprechen miteinander. Wer will etwas darin sehen? Und mit welchem Recht willst du jemand die offene Landstraße wehren. Haben denn die Münsterer nicht recht, wenn sie euch als rüpelhafte Bauern über die Achseln ansehen?"

Da mischte sich die Mutter drein, und Stoffel konnte mit etwas zurechtgestutztem Kopf abtreten.

„Stoffel hat so unrecht nicht!" sagte sie. „Ich hab' den jungen Menschen schon neulich an der Bleiche mit ihr getroffen, und ich glaube, der Nissenkopf läuft ihr nach."

„Das hat ja wenig auf sich, Juliane", sagte der Vater. „Übrigens scheint mir der junge Mensch so uneben nicht; ich habe im Grunde nicht sehr viel dagegen, wenn unser Susele ihre Augen auf einen von Münster wirft. Man hätt' dann seine Ansprache drüben und – auf Geld oder Gut braucht es ihr gottlob nicht allzuviel anzukommen."

„Wie du redest, Henrich!" erwiderte unzufrieden die Mutter. „Davon kann ja nie die Rede sein. Darüber sind ja schon seit langem Bestimmungen getroffen."

Soviel hatte das Töchterlein aufgeschnappt. Bestimmungen waren über sie getroffen? Was für Bestimmungen? Mit dem scheelen Hannes? Nein, Mutter, daraus wird nichts! dachte Susel. Im Innersten empfand sie dabei warmen Dank für des Vaters wohlwollende Gesinnung, die aus den wenigen Worten von ihm erhellte. Am Vater hatte sie also noch eine Stütze, wenn es einst zur Entscheidung kommen sollte. Sie hatte ja immer empfunden, wie gut er es mit ihr meinte, hatte sich stets besonders zu ihm hingezogen gefühlt. Nun wußte sie, daß, wo es sich einst um das Glück ihres Lebens handelte, ihr lieber Vater, an dem sie von nun an noch inniger hing, keine anderen Rücksichten gelten und alles darauf ankommen ließ, ihr Wohlergehen mit dem Zug ihres Herzens in Einklang zu bringen. – Aber, es war ja noch lange dahin.

10

Im Hochsommer

Wenn die Saaten bestellt sind und lustig grünen, kommt Arbeitsruhe im Feld. Man sieht hoffnungsvoll auf den heranwachsenden Segen, und auch die Weinberge nehmen nunmehr die Aufmerksamkeit stärker in Anspruch. Nur die Versorgung des Melkviehs mit Grünfutter erfordert noch manchen Gang und manche Fahrt in die Flur, wo der Klee seine Blütenköpfe ansetzt.

Da kam ein schwüler Tag. Knecht Hanjerg war in die Mühle gefahren. Das Grünfutter reichte nicht aus; Nettl ging darum nachmittags wieder hinaus, um Klee zu holen. Es sah so aus, als ziehe sich ein Donnerwetter zusammen. Dennoch brach kein Gewitter los, sondern nur ein warmer, starker Platzregen.

Juliane hatte sich schon vorher mit der Absicht, auf dem Rückweg ihre Tochter Eve zu besuchen, bei der wieder Kindersegen eingekehrt war, mit einem großen irdenen Weinkrug, der den gebräuchlichen Labetrunk für die „Häcker" enthielt, in den Weinberg begeben, wo auch Stoffel, und zwar in einer Laube für sich allein, den „Karst" handhabte. Juliane war unbemerkt die Wingertsfurche hinangekommen. Da hörte sie die „Häcker", einheimische Bürger, sich während der Arbeit lebhaft unterhalten; sie sprachen über Henrich Groß, und zwar in einer Weise, die der Frau keine geringe Genugtuung gewährte.

„Henrich Groß ist unser Mann", äußerte der Wortführer in eben so emsiger Rede als Arbeit. „Das hat er wieder bewiesen bei den Versteigerungen neulich, wo der Baumeister, der glütige Haspel, so gegen unseren Bürgermeister aufgetreten ist. Ohne nur aufzugucken kreischt der: ‚Wenn der Steinhaufen an der Ruhbank nicht heute noch wegkommt, werdet ihr sehen, ihr Bauern, was es gibt!' Der Bürgermeister war mäuschenstill. Henrich Groß aber guckte sich um. ‚Ist das eine Manier', sagte er, ‚einem Bürgermeister einen Auftrag zu geben? So pressiert's doch nicht', hat er g'sagt. – ‚Ihr werdet sehen, ihr Bauern, wie ich hinter euch komme!' kreischte der Glütige. – ‚Oho', sagte Henrich Groß, ‚so können Sie mit Ihrem Bedienten reden', sagte er, ‚nicht mit Bürgern, die mehr Steuern zahlen als Sie', hat er g'sagt. ‚Die Zeiten sind vorbei, wo man sich dergleichen gefallen läßt', sagte er. – ‚Wer ist der?' kreischte der Haspel. – ‚Wer ich bin', sagte Henrich Groß, ‚wissen Sie so gut wie jeder hier', sagte er. ‚Tun Sie, was Sie wollen, aber betragen Sie sich manierlich!' hat er g'sagt. – Und im Saale gab's ein Gemurmel: So ist's recht, Henrich Groß! – Da merkte der glütige Haspel, daß er so nicht durchkommt, packte seine Akten zusammen – und fort zum Tempel hinaus. Wer aber bei der nächsten Wahl Bürgermeister wird, das ist Henrich Groß."

„Kein anderer!" stimmten die Häcker bei.

Juliane hustete, um ihre Anwesenheit erkennen zu geben. Diesmal gab sie den Krug mit dem Bedauern hin, daß sie ihn nicht mit besserem Weine gefüllt habe. Was sie vernommen, hatte sie in beste Laune versetzt. Als sie wieder die Furche hinunterging, wiegte sie sich in den Hüften wie eine Bürgermeisterin. Schon der alten Schwiegermutter wegen freute sie sich der eröffneten Aussicht. Indes hatte sie gerade noch Zeit, vor dem beginnenden Regen die Wohnung ihrer Tochter zu erreichen, während die Häcker draußen Schutz unter den Bäumen suchten.

Daheim befanden sich mittlerweile außer der tauben Aplone, die bei der Großmutter im Nebenbau saß, nur noch Susanne und ihr Vater, der für sich den wahrscheinlichen Ertrag der auf den anderen Tag anberaumten Schafschur und der bevorstehenden Rapsernte berechnete. Während er dann in der Bibel las, was er zuweilen tat, stand das Töchterchen des Hauses strickend an dem Fenster, das in den Hof hinaus ging, und schaute dem närrischen Treiben der Enten zu, die in wunderlichen Verzuckungen, seltsamen Lauten und Bewegungen einen förmlichen Konventikel abzuhalten schienen.

Und nun regnete es draußen. Aber wie! Es schüttete förmlich. Susanne sah strickend dem plötzlichen Wolkensegen zu. Die Hühner flüchteten unter das Dach in das Kelterhaus und schauten verstimmt den Wassergüssen zu, die bald einen förmlichen Bach im Hof bildeten, auf dem jeder Tropfen eine schwimmende Blase hervorrief. Dagegen hatten sich die Gänse mitten im Hof aufgepflanzt, streckten die Hälse so hoch sie konnten, und fühlten sich wohl in diesem anhaltenden Sturzbad, während die Enten plärrend in dem See herumtummelten, aus dem der Misthaufen wie festes Land ragte.

Als der Regen nachließ, gingen Vater und Tochter in den Garten, um zu sehen, ob das Wasser dort keinen Schaden getan habe.

Eben kam Nettl zwischen den Zwetschgenbäumen her, auf dem schwarzbraunen Haupthaar eine schwere Tracht Klee, dessen Blütenköpfe noch vom Regen troffen. Sie selbst war wie aus dem Wasser gezogen; die Kleider klebten ihr förmlich am Leib, wenn man überhaupt von Kleidern noch sprechen konnte, da sie in der Schwüle Leibchen und Oberrock abgeworfen hatte, so daß nur Unterrock und Hemd, das sich stramm über die Brüste spannte, ihren Körper deckten.

Susel, als sie die Magd in dieser Verfassung sah, rief, vor Erstaunen die Hände zusammenschlagend: „Aber, Nettl, wie siehst du aus? Du bis gerade in den dicksten Regen gekommen."

„Mitten hinein", war die muntere Antwort, während sie in die Scheuer ging und ihre Last auf die Futtertenne warf.

Das triefende, dunkle, üppige Haar sich aus dem blühenden Antlitz streichend, sah Nettl im Grunde gar nicht übel aus. Und nun lachte sie über sich selbst in ihrer koboldartigen Weise. Der Hausherr dagegen schaute ungewöhnlich ernst drein, legte jedoch in seltsamer Anwandlung beim Vorüberkommen der Magd flüchtig die Hand an die Schulter, um sich zu überzeugen, ob sie in der Tat so naß sei, als es den Anschein hatte.

„Wirklich", bemerkte er kurz, „bis auf die Haut naß."

Da Nettl Hunger und Durst verspüren mochte, sollte Susel ihr in der Wohnstube die nötige Erfrischung besorgen. Das Töchterchen beeilte sich denn auch, dem Gebot nachzukommen. Groß begann die Häckselschneidebank in Betrieb zu setzen, indes Nettl die Schnüre, mit denen ihre Kleelast zusammengehalten war, auflöste, ohne fürs erste ans Umkleiden zu denken. Denn das Wetter hatte sich nicht abgekühlt, sondern war so heiß und schwül wie vorher. Heinrich Groß fühlte sich zum Sprechen wenig aufgelegt; doch bemerkte er: der Klee dürfe so naß nicht verfüttert, sondern müsse zum Abtrocknen ausgebreitet und dann mit Stroh zu Häcksel geschnitten werden.

Indessen hatte Susel in der Wohnstube das Nötige hergerichtet, trat auf die Hausschwelle und rief mehrmals so laut sie konnte: „Nettl, Nettl!" Die Magd ging zuerst in ihre Kammer, um sich umzukleiden. Mittlerweile kam auch der Vater aus der Scheune zurück, nahm den Kellerschlüssel und holte ein Glas Wein vom besseren, den er der Magd hinstellte, damit sie sich erwärme und keiner Erkältung aussetze. Nettl aß, ergriff dann das Glas und sagte: „Gesundheit, Vetter!"

„Wohl bekomm's!" erwiderte er, während er eifrig die Wanduhr aufzuziehen begann.

Er war noch nicht damit fertig, als der Stoffel heimkam und mit einem Seitenblick den Tisch streifte. Susel beeilte sich, auch für den Bruder Sorge zu tragen. Den gewöhnlichen Trinkwein, den sie ihm vorstellte, trank er zwar aus, ging dann aber selbst in den Keller, um sich noch einen Schoppen von dem besseren, goldbraunen Trunk zu holen, was zu keiner Erörterung führte, obwohl der Vater sich für gewöhnlich nur an den leichten Trinkwein hielt. Als dann die Mutter heimkam, hatte sie soviel über die Eve, deren Kind und Hauswesen zu berichten, daß von anderem keine Rede mehr war, selbst nicht von der künftigen Bürgermeisterwahl, obwohl Frau Juliane in der Folge durch manchen kleinen, nicht weiter zu erwähnenden Zug den Stolz auf ihren Henrich bekundete.

Nach der Rapsernte ließ er eines Morgens anspannen, um mit Hanjerg auf den Stadtmarkt zu fahren, wo er Wolle und Hanf gut anzubringen hoffte. Als er zum Abschied seinen Kopf bedeckte, sprach er die Vermutung aus, daß er wohl über Mittag ausbleibe. „Man kann nicht wissen", fügte er hinzu und nahm seinen Stock aus dem Uhrkasten, „wie sich's trifft."

„Guck' aber nicht zu tief ins Glas, Henrich", mahnte Juliane. „Und gelt, bleib' nicht zu lange sitzen!"

„Nein, nein!" sagte er und ging.

Gegen Mittag kam Gretel und fragte, ob Susel nicht mit in die Stadt wolle. Die Mutter hatte nichts dagegen, und so wanderten die beiden mit ihren Hängekörbchen am Arm über den Kirchberg in die nahe Stadt, an den Kuppeltürmen des Schlosses und an dem weiten Hof vorüber, wo eine große Weinküferei in lebhaftem Betrieb stand. Ja, da klapperten denn auch die Schlägel laut genug; in Schurzfell und kurzer Bluse ging dort Schorsch mit zwei Kameraden, in lustigem Takt darauf loshämmernd, um ein großes Faß, dem die eisernen Reifen angetrieben wurden. Susel glaubte den Schlag seines Hammers unterscheiden zu können, denn ihr junges Herz pochte mit. Allein er sah nicht auf – hatte keine Zeit dazu. So gingen denn die Freundinnen weiter, da und dort bei einem Kaufmann eintretend, dann am Markt vorüber, wo die Bauernweiber mit Milch, Eiern und Butter auf Käufer warteten. Viele waren schon heimgekehrt; doch standen noch genug Bauernwagen und Gemüsekarren umher.

Vor einem Wirtshaus auf der offenen Straße stand ein förmlicher Kreis von Männern, die mit heiterem Lärm das Schoppenglas umhergehen ließen; wohlhabende Landleute, Müller, Wirte und sonstige Honoratioren. Mitten unter ihnen einer der heitersten und schlagfertigsten: Heinrich Groß.

Das Mädchen traute seinen Augen nicht; so frohen Muts hatte sie ihren Vater noch nie gesehen. Das war eine neue, ihr unbekannte Seite an ihm. Er mußte ganz vortreffliche Geschäfte gemacht haben, daß er so tapfer mithielt beim Kreisen des Bechers, beim „Utz" und „Stuß" und anderem Jux. Sichtlich fühlte er sich wohl in dieser Gesellschaft.

Die Mädchen waren in einen kleinen Laden eingetreten, wo rotgestreiftes Zeug aus Leinen und Baumwolle, sogenannter „Schamaß" (Siamoise) auslag. Mit einer vielsagenden Schwenkung des schwarzhaarigen Kopfes nach dem heiteren Männerkreis, bemerkte die flinke Krämerin bei dem hereinschallenden Gelächter: „Da stehen wieder die Rechten beisammen!"

Die Rechten? Und der Vater dabei? Wie konnten sich alte Männer nur so aufführen! Sie lachten auch über alles, während der kleinste von ihnen das Wort führend in ihrer Mitte hielt, den Kopf mit Ohrringen in den Nacken geworfen, beweglich, durchtrieben, großartig – der richtige Sapristi. Ein anderer bückte sich beim Lachen regelmäßig, schlug sich aufs Knie und drehte sich dabei auf dem Absatz um, daß er das lachende Antlitz jedesmal mit geschlossenen Augen nach auswärts kehrte. Der neben ihm ließ sich zwar auch in die Knie fallen, kehrte sich aber nicht um, sondern lachte herzhaft in den Kreis hinein. Ein vierter mit einer Meerschaumpfeife im Mund, zuckte nur immer schlau mit den Mundwinkeln, als mache er sich lustig über alle. Ein fünfter, noch ein sehr junger

Mann, sah sich bei jedem Wort, das er fallen ließ, lächelnd nach Beifall um, wobei sein Nebenmann höchst würdevoll zu lachen pflegte und den Kopf hielt, als liege ihm daran, ein Doppelkinn herzustellen, und dabei wetteiferten sie miteinander im Leeren des Schoppenglases, sahen aber gesund und frisch drein ohne die aufgedunsenen Gesichter der heimlichen „Petzer."

Susels Vater behielt auch in der größten Heiterkeit noch seine gemessene Haltung bei. Links von ihm stand ein Mann, der, sobald ein anderer zu sprechen begann, auch sofort den Mund öffnete, um zu widersprechen und schließlich doch genau alles tat, was man wollte. Des Vaters Nachbar rechts dagegen war der wunderlichste von allen, ein langer, schlanker Mann mit etwas gebückter Haltung, zugespitzter schmaler Nase, lächelnden Zügen und weibisch lispelnder Stimme. So oft ein Schoppen geleert war, sagte er, sich gleichsam mit Händen und Füßen wehrend: „Nein, Brüder, jetzt darf ich nicht länger bleiben! Ich muß fort. Meine Frau wartet daheim. Leider! Aber es geht nicht anders, ich muß wirklich fort!"

Das trieb er schon seit einer halben Stunde. Niemand hielt ihn zurück, aber er trank bei jedem neuen Schoppen mit, lachte über jeden Witz aufs neue, und sagte immer wieder: „Nehmt mir's nicht übel, Brüder, aber ich muß wirklich fort!"

„Ei, so mach', daß du fortkommst!" hieß es jetzt.

Vergeblich. Als die jungen Mädchen aus dem Laden traten, stand er, der so dringend weiter mußte, noch immer im Kreis, während sein Wagen harrend längst daneben hielt. Die Mädchen konnten sich nicht genug über das Gebaren der „alten Männer" wundern, die da auf offener Straße den tollen Lärm vollführten, steckten die Köpfchen zusammen und lachten ebenfalls. Da wurden sie aber von einem aus der Gesellschaft, demjenigen, der so oft nach Beifall umschaute, schließlich bemerkt und trotz allen Sträubens hereingezogen. Es war der junge Kronenwirt, derselbe, der ihnen damals auf der Kreuzstraße begegnet und nun längst verheiratet war. Es half sie nichts, sie mußten mittrinken, wenigstens nippen; Susels Vater ermunterte sie mit ernster Miene dazu.

„Schade, daß man schon verheiratet ist!" seufzte der junge Kronenwirt, sah sich dabei lächelnd um und seinem Bäschen in die schamhaften Augen, während die Unterhaltung etwas stockte. Die

Gegenwart der Mädchen legte den Männern doch einigen Zwang auf; man fühlte sich über die Tonart unsicher, die anzuschlagen war.

Indessen fuhr der Wagen, dessen Fuhrmann das Handpferd seines Zwiegespannes kaum zur Ruhe brachte, etwas näher heran, während man seinen Herrn, der „leider fort mußte", mit einigem Zwang endlich auf den Sitz brachte.

„Wir kommen alle auf deine Hochzeit, Susel!" sagte der Kronenwirt, sich lächelnd im Kreise umsehend.

„Ja, ja!" stimmten seine Genossen bei. „Wir kommen, schon wegen des Brautschuhes!"

Und der Lange beteuerte noch vom Wagen herunter, daß er fort müsse, die lieben Mädchen möchten es ihm nicht nachtragen.

Der Fuhrmann klatschte über sein Gespann hin; widerspenstig sträubte sich das Handpferd, aber es ging doch. Und noch aus der Ferne beugte sich der Abfahrende aus dem Wagen zurück, mit den Händen winkend, und schreiend: „Ich kann leider nicht anders, ich muß heim, nehmt mir's nicht übel und tragt mir's niemand nach!"

Die Zurückgebliebenen lachten auf, und Susel und Gretel nutzten die Gelegenheit, um zu gehen.

„Grüß die Mutter", rief ihnen Henrich Groß nach, „und es stehe alles gut!"

Daß der Vater sich in diesem Kreis gefiel, machte dem Töchterchen auf dem Weg durch die Stadt doch einige Gedanken. Indes wurde der Sinn rasch von anderem eingenommen. Vor dem phantastischen Bau des „Engels", der mit seinen Erkertürmen, Kuppeln, Drachenhäuptern und Windfahnen, seinen geschnörkelten Giebeln und der grauschwarzen malerischen Fassade wie ein Märchenpalast zwischen den nüchternen Bürgerhäusern steht, bemerkte Gretel, daß der Freundin alles Blut zu Kopf stieg. Gleichzeitig erkannte sie Schorsch im vollen Küferstaat: Schurzfell, die „Hotte" auf dem Rücken, im Schwarm seiner Kameraden stolz daherkommen.

Ob er wohl vorüberging? Nein, er trennte sich von den andern, die ihren Weg fortsetzten, und kam gerade auf die Mädchen zu, beiden die Hand reichend. Nach der ersten Begrüßung und den gewöhnlichen Fragen, wie es gehe, wo man gewesen sei, und so weiter, begann er: „Nicht wahr, ich wollte doch immer fragen – die zwei hanbuchenen Kerle damals bei der Fuchsgrube und am Heerweg sind euere Schätze?"

Die Mädchen wiesen dies mit Entrüstung zurück; sie seien es noch lange nicht und würden es auch nie werden, ja, sie wollten von ihnen ein für allemal nichts wissen. Kurz, es folgten Versicherungen und Beteuerungen, die Schorsch sehr zu seinen Gunsten auslegen konnte, was er auch, wie die Folge lehrte, keineswegs unterließ. Zum gemütlichen Ausplaudern war jedoch hier auf der Gasse keine Zeit; er mußte eilen, seinen vorausgegangenen Kameraden nachzukommen, und nahm Abschied, nachdem er noch auf die bald beginnende Kirchweihzeit aufmerksam gemacht hatte. Während sich die Freundinnen nochmals bei der Biegung des Weges nach ihm umschauten, bestürmten ihn seine Kameraden mit Fragen nach den hübschen Landmädchen, denen sie mit Wohlgefallen nachgesehen hatten.

„Die reichsten weit und breit", versicherte Schorsch. „Die haben Geld" sagte er, den Daumen an dem Zeigefinger reibend. „Na!"

Susel war zufrieden, ihn wieder einmal gesehen zu haben, und auf Monate hinaus dadurch beglückt. Auch das nunmehr unbestrittene Ansehen des Vaters in der Gemeinde und daheim trug zu ihrer inneren Befriedigung bei. Hatte doch Heinrich Groß in der Tat auf jenem Markt einen guten Handel gemacht und noch einige äußerst vorteilhafte Verträge auf Getreide und Lieferungen geschlossen. Es glückte ihm jetzt alles, und das sprach sich auch in seiner Haltung, seinem Auftreten aus, während Juliane sich redlich bemühte, seinen Willen als den ihrigen gelten zu lassen. Erschien doch auch die Wahl zum Bürgermeister, die im nächsten Jahr stattfand, so gut wie gesichert.

Doch gerade damals ließ sich manchmal in der Nacht, wenn alles schlief, jenes gespensterhafte Umherwandeln, jenes geisterhafte Schlürfen verspüren, das unheilkündend an das Ohr der Lauschenden drang, wenn sie, aus dem Schlummer erwachend, sich im Bett aufrichtete. Horch! War es nur ihr eigener beklommener Atem? Nein, sie hielt ihn ja an. Es war alles still. Nur im Gebälk pickte die Totenuhr.

II

Im Spätjahr

Mit Beginn der Ernte hieß es wieder: Hafer in die Krippe! Die Gäule müssen an die Arbeit! Und auch die Menschen mußten es. Man hatte keine Zeit auf anderes zu achten, dachte nur daran, Heu zu mähen, Korn heimzuführen, Spelz, Grannenweizen, Gerste, Hafer zu schneiden, Äcker zu „stürzen" und zu bestellen, Raps zu säen, Kartoffeln zu häufeln, Rüben und Runkeln zu behacken und zu blätteln. Sobald jedoch die größte Arbeit im Felde getan war, wurde man auch daheim manche Veränderungen inne, deren Beginn und Entwicklung man übersehen hatte.

So war Nettls Benehmen, das eine Weile besonders schüchtern und befangen gewesen war, etwas dreister geworden, besonders gegen Stoffel, der sie einst beiläufig fragte, ob sie sich damals bei dem Platzregen nicht erkältet habe. Sie gab ihm eine scharfe, abweisende Antwort. Darauf gebot ihr Stoffel in befehlendem Ton, sie solle den Kuhstall reinigen.

„Mein Vetter hat mir gesagt, ich soll Butter stoßen", entgegnete sie.

„Und ich sage dir, du sollst ausmisten!"

„Du hast mir nichts zu sagen!"

„Höllensapperment, ich werde dir's zeigen!"

„Du nicht. Der Vetter ist mein Herr, nicht du!"

Stoffel lachte häßlich auf. Als aber sein Stiefvater zufällig vom Garten her durch die Scheuer kam, zog er sich dennoch, ohne ein Wort zu verlieren, zurück.

Juliane, die nicht versäumte, zuweilen die Schwieger im Nebenbau zu besuchen, ging in jenen Tagen mit etwas zusammengekniffenen Lippen umher und schien mit den Blicken wie mit Degenspitzen alles durchdringen zu wollen, Wände und Mienen. Als ihre Augen dabei gelegentlich denen der tauben Aplone begegneten und dann flüchtig die Gestalt der Magd streiften, sagte die Alte mit abgewandtem, betrübtem Gesicht und kleiner Handbewegung ein Wort, das sich Juliane ein für allemal gesagt sein ließ. Das Wort lautete: „Weg! Es ist Zeit!"

„So!" sagte Juliane für sich. Und ihr Herz krampfte sich zusammen. „So!" sagte sie, und für diesmal weiter nichts.

Als es sich jedoch traf, daß sie in die Wohnstube zurückkehrte, wo ihr Mann eben an seinem Schreibpult saß, Susel strickte und Nettl Kartoffeln schälte, sagte sie ohne weitere Einleitung und laut genug, daß es alle verstehen konnten: „Du kannst dich auf Weihnachten anderswohin verdingen, Nettl!"

Susel erschrak darüber so sehr, daß sie sich verfärbte. Auch Nettl zuckte auf und sank dann in sich zusammen, wurde abwechselnd blutrot und leichenfahl, während der Vater ruhig an seinem Pult verharrte und über den Rechnungen und Notizen scheinbar gar nicht beachtete, was vorging. Stoffel dagegen, der unterdes mit Abräumen und Reinigen der Kelter für den Weinherbst beschäftigt war, sah, hereinkommend, mit unverhohlenem Hohn von einem zu andern, als ob er genau wisse, worum es sich handle, ohne erst sich erkundigen zu müssen.

Nicht Nettl fragte jetzt: „Aber warum, Bas?" sondern das Töchterchen des Hauses erkundigte sich betroffen nach dem Grund dieser unerwarteten Maßregel.

„Es hat schon seinen Grund!" sagte die Mutter, indem sie den Blick von einem zum andern gleiten ließ.

Da raffte Nettl die Kartoffelschüssel auf und ging mit glühendem Kopf trotzig hinaus.

„Tut die Nettl ihre Arbeit nicht ordentlich, Mutter, oder habt Ihr sonst Ursache, mit ihr unzufrieden zu sein?" fragte Susel bewegt.

„Frag' nicht!" antwortete die Mutter unwirsch. „Dir werd' ich's gleich auf die Nase binden! Siehst du, dein Vater braucht nicht zu fragen, und weiß es doch! Gewöhne dir die Ruhe an, mit der er es hinnimmt!"

Der saß da und wiederholte gleichsam mechanisch, oder auch ganz versunken, als ob er der Welt entrückt sei, halblaut vor sich hin: „Zwölf und hundertfünfzehn ist – – zwölf und hundertfünfzehn ist – hundertsiebenundzwanzig." Als Susel ihn dann nach der Ursache der Aufkündigung fragte, zuckte er schweigend die Achseln, wich ihren Blicken aus, um sie dann, wenn es unbeachtet geschehen konnte, unendlich traurig anzusehen.

Seitdem bestand eine merkliche Spannung zwischen den Eltern, die sie jedoch nach außen sorgfältig zu verbergen trachteten. Der Friede des Hauses, die Ruhe der Gemüter schien gewahrt vor Fremden. Doch sprachen die Eheleute nur noch selten miteinander, und wo es sein mußte beschränkten sie sich auf das Notwendigste. Susel nahm das mit großer Beklemmung wahr. Ein trüber, unheilverkündender Geist ging jetzt durch das Haus. Kein Wunder, wenn der Vater anfing, mit dem Stöckchen in der Rechten über Feld zu gehen oder am Abend im Wirtshaus zu sitzen.

Nur zwei Hausgenossen schienen mit dem Gang der Dinge zufrieden: Stoffel und die Großmutter. Deren Mienen nahmen damals immer mehr einen siegesfrohen Ausdruck an, während die Mutter wie ein Pulverfaß umherging, dem kein Funken nahen durfte.

Nettl tat nach wie vor ihre Arbeit, nur still, einsilbig, verdrossen, zuweilen etwas trotzig und mürrisch; ja, sie benahm sich, wie Stoffel meinte, feindselig und frech. Auch Juliane erhielt davon eine Probe, als sie eines Tages nach dem Stall hinsteuerte, aus dem das Gebrüll der Kühe immer lauter ertönte. Entweder verlangten sie nach Futter, oder wollten, von der Milch geplagt, gemolken sein.

„Nettl!" rief Juliane, nach der Magd sich umschauend. „Nettl!" Keine Antwort. „Nettl! – Wo steckt denn das Weibsbild?" Und rasch trat sie in die Scheuer, erkletterte sogar den Heustall und stieg von da durch die Spreukammer auf den Kornspeicher, wo sie ihren Mann traf, der dort Getreide wendete. „Wo ist sie denn?"

„Ich weiß nicht", sagte er kurz.

„So, du weißt nicht?" erwiderte Juliane kalt. Dann stürmte sie weiter, über die Treppe hinunter noch einmal in den Hof und gegen die Scheuer hin, aus der ihr Nettl entgegenkam. „Wo hast du denn gesteckt?"

„Wo werd' ich gesteckt haben?" entgegnete Nettl, etwas mehr als schnippisch. „Im Garten bin ich gewesen."

„Was hast du denn im Garten zu tun?"

„Die übriggebliebenen gelben Rüben hab' ich geholt für das Vieh."

„Und warum melkst du nicht? Hast du die Kühe nicht brüllen hören?"

„Ich kann doch nur eine Arbeit tun."

„Aber warum nicht das Nötigste?"

„Nötigste? Es ist jetzt alles nötig. Man soll überall sein! Aber hexen kann ich nicht."

„So, hexen kannst du nicht! Ich habe gerade gemeint, du könntest hexen."

Nettl wurde unter dem Blick der Hausfrau blaß und rot. „Ich weiß selber, was sich gehört. Vor einer Stunde habe ich melken wollen, und nichts in den Eimer gekriegt."

„Hast du denn kreuzweise gemolken?" fragte Juliane.

„Ach, was, kreuzweise! Das sind Albernheiten, sagte der Vetter."

„So, das sagt der Vetter?" wiederholte Juliane. „Der Vetter hat aber hier nichts zu sagen, verstehst du. Zur Milchkammer habe ich den Schlüssel, wie er zum Weinkeller. Was die Melkkühe betrifft, hast du dich, solange du noch bei mir bist, nach mir zu richten!"

„Der Vetter ist doch Herr im Hause!" warf die Magd ein.

„Der kahle Teufel ist er!" rief Frau Juliane, die Geduld verlierend. „Er soll aus dem Kuhstall bleiben, er hat da nichts zu tun. Und du, bist du denn ganz umgewechselt? Du bist wohl auf das Dorftier gestoßen oder vom Letzbetzl geplagt worden?" fragte Juliane, an die den Dorfbewohnern altbekannten spukhaften Erscheinungen erinnernd. Denn das „Dorftier" oder der „Bollhammel" ist dort überall der dem Wasserlauf folgende Genius loci, das „Letzbetzl" jedoch dasselbe Wesen, daß man anderwärts die Trude, die Nachtmahr, den Alp nennt. Doch Nettl war jetzt nicht aufgelegt zu solchen sagenhaften Vorstellungen und murrte anzüglich: „Nein, von einem Drachen bin ich geplagt."

Auf des hin holte Juliane aus und gab der Kecken eine so klatschende Ohrfeige, daß die Magd heulend aufbegehrte, sie lasse sich nicht schlagen und werde es dem Vetter sagen.

„So, ei, da hör doch einer!" sagte Juliane, als ihr Mann ebenfalls hinzutrat und unmutig sagte: „Donnerwetter auch, albernes Ding! Tu, was dir befohlen wird!"

„Sie hat mich geschlagen!" erwiderte Nettl anklagend.

„In drei Teufels Namen, dafür ist die Bas' die Frau im Hause!" versetzte er streng, „und du hast ihr, solange du noch da bist, Folge zu leisten! Verstanden?"

Nettl begab sich, völlig verblüfft und ohne weiteren Widerspruch in den Stall, um schweigend ihrer Pflicht nachzukommen. Sie gab selbst auf Susels Fragen nur kurze Antworten: Ja! sie wisse nicht! Es könne wohl sein! In mitteilsamerer Laune aber berichtete sie einmal: Sie habe sich nach Klingen verdungen zu guten Leuten; sie habe noch manchen anderen Platz erhalten können, es fehle daran nicht und so weiter. Juliane dagegen wollte diese Nettl kaum mehr in der Stube leiden. Sie saß in ihr wie ein Pulverfaß, als Stoffel eintrat und ihr sagte, sie solle einmal zur Großmutter kommen.

„So! Was will sie?"

Er wisse das nicht.

Juliane ging hinüber und weilte eine ganze Stunde am Bett der alten Schwieger. Was da drüben gesprochen wurde oder vorging, hat man nie erfahren. Juliane kam mit gespannter Miene zurück. Doch erfolgte an jenem Tage, da die Kastanien aus den Hüllen getreten und abends die Nüsse gekernt werden sollten, nichts Ungewöhnliches, nur daß Vetter Jokeb aus seinem Hause herüberkam, um in Heinrichs Abwesenheit mit Juliane allein zu sprechen. Der stattliche Mann hatte eine sehr einfache und doch wuchtige Art, sich auszudrücken.

„Gleich?" fragte er zurück. „Gleich willst du sie fortschicken? Überleg' dir's zweimal. Reiß den Leuten die Mäuler nicht auf! Sei einmal vernünftig, Juliane, drück' ein Auge zu und mach' keinen Lärm. Dein Haus hat nur zu oft schon zu reden gegeben. Wieso? Nun, du weißt ja. Wundern darf man sich nicht, wenn eine schon ältere Frau einen jungen Mann hat. Fahr' nur auf mit rotem Kopf! So hast du's von je gemacht, nicht danach gefragt, was sich gehört, was sich schickt, – nur deinem heißen Kopf gefolgt, gleichviel ob's Vorteil bringt oder nicht!"

„Hab' ich nicht selbiges Mal von dem Michel in Münster gelassen, der jetzt ein großes Tier ist?" warf Frau Juliane finster drein.

„Ah, das machst du dir selber weis", fuhr Vetter Jokeb fort. „Er hat dich gar nicht gewollt, sondern meine Margret. Und da hast du den Adam genommen, seines Geldes wegen, aber nicht" – fügte er mit spöttischem Nachdruck hinzu – „aus Liebe."

„Wo hätte sie herkommen sollen?"

„Ganz recht, der Henrich hat dann dich genommen, die vermögliche Witfrau, du ihn aus Neigung! Hättest du wieder nach Geld geheiratet und nicht aus Neigung, du säßest jetzt nicht da in Feuer und Flammen! Meine Margret hat mich nicht aus Liebe genommen, und sitzt gut. Also red' nicht weiter davon. Weißt du, wenn du gescheit bist, hast du jetzt einen Vorteil über ihn; nütz' ihn aus, halt ihn kurz! Wer sich aber die Nase abschneidet, verschändet sein Gesicht. Und wie man sich bettet, so liegt man. Überleg' dir zweimal, was du tust. Das größte Leid tut man sich selbst an! Mit einer Handvoll Kronentaler deckt man jeden Makel zu. Denk an deine Familie, deine Kinder. Da ist deine Eve mit ihren Kleinen, die ihrem Manne schon zu viel werden. Sie tät' auch besser, nicht gleich so zu schreien, wenn sie etwas mit ihrem Jerg hat, daß man's drei Häuser weit hört. Da ist der Stoffel, wird auch bald heiraten wollen . . ."

„Gib ihm deine Gretel!" fügte Frau Juliane rasch ein.

„Ist nichts für ihn! Er ist einer von den Heimlichen!" erwiderte der stattliche Mann kurz, indem er das Zeichen des Trinkens machte.

„Aber, nicht wahr, für mich war der heimliche Petzer gut genug!"

„Das ist etwas ganz anderes. Und was deine Susel betrifft, da, der Hannes wartet auf sie, das ist ja ausgemacht. Und für andere, die sich daran stoßen könnten, nun, wie gesagt, eine Handvoll Taler deckt viel zu, und nach etlichen Jahren fragt kein Mensch mehr danach. Also nimm deinen Vorteil in acht und denk' daran, was ich gesagt habe: Das größte Leid tut man sich selbst an!"

12

Gehen und Kommen

So wurde das Aufsehen vermieden, den Stellenwechsel einer Magd vor der gewohnten Frist erregt haben würde. Es war ein trüber Advent für das Töchterchen des Hauses, das sich in all das unangenehme, gespannte Wesen um sie her nicht zu finden wußte und nicht entfernt ahnen konnte, worum es sich eigentlich handelte.

Und nun kam Weihnachten, die verhängnisvolle Zeit auch für das Hauswesen. Denn mit ihr beginnt das wirtschaftliche neue Jahr auf dem Lande, mit den Tagen der Wintersonnenwende. Am zweiten Festtag, auf St. Stephan, ist der Wandel- und Wandertag des Gesindes, wo es den seitherigen Dienst verläßt und das Haus der neuen Herrschaft bezieht. Mit der angenommenen mürrischen Verschlossenheit rüstete Nettl noch immer zum Abzug, als sich auf der Gasse schon ein ungewohntes Leben kundgab. Die Knechte gingen nochmals durch das Dorf mit knallenden Peitschen, und Nettls bunt angestrichene Kiste, in der ihre ganzen Habseligkeiten waren, war schon in den Hausflur hinuntergebracht, wo Susel zum letztenmal das rot, gelb und blau gemalte, feurig flammende Herz auf derselben betrachtete, wie sie es schon als kleines Kind gewohnt war. Der Knecht Hanjerg war bereits nach Niederhorbach gefahren, um die neue Magd dort abzuholen. Während andere schon singend kamen und singend abfuhren, die Peitschen der Fuhrleute mit flatternden Bändern durch die Gasse knallten, kam auch der Knecht von Klingen vor das Haus gefahren; und Nettl ließ sich's nicht nehmen, dessen Kappe, Peitsche und die Pferdekummete ebenso mit bunten Bändern auszuputzen, wie alle anderen geputzt waren.

„Geh' in den Keller", sagte Heinrich Groß zu seinem Stiefsohn, „hole der wegziehenden Magd die Weinflasche für den Fuhrmann, damit sie den Wein nicht etwa im Wirtshaus kaufen muß."

„Soll ich vom Guten nehmen?" fragte Stoffel.

„Meinetwegen!"

Einige Freundinnen der abziehenden Magd halfen die Kiste auf den Karren heben. Und nun nahm Nettl endlich Abschied; zuerst bei der Großmutter und der tauben Aplone. Dann kam sie nochmals herüber in die mit weißem Sand bestreute Stube, wo alle im Festanzug versammelt waren. Sie reichte dem Stoffel flüchtig die Hand mit einem lauten Adjes, während er einfach sagte, sie solle sich gut halten. Fest und bestimmt klang auch das Abschiedswort, da ihre Hand nun in jener der Bas Juliane lag – ja, das „Adjes, Bas!" klang hart.

„Bleib gesund, Nettl!" sagte die Hausfrau kühl, „und sorg' dafür, daß deine neue Herrschaft zufrieden mit dir ist."

„Daran wird's nicht fehlen!" erwiderte sie ungerührt, und wandte sich dahin, wo Susel wartete. Für diese war es keine leichte Aufgabe, sich von der Magd zu trennen, die ihr so lange eine Hausgenossin gewesen war. Entschlossen reichte Nettl dem Mädchen die Hand: „Adje, Susel, bleib so gut, wie du alsfort zu mir gewesen bist!" sagte sie mit einer Stimme, durch die zwar einige Bewegung zitterte, die jedoch noch immer fest klang, während Susel kaum ein Wort zu sagen wußte und mit Tränen rang.

Auch Nettl schien ergriffen, als sie sich mit raschem, doch etwas schwankendem Schritt dem Hausherrn zuwandte, der sich jetzt vom Fenster abgekehrt, durch das er, leise pfeifend, auf die Straße geschaut hatte.

„Adje auch, Vetter!" sagte Nettl mit niedergeschlagenen Augen und auffällig herabgestimmtem Klang der Stimme, ungewöhnlich leise, da er für einen Augenblick ihre Hand in der seinen hielt.

„Adje!" erwiderte er ruhig, wandte sich sofort wieder gegen das Fenster, pfiff aber nicht mehr, während Nettl mit schwimmenden Augen rasch der Tür zuschritt, sich im Flur nur so lange aufhielt, um die dunklen Wimpern zu trocknen, worauf sie sich mit Hilfe der Freundinnen, die ihr die Hand reichten, behend über das Rad schwang. Während Stoffel die Flügel des Hoftores aufriß, schenkte Nettl dem Fuhrmann in einem mitgebrachten Becher ein. Man trank, die Peitsche knallte, und im nächsten Augenblick war das Gefährt draußen auf der Gasse; die Torflügel fielen zu und Nettl stimmte mit ihren Freundinnen das Lied an, das damals gern gesungen wurde:

„Einstmals fuhr ich auf der See,
Fürcht' das Schiff möcht' untergeh'n".

In die Stube war eine tiefe Stille eingekehrt. Die Mutter sah nach dem Vater, der noch immer schweigend durch das Fenster schaute. Aber Susels Herz seufzte erleichtert auf, froh, daß der Auftritt vorüber war, ohne daß etwas Besonderes, Unbestimmtes eintrat, das sie gefürchtet hatte. Dann suchte sie die Küchenecke auf und weinte eine Weile vor sich hin.

Der Eindruck des Abschieds der seitherigen Magd wurde bald durch den Willkomm der neuen verwischt, da sich das wohlbekannte Peitschenklatschen Hanjergs schon aus einiger Entfernung vernehmlich machte, so daß Stoffel sich wieder beeilte, die mächtigen Torflügel zu öffnen. Singend kam auch die Nachfolgerin Nettl's mit ihren Freundinnen an, hatte eine ähnlich gemalte Kiste, die auch sofort in die Mägdekammer gebracht wurde, und stellte sich nun dem „Vetter" und der „Base" vor, worauf sie sofort in die Küche ging, den Herd umschritt und einige Scheite ans Feuer legte, dann einen Kübel voll Wasser holte, wie das so Sitte ist. Es war ein kräftiges, gut gewachsenes Mädchen, etwas größer als Nettl, mit einem offenen, gutmütigen, ehrlichen Gesicht, bescheidenem Blick und einer sittsamen Haltung. Sie diente, weil sie als Waisenkind einer Unterkunft bedurfte, besaß, wie sich ergab, ein hübsches Erbe von ihren verstorbenen Eltern, und hatte einen Schatz, der jetzt in München bei den Kürassieren diente, weil er nicht alles daransetzen wollte, um sich einen Einsteher zu stellen. Das alles gab einige Gewähr für ihr gutes Verhalten und auch ihre Dienstzeugnisse waren die besten.

Amy war denn auch ein einfaches, aller Gefallsucht abholdes Mädchen, gefällig ohne Augendienst, bestrebt, ihre Pflicht zu tun und die Zufriedenheit ihrer Herrschaft ohne Wohldienerei zu erwerben, und derselben von Herzen zugetan. Leicht fügte sie sich dann auch in die Ordnung des Hauses, das ihr eine Heimstätte bot.

Daß aber Amy bei aller Harmlosigkeit dennoch einen festen entschlossenen Charakter hatte, das drängte sich eines Tages dem Töchterchen des Hauses überzeugend auf, als da Hanjerg in den Wald gefahren und der Vater mit dem Häckchen auf der Schulter ins Feld hinausgegangen war, nach den Bruchwiesen im Gemark von Klingen. Susel wollte in den Stall, um mit Amy zu plaudern, fand sie jedoch nicht dort und trat in die Tenne unter dem Heuspeicher, als sie heftiges Sprechen vernahm. Sie unterschied deutlich Amys Stimme, die da sagte: „Wenn du mich nicht ein für allemal in Ruhe läßt, renn' ich dir, so wahr mir Gott helfe, den Heuhaken in den Leib!"

Susel erschrak nicht wenig. Was war die Veranlassung zu dieser leidenschaftlichen Drohung, die so gar nicht mit dem sonstigen Wesen Amychens übereinstimmte? Betroffen zog sie sich etwas zurück, als jetzt jemand die zum Heustall führende Leiter herunterkam und die Scheuer rasch verließ. Sie hatte ihren Bruder Stoffel erkannt. Wie kam der dazu, Amy in solchen Zorn zu versetzen? Ganz betreten verließ Susel die Scheuer. Amy aber, als sie wieder mit ihr zusammentraf, sah wohl ernster als gewöhnlich aus, verlor jedoch kein Wort über den Auftritt.

Es traten indes Ereignisse ein, die das in der Scheuer Vernommene in den Hintergrund drängten.

Eines Abends – es ging schon stark ins Frühjahr hinein, und Gewölk bedeckte den Himmel – wollte Susel noch bei Beginn der Dunkelheit in den Garten hinter der Scheuer, um etwas Schnittlauch zu holen. Sie bemerkte, daß Hanjerg im Garten war und nach dem Hollerbusch hinging, um, wie es schien, die dortige Tür im Zaun zu schließen. Jetzt hörte sie jemand mit halbunterdrückter Stimme rufen – sie mußte dieselbe schon einmal vernommen haben, konnte sich jedoch nicht entsinnen, wo und von wem. Dem Klange nach mußte es eine schon ältere Frau sein, die da flüsternd, doch völlig verständlich rief: „Hanjerg! Bst! Bst! Hanjerg!"

„Was gibt's denn?"

„Hanjerg, bist du's?" fragte die Stimme vom Holunderbusch her. Zu sehen war niemand.

„Ja, und was wollt Ihr?"

„Sag', er soll kommen, heute noch."

„Kommen? Wohin?"

„An den großen Sperbenbaum, heut' in der Nacht gegen neun Uhr."

„Was fällt Euch ein, Benkerten? Ich richt's nicht aus. Ich werde mich hüten! Und er wird nicht kommen!"

„Er hat's feierlich versprochen, wenn er gerufen wird, bei Tag oder Nacht, bei Regen oder Schnee und jeglichem Unwetter", erklärte die fremde Stimme. „Und sei es am Tisch oder Altar, bei der Arbeit oder in der Ruhe, sei es wo und wie es sei, er wolle kommen, wenn er gerufen wird. Sag's ihm Hanjerg, sei so gut."

„Ich sage ihm nichts, und er wird nicht kommen!"

„Dann komm' ich!" erklärte die Stimme drohend.

„Ihr? Laßt Euch raten und tut's lieber nicht!" sagte Hanjerg in den Holunderbusch hinein, hinter dem draußen am Zaun jemand zu stehen schien. „Nehmt Euch in acht! Es könnt' übel für Euch ausschlagen."

„Meinethalben! Kommt er nicht, so komm' ich. Drauf kannst du dich verlassen!" sagte das Weib.

„Bleibt mir mit Euren Geschichten vom Hals, Benkerten! Und macht jetzt, daß Ihr fortkommt!"

Susel hörte noch ein böses Murren, Schelten und Fluchen, das sich mehr und mehr in der Dunkelheit entfernte. Dann schien Hanjerg die Zauntüre zu verriegeln und kam dann den Gartenpfad herunter, nicht wenig befremdet, das Töchterchen des Hauses zu treffen.

„Hanjerg", fragte Susel, „wer war denn das? Was hat sie denn gewollt? Wer soll kommen?"

„Nichts ist's, alles nichts!" antwortete der treue Knecht. „Eine Bettelfrau – nichts weiter. Ich werde heute die Türen nach dem Garten zu alle festmachen müssen. Eine Landstreicherin ist's, die da hinterm Dorf umherschleicht."

Susel erkannte, daß sonst nichts weiteres aus ihm herauszubringen war. Was könnte sie auch wollen? Da es indes völlige Nacht geworden war, kehrte sie gedankenvoll in die Küche zurück, wo Amy am hellen Feuer stand und ihr nun einzelnes aus dem Brief mitteilte, den sie von ihrem Mathes aus München erhalten hatte. Doch so groß des Mädchens Teilnahme war – die Gedanken an das Weib hinterm Holunderbusch legten sich wie trübes Gewölk um ihr Gemüt.

13

Es wurde Nacht

Es war schon tiefe Nacht. Weder Mond noch Sterne schienen. Und da das Spinnen der vorgerückten Jahreszeit wegen in den meisten Häusern schon aufgegeben war, sah man nur wenig beleuchtete Fenster mehr. Das Horn des Nachtwächters hatte schon die zehnte Stunde angekündigt, Susel und Amy sich in ihre Kammer zurückgezogen; und auch Stoffel war schon unter die Decke gekrochen, das Licht in der Großmutter Stube gelöscht, Tür und Tor verschlossen – als der Hofhund anschlug und draußen, am sogenannten Nadelöhr, der gewohnten Einlaßpforte, sich noch ein Geräusch kundgab, als hebe jemand, Einlaß begehrend, die Klinke. Das Geräusch hielt nach, wurde lauter – die Klinke wurde rascher gehoben und rasselte jetzt, daß der Hund an der Kette raste.

„Kannst du denn nicht nachsehen, wer draußen ist?" sagte Juliane unwirsch zu ihrem Henrich, der mit ihr noch in der Wohnstube saß, aber ohne ein Wort zu sprechen, die Bibel vor sich, wie immer, wenn die Abende daheim Langeweile brachten.

Er erhob sich von der Bank hinterm Tisch, öffnete ein nach der Gasse gehendes Fenster und fragte in die Nacht hinein, wer da sei. Ob jemand herein wolle?

„Ja, Groß", sagte eine Weiberstimme. „Ich."

Dieser wich totenbleich mit unverhohlener Bestürzung zurück, unschlüssig, ob er das Fenster offen lassen oder schließen solle, überhaupt ohne zu wissen, was zu tun sei.

„Na, was geht denn vor?" sagte Juliane, sich aus dem Lehnstuhl beim Ofen aufrichtend, an das zweite Fenster ging, es heftig aufriß und hinausfragte: „Wer da?"

„Ich bin's, Frau Groß! Ich!"

„Wer?"

„Die Mutter der Nettl!"

„Ihr, Benkerten?" fragte Juliane mit angehaltenem Atem, leise und befremdet. „Was wollt Ihr denn?"

„Macht nur auf, laßt mich hinein und Ihr werdet hören!“

„Was ist denn das für eine Frechheit, in der Nacht noch in fremde Häuser dringen zu wollen?“ sagte Juliane. „Könnt Ihr nicht morgen, übermorgen kommen – oder am liebsten gar nicht?“

„Ich muß heute noch hinein!“

„Freches Weibsbild!“ ließ sich zornig Juliane vernehmen. „Macht, daß Ihr fortkommt, oder ich –“

„Macht mir auf, Frau Juliane“, sagte jetzt die draußen, „oder ich kreisch' laut in die Nacht hinein, was ich Euch im Vertrauen sagen wollte, daß es alle Welt hört. Macht auf der Stelle auf! “

Erbleichend, mit einem fürchterlichen Blick auf ihren Mann, sagte jetzt Juliane: „Laß sie herein!“

Heinrich Groß ging ohne Widerrede hinaus. Man hörte ihn die eigentliche Haustür öffnen, den Hund beschwichtigen, man hörte seine „Schlappen“ an den Füßen, seltsam auf der Staffel und dann auf den steinernen Platten draußen schlürfen, bis er zur Pforte des Nadelöhrs gelangte. Mit unsicheren zitternden Händen griff er nach dem Schlüssel, der von innen im Schloß steckte. Es dauerte eine Weile, bis er öffnen konnte. Und nun trat er zurück und ließ das Weib ein.

Sie stieß in der Dunkelheit an ihn. „Wäret Ihr gekommen, käme nicht ich jetzt“, sagte sie. „Nun gehe es, wie es will, da sie es weiß. Es ist jetzt alles gleich.“

Groß drehte mechanisch wieder den Schlüssel und schob den Riegel vor. Kein Laut als ihr und sein Tritt ließ sich noch vernehmen. Nur einmal gab sich ein leises Geräusch kund, als ob drüben im Nebenbau ein Fenster heimlich zurückgezogen würde.

Die fremde Frau ging mit dem Hausherrn über die Schwelle in den Flur, in die Stube. Dann wurde die Tür ebenfalls von innen verriegelt, und es folgte drinnen ein furchtbarer Auftritt. Heulen, Flüstern, Aufschreien, Drohungen, Flüche und Beschwichtigungen reihten sich aneinander, daß die Tochter des Hauses, die in der Stube jenseits des Hausflurs schlief und von dem Geräusch geweckt worden war, ohne daß sie ahnte, was es sei, im Innersten erbebte und meinte, ihr Herz wolle ihr erstarren.

Großer Gott, was sollte das alles bedeuten? Was ging vor? Wer war da mitten in der Nacht ins Haus gedrungen? War es die alte Frau, die abends am Hollerstock gestanden und dem Hanjerg zugerufen hatte? Ja, die mußte es wohl sein, sie glaubte jetzt, deren Stimme wieder unterscheiden zu können in dem heftigen Gezänk! – Plötzlich wurde alles ruhiger. Dann folgte tiefste Stille, nur unterbrochen von einem Klang, als würden viele schwere, harte Taler auf den Tisch gezählt. Dann nur noch ein lautes befehlendes Wort von den Lippen der Mutter: „Ihr unterschreibt!“ Dann wieder eine tiefe Ruhepause. Endlich ein leises Geräusch, als ob jemand Geld vom Tische nehme. – Jetzt wurde von innen ein Riegel zurückgeschoben, die Tür der Wohnstube drüben öffnete sich; man trat in den Flur heraus, und konnte folgendes hören: „So! jetzt regt und rührt Euch nicht mehr, zuckt nicht mehr! Laßt Euch auch nicht mehr blicken. Und hör' ich noch ein einzig Wort, daß Ihr derartige Reden führt, nur ein einzig Wort: so laß ich Euch als schlechtes Weib wegen Verleumdung, Ehrabschneiderei und Erpressung vor die Schranken des Gerichtes belangen, und da kriegt Ihr fünf, sechs Jahr auf den Buckel, wie nichts. Daß Ihr gesetzlich keinen Anspruch habt und daß der Code Napoleon, der bei uns gilt, nichts von Ersatzansprüchen in solchen Sachen weiß, selbst wenn es sich so verhielte, wird Euch nicht bekannt sein. Macht nun, daß Ihr Euch und Eure – – – ins Unglück, ins Zuchthaus, oder gar auf die Galeeren bringt, wenn Ihr noch ein einzig solches Wort verlauten laßt. Verstanden? He? Hier Eure Unterschrift! Hör ich nur noch das mindeste, laß ich Euch durch Gendarmen holen und Ihr müßt herausrücken und kommt wegen Erpressung vor Gericht. So! Und jetzt geht in aller Stille – zuckt nicht mehr! Adje! Macht, daß Ihr fortkommt!“ –

Erst spät in der Nacht umfing Susanne wieder der Schlummer. Als sie anderen Morgens erwachte, war es ihr, als hätte sie einen schweren, schweren Traum gehabt, von dem sie jedoch nichts Bestimmtes mehr wußte.

Die Mutter sah noch härter als sonst aus. Der Vater saß mit einem seltsamen Ausdruck, wie blödsinnig, oder als sei er über Nacht um zwanzig Jahre älter geworden, auf der Bank am Ofen. Seine Haare sahen wie bestäubt aus, seine Augen müde, und in den Winkeln traten unzählige kleine Runzeln hervor. Nur Stoffel hatte einen verhältnismäßig heiteren, aber frechen Blick und trug eine höhnische Miene zur Schau. Nahe an die Mutter herantretend, die mit den Fäusten in den Hüften am Fenster stand, fragte er vertraulich: „D i e Nacht hat wohl einen gefüllten Strumpf gekostet?“

„Nein!“ sagte sie.

„Ihr habt's doch nicht etwa aus der Gesamtmasse genommen?“

„Du büßest dabei nichts ein, Schleicher!“ sagte sie abweisend.

Auch die Großmutter schien, als Susel in Abhaltung der alten Aplone den Kaffee in den Nebenbau brachte, außerordentlich guter Laune, in die sich des Mädchens ahnungsloses, aber bedrücktes und banges Gemüt nicht zu finden wußte.

Im übrigen ging das Leben seinen ruhigen Gang. Hanjerg pflügte, Stoffel stand mit anderen im Weinberg beim Rebenschneiden. Nur der Vater saß daheim, teilnahmslos, als spüre er keine Lust mehr, unter die Leute zu gehen oder sich umzusehen, wie die Frühjahrsarbeit gedieh; ja nicht einmal die Kirche besuchte er. Sein Sitz im Kirchenstuhl des Presbyteriums war leer und blieb leer, und auch im Gemeinderat ließ er sich nicht mehr sehen. Er schien gleichgültig gegen alles, was sonst seine Teilnahme erregt hatte.

Noch mehr drängte sich Susel die auffällige Veränderung im Wesen ihres Vaters auf, als sie eines Abends, da Amy sich früh niedergelegt hatte, noch in der Wohnstube an einer Näherei saß, während Vater und Mutter in der anstoßenden Alkove miteinander sprachen. Sie schienen die Anwesenheit der Tochter in der Stube vergessen zu haben.

„Natürlich“, sagte die Mutter laut, „du hättest nichts dagegen; natürlich! Das sieht dir gleich!“

„Na, ja!“ sagte er beschwichtigend. „Es kommt doch nicht immer auf Geld und Gut an.“

„Das sind Schneckentänze!“

„Aber, Juliane“, meinte der Vater gelassen, „du hast mich doch auch genommen, und ich bin kein reicher Mann gewesen.“

„Mußt mich auch noch an meine schwerste Sünde erinnern!“ rief Juliane überlaut. „Es ist auch danach ausgefallen!“

„Um Gottes willen, Mutter, nicht so!“ mahnte und bat die Tochter von der Stube her. „Man hört es ja drei Häuser weit. Was sollen denn die Leute denken?“

„Ah!“ machte die leidenschaftliche Frau, als sei ihr das jetzt ganz gleich. Dennoch mäßigte sie sich insofern, als sie etwas gelassener beifügte: „Es donnert zuweilen in jedem Haus, wenn man's außen auch nicht blitzen sieht. Freilich, es kommt nun einmal auf den äußeren

Schein hinaus. Man hängt seine Schande den Leuten nicht gern auf die Nase. Und nun still. Geh schlafen!“

Schande! Welche Schande? Was war die Ursache dieses bösen Wesens im Hause, was der Grund dieser schlimmen Wandlungen? Ja, durch das Haus, so beneidenswert, so friedlich und freundlich nach außen, ging ein finsterer Geist, ein Geist des Argwohns, des Vorwurfs und der Entfremdung.

Als Susel später noch in die Küche ging, um sich ein Glas Wasser zu holen, machte sie die Wahrnehmung, daß die Eltern noch nicht beruhigt waren. Aber, waren es denn auch die Eltern? Horch, welch' seltsam bedrückte Stimme sprach da.

„Kein böser Gedanke war über mich gekommen bis zu dem Augenblick.“

„So“, fiel eine andere Stimme ein, „nun habe *ich* noch die Schuld!“

Und nun klang wieder jene seltsame klagende Bitte, nicht so hart zu sein, an ihr Kind zu denken, es nicht unglücklich zu machen, sondern es in unwissender Unschuld dahinleben zu lassen.

„Ich weiß schon selber, was ich zu tun habe“, lautete die Entgegnung, worauf nach einer Pause wieder eine leise, beklommene demütige Klage erfolgte.

War denn das die Stimme dessen, der sonst so gelassen seinem Worte Geltung zu verschaffen wußte? Was war aus ihrem Vater geworden, daß er so flehend sich äußern, solchen Antworten sich aussetzen konnte, – er, der sich sonst so entschieden in Achtung zu setzen verstand. Aber nein, es konnte ja nicht sein, wenn es auch zu dem Wechsel in seinem Benehmen nicht übel stimmte; so gründliche Umwandlung in dem Verhältnis zur Mutter war ja unmöglich. Auch vernahm Susel jetzt nichts mehr. Zudem war ihr nicht unbekannt, welchen wunderlich veränderten, kaum mehr zu erkennenden Charakter Stimmen, durch die Wand vernommen, annehmen. Auch wußte sie, wie weit in der Nacht der Klang von Lauten, auch menschlichen, durch Wände, Balken fortgeleitet werde. Vielleicht war es ein Gespräch im Nachbarhaus gewesen, das sie vernommen. Und je mehr sie wünschte, daß es so sei, desto mehr war sie davon überzeugt.

Immerhin suchte sie auch an jenem und an manchem folgenden Abend mit beklommenem Herzen ihr Lager auf. Und am Tage sah sie ihre Umgebung oft mit Blicken an, die eine flehende Frage nach dem Grund dieses trüben Wesens enthielten. –

In jenen Tagen litt am meisten mit Susel der gute Doktor Flaccus. Wenn sie ihn flehend ansah, um durch ihn zu ergründen, was denn aus ihrem Vater geworden war, gewann sein Antlitz einen so trostlos schmerzlichen Ausdruck, daß sich ihr Herz krampfhaft zusammenzog. Und nun suchte sie nur noch Trost in des Vaters eigenem Antlitz, wenn er kraftlos einherschleichend sich endlich in die Sonne setzte und sein Kind heimlich mit wehmütigen Blicken betrachtete.

„Susel", sagte er bei einer solchen Gelegenheit, „kannst du mich noch liebhaben?"

„O Vater, lieber Vater!" sagte sie und fiel schluchzend, sich ganz ihrem Schmerz hingebend, seine Hände fassend, vor ihm nieder. „Was ist Euch? Wie ist es gekommen? Wenn Euch etwas quält, Vater, vertraut mir's an. Ich bin ja Eure Tochter, lieber Vater."

Lange hielt er ihr Haupt in den Händen, als überlege er still bei sich. Tränen rannen ihm über die fahlen Wangen auf ihr braunes Scheitelhaar. Dann sagte er leise: „Ich will dir etwas anvertrauen, mein Kind! Heirat' nicht nach Geld und Gut, nur wen du lieb hast. Besser trocken Brot in Liebe, denn Braten in Gleichgültigkeit. Sei standhaft, Kind, und bewahre dein Herz rein! Bedrängen sie dich zu sehr – nun, ich habe einen Vetter, ist Lehrer im Unterland, in der Frankenthaler Gegend, – ein braver Mann – der und seine gute Frau, sie haben keine Kinder und nehmen dich gern auf, weil du mein Kind bist."

Er schien weitersprechen zu wollen, doch vor innerer Bewegung nicht zu können. Aber von jenem Tag an zeigte sich eine merkliche Besserung bei ihm, von der man freilich nicht wußte, ob sie nachhalte. Es war die Zeit der Kornernte gekommen, und es verlangte ihn wieder hinaus – in die Flur, die Leute schaffen zu sehen, selbst mitzuschaffen, wie sonst. Er verlangte selbst hinauszufahren, den ersten Wagen voll Korn zu holen, und zwar sollte man ihm den jungen Rappen zu einem der alten Gäule spannen, jenen, der als Füllen so oft aus Susels Hand gefressen hatte.

Darauf bestand er mit Hartnäckigkeit und war nicht mehr davon abzubringen.

14

Letztes Geläute

Obwohl im Grunde das junge Roß noch nicht angespannt werden sollte, muß man dem Mann, der sich plötzlich aufzuraffen schien, doch notgedrungen den Willen tun, da es das Ansehen zurückgewann, und den Bann seiner traurigen Krankheit löste. Er schwang sich auf den leeren Wagen, nahm die Peitsche in die Hand, klatschte, daß es in allen Räumen des Hauses hallte, faßte die Zügel fest und fuhr stehend zum Hoftor hinaus, das der Hanjerg sperrweit geöffnet hatte. Nun beeilte sich der Knecht, es schnell wieder zu schließen und dem Fuhrwerk nachzugehen, wie Susel es gewünscht hatte.

Es war ihr, als sei nun alles gut, und später sollte es noch besser werden. Sie nahm sich vor, dem Vater im Garten einen Strauß zu pflücken. Sie war wieder allein zu Hause, die Mutter draußen auf dem Felde, um die Aufsicht zu führen, während Amy bei der Arbeit half. Nur die alte Aplone saß drüben auf der Staffel des Nebenbaues und putzte Salat für den Abendtisch. Susel eilte in den Keller und holte einen halben Schoppen vom guten Wein, den sie der Aplone bringen wollte, deren alten Knochen solcher Trank sicher gut tat. Weil die Eingangstür neben dem Tor offenstand, eilte sie hinzu, um sie zu schließen, als in demselben Augenblick draußen jemand vorüberging und so rasch auf sie zukam, daß sie im ersten Schreck fast das volle Glas fallen ließ.

„Ah“, sagte Schorsch, „da komme ich gerade recht. Willst du mir's zubringen, Susel?“

„Recht gern!“ Sie nippte und reichte es ihm hin, indem sie mit einem verschämten Wonnegefühl wahrnahm, daß er wirklich trank. Das Glas zurückgebend, sagte er: „Ich bin eigentlich gekommen, um Abschied von dir nehmen zu können. Morgen geh' ich in die Fremde. Aber hier am Eingang ist wohl nicht der Ort, wo ich dir sagen kann, was ich möchte. Komm in einer Viertelstunde hinter das Haus, in den Garten, an den Hollerbusch, der dir besser bekannt sein wird als mir. Willst du?"

Susel zögerte; ihr Herz klopfte.

„Wir sehen uns drei, vier Jahre nicht wieder."

„O Gott, so lange!"

„Dein Vater ist doch wieder besser", fuhr Schorsch fort. „Du bist allein, niemand um den Weg. Kommst du, Susel?"

„Ich will sehen!" sagte sie.

Sie trennten sich rasch, und Susel brachte der Aplone den Wein, den die Alte mit Dank annahm. Das junge Mädchen sah mit Herzklopfen dem Augenblick entgegen, wo sie ihrem Versprechen nachzukommen gedachte. Durfte sie denn wirklich eine solche Bestellung annehmen? Aber sie hatte sich ja ohnehin vorgenommen, in den Garten zu gehen, um ihrem Vater einen Strauß seiner Lieblingsrosen zu binden. So traf es sich glücklich, und so konnte sie Schorsch, den sie auf so lange Zeit hinaus nicht mehr sehen sollte, auch ein Sträußchen zum Andenken mitgeben.

Auf so lange ging er fort? Auf so lange? Trennungsschmerz überkam sie. Und dann eilte sie durch Hof und Scheuer in den Garten. Sofort gewahrte sie, daß er noch nicht da war. Nun begann sie die Rosen für den Vater und einen kleinen Strauß, dem sie Vergißmeinnicht beifügte, für den Geliebten zu pflücken. Und jetzt hörte sie leise ihren Namen rufen; sie eilte zum Holunderbusch und reichte über den Zaun hinweg mit dem Sträußchen die Hand.

„Susel!" rief es in demselben Augenblick von der Scheuer her. „Susel!" Es war die Stimme der Mutter, die, wie sie manchmal zu tun pflegte, vom Feld aus durch das Haus ihrer Tochter Eve ins Dorf zurück und heimgelangt war.

„Zum Abschied einen Kuß, Susel?"

„Nein, nein, laß mich!"

Nur ein flüchtiger Händedruck wurde getauscht, und das Mädchen lief zurück.

„Um tausend Gottes willen, wo steckst du denn, wo treibst du dich herum?"

„Im Garten, Mutter!"

„Was tust du denn im Garten und läßt das Haus offenstehen?"

„Ich habe dem Vater einen Rosenstrauß gerupft."

„Wozu denn? Wärst du in der Stube geblieben! Er kann jeden

Augenblick mit einer Fuhre Korn heimkommen, und wer soll ihm das Hoftor aufmachen?" fragte die Mutter vorwurfsvoll, indes man durch Scheuer und Hof zurückeilte.

„Die Aplone ist ja da!"

„Hört denn die taube Person seine Peitsche knallen?"

Daran hatte das Mädchen allerdings nicht gedacht und mußte sich das Auszanken gefallen lassen. So nahm sie sich denn vor, von nun an auf jeden Peitschenknall in der Ferne zu achten.

Da klapperte es schon durch die Gasse, aber nicht mit Wagengerassel untermischt, sondern als ob einige Reiter ins Dorf hereinsprengten, ja, als ob sie jetzt dicht vor dem Hoftor hielten.

„Um Gottes willen, was ist denn da passiert!" schrie Juliane auf, während Susel rasch zum Tore eilte, um den Riegelbaum aufzuheben, worauf die mächtigen Torflügel, in den Angeln sich drehend, von selbst aufgingen. In demselben Augenblick sprengten auch schon der alte Braune und der junge Rappe, mit denen der Vater ins Korn gefahren war, zusammengekoppelt mit funkensprühenden Hufen in den Hof und standen erst vor dem gewohnten Stall schweißtriefend still.

Das verkündete Mutter und Tochter nichts Gutes. Es dauerte auch kaum einige Minuten, da erschollen Schritte und Stimmen vom Garten durch die Scheuer her, das Scheuertor wurde von innen aufgestoßen und einige Taglöhner brachten mit Hanjerg im Geleit des Doktor Flaccus einen blutenden Mann ins Haus: Heinrich Groß.

Der Vorgang ließ sich im Augenblick nicht genau feststellen; doch alle kamen überein, daß die Pferde mit dem Wagen auf der Straße hielten, wo sie nach der Dorfseite hin eine schroffe Böschung hat. Während man nun von dem Acker, der auf der anderen Straßenseite vom Weinberg umschlossen liegt, dem Herr die Garben emporreichte, da er darauf bestand, sie mit eigener Hand zu schichten, mußte der Rappe durch Unvorhergesehenes scheu geworden sein und auch den Braunen mit in die Bestürzung hineingerissen haben. Da, als eben Stoffel wieder mit einer Garbe herantrat, machten die Rosse Seitensprünge und zogen, obwohl großenteils abgesträngt, den Wagen mit fort und dem steilen Straßenrand so gefährlich nahe, daß der Hanjerg mit seinem Messer rasch noch zwei straff gespannte Stränge durchschnitt – leider zu spät. Der Wagen schlug um, den Daraufsitzenden im Bogen weit hin auf den Ackergrund schleudernd, indes die Pferde wie besessen die Straße entlang gegen Pleisweiler hin sprengten und von dort, umkehrend, heimjagten.

Es geschah alles, was geschehen konnte, um den Verunglückten zu retten. Er klagte nicht über Schmerz, sondern lag jetzt still und verhältnismäßig gelassen. Nun sah er lang seine Tochter an mit einem so sprechenden Ausdruck, daß sie sich weinend zu ihm beugte und ihm seine Lieblingsrosen in die gefalteten Hände legte, während die anderen etwas zurückwichen; denn er schien ihr etwas sagen zu wollen. Erst lächelte er dankbar, dann sagte er leise, mit Anstrengung und mit dringendem Flehen: „Mein Kind, höre mich an, neige dein Ohr zu mir. Hagar – hatte – einen – Sohn. Ha – Ha – gar – ha – ha – ha“

Er kam nicht weiter, seine Stimme ging in ein unverständliches Lallen über. Er schien noch etwas hinzufügen zu wollen; sein Auge hing flehend an der Tochter, aber er brachte nicht hervor, was ihm noch auf dem Herzen liegen mochte. Die Anstrengung hatte ihn dabei so erschöpft, daß er seine Augen schloß.

„Er schläft!“ sagte Doktor Flaccus. „Vielleicht ist noch nicht alles verloren. Doch wir müßten so rasch wie möglich die Arznei dieses Rezeptes hier haben!“

„Tapfer! Den Grauschimmel gesattelt! Schnell!“ rief Juliane ihrem Sohn Stoffel zu.

Aber der Doktor meinte, das dauere alles zu lange; junge Beine eines willigen Menschen seien eher wieder zur Stelle.

„So geben Sie mir's!“ sagte Susel, schnell eine neue Schürze umbindend.

„Gott segne dich, mein Schatz!“ sagte der Doktor, überreichte ihr den Zettel, und Susel flog über die Gasse, über die Wiesen, den Kirchberg hinan, und hinunter in die Stadt in die nächstgelegene Apotheke.

Die Arznei bedurfte nicht langen Wartens. In kurzem befand sich Susel mit der Hast eines flüchtigen Rehes wieder auf dem Heimweg. Angst und Kindesliebe beflügelten ihre Schritte. Aber da, wo der abschneidende Weg von der Straße hinweg über den Kirchberg zurückführt, begegnete ihr Schorsch, der von dem verunglückten Stelldichein zur Stadt zurückkehren wollte. Sofort war er an ihrer Seite, war im Besitz ihrer Hand, obwohl sie immer fortdrängte.

„Gut", sagte er, „ich begleite dich eine Weile; wir gehen rasch." Er hatte von dem Unglück gehört und begriff ihre Eile.

„Ach Gott, laß mich, ich muß laufen!"

„Ich lauf' mit dir!" sagte er, rüstig neben ihr herschreitend. „Wer weiß, wann ich wieder mit dir gehen kann. Deine Mutter wird schon dafür sorgen, daß du verheiratet bist, wenn ich wiederkomme."

„Nein, ich werde nicht verheiratet sein!" sagte sie.

„Willst du wirklich warten, Susel?"

„Verlaß dich drauf!"

„Wenn ich's gewiß wüßte!"

„Es ist gewiß. Und nun lebe wohl, Schorsch; du kannst nicht weiter mit, und ich muß heim!"

„Nur noch ein bißchen bleiben", bat er, ihre Hand fassend. „Wir sehen uns lange nicht mehr. Drei, vier, oder sogar fünf Jahre bleib' ich aus."

„Die Zeit vergeht!" sagte sie.

Er schlang seinen Arm um sie, erklärend, er lasse sie nicht, sie habe ihm denn einen Abschiedskuß gegeben.

„O Gott!" klagte sie, hin und her blickend. Niemand war um den Weg. So ließ sie sich denn küssen, riß sich los und eilte dann weiter. „Lebe wohl, Schorsch, lebe wohl! Auf Wiedersehen!"

„Lebewohl!" sagte er, nachblickend, wie die junge schlanke Gestalt, flüchtig davoneilend, vollends die Höhe erstieg und hinter ihr verschwand. Dann wandte er sich zur Stadt zurück.

Schon lag das Dorf Pleisweiler im Schatten der Berge, und die Pappeln im Wiesengrund von Oberhofen warfen schon lange dunkle Streifen auf den grünen Plan, während die Schwalben spielend sich noch im Sonnenschein wiegten, als Susel, über die Feldhöhe kommend, wieder das stille Dorf in Sicht bekam und sie nun durch den Hohlweg hinuntereilte. Horch! da schlug die Glocke an. Es läutete von der Kirche her – am späten Nachmittag, zur ungewöhnlichen Stunde.

Susel hielt unwillkürlich an. Warum läutete es denn? Es war die Glocke der protestantischen Kirche, und diese läutete nur sonntags zur Kirche und dann zum Wochenschluß Samstag abends. Es war aber heute Donnerstag.

Mit einem Male empfand sie eine quälende Angst. Die Leute im Feld riefen einander zu, fragend, für wen es „Zeichen" läute – wer denn gestorben sei. Über das Mädchen kam ein banger Schrecken, daß ihr fast die Beine versagten. Dennoch lief sie, wie von Hunden gehetzt, über den Wiesenpfad ins Dorf, als die Glocke noch immer läutete. Zum Zeichen, daß eben ein armes Menschenleben seine Seele ausgehaucht habe.

Susel kam mit der Arznei an, zu spät. Drinnen ruhte ihr teurer Vater, blaß und bleich, mit den Rosen in der erstarrten Hand, die sie ihm heute gepflückt hatte.

Lange lag Susel dort, die kalten Hände küssend, die so oft liebevoll auf ihrem Scheitel geruht waren. Endlich wurde sie von Gretes Mutter, der guten stillen Bas Margaret, aufgerichtet und, so weit es verfangen wollte, getröstet. Zu helfen sei nicht mehr gewesen, und mit dem Namen seines Kindes auf den Lippen sei der Vater selig verstorben.

15

Der Schnurres

„. . . Ach sende deine Weisheit vom Himmel, daß sie bei mir sei; daß sie mich lehre, vorsichtig zu handeln und ein Werk glücklich zu führen, das so viel Einsicht und Klugheit erfordert. Gib mir den Geist der Geduld, daß ich durch Sorgen und Arbeit nicht mürrisch gemacht werden möge. Erquicke mich in allen den Kümmernissen, welcher dieser mein Witwenstand bei sich führet mit den Tröstungen deines Wortes. Erwecke mir einen frommen, getreuen Freund, der uneigennützig und redlich mir rate, was das beste zu tun sei . . . Herein!"

Es hatte an der Tür gepocht, und so unterbrach sich die Lesende, eine ältliche, schon etwas schwammige Frau, die in der Sonntagsnachmittagsstille mit der hornenen Brille auf der Nase, das Gebetbuch vor sich, am Tisch der frisch mit weißem Sand bestreuten Wohnstube saß. Dieser Tisch, der die ganze Ecke nach der Gasse und den Hof hin ausfüllte, ruhte auf mächtigen gedrechselten Fußsäulen, die aus lauter großen hölzernen Kugeln zusammengesetzt schienen. Es war einer der alten, an den vier Ecken abgerundeten und schön gefugten Renaissancetische aus Eichenholz, wie man sie in den Bauernhäuser jener Gegend noch überall findet, und stimmte mit dem braunen Wandgetäfel und dem massiv aus Nußbaumholz gearbeiteten großen Flügelschrank, auf dem Äpfel, Quitten und einige Bücher aufgestellt waren, recht wohl überein. In einer Vase auf dem Tisch duftete ein mit anderen Blumen gemischter Resedenstrauß, während draußen schon der Wind über die Haferstoppeln strich.

Es hatte also an der Tür der Stube angeklopft; wenigstens war der in ihr Gebetbuch Vertieften so gewesen, als habe jemand gepocht. Sie hatte dann auch ihre Sonntagsnachmittagsandacht mit einem „Herein!" unterbrochen und als der weiße Sand unter den Sohlen des Eintretenden knirschte, hinzugefügt: „Schönen guten Tag, Herr Doktor! Sie kommen wie gerufen und wie von Gott gesandt. Schönen guten Tag, und nehmen Sie Platz und lassen Sie mich nur noch Amen sagen." Und dann las sie ohne aufzuschauen weiter, in näselnder, mit langsam nachdrücklicher Betonung der einzelnen Silben, besonders jener Endsilben, die sonst beim Sprechen am linken Oberrhein ganz wegfallen, wobei sie ihr Gebetbuch weit ab von der Hornbrille über der Tischplatte hielt, wo auch die große, in Schweinsleder gebundene Hausbibel aufgeschlagen lag.

„Was das beste zu tun sei!" . . . wiederholte die Andächtige. „Stehe mir bei, daß ich Neid, Haß, Zorn, Weltliebe in mir mehr unterdrücken und durch deine Gnade ein ganz neuer und heiliger Mensch werden möge. Befestige die gute Gemütsverfassung in meiner Seele. Erneuere die Kräfte meines Körpers durch einen ruhigen Schlaf. Erfülle mich mit nützlichen Gedanken, mit Liebe zum Guten und Verlangen nach der Gerechtigkeit und Tugend . . . Da stehen ja Stühle, setzen Sie sich doch einstweilen, Herr Doktor, bis ich fertig bin! . . . Ach du kennst meine Schwachheit, allsehender Gott, du weißt, wie ich so leicht zum Bösen geneigt werden könne! Stehe mir in allen Versuchungen nachdrücklich bei, daß ich endlich zu mehr Beständigkeit in der angefangenen Besserung meines Herzens gelange . . . Nehmen Sie doch Platz, Herr Doktor. Sie sind ja kein Fremder, ich bin ja gleich zu Ende! . . . Ach, erhalte diesen Vorsatz in meiner Seele. Stärke mich mit neuer Kraft zu jedem löblichen Geschäfte. Segne meine Bemühungen mit erwünschtem Gedeihen, daß ich als Gefäß deiner Barmherzigkeit zur Verherrlichung deines Namens sein und bleiben und einst in erneuertem Glanz mit verklärten Lippen ewig dein Lob verkünden möge. Amen!"

Und nun klappte sie langsam das Buch zu, hing die messingnen Schnallen ein, mit denen es versehen war, und legte es beiseite auf die offene Bibel.

„Ein schönes Gebet", äußerte sie, während sie bedächtig und mit einiger Mühe die Zwickbrille von der stattlichen Nase hob. „Ein gar schönes Gebet, und so passend für eine Witfrau, deren Ehemann schon seit vier Jahren in der kühlen Erde ruht. Ja, Herr Doktor", fügte sie mit einem schweren Seufzer hinzu, als ob sie seinem Verständnis für ihre Gefühle etwas nachhelfen wolle – „ein gar rührendes Gebet."

„Bitte recht sehr, Frau Groß", kam jetzt als Antwort, „wenn

Sie mich etwa für den Herrn Doktor Flax halten sollten, so wäre das ein Mißverständnis. Ich schmeichle mir, ein anderer zu sein", fügte lächelnd der feine und mit besonderer Sorgfalt gekleidete Besuch hinzu. Es war ein „junger Mann", von vier- bis fünfundvierzig Jahren mit einem zierlich gestutzten kleinen Beamtenschnurrbärtchen, pfälzisch „Schnurres", unter der Nase. „Soviel ich weiß, habe ich die Ehre, Ihnen und Ihrem Fräulein Tochter nicht glänzlich unbekannt zu sein."

„Ah so!" verbesserte sich jetzt die Frau, zu dem Fremden aufschauend, der mit dem Hut in der Hand und in höflicher Haltung – seine Figur bildete einen stumpfen Winkel – vor ihr stand. „So der Herr – – –" Schnurres hätte sie beinahe gesagt, da ihr der Mann mit dem Schnurrbart unter diesem Namen am bekanntesten war; doch verbesserte sie sich noch rechtzeitig. „So der Herr Kontrolleur Kannhahn. Und was schenkt mir denn die Ehre?"

„Ich komme, Frau Groß, um eine Unterredung unter vier Augen zu erbitten."

Das klang geheimnisvoll und war mit bedeutsamem Nachdruck gesprochen.

„Was will der Schnurres von mir?" murmelte für sich Juliane, die in den vier Jahren ihres Witwenstandes ziemlich gealtert war. Etwas bedachtsam setzte sie dann laut hinzu: „So nehmen Sie doch einen Stuhl, Herr Kontrolleur."

Bevor der Fremde jedoch der Einladung folgte, die von einer entsprechenden Handbewegung begleitet war, sah er die stattliche Frau eigentümlich an und warf dann einen Blick im Zimmer umher.

„Sind wir auch allein?"

„Sie sehen ja, Herr Kontrolleur", bedeutete sie etwas befremdet.

„Regt sich nichts hier im Verschlag?" fuhr er fort.

„Gar nichts. Sie können ganz ruhig sein", beschwichtigt Juliane etwas kühl. „Es ist niemand da außer mir, höchstens noch die Katze."

„So bin ich denn so frei", sprach er, zog einen Stuhl heran, setzte sich, schlug seine Beine übereinander, hielt den Hut ans Knie und besann sich offenbar, wie er beginnen sollte.

„Der Mann will Geld von mir", brummte Juliane für sich und fühlte sich im Innern noch herabgestimmter.

Denn sie kannte ihn ja kaum, hatte ihn nur einige Male in den letzten Jahren gesehen, wenn er an Sonntagnachmittagen durch das Dorf kam, allein oder in Gesellschaft des Herrn Provisors Schilling und eines dritten, eines gewissen – Schreiber hieß er, und Schreiber war er. Diese drei machten als feine Herren aus der nahen Stadt zuweilen Spaziergänge durch Dorf und Flur, baten die jungen Mädchen, die Sträuße von spanischem Flieder, Gelbveigeln, Rosen oder Federnelken in den Händen trugen, „nur um eine Blume", benahmen sich überhaupt sehr fein, klopften die steifleinenen Beinkleider zierlich mit dem schwanken Rohrstöckchen, sprachen gar gebildet und waren auch des vornehmen Eindrucks ihres Auftretens sicher. So kannte man sie bereits im Dorf als die schönen „Hammecker" – einzeln als „Süßholzraspler", die „hohle Feder" und den „Schnurres".

Alle drei waren poetisch gestimmt und durch das Wochenblatt allen Gebildeten auf drei Viertelstunden im Umkreis als Dichter bekannt. Ja, was das Wasgaustädtchen damals an Poesie auftreiben konnte, verkörperte sich in diesem anmutigen Kleeblatt.

Wie angedeutet, kam Herr Kontrolleur Kannhahn, genannt „Schnurres", zuweilen auch allein von der Stadt her und wandelte dann einsam und wehmutsvoll durch die Flur, sich nur dann und wann umschauend, ob nicht „Chloe und Doris" von Oberhofen des Weges kamen. Denn was einst die Waschweiber am Rathausbrunnen in Münster meinten – „Ein paar Staatsmädchen das!" – empfanden auch die drei Hammecker. Und Herr Kontrolleur Kannhahn, der noch eine ausgesprochene Neigung für die Idyllen Geßners hegte, wußte es einzurichten, daß er, durch das Dorf schlendernd, einst mit Juliane Groß, die mit ihrer Tochter am offenen Fenster saß, dadurch in eine Unterhaltung geriet, daß er sich zuerst um den Weg nach Mannheim und dann um jenen nach Niederhorbach erkundigte, den er übrigens schon ein dutzendmal von dem Dorf aus gegangen war. Frau Groß hatte ihm, nachdem er sich förmlich vorgestellt, auch bereitwillig Auskunft gegeben, wenn es ihr auch nicht leicht fiel, sich mit ihm zu verständigen, da er, wie viele Beamte der Pfalz, ein „Altbayer" war, wie man die „Jenseitigen" nannte, selbst wenn sie, wie der Herr Kontrolleur, aus Oberfranken stammten.

Auf jener Auskunft durchs Fenster beruhte die ganze Bekanntschaft der Juliane mit dem „Schnurres", der nun dahergekommen war und sie unter wichtigtuendem Gebaren um eine Unterredung unter vier Augen ersuchte.

Na, was wird da wieder zum Vorschein kommen! dachte sie, immerhin gespannt, wie er seinen Besuch und den Zweck desselben begründen würde. Allein, als er noch immer nachdenklich in seinen Hut sah, um dann an ihr vorüber seinen Blick starr in die Ecke zu heften, wo der Uhrkasten stand, als warte er, bis der Minutenzeiger eine bestimmte Ziffer erreichte, verlor sie die Geduld.

„Es ist jetzt gerade drei Uhr", fing sie an. „Sollt' es noch zu früh sein für das, was Sie mir zu sagen haben, Herr Kontrolleur, na, so nehmen Sie es mir nicht übel, wenn . . ."

„Durchaus nicht, Frau Groß, bitte recht sehr, durchaus nicht!" erwiderte der Kontrolleur, ließ dann aber nochmals eine Pause eintreten, indem er im Zimmer umherschaute, als wolle er sich überzeugen, ob man auch wirklich allein sei, bis er mit einem Blick durchs Fenster endlich anfing: „Es ist heute etwas windig, doch sonst schönes Wetter."

Kommt der Schnurres aus der Stadt, um mir das zu sagen? dachte Frau Groß, bestätigte aber seinen Ausspruch mit einem nachdrücklichen: „Ja, das Wetter ist gut und scheint auch so bleiben zu wollen! Und was haben Sie für ein Anliegen?"

Als Antwort knüpfte er an diese Frage sofort eine etwas weitläufige und vielleicht nicht unvorbereitete Erörterung in flüssiger Sprache über seine Neigungen für alles Ländliche, für Natur und Kreatur, für die blumigen Gefilde, für die unschuldigen Kinder des Dorfes und Feldes, kurz für das Idyllische. Daß Schiller und Goethe in ihrer Art nicht größer seien als Geßner, beteuerte er wiederholt, obwohl Juliane keinen Widerspruch einlegte und ihm aufs Wort glaubte, da sie mit keinem dieser Herrn näher bekannt war.

Hierauf verweilte er noch so ausführlich bei der Schönheit des Schäferlebens im Gegensatz zur widerlichen städtischen Unnatur, sprach mit solcher Vorliebe von Schäfern, Schäferinnen und schäferlichem Treiben in der Flur, daß Juliane, wie sie später versicherte, allen Ernstes auf die Vermutung kam, der Schnurres wolle, trüber Erfahrung wegen, sich seines Amtes völlig begeben und sich zu ihr als Schafknecht verdingen.

Endlich aber fand er sich durch die idyllischen Irrpfade dennoch hinaus auf den geraden Weg eines stattlichen Freiers um Susels Hand.

Das schien der Mutter etwas unerwartet zu kommen. Sie saß still, die linke Seite des Kinns auf die Hand gestützt und sah den Bewerber eine Weile schweigend an, so daß er sich abwechselnd Befürchtungen eines hereinbrechenden Donnerwetters und Hoffnungen auf heitersten Sonnenschein hingab. Endlich brach durch das Gewölk ihrer Miene ein heiteres Lächeln, um dann vor sich hin zu lachen. Sie vermochte den unwiderstehlichen Reiz nicht länger zu unterdrücken und ließ ihm denn auch seinen Lauf, wobei sich ihre Augen verkleinerten, ihre Brust krampfhaft hob, ihr Oberkörper hin und her bog.

Ja, Juliane lachte, obwohl der Herr Kontrolleur nicht im mindesten an dieser Lustigkeit teilnahm.

„Meine Eröffnung", wandte er etwas verblüfft ein, „stimmt sie ja ausnehmend heiter, Frau Groß."

„Nehmen Sie mir's nicht übel, Herr Schnurres, Herr Kontrolleur will ich sagen, daß ich – hi, hi, hi! – so einfältig bin, aber, hi, hi, hi! Ich *muß* lachen! Sehen Sie, ich habe Sie in einem falschen Verdacht gehabt, Herr Kontrolleur – hi, hi, hi! Haben Sie sonst nichts auf dem Herzen?"

Er antwortete durch eine Gebärde, daß die Hand „Suschens" für ihn alles sei.

„Na, wenn's das ist, so wollen wir's bedenken. Erst Überlegung! Haben Sie denn schon mit meiner Susel geredet?"

„Zuerst die Frau Mutter, ist stets in solchen Fällen mein Grundsatz", erwiderte der Freier würdevoll. „Mit Fräulein Tochter hat's weiter keinen Anstand."

„Wirklich?"

„Nichts klarer."

Der ist seiner Sache sicher, dachte Juliane. Laut fügte sie hinzu: „So! Das wäre doch merkwürdig. Aber es will doch überlegt sein. Ist nicht meine Susel ein bißchen zu jung für Sie, Herr Kontrolleur?"

„O nein! Mir nicht!"

„Aber mein Kind ist ein Bauernmädel, auf dem Land erzogen, und Sie sind ein Dichter."

„Und dennoch ein praktischer Mann."

„So! Aber wissen Sie, meine Susel hat nicht die Manieren einer Stadtdame, ist nicht so gebildet."

„Macht nichts, Frau Groß, ich bilde sie schon."

„Und wenn sie doch keine rechte Neigung hätte?"

„Das verschlägt nichts, Frau Groß, das gibt sich mit der Zeit."

„Meinen Sie?"

„Ich bin überzeugt."

Er ist seiner Sache sehr gewiß, dachte Juliane, wobei sie der Lachreiz wieder ankam. „Ich will Ihnen etwas sagen, Herr Kontrolleur, ich habe andere Pläne mit meiner Tochter, sie ist gewissermaßen schon versprochen."

„Ach, das geniert mich alles nicht", versicherte der Kontrolleur unerschüttert.

„Aber sehen Sie, ich brauche einen Tochtermann ins Haus, ins Feld. Sie werden doch nicht ihre Kontrolleurschaft an den Nagel hängen, hinter Pflug und Egge hergehen wollen. Sie können doch nicht mit dem Karst den Wingert hacken, mit dem Spaten das Krautland umgraben, Mist führen, auf- und abladen. Das gibt Schwielen an die Hand, Herr Kontrolleur."

„Nein. Was das betrifft so kann man die nötigen Leute halten, die dergleichen tun. Allein, ich beabsichtige gar nicht, meinen Stand aufzugeben; ich behalte mein Amt bei, mache es mir nur ein wenig bequemer, verlang' auch keine Äcker, keine Wiesen, Schafe oder Kühe, – nur einige Wingerte wegen des Tischweins, und neben der Aussteuer den Vermögensanteil meiner Braut in barem Geld."

„Sonst nichts?"

„Weiter nichts!"

Juliane war offenbar sehr heiter gestimmt durch den schönen Antrag. „Verstehen Sie, Herr Kontrolleur, es ist ja ein schönes Brot, das Ihrige; Sie scheinen auch ein erfahrener und gesetzter Mann zu sein, und wären vielleicht so uneben nicht. Aber es kann doch wohl nicht sein. Meine Susel hat's verschworen, einen von Bergzabern zu heiraten."

„So? Nun, da geb' ich meine Versetzung ein."

„Und kommen dann, wer weiß wohin, vielleicht ins Altbayerische, wo Sie her sind. Nein da geb' ich meine Tochter nicht hin. Wissen Sie, mein Tochtermann muß aus unserer Gegend sein, nicht von drüben herüber. Und meine Susel nimmt keinen Anplochierten, überhaupt keinen Stadtherrn, auch keinen Pfarrer; sie will in ihrem Stand bleiben."

„Hat sie das bestimmt erklärt?" fragte Kontrolleur Kannhahn mit dem Ausdruck großer Entschlossenheit.

„Sie hat danach gehandelt", versicherte Juliane. „Es sind schon so manche dagewesen, und sie hat jedesmal den Kopf geschüttelt: Nein!"

„Der Rechte war eben noch nicht da!"

„Mag sein. Es hat ja auch noch Zeit. Sie ist noch jung."

Da hörte man eine klare Stimme draußen. Die Mutter bemerkte dem Freier, er könne nun seine Sache bei ihrer Tochter selbst führen.

Die Tochter des Hauses trat ein, grüßte mit einer gewissen Würde.

Susel war zur stattlichen Jungfrau herangeblüht. Der Ausdruck sinnigen Ernstes stand ihren hübschen Zügen sehr wohl. Ihre Blicke kehrten nun gleichsam fragend von der Mutter zu dem Besuch, und von diesem zu der Mutter zurück.

„Susel", sagte die Mutter, „kannst ja dem Herrn Kontrolleur selber sagen, was du darüber denkst."

„Worüber, Mutter?"

„Der Herr Kontrolleur hat um dich angehalten. Na, kannst du nicht reden?"

„Um mich angehalten?" erwiderte Susel mit erlöschender Stimme. „Ach, der Herr Kontrolleur kann es nicht im Ernst meinen."

„Doch", versetzte der Freier, der sich erhoben hatte. „In allem Ernst denke ich daran, Fräulein Suschen."

„Dann tut es mir leid", sagte diese. „Ich hätte mir's im Traum nicht einfallen lassen und denk' wahrhaftig nicht daran."

„Wie?" fragte der Abgewiesene mit schwacher Stimme. „Sie wollen nicht? Sie schlagen meine Hand aus? – Das ist merkwürdig!" Und sein Erstaunen und Befremden drückte sich auf Mienen und Haltung aus. „Merkwürdig!" wiederholte er vor sich hin, weil er im Augenblick nicht wußte, was anderes zu sagen und zu beginnen, als zum Glück die etwas peinliche Lage dadurch ihre Lösung fand, daß sich ein anderer Besuch durch Anklopfen anmeldete und Doktor Flax, der langjährige Arzt und Freund des Hauses, eintrat.

16

Es geht um

„Hol' doch ein Glas Wein!" sagte Juliane zu ihrer Tochter. „Sie, Herr Kontrolleur, kennen ja den Herrn Doktor und werden doch nicht, ohne etwas genossen zu haben, fortgehen! Wollen die Herren einstweilen Platz nehmen?" Und während der Kontrolleur mit dem Doktor in der Tat der Einladung Folge leistete, eilte Susel mit dem Kellerschlüssel und einer reingeschwenkten Weinflasche hinunter, um am messingnen „Hahnen" des Zweifuderfasses einen feinen, gastlichen Trunk zu zapfen, indes auch die Mutter, mit Messer und Teller klappernd, sich an der Schublade des Eckschrankes zu schaffen machte und dann ein- und ausging, um etwas zum „Knuspern" für ihre Gäste zu besorgen, die nun auf eine kurze Weile allein in der Stube einander gegenübersaßen.

„Merkwürdig!" murmelte der Kontrolleur, während er wieder starr in die Ecke sah, wo der Uhrkasten stand, als ob er sich überzeugen wolle, wieviel Uhr es sei. „Sehr merkwürdig!"

Doktor Flax sah ihn an. Da er aber weder eine besondere Verwirrung noch Verlegenheit an seinem Gegenüber bemerkte, sondern nur eine fast erstarrende Verwunderung, die mit fortgesetztem Kopfzerbrechen über einen vorgekommenen befremdlichen Fall verbunden schien, fragte er: „Sie haben wohl unerwartet eine tiefsinnige Entdeckung gemacht, Herr Kontrolleur? He? Oder sollten Sie etwa mit einem Korbe bedacht worden sein?"

„Korb? Nein, von einem Korb kann doch im Grunde nicht die Rede sein. Ein wirklicher Korb war es nicht."

„Bin überzeugt, kein Kartoffel- oder Waschkorb, bin überzeugt", bemerkte Doktor Flax. „Drum getrost, lieber Kontrolleur, getrost – Ihren Freunden, dem Provisor und dem Schreiber, ging's auch nicht besser. Aber konnten Sie nicht vorher wissen, daß Sie abfahren? Na, nur nicht gleich aufgebraust! Ein anständiger junger Mann, ein feiner junger Mann, ein gebildeter junger Mann, wie Sie ..."

Und der Kontrolleur begann, beschwichtigt, sich das Kinn zu streicheln und den Zimmerboden zu betrachten, während der Doktor fortfuhr: „Ein angesehener junger Mann, ein hübscher junger Mann . . .“

„Bitte recht sehr, Herr Doktor! Bitte!“

„Ein junger Mann mit den schönsten Aussichten, aber ein Beamter – und gar von drüben herüber! Sie können voll Gold hängen, und kämen doch nicht an. Wissen Sie, wie man euch Altbayern – Sie sind aus dem Bayreuthschen, ich weiß, weiß, gleichviel – man hat euch alle auf dem Strich!“

„Aber warum denn?“

„Warum! Fragen Sie lang, warum! Man sieht alle Stellen mit euch besetzt, man verabscheut die Maut, man stellt sich in Opposition, man jubelt der Linken im Landtag zu, kurz, man regt sich auf. In Zweibrücken und sonst gärt's unter Bürgern und Beamten.

„Ah“, sagte der Kontrolleur, „was soll denn gären?“

„Es gärt“, versicherte Doktor Flax. „Meinen Sie, der Siebenpfeiffer gibt Ruh? Da kennen Sie ihn schlecht. Geben Sie acht, ob's nicht bald losgeht wie voriges Jahr in Paris, Brüssel, Braunschweig, Warschau. Man hat die rote Kappe schon in der Tasche. Und wenn die Freiheitsbäume in die Höhe wachsen, na! Ich möcht' Ihren Kopf nicht auf meinen Schultern sitzen haben. Fühlen Sie ihn nicht wackeln? He? Wir wohnen hier in einer heißen Ecke, müssen Sie wissen, auf der Hackmesserseite. Nehmen Sie sich in acht, Herr Kontrolleur. Und wenn die Burschen von Oberhofen hören, was Sie herführt, na! Die Hiebe! In Ihrer Haut möcht' ich nicht stecken!“

Dem Kontrolleur Kannhahn war es nicht unbekannt, wie wohlfeil in manchen Orten Prügel für fremde Freier sind; ebensowenig konnte er übersehen, daß die Aufregung im Lande durch die schriftstellerische Tätigkeit des abgesetzten Landkommissärs Siebenpfeiffer sehr genährt wurde. Aber daß die Stimmung so weit vorgeschritten sei, hätte er nicht geglaubt.

Nicht ohne einige Beklommenheit nahm er, als die Frauen des Hauses wieder zurückkamen, teil an dem zubereiteten kleinen Zwischenmahl.

„Langen Sie zu! Machen Sie keine Umstände! Nehmen Sie fürlieb! Zum Wein kann man alsfort knuspern!“

„Aber, Frau Groß, Sie greifen sich zu sehr an“, bemerkte der

Kontrolleur, den gedeckten Tisch überblickend, während er nach einem rotwangigen Apfel griff.

„Ach, derentwegen", war die Antwort. „Von den Kohläpfeln da gibt's dieses Jahr so viel, daß wir die Specksäue damit füttern können. Also genieren Sie sich nicht!"

So redete Juliane zu und wollte eine Artigkeit damit sagen, indem sie ihr Opfer so gering darstellte, als es ihr erschien. Dennoch fühlte sich der abgewiesene Freier etwas beengt, nahm am weiteren Gespräch wenig Anteil, und als er nur einmal mit den gefüllten Gläsern angestoßen und die erste Flasche leer war, ergriff er die Gelegenheit, sich zu empfehlen und auf den Rückweg zu begeben.

„Das hat Hitz' gekostet, den abzufertigen", meinte indes Juliane. „Er hat gemeint, er habe das bare Geld schon im Sack. Und wie Susel Nein sagt, das Gesicht! So lang!" Und Juliane lachte wieder.

„Was fällt dem Menschen auch ein!" bemerkte Doktor Flax, während er sich ein Stück Schinken auf den Teller legte. „Sie hätten ihm gleich sagen sollen: nix da!"

„Was wollt ich denn mit ihm machen?" sagte Juliane. „Ich werd' sagen: nix da! Nehmen Sie doch Ihr bißchen Verstand zusammen, Doktor, es ist ja auch kein Verbrechen, – einer um den andern kriegt seinen Korb, aber wie's sich schickt, nicht unartig. Man stößt doch den Leuten nicht vor den Kopf. Der Gang ist ihm ohnehin schwer genug geworden."

„Ja, das Herz mag ihm geklopft haben."

„Ob's ihm geklopft hat! Er hat lang genug gebraucht, bis er das rechte Wort gefunden hat unter vier Augen, – als ob er fürchte, drin im Alkoven stecke jemand."

„Apropos", meinte der Doktor, mit dem Messer über die Schulter deutend, „mir ist vorhin auch gewesen, als niese jemand drinnen in ein Bettkissen. Fast hätt' ich Prosit gerufen!"

„Ah, die Katz'! Wer soll denn niesen?" fragte Juliane. „Machen Sie nur keine Sachen, Doktor, und glauben Sie nicht auch, daß sich alte Weiber in Katzen verwandeln können, oder daß es umgeht im Haus. Das Gerede, das die Bawel, unsere Magd, führt, wird mir ohnehin zu viel. Sie werden doch nicht wirklich glauben, daß meine Schwieger –"

„Bst! Ich glaub' gar nichts", fiel der Doktor dazwischen, indem er sich nochmals vorsichtig umsah und dann einschenkte. „Wollen wir eins trinken auf den Schreck." Auf deren Frage, wie ihm der Wein schmecke, erwiderte er, der lasse sich trinken, und fügte hinzu: „Und nun tun Sie mir den Gefallen: warum haben Sie mich für heute herbestellt?"

„Das hat schon seinen Grund, Herr Doktor", meinte Juliane, mit der Hand über ihre Schürze fahrend, als ob sie eine wichtige Mitteilung zu machen habe, worauf sie eine Pause eintreten ließ, welche die im Hause waltende Stille merkbar machte. Nur eine Henne gackerte irgendwo draußen im Hof, triumphierend über ein gelegtes Ei, wie ein Dichterling der Welt seine neueste Tat verkündet. „Weil wir jetzt ganz unter uns sind, Herr Doktor Flax, so will ich Ihnen einmal reinen Wein einschenken. Ich hab' schon lang danach getrachtet, einem guten Freund – und Sie sind es ja schon meinem Mann selig gewesen – als alleinstehende Witfrau mein Herz auszuschütten über meine häuslichen Angelegenheiten. Sie werden selber wissen, wie viel Freier meine Susel schon abgewiesen hat. Sie könnte jetzt auch schon Frau Pfarrerin sein, wenn sie gewollt hätte; dem Vikar Heil, der vor zwei Jahren hier einmal gepredigt hat, wär' viel daran gelegen gewesen, wenn sich meine Tochter hätte entschließen können. Aber wir haben es ja anders vor. Von Kind auf ist meine Susel schon versprochen . . ."

„Dem scheelen Hannes", warf der Doktor ein.

„Vetter Balzers Hannes, die schönste Partie im ganzen Ort. Aber mir scheint manchmal, sie hat einen Greuel . . ."

„Vor dem scheelen Hannes? Das verüble ich ihr nicht", bemerkte der Doktor, seine Schinkenstücke zerschneidend. „Ein holder Geselle ist er nicht."

„Hold oder nicht hold, er ist reich, der reichste weit und breit, ist brav, kriegt seines Vaters schönes Haus, – was hat sie an ihm auszusetzen? Sie wird ihn schon nehmen, davor ist mir nicht bange. Was meinen Stoffel betrifft, so hätt' ich gewünscht, Vetter Jokebs Gretel soll meine Sohnsfrau werden. Aber es hat sich nicht machen wollen; sie hat einen anderen im Kopf gehabt, die ‚Dretel'; ihr Vater aber hat gesagt: Wart' ich, ‚bedretel' dich! – und hat sie nach Mörzheim verheiratet, gut verheiratet, das erleidet keinen Zweifel, und sie ist auch jetzt ganz zufrieden. Hätt' sie meinen Stoffel genommen, na, so hätten die jungen Leute, bis die Großmutter stirbt, im Oberstock wohnen und die Arbeit tun können. Ich selber geb', so lange ich lebe, das Heft nicht aus der Hand und setz' mich nicht ins Altenteil, das wär' mir das rechte!" fügte Juliane hinzu, ohne zu beachten, daß sich der Vorhang des Verschlags etwas, wenn auch nur leise, bewegte. „Soweit bin ich denn auch mit der Großmutter und dem Stoffel für jetzt einverstanden, daß, weil meine Susel doch in ein ander' Haus heiratet, Stoffel mein Haus, wenn ich einmal nicht mehr bin, übernimmt und den Anteil seiner Schwestern herauszahlt. Da ist jetzt, weil auch die Haupternte vorüber ist, auf morgen schon Brautschau angesetzt. Vor acht Tagen sind wir selber in Niederhorbach auf dem Beschau gewesen. Die Leute haben mir auch soweit nicht übel gefallen, Wohlstand ist ja da, nur zwei Schwestern, aber die, um die es sich für den Stoffel handelt, will mir nicht recht in mein Hauswesen passen. Heiratet mein Stoffel in *ihr* Haus, na, so hätt's weiter keinen Anstand; will aber sie in *mein* Haus, so hat das seine Naupen. Und morgen sollen wir's hören, da wollen sie auf Beschau kommen."

„Lassen Sie sie kommen", bemerkte Doktor Flax, das gefüllte Glas an die Lippen führend. „Sie haben gut reden, Doktor. Wenn nur erst die Sache mit meiner Susel im reinen wär', – aber so –"

„Was meint Susel?"

„Sie heirate überhaupt noch nicht. Sie habe einen Abscheu" –

„Vor dem scheelen Hannes?"

„Vor dem Heiraten überhaupt – für jetzt noch. Wenn ich nur wüßte, ob nichts anderes dahinter steckt."

„Eine geheime Neigung etwa?"

„Gerade das!" sagte bedeutsam nickend Juliane.

„Haben Sie dergleichen gemerkt?"

„Noch gar nichts. Ich vermut' nur und möcht' doch im reinen sein."

„Sie meinen, wenn es mit Hannes durchaus nichts werden sollte und Susel durchaus einen andern wollte, der Ihnen als Tochtermann im Hause recht sein könnte, so hätten Sie am Ende auch nichts dagegen, und Stoffel müßte dann hinaus heiraten."

„Im äußersten Fall ungefähr so", sagte Juliane. „Aber er müßte sehr reich sein, so reich wie Hannes sein, mir überhaupt auch sonst anstehen. Dann, wenn Hannes zurücktreten müßte, wär' es mir freilich lieb, meiner Susel und ihrem Mann das Haus zu hinterlassen, wenn ich einmal die Augen zudrücke. – Sie können sich ja denken, Herr Doktor. Aber ich weiß nicht, was sie hat, was ihr im Kopf herumgeht. Seit ihr Vater tot ist, mein Henrich – Gott hab' ihn selig; es sind jetzt vier Jahre her, und doch mein' ich, es sei gestern gewesen; ich kann ihn nicht vergessen" – Juliane drückte einen Schürzenzipfel an die Augen – „seitdem ist sie wie umgewandelt. Sie ist auch nach dem Trauerjahr zu keiner Tanzmusik, auf keine Kirchweih gegangen."

„Kann sie denn nicht tanzen?"

„O ganz gut. Das lernen sie schon als kleine Mädeln voneinander."

„Da sollten Sie sie doch auf die Kirchweihen lassen. Am Sonntag ist die von Münster."

„Dahin nicht. Ein für alle Mal nicht. Morgen kann sie meinetwegen nach Gleishorbach, wenn sie will. Aber man hat sie kaum mehr lachen hören seit Jahren, – Sie wissen es ja. Auch mir hat lange kein Essen und Trinken mehr geschmeckt, doch zuletzt rafft man sich auf; man kann doch nicht wie eine Nonne leben. Es ist ja nicht einmal gesund."

„Natürlich", bestätigte der Doktor, indem er sein Glas austrank, es aufs neue füllte und dann wieder in den schönen Schinken einhieb. „Hat Susel eine Ahnung von der Affäre mit jener Nettl?"

„Nicht im geringsten. Ins Gesicht haben's ihr die Leut' nicht zu sagen getraut, und nur einmal hat die Bas Marlis, das alte Tier, ein Wort gelegentlich fallen lassen, das ich aber meinem Kind wieder ausgeredet habe. Die Sache ist jetzt ziemlich vergessen, und Susel kann sich gar nicht denken, daß ihr Vater, mein Henrich, mir das hat antun können."

„Nehmen Sie es mir nicht übel, Frau Juliane, Sie waren selbst schuld daran."

„Ich?" fuhr sie auf.

„Schon gut. Sie wissen es selbst."

„Die Alte hat an mir gehetzt", entschuldigte sich Juliane. „Mein Herz und meine Seele hat an nichts Böses gedacht, aber meine Schwieger hat keine Ruhe gegeben, bis es soweit gekommen ist."

„Ich geb' es zu, sie ist von Grund aus" – und der Doktor sah sich um, als hätten die Wände Ohren – „ein durchtrieben altes Fell. Ich geb' es zu."

„Sie lassen aber auch kein gutes Haar an ihr", meinte Juliane lachend.

„Abgemacht!" sprach der Doktor ernst. Er konnte eine gewisse ahnungsvolle Voraussetzung nicht verwinden, die Unterredung werde dennoch belauscht, und wäre es nur von den Geistern des Hauses, von Heinzelmännchen, die sich hinter den Vorhängen des Alkovens in den Winkeln des Verschlages hinter dem großen Flügelschrank heimlich regten oder bargen, um dann alles der Schwiegermutter zu hinterbringen. „Sehr bezeichnend, die Alte wurde immer munterer, je mehr sich Susels Stimmung trübte. „Eins fiel mir auf indes: daß Susel keineswegs auch die Freude an der Arbeit und die gewohnte Umsicht eingebüßt hat."

„Das hat seine Richtigkeit", stimmte Juliane eifrig zu. „Sie ersetzt in vielem ihren Vater, und unsere Leute folgen ihr gern aufs Wort. Dazu kennt sie das Wesen in Haus und Küche aus dem ff!"

„Bekannt", bestätigte der Doktor. „Sie hat ein vortreffliches Wesen."

„Nur zu – zu – ich weiß nicht, wie ich sagen soll, zu gefühlsam", äußerte die Mutter. „So ganz anders, als unsereins. Sie denkt anders, sieht alles anders an. Im Frühjahr, wenn die Saat emporschießt und die Bäume blühen, im Spätjahr, wenn der Wind über die Stoppeln geht; na ja, da schauert's auch unsereinem an, daß wieder ein Jahr hin ist. Aber, es wird so im Oktober vorigen Jahres gewesen sein, sitzt sie dahinten im Grasgarten mit dem Strickzeug in der Sonne bei der aufgehängten Wäsche. Ach Gott, sagt sie, Mutter, wie der Wind das Laub von dem Birnbaum mit fortnimmt, Blatt um Blatt –. Das ist jedes Jahr, sag' ich, was hast du denn dabei zu denken? – Gar nichts denk ich mir, sagt sie, aber es macht mich traurig. – Wo sie's nur her hat?"

„Liest sie denn viel?"

„Was soll sie denn lesen? Gar nichts, als im Gesangbuch und Gebetbuch. Sie hat ja auch keine Zeit. Dann und wann blättert sie in dem Liederbüchel, das sie sich zusammengeschrieben hat."

Doktor Flax sprach jetzt seine Verwunderung darüber aus, daß man vom Volk zumeist nur sehr ernste Lieder höre. Je wehmutsvoller Text und Melodie, desto beliebter das Lied. So nüchtern, derb, rauh, und rücksichtslos die Leute sonst denken und sich gebaren, kommen ihnen mit diesen Liedern doch Augenblicke voll tiefer Empfindung; und sie geben sich solchen Gefühlen hin, sonst würden sie diese Weisen nicht mit Vorliebe singen.

„Das ist wahr", sagte Juliane. „Nichts hören unsere Leute lieber als Märchen voll Herzeleid, und nichts singen sie lieber, als von Scheiden und Meiden und von Treue bis in den Tod. Sie können sich doch noch der Amy erinnern, die bei mir gedient hat? Eine brave Person. Sechs Jahre hat sie auf ihren Köresreiter gewartet, und wie er endlich von München zurückgekommen ist, hat sie ihn auch geheiratet und wohnt jetzt im Oberland droben. Sind wir nun im Winter nach dem Tod meines Henrich so still und in Gedanken beim Spinnen gesessen, da fängt die Amy leise an zu singen: Ach in Trauern muß ich leben! Oder auch das von dem Mägdlein, das in der Früh wollt aufstehen und einen zum Tod Verwundeten antraf, wissen Sie, Herr Doktor, um den sie trauert, bis alle Wässerlein im Meer beisammen". – Juliane trocknete die Augen, als sie fortfuhr: „Oder das von dem jungen Grafen und der Nonne – geht auch gar schön, oder das vom Knab' im Niederland, da kam die Botschaft, sein Schatz wär' krank. Ja, krank, ach krank bis an den Tod, da weint er sich die Augen rot ... Ein schwarzes Kleid und 's Herz so schwer, mein Trauern nimmt kein End' nicht mehr." Frau Juliane fing zu weinen an. Tief gerührt fuhr sie dann fort: „Und wie sie so singt, summt's auch meine Susel mit, das klingt so schön, daß ich auch mitsing', zweite Stimme, wissen Sie, Herr Doktor. Und so singen wir denn alle drei mit schwerem Herzen beim Spinnen auch das: Schönster Schatz auf dieser Erde, zweifle nicht an meiner Treu! wissen Sie, dasselbige Lied, das ich so gern gehört, wie ich meinen Henrich kennengelernt habe."

Der Doktor fragte beiläufig, ob der Alten nichts mehr fehle.

„Gar nichts", berichtete Juliane. „Die überlebt uns alle. Seit mein Henrich – Gott hab' ihn selig – begraben ist, streicht sie wieder herum, wie ein Junge. Es schmeckt ihr, nichts ist ihr zu kostbar, wenn's von Meinem geht. Aber sie darbt's sich vom Mund ab, wo es vom Ihrigen gehen soll. Nun, ich hab' nichts dagegen."

„Ist man noch nicht dahintergekommen, was sie hinter ihrem Bett in der Wand verwahrt?"

„Was wird sie viel verwahren?" fragte Juliane achselzuckend.

„Hab' ich denn nicht einmal munkeln hören, oder hab' ich nur geträumt, daß Geld in Strümpfen und Töpfen –"

„Sie haben nicht geträumt, Doktor", fiel Juliane gelassen ein. „Hören Sie, ich will Ihnen einmal anvertrauen, wie's damit steht."

„Aber sollte da nicht im Verschlag ein Lauscher stecken?"

„Ah, Doktor, Sie sind nicht recht gescheit!" meinte Juliane. „Höchstens eine Maus, die sich nach der Katze umguckt. Passen Sie auf. Sie wissen doch, Ihr Schwiegervater, der alte kurpfälzische Hofgerichtsrat Orsolini, hat sich seiner Zeit auch nicht zu den Menschen gestellt, daß sie ihm etwas zu Lieb und nichts zu Leid hätten tun mögen, selbiges Mal, wie wir Bauersleute das Heft in die Hand gekriegt haben – Anno 92 und 93 – Bergzabern hat, – mit Münster und Billigheim als Vororten – gleich vornweg eine Republik gestiftet; und da galt der alte Hofgerichtsrat nichts mehr; mein Vetter David Silbernagel, der Maire, hat ihn arretiert."

„Will nichts davon hören, nichts davon hören!"

„Sie sind nicht gern daran erinnert!" sagte Juliane. „Gehen wir darüber hinweg zu der Zeit, wo man uns Bauern wieder das Messer an den Hals gesetzt hat. Eine böse Zeit; die Rotmäntel, die Kopfabschneider, im Lande; die Reben erfroren; aber doch mehr Geld unter den Leuten als heutzutage. Na, also. Selbiges Mal ist es mit meinem Schwiegervater angegangen – und mein erster Mann, mein Adam, hat's von ihm geerbt! Nicht das heimliche Petzen im Keller, mein' ich, o Gott, nein! Das hätte just nicht so viel gemacht, Herr Doktor, obschon es die stärksten Männer bald auf den Schragen wirft. Nein, das nicht, etwas ganz anderes, viel Schlimmeres, zu der Zeit hat man Hab' und Gut und auch uns Weibsleut verstecken müssen in den Keller, auf den obersten Speicher, in die Schornsteine, in die heimlichen Behälter – tagelang, sag' ich Ihnen. Aber wohin mit dem baren Geld? Mein Schwiegervater hat viel davon zusammengescharrt, es ist ihm allerhand darüber nachgeredet worden. Kurz er hat es bald dahin, bald dorthin geschleppt, wie die Katze ihre Jungen, halb in Angst, halb im Weindusel, in Strümpfen, in Häfen, Dreibätzner, Sechsbätzner, kleine Taler, große Taler, mehr wert, als das lumpige Papiergeld. Er hat das Geld sortiert, und ein Verzeichnis davon soll er in die Hausbibel gelegt haben. Wie er dann eines Tages vorm großen Faß im Keller tot umfällt, hat man doch nachsehen können. Aber die Leute im Haus haben darauf geschworen, wie seine Witwe bei lebendigem Leibe, so gehe er im Tode um – in Lüpfhosen und weißer Zipfelkappe.

Man sehe ihn dann und wann am Spundloch im Keller, im Scheuerbarren, oben auf dem Speicher; man höre ihn in der Oberstube, und das Gerede geht eigentlich heute noch. Meinetwegen. Aber was geschieht? Später, wo es nicht mehr nötig gewesen wäre, fängt mein erster Mann an, wie sein Vater, heimlich zu petzen und – denken Sie – ein bißchen Geld zu verstecken. Ja, er treibt's noch ärger. Wird ein Wagen voll Spelz, Reps, Wolle oder ein Fuder Wein verkauft, meinen Sie, ich krieg' je Geld zu sehen? Nein! Ich hab's angelegt, sagt er, wenn ich danach frage, – steht gut, – man darf nicht zeigen, daß man bar Geld hat, und was dergleichen Redensarten mehr sind. Aber auch keine Handschrift kommt mir zu Gesicht. Na, denk ich in meiner Unschuld, er wird sie gut aufgehoben haben in einem verborgenen Pultfach, und behelfe mich in der Haushaltung mit dem bißchen Milchgeld, muß aber sehen, wie er dann und wann benebelt im Haus herumstreicht, ohne Ruh' und Rast, wie er sucht und sucht und nichts finden kann. Und mit einem Mal hat's auch ihn umgerissen; der Neue, der Federweiße hat ihn umgeworfen. Jetzt nach seinem Tod, denk' ich, werden die Schuldner sich melden, zahlen oder um Aufschub nachsuchen. Ja, mit der Fischblas! Niemand ist kommen als meine Schwieger. Juliane, sagt sie, der Adam muß doch hübsch bar Geld hinterlassen haben. — Ich denk' auch, sag' ich. — Wo steckt's denn? – Ausgeliehen hat er es, sag' ich. – Da müßten doch die Schuldscheine da sein, sagt sie. – Freilich sag' ich. – Wo denn? sagt sie. – Im Pult werden sie liegen, sag' ich. – Im Pult aber liegen keine Scheine, und Geld hat er sein Lebtag nicht ausgeliehen, sagt sie. – Na, sag' ich, dann weiß ich aber wahrhaftig nicht! – So, Juliane, du weißt nicht, wo das viele bare Geld hingekommen ist? Guck einmal an! sagt sie. – Da merk' ich erst, wo das hinaus will. – Schwieger, sag' ich, Ihr werdet doch nicht glauben, daß ich das Geld beiseit getan habe? – Ach, nichts glaub' ich, gar nichts, als daß ich ihm gesagt habe, alles Bargeld auch vor seiner Frau zu verbergen und gut aufzuheben, und daß ich recht gehabt habe. – Da hab' ich doch gemeint, es trifft mich der Schlag. Ich fang' an zu heulen und zu jammern in meiner Verlassenheit. Und wie oft habe ich gerade hinaus gekrischen vor Herzeleid. Oh, ich hab' böse Tage durchgemacht, Herr Doktor! – Da kommt, wie ich wieder einmal so auseinander bin, die taube Aplone daher. Wissen Sie, meine Mutter hat mir sie bei meiner Verheiratung als Erbstück mitgegeben. Im Anfang der Revolution hat ihr Liebster im blauen Kittel mit fortgemußt, mit einer Heugabel als freiwilliger Vaterlandsverteidiger vor Landau, später in die weiten Niederlande, und man hat nichts mehr von ihm gehört. Er ist längst bei den Grenadieren der großen Armee, die nachts ohne Kopf auf dem Heerweg marschieren. Aber die Aplone wartet noch heute auf ihn. Und niemand hat ihr je ins Ohr gekrischen: Sei nicht so einfältig, er ist längst tot, dein Daniel! – Daniel hat er geheißen, seines Zeichens ein Schneider. Nun also, wie die taube Aplone meinen Jammer sieht, legt sie mir die Hand auf die Schulter, und sagt: Mach' dir nichts draus, Juliane! Aber von der Zeit an läßt es ihr keine Ruhe mehr, und sie strengt des Nachts ihr Gedächtnis an, wo denn mein Adam zu Lebzeiten seinen Strich im Haus umher vorzugsweise gehabt habe. Auch ist damals die Rede gegangen, es lasse meinem Adam keine Ruhe im Grabe; er gehe im Haus um, wie sein verstorbener Vater, um nach dem verlorenen Geld oder den Schuldscheinen zu suchen. So viel ist richtig: in tiefer Nachtstunde oder an stillen Tagen, wo niemand sonst daheim ist, hat auch noch meine Susel, die sich doch nicht vor Geistern fürchtet, in der Oberstube gehen hören, und läßt sich das nicht ausreden. Aber davon nachher. – Kurz, ich bin als eine arme Witfrau mit meinen zwei Kindern dagestanden; alles im Rückgang, keinen Batzen Geld im Haus. Da bringt Hanjerg, der Knecht, einen Schmalzhafen daher. Das Donnerwetter ach! flucht er, hab' wunder gemeint, was ich find' für unsere Bas, die's brauchen könnt, ist's Rattengift! Rattengift schreibt einer drauf. Wie dumm! Damit die Ratten ja nicht drangehen! Aber wart! Wie er den Hafen an die Wand schmeißt, daß die Scherben davonfliegen, fallen auch so und so viel Kronentaler unter der Schmalzlage heraus. Und danach hat dann auch die Aplone einen Strumpf mit hartem Geld gestopft nach dem anderen dahergebracht, einen noch zu meines Henrich Zeit. Der aber hat gesagt: Findlinge taugen nicht viel, nur was man erschafft, ist errungen! – So ist er nun einmal gewesen, mein Henrich!"

„Und das Umgehen im Hause hört seitdem auf?" fragte der Doktor, während mittlerweile Susel wieder in die Stube gekommen war.

„O Gott, nein, noch lange nicht", entgegnete die Mutter. „Großer Segen ist auch mit dem Geld nicht gekommen. Meiner Eve

Mann, der Jerg, könnt' jeden Augenblick solch eine paar Strümpfe brauchen und verlangt danach, als lägen sie nur so da und man dürfe zulangen. Susel erzähl doch du einmal die Gespenstergeschichte, weißt du?!"

„Ich spreche nicht gern davon", war die Antwort.

„Na gut", fuhr die Muter fort, „so muß ich's tun. Zwei Tage nach dem Begräbnis ihres Vaters – Gott hab ihn selig – sitzt meine Susel traurig dort am Fenster, allein im Hause, denn ich selber habe in der Stadt beim Notar zu tun gehabt. Alle anderen sind draußen bei der Ernte, die Aplone mit im Feld, die Großmutter noch alsfort krank im Nebenhaus, Susel ganz allein. Und wie sie so dasitzt, geht es oben in der Oberstube hin und her, hin und her, sachte wie Katzentritt, doch deutlich merkbar. Na, denkt meine Susel, wer ist denn wieder das? Ach Gott, sollt' – Sie wissen ja, Herr Doktor, wenn man jemand Liebes verloren hat, da glaubt man an Wunder – sollt' es der Vater sein? denkt meine Susel, und hält es im nächsten Augenblick nicht für unmöglich, daß er aus dem Grabe zurückgekehrt sei. Es graut ihr auch gar nicht; ja voller Erwartung läuft sie die Stiege hinauf in die Oberstube. Da liegen schon Sommeräpfel und Frühbirnen im Haufen, aber niemand ist da. Es ist ihr, als höre sie etwas in der Nebenstube; sie geht dahin; da stehen Schränke mit Leinenzeug, aber niemand rührt sich. Ist jemand da? ruft meine Susel. Da knarrt's, als ob jemand eine Tür hinter sich zuziehe. Meine Susel nicht faul und läuft darauf zu, will die Tür in der hinteren Stube aufmachen, aber es geht nicht. Sie reißt stärker an der Tür, aber sie geht nun einmal nicht auf, denn es hält jemand von innen zu. Susel tut, als ob sie fortginge. Da wird die Tür leise aufgemacht, und meine Susel hat gemeint, sie sterbe vor Schreck – heraus tritt sie, die seit vielen Jahren krank im Nebenhaus gelegen: meine alte Schwieger. – Aber Großmutter, ruft Susel gerade heraus, was tut Ihr denn da? Seid Ihr denn nicht totkrank?" – Ich hab' so ein Gelüste verspürt nach Äpfeln, sagt die Schwieger und geht ohne weiteres an Susel vorüber die Treppe hinunter auf ihren Altensitz. – Und von der Zeit an fühlt sie sich gesund und streicht wieder mit ihrem Stubenschlüssel in der Tasche in Hof und Garten herum wie früher, und dabei läßt sie sich's schmecken, was gut ist. Aber die Leute sagen noch immer: sie geht bei lebendigem Leib um! Soviel ist sicher Sie sucht und sucht und – will's nicht scheinen: Was sie nur zu suchen hat?"

„Vielleicht ein Versteck für ihre eigenen Schätze", warf der Doktor hin. „Oder Sie sucht nach solchen, die noch verborgen liegen."

„O nein! Das glaub' ich nicht. Ich will Ihnen etwas sagen, Herr Doktor, sie selber behauptet, es sei nichts mehr zu finden", bemerkte Juliane.

„Wenn *sie* das behauptet, so glaubt sie sicher das Gegenteil. Das direkte Gegenteil – aber horch! War das eine Maus oder Katze?" fragte Doktor Flax, der sich jetzt rasch erhob, indem er, der Hausfrau zuvorkommend, an den Vorhang des Verschlags eilte, hinter dem sich ein Lärm vernehmbar gemacht hatte, als sei unversehens ein Stuhl umgefallen.

Unverweilt schob er die Gardine zurück. Er und Juliane standen eine Weile starr, mit angehaltenem Atem. Denn hinter dem Vorhang war die Schwiegermutter zum Vorschein gekommen.

„Bin da schier ein bissel eingeduselt auf dem Stuhl da", sagte die Alte unbefangen, indem sie, mit den Händen unter der Schürze, vortrat, mit einem mißtrauischen Seitenblick den gedeckten Tisch musterte und dann, ohne weitere Entschuldigung oder Erklärung ihrer Anwesenheit im Verschlag, sich hinaus über den Hof in ihre Vorbehaltsstube begab, während Juliane und Doktor Flaccus, dem nun doch aller Appetit vergangen war, sich noch immer schweigend ansahen.

17

Auf Beschau

Wer dem Landvolk das tiefere Gemütsleben, die wärmere Empfindung, ja ein gut Teil wirklicher Empfindsamkeit abspricht, der kennt es nicht oder nur halb. Hierüber hat nur der ein Urteil, dem seine Jugend selbst unter dem Landvolk verflossen ist; dem also Gelegenheit gegeben war, Einblick in die Beschaffenheit des Grundes unter der rauhen Scholle zu gewinnen. Der Bauer trägt sein Gefühl nicht auf der Zunge, ja er schämt sich dessen vor Fremden und verschleiert es so gut er kann; hinter derbem, nüchternem, unbeholfenem Wesen, verbirgt er sorgsam sein Innerstes, seinen Glauben, seine Anschauungen vor forschenden Augen, denen er kein Verständnis dafür zutraut. Nur wer unter gleichen Verhältnissen mit ihm gelebt und gefühlt hat, weiß, daß auch heute noch beim Landvolk jene Stimmungen zuweilen nachklingen, über die „Jung Stillings Jugendjahre" so ergreifend berichten. Dagegen fehlt dem Bauer allerdings jenes Verständnis für die anempfundene Gefühlsamkeit und falsche Sentimentalität, der wir auch jetzt noch zuweilen in städtischen Kreisen begegnen.

Kurz, das Landvolk entbehrt durchaus der falschen Sentimentalität, allerdings keineswegs des tieferen Gefühls. Gelegentlich schwillt es wohl zu einer Stärke an, daß es alle Schleusen durchbricht und alle Dämme niederreißt, durch welche die menschlichen Leidenschaften in der sogenannten Gesellschaft gezügelt und geregelt werden. Auch das Leben des Landvolkes ist durch konventionelle Regeln und Gesetze gebunden und zuweilen darin erstarrt. Mehr als den Städter beeinflußt ihn die Würde des Besitzes, die Pflicht der Selbsterhaltung, die Förderung des Eigenen. Gerade der Bauer mißt den Menschenwert streng nach Bargeld und Scholle. Eine andere Kultur, als die des Bodens, weiß er selten zu schätzen.

In dem mit Erdgeruch erfüllten Dunstkreis bäuerischen Daseins aufgewachsen, hatte Susanne Groß ihr Herz in der Tat nur zumeist in den Liedern gebildet, die sie sich selbst zusammengeschrieben.

Die kunstlosen Volkslieder, denen unsere größten Dichter den Ausdruck der Gefühlsinnigkeit erst abzulernen hatten, die ein Hort des Volksgemüts, eine Quelle erquicklicher Labung schaffensmüden Sinnes, ein Jungbrunnen für alle Poesie sind, – „denn wer den Brunnen trinket, der jungt und wird nicht alt“ –, diese schlichten Weisen drücken ja alles aus, was sie heimlich empfand, wenn sie dieselben auch nur ganz still vor sich hin sang beim häuslichen Walten, bei der Pflege der Blumen im Garten und ihrer lebenden Lieblinge im Hof.

Sie pflegte die schmerzliche, unverlöschliche Erinnerung an den Vater, die in ihrem arglosen Gemüt eine reine, ungetrübte war, und nährte noch ein anderes Gedenken, das sie tief und geheim in ihrem Busen verschloß.

Seit der Verheiratung ihrer Jugendgespielin nach auswärts hatte sie niemand mehr, mit dem sie sich aussprechen konnte; des Nachbars fleißige Liesel, auf deren Umgang sie ihren Verkehr jetzt beschränkte, war zwar ein gutes und braves Mädchen und der Freundin aufrichtig zugetan, dennoch nicht zur Vertrauten des inneren Gefühlslebens veranlagt. Kein Wunder, daß Susannes Zwiegespräche mit ihrem eigenen Herzen allmählich eine tröstliche Kraft gewannen, deren Wirkung die Vereinsamung ihrer Jugend für alle mangelnde Geselligkeit entschädigte.

Diese Zurückgezogenheit gegenüber der in dem stillen Dorf ohnehin so spärlichen Gelegenheit zum Vergnügen, brachte ihr keine Entbehrung. Was sie nach der Arbeit des Tages und den Mühen zur Erholung des Gemütes äußerlich bedurfte, gewährte ihr das gewohnte Abendgebet und die religiöse Pflichterfüllung des Sonntags, wenn sie zwischen den anderen Mädchen mit dem duftigen Gelbveigeln- oder Rosenstrauß im Kirchenstuhl stand, den Choral mitsang oder der Predigt lauschte, ohne daß ihre Gedanken, wie die so mancher neben ihr, umherschweiften zu den jungen Burschen auf der Emporbühne. Ihre Aufmerksamkeit war nicht geteilt; Huldigungen erstrebte sie nicht, und die Bewerbungen um ihre Hand gereichten ihr mehr zur Last als zur Genugtuung.

Nur einmal, ja einmal hatte sie sich wärmeren Mitgefühls nicht erwehren können. Ein junger Vikar hatte für den erkrankten Pfarrer gepredigt, auch eines der Kinder ihrer Schwester Eve getauft und eines Sonntags die Einladung der Frau Juliane angenommen, über Mittag zu bleiben. Susanna hatte offenbar einen tiefen Eindruck auf ihn gemacht. Beständig folgten ihr seine milden Augen. Ihre schöne, schlanke und doch kräftige Gestalt, der stolze Nacken, der Reiz ihrer lieblichen Züge, die natürliche Anmut ihrer Haltung und Bewegung, die ansprechende, ungesuchte Art ihrer Gewandung; der weiße Halskragen, der keusche Faltenwurf des Rockes, der bis auf die Schuhe niederfiel, die nur die Zehen umspannten, mit schwarzem Kreuzband auf den blütenweißen Strümpfen; dann die Sittsamkeit und natürliche Sanftmut ihres Wesens, das hausmütterliche und doch so jungfräuliche Schalten und Walten in Stube und Küche schienen seine Blicke und Gedanken angenehm zu beschäftigen und seine Sinne gefangenzuhalten.

Doch in ihrem Herzen fand sich auch für ihn kein Raum mehr; es war von Kind an angefüllt mit dem Bilde des einzigen, dessen sie in heimlicher Liebe und Sehnsucht gedachte.

Solange noch Amy im Hause diente, die auf ihren „Köres" in München wartete, war es für Susanne wohltuend, ein Wesen in ähnlicher Lage um sich zu haben. Auch Amy hatte eine gewisse Zurückhaltung den gebotenen ländlichen Freuden gegenüber beobachtet. Wenn aber die Spinnrädchen in der warmen Stube surrten und draußen der Schneesturm stob, da pflegte Amy unwillkürlich immer wieder ihr Lieblingslied anzustimmen, bis auch Susel und selbst die Mutter mitsummten:

„Schönster Schatz auf dieser Erde
Zweifle nicht an meiner Treu.
Du sollst ja mein Eigen werden,
Du sollst bleiben allzeit mein!"

Die etwa der Mitte des vorigen Jahrhunderts entstammende Volksweise verfehlte dann nie ihre Wirkung auf die drei Frauen. Sie sangen das Lied mit unverhohlener Hingabe und Empfindung. Besonders verweilten die Stimmen der Spinnerinnen gern auf dem wiederholten „Du" am Anfang des letzten Verspaares.

„Willst du nicht in 'n Garten gehen
Und die Blümlein schauen an?
Wie sie lieb beisammen stehen,
Pflück' sie ab und denk daran."

Die beiden Freunde Stoffel und Hannes, waren zum Glück zu viel mit den Geschäften im Haus und Feld in Anspruch genommen, als daß sie besonders störend in dies äußerlich tätige und innerlich so ruhig erscheinende und doch so bewegte Leben der Susel hätten eingreifen können. Für ihre Zurückhaltung lag allen ein hinreichender Grund vor. Man wußte, wie sie an ihrem Vater gehangen hatte und wie sehr sie ihn vermißte. Eine besonders tiefe Neigung war bei dem scheelen Hannes ohnehin nicht vorhanden, sondern nur eine nicht unangenehme Fügung in das einmal Beschlossene. Wie sollte es auch anders kommen, als daß der reichste Bursche und das reichste Mädchen im Ort ein Paar würden! So sah auch er die Lage wie jedermann an; zudem waren sie schon lang miteinander „versprochen". Die Hochzeit selbst hatte Zeit.

Große Ansprüche auf Aufmerksamkeiten machte also der ihr durch seine Eltern Verlobte nicht. Er war schon zufrieden, daß Susel sich mit keinem anderen abgab, wenn sie sich dabei auch zu sehr von allen vergnüglichen Gelegenheiten abschloß und selbst zur Kirchweih, die in das Spätjahr nach Martini fiel, wenn die Sperben (Spierlinge) reif wurden, nicht wie andere Mädchen am Tanz teilnahm, kaum einmal mit der Mutter zum Zuschauen kam und dann nur ausnahmsweise eine Tour gewährte. Wenn Susanne dabei in den Geruch der Absonderlichkeit kam, so verschlug dies ihrem „Verlobten" nichts.

Stoffel und Hannes waren noch immer dicke Freunde und darüber im reinen, daß nach der Übersiedlung der Schwester in Vetter Balzers Haus, dem Stiefbruder das elterliche Haus um ein billiges bleibe. So war's stillschweigend abgemacht, und man brauchte darüber kein Wort zu verlieren. Aber als sich die Verheiratung Susels hinauszog und sie noch immer keine Lust zeigte, ihren Stand zu verändern, begann Stoffel, sich gelegentlich nach einer „Hochzeiterin" umzusehen, nach einer Bauerntochter — reich, fleißig, sparsam; auf Schönheit und andere Tugenden wurde weniger gehalten.

Stoffel auf Freiersfüßen war denn auch schon mehrmals so weit gediehen, daß auch Susel einige Male mit der Mutter nach auswärts auf Beschau für den Bruder fuhr, wobei wundersame Erfahrungen gemacht wurden. In einem Hause, das von außen und innen dürftig aussah, fand man stolze, zurückhaltende, widerborstige, knauserige Leute, die nicht geneigt waren, von ihrer Forderung abzustehen, die das, was Stoffel beibringen konnte, noch um fünfzehnhundert Gulden überstieg.

In einem anderen Hause schien alles im Überfluß da zu sein; Kupfer- und Zinngeschirr blinkte, Kisten und Kästen waren voll Leinwand, in der Küche brozzelte es, und der Sohn – es war auch ein solcher da – flog ab und zu mit der Weinflasche und bemühte sich nebenbei viel um Susel. Beim Kaffee gab es vortreffliche Waffeln, und die Tassen und Teller – wie schön bemalt waren sie! Rosen und Vergißmeinnicht und viel sinnige Sprüche wie „Hochzeit aus Liebe vereinigt die edelsten Triebe!" prangten da. Auf anderen Tassen stand bloß: „Aus Freundschaft", „Aus Liebe", „Zur Erinnerung" oder ein Name. Kurz, es war alles schön, das Traktement ausgezeichnet. Die Mutter war fast geblendet.

„Das Hausdach ist doppelt gedeckt!" sagte sie zu einem Freund des Hauses.

„Ja", flüsterte der, „mit Ziegeln und Hypotheken".

Das genügte. Man brach scheinbar im besten Einvernehmen auf, aber mit der Bewerbung Stoffels war's zu Ende.

Susel gewann dabei Einblick in die Verhältnisse und in die Art und Weise, wie Verbindungen fürs Leben geschlossen oder nicht geschlossen wurden, von welchen Bedingungen das Eheglück abhängig gemacht wurde. Und nun erwartete man im Hause der Mutter selbst „den Beschau" eines Mädchens aus Niederhorbach, das dem Stoffel durch den „Kuppelborich" empfohlen worden war.

Das Ereignis fiel auf einen Montag. Die Leute der Juliane waren wie sonst bei der Feldarbeit; nur Stoffel war heute daheim geblieben und zog sogar sein sonntägliches Wams an. Susel dagegen hatte sich ins Haus ihrer Schwester Eve begeben, um sie einzuladen. Auf dem Rückweg wurde sie aus dem Fenster eines Nachbarhauses angesprochen. Eine wohlbekannte Näherin rief ihr zu: „Ich soll dir einen schönen Gruß ausrichten!"

Susel blieb stehen und fragte: „Von wem?"

„Ja, wenn ich das wüßte. Ein bildsauberer Mensch! Er ist mir gestern auf dem Wege zur Stadt begegnet. Sie wird schon wissen, von wem, hat er g'sagt."

Sie wird schon wissen, von wem? Susanne dachte nach. Grüße waren ihr im Verlauf der Jahre gar viele ausgerichtet worden. Aber: Sie wird schon wissen, von wem? Sie erkundigte sich genauer nach seinem Aussehen. Aber die Näherin wiederholte nur immer: „Ein bildsauberer Mensch!" Bis Susel zu der Annahme gelangte, es sei eine der gewöhnlichen Augendienereien der Näherin.

Inzwischen war die angesagte Freierin mit ihrer Mutter bereits angelangt. Juliane kannte schon das Mädchen. Käthrine hieß sie, eine kurzangebundene, kecke, kleine Person. Man hatte sich bereits mit musternden Seitenblicken begrüßt, Kaffee getrunken, und nun war man eben im Begriff, mit scharfen Augen die Besichtigung vorzunehmen, langsam von Stube zu Stube, von Stall zu Stall schreitend, durch das ganze Haus, Hof und Nebengebäude. Mit Stoffel sprach die ihm bestimmte Braut kaum ein Wort, sah ihn fast nicht einmal an. Das war Nebensache.

Im allgemeinen schien man durch den „Beschau" ziemlich befriedigt. Im einzelnen aber, dann und wann, wenn etwa die Rede darauf kan, wieviel Malter Korn oder Spelz Juliane voriges Jahr geerntet habe, warf die Braut hoffärtig ein: „Wir haben zehn Malter mehr gedroschen."

So war es auch bei dem Wein; sie hatten zwei Fuder mehr gekeltert. Und so war es bei den Schlachtschweinen und Schafen; sie hatten eines mehr geschlachtet und drei Hämmel mehr auf der Weide.

Solche Bemerkungen berührten nicht angenehm. Aber die Gäste hatten ein Recht, ihre Meinung zu äußern, und Juliane verschluckte, so gut es gehen wollte, ihren Ärger. Als man in der Oberstube Kisten und Kästen öffnete, wo die schöne Leinwand schon zugeschnitten oder noch in großen weißen Ballen lag, glänzten die Augen der Gäste; dennoch machte die Mutter einige tadelsüchtige Bemerkungen über das Gespinst, sowie daß es weniger Servietten und Nastücher und mehr Handtücher und Schürzen sein dürften, während die Tochter meinte: „Meine sind besser gebleicht."

Unter solchen kurzen, schnippischen Einwürfen verbarg Käthrine die Lust nach diesen Herrlichkeiten. Stoffel kam daneben nicht in Betracht. Er hätte noch ungeschlachter sein, sich noch einfältiger anstellen können, — das fiel nicht weiter in die Waagschale.

Beim „Beschau" der Nebengebäude fiel das Urteil Käthrines dahin aus, daß man in der Küche waschen und das Waschhaus zu einer Großmutterstube umbauen könnte, worüber Juliane mit einem nichts Gutes verheißenden Blick sich also vernehmen ließ: „Wenn du so viel übriges Geld hast, es dranzuwenden, so tu es, sobald du Herrin bist."

Dagegen gefiel der alten Schwieger, die sich ebenfalls dem Zug angeschlossen hatte, das kleine „herzhafte Weibsbild", wie sie sich ausdrückte, ganz gut.

Und der „Beschau" nahm seinen Fortgang. Im Garten schienen den Gästen die Blumen zu viel Platz einzunehmen.

„Meine Susel hat ihre Freude daran", warf Juliane hin.

„Meine Käthrine hat ihre Freude an Krautköpfen und großen Zwiebeln."

„Die fehlen ja auch nicht!" sagte Juliane.

„Unsere stehen schöner", bemerkte Käthrine, und man begab sich nunmehr zurück in die Ställe, wo der Braut sofort drei angebundene Kälber in die Augen fielen. „Saufen zu viel Milch, — zum Metzger damit!"

„Sie sollen aufgezogen werden", wandte Frau Juliane ein, und sie konnte kaum an sich halten.

„Ochsenkälber?" fragte die Braut, während man sich nach dem Pferdestall begab. „Vorteilhafter ist, Ochsen im Frühjahr zu kaufen, im Sommer schaffen zu lassen, fettzufüttern und im Herbst zu verkaufen."

„Haben wir auch schon getan", bemerkte Juliane kurz, als man schon bei den Pferden war.

„Der dritte und vierte Gaul müßte weg", meinte Käthrine in ihrer dreisten, absprechenden Weise. „Sie fressen zu viel; man kommt mit Ochsen weiter, die für den Metzger noch vor Winter fettgemacht werden können", setzte sie beim Hinaustreten zu, wobei der Dunghaufen besichtigt wurde, der der naseweisen Braut nicht minder Anlaß zur Kritik gab. „Unserer ist höher und breiter."

Da war aber für Juliane dem Faß der Boden hinausgeschlagen. „Na, so setz' dich auf euern Mist und nicht auf unsern!" Niemand zweifelte daran, daß damit die Bewerbung vorbei war.

Als man in die Stube zurückkehrte, verfärbte sich die vorlaute „Braut" sehr merklich, und ihre Mutter stand daneben mit langem Gesicht; denn man fand den Tisch zwar mit feinem „Gebildtuch" gedeckt, jedoch statt einer entsprechenden Zwischenmahlzeit nur Brot und einen großen Teller mit Handkäsen, — — das sichere Zeichen, daß man von der Bewerbung an maßgebender Stelle nichts mehr wissen wollte.

„Na“, sagte Käthrine mit rotem Kopf, „wir wollen nicht länger die Zeit forttragen und danken bestens für den schönen Imbiß. Kommt, Mutter, daheim essen wir besser!“

Der Knecht spannte rasch an, die Gäste fuhren ab, das Hoftor wurde geschlossen – und damit war die Sache aus.

„Tut es dir nicht leid?“ fragte Susel ihren Bruder Stoffel.

„Warum leid?“

„Du hättest sie also ohne Neigung genommen?“

„Ich hab' ja Neigung gehabt. Sie hat schöne Äcker, Wingerte und Wiesen.“

„Nur keine Liebe.“

„Liebe? Geh, schweig', es wird mir schlecht! Was hab' ich von der Liebe!“

Der naseweisen Käthrine gedachte nur eine Seele im Hause mit einem gewissen Wohlwollen. Deren Art, die Leute zu ärgern, gefiel der alten Frau ausnehmend: der Großmutter nämlich, die noch aus der belauschten Unterredung ihrer Schwiegertochter mit dem „Hungerleider, dem versoffenen und verfressenen Kerl“, wie sie jetzt den Hausarzt nannte, Gründe genug zum Argwohn, zur Vorsicht, zur Tücke, zum Haß schöpfte. „Aber wart'!“

18

Ein Kirchweihgang

„Ich will dir was sagen, Stoffel“, sagte die Mutter zu dem keineswegs trostlosen Sohn, „der Tag ist doch einmal verdorben, die Arbeit nicht dringlich, – wie wär's denn, wenn du auf die Kirwe gingest? Du hast doch einmal deine guten Kleider an.“

„Auf die Gleiszeller Kirwe?“

„Nein, auf die Gleishorbacher. Wir sind eingeladen. Wissing-Peters sehen es für eine Kränkung an, wenn niemand kommt.“

„Ja, Mutter, was hab' ich davon?“ entgegnete Stoffel, sich hinterm Ohr kratzend. „Das kostet Geld. Man muß doch im Wirtshaus einen Schoppen zahlen. Ich werd' doch nicht aus meinem Sack zehren sollen, wenn Ihr mich schickt.“

„Das sollst du nicht“, sagte die Mutter, das Pult öffnend. Indem sie eine Leiste wegnahm, die eine Reihe von flachen Geheimfächern deckte, holte sie aus einem einige harte Taler und noch kleines Geld, Sechskreuzer- und Groschenstücke und Kupferkreuzer. „Da, damit du auftreten kannst. Laß was draufgehen! Zahl unsern Taglöhnern drüben ein paar Budellen. Zeig' dich! Wer weiß, ob sich drüben nicht findet, was du suchst!“

„Na“, sagte Stoffel, und steckte das Geld schmunzelnd ein, „im ganzen Ort ist keine, die mir paßt.“

„Es kann eine zur Kirchweih geladen sein, wer weiß!“ bemerkte die Mutter.

Und Stoffel hatte nichts weiter dagegen. Doch wollte er sich mit seinem Freunde Hannes besprechen, der sich auch bereit fand, ihn zu begleiten. Und so schlichen sich die beiden, mit ihren „eingebändelten“ Stöcken versehen, etwas verstohlen durch die Gärten und auf dem „Faulpfad“ zur Straße über die Höhe. Denn ein Kirchweihgang am Werktag ist eine „genierliche“ Sache unter dem rastlos tätigen und haushälterischen Landvolk, zumal bei den Bewohnern des stillen Dorfes. Sie ging denn auch so heimlich vor sich, daß selbst die Tochter des Hauses nichts davon innegeworden war.

„Wie meinst, Susel“, fragte Juliane, „willst du nicht auf die Kirwe?“

„Nein, Mutter, es ist mir nicht drum. Was soll ich auch drüben tun?“

„Na, was tut man auf der Kirchweih! Bist noch so jung und fragst so! Werd' mir nur nicht vollends zur Klosterfrau. So bin ich mein Lebtag' nicht gewesen. Man unterhält sich, tanzt!“

„Mit wem soll ich tanzen?“

„Mit wem? Wer dich auffordert! Du solltest doch der Christine, die dich als Kind auf den Armen getragen hat, die Freude machen. Es ist ja nur ein Katzensprung.“

„Wenn Ihr es haben wollt, Mutter, gut. Vielleicht geht die Liesel mit.“

„Ja, die Liesel geht mit“, bestätigte die Mutter. „Sie ist vorhin mit dem Rechen auf der Schulter, rot verbrannt, von den Wiesen hergekommen und hat gemeint, sie ginge gleich auf die Kirwe. Die ist anders geartet als du! Aber mach!, zieh dein braun Merinakleid an! Die Leute fühlen sich geehrt, wenn man geputzt kommt. Geh' aber nicht nach Gleiszellen hinauf.“

„Es wird wohl kaum dazu kommen“, sagte Susel. „Aber warum sagt Ihr's Mutter?“

„Ich seh's nicht gern!“

Nach einer Viertelstunde wandelten auch die beiden Freundinnen mit ihren Hängekörbchen und Regenschirmen über den „Berg“; nicht heimlich, denn bei den Mädchen wird es nicht so genau genommen, wenn sie während der Woche „über Feld“ gehen.

Auf der Höhe machte sich eben ein altes, zitteriges Männchen in Lupfhosen und weißer Zipfelhaube zu tun, das sofort aus der Wingertslaube hervorkam, als ihm die beiden Mädchen zuriefen: „Was treibt Ihr denn, Vetter?“

„Linsenspalten für Palisaden nach Landau“, antwortete scherzhaft das Männchen, indem es Susels Hand mit seinen bebenden Fingern ergriff. „Willst ebbe auf die Kirwe, Susel?“

Vetter Ebbe – so hieß er wegen des häufigen Gebrauches dieses Flickwortes, des Hochdeutschen „etwa“ – war eine seltene Erscheinung im Feld. Gewöhnlich sah man ihn nur mit dem Schoppenglas in der Hand auf dem kurzen Weg von der Haustür zur Kellertür seines Wohnsitzes bei der Kirche von Pleisweiler, wobei er nicht selten völlig Fremden, die eben vorüber kamen, den Wein zubrachte. Heute hatte es ihn herausgetrieben, um nachzusehen, ob die Trauben bald reif würden.

„Besuch' mich ebbe doch einmal, Susel, mein Schatz!" hat er, ihre Hand tätschelnd, gesagt. „Du sollst immer willkommen sein. Es wird bald losgehen im Land, die Unzufriedenheit ist ebbe zu groß, das Geld zu rar, der Wein bleibt einem liegen, — man muß ihn selber trinken, Susel. Ja, ja! — schad' um deinen Vater! Schad', recht schad', er wär jetzt ebbe Bürgermeister und der Jerg manierlicher gegen die Eve, die arme. Und du — na, sei nur ebbe nicht traurig, mein Kind!"

Er ließ hastig ihre Hand los, fuhr sich über die Augen und trippelte wieder in die Wingertsfurche zurück.

Susel ging etwas bedenklich dahin, als ob sie nachsinne, ob sie nicht zurückkehren sollte. Aber der Nachmittag war schön, die Abendsonne leuchtete zwischen Haufwolken hindurch warm ins Gefilde und auf das Dorf unten im Wiesental, auf die blinkende Kirche über den Reben, auf die hochgelegenen Häusergruppen am Hatzelberg und auf den Schloßturm von Münster.

Wie lange war sie nicht mehr drüben gewesen in Münster! So schön war ihr früher der Weg nicht vorgekommen, wenn sie in Gleishorbach Häcker für die Wingerte, Drescher oder Taglöhner für die Saat und Ernte bestellte. Und nun klang schon die Musik herüber, ohne jedoch ihr Herz zu schnellerem Schlag zu bringen, während ihre Freundin erwartungsvoll dem Tanzen entgegensah. Als die Mädchen im Dorf und bei der Christine eintrafen, wurden sie fröhlich empfangen. Alles, was nur das Haus an Kirchweihkuchen bieten konnte, wurde aufgetragen. Liesel jedoch verriet einige Ungeduld; ihre Füße bewegten sich im Takt.

„Abends wird's erst schön", bemerkte Christine im Verlauf des Gesprächs, „wenn die Münsterer kommen."

„Die Münsterer?" fragte Susel leise.

„Ei, ja, die kommen fast jedes Jahr Montag abends. Dann wird's lustig."

„So", sagte Susel und ließ sich mit ihrer Freundin fast willenlos auf den Tanzboden führen, wo eben die Wandlichter angezündet worden waren. Zu ihrer Überraschung saß dort in einem überfüllten Nebenzimmer bereits ihr Bruder Stoffel mit dem scheelen Hannes hinter einer halbgeleerten offenen Flasche aus weißem Glas. Stoffel kam sofort herbei und zog die Mädchen mit an den Tisch, während Hannes einschenkte, um es ihnen, wie üblich, zuzubringen. Obwohl der Walzer schon bald aus war, folgte doch Susel der Aufforderung, die Hannes an sie richtete, da auch Liesel mit Stoffel in die Reihe getreten war. Ein Vergnügen war das Tanzen in dem niederen, überfüllten Saal nicht; aber besser mit ihm walzen, als ihm gegenüberzusitzen, dachte sie.

Inzwischen hatte Susel bemerkt, daß fremde Gesichter und Gestalten unter dem niederen Eingang des Tanzsaales erschienen waren; Burschen und junge Männer von unternehmendem Aussehen, nicht bäuerlich, sondern bürgerlich gekleidet, mit dampfenden Tabakspfeifen im Mund und jovialen Mienen.

„Es sind Münsterer Holzschlegel", sagte Hannes.

Susel sah jetzt teilnahmsvoller hin. Doch kein Gesicht begegnete ihr, das ihr das Kirchweihtreiben hätte annehmlicher machen können. Da sie ohnehin wenig Bekannte hier hatte, hielt sie sich denn auch, wie die Sachlage an und für sich erheischte, mit Liesel an den Bruder und dessen Freund, der ihr, wenn auch keine Zärtlichkeit, so doch in seiner Weise manche Aufmerksamkeit erwies. Und als er sie wieder zum Tanze zog, hatte sie keinen Grund, ihm nicht zu folgen.

Durch das Gewühl der Tanzenden, das sich zumeist nur um die eigene Achse drehte, wenn sie nicht durcheinander hopsten wie Erbsen auf dem Sieb, machte sich unterdes einer von den fremden Kirchweihgästen mit starkem Arm Bahn, um dann hinter den Reihen der Zuschauenden an der Wand nach dem einen bestimmten Fleck zuzusteuern. Es war ein junger Mann von schlankem Wuchs und aufrechtem Haupt, das mit einer Mütze bedeckt war, wie sie damals während des Polenaufstandes vor einem halben Jahrhundert aufzutauchen begannen. Die Form war jener der polnischen Mützen nachgebildet, nur daß der obere, scheibenartig hervorragende Bodenteil nicht eckig war, sondern Kreisform hatte. Auch war sie nicht von Tuch, am Kopfband mit Pelz oder Plüsch besetzt, sondern bestand durchweg aus gelbbräunlichem Seelöwenfell, wie solche von jener Zeit an zumeist nur von jungen bürgerlichen Weinküfern getragen wurden. Die auffallende Kopfbedeckung erschien übrigens an dem stattlichen jungen Mann ungewöhnlich kleidsam.

Indes stand die Tochter der Frau Juliane in einer Tanzpause freundlos neben dem, der ihr schon in früher Kindheit gewissermaßen verlobt worden war, und sah ohne Teilnahme auf das tanzende Gewimmel.

„Willst du eine Extratour mit mir tanzen, Susel?“ fragte jemand hinter ihr.

Der Schreck der Überraschung drängte ihr das Blut zum Herzen zurück und dann stürmisch ins Gesicht hoch. Purpurrot wandte sie sich um. Hannes mußte die Aufforderung gehört haben, denn er ließ ihre Hand los und blieb mit der gewohnten Gelassenheit neben ihr stehen. Er hatte also nichts dagegen und konnte nichts dagegen haben. So reichte sie dem andern die Hand.

Und sie tanzten. Sie tanzte mit ihm, der sie jetzt mit starkem Arm umfaßt hielt, fest an sich drückte und durch den Saal schwang, daß ihr Hören und Sehen verging in vorher nie empfundener banger Lust.

Nun hielt er an. „Hast du mich gleich wieder erkannt?“ fragte er leise.

„Als ich dich reden hörte“, sagte sie noch leiser. „Du bist so groß und — stark geworden.“

„Und du so groß, so schön, so lieb und — so falsch.“

„Falsch, Schorsch? Ach, sage das nicht!“

„Du hast mich vergessen, aufgegeben und wirst den wüsten Kerl dort nehmen?“

„Ist alles nicht wahr“, erwiderte Susel bewegt. „Ich habe dich nicht vergessen, Schorsch, keinen Augenblick; ich habe dir's ja beim Abschied versprochen. Und — ich nehme ihn nicht!“

„Da ist ja alles gut!“ sagte er.

Eine Weile fiel weiter kein Wort zwischen ihnen. Er behielt ihre Hand und ließ sie in der seinen ruhen. Es war ihr noch immer, als ob außer ihm und ihr niemand mehr da wäre. „Bist du schon lange wieder aus der Fremde zurück?“

„Seit voriger Woche. Gestern hab' ich dich grüßen lassen.“

„So, du?“ erwiderte Susel, vor sich hinlächelnd.

Während er sie anschaute, zog er sie wieder in den Tanz, daß sie zu fliegen meinte, um dann nochmals in einer Ecke Ruhe zu suchen, da jetzt auch die Musik schwieg. Sie kümmerten sich wenig darum, daß sich hundert Augen herkehrten. Aber sie sprachen nicht viel, hörten noch weniger; auch das nicht, was eben Bruder Stoffel zu seinem Freund äußerte, der an den Tisch zurückgekehrt war.

„Warum hast du es gelitten?" fragte Stoffel vorwurfsvoll.

„Was will ich denn machen?" versetzte Hannes. „Ich hätt' wohl nein sagen sollen, wo sie gewollt hat?"

„Warum denn nicht? Erst recht nein! Und Ellenbogen vor! Wenn's so fort geht, mach' *ich* ein End'."

Auch den nächsten „Dreher" tanzte Schorsch mit Susel, deren Hand er nicht losgelassen hatte. Und im schwindelnden Wirbel dieses heute unbekannten Tanzes vergaß Susel alles um sich her. Ganz der ungewohnten Lust sich hingebend, fühlte sie kaum das Bedürfnis einer Ruhepause. Als diese dennoch eintrat, glühte ihr Antlitz und strahlten ihre Augen.

„Susel", flüsterte ihr jetzt eine Stimme zu, in der sie die ihrer Freundin erkannte. „Dein Bruder will haben, du sollst zu ihm an den Tisch kommen."

Da erst kam ihr wieder zum Bewußtsein, was sie ihrer Gesellschaft schuldig war, und daß, der Wonne des Wiedersehens und der Freude des Tanzes hingegeben, sie sich vergessen hatte. Sie bat Schorsch, sie loszulassen, und wandte sich dem Tisch im Nebenzimmer zu, wo Liesel bei den Burschen saß. Beide sahen stürmisch und verdrießlich drein. Während sie einander zutranken, verloren sie kein Wort. Nur Liesel, die aus ihrem Glase nippte, ließ leise eine kurze Äußerung fallen.

Susel sah wohl die finsteren Gesichter. Sie merkte, daß man unzufrieden mit ihr war. Aber ihr Herz war doch so voller Glück über die Begegnung mit ihm, an den sie so lange nur heimlich denken durfte, daß sie gelassen die Verstimmung der anderen hinnahm. War doch *er* da, in ihrer Nähe.

Schorsch kam an den Tisch, wo die kleine Gesellschaft aus dem stillen Dorf saß, um, da die Musik wieder begann, Susel zum Tanz aufzufordern.

„Wenn wir ausgetrunken haben, gehen wir heim!" äußerte eben Stoffel.

Doch Susel, der das Tanzen zusagte, war damit nicht einverstanden. „Ich soll mit meinem Bruder heim", flüsterte sie Schorsch zu.

„Ach nein!" erwiderte Schorsch. „So früh geht das nicht. Komm nur, dein Bruder wird nichts dagegen haben!"

„Sie soll mit meinem Kameraden da tanzen", warf Stoffel ein.

„Das kommt für diesmal zu spät", meinte Schorsch gelassen, indem er Susels Hand ergriff und das ohnehin gern folgende Mädchen mit sich fortzog.

„Es ist das letzte Mal!" drohte Stoffel laut hinter dem Paar drein, und seine Faust fiel auf die Tischplatte, daß die Gläser tanzten.

„Liesel will noch nicht heim", nahm jetzt Hannes das Wort. „Komm, fegen wir einmal herum." Und er fegte in der Tat wie ein Kehrbesen in allen Ecken des Saales umher, bis er wieder mit dem Mädchen den Tisch aufsuchte, wo sein Kamerad zurückgeblieben war. Auch Schorsch kam mit Susel zurück und nahm Platz. Da keiner der beiden Burschen ihm, wie sonst üblich, das „Trinken" zubrachte, rief er dem Aufwärter zu, eine Bouteille vom „Besten" zu bringen. Als der Aufwärter die weiße Flasche brachte und sie sorgsam mit dem Zipfel seiner weißen Schürze abtrocknete, schenkte Schorsch auch den beiden Mädchen ein, stieß mit ihnen an und trank, da die Burschen seine freundliche Aufforderung zum Anstoßen nicht beachteten, sein Glas aus, ohne sich weiter darum zu kümmern. Ruhig sprach er mit den Mädchen, während verschiedene Anzeichen sich ergaben, daß die Stimmung im Saal zwischen den Einheimischen und den Kirchweihgängern aus Münster nicht mehr ganz geheuer war. Sobald aber die Musik wieder begann, faßte er Susels Hand, um sie in die Reihe zu führen.

„Das geht nicht", fiel Stoffel ein und legte den Arm abwehrend vor.

„Nicht mit dir will ich tanzen", sagte Schorsch gut gelaunt und drängte den Arm nicht allzu grob, mit einiger Rücksichtnahme zurück.

Stoffel, der wohl fühlte, daß er es hier nicht zum äußersten kommen lassen dürfte, und bei aller Lust, dem Kecken das Tanzen mit seiner Schwester zu verleiden, doch das Aufsehen scheute, machte keinen weiteren tätlichen Versuch, um seine Schwester zurückzuhalten. Auch blieb der bittende und zugleich abwehrende vorwurfsvolle Ausdruck ihrer Züge nicht ohne Wirkung auf den Bruder. Sie sprach nicht; aber ihre Miene sagte: Wie kannst du dich unterstehen, mir das wehren! — Doch nahm sie sich vor, mit diesem Tanz ein Ende zu machen und dem Bruder ferneren Vorwand zum Zwist zu entziehen. Indes begnügte sich dieser damit, dem Tänzer der Schwester, äußerlich gelassen, das Mahnwort hinzuwerfen: „In Oberhofen tätst du's nicht wagen."

„Nicht? Das wollen wir doch darauf ankommen lassen!"

„Wenn du's Herz hast, komm auf unsere Kirwe!"

„Wann ist die?" fragte Schorsch, den Kopf stolz zurückbeugend, während Susel sanft weiterdrängte.

„Acht Tage nach dem Bergzaberer Martinimarkt, wenn die Sperben zeitig werden", erläuterte Hannes gutmütig.

„So spät im Jahr?" erwiderte Schorsch. „Schade, daß es noch so lange dahin ist. Aber gut! Ich nehme deine Einladung an."

Und damit eilte er mit Susel zum Tanz. Aber kaum begonnen, sollte auch dieser schon ein Ende nehmen. Einige Münsterer hatten sich in einer Ecke des Saales aufgestellt und qualmten schon seit längerer Zeit aus ihren Maser- und Meerschaumköpfen so unverdrossen und emsig darauf los, daß sich dichte Rauchwolken über den Raum hinlagerten und alles nebelhaft einhüllten.

„Weg mit den Tabakspfeifen!" riefen die Einheimischen.

„Jetzt gerade nicht!" war die Antwort. „Wollen wir doch den Moosrupfern die Kröpfe gehörig aufqualmen und einräuchern!"

Als ein Einheimischer dem Nächststehenden die Pfeife aus dem Munde riß, hatte ihn schon eine kräftige Faust an der Gurgel. Im Nu ging es los. Die Mädchen flogen zur Seite.

„Ich muß heim, mit meinem Bruder, laß mich, Schorsch!" bat Susel ängstlich und durch den Lärm erschreckt.

Er führte das Mädchen aus dem Getümmel und geleitete sie zu ihrem Bruder, der mit Hannes und Liesel schon am Ausgang war. Dann wandte sich Schorsch jener Stelle zu, wo seine Ortsgenossen im heftigen Ringen des Beistandes am bedürftigsten schienen.

Susel hatte beim Rückzug immerhin noch Zeit zu der beruhigenden Beobachtung gehabt, daß sich die Münsterer auf dem Platz behaupteten und daß durch das Dazwischentreten der Ortspolizei Ruhe gestiftet wurde. Man hatte weder Stuhlfüße noch Weinflaschen ergriffen; es war ohne großen Schaden abgegangen. Trotz der blutigen Schrammen und Nasen, trotz der roten Lachen auf dem Boden, war es nur ein gewöhnliches „Gerupfe" gewesen, wie es zu einer ordentlichen Kirchweih gehört.

Lustig fing die Musik wieder zu spielen an. Als sich Schorsch jedoch nach seiner Tänzerin umsah, war sie nicht mehr zu finden.

19

Leviten

Am anderen Morgen, als Susel am Herdfeuer stand, um den Kaffee zu kochen, strich die Mutter mehrmals ziemlich geräuschvoll an ihr vorbei und in der Küche umher, ohne ein Wort an sie zu richten. Susel gab sich keiner Täuschung hin; die Mutter war bereits über die Vorgänge in Kenntnis gesetzt worden. Und es konnte die Lage nur verschlimmern, daß die Großmutter eine Weile leise mit der Mutter in der Stube verhandelt hatte und eben wieder zur Tür in den Flur hinausging.

Stoffel kam für einen Augenblick in die Küche, um ein Messer zu holen, wobei er der Schwester einen so höhnischen Blick zuwarf, daß sie fragte, was es denn eigentlich gebe.

„Du wirst schon sehen."

„Du hast geplaudert, Kalfakter!"

Ohne es zu leugnen, ging er weiter. „Du kriegst dein Fett, wart' nur, es ist gehörig eingeheizt. Sie wird dir was aufgeigen!"

So wenig verheißungsvoll das klang, bereitete sich Susel doch darauf vor, die Strafpredigt ruhig und gelassen über sich ergehen zu lassen, wenn es sein mußte, sich zu verteidigen und falsche Anschuldigungen als solche zu kennzeichnen. Sie hatte den fertigen Kaffee in die Kanne gegossen, nahm den Milchtopf hinzu und ging damit ziemlich gefaßt in die Stube. Hier saß die Mutter jetzt breit am Tisch und kehrte ihr das volle Gesicht zu. Doch schenkte sie sich erst schweigend ein, tunkte ein Stückchen Zimtkuchen in die dampfende Tasse, aß, schlürfte von dem heißen Trank und begann dann: „Was muß ich von dir hören! Du bist mir eine Saubere!"

„Was denn, Mutter!"

„Schämst du dich denn nicht?"

„Worüber, Mutter?"

„So sich aufzuführen vor aller Augen! So den Leuten die Mäuler aufreißen: Sitzt so und so lange daheim in der Ecke, als könne sie nicht auf drei zählen, wie eine der Weltfreude abgestorbene Klosterfrau, und — hops! — auf einmal über alle Stränge. Wenn mir jemand gesagt hätte, daß ich das noch erleben müßt' – einen Lügner hätt' ich ihn gescholten."

„Aber sagt mir doch nur, Mutter", äußerte Susel, „was ich getan haben soll, das Euch nicht recht ist, und warum Ihr so zankt?"

„Tut sie noch, als ob sie von nichts wüßte! Hast du dich nicht in Gleishorbach drüben an den Münsterer Lüftling gehängt und deinen künftigen Mann daneben sitzen lassen?"

„Meinen künftigen Mann?"

„Deinen Hochzeiter, dem du versprochen bist!"

Susel hatte sich verfärbt. „Wem bin ich versprochen, Mutter?"

„Wem? Du fragst noch! Hab' ich dir's nicht schon hundertmal gesagt, daß Vetter Balzers Hannes dein Mann wird, kein anderer?"

„Das habt Ihr nie so bestimmt hingestellt, Mutter."

„Gut, so hörst du's jetzt, damit du's nur ein für allemal weißt."

„Auf ein so bestimmtes Wort, — nehmt mir's nicht übel, Mutter, bleibt mir nur eine ebenso bestimmte Antwort."

„Und die wäre?"

„Ich nehm' ihn nicht!"

„Du nimmst ihn nicht? Wie? Ich verstehe dich nicht, Susel. Wen nimmst du nicht?"

„Nein, Mutter", sagte Susel mit ruhiger Gelassenheit, „den Hannes nehme ich nicht. Es mögen ja Abmachungen zwischen Euch und seinem Vater vorgekommen sein, — ich weiß nichts davon, ich bin noch ein Kind gewesen, es kann mich nicht binden, wenn mir der Hannes jetzt nicht recht ist. Das wäre ja der reine Kinderhandel, und mein seliger Vater —"

„Ach was", fuhr Frau Juliane dazwischen.

Doch die Tochter ließ sich nicht unterbrechen. „Mein seliger Vater hat's nicht anders angesehen. Man kann mir sonst nicht nachreden, daß ich Euch nicht folge. Alles tu ich gern und Euch zu Gefallen, Mutter, wie es meine Schuldigkeit ist. Aber das Heiraten ist doch eine Angelegenheit, die einen selber am meisten angeht und in der man doch mitreden darf. Ich bin alt genug, Mutter, um selbst wählen zu können. Lieb und schön wär's, wenn Ihr meine Wahl gutheißen wolltet, und gern will ich Euren Rat hören und annehmen. Aber mir einen Mann aufzwingen lassen, der mir nicht gefällt, den ich nicht mag, der mir ein Greuel ist, — nie und nimmermehr!"

„Ein Greuel?" fuhr die Mutter auf, sich mit der flachen Hand auf das rechte Knie patschend. „Der Hannes ein Greuel? Bist du denn ganz aus dem Häuschen? Mein' ich immer, das Heiraten überhaupt sei ihr ein Greuel. Aber nein, der Hannes. Du wirst dich noch anders besinnen!"

„Rechnet nicht darauf, Mutter."

„Man wird dir's zeigen!" drohte Juliane. „Und warum ist dir denn der Hannes ein Greuel? He? Hör' einer die Närrin! Der reichste Bursch' im Ort, nach dem in der ganzen Gegend jede die Finger leckt, ein Greuel! Du scheinst gar nicht zu wissen, was ein Greuel ist! Und seit wann ist er dir denn ein Greuel, der Hannes? He? Meinst, ich weiß nicht? He? Seit der Lüftling da von Münster wieder daheim ist. Oder nicht? He? Und gleich hängt sie sich an ihn, läuft ihm nach, die da! Meinst wohl, deine Mutter müsse gleich ihren Segen dazu geben und Ja und Amen sagen, he?"

„Ich hab' mir nichts vorzuwerfen, Mutter", entgegnete Susel tief gekränkt, dennoch in gelassenem Ton, der die Achtung nicht beiseite setzte. „Ich hab' nicht gewußt, daß er da ist. Ich bin nur, weil Ihr es so gewollt habt, hinüber. Er hat mit mir getanzt, hat mit mir geplaudert — das ist alles."

„Aber den ganzen Abend, und wie!"

„Was wir gesprochen haben, hätte jedermann hören dürfen", erwiderte Susel, setzte aber, von der Wahrhaftigkeit ihres Gewissens gedrängt, nicht ohne Erröten sofort hinzu: „ableugnen will ich nicht, daß ich gern mit ihm getanzt und mich gefreut habe, ihn wiederzusehen!"

„Na, da haben wir's ja!" rief Juliane und stellte ihre wieder gefüllte Tasse so unsanft auf den Tisch, daß ein Teil des Inhalts über den Rand lief. „Und er ist wohl der, dem die heimlichen Seufzer gegolten haben die liebe lange Zeit daher! Ihm zu Lieb' hat man wie eine Nonne gelebt und sind die vielen Körbe ausgeteilt worden. Mir wird alles klar! Alles!"

„Ich denke doch", hielt die Tochter entgegen, „die Trauer um meinen Vater erklärt noch mehr. Doch will ich der Wahrheit die Ehre geben, daß mir Schorsch der liebste wäre, daß ich an ihn gedacht habe die langen Jahre her. Mutter, ich habe mich als Eure

Tochter so gehalten, daß Ihr keine Ursache zur Klage habt. Laßt mich nur hier meiner Neigung folgen!"

„Der Mensch hat ja nichts!" rief die Mutter heftig.

„Er mag nicht reich sein", sagte die Tochter sanft, „ich weiß es nicht; aber er kann ein schönes und angesehenes Handwerk. Nicht Reichtum macht glücklich, Zufriedenheit macht reich. Er würde mich glücklich machen, Mutter, denn – ich habe ihn lieb."

„Laß' mich aus mit deinen Narreteien", entgegnete Juliane hart. „Es wird mir schlecht; wo nichts ist, da hat die Lieb' auch ihr Recht verloren. Lumpenzeug! Übrigens, woher nimmst du dir denn das Recht heraus, auf deine Weise glücklich werden zu wollen? Seit wann ist denn das Mode unter unserm jungen Volk? Du nimmst, wen man dir gibt!"

„Und es soll mir gehen, Mutter, wie unserer Eve und noch so mancher anderen?" seufzte Susel.

„Dir wird wohl ein Würstel gebraten, wenn andere Leute Rindfleisch essen! Du bist wohl nicht gescheit! Aber ich will dir's schon austreiben! Du wirst dich schon fügen lernen!"

„Auch da, Mutter, wo ich mein Unglück vor Augen sehe?"

„Ihr Unglück!" fuhr Frau Juliane auf und sah mit rollenden Augen in allen Ecken der Stube umher: „Es ist ein Unglück, die reichste Frau im Ort zu sein, weit und breit beneidet zu werden! Wahrhaftig, du dauerst einem, so einfältig red'st du daher!"

„Einfältig oder nicht, Mutter", sagte Susel, den Kopf hebend, „ich nehm' ihn nicht."

„Was?" Juliane hielt im Umrühren ihres Kaffees inne. „Dann mach' dich darauf gefaßt, daß dir deine Mutter den rechten Weg weist. Ich will's dich lehren! Ja, gib nur acht, ich zeig' dir, wo der Barthel den Most holt. Und ein für allemal: solang *ich* lebe darauf darfst du dich verlassen, mit meinem Wissen und Willen kriegt dich der Heidelbeerenschnitzer nicht! Und sollt' ich sterben, sollt' ich nicht mehr sein –"

„Mutter, sagt das Wort nicht!" flehte Susel. „Verredet nichts!"

„Und sollt' ich sterben – und es könnte geschehen, daß ich unter diesen Umständen bald genug dahin gehe, wo – na, mein letzter Wille wird dir's wehren. Also, schlag' dir's nur aus dem Kopf. Denn – *dies* soll mir Gift sein, wenn's ich je leide! Richte dich danach. Und nun ab und zur Ruh!"

Susel ging hinaus, in die Küche, in ihr Stübchen, und, da es ihr bald zu eng wurde in den Garten. In der kleinen Laube saß sie eine Weile mit ihrem Leid. Wie kurz ihr Glück! Welches Sturmgewölk war an dem Himmel ihrer Liebe aufgezogen, der sich erst gestern abend nach langem Warten sternenhell über ihr geklärt hatte! Ihr hoffnungsvolles, eben noch der Lebensfreude sich weit öffnendes Herz — wie rasch mußte es sich wieder schließen.

„O Vater! O Vater! warum bist du gestorben!" schluchzte sie. Inzwischen hatte sich die Großmutter wieder in die Wohnstube zu Juliane begeben, um noch eine Tasse Kaffee zu trinken und über den Erfolg der „Leviten", die dem Mädchen gelesen worden waren, sichere Nachrichten einzuziehen.

Im Grunde war es der alten Frau ziemlich gleichgültig, wen Susel heiratete. „Was geht mich die an?" Ja, sie mißgönnte ihr eigentlich den reichen Hannes und war für diese Verbindung nur, weil sie ihren eigenen Plan förderte, nämlich ihren Enkel Stoffel bald als Herrn im Hause begrüßen zu können, wo jetzt dessen Mutter schaltete und waltete. Die weiteren Folgen dieser Änderung hoffte sie noch zu erleben. Seit sie nun innegeworden, daß sich das ganze Wesen des Mädchens gegen den Aufgedrungenen sträubte, lag ihr doch alles daran, die Heirat mit durchsetzen zu helfen. Dieselben Beweggründe bestimmten auch ihre Stellung zu Susels „Liebschaft". Sie gönnte ihrer Schwiegertochter all den Ärger und Verdruß darüber. Und als sie nun gar vernahm, wie das Herz des Mädchens an dem Menschen hing und wie sie all ihr Lebensglück auf ihn setzte, da war der alten Frau Entschluß gefaßt: es niemals dahin kommen zu lassen.

„Du tätest dich wohl noch drein fügen, Juliane!" sagte sie beiläufig. „Er hat zwar nichts, aber ist ein sauberes gewürfeltes Mannsbild, weiß zu reden, und der Doktor wird auch nichts gegen ihn einzuwenden haben, der Doktor! Ja, mit dem wär' man verraten und verkauft, dem Achselträger; redet da so, dort so, hält's mit den Stokraten und Liberalen und verhandelt alle, wenn ihm dafür Essen und Trinken geboten wird, der Schmarotzer, der elendige!"

„Aber um tausend Gottes willen, von wem redet ihr denn da, Großmutter?" unterbrach Juliane das Geplauder.

„Er hat ja dem von drüben herüber, dem „Schnurres" verraten, daß wir wieder Republik kriegen", fuhr die Alte fort, ohne sich aus dem Konzept bringen zu lassen. „Es ist überhaupt dem Weltfrieden nicht mehr zu trauen. Der Siebenpfeiffer gibt keine Ruhe, bis sich die Fürsten wieder all an den Köpfen haben. Die Bergzaberner werden rebellisch und wollen keinen Batzenwein mehr trinken; und im Handumdrehen haben wir wieder Revolution; dann werden die Freiheitsbäume gestellt, du kannst dich darauf verlassen, Juliane. Der Immelbalzer sagt's schon lang. Und da heißt's: es sei kein Geld im Land. Zur Kirwe gehen, und fürs Wirtshaus haben sie Geld. Und am End' ist's dir doch noch recht, wenn die Susel den Münsterer nimmt. Hat er einen so harten Kopf wie deine Susel, setzen sie's durch, du wirst sehen, Juliane, und den Hannes kriegt eine andere. Sie setzen's durch, wenn er's nicht macht, wie der Bürgermeister von Münster selbiges Mal, weißt Juliane, wo du gemeint hast, er käm' deinetwegen und er hat eine andere im Aug' gehabt. Ja, ja, so sind die Zeiten. Und der Makel mit deinem Henrich, weißt, — ich glaub' du wirst noch nachgeben müssen, Juliane."

„Eher laß' ich mich von meinen eigenen vier Gäulen zerreißen!"

20

Von Münster

Es war am Tage vor „Bartholomä", daß Frau Juliane ihrer Tochter so einschneidend dargetan hatte, wo „Barthel den Most holt". Mit dem Tage dieses Heiligen fängt im Bauernkalender der Herbst an. Die Ernte des Getreides ist vollendet, der Wind weht schon über die Haferstoppeln, die Rübenfelder grünen, wo das Korn wogte; die Trauben im Weinberg werden reif und färben sich, ja zumeist sind die Frühschwarzen an den Spalieren schon völlig reif, und alles Obst zeitigt vollends heran, wenn die Brombeeren, die im Volksmund ebenfalls in eine — nur allzu drollige — Verbindung mit dem Barthel gebracht werden, überreif ihren säuerlichen Wohlgeschmack verlieren.

So ist nun „Bartholomä" eine wichtige Zeit und im Leben des Volkes rot angestrichen, ohne daß es von der historischen Bartholomäusnacht etwas wüßte. Um diesen Tag gruppieren sich die meisten Kirchweihen in dem schönen, von der Queich und Lauter umsäumten Grenzland, das vom Rheinstrom zum Wasgaugebirge hinansteigt. Wenn die Scheuern gefüllt sind, will sich der Landmann der Freude und gastlichen Lust hingeben, und er hat auch ein Recht darauf.

Leider war man mit der Ernte jenes Jahres nicht sehr zufrieden, ja sie galt als ziemlich mißraten, nachdem schon zwei Jahre vorher der anhaltende kalte Winter eine völlige Mißernte gebracht hatte. Nicht mit Unrecht waren vorausblickende Leute der Ansicht, daß dieser Umstand gelegentlich dazu beitragen möchte, die herrschende Unzufriedenheit zu nähren und die Aufregung, die mit der Europa erschütternden Juli-Revolution begonnen hatte, noch zu steigern. Dazu kam, daß die neu aufgerichteten Zollschranken, mit denen man damals das Land auch nach Deutschland hin umgab und womit vor allem die Ausfuhr des Hauptproduktes, des Weins, untergraben wurde, die Gemüter allmählich verbitterten. Damit fiel die Haupteinnahme der Winzerbevölkerung längs des Gebirges aus.

Von allen Kirchweihen, die Bartholomä bringt, gilt in jener Gegend die von Münster als die fröhlichste. Nur noch wenige Tage waren es, bis zum Kirchweihsonntag. Juliane hielt die Augen offen, damit keine Einladungen ins Haus gelangten, und war entschlossen, deren Annahme zu hindern. Indes deutete nichts darauf hin, daß ihre Tochter überhaupt willens war, einer solchen Folge zu leisten, obwohl sich die Lust im Herzen regen mochte. So ging die Woche hin, und das gute Einvernehmen zwischen Mutter und Tochter erschien durch jene Auseinandersetzung zwar für den Augenblick heftig erschüttert, doch nicht dauernd gestört. Es ging äußerlich alles wie früher im sanften Geleise freundlicher Übereinstimmung. Hing doch Juliane in der Tat mit mütterlicher Liebe an ihrem und ihres „Henrichs" Kind, und Susel mit kindlichen Gefühlen an der Mutter. Mutter und Tochter faßten den tröstlichen Vorsatz, alles nun der Zeit zu überlassen.

Sonntags ging Susel in die Kirche. Ob sie nicht lieber auf die Kirchweih gegangen wäre? Aber nichts deutete auf einen solchen Wunsch. In ihrer gewohnten ruhigen und förderlichen Weise lag sie nach dem Frühgottesdienst ihren häuslichen Pflichten ob. Nachmittags dagegen verweilte sie so lange im Grasgarten, daß die Mutter endlich sich durch die Scheune ebenfalls hinaus begab, um doch einmal nachzusehen, ob Susel nicht dennoch fort sei über die Höhen hinüber. Es zeigte sich, daß sie mit ihrer Freundin Liesel dort auf dem Rasen unter den reichlich tragenden Bäumen saß, ein Volkslied leise vor sich hinsingend.

Als dann Susel abends der Mutter gute Nacht gesagt hatte, um ihre Schlafstube aufzusuchen, kam Juliane noch um Mitternacht mit einer brennenden Lampe über den Flur in das Kämmerlein und fand denn auch zu ihrer Genugtuung die Tochter bereits sanft eingeschlummert.

Am folgenden Tag, dem schönsten der Münsterer Kirchweih, ergaben sich ebensowenig Anzeichen, daß Susel besondere Sehnsucht dahin empfand. Es gab viel zu tun; die zweite Wiesenmahd hatte begonnen, die Ernte des Grummets oder, wie man es dort heißt, des „Ohmets", war in vollem Gang. Auf derselben Wiese, wo einst die Begegnung stattgefunden, stand Susel im Strohhut mit weitem, schlaffem Rand und blau flatterndem Band, an der Spitze der Mähderinnen den Rechen emsig handhabend, die Schwaden ausbreitend.

Ob sie an ihn dachte? Zweifellos. Mit wem er wohl tanzte? Ob er überhaupt tanzte?

Es wurde schwül, als ob die Luft ein Gewitter ausbrütete. Indes lag noch eine Fuhre Hafer geschnitten weit drüben, gleichsam auf verlorenem Posten, über der sogenannnten „Bubenstube" im Münsterer Gemark. Der Hafer sollte noch vor Ausbruch des Gewitters heimgebracht werden, und Susel war bereit, dem Wagen zu folgen, um die Arbeit zu fördern. Obwohl die Mutter mit einigem Argwohn nachsah, dachte doch die Tochter mit keinem Gedanken an die Gelegenheit eines, wenn auch nur flüchtigen, Besuches der Kirchweih von Münster. Dann und wann trug eine schwüle Luftwelle, halb verweht, Tanzmusik herauf. Ob er wohl viel tanzte, und mit wem, ob er jetzt vielleicht auf der „Reitschule" – dem Karussell des Marktes — ihrer gedachte?

Aber nicht einen Augenblick hinderten sie solche Gedanken in der Förderung der notwendigen Arbeit, bis der Hafer gebunden und geschichtet auf den Wagen geladen war und dieser die beste Fährte zurück einschlug.

Am Abend langte Susel, müde von des Tages Mühen, zu Hause an.

„Macht die Läden zu", sagte die Mutter vor dem Schlafengehen, „es kommt ein Gewitter. Schon donnert's und blitzt es dahinten im Tal!"

Und das Wetter kam in der Nacht. Juliane, die den Gewittererscheinungen gegenüber sonst eine eigentümliche Zaghaftigkeit bewies, nahm in dieser Nacht das Blitzen und Donnern mit ziemlicher Gleichmut hin. Sie wünschte sich Glück, daß ihr Kind sich bewährt, der Versuchung widerstanden und kein Verlangen nach der Münsterer Kirchweih geäußert hatte. Das war vielversprechend für die Zukunft.

An dem kühlen, wolkigen Tage, der der Gewitternacht folgte, wollte Juliane nicht das günstige Wetter zum Versetzen von Pflanzen im Garten und zu neuer Aussaat versäumen und war so eifrig darüber, daß sie kaum der Zeit achtete. Gegen Mittag kam eine Frau in dunklem Festtagsgewand von der Straße den Feldpfad herunter; dann, durch die Öffnung im Zaun, den Grasgarten entlang, als sei ihr der Weg ins Haus völlig vertraut. Sie trug ein Kind auf dem Arm, am anderen einen Henkelkorb. Juliane sah etwas befremdet hin. Die Frau erschien ihr bekannt, ohne daß sie im Augenblick wußte, wofür sie dieselbe halten dürfe.

Mit einer Anwandlung ungeselliger Scheu, der ein gut Teil unbestimmten Mißtrauens und Argwohns beigemischt schien, und mit der Absicht, einer vielleicht mißfälligen Begegnung auszuweichen, unterbrach Juliane ihr Tun und verließ den Garten ohne sich noch einmal nach der Herkommenden umzusehen. Für diese war das jedoch kein Hindernisgrund, ihren Weg durch Garten und Scheuer fortzusetzen. Als sie in den Hofraum gelangte, stellte sie das Kind, ein fast zweijähriges Mädchen, auf den geplatteten Gang, faßte es an der Hand und ließ es neben sich her auf den Steinplatten der Haustür zulaufen, unter der Juliane mit dem Ausdruck ungeheuchelten Befremdens dem unerbetenen Besuch entgegensah.

„Guten Tag, Bas!"

Die Miene der Begrüßten blieb immer noch sehr ernst, als sie langsam und zurückhaltend guten Tag zurückbot. Plötzlich aber heiterten sich ihre Züge auf. „Ach, du bist's, Amy! Hätt' ich dich beinah für eine andere angesehen. Ist die Kleine da dein?"

„Ja, meine Susele, Bas."

„Na, da komm einmal her, du Kleines, Dickes, und gib' mir ein Patschhändel! Das ist ein artiges Kind. Und wo kommst du denn her, Amy, mit dem netten Käferchen?"

„Von der Münsterer Kirwe, Bas."

Julianes Gesicht verfinsterte sich nochmals, und sie fragte argwöhnisch: „Du hast wohl Grüße zu bringen?"

„Ich? Von wem denn, Bas?"

Flüsternd beugte sich Frau Juliane zu ihrer früheren Magd: „Hat ein gewisser Schorsch viel getanzt?"

„Soviel ich gesehen hab', hat er keinen Tanz ausgelassen, am meisten mit Ochsenwirts Kathel."

„Es ist wohl ein lustiger Mensch?" erkundigte sich, besser gelaunt, Juliane.

„Und wie! Aber was macht denn die Susel?"

„Soweit gut. Komm doch herein in die Stube mit deiner Kleinen. Es geht gerade zum Mittagessen – und du bleibst über Nacht bei uns, gelt!"

„Nicht über Nacht, Bas. Mein Mann wartet daheim auf mich. Aber mitzuessen will ich so frei sein. Und doch kommen wir erst vom Essen, und den Korb da haben sie mir in Münster ganz mit Kirwekuchen vollgepfropft. Mein Mann hat eben g'sagt: Amy, sagt er, du hast dich das ganze Jahr geschunden und geplagt, darfst dich auch einmal ausspannen, geh' auf die Münsterer Kirwe! Und da bin ich auch mit meinem Susele dahin gegangen und hab's nicht zu bereuen gehabt."

Noch mehr als die Mutter war Susanne erfreut über den Besuch Amys. Dem kleinen Mädchen wurden noch allerlei gute Sachen zugesteckt, während seine Mutter von der Münsterer Kirchweih erzählte und wie schön es da wieder zugegangen sei.

„Wo ist denn getanzt worden?" fragte die Großmutter, die sich ebenfalls zum Kaffee eingefunden hatte.

„Überall — im roten Ochsen, bei Bürgermeisters, im Adler, im grünen Baum, beim Bohrerbecker und beim Löwenwirt im Stift."

„Wo haben denn die Heidelbeerschnitzer nur all die Musikanten her?" warf Frau Juliane dazwischen.

„Und überall", fuhr Amy fort, „ist's gar lustig hergegangen. Hab' ich doch beim Bohrerbecker selber ein Leibstückl mitgesungen, und die Mariand' und die Annelies —"

„Ist das die kleine Spinnfrau mit den krummen Beinen, deren Bruder Anno 92 im Stift bei der Revolution von den Kurpfälzischen Reitern erschossen worden ist?"

„Krumme Beine hat sie, aber wie ein Distelfink hat sie mit uns gesungen."

„Was denn, Amy?" fragte Susel.

„Sand's Abschied", berichtete Amy, den Kopf ihres Kindes, das auf ihrem Schoße eingeschlafen war, an ihren Busen haltend. „Ach, sie naht, die bange Stunde" fängt es an, und Sand hat's seiner Liebschaft gesungen, auf dem letzten Gang zum Schafott, weil er den Kotzebuben erstochen hat. Am schönsten ist's gestern gewesen, wo die Ledigen mit der Musik im Ort herum sind; da hat der Hans Henrich den Rutschhin-Rutschher unter freiem Himmel bei den Marktständen getanzt und die Musik hat dann ‚Denkst du daran, meine tapfere Lagienka' gespielt. Auch drei Franzosen aus Weißenburg sind dagewesen. Da geht auf einmal der eine zu den Musikanten und will mit ihnen reden. Aber sie verstehen kein Wort. ‚Wollen das Franzosen sein und können kein Wort Deutsch!' sagte der Satter-Baschan. Jetzt hilft ihnen ihr Kamerad aus und redet mit den

Musikanten; und 's Bummels Wendel, der Schorsch und andere Pariser, die auf der Wanderschaft gewesen sind, stellen sich mit den Franzosen auf einen Klumpen und fangen an zu singen und zu brüllen: Bäwel und Franz, und Alloh und Baschan, Kontrolleur Kannhahn!"

„Was?" fiel Frau Juliane ein. „Was haben denn die Franzosen mit dem Schnurres?"

Amy überhörte den Einwurf und berichtete weiter: „Kaum sind sie fertig mit dem Kauderwelsch, steht unser Herr Schulmeister da mit seinen Gehilfen und Sonntagsschülern, da geht's an — dreistimmig:

„Kennt Ihr das Land so wunderschön,
In seiner Eichen grünen Kranz,
Das Land, wo auf des Rheines Höhn,
Die Traube reift im Sonnenglanz?

Und da auf einmal singen wir alle mit, und die große Trommel, die Vigelin, die Trompet' und die Baßgeig' spielen dazu auf. Auch die kleinen Buben haben mitgekrischen und — ach ja! Es ist so schön gewesen, so schön! Ordentlich rührend!"

„Na", fiel hier die Großmutter ein, „wo ist denn am schönsten getanzt worden?"

„Montags im Ochsen. Da hat der Schorsch mit der Kathel getanzt. Sie sieht ihn gern, und sie sind schon früher einander zu Gefallen gegangen."

Susel verfärbte sich. Aber sie sagte nichts, saß still auf ihrem Platz und sah Amy schweigend an.

„Aber", fuhr diese fort, „ich glaub' nicht, daß es ernst ist. Kinderpossen. Der Schorsch will sich eben Pläsier machen und tanzt gern mit ihr, das ist alles."

Und nun folgte wieder eine so begeisterte Schilderung der Münsterer Kirchweih im allgemeinen, daß Juliane, endlich ein wenig ungeduldig, doch mit Gelassenheit einfiel: „Jetzt sei aber still, Amy, sonst setzt sich meine Susel da noch Dinge in den Kopf, wovon doch nie die Rede sein kann!"

Diese Äußerung der Mutter in ruhigem Ton, ohne jede Erregung, wirkte weit niederschlagender auf die Hoffnung der Tochter, als jede Kundgebung von leidenschaftlicher Heftigkeit.

Susel machte keine besonderen Versuche mehr, um den Besuch

aufzuhalten. Als Amy jedoch mit ihrem wieder munter gewordenen Mädchen zeitig am Nachmittag aufbrach, um die Heimwanderung nach dem Oberland fortzusetzen, gab ihr die Tochter des Hauses ein Stück Weges das Geleit. Und dann fragte sie plötzlich: „Ist es wirklich wahr, Amy? Geht er ihr zu Gefallen?"

„Gehört hab' ich davon, ob es sich aber in Wirklichkeit so verhält? Ich glaub' es nicht recht."

„Wenn das wäre! Wenn das wäre!" sagte Susel weinend.

„Um Gottes willen", rief Amy aufs äußerste bestürzt, „Susel, was hast du? Was ist dir?" Und dann nahm sie die Trostlose in ihre Arme.

„Dann möchte ich lieber nicht geboren sein!"

„Susel, meine Allerliebste", bat Amy, der das Herz selber schwer wurde: „Was greift dich denn so an? Ein so schönes, so liebes, so reiches Mädel wie du, die es so gut hat und alles haben kann, was nur ihr Herz begehrt ..."

„Ach nein, Amy", sagte Susel wieder gefaßt: „So ist es eben nicht, du Gute, und wird es vielleicht nie werden."

„Ach Gott, verschwör's nicht", bat Amy tröstend. „Mit deiner Jugend, deinem Vermögen –"

„Was hilft mir das!" klagte Susel. „Du, Amy, hast heiraten dürfen, den du lieb hast – und ich – –"

„Mit Gottes Beistand auch du", versuchte Amy zu trösten. „Er wäre ja deiner gar nicht wert, wenn er nicht einsehen wollte, was er an dir hat. Sei nur standhaft. Ausharren tut viel."

„An mir soll es nicht fehlen."

Dann gingen sie auseinander.

21

Der Purzelmarkt

Und es ging nun tiefer in den Herbst hinein. Jeder Tag brachte noch seine eigene Plag'; Knollen- und Wurzelfrüchte machten viel Arbeit; dazwischen wurde fleißig gedroschen, Kauf- und Verkauf vorgenommen, da das Getreide in schönem Preis stand. Susel nahm daran so viel teil, als ihr zukam, und besorgte, was es dabei zu schreiben, einzutragen und zu rechnen gab, halb nebenbei Bohnen und Obst schnitzeln, Nüsse leifeln. Sie behielt ihre sonstige Gewohnheit stillen Daheimlebens auch jetzt wieder bei, während sich die Mutter heimlich zu der Wirkung der von Amy überbrachten Nachricht beglückwünschte. Verriet Schorsch Wankelmut und Unbeständigkeit, so war solcher flüchtigen Neigung gegenüber die nachhaltige Festigkeit und Beharrlichkeit ihrer Tochter umsonst verschwendet und blieb ergebnislos. Damit gewann sie alle Aussicht zur Durchführung ihres Lieblingsplanes, und ihre Susel war demnach bald die reichste Frau im Ort und weit und breit. Von dieser Hoffnung getragen, erwies sich die Mutter oft mit ungewohnter Zärtlichkeit gegen die Tochter, und ihr Verhältnis zu ihr schien inniger zu werden als je.

So gingen die Tage hin. Das Laub fing schon an, sich zu verfärben; die meisten Obstbäume waren geleert und kein rot- oder gelbbrüstiger Sänger zwitscherte mehr aus den gelichteten Hecken; nur Waldvögel schwärmten piepend über die geräumten Äcker. Doch die Sonne schien noch warm, die Wiesenfeuer rauchten, die aus Hanf und Bast geflochtenen Knabenpeitschen klatschten, als Susel eines Tages den „Ring“ aus bunten Tuchwickeln auf den Scheitel legte, und mit dem großen Eßkorb auf dem Kopf hinaus wanderte, um den Taglöhnern das Nachmittagsbrot mit dem üblichen Krug Wein zu bringen.

Eine Viertelstunde später ging sie mit dem leeren Korb über die Wiesen zurück, durch einen Teil des Nachbardorfes in den Weinberg, da gerade „Wingertstag“, also das Schneiden von Tafeltrauben gestattet war. Mit dem gefüllten Korb auf dem Kopf ging sie dann die Wingertsfurche hinunter und hatte bereits die Straße erreicht, als sie bei der Ruhbank am versunkenen Kreuzsockel angerufen wurde: „He! krieg' ich einen Gutedel?"

Der Klang dieser Stimme erschütterte sie so sehr, daß der gefüllte Korb, den sie auf dem Haupte trug, ins Schwanken geriet und ihr nahezu samt dem „Ring" vom Kopf fiel. Doch bekam sie mit dem hergestellten Gleichgewicht auch die Fassung wieder.

„Nimm dir", sagte sie einigermaßen beklommen und bückte sich etwas, um ihm das Zulangen über den Korbrand zu ermöglichen, „soviel du willst."

Er nahm aber nur ein Träubchen; sie waren ihm ja nichts Neues. Gleichzeitig hatte er eine ihrer Hände erfaßt: „Bist du erschrocken, Susel? Du zitterst ja. Oder hast du Angst? Gelt, deine Mutter dürfte nicht wissen, daß ich bei dir stehe. Du schweigst? Da weiß ich, es ist schon so. Ich möchte mich einmal ganz vor dir aussprechen, Susel; ich möchte einmal länger mit dir zusammen sein. Denn ich habe dir viel zu sagen."

„Dazu wird sich schwerlich Gelegenheit finden", antwortete sie zurückhaltend. „Hast du mir denn wirklich so wichtiges zu sagen?"

„Gewiß, Susel, wichtig für dich und mich. Könntest du denn nicht wenigstens auf unsere Stifts-Kirchweih kommen? Wenigstens abends?"

Sie schüttelte wiederholt den Kopf. Es ging nicht. Das Stift in Münster, der östliche mit Mauern umschlossene Teil des Fleckens, in dem die dem Erzengel Michael geweihte Stiftskirche steht, hat noch heute alljährlich auf St. Michel-Sonntag seine eigene Kirchweih, und nur der Löwenwirt im Stift ist dann berechtigt, Tanzmusik zu halten und „Roten" zu verzapfen.

„Nur auf ein oder zwei Stunden", bat er.

„Nein, es geht nicht. Du kannst ja mit der Kathel tanzen!"

„Mit der Kathel, ja" sagte er, „sie ist eine Tänzerin von mir. Lieber aber noch mit dir, Susel!"

„Ist das wahr? Darf ich dir glauben?"

„Gewiß, komm nur, auf eine Stunde, Susel!"

„Es geht nicht, Schorsch", sagte sie etwas freundlicher. „Ich kann und darf nicht."

„Aber, wo soll ich denn wieder mit dir tanzen und plaudern, Susel? Wie wäre es mit dem Billigheimer Purzelmarkt?"

„Ach Gott, wie soll ich auf den Purzelmarkt kommen?"

„Wenn du mich lieb hast, Susel, so komm."

Sie war sichtlich schwankend geworden. „Wenn ich wüßte –, daß auch du mich lieb hast, Schorsch, wollt' ich gern alles daransetzen, zu kommen."

„Und weißt du's denn noch nicht?"

„Nicht gewiß. Ich möchte es ja gern glauben, aber – –"

„Du darfst, du sollst mir's glauben, Susel. Und nur um darüber einmal mit dir nach Herzenslust plaudern zu können, sollst du kommen. Willst du, Susel?"

„Ich will sehen", sagte sie beglückt, doch auch beängstigt. „Aber jetzt laß mich heim, Schorsch, sonst sagen es die Leute noch meiner Mutter, daß ich so bei dir stehe."

„Ohne Kuß?"

„Hier, wo man es sehen könnte? Ein andermal – vielleicht."

„Du kommst bestimmt?"

„Wenn ich kann, gewiß –"

Er hatte nur noch Gelegenheit und Zeit, ihr zärtlich die Wange zu streicheln, da jetzt von beiden Richtungen der Straße her Menschen kamen.

Wer liebt, ist leicht überredet. Susanne Groß glaubte im Augenblick, wo sie das Versprechen gab, es ohne besondere Schwierigkeiten erfüllen zu können. Jedenfalls hatte sie den guten Willen dazu. Auf den Purzelmarkt zu gelangen, war keine Unmöglichkeit; Billigheim war ein neutraler Ort, gegen den die Mutter kein Vorurteil hegte, und der Purzelmarkt damals noch so stark und allgemein besucht, daß ein Gang oder eine Fahrt dahin nichts Auffälliges hatte.

Gerade rechtzeitig schien sich dazu eine Gelegenheit zu bieten. Ein Verwandter von Vetter Balzer aus Kapellen hatte zur Zeit, auf die der St. Gallusmarkt in Billigheim fiel, an den sich dienstags dann der Purzelmarkt anschloß, in Pleisweiler-Oberhofen Most aufgekauft und als jovialer Mann, der sich zu den Landhonoratioren rechnete, den Vorschlag gemacht, die Mädchen mit auf den Purzelmarkt zu nehmen. Sie sollten nur bestimmen, ob sie Dienstag früh mit dem Wagen in Oberhofen abgeholt werden oder erst auf seiner Durchfahrt in Niederhorbach einsteigen wollten.

Da Juliane ihre Susel in so guter Hut wußte und außerdem Hannes Lust zeigte, mitzufahren, gab sie gern ihre Einwilligung. Aber der Zweifel, ob nicht in letzter Stunde noch der ganze Plan scheitern werde, war nicht ausgeschlossen. Im übrigen sah man hier und in anderen Kreisen wie alljährlich dem Purzelmarkt mit Spannung entgegen.

Wenn man von den Höhen bei Klingenmünster den Klingbachgrund rheinwärts überblickt, bietet sich ein eigentümliches Bild dar. Man glaubt über eine von Parks durchzogene große Stadt hinzusehen. Der Kaiserbach und Klingbach, die aus den Bergen kommen und sich unterhalb Billigheim vereinigen, bilden gleichsam einen doppelten Talgrund und eine Landschaft, wie die reiche Vorderpfalz keine belebtere und keine fruchtbarere hat. Kaum einige hundert Schritte voneinander entfernt liegen da die reichen Orte sich gegenüber an den beiden Wasserläufen.

Das wegen seinem Viehmarkt vielbesuchte Städtchen war von jeher, besonders auf dem „Purzelmarkt", ein Sammelpunkt der Landbewohner von weit und breit. Anno 1450 aus fürstlicher Dankbarkeit vom siegreichen Fritz erteilt, hat er alle Stürme der Jahrhunderte überdauert und wird als Volksfest seltener Art heute noch gefeiert. Zur Zeit unserer Erzählung stand das Fest noch in voller Blüte.

Ein frischer Nebelmorgen lag über der üppigen Landschaft, als die Festgäste von allen Seiten zu Fuß und mit Wagen nach dem Städtchen strebten, durch das alte Obertor, vor dem zwei Häuserreihen eine kleine Vorstadt bilden, und durch das malerisch düstere Untertor. Schon verkündeten Böller, Trompeten und das Getümmel auf dem Markt, daß eben der Bürgermeister an der Spitze des Magistrats unter fliegenden Fahnen hoch zu Roß vom Rathaus mit großem Geleit auszog zur Festwiese. Hastig drängte das Volk nach, durch das Untertor um den Stadtwall. Unter rauschender Musik, Flintenschüssen und betäubendem Jubel wälzten sich die Massen nach dem Festplatz hin, mit Geschrei den dichtbesetzten Leiterwagen ausweichend, die tiefe Geleise in den Weg schnitten.

Das Getümmel wurde immer krauser; von der Masse umdrängt, suchten die Fuhrwerke gute Schauplätze an den Schranken.

Unter den Fußgängern, die zur Rennbahn gingen, verriet ein einzelner kräftiger junger Mann wenig Eile. Seine ungeduldigen Kameraden – stämmige Gesellen in bürgerlicher Kleidung – hatte er zum Festplatz vorausgehen lassen. Ihm schien mehr daran zu liegen, die Vorbeifahrenden zu mustern. Sein unten mit Leder besetztes Beinkleid war schon stark von dem Schlamm der Geleise bespritzt; manchmal lüpfte er seine Seelöwenkappe zum Gruß und hatte schon mehrmals die Einladung aufzusteigen verneint. Eben wollte er sich kurz dem Festplatze zuwenden, als ein mit stattlichen Schweißfüchsen bespannter, geputzter Wagen anhielt. „Steig auf!" sagte der Lenker des Wagens.

Der also Eingeladene griff nach einer Leitersprosse und schwang sich hinauf.

„Warum so leer, Kronenwirt?" fragte er, als er feststellte, daß der Wagen nur mit einem halbwüchsigen Buben und einer älteren Frau besetzt war.

„Sie sind auf und davon, um näher dabei zu sein!" war die Antwort. „Meinetwegen, ich fahr' ihnen zu langsam. Ein Witmann im Trauerjahr mit zwei kleinen Kindern daheim darf schon gemach tun. Hab' ich nicht recht, Schorsch?"

„Ist deine Frau noch nicht lange tot?"

„Auf Martini jährt sich's", antwortete die ältliche Frau an Stelle des Wagenlenkers.

Man war hinter den durch ein Seil gezogenen Schranken angelangt, an denen entlang die tosende Masse der Zuschauer erwartungsvoll harrte. Fröhlicher Zuruf, wohl auch Gezänke, vor allem aber johlendes Gelächter scholl aus einzelnen Gruppen „vom Gebirg" und oft die ganze Linie entlang; denn der rheinische „Uz" und „Stuß" fand hier volle Nahrung und Pflege. Besonders an jener Stelle, wo sich die Münsterer zusammengefunden hatten, ging der Jux nicht aus.

Hoch über dem Getriebe ragte der glattgeseifte, auf seiner Spitze Hahn und Fähnlein tragende Kletterbaum, um den sich das Kollegium der Preisrichter gesammelt hatte. An farbigen Stangen flatterten neben den Fahnen, Bannern, Wimpeln und Bändern die Preise im frischen Wind: Tücher, Seidenstoffe, Leinwandstücke, Schnittwaren jeder Art, Schamaß, Kattun, blanke Geldmünzen. Mit lüsternen Blicken sahen Haufen von Buben und Mädeln, die am „Purzeln“ teilnehmen wollten, nach all den Herrlichkeiten, während die Heiterkeit der Menge ihren Fortgang nahm, wenn etwa ein „Stoffel Rundhut“ aus dem Westrich oder ein altfränkisches Bäuerlein aus dem Oberland verwirrt über den eingeschränkten Raum stolperten und nicht zu wissen schienen, wo sie sich hinwenden sollten, um der Polizei oder den hin und her galoppierenden Reiteroffizieren aus Landau auszuweichen. Auch die Rücksicht auf das schöne Geschlecht hielt nicht von losen Bemerkungen und schallendem Gelächter ab, wenn etwa ein Rocksaum zu hoch gehalten wurde oder bereits einen „Hammel“ schleppte, d. h. schon stark beschmutzt war.

Nur die Elsässer Bauern von jenseits der Lauter, aus Schleithal, Salmbach, aus dem Seebacher Ländchen, kümmerten sich um nichts als um das bevorstehende Rennen, bei dem ihre Gäule, Knechte und Söhne stark beteiligt waren. Mit dem großen „Seeweck“ auf dem Schädel und den dicht aneinandergereihten glatten Stahlknöpfen an Rock und Hose standen sie in eifrigem Geplauder inmitten ihrer Weiber und Töchter, deren bänderreiche, bunte Trachten sie weithin kenntlich machten. Ab und zu löste die sich immer mehr steigende Spannung auch ein Gezänke von Wagen zu Wagen aus, das manchmal noch mit der Peitsche ausgefochten wurde.

Nicht weit davon hatten sich Mädchen aus der näheren Umgebung mit schillernden Seidenschürzen neben ihren Burschen aufgestellt, deren grauwollene Kappen die Form der hohen persischen Mützen hatten. Plötzlich flatterten die schillernden Schürzen unter ängstlichem Geschrei in jähem Wirrwarr auseinander, als noch ein dichtbesetzter Wagen hinterm Wall entlang daherjagte, daß der Schlamm flog, und nun mit einschneidenden Rädern auf den weichen Wiesen hereinlenkte, um dicht an der Schranke zu halten.

„Wer sind sie?“ fragten Hunderte.

„Ist's nicht der lange Jung von Kapellen?“ fragte der Kronenwirt. „Prachtgäule! Nicht? Schau nur die hohlen Kruppen.“

„Das Gespann scheint mir eher von Oberhofen zu sein“, meinte Schorsch etwas erregt, indem er seine Augen scharf über die Insassen des Wagens hingehen ließ, und dann überlaut hinzufügte: „Also doch!“

„Was?“ fragte der Kronenwirt.

In demselben Augenblick knallten die Böller. Auf der weiten Wiesenfläche, nach Sonnenaufgang hin, regte sich etwas, das sich schnell zu nähern schien, während das dumpfe Getöse der vordrängenden Massen zum Rauschen und Brausen anschwoll.

Ein Reiter im schwarzen Frack, Federhut, weißer Amtshose und hellblauer Schärpe kam jetzt, aus der Münsterer Gruppe als „Louis Philipp“ bezeichnet, allein vorübergesprengt.

„Sie kommen! Sie kommen!“ schrie besonders ungebärdig eine Gruppe junger Burschen in Marderpelzmützen, rotem Brusttuch, die Hosennähte dicht mit kleinen runden Stahlknöpfen besetzt. Diese Tracht, sowie die bunten Leibchen, kurzen Röcke und hohen Messingkämme ihrer ebenso lebhaften Mädchen deuteten auf die „Schwedenbauern“ hinterm schlachtenberühmten Gaisberg. Stattliche junge Gäubauern daneben, in lederbesetzten grauen Hosen, durch Silberschnallen geschlossen, stehenden Hemdkrägen, roten „Stauchen“ und pelzverbrämten Tuchkappen, schwangen die am Griff mit Messingdraht und rotem Plüsch „eingebändelten“ Knotenstöcke so unternehmend, als hätten sie einen Angriff auf die Ansprengenden vor.

Und nun sausten die Renner heran und vorüber, Knechte und Bauernsöhne, auf jungen Landgäulen ohne Sattel, zwischen die jauchzende Menge hinein.

Der Rappe vorn wollte vorn bleiben; sein Reiter schlug fortwährend dem Nächstfolgenden die Peitsche ins Gesicht; denn jeder „Vortel“ galt. Indes jagte ein schlanker Geselle mit Stahlscheiben an den Kleidernähten auf breitrückigem Rotschimmel vorüber und wurde als erster hinterm Kletterbaum von den Stallmeistern des Preisgerichts aufgefangen, während unter tosendem Geschrei die übrigen, mit Gerten und Peitschen um sich schlagend, folgten — ganz zuletzt noch, wie die alte Fastnacht, einsam ein langröckiges Bäuerlein auf keuchendem Ackergaul, vom allgemeinen Jubel bis zum Ziel begleitet.

Über der Verkündigung der aufgeteilten Rennpreise schlug der Lärm des allgemeinen Meinungsaustausches zusammen und die Massen drängten dem Kletterbaum, als dem Mittelpunkt des Festes, zu.

„Herr Kronenwirt, Sie haben gewiß noch Platz für mich und mein Salchen!“ sagte ein ansehnlicher Herr, im Getümmel an den

Wagen herantretend. „Das Schlammassel ist zu groß und das Gedräng'!"

„Gewiß, Herr Rosenthal, recht gern", antwortete der Besitzer des Wagens. Aber seine Miene widersprach der entgegenkommenden Versicherung. „Steigen Sie nur auf. Steh' dem Fräulein bei, Schorsch! Ja, Herr Rosenthal, der Deiwel hat heut' seinen Sack mit Menschen ausgeleert!"

Schorsch hatte der jungen Dame bereits die Hand gereicht, so, daß sie unter Beistand ihres Vaters, der dann mit einiger Mühe nachklomm, ohne Anstand auf den Wagen gelangte.

Nun fesselten die Vorgänge am Kletterbaum die Aufmerksamkeit: Die Waldbuben aus dem Gebirg und der Ebene wetteiferten, den Hahn zu erreichen und die Fahne herunterzuholen. Dann folgte sofort das Wettrennen zu Fuß, zuerst das der Männer, dann jenes der Mädchen aus den unteren Klassen, dem das Volk am meisten Teilnahme entgegenbringt. Denn bei jedem der Männer interessierte eigentlich nur der letzte, der sich seinen Spottpreis mit so feierlichem Ernst verdiente, daß auf die lose Bemerkung eines Münsterers, es sei der Doktor Siebenpfeiffer, ringsum ein Hohngelächter aufschlug. Das Rennen der Mädchen dagegen gewährte schon an und für sich einen seltsam fesselnden Anblick. Dem zu Pferd voraussprengenden Bürgermeister folgte die Schar barfüßiger Mädchen. Alles Gewand bis auf Unterrock und Hemd, war abgeworfen, das Haar flatterte aufgelöst im Winde, die kurzen Röcke flogen und das Volk jauchzte dem Schwarm dieser Mänaden zu, die wie Furien dem Roß und Reiter nachjagten.

Die vorderste, die sich stets zur linken Seite des Reiters hielt, war eine nicht große, behende Person, schwarz von Haar, rotwangig, doch über die erste Jugend schon hinaus. Während auf der rechten Pferdeseite eine echte Zigeunerin fast in gleicher Höhe lief, hatte ein anderes braunes Heidenkind keck den Schweif des Pferdes gefaßt und hielt zum Gaudium des zujubelnden Volkes, dem die kühne List gefiel, fest, indes die Mitstrebenden in aufgelösten Reihen hintendrein folgten. Die Person an der linken Pferdeseite, bis dahin die vorderste, begann, dem Ziele schon ziemlich nahe, sich unruhig umzusehen. Man merkte ihr die Anstrengung bereits an.

„Susel, guck'! Ist das nicht euere Nettl?" fragte eine der Zuschauerinnen auf dem zuletzt angelangten vierspännigen Wagen ihre Nachbarin, die eben mit flüchtigem Blick den Wagen des Kronenwirts gestreift hatte.

„Es kommt mir auch so vor. Doch nein! Sie dient jetzt in Impflingen, hörte ich."

„Die hätt' es weit gebracht", meinte die erste wieder, während die Laufenden endlich unter dem Jauchzen der Menge von den Preisrichtern empfangen wurden.

Sei es, daß noch zuletzt ihre Kräfte nachließen oder der Anblick der Zigeunerin am Pferdeschweif verblüffend auf sie gewirkt hatte — die an der linken Pferdeseite langte erst als dritte am Ziel an, während die Zigeunerinnen die ersten Preise errangen. Da das Publikum, die Schranken durchbrechen von allen Seiten zudrängte, war von der Preisverteilung wenig zu sehen. Mitten durch das Gewimmel steuerte indes ein kurzhalsiger Mann mit einer schwarz gekleideten Frau — selbst die Haube war von schwarzem Samt — auf den Wagen seines Schwagers, des Kronenwirts, los. Mit Verwunderung fand er auf seinem Sitz Herrn Rosenthal und auf dem seiner Frau Philippine dessen Töchterchen vor.

„Konrad", sagte er, „du hast doch unsere Plätze nicht vergeben!"

„Platz genug", entgegnete der Kronenwirt, der eine kleine Verlegenheit zu überwinden hatte. „Komm, Philippine daher zu Schorsch; ein guter Freund von mir, liebe Schwester. Du kennst doch Fräulein Rosenthal? Wird mit meinem Freund heute noch eine Galoppade tanzen, nicht?"

„Gern, wenn ich aufgefordert werde und mein Vater zugibt, daß ich zum Tanze komme", erwiderte das junge Mädchen.

„Wollen sehen! Warum?" sagte Rosenthal, sich auf den goldenen Knopf seines Rohrs in der Weise stützend, daß sein Doppelkinn kräftiger hervortrat. „Das Wetter hält aus."

„Ja", sagte der Schwager, „wenn's nicht regnet. Viel Menschen, Herr Rosenthal, als ob es letzte Woche Geld geregnet hätte."

„Für den Purzelmarkt haben die Leute immer Geld", bemerkte Rosenthal.

„Denk' nur, Konrad," sagte Philippine, „die Nettl, die einmal bei mir gedient hat, ist mitgesprungen und hätt' ums Haar den ersten Preis gekriegt."

„Da kommen sie schon gepurzelt!" schrie ein halbwüchsiger

Bursche auf, und alle Augen richteten sich dahin, wo kleine Buben, darunter ein armes Kind von kaum vier oder fünf Jahren, in drolliger Weise mit Purzelbäumen und Radschlagen, stürzend und sich wälzend dem Ziele zustrebten, an dem man allen kleine Preise austeilte und keinen leer ausgehen ließ.

Auch das Sackrennen bot für die Masse viel Belustigung, obwohl die bleichen Köpfe, die aus den zappelnden grauen Leinwandsäcken ragten, einen fast unheimlichen Eindruck hervorzurufen geeignet waren. Wie Rosenthal, schien auch das große stattliche Mädchen drüben auf dem vierspännigen Wagen wenig erbaut davon und überhaupt an dem Fortgang des Festes keinen besonderen Anteil mehr zu nehmen; denn immer wieder schweiften ihre schüchternen Blicke verstohlen herüber nach dem Gefährt des Kronenwirts, auf dem Schorsch der freundlichen jungen Dame gegenübersaß. In deren Vater erkannte sie einen aus jener lustigen Trinkgesellschaft von Bergzabern, an der auch der Kronenwirt selbst, Vetter Jung aus Kapellen, der sie hergefahren, und ihr eigener verstorbener Vater damals teilgenommen hatten.

In ihren Gedanken wurde sie durch den Jubel über das Wettrennen unterbrochen, das Weiber mit vollen Wasserkübeln auf den Köpfen ausführten; und auch unter diesen Wasserträgerinnen wollte man wieder Nettl erkennen. Noch andere Spiele folgten zum Abschluß. Aber schon hatte sich die Festordnung etwas aufgelöst, die Massen liefen durcheinander, mitten durch Preisträger und Preisträgerinnen, jauchzend und die errungenen Preise schwenkend.

Da der vierspännige Wagen auf dem Rückweg an dem des Kronenwirts vorüberkam, winkte und rief man sich gegenseitig zu. Susel errötete, als ihr Blick dem Schorsch's begegnete. Nun aber sah sie nachdenklich und still beiseite. War damit schon alles vorüber?

Dort am Wegrand stand ein kleines, barfüßiges Bübchen, das seiner Mutter oder Schwester eben seinen Preis, wohl einige Groschen für die Teilnahme am „Purzeln“, aushändigte. Auch sie trug einen Preis, doch nicht an der Fahne, sondern zusammengelegt unterm Arm. Eben zog sie das Kind etwas vom Wegrand zurück und sah dabei zu dem vorüberkommenden Wagen auf. Sofort kehrte sie sich wieder um und wandte nachhaltig das Gesicht ab.

Das war der Tochter Julianens, da sie in Gedanken versunken war, nicht sofort aufgefallen. Sollte denn die ärmlich gekleidete

Person wirklich die putzliebende Nettl gewesen sein? Unwahrscheinlich. Doch aller Wahrscheinlichkeit nach war der lang ersehnte Purzelmarkt vorüber. Lohnte er die Erwartungen, die sie an ihn geknüpft hatte? fragte sie sich unter der finsteren Torhalle, durch die man in das Städtchen zurückkehrte, dessen ohnehin enge Gassen durch Marktbuden noch mehr verengt waren. Da stand eine neben der anderen, und auch vor dem Rathaus gab es Schaubuden genug, um die sich die Schaulustigen sammelten. Aber war das alles?

22

Marktschluß

„He! Holla ho!“ schrien die Münsterer zu dem vorüberjagenden Wagen des Kronenwirts, die Stöcke schwingend, empor. Dann wollten sich die Schelme biegen vor Lachen. Worüber?

Der Ochsenwirt von Münster hatte sich mit ihnen zusammengefunden, mit höhnisch zuckenden Mundwinkeln aus seinem „Ulmer“ Pfeifenkopf rauchend. Warum hatten sie nur so zu lachen?

„Halt!“ schrie jetzt vom Wegrand her ein langer, knochiger Mann in bürgerlicher Tracht, indem er seinen Stock vorstreckte und den Schweißfüchsen vor die Nase hielt. „Hat Rosenthal Platz, hab' ich's auch!“

„Recht gern“, sagte der Kronenwirt, sich etwas verfärbend. „Steigen Sie nur auf, Herr Christ, man rückt zusammen.“

„Der Knochige stieg hinauf, und wieder ging es weiter unter dem Lärm der Vorangefahrenen und Nachfolgenden. Denn jedermann drängte hungrig und durstig nach dem Städtchen zurück, in dessen mit Buden besetzte enge Gassen sich jetzt das Getümmel der Menge ergoß, wenn auch viele zum Essen heim nach den nahen Dörfern gingen und ihre Bekannten dazu einluden.

Auch Susel und Liesel waren solcher Einladung nach Mühlhofen gefolgt, wohin von dem Städtchen ein mit Grabstein-Reliefs geplatteter Gang in drei Minuten über die Klingbachwiesen führt, während Vetter Jung an der Gasthoftafel saß, bis im großen Saal die Musik ertönte.

Das Gedränge steigerte sich von Stunde zu Stunde. Da das kreisrund umwallte Städtchen nur eine Hauptstraße – vom oberen zum unteren Tor – hat, die vor dem Rathaus durch eine andere gekreuzt wird, konnte man von dem Rathausplatz aus fast das ganze Getriebe übersehen.

Bauernknechte hopsten mit ihren Mädchen schon ziemlich rüpelhaft durch die Menge, so daß ein ziemlich ungleiches Paar, ein kurzer, breiter Geselle und eine um so längere Weibsperson, die miteinander die Auslage eines Marktstandes betrachteten, auseinandergeschleudert wurde.

„Himmeldonner, ihr Artzen!“ fluchte der Kurze, seinen neugekauften Peitschenstock schwingend.

„Na, Stumpe, wo führt denn dich der Teufel her?“ fragte ein rotköpfiger Kerl, ihm derb auf die breite Schulter schlagend. „Willst einkaufen, he?“

„Nein, nur so zum Pläsier. Und du?“

„Leute sehen, einen Schoppen trinken. Himmelsapperment! Ist das deine?“ fragte der Rotkopf, zu der Langen emporschauend.

„Freilich!“ entgegnete der Kurze stolz und übers ganze Gesicht lachend.

„Na, du hast's gepackt, aber ich hör' ja, du hättest dich für Weihnachten zu unserem Kronenwirt verdungen!“

„Man sucht sich zu verbessern, und 's ist nicht weit von Münster,“ meinte Stumpe. „Er ist auch da mit seinen Füchsen.“

„Und einem Wagen voll Geldsäcken!“ sagte der Rotköpfige. „Der Rosenthal von Ingenheim, der Christ von Kandel, seine Schwester von Impflingen mit ihrem Mann, die keine Kinder haben, ein schlechter Dienst ist es ja nicht, und wenn bald wieder eine Frau ins Haus kommt . . .“

„Auch da, Stumpe?“ fragte Schorsch hinzutretend und den Kurzen etwas beiseiteziehend, um vertraulich fortzufahren: „Du hast doch das schöne Viergespann von Grauschimmeln gesehen und kennst's Große Susel von Oberhofen, oder deine Christine da wird sie kennen“, wandte er sich an das große Frauenzimmer. „Weder der Franz, noch der Michel wollen sie gesehen haben.“

„Noch nicht lange ist sie da vorbei“, lautete Christines rasche Auskunft.

„Ist ihre Mutter, ihr Bruder oder der scheele Hannes bei ihr?“

„Nur ihre Kamerädin.“

Schorsch drückte dem Stumpe ein Geldstück in die Hand. „Trink' einen Schoppen und kauf' deiner Christine ein Marktstück.“ Damit machte er sich auf in jene Richtung, die man ihm angedeutet hatte.

„Der möcht' wohl auch einen Fang machen?“ fragte jetzt der Rotkopf herüber.

„Na, sie hat ihn schon in der Pfarrstunde gern gesehen“, bemerkte die lange Christine, worauf sie sich flüsternd zu ihrem „Stumpen" niederbeugte.

Indessen waren allerdings Susel und Liesel wieder auf den Markt zurückgekehrt, da sie ja mit Vetter Jung heimfahren sollten. Die Tanzmusik im Gasthof hatte auch schon begonnen; doch in verschüchterter Stimmung getrauten sich die Mädchen nicht dahin.

„Hätte es den Hannes nicht noch im letzten Augenblick gereut, mitzufahren, dann hätten wir jemand, der einem zum Tanz führt", dachte Liesel, sagte es auch, während ihre Freundin schwieg und aufmerksam die Bildchen und gedruckten Sprüche auf den bunten Papierumschlägen eines Zuckerbäckerstandes betrachtete.

„Nehmen Sie doch, es gehört Ihnen", sagte der Verkäufer, indem er beiden Mädchen je ein Stück seiner Ware überreichte.

Susel, als sie gleichzeitig einen Arm fühlte, der sich um ihre Gestalt legte, verfärbte sich. Aber ihre Augen blieben auf dem bedruckten Umschlag haften:

„Lieben und nicht haben,
Ist härter als Steine graben!"

„Gefällt dir der Spruch?" fragte Schorsch über ihre Schulter. „So behalt' es zum Angedenken, — auch du, Liesel. Aber nun zum Tanz!"

„Wir müssen mit dem Vetter wieder heim", sagte Susel schüchtern, nur um etwas zu sagen.

„Ah, der läuft nicht davon", meinte Franz, der stämmige Begleiter Schorsch's, indem er sich zu Liesel gesellte. „Der sitzt noch fest an der Tafel. Das Heimfahren hat noch lange Zeit."

„Das mein' ich doch auch!" bestätigte Schorsch, und sie steuerten dem Gasthof zu.

Auf halbem Wege begegnete ihnen in großer Gesellschaft der Vetter Jung aus Kapellen, der den Mädchen lispelnd und mit lächelnder Miene bittere Vorwürfe machte, daß sie nicht mit zur Tafel kommen wollten. Doch meinte er, sie sollten nur fleißig tanzen, denn es gehe bald heim. Für jetzt war er mit seiner Gesellschaft im Begriff, die Runde durch die Wirtshäuser zu machen, und er schien nicht ungehalten, daß die Mädchen einstweilen „gut aufhoben" waren. Man stand und plauderte noch inmitten der wogenden Menge, als von der entgegengesetzten Seite her eine Gesellschaft auf die Gruppe stieß.

„Jetzt soll dich ein Kreuz-heilig-Himmeldonnerwetter in den Grundserzboden 'nunterschlagen, wo führt denn dich schlechten Kerl der Teufel her!" ging es mit Händeschütteln so arg durcheinander, daß ein Unkundiger in Schrecken über den Ausbruch wütenden Streits geraten wäre, während er nur den landesüblichen Freudenbezeugungen über unerwartetes Wiedersehen lieber Freunde und Verwandte anwohnte. Man merkte den Männern schon den Wein an, und die gegenseitige Begrüßung und auch das Geplauder – auch das des Vetters Kronenwirt mit dem Bäschen aus Oberhofen – wollte kein Ende nehmen, bis Schorsch darauf aufmerksam machte, daß man noch tanzen wolle, und die Mädchen weitergeleitete.

Unter den Begleitern des langen Vetters war jener, der gewohnt war, sich beim Lachen zu bücken, auf die Knie zu patschen, und auf den Fersen umzudrehen. „Na, Kronenwirt", sagte er, „du siehst dich wohl wieder nach einer Kronenwirtin um?"

„Das wär' noch ein bißchen zu frühe."

„Jetzt könntest du ja selber die Hochzeit halten, zu der du uns selbiges Mal in Bergzabern eingeladen hast. Donnerwetter, was ist dem Heinrich Groß seine Tochter für ein Staatsmädel! Ein Bauernmädel zwar, aber so artlich, so viel Anstand, so was Nettes, so was – wie sag' ich nur, so was Anzügliches, so was — — sie hat wirklich etwas Liebes."

„Und mehr als das", war die bedeutsame Antwort, „es ist eines der reichsten Mädchen weit und breit. Aber –"

„Du kannst wohl eine Reiche nicht gebrauchen, he."

„So gut, wie du auch", erwiderte der Kronenwirt und sah die Nebenstehenden an. „Aber ein Mädchen, das die Wahl hat, wie sie, wird keinen Witmann mit zwei kleinen Kindern wollen. Hab' ich nicht recht?"

„Man kann nicht wissen, die Geschmäcker sind verschieden", sagte der andere, und Bas Philippine, des Kronenwirts ältere Schwester zollte vollen Beifall.

So hatte sich ein gut Teil jener lustigen Brüder, von denen die Krämerin im „Schamaßladen" zu Bergzabern gesagt hatte, sie seien die rechten, dort zusammengefunden, während die junge Welt sich der Lust des Tanzens hingab. Schorsch stand beim ersten und dann noch bei gar vielen Tänzen mit Susel im Reigen; ja, er tanzte zuletzt fast nur mit ihr und Liesel, eine Galoppade auch mit Salchen Rosenthal, die dann in ihre nahe Heimat Ingenheim zurückkehrte.

Susel hatte noch nie einen solchen Abend erlebt. Wie glücklich sie war!

Die Paare wanderten im Saale auf und ab; hin und wieder spielte die Musik beliebte Lieder, die zum Mitsingen einluden, bis auch Susel an des Geliebten Seite die so schöne Weise mitsummte, der man keinen Trivial-Refrain anfügte, wie anderwärts:

> „Meine Mutter hat gesagt, ich sollt — nen Reichen — [Reichen nehmen,
> Er sollt' haben viel Silber und Gold;
> Doch viel lieber will ich in der Armut leben,
> Als ich dich verlassen sollt'."

Und ist es auch wahr? fragte mehr sein Blick, als sein Mund.

„Glaub' sicherlich."

> „Großer Reichtum bringt mir keine Ehre,
> große Armut keine Schand'."

Inzwischen hatte man in einem Nebensaal decken lassen; es war herkömmlich, daß am späten Abend jeder Tänzer seine Tänzerin zur Tafel führte, Brüder ihre Schwestern, Vettern ihre Bäschen zuzogen, bis man paarweise fröhlich im Kreise saß. Waren doch diese jungen Leute aus den besten Familien der Umgegend unter sich verwandt, oder doch wohl bekannt, und bei vortrefflichem Einvernehmen herrschte schon deshalb ein durchaus anständiger Ton; das geringste Überschreiten der guten Sitte hätte Ausstoßung zur Folge gehabt. Sich selbst auszuschließen, ging nicht an, und auch die Mädchen aus Oberhofen nahmen nicht den geringsten Anstand, sich von ihren Tänzern zur Tafel führen zu lassen.

Man aß, trank, scherzte, neckte sich und war guter Dinge. Susel gab sich ganz dem Glück des Augenblickes hin. Sie dachte nicht an die Zukunft, wollte nicht an sie denken.

Dann und wann guckten die Alten herein, gingen aber bald wieder mit den Worten: „Man wolle nicht stören", um die Jugend sich selbst zu überlassen. Man schenkte den jungen Leuten das Vertrauen, und diese vertrauten sich selbst. Als auch der Kronenwirt einmal den Kopf hereinsteckte, schenkte Schorsch rasch ein Glas voll und brachte es ihm zu. „Stoßen wir an!"

„Ach, die Susel!" sagte der Kronenwirt, als sich das Mädchen mit ihrem Glase erhob. „Nun, Bäschen, du unterhältst dich ja ganz gut, he? Wie gern wollt' ich mit dir tanzen, aber es darf noch nicht sein."

„Vielleicht später einmal, Vetter", meinte Susel.

„Ich hoff's — auf deiner Hochzeit. Hab' ich recht? Deine Gesundheit, Susel!"

Gleich darauf kam Vetter Jung mit etwas schwimmenden Augen: „Kinder, es geht nicht länger, wir müssen heim! Es tut mir leid, aber macht euch fertig, wir müssen fortfahren."

Susel's und Liesel's Mienen nahmen einen ganz veränderten Ausdruck an, aber sie erhoben sich sofort.

„Ja, Vetter." So war es denn schon aus. Schorsch erhob Einspruch, aber anscheinend vergeblich; Vetter Jung von Kapellen, der auch mit Schorsch und den Mädchen anstieß, versicherte, daß es ihm außerordentlich leid tue und man möge es ihm ja nicht übelnehmen, doch — er müsse heim.

Indes kam jener Herr herein, der sich beim Lachen immer bückte und nach auswärts drehte. „Bleibt nur ganz ruhig, Kinder", sagte er, „in zwei, drei Stunden sitzt er noch fest. Ja, er ist gar nicht fortzubringen, die reine Klett'! Ich sag's euch schon, wenn wir fahren. Also guter Dinge!"

Damit nahm er den langen Vetter mit hinaus, der sich dabei immer wieder umdrehte und bat, es ihm ja nicht übelzunehmen; aber er müsse heim, so daß alle laut auflachten, und der Freund des Vetters, sich auf den Fersen drehend, in gebückter Stellung wie ein Heinzelmännchen zur Tür hereinkicherte. Darauf aber erhob er sich, flüsterte seinem Begleiter etwas zu, worauf beide den langen, nur schwach erhellten Gang des Gasthofes entlangschritten, bis sie an der letzten Türe anklopften.

In diesem abgelegenen engen Raum hatten sich etwa ein Dutzend Männer aus der Umgebung, auch der Kronenwirt befand sich darunter, zusammengefunden. Etwa zwölf Kristallgläser und sechs Flaschen feineren Weines, die eben erst durch den Sohn des Hauses entkorkt, mit ihrer „Blume" das ganze Zimmer erfüllten, standen auf dem runden Tisch aus Nußbaumholz. Die Anwesenden zeigten eine merkwürdige Umwandlung von der Stimmung der Purzelmarktlust zum feierlichen Ernst. Jede Spur einer Nachwirkung des Weines schien erloschen. Eben trat noch ein Herr mit schwarzbläulich-welligem Haar und ebenso intelligenten wie interessanten Gesichtszügen in das Zimmer, sah sich rasch um, indem er einer Dose eine Prise entnahm und ergriff dann das ihm zunächst stehende, unterdes gefüllte Glas, hob es empor und sprach, während die anderen jetzt ebenfalls nach den vollen Gläsern griffen, mit kangvoller Stimme:

„Nun begegn' ich meinen Braven,
Die sich in der Nacht versammelt,
Um zu schweigen, nicht zu schlafen.
Und das schöne Wort der Freiheit,
Wird gelispelt, nicht gestammelt;
Bis in ungewohnter Neuheit
Wir an unsrer Tempel Stufen
Wieder neu entzückt es rufen:
Freiheit!"

„Freiheit!" antwortete ein anderer mit dunklem, blatternarbigem Weingesicht.

„Freiheit!" scholl es im Chor wie in „des Epimenides Erwachen", des großen Altmeisters, indes die Gläser zusammenklangen, rasch geleert und dann wieder gefüllt wurden.

„Jean!" sagte der zuletzt Eingetretene, der den feierlichen Spruch getan hatte, zu dem Wirtssohn. „Geh jetzt! Sind die Flaschen leer, rufen wir dich!"

Der junge Mann verließ das Zimmer. Es war ihm, als ob von innen die Tür geschlossen wurde, worauf er durch den Korridor nach dem Speisesaal zurückeilte, wo die junge Welt in Liebe und Hoffnung beisammen saß und durch Klingeln an den Gläsern nach Wein verlangte.

Als die Tafel der jungen Leute zu Ende war, war es schon spät geworden, Mitternacht längst vorüber. Man ging nochmals in den Tanzsaal zurück, wo die Musik aufs neue ihre Wirkung ausübte. Man tanzte und tanzte, und niemand erschien, der die Mädchen von Oberhofen zum Abfahren holte, so daß Susel ängstlich wurde und meinte, es sei jetzt Zeit zur Heimkehr.

Sofort war Schorsch bereit und ging selbst, nach dem langen Vetter zu sehen. Der war nirgends zu finden. „Am Ende ist er schon fort", sagte er, als er zurückkam. „Gleichviel, wir gehen einstweilen — voraus oder nach. Ist er noch nicht fort, so holt er uns ein."

Und man verließ in dunkler Oktobernacht oder vielmehr in der Nebelfrühe des noch schlummernden Tages die noch immer nicht erloschene Purzelmarktslust des engen Städtchens.

Auch, als man schon zwischen Appenhofen und Ingenheim durchkam, ließ sich kein Wagen hören. Ein- oder zweimal kamen ja einige nach, aber nicht das Viergespann der Grauschimmel.

Um jene Zeit hatte Vetter Jung endlich anspannen lassen, und als er vernommen hatte, daß die Mädchen schon voraus seien, nach vielen Entschuldigungen und Bitten, es ihm nicht übelzunehmen, schließlich sich auf die Heimfahrt begeben; doch auf der alten Straße über Barbelroth.

Währenddessen schritten die Vorausgegangenen in ihrer Richtung weiter. Anfänglich hielt man mehr zusammen; allmählich waren von allen, die durchs Obertor ausgerückt waren, nur noch die beiden Paare übrig, denn rechts und links waren solche bereits in die am Wege liegenden Orte abgegangen.

Die Nacht war trüb, unfreundlich, kein Stern blinkte durch das Nebelgewölk. Susel hatte sich jetzt darein gefunden, und wie schön deuchte ihr der Heimweg! Die Arme innig verschlungen, wandelten sie dahin, oft Hunderte von Schritten ohne ein Wort. Was hatten sie sich alles sagen wollen!

Endlich rauschte vor ihnen das Wasser des von Münster herunterkommenden Klingbachs, sich an den Steinpfeilern einer uralten Bogenbrücke brechend. In der Volksüberlieferung ist das eine unheimliche Stelle und die hohlen Weiden dort stehen in ungeheuerlichem Ruf. Plötzlich rauschte es im Gebüsch. Susel fuhr erschrocken zurück und schmiegte sich ihm inniger an. Er lachte; denn er selbst hatte mit einem Schlag des Stocks das Geräusch hervorgebracht.

Nun kam die Stelle, wo der Weg nach Oberhofen von der Straße nach Münster ab über die Feldhöhe führt. Liesel und Franz waren stehengeblieben, um das nachkommende Paar zu erwarten. Doch ohne Zögern schlug Schorsch mit der Geliebten den Sandweg ein, zum Galgenacker empor, am Rappenteich vorbei über die Bubenstube.

Oben, wo links die Schlucht der Bubenstube abfällt, an der verrufensten und entlegensten Stelle der Gegend, hielt Schorsch mit

Susel ein wenig an. Schorsch legte seine Arme um die Geliebte. Ob er daran dachte, wieviel Gut und Geld er mit dem erbebenden Mädchen umschlang? Daß er das reichste Mädchen der Umgegend im Arm hielt? In diesem Augenblick wohl nicht. Und woran dachte sie? An den Großvater und die arme Frau von Gleiszellen? Oder – an Nettl und das arme Kind?

Susel drängte weiter. Der Weg senkte sich wieder. Da, wo er auf bereits vertrautem Boden in schräger Richtung der wohlbekannten Straße, der Ruhbank und Brücke von Gleishorbach zustrebt, flossen die Worte etwas reichlicher. Von Gleiszellen herunter scholl dazwischen ein dumpfer nächtlicher Laut; bleich leuchtete die Kirche von St. Dyonis von ihrem Weinhügel in die Nacht. Was die beiden sprachen, war immer dasselbe.

„Du hast mich wirklich lieb, Susel?"

„Ach Gott, und wie!"

„So sag' mir's doch, wie! Ich hör' es so gern!"

„Ich kann's nicht so sagen. Über alles lieb."

„Wenn ich's glauben dürfte!"

„Das darfst du, Schorsch! Aber horch, was war das?"

„Ein Hund bellte oben am Gleiszeller Berg. Susel hast du mich lieber als deinen Bruder?"

„Wie kannst du so fragen?"

„Lieber als deine Mutter?"

„Ach", seufzte sie, „ich habe eben auch an sie gedacht."

„Nun, Susel?" drängte er.

„Über alles lieb habe ich dich."

„Und auf wie lange?"

„Solang' ich lebe, Schorsch."

„Nicht länger?"

„In alle Ewigkeit."

„Und noch hundert Jahre drüber, he?"

„Wenn du willst, Schorsch, ja. Aber horch, es schlägt – zwei, drei, vier Uhr!"

„Erst vier Uhr!"

„Schon vier Uhr!" sagte sie beängstigt.

Doch er küßte ihr die Sorge vom Antlitz.

So gingen sie dahin, wieder schweigend und beklommen, dann

wie Kinder von Gefühlen lallend, für die sie nur den unbeholfensten — und dennoch wirksamsten Ausdruck finden konnten.

Noch lag Dunkelheit über dem heimischen Talgrund. Aber schon erscholl das Krähen der Hähne von dem stillen Dorf herauf. Und noch immer kam es nicht zum Abschied. Durch die Gärten hinunter, bis in die Gasse hinein blieb Schorsch an der Seite des Mädchens. Und mehrmals kam er auf die Frage zurück, ob er sich auf ihre Beharrlichkeit verlassen dürfe, und nochmals versicherte sie es ihm.

„Und du wirst deiner Mutter widerstehen, meine Liebe?"

„Das will ich, und es ist hoffentlich keine Sünde. Wenn nur Gott mich nicht verläßt und — du!"

„Und du bleibst mir allzeit treu, Susel?"

„Ich bleibe es. Auch du, Schorsch?"

„Gewiß. Wenn ich nur weiß, daß du fest bleibst!"

„Verlaß' dich darauf!"

„Und nun, wann seh' ich dich wieder, mein Herz?"

„Ach Gott, wann, wann?"

Sie legte ihren Kopf an seine Brust, daß er sie nochmals — vorm Haus ihrer Mutter — umschlang und küßte, zum letzten Mal.

Rasch ging er durch das stille Dorf, in dem da und dort schon Lichter angezündet wurden, um den Freund zu erreichen, der draußen wartete. Susel aber, welche die Klinke der Eingangspforte neben dem Hoftor in Bewegung setzte, bemerkte dabei nicht, daß eines der Fenster im Vorbehaltshaus, das auf die Gasse ging, eben leise wieder geschlossen wurde, während von innen schon ein Schlüssel im Schloß umgedreht wurde. Die Türe öffnete sich — und die alte Aplone, die die Nacht durchgewacht hatte, legte der Heimkehrenden begrüßend die Hand auf die Schulter. „So früh dran? Aber gut nur, daß du da bist, mein Kind. Hat dir's gefallen, Susel, auf dem Purzelmarkt, he?"

Überwältigt fiel das Mädchen der alten, tauben Magd um den Hals und küßte und drückte sie ein um das andere Mal. Das war ihre Antwort, und sie wurde verstanden. Ohne eine Silbe zu verlieren, ging sie dann leise, damit niemand geweckt wurde, den Plattengang entlang zur Haustür, die sie ohne Schwierigkeit öffnete, um mit übervollem Herzen wieder ihr trauliches Stübchen zu beziehen.

23

Der scheele Hannes

Mittwoch früh, als es eben Tag geworden war, kam die Großmutter, mit den Händen unter der Schürze, über den Hof gehuscht, als bringe sie etwas Besonderes und Bedeutsames herüber aus ihrem Altensitz. Sie hatte wieder mit ihrer Schwiegertochter eine längere Unterredung, der auch Stoffel beiwohnte, während Susel, die erst bei beginnendem Frühlicht einzuschlummern vermocht hatte, zum ersten Mal in ihrem Leben tief in den Tag hinein schlief.

Als sie aus ängstlichen Träumen aufwachte, die nur unangenehme Eindrücke des verflossenen Tages widerspiegelten, war es schon so spät, daß sie gerade noch vor dem Mittagstisch erschien. Von ihren nächsten Verwandten mit kaltem Schweigen empfangen, hatte sie das Gefühl, daß ihr Schweres bevorstehe und daß hier alle gegen sie seien. Niemand ließ indes ein Wort über den Purzelmarkt fallen oder stellte auch nur eine Frage – ein sicherer Beweis dafür, daß man Näheres abwarten wolle, wie denn auch Stoffel nachmittags das Häckchen auf die Schulter nahm und augenscheinlich auf Erkundigungen ausging, da es im Feld selbst wenig zu tun gab.

Als Stoffel abends zum Nachtessen heimkehrte, schien er ziemlich unterrichtet über die Vorgänge auf dem „Purzelmarkt", soweit sie sich auf seine Schwester bezogen. Nachdem abgeräumt war und für die Dienstboten sich noch draußen eine Arbeit ergeben hatte, saßen Großmutter, Mutter und Enkelin noch in der Wohnstube beim „Kästenschälen", und Stoffel stand dabei mit dem Rücken gegen den Ofen gekehrt, wie es früher Susels Vater zu tun pflegte. Längere Weile wollte niemand berühren, woran alle dachten, und Susel fing schon an Hoffnung zu schöpfen, als die Großmutter mit einem Male begann: „Na, es muß ja recht schön gewesen sein auf dem Purzelmarkt."

„Gewiß, Großmutter", antwortete Susel unbefangen, „ich habe mich mein Leben lang nicht so gut unterhalten wie gestern."

„Du bist wohl in Niederhorbach von Vetter Jungs Wagen gestiegen und hast dich vom Hannes heimführen lassen?" fuhr die Alte fort, als wisse sie es nicht besser. „Ihr habt euch einander doch recht gern, du und der Hannes, wie ich zufällig jetzt dahintergekommen bin."

„Ah", verbesserte hier Stoffel, „der Hannes ist ja gar nicht mit, Großmutter; unsere Susel ist auch nicht mit Vetter Jung heimgefahren." Und als Susel nichts entgegnete, setzte er hinzu: „Am hellen Morgen erst heimgekommen. Am hellen Morgen!"

„Ich tät's ausschellen lassen durch den Büttelhannes!" meinte Susel ruhig, während Stoffel fortfuhr: „Will was heißen! Du bist ja die reine Kirwegretel."

„Jetzt bin ich meiner Lebtag zweimal auswärts bei einer Tanzmusik gewesen, und der schilt mich Kirwegretel", sagte Susel unmutig vor sich hin.

„Alles kommt darauf an, wie man's treibt", warf Stoffel ein, worauf Susel heftig auffuhr: „Du hast mir nichts zu sagen, Stoffel, sei nur du still! Ich weiß selber, was ich zu tun habe!"

„Von dem Münsterer da sich heimführen lassen", setzte der Bruder verächtlich hinzu. „Von einem Menschen, der nichts wert ist."

„Mehr wert, als ein Halbdutzend wie du", entgegnete sie. „Wenn die Mutter mich zankt und schilt, muß ich's hinnehmen. Aber nicht von dir. Nicht von so einem laß' ich mir's gefallen."

„Wenn ich schelte", fing jetzt Juliane an, während sie einem Apfel die Kernhülse aufschnitt. „So, du siehst also ein, daß ich Ursache habe. Aber du irrst dich, wenn du meinst, ich ärgere mich noch lang. Ich will der Sache schon ein Ende machen. Und was ich will, das ist gewollt und das geschieht, weil ich weiß, warum ich's will. Mach' dich also darauf gefaßt, bis Sonntag ist Handstreich und wird's richtig gemacht zwischen dir und dem Hannes. Muck's nicht, kein Wort will ich hören. Leg' dein Messer hin, dich selber schlafen und bitt' unsern Herrgott, daß er dir die Unvernunft austreibt!"

Susel tat schweigend, wie ihr geheißen wurde, wohl wissend, daß hier alles Reden umsonst war. Aber sie begab sich mit dem Entschluß auf ihr Zimmer, sich nicht zum willenlosen Opfer des Familienmolochs herzugeben. Daß sie einen harten Stand bekommen werde, war ihr wohl bewußt. Denn gerade, wenn die Mutter ohne Leidenschaftlichkeit ihre Absicht verhältnismäßig so ruhig kundgab, war dieselbe unwiderruflich. Allein zwingen — davon war Susel überzeugt — zwingen konnte man sie nicht. Es blieb ihr immer ein lautes, deutliches Nein, das nicht überhört werden konnte, und nicht umsonst wurde ihr in ihrer Abwesenheit durch die Großmutter – wenn auch mit dem Zwecke, ihre Schwiegertochter zu den äußersten Maßregeln zu reizen — das Zeugnis gegeben: „Die Susel ist kein Mädel wie andere. Wenn die einmal ja! sagt, so ist's Ja, und wenn sie nein sagt, so ist's Nein! Mit Reden vom Zwingenwollen ist's da nicht abgetan, da muß man zu anderen Mitteln greifen!"

Nicht niedergeschlagen, sondern mit dem Willen zum Widerstand und mit der Lust am Kampf um ihre Liebe war sie eingeschlafen und wieder aufgewacht. Mißmut verriet sie nicht und keinen äußerlichen Trotz gegen die Mutter; aber ihr Entschluß stand fest, es zu keiner Verlobung kommen zu lassen und alles daranzusetzen, sie zu vereiteln, obwohl ihr das Wie noch nicht klar war. Wenn sie jedoch mit dem scheelen Hannes zusammentraf, dann wollte sie es ihm aber sagen.

Mit einem Körbchen feiner Wäsche war sie zum Wiesenbach gegangen, um sie in weichem Wasser abzuspülen. Es war die Chemisette und der Kragen dabei, den ihr Schorsch etwas zerdrückt hatte. Eben, da sie eifrig damit beschäftigt war, nahten Schritte in dem gelben Laub, das von den Pappeln niederwehte, und als sie aufsah, kam der scheele Hannes den Pfad daher, mit einer Mistgabel auf der Schulter. Der kommt mir gerade recht! dachte sie.

„Guck da, die Susel! Gutes Wetter heut' zum Mistfahren."

„Das mußt du doch mir nicht sagen!"

„Warum denn nicht?"

„Weil ich's selber sehe."

„Na, schnauz' mich nur nicht so ab, Susel. Bis Sonntag wird's also richtig mit uns. Das soll jetzt auf einmal auf dem Knie abgebrochen werden. Es hätt' ja noch Zeit gehabt."

„Meinst du? Es wird auch noch Zeit haben!" sagte sie, legte die kleine Wäsche zusammen auf einen Stein, um sie mit dem Waschbläuel zu patschen. „So rasch geht das nicht. Und denkst du denn, ich laß mich wirklich nur so an dich verhandeln?" Sie machte einige Schläge, um sich in die notwendige Hitze hineinzuarbeiten. „Eher krieg' ich dich am Kopf. Deine roten Bürsten reiß' ich dir aus, deine scheelen Augen kratz' ich dir aus!"

„Du, Susel, willst mir das antun?" sagte er betreten.

„Ja, ich! Schämst du dich denn nicht in deine niedrige Seele hinein, daß du den Handel eingehen willst? Aber paß' nur auf: Nein sag ich vor allen Leuten. Und wenn ihr mich an den Haaren in die Kirche schleppt, und wenn ihr mich an den Altar zerrt, ruf ich: Nein! Nein und noch auf der Gasse nein! – daß alle Leute zusammenlaufen. Dafür kennst du mich jetzt."

Sie drehte sich um, begann wieder den Waschbläuel zu schwingen und ließ den Verblüfften stehen, der erst allmählich dazu kam, ein Wort hervorzubringen: „Das heißt also, du magst mich nicht, Susel?"

„Ich hasse, ich verabscheue dich, du bist mir ein Greuel!"

„Aber warum denn, Susel?" fragte er gutmütig erstaunt. „Ich habe dir doch nichts Böses getan."

„Ist es nicht genug, daß du mich heiraten willst?"

„Was kann ich denn dafür, daß es unsere Leute mit uns schon in meinen Kinderjahren so ausgemacht haben!"

„Und du läßt dir's gefallen, daß man mich mit Stricken und mit Ketten an dich binden will?"

„Wie du red'st, Susel!" fing er jetzt an. „Ich hab' doch nicht wissen können, daß ich dir ein Greuel bin. Daß ich nicht schön bin – na, ich guck ein bissel ins Gerstenfeld, das ist wahr, aber rot sind meine Haare nicht!, mancher andere kann auch keinen Staat machen mit sich, und kriegt doch eine Frau. Warum denn nicht ich? Ich bin doch der reichste im Ort, und du bist das reichste Mädel hier, da passen wir doch zusammen! Was hast du denn noch an mir auszusetzen?"

„Auszusetzen?" wiederholte Susel, von ihrer Arbeit aufblickend. „Alles, ich kann dich nicht gern haben."

„Das kommt schon", sagt mein Vater, „und wenn nicht, so macht es auch nichts aus, wo so viel zusammenkommt."

„Bist du denn der reine Schollenkopf? Ist dir denn noch nie der Gedanke gekommen, daß auch das Herz dabei mitzureden hat, daß Neigung dazu gehört? Weißt du denn gar nicht, wie das tut, wenn man einen anderen liebhat?"

„So, du hast einen anderen lieb?", fragte er. „Den von Münster wohl! Und dir liegt daran, ihn zu kriegen! Na, Susel, weißt, wenn ich zurücksteh', den kriegst du doch dein Lebtag nicht. Er hat ja nichts. Schlag' dir das aus dem Kopf, da wird doch nichts draus."

„Das wollen wir sehen", sagte sie zuversichtlich. „Siehst du, Hannes, das ist doch niederträchtig von einem reichen Burschen, ein Mädel nur deshalb zu wollen, weil sie reich ist. Es muß doch wieder ausgeglichen werden in der Welt. Es gibt andere, auch vermögliche, muß ich es denn sein?"

„Na", sagte Hannes, sich hinterm Ohr kratzend, „mir wäre eine andere auch recht, wenn sie meinen Leuten recht wäre."

„Ich wüßt' eine", fuhr Susel eifrig fort, „die viel besser für dich passen tät."

„So? Wer denn?"

„Liesel!"

„Liesel? Hm! Ich hätt' nichts gegen sie, sie gefällt mir ja auch soweit; aber ob sie mich möcht'?"

„Sie möchte schon, das weiß ich. Und sie brächte dir eine schöne Mitgift mit, Hannes."

„Ich weiß, ja. Ihr Vater ist ein gemachter Mann, und nur zwei Kinder da. Es sind sonst brave Leute. Mir wär's ja recht, aber wenn mein Vater und deine Mutter darauf bestehen?"

„So sag': Nein, ich will nicht! Nur herzhaft heraus. Und wenn dann auch ich sage: Nein, ich will nicht! – Dann möcht' ich doch sehen, wie es zugehen soll, uns zusammenzubringen."

„Da hast du wieder recht, Susel", gab er zu. „Aber du wärst mir auch recht gewesen. Ich hätt' nichts an dir auszusetzen. Freilich, wenn du nicht willst . . ."

„Nie, meiner Lebtag werde ich deine Frau nicht!"

„Na, wenn's dein Ernst ist, will ich auch nicht dein Mann werden."

„So ist's recht!" rief sie beifällig, indem sie ihm die linke Hand – die rechte hielt den Waschbläuel – auf die Schulter legte, was sie bis dahin noch nie getan hatte. „Guck, Hannes, ich hätt' sonst gar nichts gegen dich –"

„Als daß ich dir nicht gefall' und nicht schön bin."

„Das hätte man übersehen können, Hannes, denn du bist sonst gar nicht so übel; ein sauberer, ansehnlicher Mensch, bist fleißig, sparsam, brav."

„Ja. Es kann mir niemand was nachsagen."

„Nur kann ich mich nicht als deine Frau denken."

„Na, da sind wir ja schon im reinen. Wenn's so aussieht, kann ich mich auch nicht als dein Mann denken. Willst du denn meinetwegen einmal mit der Liesel reden?"

„Gern, Hannes, und zum Martinimarkt könnt' ihr's dann selber miteinander ausmachen. Und von deiner Seite wird mir also nichts mehr in den Weg gelegt?"

„Na, lieber wär mir's, der Münsterer bekäm' dich nicht, das muß ich dir schon sagen," meinte Hannes aufrichtig. „Er ist einmal ein Fremder, und wenn er sich einmal erwischen läßt, na, die Schläge!"

„Die er austeilt", fiel Susel ein. „Fang' nichts an mit ihm, ich rate dir, Hannes. Aber einerlei. Was hättest du auch an einer Frau gehabt, die ihre Neigung nicht verwinden kann, die sich unglücklich fühlt, ein Herzeleid im Haus!"

„Ja, wenn du dich unglücklich gefühlt hättest, das ist wahr!" bestätigte Hannes. „Aber, was sag' ich meinem Vater, deiner Mutter?"

„Du hättest dich noch zu bedenken, anders besonnen, keine rechte Neigung mehr; dein Herz – kurz, was man so für Ausflüchte nimmt. Und nun, Hannes, nicht wahr, sind wir wieder gute Freunde?" fragte sie, ihm die Hand reichend.

„Ja, wollen wir wieder gut miteinander sein", erwiderte er. „So ist's mir auch lieber, als nur immer schief angesehen zu werden von dir!"

„So", sagte sie heiter, „jetzt ist mir's wieder ganz wohl!"

Und damit schieden sie. Die Magd der Frau Juliane, Bawel, aber, die sie stehen gesehen hatte, lief heim zur Großmutter, um flugs zu hinterbringen, daß Hannes und Susel ein Herz und eine Seele wären, was die Alte wunderlicherweise auf die Erwägung brachte, ob es nun nicht Zeit sei, wieder „Steinchen" dazwischenzuwerfen. Denn Hannes war doch der reichste im Ort, und wenn sich Susel zu der Heirat verstand, erregte sie wieder die Mißgunst in der verschrobenen greisen Seele.

Auch sonst im Ort sagte man: Also doch! Es wurde allgemein bekannt, als hätte es Frau Juliane durch den Büttel ausschellen lassen, daß sonntags „Handstreich" sei, – das ist Handschlag, feierliche Verlobung –, daß sich aber das Brautpaar die Anwesenheit des Herrn Pfarrer dabei verbeten habe.

Sonntagnachmittags war denn auch der große Eichentisch in der Wohnstube der Frau Juliane mit dem schönsten „Gebildtuch" – Leinwanddamast – gedeckt, Kuchen von allen Gattungen standen da, und der goldbraune Traminer vom Berg perlte in den Kristallgläsern. Vetter Balzer nebst Frau freuten sich der schönen Aufwartung und nickten dem Vetter Jokeb und der Bas Margret wohlgefällig zu, wenn die zum Lobe Susels und des Hauswesens der Frau Juliane, die ganz verklärt dreinsah, ein Wörtlein fallen ließen. Es war nun bereits zwischen den Eltern alles besprochen und abgemacht, daß Susel hinüberziehen solle in Vetter Balzers Haus, wieviel sie gleich mitkriege, Aussteuer und Ausstattung, und wieviel später an barem Geld und Gütern. Daran fehlte nach manchem Hin- und Herreden nichts mehr; die Eltern waren völlig einig. Es hatten nur noch das feierliche „Jawort" und der „Verspruch" durch Handschlag zu erfolgen.

„Soweit wären wir denn", hub Vetter Jokeb an, der hier als angesehenster Mann in der Verwandtschaft die Vermittlung führte. „Nun ist's gut. Wir müssen's fertigmachen. Was sagst du, Susel?"

„Ich sage, was ich immer gesagt habe", erwiderte Susel ausweichend, so daß ihre Mutter die Lippen zusammenpreßte und die anderen stutzten. „Fragt einmal den Hannes!"

„Es muß richtig gemacht werden", fing der Vetter wieder an, sich zu Hannes wendend, der hinterm Tisch saß. „Und im Dorf meint man wohl, es sei schon richtig. Also Hannes, du bist doch zufrieden, daß es zum Handstreich kommt."

Hannes fing an, sich am Kinn zu kratzen. „Ich will mir's doch erst überlegen", sagte er dann.

„Was?!" fragte Juliane mit schwacher Stimme, mühsam an sich haltend. Sie glaubte ihren Ohren nicht zu trauen.

„Ich bin noch nicht ganz im reinen mit mir", fuhr Hannes fort, „ich muß mich erst besinnen."

„Das heißt", fiel der Mittelsmann ein, „du willst Bedenkzeit, ob du die Susel nehmen willst?"

„Ja, Bedenkzeit will ich."

„Aber warum?" fragte Juliane. „Du hast doch seither gewollt!"

„Ja, ich hab' mich aber anders besonnen. Ich muß doch mit dem Gefühl ins reine kommen. Man hat doch auch ein Herz. Es kommt doch auch ein bissel auf die Lieb an, sozusagen."

Juliane und Vetter Balzer saßen mit offenem Munde da.

„Ist der Kerl besoffen oder verrückt?" fuhr endlich sein Vater dazwischen, während auch Freund Stoffel kaum wußte, was er denken sollte.

„Ja", sagte Hannes in der seitherigen Weise, „man muß doch auch sein Herz fragen. Nicht Reichtum macht glücklich; Zufriedenheit macht reich."

„Also, du willst am Ende meine Susel nicht?" Juliane erhob sich.

„Ich habe nichts gegen sie", antwortete Hannes. „Aber ich glaub', sie paßt mir nicht so recht. Und passen müßt' sie mir doch!"

„Ja", fiel seine bis jetzt schweigsam gewesene Mutter ein, indem sie sich gleichfalls erhob. „Da muß man noch zusehen, ob sie ihm paßt. Nichts für ungut, Juliane."

Dies war das Signal zum allgemeinen Aufbruch. Im Dorf konnte man sich die schnelle Heimkehr der „Leute" des Hannes nicht recht erklären. Juliane aber, blaß vor Wut, sagte zu ihrer Tochter: „Das ist dein Werk! Aber glaub' nicht, daß ich nachlasse. Wart' nur, wer den härteren Kopf hat, du oder ich, das wollen wir doch sehen. Von heut an gehst du mir nicht mehr allein aus dem Hause! Damit ist's aus und Amen!

24

Rüstungen

Man weiß nicht recht, wie man daran ist, dachte Juliane in jener Woche für sich, als sie merkte, daß Susel und Hannes einander viel freundlicher als seither begegneten, als dieser einige Tage später herüberkam, um mit Stoffel zu plaudern. „Und es muß und muß sich doch noch machen! Da setz' ich meinen Kopf gegen eine Nußschale."

Auf dem Martinimarkt in Bergzabern war noch manches für die acht Tage später fällige eigene Kirwe – die den Beschluß der Kirchweihen im Jahr machte – einzukaufen, und Juliane sagte zu Stoffel, indem sie ihm einige Taler nebst kleinem Geld in die hingehaltene Hand drückte: „Mach' der Liesel eine Freude, kauf' ihr ein Marktstück, – wer weiß! Bemüh' dich ein wenig um sie. Und gib acht auf die da! (Susel war eben hinausgegangen) Kommt der Münsterer und will mit ihr reden, leid's nicht. Sie soll mit dem Hannes gehen und reden; sie scheint jetzt zur Einsicht zu kommen, und der Hannes erst recht – der Hans Dampf da! Was hat ihm nur im Kopf gerappelt, neulich!" –

Auf dem Martinimarkt regnete es, wie gewöhnlich nach Allerheiligen. Jedes für sich mit einem bunten „Parblee" bewehrt, gingen Susel und Liesel, Stoffel und Hannes von Marktstand zu Marktstand, Hannes in besserer Laune als sonst, was ihm gar nicht so übel stand. Sich einer gutmütigen Lustigkeit überlassend, kaufte er den Mädchen Marktstücke, zeigte sich besonders freigiebig gegen Liesel, so daß es selbst Stoffel auffiel, der sein Geld für sich behielt; „Was hab' ich davon!" Ja, Hannes stimmte seine gute Laune auch dann nicht herab, als gegen Abend sich plötzlich Schorsch zu ihnen unter dem Wetterdach einer Marktbude gesellte. Mit finsterer Miene sah dieser Susel mit jenen zusammen; es war ihm das Gerücht von einem „Verspruch" zu Ohren gekommen. Allein Susel sah ihn an und erwiderte seinen heimlichen Händedruck, daß alle seine Befürchtungen schwanden. Doch wollte er es auch von ihren Lippen hören. Indes trat jetzt Stoffel dazwischen.

„Wenn du keinen Händel willst", sagte er zu Schorsch von der Seite, „so geh' jetzt deine Wege."

„Ich will keinen Händel", war die Antwort, „laß' mir aber von dir auch nicht den Weg weisen!"

„Dann gibt's Händel", bemerkte Stoffel, „und hier am hellen Tag auf offenem Markt – schickt's sich nicht."

„Ich bitte dich, Schorsch!" sagte Susel sanft, während ihr Bruder fortfuhr: „Wenn du mit meiner Schwester zu reden hast, gut, in acht Tagen ist unsere Kirwe, da kannst du's versuchen, wenn du's Herz hast!"

„Das Herz haben?" fragte Schorsch zurück. „Du kannst dich drauf verlassen, ich komm!"

„Wollen wir sehen. Besser du bleibst weg!"

„Ich komme", wiederholte Schorsch nachdrücklich, reichte noch den Mädchen flüchtig die Hand und gesellte sich zu einigen Kameraden, um mit diesen ein Wirtshaus zu besuchen.

Während der trüben Jahreszeit wurden große Vorbereitungen und Zurüstungen getroffen in Pleisweiler und bei den reichen Bauern in Oberhofen. In dem stillen Dorf herrschte jetzt in jedem Hause die emsigste Regsamkeit mit Putzen und Scheuern, mit Einmachen und Anrühren des Teigs, mit Kuchenbacken und Braten. Unter dem jungen Geflügel und dem Borstenvieh war ein großes Schlachten. Auch die „Kästenpfanne" wurde wieder hervorgezogen; denn zu dem gärenden Most, dem Federweißen, der zur Oberhofener Kirchweih gerade recht kommt, bilden gebratene Kastanien die schmackhafte Zukost und die beliebteste Gelegenheit zum Knuspern für die erwarteten Gäste, während auch alle Braten mit Kastanien gefüllt werden.

Am Sonntag geht man, wenn man sich zur besseren Gesellschaft rechnet, nicht gern auf fremde Kirchweihen. Aber Montagabends, nach dem Nachtessen, ließ es den Schorsch in Münster nicht mehr ruhen. Nachdem sein vom Schlag gerührter Vater sich im Ledersessel zurückgelegt und die Mutter sich die Brille aufgesetzt hatte. um eine Näharbeit vorzunehmen, hörte Schorsch noch eine Weile am Eckfenster dem Gesang der in der trüben Nacht draußen auf der Rathausbrücke stehenden Burschen zu. Und als sie aufhörten, horchte er so lange dem Gurgeln des Bachwassers zu, das unter der Brücke wegschoß, und dem Plätschern und Rauschen des großen Rathausbrunnens, bis es ihn förmlich fortzog. Als flüstere jemand: „Kommst du bald, oder kommst du nicht so bald?"

Schorsch hatte den Tag über tüchtig als Weinküfer gearbeitet, hatte bei der „Aiche", die draußen von der Gemeinde neben dem Rathausbrunnen aufgestellt war, fleißig mitgeholfen und schon vor dem Abendessen die Arbeitskleider ausgezogen. Jetzt nahm er seine Seelöwenkappe von der Wand, suchte sich so leise und unauffällig wie möglich einen der Stöcke im Uhrenkasten aus, indem er einen hanbuchenen, sogenannten „Eingebändelten" mit derben Knoten auswählte, um sich möglichst unbeachtet aus der Stube zu stehlen.

„Willst du noch über Feld, Schorsch?" fragte die alte Frau, ohne aufzusehen.

„Nicht weit, Mutter! Gute Nacht!"

„Gute Nacht, Schorsch! Komm' nur bald wieder heim!"

Er eilte auf die Gassen hinaus, die sich im Mittelpunkt des Flekkens, am Eingang zum „Stift" beim Brunnen und an der Brücke erweitern und kreuzen. Es war eine der finsteren Nächte, wie sie im November über dem Lande brüten. Das schwache Licht der Öllaterne, die an einem von Dach zu Dach gezogenen Eisendraht über der Brücke hing, schien eher da zu sein, um die Dunkelheit zu zeigen, als zu erhellen. Doch deutete der Schimmer wenigstens die Stelle der Brücke an, was um so nötiger war, als der den Ort durchströmende Bach vom Regen etwas angeschwollen war.

Jetzt regnete es gerade nicht, es rieselte nur. Trotz der unfreundlichen Nacht standen auch an diesem wie an jedem Abend die jungen Burschen plaudernd und singend auf der Rathausbrücke.

Schorsch ging zu den Burschen hin und musterte flüchtig die größere und dann daneben die kleinere Gruppe, um hierauf mit gebräuchlichem „tut's gut so?" zwischen beiden hindurch seinen Weg in die Steingasse zu nehmen, wo er einen verlässigen Kameraden abholen wollte — als eine stämmige Gestalt aus der kleinen Gruppe auf ihn zutrat. „Schorsch!"

„Ah, da bist du ja. Eben will ich dich abholen, Franz."

„Steht dein Sinn wirklich hinüber?"

„Wie anders? Du gehst doch mit, Franz?"

„Gern nicht. Denn daß es Hiebe, Mordshiebe absetzt, liegt auf der Hand."

„Hiebe, ja. Es kommt darauf an, wer sie kriegt", erwiderte Schorsch flüsternd, wie überhaupt das Gespräch in gedämpftem Ton geführt wurde. „Ich denke, wir teilen sie aus."

„Es ist ein gefährlicher Gang", warf Franz nochmals ein.

„Ja, wenn du dich fürchtest!"

„Ich mich fürchten? Wo du hingehst, bleibe ich nicht zurück. Für mich selber möcht' ich den Gang nicht machen, aber für dich, Schorsch. Das Mädel ist's ja wert, daß du was um sie wagst. Gehen wir!"

Und sie gingen von der Brücke weg in der Richtung des Oberdorfs. Schorsch bemerkte, daß Franz ebenfalls seine Sonntagskleider anhatte und mit einem ähnlichen Stock wie er bewehrt war, sich also auf jeden Fall schon von vornherein, trotz seiner Bedenklichkeiten, auf den Gang gefaßt gemacht hatte.

„Wir müssen zu dreien sein", fing unterdes Schorsch wieder an. „Wen nehmen wir noch mit? Wäre keiner von denen da auf der Brücke — — —"

Franz schüttelte den Kopf.

„Vielleicht geht der Michel mit, wenn er daheim ist. Fragen wir einmal beim Knecht im Stall an."

Sie gingen unbemerkt durch die unterm Haus wegführende hohle Einfahrt in den weiten, umschlossenen Hof dem Pferdestall zu, stießen aber vorher auf den alten Brenner, der, mit einer Bütte auf dem Rücken aus dem Brennhaus kam und ihnen sagte, daß Michel nachmittags über Feld sei.

„Wer ist im Stall bei den Gäulen?" fragte Schorsch.

„Der Stumpe; er muß jetzt mit dem Füttern fertig sein."

Die beiden gingen weiter, nach dem Stalle.

„Wie wär's mit dem Stumpen? He?"

„Der Stumpe wär' ja gut", sagte Franz. „So klein er ist, fürchtet er sich vor dem Teufel nicht, wenn er nur das Trinken frei hat."

„Soll er haben, so viel er will. Es kommt mir heute nicht darauf an!"

Der eigentümliche Pferdegeruch und der Schall aufstampfender Hufe drang ihnen entgegen, als sie unter die Stalltür traten.

„Stumpe!"

„Ja, was gibt's?" fragte eine Stimme aus dem dunklen Hintergrunde.

„Gehst du mit auf die Oberhofener Kirwe?"

„Donnerkeil, da könnt's was absetzen" hallte es als Selbstgespräch aus dem dunklen Stall. Erst dann erschien unter der Tür einer der Knechte, so breit wie hoch, dachsfüßig, in Holzschuhen.

„Gibt's Händel?"

„Davon unterwegs."

„Aber — in eurer Gesellschaft muß ich doch —"

„Kittel über, Stiefel an, deine Lämmerkappe auf und einen Stock in die Faust — mehr braucht's nicht, wenn deine Gäule versorgt sind."

„Alles versorgt. Regnet's?"

„Es rieselt."

„Na, und wenn's Spieße regnet und Mühlsteine hagelt — ich bin dabei."

„So mach' voran."

„Gleich", sagte der Stumpe, verschwand nochmals in dem schwach erleuchteten Stall, wo er die Laterne ausblies und kurz darauf wieder erschien, die Stalltür gut verschloß und ohne noch ein Wort zu verlieren, den beiden andern durch die Einfahrt auf die Gasse folgte, zum Oberdorf hinaus über die Kreuzstraße und die nach Mittag hin liegenden Feldhöhen. Das Wetter hatte sich nicht geändert. Es war noch dieselbe trübe, kühle nebelrieselnde Novembernacht. Aber die Augen hatten sich allmählich an die Dunkelheit gewöhnt, und der Weg war jedem einzelnen des auf Abenteuer ausziehenden Kleeblatts wohlbekannt. Rüstig schritt man fürbaß, indes Schorsch den Kriegsplan entwickelte.

„Ohne Händel geht's nicht ab", sagte er. „Drum nur beisammen bleiben, einer beim andern, Mann bei Mann. Und sobald es losgeht — denn gefallen lassen wir uns nichts von den Spiegelguckern — den Stand gleich in der Wandecke hinterm Schanktisch genommen, wo die Gläser, Buddellen — auch oben auf der Wandbank – stehen, verstanden?"

„Natürlich bei den Gläsern!" stimmte Franz zu. „Denn erstens kann dann niemand nach ihnen greifen, um nach uns zu werfen, und zweitens haben wir sie nahe bei der Hand."

„Versteh' schon, versteh'!" sagte der Stumpe. „Und dann?"

„Dann“, fuhr Schorsch fort, „wenn's not tut, gleich auf und über den Tisch mit den Stöcken drein.“

„Versteh'!“ sagte der Stumpe; er war damit völlig einverstanden.

„Und nicht nachlassen; denn wir sind in der Minderzahl, als fort mit den Gläsern und Buddellen und Stöcken drauf, bis alles zum Tempel hinaus ist!“

„Und dann?“ fragte der Stumpe.

„Dann tanzen wir mit den Mädchen, die noch da sind, und du, Stumpe, kannst dich über einen Kalbs- oder Schweinebraten hermachen.“

„Sauere Nieren und Selleriesalat“, sagte der Stumpe.

„Alles eins!“

„Und wenn's schief geht?“

„Schief? Warum schief?“ meinte Schorsch ärgerlich. „Bürgermeisters Fritz tät am Ende allein fertig werden, und sein Vater hat selbigesmal bei der großen Schlägerei in Oberhofen nur's Kuntzefriedele bei sich gehabt. Freilich, ein Kinderspiel war's nicht. Und schier hätten alle beide durch die Fenster springen müssen; denn die Stiege war voll Spiegelguckern, kein Ausweg mehr. Was tat mein Kuntzefriedele? Schlupfte einem baumlangen Kerl zwischen den Beinen durch in die Küche, hob den siedenden Wurstkessel aus und warf ihn mitten unter den Klumpen von Spiegelguckern hinein. Da hat's Luft gegeben.“

„Ha, ha, hi!“ lachte der Stumpe. Solche „alten Mären von Helden lobebären“ gefielen auch ihm. „Will mir's merken: mich gleich an den Wurstkessel halten.“

„Hoffen wir, es wird nicht nötig sein“, fuhr Schorsch fort. „Wir wollen ohne Wurstkessel fertig werden. Wenn nur die Stöcke aushalten. Weis', laß mich einmal *deinen* sehen. — Himmelsakrament, mit dem Stecken da willst du auf die Oberhofener Kirwe zu den Spiegelguckern? Der ist beim ersten Streich entzwei — dann stehst du da!“ sagte Schorsch ärgerlich. „Was willst du dann anfangen?“

„'s gibt Stuhlfüß'“, sagte der Stumpe gleichmütig.

„Was gibt's?“

„Stuhlfüß'.“

25

Der Kampf

Ob es draußen rieselte, regnete oder schneite, war den Leuten von Oberhofen an jenem Kirchweihabend ganz einerlei. War der Tanzsaal auch niedrig, so daß der lange Jung von Kapellen nahezu am Deckbalken angestoßen wäre, so trank man doch da um wenig Geld einen „verflucht gute Troppe" Wein. Die Zecher, die dort in der Ecke beisammenstanden, Einheimische oder Gäste, gehörten zu den Schwerwiegenden, wenn man vielleicht den Schulmeister und den Doktor von Pleisweiler ausnahm.

Letzterer war verstimmt, da ihm nicht entging, daß man ihm etwas kühl begegnete, ohne daß er den Grund kannte. Selbst die dem Tanz zuschauenden Weiber auf der Wandbank, Nebelkappe an Nebelkappe, Ziehhaube an Ziehhaube, nickten ihm nicht mehr so freundlich zu wie sonst. Nur der Schulmeister, der viel von seinem einflußreichen Freund, dem Hofkoch in München, sprach, ließ ihn nicht fallen und begehrte, in volkstümlicher Weise mit der Flasche pochend, nach frischer Füllung, während der Doktor vorzog, sich unbeachtet zu entfernen. Was hatte nur die Stimmung gegen ihn so unliebsam gewandelt? Während er sich hierüber trüben Gedanken überließ, war er selbst bei den Kirchweihfrohen im Wirtshaus schon vergessen.

Bei „Uz" und Selbstbestichelung kreisten die Becher in Heiterkeit, und es flogen die Redensarten geflügelt hin und her. Die schlechten Zeiten, von denen jedermann sonst sprach, schienen keinen Einfluß auf die Kirchweihlust zu äußern, und auch die Mädchen kleideten sich um keinmal weniger zum Tanz um als sonst, da das Herauskommen die Ausnutzung der seltenen Gelegenheit, seinen „Staat" zu zeigen, gebot.

Unter den zuschauenden Weibern saß auch Frau Juliane mit einigen aus der „Freundschaft", endlich in rosigster Laune. Denn eben hatte Hannes, nachdem er nacheinander, was sie etwas verschnupfte, nur mit Liesel getanzt hatte, sich ihre Susel geholt, die wenigstens diese Tour nicht ausschlug, während Stoffel mit Liesel antrat. Seltsamerweise hatte sie erst in letzter Zeit entdeckt, daß dieses Mädchen eine Partie für ihren Stoffel und die richtige „Sohnsfrau" wäre, die sie im Hause brauchen konnte. Auch machte sie die genugtuende Beobachtung, daß Hannes und Susel ungewöhnlich freundlich miteinander verkehrten, was ihrem eigenen Wesen gegen ihre Nachbarinnen eine leutselig schäkernde Heiterkeit verlieh. Als sich Hannes wieder zu Liesel wandte, hielt Julianes gute Laune noch an, nachdem ihre Tochter Eve bereits aufgebrochen und zu ihren Kindern heimgegangen war. Ja, wäre etwa der Herr Schulmeister gekommen, um sie aufzufordern, sie hätte selbst vielleicht doch noch einmal herumgewalzt, um es den Jungen zu zeigen!

Indes saß ihr jüngstes Kind, nunmehr jeden Tanz ausschlagend, bei der Jugendfreundin Gretel, die mit ihrem Mann von Mörzheim herüber zur Kirchweih gekommen war. Diese fragte nach dem und jenem. Wie es der Großmutter gehe? Sie klage, berichtete Susel, daß es ihr nicht mehr so recht schmecke in letzter Zeit. Dann meinte Gretel, es seien doch schöne Zeiten gewesen, wo sie noch das „Dretel" war. Susel, ungewiß, ob sie den Schorsch herbeisehnen dürfe, flüsterte jetzt vom Purzelmarkt: „Wir haben viel miteinander getanzt."

„Hat er dich auch heimgeführt?"

Susel nickte bloß.

„Nun, hat er dir nichts zu sagen gehabt?"

„Genug, Gretel, grad genug. Frag' nicht weiter. Wir haben uns viel, wenn nicht alles gesagt."

„Und wann kommst du wieder mit ihm zusammen?"

„Wer weiß! Ich darf nicht mehr allein aus dem Hause. Ach, Gretel, wenn du wüßtest wie mir zumute ist!"

„Du Arme!"

„Nun, weißt du, seit ich sicher bin, daß er mich liebhat, läßt sich alles ertragen."

„Bist du das? was soll daraus werden?"

„Das überlass' ich der Zeit."

„Wenn doch nur deine Mutter eine Einsicht haben wollte. Sind das Hiesige?" fragte Gretel, sich unterbrechend und ihre Augen nach dem Treppeneingang der Tanzstube richtend.

Susel schaute ebenfalls hin. Dort waren während des Tanzes mehrere Fremde eingetreten. Einer im Kittel, den sie nicht kannte, hatte sich kurz und breit unter die Tür geschoben; über seine Schulter aber sah einer keck und stolz im Saal umher und lächelte ihr jetzt zu, daß ihr alles Blut in die Wangen schoß.

Wenn sich im ersten Augenblick nur die Freude des Wiedersehens in ihr kundtat, wandelte sich ihre Empfindung jedoch jäh in tödlichen Schreck. Sie sah voraus, was über kurz oder lang kommen mußte. Schorsch hatte die Herausforderung ihres Bruders in keckem Übermut angenommen, und wenn er auch nicht allein kam, so doch in verschwindender Minderzahl. Wie konnte sie ihm im Streit Beistand leisten, wie unter den Augen ihrer Mutter, aller Blutsverwandten und des ganzen Dorfes für ihn wirken? Aber vielleicht war ihre Angst überhaupt umsonst. Schorsch und seine Begleiter sahen nicht aus, als ob sie sich großen Befürchtungen hingäben. Ja, nachdem sie in Pleisweiler noch Michel getroffen hatten und dieser sofort bereit gewesen war, mit nach Oberhofen zu gehen und, mußte es sein, den Strauß zu bestehen, wenn ihn auch nicht vom Zaune zu brechen, so waren sie mit einer Zuversicht hierher aufgebrochen, als seien sie keiner Gefahr mehr gewärtig. Hatten sie auch bei weitem noch nicht das Übergewicht, so gab ihnen doch die entschlossene Kraft ein Gefühl ruhiger Sicherheit.

„Nur herein, es gibt noch Platz“, sagte der Wirt, als der Tanz aus war; und die vier Fremden traten in den Saal, sich langsam durch das Gewühl vorschiebend in die Nähe des Schanktisches, über dem an der Wand auf einem Brett leere Gläser und mehrere jener weißen Flaschen mit weitem Hals und dickem Boden standen, die auf überrheinischen Kirchweihen so handsame und gefährliche Waffen abgeben. Als der Aufwärter mit einer gefüllten Flasche kam, konnte der „Stumpe“ nicht unterlassen, sie grinsend um den Hals zu fassen; sie schien ihm denn auch eine prächtige Handhabe, wobei er zugleich einen prüfenden Blick nach den Beinen der umstehenden Bänke und Stühle warf. Er hatte es sichtlich gut vor, der „Stumpe“.

„Für jeden eine Buddel“, befahl Schorsch dem Aufwärter.

„Gleich vier?“ fragte dieser.

„Noch vier. Getrunken werden sie.“

Schorsch zahlte. Er und seine Begleiter erregten bereits Aufmerksamkeit.

„Man gafft uns an, wie die Kuh ein neues Scheuertor", meinte Michel, ein Bild strotzender Jünglingskraft, vor sich hinlachend.

„Laß sie nur gaffen", sagte Schorsch, „sie sollen noch mehr gaffen. Den nächsten *tanzen* wir."

Der „Stumpe" — es war sein Spitzname und bedeutete so viel oder noch etwas mehr als das hochdeutsche „der Stumpf" — hatte es sich inzwischen bequem gemacht, einen Stuhl in die Ecke gezogen und sich darauf gesetzt, um seine Flasche gemütlich auszutrinken. Kaum gab die Musik das Zeichen und das fremde Kleeblatt seine Absicht kund, am Tanze teilzunehmen, erbot sich der Wirt, ihnen die Stöcke aufzuheben. Doch zogen sie vor, sie der Obhut des Stumpen anzuvertrauen, der sie zwischen seine Knie nahm und das Kinn auf den Knäuel von Stockknöpfen stützte. Dann gingen Franz, Michel und Schorsch gleichzeitig vor, mitten durch den Saal gerade auf die Bank los, wo Frau Juliane, erstaunt über so viel gelassene Kühnheit, inmitten ihrer Freundschaft saß. Allein sie konnte mit allem Willen nichts dagegen haben, wenn ansehnliche fremde Burschen die Umhersitzenden zum Tanze aufforderten. Zudem machte sie die Bemerkung, da vor allen Liesel – durch Franz – ihren einheimischen Tänzern vor der Nase hinweg geholt wurde. Eine Nachbarin meinte, man reiße sich förmlich heute um Liesel.

„Ja, sie hat's Geriß wie's Büttels Gans", sagte Juliane, während Schorsch nicht ihre Tochter, sondern Gretel aufgefordert hatte und Michel mit Susel antrat.

Und sie tanzten schön. Das sagten alle, die da die Köpfe zusammensteckten; nur Stoffel nicht, der mit einigen Kameraden Blicke wechselte und laut äußerte, daß es andere hören konnten: „Man muß es dem Heidelbeerenschnitzer vertreiben, auch noch mit unseren Verheirateten zu tanzen."

„Das läßt du bleiben", sagte Gretels Mann aus Mörzheim. „Wenn ich nichts dagegen hab', daß er mit meiner Frau tanzt, geht es doch dich nichts an?"

„Was wollen die Holzschlegel bei uns?" entgegnete Stoffel tückisch.

„Sehen, was du für ein Rüpel bist", fiel jetzt Vetter Jokeb, Gretels Vater, ein. „Benehmen sich die Münsterer Burschen weiterhin so anständig, rührt mir sie keiner an. Verstanden? Es soll keinem von ihnen ein Leid geschehen, wenn sie keinen Anlaß geben. Das sag' ich dir!"

In der Pause konnten die drei Freunde, nachdem sie ihre Tänzerinnen wieder an ihre Plätze geführt hatten und den Saal durchschritten, um zu ihren Gläsern zurückzugelangen, wohl bemerken, daß die Stimmung unter den einheimischen Burschen ihnen wenig günstig war. Doch unbekümmert um die feindseligen Blicke, hielten sie sich hinten am Schenktisch beisammen, wo indes „Stumpe" geduldig Stöcke und Wein gehütet hatte. Indessen schien es demselben Zeit, sich an den Rindsbraten mit Selleriesalat zu machen, der dann auch bestellt wurde, während Jerg, der Schwager Stoffels, herkam und mit scheinbarer Zutraulichkeit äußerte: „Na, ihr Burschen, auch da herüber?" wobei er aber verstohlen mit den Einheimischen verständnisinnige Blicke wechselte, was übrigens denen von Münster nicht entging. So leicht waren sie nicht zu täuschen; sie kannten diese Bauernpfiffigkeit, die ohne Skrupel auch in Heimtücke übergeht, um darzutun, daß man gescheiter sei, als man aussehe. Die drei Freunde hielten den Zutraulichen denn auch kurz genug.

Als ein neuer Tanz begann, während endlich der begehrte Rindsbraten mit Sellerie anlangte und, ehe man sich's versah, Schorsch diesmal mit Susel antrat, Michel wieder einmal sein „Dretel" schwenkte und Franz sich ein Mädel holte, das bisher geduldig „den Schimmel hielt", kam Jerg näher, vertraulich an den „Stumpen" heran. „Die Stöcke hindern am Essen", sagte er und langte nach ihnen. „Tun wir sie weg."

Die Antwort war jedoch derb genug: „Nit ums Verrecken!"

Mit dieser „stumpigen" Antwort wurden gleichzeitig Messer und Gabel so verwegen in den Fäusten geschwungen, als gälte es dem Essenden jetzt gleich, nebst dem Rinderbraten, noch jedes andere Stück Fleisch anzuspießen.

Mittlerweile flog Susel mit dem Geliebten durch den Raum, daß jedermann sagte: „Ein schönes Paar! Ein prächtiges Paar! Und wie schön sie tanzen!" Doch Juliane hörte die allgemeine Stimme, ohne widersprechen zu können, fast mit einigem Stolz. Ja, schön tanzen sie, das war nicht zu leugnen, und niemand sah jetzt mehr auf ein anderes Paar. Die Mutter hätte es selbst nicht geglaubt, daß sich ihr Kind so prächtig schwenken ließ. Auch Vetter Balzers Frau gestand dies zu; hätte sie nur nicht hinzugefügt: „Schön getanzt, schon wahr! Wenn aber unser Hannes sich jetzt lieber mit der Liesel abgibt, so wundere dich nicht, Juliane. Denn es hat mich schon lang gekröpft und auch meinen Alten gewurmt, daß deine Susel unsern Hannes so kurz gehalten hat und dagegen so freundlich sein kann gegen –"

„Halt! Aufgepaßt! Platz da! Zurück!" schrie ein Mann, der mit vorgebundener Schürze und einer Gießkanne statt des Gießblechs mitten in den Wirbel stürzte. „Halt, wartet doch, es staubt ja fürchterlich!" Und rechts und links um sich spritzend und sprengend, scheuchte er die schreiend lachenden Paare zur Seite und in die Ecken. Aber nur auf kurze Zeit. Denn im Nu wirbelten wieder die Tanzenden weiter. Nur die nicht, nach denen die Blicke der Juliane jetzt am schärfsten suchten. Zurückgewichen und im plötzlichen Getümmel immer enger zusammengedrängt, hielten sie still nebeneinander, sie von seinen Armen umschlungen.

„Um Gottes willen", sagte sie leise, „wie hast du kommen können!"

„Ist es dir nicht recht?" Und er sah ihr in die Augen.

„Wie kannst du fragen! Meine Mutter wird mich übrigens gleich heimholen, ich seh' ihr's an den Augen an!"

„Das steht kaum in meiner Hand. Aber mag dem nun so oder so sein, Susel, hier können wir doch nicht so recht miteinander reden. Wenn du wirklich heim mußt, so such' Gelegenheit, um in den Garten zu kommen. Am Hollerbusch wart' auf mich – in einem weißen Kopftuch – damit ich dich erkenne. In einer halben Stunde werde ich dort sein."

„Bei dem Wetter – in der Nacht – so allein?" flüsterte Susel, plötzlich argwöhnisch sich umsehend. Es war die Bawel, die sich eben vorüberdrängte. „Wie soll ich es möglich machen", fuhr Susel fort. „Meine Mutter läßt mich nicht aus den Augen."

„Wenn du mich lieb hast, Susel, nur ein bissel lieb, kommst du! Willst du mir's zuliebe tun?"

„Alles, alles, Schorsch, aber –"

„Kommst du?"

„Ich will sehen."

„Kommst du?"

„Ja."

Indes war der Tanz aus, und er führte sie einmal durch den Saal und wieder zurück, als plötzlich Frau Juliane sich Bahn zu ihnen brach und ihre Tochter ohne Umstände an ihren Platz zurückholte. „Du tanzt nicht mehr mit ihm.“

„Warum?“

„Darum. Es ist genug, sag' ich.“

„Dann tanz' ich überhaupt nicht mehr.“

„Bis dich ein anderer holt.“

„Nein, Mutter.“

„Dann gehen wir heim.“

„Es ist das beste.“

Mittlerweile hatte Schorsch den Musikanten eingeschenkt und ihnen einen halben Gulden zugeworfen. „Ein Leibstück!“

Schorsch und seine Begleiter begannen, nach ihren Stöcken greifend, zu singen und die Musik fiel ein:

„Ach Schätzlein, was hab' ich dir Leids getan,
Daß du verachtest mich?
Und was haben die falschen Zungen getan,
Die verraten mich und dich.
O du falsche Zunge, du verlogener Mund,
Was wird es helfen dich?
Gott wird dich strafen, glaub' sicherlich, gewiß,
Vor seinem Angesicht.
Warum ist denn die Armut so sehr veracht'?
Man stellt sie hinter die Tür.
Hätt' ich nur dreitausend Dukaten zuviel,
So zög' man mich herfür.
Dreitausend Dukaten, die hab' ich aber nicht,
Doch bin ich kein trauriger Knab'.
Denn du bist mein Schatz und du bleibst mein Schatz,
So lang ich's Leben hab.
Ich gedenke noch einmal reich zu werden –
Doch nicht an Geld und Gut –“

„Aufhören, Musikanten!“ schrie eine Stimme dazwischen.

„Wer will etwas dagegen haben, wenn wir uns ein Leibstück spielen lassen?“ rief Michel und schlug mit seinem Stock auf den Schenktisch, daß die Gläser hüpften und klirrend herunterstürzten.

„Kein Leibstück mehr!" schrien mehrere zugleich. Die Musik endete ohnehin.

„Hanjerg", flüsterte Susel noch im Hinausgehen dem alten getreuen Knecht ihres Hauses in ihrer Herzensangst zu, „laßt ihn nicht im Stich, ich bitt' Euch!"

Der verheiratete Knecht machte eine Gebärde, als könne er nicht viel tun, wolle aber nichts versäumen, während Susel sich jetzt an den zur rechten Seite stehenden Burschen wandte, dem sie zugesagt gewesen war und den sie verschmäht hatte: „Hannes, steh' auch du ihm bei, ich bitt' dich!"

Hannes machte ein verblüfftes Gesicht, sagte aber kein Wort. Und nun flüsterte Susel noch ihrer Magd zu, die sich herbeigedrängt hatte, da noch viele andere Frauen, die dem Hausfrieden nicht mehr trauten, sich gleichzeitig auf den Rückzug begaben: „Bawel, hast du die Scheuer zugeschlossen?"

„Ja. Aber der Schlüssel hängt an seinem gewöhnlichen Platz. Warum denn?"

Bevor Susel antworten konnte, wenn sie überhaupt wollte, wurde sie von ihrer Mutter fortgezogen, als Schorsch nochmals herandrängte, Stoffel sich jedoch dazwischen schob. In schrecklicher Angst, als solle ihre Liebe der fürchterlichste Schlag treffen, folgte Susel der Mutter, indem sie noch ihren unholden Bruder äußern hörte: „Zurück, sag' ich. Du hast mit meiner Schwester nichts zu reden."

„Hat sie dich zu ihrem Hüter bestellt?" rief Schorsch und wollte mit Gewalt seinen Weg bahnen, so daß es schon jetzt zum Ausbruch gekommen wäre, hätten sich nicht Hannes und einige ältere Männer ins Mittel geworfen.

Gleichzeitig kam Juliane nochmals in die Tanzstube zurück, sah den Schorsch steif an, drehte sich dann um, daß ihr Rocksaum nur so den Stubenboden fegte, und verschwand endlich mit majestätischer Bewegung durch den Ausgang. Noch andere Frauen verließen auf Anraten ihrer Männer den Saal, da die Stimmung eine merklich schwüle geworden war.

„Musikanten, aufspielen! Einen Schleifer!" schrie eine Männerstimme, und im nächsten Augenblick hopste, walzte und schleifte alles durcheinander, während der „Stumpe" mit aller Gemütlichkeit noch immer an seinem Abendessen zehrte und sich den Wein schmecken ließ.

Gretels Mann und Vater hatten wohl die Freude am Bleiben verloren. Sie banden dem Hanjerg und anderen noch auf die Seele, alles mögliche für die Erhaltung des Friedens aufzubieten; am zuträglichsten wäre, wenn die Münsterer ruhig austrinken und ihres Weges gehen wollten. Jerg hingegen bestand darauf, daß nichts zu befürchten sei und sich alles in Liebe und Güte auflöse. Dem widersprach allerdings das geflissentliche Umhertanzen eines hanbuchenen Gesellen in der Ecke am Schenktisch, dessen absichtliches Anstoßen und Schreien: „Ausgewichen da!"

Der „Stumpe" stieß jetzt zurück und da der andere geradezu drohte, erfolgte die Antwort: „Du kannst mir ..."

„Was kann ich? He?" fragte der herausfordernde Geselle, seine Tänzerin so weit fahrenlassend, daß er sie nur noch an einem Finger hielt, während sie mit der Hand nach ihren gelockerten und aufgegangenen Zöpfen langte.

„Tanz' weiter!" herrschte der Hanjerg ihm zu, den Händelsucher hinwegstoßend, während die Aufwärter vorsorglich Glas um Glas auf das Wandbrett brachten.

In demselben Augenblick erschien die Bawel, die sich überhaupt seit der Ankunft der Fremden viel zu schaffen machte, wieder unter der Tür und rief dem alten Knecht zu, er solle gleich heimkommen zu seiner Käthrine. Hanjerg, unmutig über die Botschaft, fragte, was es denn gebe. Sie wisse nicht, beteuerte Bawel dringlich, aber er solle nur gleich heimkommen zu seiner Frau, – und eilte wieder hinweg. Hanjerg kratzte sich an der Stirn. Ohne triftigen Grund schickte ihm doch seine „Alte" solche Botschaft nicht. Aber er hatte einmal der Susel versprochen, — doch heim mußte er, konnte indes in kurzem wieder da sein, und Hannes war bereit, unterdes in seine Stelle als Friedenshalter einzutreten. Kaum war er hastig die Treppe hinunter, ließ es sich denn auch Hannes angelegen sein, die Fremden in seiner Weise zum Abzug zu bewegen und gleichzeitig auf den Jerg zu wirken, sein falsches, unredliches, verhetzendes Spiel aufzugeben, was dem gutmütigen Burschen jedoch einerseits nur Hohn, andererseits verächtliche Zurückweisung eintrug: der scheele Hannickel möge sich drücken!

„Scheel oder nicht scheel", entgegnete Hannes den Münsterern, „ich mein's nicht uneben. Drum sag' ich: trinkt aus: macht, daß ihr fortkommt! Ich will euch vors Dorf führen, keiner soll euch anrühren."

Hohngelächter antwortete. „Aber ich mein's nicht uneben und – –"

„Was kann ich dir?" fragte der Händelsucher, ohne seine Tänzerin dem „Stumpen" gegenübertretend.

„In – den – Spiegel – gucken!" brüllte der „Stumpe", sich langsam erhebend, – und damit war dem Faß der Boden ausgeschlagen. Sofort flog ein Glas nach dem Fremden, an der Wand zersplitternd. „Hinaus mit den Holzschlegeln" war der Ruf. Eine Flasche, mit der Jerg heimtückisch zum Schlag ausholte, zerschmetterte unter dem Stockhieb, den Franz zuerst geführt hatte, da der Kampf nun doch nicht mehr zu vermeiden war. Wie aus einer Wurfmaschine geschleudert, fuhr Hannes aus Michels Faust rücklings in den Haufen der Andringenden zurück, und in demselben Augenblick fühlte sich der Händelsucher, der dem „Stumpen" an die Kehle gefahren war, über den Schenktisch gezogen und von seines Gegners Stab so ausgiebig bearbeitet, daß ihm wohl auf Wochen hinaus das Sitzen verging.

„Weibsleute hinaus!" rief Schorsch, mit geschwungenem Stock auf den Tisch schlagend. Denn nun mußte der begonnene Strauß rücksichtslos ausgefochten werden, da schon die Gläser hin und her und die Mädchen und Weiber jetzt zeternd in Angst und Verwirrung zur Tür hinausflogen.

Der „Stumpe", dessen Stock schon hin war, war auf die Bank gesprungen, Flasche um Flasche herunterholend und in den Menschenknäuel der Angreifer schleudernd, während die Stockschläge der drei Freunde auf den Tisch niederschmetterten, um dessen Besitz vorzugsweise gekämpft wurde.

„Jetzt vor! Was Spiegelgucker heißt, 'naus!" rief Schorsch, „Du, Stumpe, an die Nebentür, daß keiner da herein kann. Wir schaffen Raum." Er warf den Tisch um und gegen die Zurückweichenden, „Stumpe" jedoch, dem keine Gläser mehr zu Gebote standen, stieß einen Stuhl in Trümmer, und ein Bein fassend, trieb er die durch die Nebentür herauf Drängenden zurück und pflanzte sich dort breit als Wache auf, während Schorsch, Franz und Michel, über den umgestürzten Tisch springend, ihre Knotenstöcke so behend und wuchtig, mit solcher Wirkung gebrauchten, daß sie die ganze Masse ihrer Gegner rasch vor sich her gegen den Treppeneingang drängten.

So friedliebend im ganzen der Überrheiner heute ist, verleugnet sich in solchen Momenten doch nicht jene übermütig trotzige, kampfesfreudige Art, die in seinen Landsleuten, dem grimmen Hagen und Volker, dem kühnen Fiedler, den erhabensten Ausdruck durch unsere Heldendichtung gefunden haben. Die Lust an nibelungenhaftem Wagen und Ringen ist noch nicht gänzlich ausgestorben in unserem „Oberland", wo Walter von Aquitanien am Wasgenstein allein den Kampf gegen König Gunthers Recken siegreich bestanden hatte.

Ein Nachlassen, einen halben Erfolg gab es für unser Kleeblatt und dessen getreuen „Stumpen" nicht, der mit seinem Stuhlbein jedem den Schädel zu zerschmettern drohte, der den Kopf hereinzustrecken wage.

„Kehraus!" riefen sie selbst einander, „'naus, 'naus!" der feindlichen Masse zu, die durch die Tür und über die Treppe hinuntergetrieben, sich im Hof zu sammeln versuchte und nach Knütteln und Bengeln fahndete.

Allein die Sieger, deren Vorgehen die Wirkung eines gut ausgeführten Überfalles hatte, ließen der übermächtigen Menge keine Zeit, sich von ihrer Niederlage zu erholen. Wer in Verzweiflungswut sich ihnen noch entgegenzuwerfen wagte, wurde übern Haufen geworfen, und als sich noch der „Stumpe", da oben geräumt war, zu dem kühnmütigen Kleeblatt gesellte, drängte es, die Stöcke hochgeschwungen, so ungestüm nach, daß rasch auch die Stiege rein gefegt und jeder versuchte Widerstand im Hof niedergeschlagen wurde. Zwar flogen Steine und Holzscheite aus Fenstern und Türen um ihre Köpfe. Doch die paar Schrammen, Löcher und Quetschungen hielten sie nicht auf, und durch das Hoftor dringend, standen sie auf der Gasse des Dorfes als Sieger. Der Feind war durch ihren entschlossenen Zusammenhalt aus dem Feld geschlagen.

Dennoch gebot es die Klugheit, unverweilt den Rückzug aus dem feindlichen Gebiet anzutreten. Denn schon kam den Gegnern Ersatz und Hilfe aus den Häusern. Mit hochgeschwungenen Stöcken trieben die Münsterer zwar die Verfolger zurück; aber erst, als sie den Ausgang des Dorfes erreicht hatten, blieben jene allmählich scheu zurück. Und hochgemut und ihres Sieges froh zogen die vier von dannen.

„Die Spiegelgucker werden an die Holzschlegel denken", sagte Michel. Und alle vier lachten übermütig, während die Nacht um ein wenig heller geworden war. „Brüder", sagte jetzt Schorsch, da wo ein Feldweg hinunter führte, „ich muß jetzt wieder zurück."

„Bist du nicht gescheit?" fragten Franz und Michel.

„Ja", meinte der Stumpe, „man hätte jetzt den richtigen Durst. Schad' um den Wein, den wir haben stehen lassen. Eine Buddel hab' ich noch im Vorbeigehen eingesteckt, aber sie ist auch nur halb voll", und er zog die Flasche aus seiner Tasche, was wieder zur Heiterkeit anregte.

„Also wartet oder geht weiter", sagte Schorsch, rechts abschwenkend. Doch hielt ihn Franz am Arm und fragte, wohin er wolle. „Ich hab' meinen Schatz in den Garten bestellt."

„Hör', laß das", meinte Franz, „das könnte bös ausfallen. Zweimal an einem Abend fordert man das Glück nicht heraus."

„Ich trau nicht", mahnte auch Michel.

„Wem traust du nicht?"

„Keiner Spiegelguckerin geb' ich den Finger mehr in den Mund", fuhr Michel fort. „Die meinen doch nur, wir laufen ihrem Geld nach. Ja, tanzen und schnäbeln wollen sie mit uns, aber wenn's ans Heiraten geht, nehmen sie den scheelen Hannes, — Gretel, Susel oder Liesel, ich kehr' die Hand nicht um. Zwei, drei Morgen Äcker mehr oder weniger bringt's zum Klappen oder Schnappen. Laß mich mit den Spiegelguckern aus!"

„Sagt, was ihr wollt", hielt Schorsch, sich auf den Weg machend, entgegen, „ich muß. Was tät sie denken, wenn ich nicht käm'! Ihr könnt ja einstweilen heimgehen."

„Nein, im Stich lassen wir dich nicht", sagte Franz. „Wir sind ja gleich unten und das Mädel verdient's, daß man Wort hält, wenn mir auch nicht wohl bei der Sache ist."

So folgte man ihm durch die trübe Novembernacht. Rasch war man unten an den Heckzäunen der Grasgärten, Schorsch immer weit voraus. Nur Franz folgte ihm, von Unruhe getrieben, noch weiter unter den entlaubten Obstbäumen hin, bis Schorsch, erwartungsvoll vorwärts drängend, seinen Augen entschwand, während er selbst über einem vor ihm sich ausdehnenden Gartenzaun gegen die

Scheuern hin etwas Weißes bemerkte, wie das Kopftuch einer Person, die sich jetzt gegen den Zaun wandte.

„Pst! Pst; Susel, bist du da?“ hörte er den Freund flüstern und in demselben Augenblick ein Geräusch, einen fürchterlichen Schlag, einen Schrei, wie den eines zu Tode Zusammenbrechenden; dann noch einen Hieb durch das Gesträuch, und noch einen, verwirrte Stimmen von Wegeilenden, das Zuschlagen und Verriegeln einer Tür, und dann Grabesstille.

Franz, der beim ersten verdächtigen Schlag hinzugelaufen war und die weiter Zurückgebliebenen herbeirief, während die hinterm Zaun sich eiligst nach der Scheuer hin zurückzogen, suchte nach Schorsch, und vermochte nichts von ihm zu entdecken. Von banger Sorge erfüllt, rief er seinen Namen, und erhielt keine Antwort. War denn der Freund mit in die Scheuer geschleppt worden oder — Entsetzen erfüllt ihn, sein Haar sträubte sich. Vor dem Zaun beim Hollerbusch lag regungslos ein menschlicher Körper auf dem Rasen, den die Novembernacht gekühlt hatte.

26

Advent

Bis spät in den Advent hinein bildeten die Ereignisse jenes Kirchweihtages den Gegenstand aller Gespräche an den trüben Herbstabenden im Ort und in der Umgegend. Daß drei oder vier Münsterer die ganze mannhafte Jugend eines Dorfes aus dessen Tanzstube geschlagen hatten, war ein Vorgang, den man nur daraus zu erklären Lust hatte, daß unter den Jungen im Ort kein Saft und keine Kraft mehr sei. Auf das hin pflegten Stoffel und seine Kameraden tückisch zu lächeln.

Aber nicht bloß von dem kühnen Wagnis und der Großtat jener vier ging in den Adventswochen die Sage am Gebirg hin, sondern auch von großer Untreu, von Falschheit und weiblicher Arglist, von bösen Fallstricken, Wortbruch und Doppelzüngigkeit. Um den Wert dieser Gerüchte zu ermessen, müssen die Ereignisse hier nachgeholt werden.

Als nämlich Susel mit der Mutter an jenem Kirchweihabend heim kam, waren sie erstaunt, noch Licht durch den Oberstock gehen zu sehen, von Zimmer zu Zimmer, von Stube zu Stube. Und dennoch war niemand im Hause zurückgeblieben, die Kirchweihgäste schon vor Nacht weggegangen; die alte Aplone schlief an solchen Festtagen sich für monatelanges Wachen im Dienste der Familie aus, und die Großmutter hatte sich ebenfalls früh niedergelegt, weil es ihr „nicht recht just" gewesen und der Appetit ausgegangen war. Was war das nur für ein Licht da droben, das durch alle Zimmer ging? Fürs erste versuchten Mutter und Tochter leise in die Wohnstube zu gelangen, wo sie ebenfalls Licht anzündeten. Wunderlicherweise fanden sie auf dem Tisch eine Serviette und in ihr, zum Teil in die ausgerissenen Blätter eines alten Buches gewickelt, lange Schnitten und Scheiben von eingemachten Zungen, Schinken und kaltem Braten, die sich auf Kirchweih im Hause anhäuften; dünne Schnitten von allen Kuchen, die gebacken worden waren, Zuckerstücke in Menge, sowie mit Honig gefüllte Nußschalen und andere süße Sachen. Erstaunt ging Susel in die Küche, um dort nachzusehen, ob sich etwas ähnliches vorfinde. Doch draußen löschte ihr ein plötzlich durch den Schornstein tosender Wind das Licht, und in demselben Augenblick kamen leise Schritte von oben auf der knarrenden Treppe. Nicht ohne einiges Grauen verharrte Susel ungesehen an ihrer Stelle, als jemand die Stufen herunterkam, in einer Hand das Licht, in der anderen ein Messer!

Die Gestalt trat, ohne sich umzusehen, durch den Flur in die Wohnstube an den Tisch, auf den sie das Licht stellte, schnippelte mit ihrem Messer von diesem oder jenem Bissen und holte aus ihrer Tasche andere Stücke, die sie in derselben Weise einwickelte, worauf sie die Serviette darüber schlug und plötzlich aufhorchend flüsterte: „Bawel, bist du's wieder?" – als Frau Juliane, den Vorhang des Alkovens zurückschlagend, laut aufschrie: „Aber um tausend Gottes willen, was macht Ihr denn da, Schwieger?"

Susel, in der Meinung, die Großmutter nicht aus dem Nachtwandel schrecken zu dürfen, wofür sie das Umherschleichen ansehen mußte, eilte ebenfalls herein, um einer etwa schädlichen Wirkung des Schreckens der alten Frau vorzubeugen. Doch, solche Sorge war nicht vonnöten. Mit ihrem greisen Lächeln sah sich die alte Frau nach den Heimgekehrten um und sagte ohne besondere Befangenheit: „Etwas für die Mäuschen, die mich in meiner Verlassenheit heimsuchen, und für die Kinder der Eve, wenn sie einmal zu ihrer alten Großmutter kommen! Na, dem Doktor Flax hat ja keiner 's Trinken zugebracht, dem Spion, dem alten, der mich gern für eine Hexe verzollen tät, der! Ich will's ihm aber zeigen, ob ich eine alte ehrliche Frau bin oder nicht. Der könnt' einem schön ins Gerede bringen, der! — Na, schön gewesen, brav getanzt?"

„So, so!" erwiderte Juliane, die bei ihrer alten Schwieger gern die Augen zudrückte und sich über ihr Treiben nicht lang aufhalten mochte.

„Na, mit der Liesel wird's ja auch heute noch richtig werden", fuhr die Alte fort. „Die langt zu, und der Susel geht alles hinaus! Weißt du's schon, Juliane?"

„Ah, pah!" sagte diese mit wirklichem oder angenommenem Gleichmut, während die Greisin die Beute zu ordnen begann. „Die Leute haben recht und haben unrecht, wie man's nimmt. Wer's weiß, wird's wissen."

„Gibt's noch Beeren am Hollerstock, Susel?" fragte jetzt die Alte, ihre Serviette vollends zusammenschlagend, so plötzlich, daß das Mädchen sich verfärbte, während die Mutter sich erkundigte, was das zu bedeuten habe. „Ach, ich meine nur Susel soll heute keine Hollerbeeren mehr essen. Man kriegt davon eine schwarze Zunge, das ist nicht schön und morgen doch auch noch ein Kirwetag." Sie packte ihre Serviette zusammen und ging, als sei nichts vorgefallen, zur Tür hinaus, zum Altensitz hinüber.

„Was ist denn das mit dem Hollerstock?" fragte Juliane.

„Ich weiß nicht, was sie meint", war der Tochter Antwort; doch für sich fragte sie doch: weiß die Alte, ahnt sie's oder ist's Zufall? — —

„Er tanzt gut, aber er hat gar nichts; und nicht einmal guten Tag, Frau Groß! gesagt. Darf ich mit Ihrer Susel tanzen? Nein, als ob ich nicht da wär'."

Auf diese Art von Selbstgespräch der Mutter wurde es der Tochter unendlich warm ums Herz. Es schwoll von Glücksgefühl.

„Ach Gott, Mutter, er traute sich nicht! Wenn er geahnt hätte, daß Ihr darauf wartet!"

„Wart' ich darauf? Was dir einfällt. Es hätt' sich nur gehört!" meinte die Mutter mild.

Juliane war nicht recht entschlossen, sich des Kirchweihstaates vollends zu entledigen. Sie war nachdenklich und zerstreut, voll Unruhe, ging öfters ans Fenster und sah dann und wann auf ihre Tochter. „Die Großmutter hat so lange nach Schätzen gesucht", fing sie an, „daß sie das Umgehen nicht lassen kann. Meinst du nicht, Susel, daß es noch etwas früh ist, für ins Bett? Wir hätten noch dem Tanzen zuschauen können! Es war hübsch heut' abend. Ihr habt schön miteinander getanzt, das ist keine Frage."

Welche Um- und Anwandlung! Der Tochter war's als wolle sich der Himmel öffnen. Juliane bereute, den Tanzplatz mit ihr verlassen zu haben und war bereit, sofort dahin zurückzukehren, falls sie darum bat. Sie war wohl auch gesonnen, es zu tun, als sich auf der Gasse wieder rasche Schritte hören ließen, so daß die Mutter, nochmals das Fenster öffnend, meinte, was das nur wieder sei. Man hörte laufen, in einiger Entfernung mit Hast sprechen. Leute rannten hin und her, blieben stehen und riefen einander zu. „Was gibt's denn?" fragte die Mutter hinaus.

„Eine große Schlägerei im Wirtshaus", antwortete jemand, „die Münsterer machen Kehraus!"

„Ah", rief jemand anderes, „sie haben sich ein bissel gerupft, – weiter nichts. Die Jugend muß getobt haben, hat selbiger Bettelmann gesagt, als ihm das Kind aus dem Rückkorb gefallen ist."

Die Mutter plauderte noch zum Fenster hinaus, als es Susel einfiel, daß die halbe Stunde herum und Schorsch wohl ihrer schon am Hollerstock harre. Sie durfte nicht länger säumen, die Gelegenheit war günstig – und sie schlüpfte zur Tür hinaus, in den Hof. Rasch schürzte sie ihr Kleid höher, band sich ein leinenes Taschentuch um den Kopf und eilte dem Scheunentor zu – mit pochendem Herzen. Küssen wollte sie ihn, an ihr Herz drücken wollte sie ihn, liebhaben, – so lieb, so lieb! Und ihm Vorwürfe machen wollte sie, daß er sich hergewagt, sich ihretwegen in Gefahr begeben: auszanken wollte sie ihn, den lieben, bösen Menschen. Ja, das wollte sie!

Aber sie fand das Tor der Scheune verschlossen, zu ihrem Erstaunen auch den Schlüssel nicht vor. Sie rüttelte vergebens. Dann besann sie sich, daß eine kleine Tür aus dem Kuhstall in die Scheuer führe, – aber auch diese war versperrt. Wer hatte denn nur all diese unnötige Vorsorge heute getroffen? Es war seltsam, und sie sann nach, wie sie dennoch in den Garten gelangen könne, als von der Haustür her ihre Mutter mehrmals nach ihr rief. „Susel, Susel!"

„Ja, Mutter!" antwortete sie und sah mit Verwunderung Leute über den Hof rennen und dann, unter sich flüsternd, im Nebenhaus verschwinden.

„Wo steckst du denn? Was tust du denn im Kuhstall? Tausend Sappermost, komm gleich her!"

„Was gibt's denn, Mutter?"

„Frag' lang. Mord und Totschlag gibt's, und du bist – komm einmal herein – du bist schuld daran!"

„Ich?" Und das Mädchen erblaßte.

„Deinetwegen sind die Holzschlegel gekommen, haben alles haarklein zusammen und zum Tanzsaal 'naus geschlagen; Gläser, Bänke, Glieder sind gebrochen, Knochen und Rippen entzwei. Siehst du! Ich hab' ja immer gesagt, es wird noch ein böses Ende nehmen!"

„Aber dafür kann ich ja nichts, Mutter. Und – die Münsterer

haben gewonnen?" fragte Susel, während die Eingedrungenen draußen erst ungestüm gegen die Scheuer hinstürmten, als suchten sie sich neu zu bewehren, wie es andere in den Nebenhäusern ebenfalls taten, dann aber, zusammen flüsternd, sich im Dunkeln verloren, indes die Großmutter von der Scheuer her in ihre Stube zurückkehrte.

„Gewonnen? Zertrümmert haben sie alles, wie die Schinderknechte haben sie gehaust", berichtete die Mutter. „Deinem Bruder haben sie die Nasenknorpel eingeschlagen, er sieht fürchterlich aus. Unserer Eve ihrem Jerg hängt die Haut von der Stirn wie ein Schleier, und der Hannes sieht gar aus wie geschunden. Der ist ihnen noch beigestanden, der Gickel!"

„Ah, da dauert er mich!" sagte Susel in wirklicher Teilnahme.

„Recht ist ihm geschehen, dem scheelen Gickel!" rief die Mutter in völliger Umwandlung ihrer Gefühle und Laune. „Weißt du denn nicht, was er getan hat? Eben sagte mir die Annemarie, daß in der Tat schon alles in Richtigkeit sei – mit ihm und der Liesel, der falschen Person, und auch die Alten haben ihr Jawort gegeben. Jetzt wird die Schneegans die erste Frau im Dorf!"

„Da will ich doch gleich gehen, ihr heute noch zu gratulieren", sagte Susel mit dem Hintergedanken, so ihren Weg nach dem Stelldichein mit dem Geliebten am leichtesten zu finden, indem sie einen zwischen den Häusern nach dem Garten laufenden Pfad einschlüge. Aber Juliane war nicht gesonnen, ihr den Willen zu lassen.

„Da bleibst du!" sagte sie. „Hast du denn alle Scham verloren? Mit Fingern werden die Leute auf mich deuten. Oh, mir ist zumut! Wie mir's die Annemarie sagt, hat mich der Zorn nur so in alle Lüfte gehoben. Und daß du mir heut' abend nicht mehr aus dem Hause gehst!" Und dann ging die gestrenge Frau selbst zum Pforteneingang, drehte den Schlüssel um, zog ihn ab und steckte ihn ein.

Noch lange hielten die Ausbrüche des Unmuts der in ihrem besten Wollen gekränkten Mutter an, bis sich draußen im Hof wieder Schritte bemerklich machten, Leute, auch ein Frauenzimmer mit weißem Tuch um den Kopf, sich verstohlen und flüsternd nach dem Nebenhaus zurückzogen, und endlich noch die Großmutter in später Nacht erschien, um sich den Schlüssel geben zu lassen, da man nun doch wohl die Bawel zu dem Doktor Flax, dem schlechten Kerl, wegen Stoffels Nase schicken müsse.

Für Susel selbst ergab sich, da die Mutter sie nicht mehr aus den Augen ließ, keine Möglichkeit, dem Geliebten ihr Versprechen zu halten. Mit schwerem, betrübtem Herzen zog sie sich auf ihr Zimmer zurück. Der Stolz auf des Geliebten mannhaftes Auftreten und auf seine von Sieg gekrönte Entschlossenheit wollte nicht mehr nachhalten. Sie blieb lange wach, ohne sich zu entkleiden, immer überlegend, wie sie dennoch in den Garten gelangen könne. Über die Dächer konnte sie nicht, Ziegel konnte sie nicht sprengen, und jetzt war längst die Zeit verflossen. Unausgekleidet hatte sie den Kopf auf die Kissen gelegt und war dann eingeschlafen.

Als sie aus ihren Träumen aufschreckte, merkte sie am Hahnenschrei, daß es schon dem Morgen zuging. Aber im Hause war noch niemand wach. Es drängte sie zu dem Gang in den Garten, obwohl jetzt niemand am Ort des Stelldicheins zu treffen war. Diesmal fand sie das Scheuertor unverschlossen, und in der nach dem Garten führenden Hintertür den Schlüssel im Schloß. Es stand ihr also nichts im Wege; dennoch zögerte sie. Aus dem Stall rechts drang das Geräusch des Wiederkäuens der Kühe, aus dem links Pferdegestampf, aus einiger Entfernung jedoch ein Lied, das sie in diesem Augenblick seltsam ergriff. In irgendeinem Nachbarhaus stand wohl eine junge Magd, schon mit dem Zerstoßen des Rübenfutters beschäftigt, und sang dabei in die kühle Nebelfrühe des Novembermorgens hinein:

„Es wollte ein Mädchen in der Frühe aufstahn,
Da traf sie einen Verwundeten an.
Verwundet, ach, war er, vom Blute so rot.
Und als sie ihn verband, war er schon tot.
Ach, soll ich schon sterben und bin noch so jung?
Bin noch ein junges Blut, weiß kaum wie's Lieben tut!
Ach Schätzchen, wie lang soll ich trauern, wie lang?
Bis alle Wässerlein fließen zusamm'.
Alle Wässerlein fließen zusammen im Meer,
Ach, so nimmt mein Trauern kein Ende mehr."

Mit einiger Anstrengung mußte die Lauscherin den Eindruck, den das so oft gehörte Lied in diesem Augenblick auf sie machte, abschütteln, um den Schlüssel im Schloß zu drehen und hinauszugehen in den Garten. Unverweilt eilte sie an den Hollerstock. Niemand war da; sie hatte auch niemand erwartet. Es war etwas heller geworden; hinter schwerem Gewölk verhüllt, stand unsichtbar irgendwo der Mond. Noch war wenig zu unterscheiden, nur so viel, daß der Boden hier zerstampft, Äste von dem Hollunderbaum gerissen oder verstümmelt waren. Ein Lattenstück lag zerbrochen halb über dem Zaun. Sie nahm es an sich. Was war hier vorgegangen? Beim Lampenlicht in ihrem Stübchen bemerkte sie daran Blut, und Grausen erfüllte sie mit quälender Angst.

Andern Tags hieß es, nach dem Abzug der Münsterer sei es noch recht schön geworden beim Tanz. Man munkelte von Schlägen, zu denen es noch gekommen war; doch verlautete nichts Näheres. Susel trug sich mit einer bestimmten trüben Ahnung, der sie sich jedoch wieder entschlug, als sie zufällig hörte, daß schon am Kirchweihsamstag eine diebische Katze in den Gärten erschlagen worden sei.

Als die erschrockenen Freunde Schorschs den bewegungslosen, auf den Rasen ausgestreckten Körper, in dem sie ihren Kameraden vermuteten, lange vergeblich gerüttelt und geschüttelt hatten, bis sie an die vom „Stumpen“ mitgeschleppte Flasche dachten und ihm Gesicht und Hände mit Wein einrieben, erwachte er endlich mit einem schweren Stöhnen aus dumpfer Betäubung.

„Um Gottes willen, Schorsch, was ist geschehen?“ sagte Franz.

Aber erst nachdem ihm nochmals Wein eingeflößt war, vermochte er endlich die Worte herauszustoßen: „Oh, oh, Verrat!“ Wo – ist – mein – Stock? O Schlechtigkeit! o Falschheit!“ Seine Stimme versagte und seine Verbitterung gab sich nur noch durch Stöhnen kund.

Ihn vollends aufrichtend, führten und trugen sie ihn von dannen. Versagten ihm anfänglich die Kräfte, so ging es allmählich besser. Er bat nur immer, ihm den Kopf zu waschen. Man tat es mit dem Rest Wein. Doch erst, als man ihn mühsam über die nächste Höhe zur Brücke bei der Ruhbank von Gleishorbach gebracht und ihn auf die steinerne Einfassung gesetzt hatte, hatte man zu seiner Linderung das nötige Wasser bei der Hand, um ihm den verwundeten Kopf zu kühlen. Und hier kam er endlich zum klaren Bewußtsein, das aber immer wieder dazwischen durch förmliche Wutanfälle getrübt schien.

Was man aus seinen Worten über den Vorgang schließen konnte, war dies: An den Hollerstock am Zaun hinangetreten, hatte er die Geliebte an dem umgebundenen weißen Kopftuch erkannt und wollte ihr die Hand reichen, als er einen Mordsschlag aus dem dunkeln Hinterhalt erhielt, der ihn sofort niederstreckte, und ihm das Bewußtsein nahm.

„Ist sie's denn wert", fügte er mit entsetzlicher Bitterkeit stöhnend hinzu, „mein Leben dranzusetzen?"

„Nein", sagte Michel; „es ist eine Spiegelguckerin! Und dann die Alte und die Geschichte mit ihrem Vater! Schlag sie dir aus dem Sinn!"

„Es kann nicht sein", meinte Franz. „Es sieht dem Mädchen nicht gleich."

Doch der Verwundete war für solchen Trost nicht mehr empfänglich. Und aus wiederkehrender Schwäche und Wutanfällen setzte sich die Stunde zusammen, die verlorenging, bis man ihn unter die Hand des Chirurgen seines Heimatortes zu bringen vermochte. Es war eine traurige Heimkehr. –

Allmählich drang auch zu Susel die Kunde, daß Schorsch bei der Schlägerei etwas abbekommen, auf dem Heimweg sich etwas „zugezogen" habe, daß er krank gewesen und noch krank sei, daß er von seiner Mutter, Schwester und Ochsenwirts Kathel gepflegt werde. Ein bitteres Leid, ein herbes Schicksal, daß sie ihm jetzt fern im Schein der Teilnahmslosigkeit stand! Doch zu ändern vermochte sie nichts daran, auch nicht als man von seiner allmählichen Genesung sprach. War Susels Wissen auch vom wahren Sachverhalt noch weit entfernt, sagte ihr doch eine beklemmende Ahnung, daß sie ihm im falschen Licht erschien, daß sich sein Sinn von ihr abwende. Kein Mittel lag in ihrer Hand, dem zu begegnen. Sollte sie ihm schreiben? Das war in ihren Verhältnissen ein ungewohnter Schritt, daß sie sofort davon abstand. Kein Mädchen vom Lande greift dazu; es behält seinen Jammer und seinen Jubel entweder für sich, oder übermittelt ihn durch mehr oder minder vertrauliche mündliche Botschaft. Schüchterne Versuche damit hatten jedoch keinen Erfolg; denn keinerlei Botschaft kam von ihm zurück. Selbst zu gehen, um eine Verständigung zu erzielen, ging nicht an. Und hätte sie auch den Eindruck, den er inzwischen fälschlich von ihr gewonnen hat, zu verwischen vermocht, dessen stattgehabte Wirkungen waren kaum mehr zu tilgen. Kurz, das arme, bange Herz war ratlos. Denn Susel wußte nicht einmal gewiß, ob eine Entfremdung vorhanden, noch wieweit sie gediehen war, am wenigsten aber, welchen Ursachen sie entsprang.

Um jene Zeit, bei Beginn des Advents, war im Hause der Frau Juliane „Bauge“, das ist große Wäsche, die letzte im Jahr. In großer Bütte stand die Wäsche tagelang mit Pottasche eingeweicht in der Bauge – und es regnete. Da sagten die Waschweiber zu Susel, die sich am Waschkessel zu tun machte: „Es regnet, denn sie hat einen Unbeständigen!“ Susel war zwar vom gewöhnlichen Aberglauben frei, doch nicht unbefangen und unempfindlich genug, sich dem Eindruck solcher Reden zu entziehen. Unangenehm berührt, beugte sie sich zu den hölzernen Waschhaltern nieder, die noch ihr Vater geschnitzt hatte. Indes mochte es regnen, wenn nur die Wäsche endlich trocknete, und auch dazu kam es noch.

Aber nicht ausnahmslos hielt sich ihre Stimmung bei der Ungewißheit, in der sie lebte, in solcher Ergebung. Zuweilen, wenn sie strickend oder spinnend sich ihren Gedanken überließ, sang sie unwillkürlich in der Weise des „Knab' in Niederland“ herzbeweglich vor sich hin:

„Ach, alles, alles, alles trügt,
Wenn mich mein liebster Schatz belügt.“

Und als einmal die Mutter fragte, was das wieder für ein Geseufze sei, bat die Tochter: „Ach Mutter, seid mir nicht böse. Ich habe eben einen sonderbaren Gedanken gehabt. Wenn ich katholisch wäre –“

„Herr, mein Schöpfer, was? Katholisch?“

„Ja, wenn ich katholisch wäre, wüßt' ich, was ich tät'.“

„Nun, was denn?“

„Ich ginge ins Kloster.“

„Um Gottes willen! Das sähe dir gleich. Wer setzt dir nur solche Spinnen in den Kopf! Aber gelt, es geht dir doch zu Herzen, daß jetzt die Liesel die erste Frau im Dorfe wird. Wo die sitzt, könntest du jetzt sitzen!“

„Da irrt Ihr Euch, Mutter. Ich hab' anderen Kummer.“

„Nun, den Kummer wollen wir dir schon austreiben!“

In jenen Wochen vor Weihnachten, wo an den langen trüben Abenden mit dem gehechelten Flachs und Hanf Spinnräder wieder ihren Platz im Mittelpunkt des Hauses einnehmen und ein guter Geist mit dem Heimchen die warmen Winkel am Herd und Ofen bezieht; wo alle die Gertruden, Lieseln und Lisbethen, Kathrinchen und Kätheln, Bärbeln und Bäweln ahnungslos spinnen und ihren

Namenstag feiern, saßen auch im Hause der Juliane wieder der Spinnerinnen fünf alltäglich am Rädchen. Und eines abends, als die „Bas" bereits an ihrer Kunkel eingenickt war, fing die Bawel an zu plaudern, vielleicht nur um sich wach zu halten: „Ja, ja, jetzt, haben wir ihn, den Advent, wo das Dorftier, der Bollhammel, sich sehen läßt, die Nachtwische auf den Wiesen tanzen, die Truden als Faßreifen in den Keller wollen, und" – sie gähnte – „noch anderes vorgeht." Sie gähnte wieder. „Morgen ist Samstag, da wird abends nicht gesponnen, weil es viel zu tun gibt, oder auch weil sonst der Gottseibeiuns am Sonntag haspelt. Es ist Konradstag. Ein schöner Name, Konrad, – wer heißt nur so? Und übermorgen ist erster Adventsonntag, da könnte man viel erfahren und erkunden, – aber unsere Susel glaubt nicht an dergleichen."

„Woran glaub' ich nicht?"

„Daß man zum Beispiel in der Andreasnacht den Bettstollen tritt und –"

„Auch Blei gießt!"

„Ja, wenn man – aber unsere Susel lacht einem über solche Dinge aus."

„Über welche Dinge?"

„Wenn man die Wurzel von einem Liebstöckel bei sich trägt, kann der Liebste nicht von einem lassen. Ist's nicht so, Großmutter?"

„Was denn?"

Man wiederholte es ihr und sie bestätigte: „Ja, so ist's. Gerade so. Das Liebstöckel vermag in dieser Angelegenheit alles."

„Aber woher nehmen?" fragte Susel leichthin, scherzhaft nach einer längeren Pause.

„Die Weberin in der Kuckuckshütte hat Liebstöckel. Ist's nicht wahr, Großmutter?"

„Ja, die hat."

„Und noch mehr als das", sagte die Magd fort. „Sie versteht, wie man den Liebsten an sich zieht, und weiß, wie er über einem denkt. Übrigens ist auch der Abraham, der Schäfer, darin bewandert und weiß gar manches Mittel. Auch die Kartenschlägerin in Bergzabern – sie wohnt gleich am Tor –"

„Kartenschlägerin?" sagte Susel mit wegwerfendem Ernst.

„Aber die Weberin in der Kuckuckshütte, die weiß doch manches, und der Schäfer auch. Wenn man im Advent morgens und abends unbeschrien durch's Kuckucksloch und am Eulenkopf vorüber nach dem Hexenplatz auf dem Frauenberg geht und dort anklopft, kann man hören, wer einem blüht. Ist's nicht wahr, Großmutter?"

„Ja, ja", nickte die Alte von ihrem altmodischen Spinnrädchen her. „Das hat seine Richtigkeit."

Indes hatte die taube Aplone keinen Anteil am Gespräch genommen, sondern spann ruhig fort, nur zuweilen hersehend, als wolle sie erlauschen oder von den Lippen absehen, was gesprochen wurde. Sie erkannte nur, daß Susel traurig war, und warf deswegen mißtrauische Blicke auf die Alte und die Magd. Als sie dann zum Beschluß des Abends ihr Rädchen wegrückte und sich erhob, kam sie zu Susel heran und fragte: „Warum bist du denn so traurig, mein Herz? Vertrau' dich mir an."

„O du gute Seele", sagte Susel, sich ebenfalls erhebend, „du verstehst mich ja doch nicht und kannst mir auch nicht helfen."

Dann begaben sich alle zur Ruhe.

27

Andreasabend

Auch in der Dichtung will man die Dinge heute aus dem Bereich des „Übernatürlichen“ entrückt und auf das „rein Menschliche“ beschränkt wissen. Gibt es aber etwas „rein Menschliches“, so ist es die Abhängigkeit vom Ungewissen, das Tasten der zaghaften Seele am Rande des Dunkeln und Unbekannten, das bange Pochen an der Pforte der Zukunft, die schauernde Umschau nach Erkenntnis und Erleuchtung, die bebende Frage nach dem Bevorstehenden, das furchtsame Lüften des Schleiers über dem Verborgenen, die Angst um Gewißheit. Diese Angst in der Not des Daseins, die zum Forschen nach dem Unerforschlichen, zum Ergründenwollen des Unergründlichen treibt, ist der ureigentliche Grund, die Mutter alles Glaubens und Aberglaubens. Jeder weist in den Rätseln des Lebens zum Vertrauen auf göttliches Walten, auf eine Vorsehung. Wenn aber alles Hoffen fehlschlägt und versagt, und alle Ergebung nicht mehr vorhalten will, die Seele auf das Marterbrett vergeblichen Harrens gespannt wird, in Not und Angst, wo jede Aussicht auf Hilfe trügt, die Menschen kalt und verständnislos für unser Leid, unseren Gram, unseren Kummer vorübergehen, daß wir das Herz mit seiner Qual jeder Klage verschließen; wenn selbst das Gebet keinen Trost mehr gewährt und die Verzweiflung Auskunft und Hilfe vom Unbestimmbaren heischt: da faßt die arme Menschenseele auch nach dem Strohhalm, den der Aberglauben über den Abgrund legt, und ist der Halt noch so trüglich, so war doch wieder eine Hoffnung erregt und hat einige Schritte weitergeholfen auf dem Weg zum dunklen Ende.

Die Klugen raten zu Nichtbekümmernis um das Künftige; es werde schon gehen und unser Lebensdrang sich unbewußt hinüberhelfen über den Verderben drohenden Spalt. Und wir gelangen wohl auch hinüber, aber: wie?

Wenn der Adventnebel draußen alles grau umflort, oder der Regen stürmisch um den Giebel platscht, oder der Schnee nicht aufhören will, zu fallen und um Berg und Tal die weiße Hülle sich legt, sitzt gar manches verlassene Mädchen traurig beim Rädchen, spinnt und spinnt ihre unausgesprochene Kümmernis in den Faden hinein und wartet auf die Stunde, wo sie, unbehelligt vom Hohn der Menschen, der innersten Empfindung nachhängen darf, und ganz im stillen eine Frage an das Schicksal oder vielmehr an den geheimnisvollen Zauber zu stellen, den der Volksglauben um diese Zeit walten läßt. Sie hofft vielleicht selbst nicht viel davon, denn auch die Flügel ihrer Hoffnung ermatten in der trüben Zeit; doch sie will auch diesen Schritt nicht versäumt haben, ehe sie alles aufgibt und ihr Los verzweifelnd hinnimmt.

Nach dem Mittagstisch saß auch die Tochter der Juliane Groß in Oberhofen an der Kunkel und spann still ihre Gedanken mit auf die Spule. Nach drei Uhr, da es schon zu dämmern begann, stellte sie ihr Rädchen beiseite und schlüpfte hinaus, über die Straße. Sie ging durch den offenen Hof nach dem Wiesengrunde hin auf dem bereits der Adventnebel lag. Jenseits der Wiesen verfolgte sie rasch den Pfad über den Kirchberg. Niemand war um den Weg, und als sie aus dem tiefen Einschnitt auf die Höhe der Straße gelangte, glühte es noch in den bereits verlassenen Hanflöchern; aber wo eben noch die Hanfbrechbänke geklappert hatten war es bereits abendlich still.

Nach wenigen Schritten die Straße hinunter, leuchtete ihr schon das Herdfeuer eines abgelegenen, von Bäumen und Reben fast verdeckten niederen Hauses entgegen, nach dem sie sich wandte. Es war die „Kuckuckshütte". Das Dach des in den Hügelhang hinein gebauten Häuschens stand nach zwei Seiten auf der Erde auf; die der Straße zugekehrten Fenster hatten bleigefaßte Rundscheiben, und eine in die Quere geteilte Tür, deren untere Hälfte zugeklinkt war, während aus der oberen offenstehenden der Rauch herausquoll und im Hintergrund das Herdfeuer leuchtete. Bei dem Feuer saß spinnend eine alte Frau mit einem rund um den Kopf anliegenden, schwarzgetüpfelten Nebelkäppchen, aus dem noch dicke Strähnen braunen Haares quollen. Auf der Brüstung der geschlossenen unteren Türhälfte saß ein Kätzchen, und als sich nun die Frau erhob, um zu sehen, wer komme, erschien ihr Brustbild im braunen Türrahmen, wie ein Porträt von Franz Hals oder Jean Steen. Ohne Neugierde trat sie dann zurück, indem sie einige sogenannte „Stacheln" – Kiefernäste – dem Herdfeuer zulegte, daß es prasselte und knisterte, indes die Frau sich wieder hinter ihr Rädchen setzte.

„Guten Abend, Weberin", sagte Susel.

„Was wollt Ihr?" fragte die Frau, deren volles Gesicht mit rötlichen Wangen voll Runzeln einen finsteren Ausdruck hatte, der durch den etwas vorgeschobenen Unterkiefer und den festgeschlossenen, sonst üppigen Mund noch gesteigert wurde. „Seid Ihr durstig, wollt Ihr einen Trunk Wasser oder Milch?" Und sie sah dabei nicht auf.

„Weder Milch noch Wasser, mich dürstet nach anderem, um mit der Schrift zu reden", sagte Susel. „Ich möchte fragen, ob Ihr unser Garn bald auf den Webstuhl bringen könnt, und dann – noch etwas anderes."

„So. Reiche Leute kommen nie, um etwas zu bringen, sondern stets um etwas zu fordern. Wer seid Ihr?"

„Susanna Groß."

„Von Oberhofen? Warum kommst du denn nicht herein?" Und die Frau stand auf und ließ die Außenstehende eintreten.

„Dein Vater, der gute Mann, hat meinem Tochtermann aus der Not geholfen. Schad' um ihn, recht schade. Was kann ich Arme sonst für dich tun? Kann mir's denken, warum du kommst. Ja, guck! Bei all dem Reichtum auch ein Kreuz; sonst wär's gar zu ungerecht ausgeteilt in der Welt. Bei unsereinem heißt's: Wie gefällt sie dir? Bei euch: Was bringt sie dir? Nun soll die Weberin helfen, die Hexe, und andere sehen im hartherzigen Reichtum zu, wie sich andere zu Tod schinden oder grämen. Aber, ich habe keine Liebstöckl für dich, keinen Liebstrank, kann dir nicht helfen; bin keine Hexe, möcht aber manchmal eine sein, um die Hartherzigen zu peinigen – das sag' ich dir, denn du, hört man, bist gut gegen arme Leute."

„Mein ich, Ihr schickt mich auf den Hexenplatz nach einem zu fragen und jetzt ist's nichts", sagte Susel, sich mit einem nicht ganz aufrichtigen Lächeln erhebend.

„Das kannst du ja tun, wenn dir's auf den Frauenberg nicht zu weit ist", bemerkte die Weberin. „Den Weg kann ich dir zeigen, gleich durch's Kuckucksloch auf den Weg hinauf, immer bergan, der Eulenkopf bleibt rechts. In einer Viertelstunde bist du droben auf dem Frauenberg, wo der Gottseibeiuns seine Kirwe hält. Ich bin nie dabei gewesen, darauf kann ich schwören. Und du hast's Herz?"

„Warum denn nicht, wenn's hilft."

„Ach, helfen tut's insofern schon, als die Zeit damit hingeht, und das Herz über den ärgsten Kummer weghebt. So geh' denn gleich auf den Hexenplatz hinauf, klopf' am ersten Haus am zweiten Fenster und frag', ob jemand da sei. Dann wird einer zum Fenster heraussehen – und – dann wirst du ja hören. Und guck, du könntest mir an der schönen Quelle droben den Krug da füllen, das Wasser hat gar heilsame Kräfte, und bewirkt gute Säfte, wenn man fleißig schafft und sonst gesund bleibt."

Susel nahm den irdenen Krug am Henkel und eilte von der „Kuckuckshütte" über die Straße, gerade ins „Kuckucksloch" hinein, einer finsteren, steilen, zwischen Wingerten liegenden, von Kastanien überwölbten Schlucht. Sie mußte im raschelnden Laub förmlich waten, bis sie, den jähen Rand erklimmend, nun den sanft bergan führenden Fahrweg auf der First verfolgte, wobei sie nach hereingebrochenem Zwielicht die Häuser des Frauenberger Hofs am Hexenplatz in einer offenen Lichtung des Gebirgsforstes schon vor Augen hatte. Endlich langte sie oben auf dem breiten Bergrücken an. Ihr Tun kam ihr so traumhaft vor, daß sie jeden Augenblick fürchtete, aus dem Schlafe zu erwachen. Aus dem Talgrunde links scholl der städtische Straßenlärm von Bergzabern herauf; ein Hund bellte, als sie leichtfüßig über die mit Obstbäumen besetzte Waldblöße des Hexenplatzes eilte, um vorerst von der Quelle des Bleichrasens ihren Krug zu füllen, und dann nach dem einsamen Hause auf dem breiten Rücken des Frauenberges zurückzukehren. Die Fensterläden waren schon geschlossen; das Haus schien unbewohnt. Susels Herz schlug, als sie anpochte. Beim drittenmal drang durch die Ladenspalte ein Lichtschimmer, man stieß von innen fluchend die Läden auf. „Ein Donnerwetter fahr drein, was gibt's?"

„Ist jemand da?", fragte Susel.

Man streckte den Kopf heraus. „Niemand außer mir. Aber heute morgen ist einer da vorüber nach Birkenhördt hinein zur Holzversteigerung und will abends noch heim."

„Ist das alles, was Ihr mir zu sagen habt?"

„Willst du noch mehr wissen? Na, wart', mein Schatz, ich komm' gleich hinaus."

Dann warf er, ohne die Läden zu schließen, das Fenster zu. Susel aber, von Schreck und Scham über ihre Torheit übermannt und auf weitere Kunde verzichtend, wartete nicht ab, sondern flog auf dem Weg, der sie heraufgeführt hatte, zurück.

„Ja, ja", sagte die alte Frau, als Susel ihr enttäuscht ihre Erfahrung berichtete, „es soll einer, der beim Dreher nach dir gefragt hat, heut' morgen auf der Holzversteigerung sein. Na, er wird's wohl sein."

„Wer?" fragte Susel, mit einem unwillkürlichen Schauder.

„Er wird's wohl brauchen können", fuhr die Weberin nachdenklich fort.

„Was denn?"

„Was? Holz!"

Susel wußte selbst nicht, warum sie nicht bloß mit einem Gefühl der Enttäuschung und Selbsterniedrigung, sondern großer Beklommenheit die „Kuckuckshütte" verließ, um mit der Straße die Höhe des Kirchbergs zu übersteigen, und in Pleisweiler, wo längst schon alle Lichter angezündet waren, beim Dreher nach den zur Ausbesserung gegebenen Spulen zu fragen. Zwei fremde Burschen, die ebenfalls auf Arbeiten des Meisters warteten, unterhielten sich da laut.

„Er will seitdem nichts, ein für allemal nichts mehr von ihr wissen", sagte der eine. „Das Leben ist doch auch die Reichste nicht wert. Und dann könnt' einem doch auch genieren, daß ihr Va –" Hier wandte sich der Dreher so laut und mit so geschwätziger Zuvorkommenheit an die Eingetretene, daß sie von den Reden der Burschen, die ohnehin die Unterhaltung bald abbrachen, kein Wort verstand. Susel, unter dem lebendigen Eindruck, daß die Äußerung sich auf sie beziehe, zog sich mit den ausgebesserten Spulen rasch zurück, ohne an weitere Erkundigungen zu denken. Sollte der Bursche wahr gesprochen, Schorsch sie wirklich aufgegeben haben? War seine Liebe so schwach begründet, daß sie beim ersten heftigen Sturm entwurzelte? Und galt seine Neigung nur ihrem Gelde? O Gott, nein, sie konnte und wollte es nicht glauben.

„Wo bist du denn den ganzen Nachmittag herumgestrichen?" fragte daheim ihre Mutter in übler Laune. „Hab' keinen Menschen, den ich zu Abraham schicken könnte, wegen der kranken Schafe. Es ist ja doch keine Kleinigkeit!"

Susel erklärte sich trotz ihrer Müdigkeit bereit zu dem Gang. Sie traf den alten Schäfer in einem gedeckten, schwach beleuchteten Schafstall, wo die versammelte Herde des Dorfes irgendeine Kur durchzumachen hatte. Denn es roch stark. Er befand sich eben in einer jener Unterhaltungen mit seinen Tieren, die im Felde schon mancher vorüberkommenden Magd Grauen eingeflößt hatte. Denn er sprach mit den unvernünftigen Geschöpfen wie mit seinesgleichen, mild zuredend, mahnend, warnend, strafend, lobend, je nach dem einzelnen Fall.

„An dir, Schwarzkopf, ist Hopfen und Malz verloren! Was meinst denn? Ich werd' mich lang hinstellen und warten, bis es dem Herrn gefällig ist. Guck' einmal, die Ramsnas' da. Die ist immer bei der Hand und hält ihr Vließ sauber. Recht brav, mein Hämmele. Aber der Struppigel ist ein elender Tropf. Sagen kann ich, was ich will. Mein guter Struppigel kümmert sich nicht viel darum! Meinst' ich laß es dir hingehen, Schafskopf, du? den Teufel laß ich ... Guck, guck, die Susanne! Die Ehre! was führt denn unsere Susanne daher?"

Susel richtete ihren Auftrag aus, und nach einigen Worten fing er an: „Gelt, die Münsterer haben böse Sachen gemacht insofern auf unserer Kirwe. Hätt's dem Schorsch nicht zugetraut, sintemalen er alsfort so freundlich guten Tag gerufen hat, wenn er an mir oder meiner Schäferhütte im Feld vorüber ist, gewissermaßen."

„Habt Ihr ihn seitdem nicht wieder gesehen?" fragte Susel nach einigem Bedenken.

„Nein. Der hat sein Teil gleichsam und kommt nicht wieder nach Oberhofen. Oder soll' ich ihn zitieren, insofern?"

„Ich möchte wissen, wie er denkt", meinte Susel zögernd und befangen.

„Schwierigkeiten, sozusagen. Aber er muß bei. Oder will unsere Susanne ihren *Zukünftigen* erkennen, gewissermaßen? Na, hab' da insofern ein gutes Rezept, will's aufschreiben!" sagte er, stellte sich mit gespreizten Beinen unter das Stallicht, zog ein dickes fettiges Notizbuch aus seinem hellen Zwillichmutzen und fing an, aus demselben auf ein herausgerissenes Blatt laut lesend Folgendes zu notieren: „Nimm einen Schafskopf, häng' ihn in den Schornstein – ja so! das ist für die Drehkrankheit!" Und es ausstreichend, fing er wieder an: „Tu dem Schaf das Maul auf; ist ihm die Zunge schwarz, so wird das Lämmlein auch schwarz, ist sie weiß, so wird das Lämmlein auch weiß, ist sie –"

„Aber, Abraham!" mahnte Susel.

„Ja so, paßt gewissermaßen hier nicht, gleichsam. Will man den Liebsten für seine Untreue strafen, sozusagen, sein Blut verdörren, gewissermaßen – – –"

„Um Gottes willen!"

„Nimm eine Unschlittkerze, schreib' seinen Namen darauf, zünd' sie um Mitternacht an, stich mit der Nadel hinein und sprich: Ich stech' das Licht, ich stech das Licht, ich stech das Herz, das ich liebe! – so muß er sterben!"

„Hört auf, Abraham", rief Susel, vor Entsetzen zurückweichend, um den ihr unheimlich gewordenen Menschen sofort zu verlassen. Doch hielt er sie noch zurück, um ihr zu sagen, daß er als „gewanderter Mann" auch Rezepte für Liebestränke habe; der Wurzelsaft vom Liebesstöckel sei unwiderstehlich. Doch Susel erklärte, nichts durch Zaubermittel erzwingen zu wollen, selbst wenn sie's vermöchte.

„Unter solchen Umständen weiß ich gleichsam nicht zu helfen, insofern", sagte der verschrobene Geselle.

„Na, gute Nacht, Abraham. Mir wäre nur daran gelegen gewesen, zu erfahren, ob ich noch auf ihn bauen darf, um meinen Verwandten zu widerstehen."

„Verstehe, gewissermaßen, will ihn zitieren, daß er kommen muß", sagte der alte Schäfer in seiner geschraubten Weise. „Will schon machen, insofern."

„Tut um des Himmels willen nichts, was ihm schaden könnte", bat Susel ängstlich.

„Nichts an Leib und Leben", tröstete der Schäfer. „Aber unserer Susanne will ich noch gleichsam anvertrauen, was heut' am St. Andreasabend gut und heilsam ist in solchen Angelegenheiten. Ich hab's auf meiner Wanderschaft gelernt, gewissermaßen. Heute nacht, wenn der Mond übers Dach steigt, stell dich ins Kämmerlein, sprich: Grüß dich Gott, mein lieber Abendstern, ich seh' dich jetzt und allzeit gern; scheint der Mond übers Eck meinem Liebsten auf's Bett, laß ihm nicht Rast, laß ihm nicht Ruh', daß er zu mir kommen tu! Und dann muß er kommen, sei er wo er sei, es treibt ihn fort, und wenn er die ganze Nacht gehen muß, um zu dir zu gelangen.

Ist probat. So aber unsere Susanne noch das St. Andreasgebet hinzufügen will, wird sie sehen, wer erscheint, – so sie aber den Bettstollen betritt, wird es ihr künftiger Mann sein, der kommt. Ich weiß noch mehr, sozusagen, doch ist's genug insofern. Geruhsame Nacht, Susanne."

Susel begab sich nach Hause. In seltsamer Stimmung saß sie nach dem Abendessen wieder an der Kunkel, deren Flachs mit einem einfachen blauen Seidenband umschlossen war, während das rote Kunkelband der Bawel von Gold- und Silberflittern blitzte. Auch dieser Abend floß trüb, langweilig, träge beim eintönigen Schnurren und Surren der Rädchen und Spulen dahin; jedermann schien mit seinen Gedanken beschäftigt. Nur einmal sagte die Aplone laut und bedeutsam: „Heute ist St. Andreasabend!" Sich umsehend, fügte sie die Bemerkung hinzu: „Warum sieht denn unsere Susel so blaß aus?"

Auch die Mutter, der es schon aufgefallen war, fragte, ob sie sich etwas zugezogen habe. Sie möge sich doch niederlegen, es sei ohnehin schon spät. Und Susel begab sich denn auch in ihre Kammer neben der Haustür.

Das Gemach hatte zwei nach dem Hof gehende Fenster, beide mit weißen Vorhängen verhüllt, jedoch so, daß die kleinen Flügel über dem Querrahmen des Fensterkreuzes unverhängt blieben. Draußen schien sich das Wetter noch mehr aufgehellt, das Nebelgewölk in weiße Schwaden aufgelöst zu haben, die eilig über das beleuchtete Firmament dahin flogen. Die Sichel des Mondes mochte bereits hochstehen, denn einzelne Firsten und Giebel der Nebengebäude waren schon beleuchtet. Aber noch war der Mond nicht über das gegenüberliegende Dach hervorgetreten.

Draußen war alles still. Susel hatte keine Lampe angezündet. Die Großmutter im Nebenhäuschen hatte noch Licht. Was sie wohl trieb? Zauber? Ach nein, in der St. Andreasnacht pflegen ihn nur junge Mädchen, und auch die, welche jetzt den Vorhang zurückschob und hinüber nach dem Dachfirst sah, hatte noch ein junges, liebendes, zagendes, törichtes Herz, das zu seiner Erleichterung, wenn auch mit zweifelndem Glauben, in später Nacht noch des heraufklimmenden Mondes harrte. Was sie vorhatte, war doch wohl keine Sünde. Half es nichts, so schadete es auch nichts. Und nun blickte die Sichelspitze des Mondes über den First, und Susel begann leise für sich hin zu sprechen, wie es ihr der Schäfer Abraham vorgesagt hatte: „Grüß dich Gott, du mein lieber Abendstern, ich seh' dich heut' und allzeit gern. Scheint der Mond übers Eck, meinem Liebsten aufs Bett, laß ihm nicht Rast, laß ihm nicht Ruh, daß er zu mir kommen tu'."

Es schauerte ihr dabei etwas, und sie kehrte sich um. Der Mondschein fiel durch die oberen Scheiben herein auf das weiße Linnen ihres Bettes in der Zimmerecke. Aber es regte sich nichts, alles blieb still. Finstere Nacht lagerte sich wieder über den Hof. Und nun erst machte sie Licht und fing an, sich langsam zu entkleiden.

Bevor sie jedoch völlig damit zu Ende war, trat sie dicht an ihr Bett heran. War sie so weit gegangen, einmal Zauber zu üben, konnte sie nun auch noch *das* ausführen, half es auch so wenig wie das andere. Rasch schlüpfte sie aus den Salbandsocken, die in jener Gegend in Holzschuhen getragen werden und auch als Hausschuhe dienen, lauschte, ob alles still und sie vor Überraschung sicher sei, berührte dann dreimal mit der großen Zehe den unteren Bettstollen und sprach dabei: „Bettstollen ich tret' dich, heiliger Andreas ich bitt' dich, laß mir erscheinen den Herzallerliebsten meinen, sei er jung oder alt, von welcher Gestalt, wie er vor den Leuten geht und mit mir vorm Altare steht. Im Namen Gottes, des Vaters, des Sohnes und des heiligen Geistes, Amen!"

Sie hatte noch nicht ausgebetet, als sie jemand durch die Eingangspforte neben dem Tor in den Hof herein und den gepflasterten Gang entlang kommen hörte – wohl der heimkehrende Hanjerg oder Stoffel. Und sie wollte sich vollends entkleiden, um nun ins Bett zu schlüpfen, – da klopfte es von außen an das Fenster. „Was ist denn?"

„Will man mir nicht aufmachen?" fragte eine Männerstimme. Es war weder die des Knechtes noch des Stiefbruders.

Hastig den Rock wieder über sich werfend, trat sie zum Fenster und fragte, wer da sei.

„Nur einmal aufmachen", bat der draußen, der offenbar die Türklinke nicht finden konnte. „Es ist mir spät worden, die Nacht wieder finster, und ich hab' noch weit heim. Da wollt ich sehen, ob noch jemand von euch auf ist. Ihr gebt mir vielleicht eine Laterne mit, Bäschen oder nicht? Ich bin doch wohl recht, – zu Oberhofen bei Bas Juliane Groß?"

„Gewiß", sagte Susel, wunderlich angewandelt, während jetzt auch ihre Mutter, die sprechen gehört hatte, den Kopf herausstreckend, fragte, was denn vorgehe. „Aber", fuhr Susel fort, das Fenster so weit öffnend, daß sie durch den Spalt, sprechen konnte, „mit wem haben wir denn die Ehre?"

„Ich komme von der Holzversteigerung in Birkenhördt", sagte der draußen. „Ich hab' Bauholz steigern wollen, und es ist mir etwas spät und dunkel geworden. Da hab' ich gedacht: Du gehst nach Oberhofen hin zur Bas Juliane, die gibt dir schon eine Laterne mit; hab' ich nicht recht? – Ich will noch heim über Münster zu meinen Kindern nach –" und nun nannte er den Ort, wo er her war.

„Mach' doch schnell auf, Susel!" rief die Mutter. „Laß den Vetter Konrad nicht lang draußen stehen. Das ist ja schön vom Kronenwirt, daß er nicht vorbeigeht."

Susel, die sich indes wieder völlig angezogen hatte, ging mit dem Licht in den Flur hinaus und klinkte die Haustür auf, worauf der Kronenwirt auch in die Stube geleitet wurde. Er hatte sich auf dem Rückweg etwas in Bergzabern aufgehalten, – „man kann doch nicht bei seinen Kollegen vorübergehen, he?" – und wollte noch heim.

„O nein!" sagte Juliane. „Das pressiert doch nicht so. An einer Latern' sollt' es ja nicht fehlen, aber ich denke, du brauchst keine, Konrad, – setz dich doch! Du bleibst bei uns über Nacht. Zwei Betten stehen gemacht in der Oberstube. Susel, hol' doch ein gutes Glas Wein, oder du, Stoffel", wandte sie sich an den Sohn, der eben hereinkam.

Der Kronenwirt entschuldigte sich, er müsse morgen früh daheim sein bei seinen Kindern und seinen Leuten.

„Ach, die gehen nicht durch", sagte Juliane. „Wir lassen dich nicht fort. Susel, sorg' doch für eine kleine Auffrischung. Morgen kannst du dann so früh aufbrechen wie du willst, nur heut nicht mehr."

„Na", sagte der Kronenwirt, „wenn's sein muß, will ich so frei sein, weil Sie's nicht anders tun, Frau Bas. Ihnen zu Gefallen will ich bleiben. Aber nur keinen Wein mehr, hab' in Bergzabern ..."

„Wir trinken mit", fiel Stoffel ein, und ging in den Keller.

Auch die Großmutter kam noch herüber, und bald saß die ganze Familie plaudernd mit dem Vetter Kronenwirt beisammen, wobei Juliane, noch mehr aber die Großmutter, in deren „Blutsfreundschaft“ er eigentlich noch gehörte, eignen Gedanken nachhingen. Der Kronenwirt sprach angeregt und geläufig und machte sich bei Mutter und Großmutter angenehm. Nie entgegnete er anders, als „mit Verlaub, Frau Bas, bin's auch überzeugt, Frau Bas, ich geb' Ihnen Beifall, Frau Bas, es tät mich freuen, Frau Bas, ich bin so frei“. – „Ach, Frau Bas, da haben Sie Ihren klaren Blick bewiesen, es ist wahr, meine Kinder entbehren doch recht der Mutter! Aber nicht wahr, Frau Bas, an eine Mutter für sie, wie etwa eure Susel oder so, darf ich nicht wohl mehr denken, Frau Bas?“

„Oh“, meinte Juliane leichthin, „warum nicht?“

Und als endlich Stoffel den Kronenwirt nach der Oberstube hinaufführte, sagte die Mutter: „Er ist doch ein netter Mensch! und so artlich! Andere nehmen es hin, nicht gicks und nicht gacks, – er aber gar manierlich! Bei allem Vermögen, – wie traurig, Witwer mit zwei Kindern.“

„Oh“, meinte die Großmutter, „manche hat ihre Freude daran.“

„Du aber nicht, Susel?“

„Ich habe Kinder nicht ungern“, meinte diese ruhig, indem sie abräumte und, wie bräuchlich, den übriggebliebenen Wein ins Essigfäßchen an der Ofenbank goß.

„Seine Schwester“, bemerkte noch die Mutter beiläufig, „die Philippine, ist reich, verheiratet und hat keine Kinder. Er wird einmal das ganze Vermögen erben.“

Als Susel wieder ihr Kämmerlein aufsuchte, unterhielt sich der Gast oben laut mit Stoffel, fragte nach den Vorgängen auf der Kirchweih. Sie plauderten noch lange, manchmal laut lachend, während Susel kaum die Augen zu schließen vermochte. Als aber der Gast sie am andern Morgen beim Abschied fragte, ob sie 'was dagegen habe, wenn er bald wiederkomme, sagte sie: „Was soll ich dagegen haben, Vetter!“

„Na, wollen wir sehen. Einstweilen Dank für alle bewiesene Freundschaft, Frau Bas! Adje!“

28

Der Borich

Es schneite. Aber es war kein ruhiger Schneefall, sondern es sauste und stöberte draußen. In der Scheuertenne gingen die Dreschflegel im Vierteltakt, während Stoffel im geheizten Raum des Nebenhauses bei der Schneidebank saß und „Welchen“ putzte, nämlich Weiden zu Bündeln zurichtete, die im Frühjahr zum Binden der Reben dienten. Das Wetter hatte die Hühner unter die Schuppen gescheucht, wo der Hahn mit seinem gleichsam zu einer einzigen Feder zusammengeklebten Schwanz traurig inmitten seiner Hennen stand. Auch die Gänse fühlten sich nicht wohl, und nur die Enten trieben sich in possenhaft feierlichem Gebaren, entsetzlich schnatternd, bei der Mistpfütze herum. In der warmen Wohnstube dagegen schnurrten, wie jeden Nachmittag, die Spinnräder. Alle Frauen des Hauses spannen; die Näherin, die gerade bei Juliane arbeitete, ließ ihre Nadel eifrig gehen. Niemand aber sprach ein heiteres Wort oder versuchte das anhaltende Schweigen durch Gesang zu unterbrechen. Die Wanduhr schlug eben drei.

Da kam jemand durch den Eingang am Tor und „tapste“ auf den Steinplatten des Hofganges draußen die Schneestollen von den Sohlen. Dann wurde an der Stubentür gepocht, und herein trat ein kleines Männchen, kurz und krummbeinig in einem geflickten Stutzfrack, dessen Kragen über die Ohren geschlagen war, und mit einem halb gefüllten Sack auf dem Rücken. Während der Kleine hastig die Fäustlinge auszog, mit der etwas verkrüppelten Hand die gezipfelte dunkle Tarnkappe vom Kopfe nahm und den Schnee abspritzte, einen „guten Tag“ bot, gewährte die ganze Erscheinung das Bild eines Heinzelmännchens oder Kobolds, der das Haus heimzusuchen kam.

„Der Borich! Der Borich!“ schrien die Spinnenden auf und ließen sogar für eine Weile die Rädchen in Ruhe.

„Allemal, der Borich!“ sagte der mit dem Sack, und sein aschblonder, seltsam verschnittener Krauskopf mit dem bleichen Gesicht und dem aufgeworfenen Mund grinste freundlich in den Kreis der Spinnerinnen. Wie umgekehrte Trichter standen ihm die Haarbüschel hüben und drüben von den Schläfen. „Der Borich darf nur kommen, gleich muntert sich alles auf. Tun Sie brauchen Schnür', tun Sie brauchen Bänder, – der Borich hat alles und Sie brauchen dafür zu geben nur Lumpen, statt sie zu werfen auf den Mist. Hu, 's ist ein Wetter, daß man nicht gehen möcht' aus dem Haus, wär's einem nicht drum zu tun, die braven Leut' zu versorgen mit Schnür'! Oder, 's kühlich! hat der Schloßmichel gesagt, da Stein und Bein zusammengefroren sind. Und bei euch ist's warm!" Er hielt die steif und blau gefrorenen Hände an den Ofen.

„Hab' ich doch immer gesagt", sagte Juliane, sich erhebend, „wo bleibt der Borich, wo steckt der Borich? Wie lang ist der Borich nicht mehr dagewesen!"

„Haben Sie gehabt Verlangen nach mir, schön von Ihnen, Frau Großin."

„Na, so holt, was Ihr habt", sagte Frau Groß, und Susel und die Mägde gingen, ihren Vorrat an Lumpen, Leinwandlappen und Zeugabfällen herbeizuschaffen.

Borich war aus einer jüdischen Familie in Klingenmünster, die sich zumeist durch den auf dem Lande so notwendigen Hausierhandel mit geringfügigen Dingen schlecht und recht durchschlagen, ehrlich und kümmerlich genug ernähren. Bei jedem Wetter, von früher Jugend an, war Borich mit dem Lumpensack in die umliegenden Dörfer gewandert, um von Haus zu Haus sein Band- und Schnurwerk gegen Lumpen auszutauschen. Reich wurde er dabei so wenig wie seine übrigen Glaubensgenossen.

Wohin er kam, sammelten sich alle Töchter und Mägde des Hauses, worauf das Handeln und Schachern, das Überlisten und wohl auch das gewaltsame Abjagen kleinen Vorteils anhob. Denn mit Lachen und Beschwören, Schreien und Jammern wurde unter einem Heidenlärm um eine Viertel-Elle Schnur mehr oder weniger halbstundenlang gerauft und gezankt.

So war es auch diesmal wieder, nachdem auch die Großmutter, mit ihrem Lumpenvorrat und einer Schere bewaffnet, sich eingestellt hatte. Der arme Borich konnte nicht Augen genug haben. Wehrte er sich hier gegen unbillige Forderung eines zu großen Bandstücks, das er klagend zwischen der Schere durchlaufen ließ, um noch einen

Finger breit zuzugeben, wurde ihm hinter seinem Rücken noch ein Stück Schnur abgezwickt, um das er, sobald er es merkte, sich balgen mußte, um wieder an anderer Stelle übervorteilt zu werden.

Wenn Susel dergleichen merkte – die Mutter pflegte gewöhnlich ein Auge zuzudrücken – so trachtete sie stets darauf, den Borich zu entschädigen, ohne Entgelt.

Als nun der Hausierer seine Lumpen zusammenpackte und den Sack wieder zuschnürte, entging ihm der unverhältnismäßige Verlust an Band keineswegs.

„Wo ist mein Band, wo sind meine Schnür? An zwei Ellen rot' Band und dritthalb Ellen Schnur ist zu viel abgeschnitten!"

Magd und Großmutter rührten sich nicht, das Näherliesel nähte wieder ruhig weiter; aber dem Borich stand das Weinen nahe, worüber sich Stoffel, der unterdes eingetreten war, um sich den Jux mitanzusehen, halb totlachen konnte: „Ich muß haben zwei Ellen rot' Band und dritthalb Ellen Schnur zurück!"

Da kam Susel herein und brachte noch einige Reste alter Leinwand.

„Hier Borich, mach' dich bezahlt und gib, wenn du kannst, der Aplone noch ein Stück Band."

Borich schnitt eine ganze Elle ab für die alte Magd. „Sie soll's haben, gern! Euer Susel, Frau Großin, sollte nicht heißen Susel."

„Wie denn, Borich?"

„Engel sollte sie heißen, denn sie ist, meiner Schamme, ein Engel. Ich wollt' ich wär' ein Erzengel, so wüßt' ich, was ich tät'. Weil ich das nicht bin, wünsch' ich ihr den schönsten und bravsten Mann, und ich wüßt' einen für sie. Einen Staatsmann, Frau Großin, meinen Sie nicht, daß ich mache Stutz, – 's ist mein Ernst."

„Wenn er wirklich das alles ist, so laß' einmal hören, Borich. Wer weiß! Aber", unterbrach sich Frau Juliane plötzlich fast drohend, „daß du mir nicht etwa mit dem Schorsch kommst!"

„Mei! Werd' ich kommen mit dem Schorsch, wo ich doch weiß, daß Sie's nicht haben wollen, daß ich komm' mit dem Schorsch! Will doch der Schorsch selber nicht kommen. Wenn man gehauen wird, wie er ist worden gehauen, halb kapores, vergeht einem die Lieb', und wär's zu der Susel. Wissen Sie, wie es heißt im Lied?" Und fing er mit dem verkrüppelten Zeigefinger an, den Takt zu schlagen, indem er halb leise vorzutragen, halb zu singen begann:

Es mag regnen oder es mag schneien
Kein Gänglein tät mich reuen.
Es mag geben Regen oder Schnee,
Wenn ich zu der Herzallerliebsten geh'.

„Wenn's aber Schläge hagelt, Mackes regnet und Prügel auf den Kopf schneit, bleibt man daheim!"

„Ha, ha, hi, hi!" lachte Stoffel am Ofen laut vor sich, während seine Schwester ihn fest ins Auge faßte. „Hat er sich's gemerkt!"

„Na", sagte der Borich, dessen Lokalpatriotismus erwachte, „soll er sich's nicht gemerkt haben, daß man nicht die Kurasch, mit ihm anzubinden bei Licht und offen, sondern im Dunkel der Nacht zuschlägt, heimtückisch. Das ist nicht schön, gar nicht schön."

„Er hat auch als ein richtiger Holzschlegel zugehauen", bemerkte die Hausfrau, unangenehm berührt.

„Ja, bei Licht, Mann gegen Mann oder – was sag' ich – drei oder vier Mann gegen sechzig! Er ist stark der Schorsch, und vor keinem fürchtet er sich, auch nicht vor zweien oder dreien. Aber er ist nicht der stärkste von uns. 's Bürgermeisters Fritz nimmt sechs und wirft sie zum Fenster 'naus wie nix."

„Und der Borich ein ganzes Dutzend, he?" höhnte der Stoffel.

„Wenn ich wär' in den Armen so stark wie ich in den Beinen sein könnt', und verwogen dabei, tät ich mich vor manchem nicht fürchten!" sagte der Borich. „Der Stoffel hätt' nicht gebraucht mich auszulachen. Und der Schorsch wär' als gelernter Küfer gut gesessen in Oberhofen."

„Wir brauchen keinen Münsterer Küfer hier", bemerkte Juliane lebhaft. „Dazu hat man den nötig!"

„Daß Sie ihn nicht haben wollen, weiß ich", erwiderte Borich ruhig, „mut' es Ihnen auch nicht zu. Aber deswegen braucht man ihn doch nicht zu locken in einen Hinterhalt und zu schlagen kaputt."

„Das ist geschehen?" rief hier Susel, sich aufrichtend.

„Geschlagen haben sie ihn", fuhr Borich fort, „als sollt' er kriegen den Dalles und den Dippel auf den Kopf, und daß sie ihn haben heimschleppen müssen, und daß er gelegen ist zu Bett die lange Zeit her."

„Und ich weiß nichts davon!" jammerte Susel.

„Daß sie ihn nicht geschlagen haben, mausetot, ist alles", sagte Borich, während Stoffel knirschte: „Verdammter Schmuser!"

„O nein!" fiel Juliane ein. „Kein Streich verloren, als der nebenab fiel."

„Und ein Wunder ist's, daß er ist wieder auf. Und er hat selber gesagt – –"

„Jetzt aber hör' einmal auf!" rief Juliane ärgerlich. „Wenn du nichts anderes zu schmusen weißt, so pack auf und zum Tempel 'naus. Ich leid' nicht, daß auch unter meinen Augen Botschaften ausgerichtet werden. Ein für allemal: ich will, solang' ich leb', nichts davon wissen, und nach meinem Tod schiebt mein Vermächtnis einen Riegel vor. Punktum."

„Aber, Frau Groß", sagte Borich, den Lumpensack über die Schulter werfend, während Susel wie betäubt auf einem Stuhl saß, „wer wird Botschaften ausrichten, wer Ihr Testament umstoßen, wer wird gegen Ihren Willen sein? Der Schorsch tut's nicht, und ich tu's auch nicht. Wozu? Ich will Geld verdienen, sonst nichts."

„Mit Kuppeln."

„Aber, Frau Groß, wie ist das geredt für eine so gescheite Frau. Will ich für mich kuppeln? Sie heißen Groß, sind eine große Frau, eine kluge Frau, eine reiche Frau, eine schöne Frau, die mancher nähme, wenn sie ihn wollte –"

Alle lachten, und auch Juliane blieb nicht unempfindlich gegen die unverhohlenen Schmeicheleien. „Hab' Wunder gemeint, was du für Susel im Vorschlag hast", sagte sie, „und nichts ist's."

„Wunder gemeint und nichts der Mär? Wie so? Es ist viel der Mär' mit dem Mann, den ich mein'. Ein schöner Mann, ein guter Mann, ein angenehmer Mann, ein angesehener Mann, ein gemachter Mann, der erste in seinem Ort. Ich möchte sein, wie er, und haben, was er hat! Sein Haus steht breit an der Straß', Einfahrt unten durch, vier Gäul' im Stall, zwei Füchse, ein Rapp' und ein Rotschimmel. Und seine Kühe haben Euter wie Dickrüben, es bammelt nur so! Und viel Kühe."

„Hat er auch Futter dazu?" fragte die Großmutter.

„Ob ers Futter hat? Er hat's. Das Heu kann man kaum kriegen mit dem Heuhaken, so fest sitzt's. Und Rüben hat er, daß man einen Viehwagen haben möcht', und Klee – ein Ochs möcht' man sein, so hat er Klee. Und gedroschen ist worden seit Michaeli jeden Tag. Und ob er Wein hat? Ich möcht' haben zwölfhundert Fuder von dem Wein, so wär' ich nicht der arme Borich. Und alle Fuhrleut' können nicht Rühmendes genug sagen, wie der Wein den Durst löscht."

„So also, er treibt Wirtschaft", sagte Juliane, mit Stoffel und der Großmutter Blicke wechselnd.

„Und was für eine Wirtschaft! Die Noblesse sitzt bei ihm, der Herr Pfarrer, der Herr Schulmeister, der Herr Einnehmer, wenn er gerade da ist, trinkt bei ihm einen Schoppen. Man kann alles verlangen –".

„Und warten, bis man's kriegt."

„Man kriegt's, wenn man da ist. Dabei starker Ackerbau, viel Taglöhner, Frau Groß."

„Da wäre die Frau wohl viel geplagt."

„Gar nicht geplagt, gar keine Arbeit, lauter Pläsier. Sie braucht nicht die Wingerte zu hacken, Futter zu stoßen, das tun andere für sie. Sie hat nichts zu tun, als da sitzen und die Hände in den Schoß zu legen."

„Das wär' langweilig", bemerkte Susel frostig.

„Man kann sich's machen kurzweilig!" fuhr Borich fort. „Man plaudert, strickt, guckt zum Fenster 'naus, man trinkt Kaffee, ißt Waffeln dazu, Herz was begehrst! Will die Frau auf dem Maimarkt nach Landau, – angespannt! sagt er. Will sie auf den Purzelmarkt, – gleich liebes Kind, wir fahren im Charabanc. Will sie nach Neustadt oder nach Mannem ins Theater, – und liegt der Schnee so hoch" – Borich stellte seine Elle auf den Boden – „die Füchse an den Schlitten, wir fahren nach Mannem. Ein Mann, sag' ich. Der sagt nicht, wenn die Frau fahren will: Du kannst gehen! und wenn sie gehen will: Du kannst daheim bleiben! Gott nein! Will sie gehen, muß sie fahren! Und alles blinkt und glitzert, kommt man in die Stube. Seine Frau sitzt im vordersten Kirchenstuhl, hat die schönste Haube auf und drei oder vier Merinokleider – 's ist ein Stolz um den Staat."

„Na, wenn er's so treibt", bemerkte Juliane, „wird's kaum an Schulden fehlen."

„Schulden! Wer hat keine Schulden! Ich übernehm' seine Schulden, wenn Sie mir Ihre Susel geben. Wenn er morgen kommt und sagt: Borich, ich brauch' tausend Gulden, werd' ich sagen: gleich!

wenn ich sie hätte. Und wenn er sagt: Borich, sechstausend – tut mir's leid, daß ich sie nicht habe. Er hat Kredit wie der Rotschild, kann morgen zum Wolfhügel in Landau, zum Böll in Weißenburg, zum Rosenthal in Ingenheim und kann Geld verlangen."

„Verlangen, ja. Ob er's auch kriegt", warf Stoffel ein.

„Er kriegt's. Seine Schwester hat keine Kinder, ist herzleidend, keine Kinder – sein Schwager, ein steinreicher Mann, hat's auf der Brust."

„Seit wann, alter Schmuser?" fragte Stoffel. „Am letzten Viehmarkt in Billigheim habe ich ihn doch noch gesehen, gesund wie eine Eichel!"

„Dort hat er sich's zugezogen, und der Kronenwirt beerbt ihn", versicherte Borich.

„So, vom Kronenwirt ist die Rede", fiel die Großmutter ein, als ob sie es erst jetzt merke. „Es soll wahr sein, daß er ein schönes Hauswesen führt und ein angesehener Mann ist. Aber doch ein Witmann!"

„Was heißt Witmann? Ein junger sauberer Mann von achtundzwanzig Jahren, der weiß, wie man eine Frau zu behandeln hat, heißt Witmann!"

„Dreißig ist er ja doch", berichtigte die Großmutter. „Und dann sind Kinder da."

„Was heißt Kinder? Zwei kleine Engelchen – 's gibt nichts Schöneres, 's ist eine Freud', – Julchen und Lieschen heißen sie."

„Und wie hat er denn seine erste Frau behandelt?" erkundigte sich Juliane.

„Auf Händen hat er sie getragen den lieben langen Tag und die ganze Nacht."

„Da wird er sie auch nicht leicht vergessen können!"

„Gebt ihm die Susel, und er vergißt. So wie die Susel gibt's keine zweite. Bäckchen wie Milchbrötchen, daß man hineinbeißen möcht'! Wie schmeckt der Kaffee, wenn man die zwei Milchbrötchen vor sich hat."

„Ach Gott", sagte Susel in die Heiterkeit der anderen, „muß man zu allem Elend noch lachen."

„Sie lacht", jubelte Borich. „Jungfer Susel lacht! 's ist gut, 's ist ausgemacht, 's kommt in Richtigkeit, – sie lacht."

„Oh, noch lange nicht. Ich lache über die viele vergebliche Mühe, die Ihr Euch gebt“, stand auf und ging hinaus.

Die Zurückbleibenden hatten einige Verblüffung zu überwinden, während Borich seinen Lumpensack bequemer über die Schultern hing und gehen wollte. Doch Juliane winkte ihn in die Ecke und flüsterte ihm zu: „Zum ersten! der Kronenwirt wäre mir als Tochtermann so ganz unrecht nicht! Wenn sie auch den Kopf aufsetzt, sie wird zugreifen, wenn sie sieht, daß sie keine andere Wahl hat. Sieh, Borich – drei Kronentaler kriegst du zum voraus als Kuppelgeld. Zwei zahlst du aber zurück, wenn's mißglückt, verstehst du?“

„Warum soll ich nicht verstehen, – die Frau Groß spricht doch deutlich!“ sagte er, das Geld einsteckend, worauf er zufrieden nochmals den Lumpensack lüpfte, allerseits schönen guten Abend wünschte und unter der Tür verschwand, während hinter ihm in der Stube ein Lachen und Triumphieren über die dem Borich „abgeluxten“ Schnüre und Bänder losging. Auch Juliane stimmte mit ein, als habe man eben einen großen Spaß erlebt. Allein für sie war es Ernst.

Mittlerweile hatte Susel den Augenblick abgewartet, wo Borich aus der Stube in den Flur kam, und winkte ihn hinein.

„Still, Borich. Da setz' dich her auf den Stuhl und gib so leise Antwort wie ich dich frage. Ist es wahr, daß Schorsch so hart geschlagen worden ist?“

„Nicht gesund will ich wieder aufstehen, wenn's nicht wahr ist“, beteuerte der Hausierer. „Er ist erst seit einer Woche wieder auf, ich hab' ihn gesehen und mit ihm geredet. Nichts auszurichten nach Oberhofen? sag' ich. – Laß mich in Ruh mit den falschen Spiegelguckern! sagte er. – Na, und die Susel? frag' ich. – Geh mir mit der, sagte er. – Er glaubt, du Susel, habest ihn gelockt an den Hollerstock, wo sie ihm aufgelauert haben, – du habest ihn in die Falle gelockt.“

„Am Hollerstock haben sie ihn geschlagen? – Dann weiß ich auch wer's getan hat. Aber ich – Gott soll mich strafen da vor deinen Augen, Borich, wenn ich etwas davon gewußt und aufgehört habe, ihm treu zu sein. Und das hat er von mir geglaubt, das hat er von mir glauben können!“

„Gott, Susel, armes Schicksel, so gern hast du ihn?“ sagte

Borich, dem das Herz schwer wurde, als Susel da saß, die Schürze vor den Augen.

„Oh, ich weiß jetzt", flüsterte Susel schaudernd, „wer das getan hatte, ich weiß es jetzt. Und mich hält er dessen fähig!"

„Ja, ja, Susel", erwiderte Borich. „Er hat sich geschlagen dich aus dem Kopf. Sein Leben dranzusetzen seiest du ihm doch nicht wert."

„Das hat er gesagt?" wiederholte Susel.

„Und warum er der Spiegelguckerein nachlaufen sollte, hat er gesagt. Müßt' er doch tanzen, wie die Alte pfeift, hat er gesagt. Es ist aus, Susel, gräm' dich nicht länger um ihn – es hat nicht sein sollen."

„Er wird anders über mich denken, wenn er hört, wie die Sach' zusammenhängt", hielt sie entgegen. „Sag' ihm, daß ich nicht hab' kommen können; sag' ihm, daß ich zurückgehalten worden bin, daß man mir den Weg versperrt, mich förmlich gefangengehalten hat, daß andere auf ihn am Hollerbusch gelauert haben. Ich kenne die schlechten Menschen wohl und will, wenn's sein muß, öffentlich gegen sie zeugen. Sag' ihm, daß ich noch so gesinnt bin, wie vorher, daß ich zu ihm halte, fest, ohne Wanken, wenn er mich nicht verläßt in dieser Not. Sag' ihm, er soll kommen, sobald er kann, nicht hierher, sondern wohin er will, – ich komme auch und will ihm alles erklären, und dann soll er antworten, ob – – ob – – er Treue halten will. Tust du mir den Gefallen, Borich?"

„Warum denn nicht?" sagte Borich niedergeschlagen. „Für ein Schicksel wie dich, tu' ich alles, dir zu lieb' noch mehr, wenn du willst. Aber was hilft's dich? Er weiß ja doch, daß deine Leute es nie zugeben." – –

Es fing schon an zu dunkeln; in Scheuer und Ställen ging man schon mit Laternen umher, als Borich im treibenden Schnee den Weg über die Höhen nach Münster einschlug.

29

Familienrat

Die Zeit der längsten Nächte und der kürzesten Tage war gekommen. Samstagabends, da man schon mit Beginn der Dämmerung die Rädchen weggestellt und nach dortiger Sitte nicht mehr spann, sondern anderen häuslichen Arbeiten oblag, wurde in der „Freundschaft" der Juliane Groß umhergeschickt, man möge doch auf Sonntagnachmittag sich zu einer Tasse Kaffee und einem Glase Wein bei ihr einstellen. Also um einen Familienrat handelte es sich wohl. Aus welchem Anlaß, zu welchem Zweck? Daß es sich um eine wichtige Angelegenheit handelte, verrieten die getroffenen Vorbereitungen. Tassen und Teller, mit Sinnsprüchen und Blumen schön bemalt, standen umher, spitz zugeschnittene Kuchenstücke dufteten auf den Porzellantellern. Und die Tochter des Hauses ging still und bleich ab und zu; sie wußte, um was es sich handelte.

Sie hatte darauf gehofft und gerechnet, daß, wenn der Geliebte von der Unwahrheit seiner falschen Voraussetzungen überzeugt würde, auch sein Herz sich ihr wieder ganz zuwenden würde. Von Tag zu Tag hatte sie nun auf eine geheime Botschaft oder nur auf ein begütigendes Wort, einen Wink gewartet. Doch weder Borich noch sonst jemand hatte bis jetzt gebracht, wonach sie sich sehnte.

Nun – es konnte noch kommen, es mußte ja kommen. Es war ja nicht möglich, daß er eines Mißverständnisses wegen sein Gelöbnis vergaß; und wenn es ihn auch hart getroffen hatte, so hoch stand ihr das Leben nicht im Wert, um es im Notfall für ihre Liebe hinzugeben. Für ihn zu leiden, war ihr selbst keine Qual.

Nun war samstags zum Mittagstisch ganz unerwartet ein ansehnlicher und willkommener Gast im Hause der Frau Juliane eingekehrt, – reiche Leute sind auf dem Lande immer angesehen und willkommen. Er war auf dem Wege nach Weißenburg, hatte dort ein Geschäft, sagte er, – er wolle vielleicht Geld beim Böll anlegen, blieb über Tisch und verhandelte dann eine Viertelstunde lang mit der Mutter, Großmutter und dem Stoffel, deren Interesse in der betreffenden Angelegenheit noch immer innig zusammenging. Es war der Mann der kinderlosen Bas Philippine und hatte sich einer Anfrage um die Tochter des Hauses für seinen Schwager, den Kronenwirt, unterzogen. Frau Juliane, im ganzen geneigt, hatte sich immerhin Bedenkzeit erbeten. Doch der Mann hatte kurz und einleuchtend dargetan, daß da wenig zu bedenken sei, und beim Fortgehen noch erklärt, daß er morgen, Sonntag abends, auf dem Rückweg wieder einzukehren und Bescheid und Antwort abzuholen gedenke.

Das war der Anlaß zu dem auf Sonntag zusammenberufenen Familienrat, der durch die Wucht und Würde seines Ansehens und die Wichtigkeit des Zweckes überwältigend auf das etwa noch widerstrebende Gemüt wirken und alles Sträuben als Torheit erscheinen lassen sollte gegenüber den Vorteilen einer Verbindung, wie sie hier geboten war. Es war ja auch unmöglich, einer Anfrage gegenüber, die durch einen solchen Mittelsmann gestellt wurde, anders als bejahend zu antworten.

So waren denn alle Geladenen schon gleich nach Mittag erschienen, um in die Beratung einzutreten. Man hatte auch bereits den Kaffee getrunken, aß nun Kuchen, trank von dem besten Wein im Keller, hatte erfahren, worum es sich handelte, und, um die Entscheidung zu treffen, mußten die Verhandlungen nun auch zu Ende geführt werden.

„Und da wir einmal so weit sind", fing Vetter Jokeb an, indem er sein geblümtes Brusttuch über seinen Bauch zog und den Kopf aufrichtete, „müssen wir es auch zu End' führen. Wie steht es denn, Susel? Wir sind hier zusammengekommen, um das Ansehen der Familie zu wahren und zu fördern. Was sagt denn nun die Susel dazu? Setz' dich einmal hierher, auf den Stuhl da, und gib Bescheid. Was sagst denn du zu dem schönen Antrag?"

„Nichts, Vetter."

„Das ist recht wenig oder recht viel, je nachdem", bemerkte der gewichtige Mann nach einer Pause. „Du meinst, du habest nichts einzuwenden gegen den schönen Antrag?"

„Alles!" sagte Susel bestimmt.

„Wie? Du willst nichts davon wissen?"

„So ist's, Vetter."

Eine Pause trat ein. Lippen wurden verzogen, Blicke umhergeschickt, Hände erhoben, als wisse man nicht, was man dazu sagen sollte. Endlich wurde das Schweigen durch ein altes Männchen mit hirschledernen Kniehosen, aufgedunsenem Gesicht, lächelnder Miene und wackelndem Kopf unterbrochen. „Da wären wir ebbe schon am End'", sagte das Männchen, hob mit zitternder Hand sein volles Glas, daß man meinte, es verschütte dessen ganzen Inhalt; und doch vergoß er keinen Tropfen, sondern brachte langsam den Rand zu seinen Lippen und goß den Wein behaglich in die Kehle.

„So schnell wirft man den Dreschflegel nicht ins Stroh", ließ sich die Großmutter vernehmen. „Wenn eine Gans den Weg in ihren Stall nicht finden will, hilft man ihrer Dummheit mit einer Gerte nach."

„Dann hätte man schon manchmal hinter dir ebbe mit der Peitsche her sein müssen, Evekäth", sagte der weinselige Vetter.

„Schweig', Ebbe", versetzte die alte Frau boshaft, „bei dir spukt's schon wieder."

„Meinst ebbe, ich geh' um bei lebendigem Leib, wie ebbe du?"

Die Großmutter fuhr auf wie eine Viper. Aber, rasch besonnen, wandte sie verächtlich den Kopf ab: „Alter Saufaus!" Es war ihr die Erwägung gekommen, daß bei einem Streit um Nebendinge nichts herauskomme, und bei diesem Bescheid Susels durfte man es doch nicht bewenden lassen. Wenn sich die Jäger streiten, kommt das Reh davon.

„Aber", fing Vetter Jokeb wieder an, „was soll es denn nun werden? Was will denn die Susel eigentlich? Es wäre doch endlich Zeit, uns klaren Wein darüber einzuschenken."

„Frag' sie selber", sagte Frau Juliane mit rotem Kopf. „So ist sie schon seit Barthelmä."

„Was also, Susel, hast du denn eigentlich vor?" wandte sich das anerkannte Haupt der Verwandtschaft an das junge Mädchen. „Du wirst doch nicht mehr an den Münsterer denken! Die Torheit solltest du dir doch schon aus dem Kopf geschlagen haben, Susel. Ein so großes und so verständiges gescheites Mädel."

„Sie ist darin rein einfältig", sagte Juliane.

„Ja", sagte Susel, „so einfältig bin ich, daß ich mich nicht willenlos verhandeln lassen will. Ohne Neigung nehm' ich keinen! Ich laß mich nicht zwingen!"

„Dir wird wohl ein Würstel gebraten", nahm jetzt ihre Halbschwester Eve das Wort, die still und etwas vergrämt dagesessen war, während mehrere ihrer Kinder lärmend aus- und einliefen. „Was dem einen recht ist, ist dem andern billig. Mir ist's auch nicht besser gegangen; ich hab' nehmen müssen, wen man mir gegeben hat."

Susel sah darüber die Schwester an: „Und bist du glücklich?"

„Glücklich? Wie du daher redest", war Eves Antwort. „Lieber Gott! Man kommt doch nicht auf die Welt, um glücklich zu werden. Hör einer! Was das anbelangt, es fehlt mir ja soweit nichts, als das bißchen auf der Brust" – sie hustete wieder. „Man hat sein notdürftiges Auskommen, hat seine Familie. Ich hab' meine Kinder gern, meine Plag damit und Arbeit genug. Die Zeit vergeht und keine unnützen Gedanken kommen einem. Man wird älter, plagt sich, sorgt sich, hat aber auch wenigstens so viel zum leben, daß man nicht gerad' zu hungern braucht, in den schlechten Zeiten. Und bringt man nichts vorwärts, so geht doch nicht alles zugrund. Wer allfort mit den Schollen zu tun hat, kann einen nicht wie Safran anfassen. Und wenn's zuweilen zu arg kommt, na, du lieber Gott, schlimmer als einem Stück Vieh, das unter's Messer kommt, kann's einem auch nicht gehen. Man stirbt doch wenigstens in seinem Bett – den Trost hat unsereins!"

Susel hatte das Glück ihrer Zukunft auf dem Satze aufgebaut: „Die Liebe überwindet alles." Jetzt wäre Gelegenheit gegeben gewesen, aus der Befangenheit, welche die Gewohnheit schafft, herauszutreten und mit den Paulinischen Worten von der Liebe zu sagen, daß sie alles erträgt, alles glaubt, alles hofft, alles duldet. Allein sie wußte, daß sie ausgelacht worden wäre. Solche Dinge verträgt der Bauer nur von der Kanzel, in der Kirche, wo Salbung und Pathos ihm zur Weihe des Gottesdienstes nötig erscheint.

„Und was das betrifft", nahm wieder die Großmutter das Wort, während sie ein Stück Zimmtkuchen in ihr Weinglas tunkte, „was das betrifft, so gibt es ja Exempel von Beispielen genug, wie es geht, wenn junge Leute nach ihrem Willen, sich in den Ehestand begeben und diejenigen, so es hindern sollten, zu schwach sind und durch die Finger sehen tun. Auch Wagmüllers Dorothee und ihr Mann leben nicht gut miteinander, hört man."

„Die haben doch ebbe nichts voneinander wissen wollen!“ warf der alte Vetter ein, der wieder an seinem Glase schlürfte.

„Ah, was, Ebbe, jahrelang sind sie einander nachgelaufen, und leben jetzt wie Hund und Katz.“

„Vernunft muß bei einer Heirat sein und erfahrener Leute Rat!“ ergriff jetzt wieder Vetter Jokeb das Wort. „Denn nur die wissen, was auf die Dauer zusammenpaßt. Gleich und gleich gesellt sich gern. Gesetzt den Fall, es kommen zwei Maltersäcke zusammen, der eine voll Kronentalern, der andere voll Pfennigstücken, Sous oder Kupferkreuzern, mischt man sie untereinander, so gibt das nur ein Durcheinander, nie die gute Mischung, wie etwa dann, wenn man zwei Säcke voll Kronentalern mischt. Die kann man rütteln und schütteln, ausschütten und wieder in den Sack tun, – es merkt's keiner, was zu dem, was zu jenem Sack gehört hat. Es ist ein großer Sack. Auf den läßt sich Eheglück sicher bauen, das ist fester Grund.“

„Da hat der Vetter Jokeb recht“, fiel Jerg, Evens Mann, ein. „Eine arme kann einem grad'so ärgern wie eine reiche.“

Susel aber meinte, an das Wort des Apostels von dem tönenden Erz und der klingenden Schelle erinnern zu müssen, und daß ein Maltersack voll Kronentalern ohne Liebe doch ein Marterbrett sein könne. „So manche“, setzte sie hinzu, „hat schon bereut, daß sie nicht am Altar noch zurückgetreten ist. Darum fragt der Pfarrer, ob man will. Wer nicht will, sagt's. Einmal Nein vorher ist besser als tausend Nein nachher.“

„Nein“, tadelte die Mutter, „du bist und bleibst eine Trine!“

„Ein verzogenes und verwöhntes Ding ist sie!“ schalt Stoffel vom Ofen her, „die meint, es müsse alles gehen, wie sie's haben will! Glück?! Dir wird's wohl auf einem Tellerchen gebracht, dir, weil du's bist. Aber wart', man wird dir's schon zeigen, dir!“

„Sei nur du still!“, sagte Susel.

„Aber so kommen wir nicht weiter“, meinte der stattliche Vetter. „Was hoffst du, was soll's mit dir werden, Susel? Die Leute fangen an, sich darüber aufzuhalten. Die meisten in deinem Alter sind schon verheiratet, jetzt auch die Liesel, und du bleibst ledig. Müßt denn gerade ihr den Leuten immer was zu reden geben? Wie du dir's denkst, geht's nicht. Daraus kann nun einmal nichts werden. Das mußt du doch einsehen, daß du den Schorsch nicht nehmen darfst!"

„Ah, er will sie nicht einmal!" rief Stoffel. „Nein, nichts, gar nichts macht er sich aus ihr, und sie ist so einfältig, sich ihm an den Hals zu werfen. Schämt man sich denn nicht, wenn man hören muß, daß unsere so dumm ist, am Andreasabend unbeschrien in die Kuckuckshütte und auf den Hexenplatz hinaufzulaufen, um zu erkennen, ob er ihr blüht!"

Susel wechselte die Farbe, wurde dann immer bleicher. Ihre Blicke hefteten sich an den Boden, während die anderen sich gegenseitig kopfschüttelnd ansahen.

„Aus lacht er sie", fuhr Stoffel fort, um die hervorgebrachte Wirkung noch zu verstärken. „Lustig macht er sich, wenn er davon hört, daß sie nicht Scheu und Scham hat, alles daransetzt, den guten Namen und die Ehr der Familie und alle Reputation. Was hat er gesagt: „Ach, von der will ich doch nichts mehr wissen, die ist mir zu einfältig!"

„Das ist nicht wahr!" rief Susel, von ihrem Stuhl aufspringend.

„Doch ist's wahr. Was hab' ich davon, dir was vorzulügen! Himmel Donner! Wahr ist alles, was ich gesagt hab. Bist du nicht in der Kuckuckshütte gewesen? Nicht auf dem Hexenplatz? Leugne es, wenn du's Herz hast!"

Susel stand bleichen Gesichts mit niedergeschlagenen Augen, die Hände auf der Brust. Sie konnte das nicht in Abrede stellen. Indes fuhr der Bruder fort, sich in den Zorn immer tiefer hineinzureden. „Ein Schimpf und eine Schande ist's, was man jetzt alles zu hören kriegt, noch vom Purzelmarkt her. Aber ich treib dir's aus. Tot schlag' ich dich eher, als –"

„Ja", rief Susel, „das ist dein Handwerk. Niemand als du und noch eine, die ich nicht nennen will, ist statt meiner in den Garten geschlichen. Niemand als du – vorm Gericht will ich's bezeugen, hat den Mordstreich geführt am Hollerbusch."

„Um Gottes willen", rief die Mutter, „sie weiß nicht mehr was sie redet."

„Nur noch ein bissel ärger kreischen", fiel die Großmutter ein. „Drei Häuser weit tut man's hören. Die Leut' bleiben stehen."

„Sie gesteht's ja ein", triumphierte Stoffel „sie gesteht's, daß sie ihn an den Hollerstock bestellt hat."

„Susel", prüfte der Vetter Jokeb „ist das wahr?"

Stoffel war nun einmal im Eifer des Redens: „Und so läuft sie dem Menschen nach, der nicht viel mehr hat, als sein bissel Maul und seinen Küferschlägel, und mit einer ganz anderen geht."

„Es ist nicht wahr!", entgegnete Susel.

„Nur zu wahr. Schon auf dem Bergzaberer Markt hat er mit ihr getanzt. Und auch zu dem Schäfer Abraham hat er gesagt, er wolle nichts mehr wissen von einer, die – einen solchen Vater gehabt hat", fügte Stoffel mit gedämpfter Stimme hinzu.

„Es ist ja nicht wahr!" schrie Susel auf. „Wie kann er so von meinem Vater reden?"

Stoffel ging statt einer Antwort an das Fenster, das in den Hof ging, und öffnet es hastig. Draußen stand plaudernd ein Mann in langem Zwilligmutz und breitrandigem Schäferhut bei Hanjerg. „Abraham! Kommt einmal herein!" Stoffel warf das Fenster wieder in die Fugen, daß die Scheiben dröhnten, und fügte hinzu: „Es wird sich gleich zeigen."

„Guten Tag beisammen", sagte der Schäfer.

„Setzt Euch! Trinkt eins, Abraham!" meinte Stoffel leutselig, indes er ihm einschenkte.

„Gesundheit allerseits."

„So", begann dann Stoffel sein Examen. „Nun sagt frei heraus: Wann ist unsere Susel bei Euch gewesen?"

„Unsere Susanne? Das wird so am Andreasabend gewesen sein, wenn Gott will, gewissermaßen."

„Was hat sie von Euch gewollt?"

„Das werden wohl die Quesen im Hirn gewesen sein, gleichsam."

„Die Mutter hat mich geschickt wegen der kranken Schafe", schaltete sich Susel ein.

„Ja, ja, das wird schon so sein", bestätigte auch Juliane.

„Und sonst hat sie nichts begehrt?" fuhr Stoffel fort. „Ihr dürft ehrlich und offen herausreden, Abraham."

„Sie hat ihren Schatz zitieren lassen wollen, insofern."

„Und damit, Abraham, gibst du dich ebbe ab?" fragte der Vetter unmutig.

„Mitunter."

„Und er ist gekommen?" forschte Stoffel.

„Gestern mittag ist er gleichsam draußen am Heerweg an mir vorüber, wie ich wegen des trockenen Wetters wieder einmal die Herde ausgetrieben, sozusagen."

„Habt Ihr mit ihm gesprochen?"

„Weiter nichts, insofern, als daß er mir abgewunken und zugerufen hat: Ich will nichts von ihr wissen, schon wegen ihres Vaters, gewissermaßen."

Susel rang die Hände und sah von einem zum anderen, während man den Schäfer wieder entließ.

„Ach Gott, er verachtet das Andenken meines Vaters!" rief sie in halber Verzweiflung. „Warum denn?"

„Warum?" gab Stoffel zurück. „So, du fragst noch? Meinst du denn, ich, als dein Bruder, hab's nicht wie oft hart genug fühlen müssen, daß die Leute von uns reden dürfen?"

„Aber was denn? Was können sie denn wissen, wenn ich nichts weiß. Du lügst, ja, du lügst! Wenn man etwas zu reden hat, so ist es über dich, meinen sauberen Bruder. Meinst du denn, ich hab's vergessen, daß sich einmal ein braves Mädchen mit dem Heuhacken hat wehren müssen? He, auf solchen Bruder darf ich stolz sein!"

Stoffel stieß fluchend beide Hände in die Taschen, wandte den Kopf ab, kehrte sich gegen ein Fenster, und dann in äußerster Wut, flüchtig, hastig wieder gegen die Schwester.

„Ah, Geschwätz! Kreuzheilig Donnernochmal! Muß ich mir's denn gefallen lassen? Du – ja, guck mich nur an! Du hast freilich noch einen Bruder, der dir vielleicht *lieber* ist, schon weil er *betteln* geht! – So, jetzt ist's heraus."

Susel war zurückgefahren, wie vom Blitz getroffen. Totenbleich war sie geworden, und auch alle Anwesenden durchrieselte ein Schauer und ein Grauen. Nur die Großmutter, deren Blicke ihren Enkel aufgemuntert hatten und ihm auch jetzt beizustimmen schienen: „Das war recht! sag's ihr nur!" blieb unerschüttert. Indes hatte Susel sich nicht länger aufrecht zu halten vermocht und war auf den Stuhl zurückgesunken. Ihre Augen gingen angstvoll umher, als sie mit schwacher Stimme fragte: „Was hat er gesagt, es ist doch nicht wahr? Mutter, Mutter!" bat sie flehentlich, „was meint er? Gelt Mutter, es ist nicht wahr?"

Doch auch die Mutter konnte nicht leugnen, wenn sie auch sichtlich aufgebracht und, vom Zorn übermannt, sich gegen den Sohn wandte, der mit den Händen in den Taschen, ihr den Rücken herkehrend, unempfindlich gegen der Mutter leisen Tadel am Fenster verharrte.

„Mußt du, alter Lawu", begann sie mit einem in jener Gegend für einen tölpischen, unzurechnungsfähigen Menschen gebräuchlichen Ausdruck, „jetzt mit der Tür ins Haus fallen! Still sag' ich!" rief sie, da der Gescholtene frech antworten wollte.

„Ja, natürlich, da soll die Wahrheit nicht an den Tag kommen", fing jetzt die Großmutter an. „Über meinen Adam kann man sagen, was man will: aber über den Henrich, o Gott, nein! Und das Susele darf nichts hören, 's könnt dem lieben Kinde weh tun."

„Es ist heraus, gut!" meinte Jerg. „Einmal muß dergleichen doch gesagt werden. Über mich redet auch, wer will und ich muß es mir gefallen lassen. Also!"

Indes waren in Susels Augen alle Tränen erloschen. Niemand im Zimmer hatte einen Zug im Gesicht, der eine Hoffnung übrig ließ, daß Stoffels Aussage eine Lüge war. Im Gegenteil, jede Miene, jede Gebärde, jede Äußerung bestätigte, was sie gehört und wovon Wort für Wort mit verzehnfachter Wucht gleich Hammerschlag auf sie gefallen war. Was ihr das Heiligste war, das Andenken ihres Vaters, war damit getrübt und befleckt. Es war dies das Härteste für sie, härter noch als die Untreue, die Absage. Nun war ihr klar, er hatte einen Grund, von ihr zu lassen, sie nicht mehr zu wollen. Dieser Schlag hatte all ihren Mut gebeugt, ihre Kraft zum Widerstand gebrochen, ihren Mädchenstolz niedergeworfen. Betäubt von dieser letzten Erfahrung saß sie da, ein Bild trostloser Verzweiflung.

Jetzt erst stand Bas Margaret, die während der ganzen Verhandlungen geschwiegen und mit keinem Wort sich in den Streit gemischt hatte, auf und trat zu Susel hin. „O du armes Kind! Fasse dich, nimm dich zusammen! Das Leben gewöhnt an vieles und überwindet auch das bitterste Herzeleid."

„Bas, Bas!" jammerte Susel, warf sich der stillen guten Frau in die Arme und hielt sie fest umschlungen.

Tante und Nichte hatten sich gefunden in diesem Augenblick. Ein längst beruhigtes, still gewordenes Herz, und ein junges, im herbsten Schmerz verzweifelndes schlugen da zusammen. Dann gingen sie hinaus.

„Wir müssen's fertigkriegen", sagte die Großmutter. „Jeden Augenblick kann er zurückkommen, der Vetter, und was sagen, wenn man nichts Gewisses weiß. Da, da führt sie sie auch noch fort!"

„Laßt sie, laßt sie!" meinte Vetter Jokeb beschwichtigend.

Während nun die beiden leise Worte und heiße Tränen in Susels Kämmerlein tauschten, ging unter den Zurückgebliebenen der Meinungsaustausch über das Vorgegangene vor sich. Stoffel mußte einige böse Bemerkungen von Vetter Ebbe hören, machte sich jedoch nichts daraus, sondern zuckte mit den Schultern, während die Großmutter seine Verteidigung übernahm, so daß es zu einem heftigen Wortwechsel kam.

Eine Viertelstunde war verflossen, und man fing in der Umgebung der Juliane wieder an, unruhig zu werden und besorgte Blicke nach der Tür zu werfen, durch die jeden Augenblick der für den Kronenwirt freiende Vetter eintreten konnte, als Bas Margaret mit Susel zurückkam; jene mit geröteten Augen, diese bleich und, wie man zu sagen pflegt, auf den Tod gefaßt.

„Nun, Susel", fragte teilnahmsvoll der stattliche Vetter, „hast du deiner Mutter nichts zu sagen?"

Flüchtig sah sie ihn an, dann trat sie mit niedergeschlagenen Augen näher. „Mutter", sagte sie leise, „ich hab' mich drein ergeben."

Der Vetter Ebbe hustete und räusperte sich und fuhr sich dabei mit den Fingern über die Augen, während Stoffel bemerkte: „Sie ist mürb."

„Verdammter Lümmel!" knirschte Vetter Jokeb, und auch Schwester Eve hatte nur Blicke der Verachtung für ihn. Nur die Großmutter nickte geheimnisvoll lächelnd in ihrer gewöhnlichen Haltung – mit den Händen unter der Schürze.

Frau Juliane war von ihrem Stuhl aufgefahren. „Du willst also, Susel? Ich darf dem Kronenwirt das Jawort geben?"

„Ich nehme, wen Ihr wollt, Mutter."

„Aha!"

Juliane fuhr herum und schrie ihren Sohn an: „Schweig, du Moloch!" Dann eilte sie mit einem Anflug wahrer Rührung auf die Tochter zu, nahm deren Kopf in ihre Hände und drückte ihn an sich. „Du bist ja doch ein gutes Kind und eine folgsame Tochter!"

sagte sie und war jetzt die Güte und die Liebe selbst, von überfließender Zärtlichkeit. „Ach ja, so ist doch noch alles gut gegangen und hat ein glückliches Ende genommen. Du bist ein verständiges Kind, mein Susele!"

„Mutter, Mutter!" jammerte Susel kaum vernehmlich. Doch die Mutter verstand die Tochter nicht und sagte: „Weine, wein' dich aus, mein Kind! Jede weint, das gehört sich nicht anders. Weine nur, Susele!"

Als der Schwager des Kronenwirts auf dem Rückwege von Weißenburg wieder in Oberhofen einsprach, empfing er die Zusage, daß die Bewerbung angenommen sei. Freudig nahm er sie entgegen.

„Es soll ein Wort sein!" sagte er, in die Hand einschlagend und, ohne sich noch länger aufzuhalten, eilte er weiter, um die Glücksbotschaft noch am nämlichen Abend ins Haus seines erwartungsvollen Schwagers zu bringen. Vetter Ebbe aber schlürfte und trippelte in der Dämmerung über die gefrorene Straße nach seinem Häuschen am Dorfeingang von Pleisweiler.

„Auf die Hochzeit freu' ich mich", sagte er immer wieder zu sich selbst, „wenn sie ebbe zustande kommt. Das wird ebbe eine lustige Hochzeit! darauf freu' ich mich!"

Und damit wischte er sich einmal über das andere Mal die roten verquollenen Äuglein.

30

Es gärt

Die winterliche Schneedecke steht einer Landschaft von fast südlichem Charakter, voller Obsthaine und Weinberge, nicht gut zu Gesicht. Kahl und schwarz ragen die Ranken der Reben, die Zweige und Äste der Kastanien, der Pfirsiche und Walnußbäume über die weiße Hülle und nehmen ihr den Eindruck des Eintönigen und damit der Großartigkeit. Hügel und Berge erscheinen flach und niedrig, das ganze Gelände ohne Charakter. Nur das Schneien selbst bringt, wie überall, so auch hier eine besondere Stimmung.

Das macht sich auch unbewußt bei dem „Hochzeiter" geltend, der seine Braut auf dem mit feurigen Füchsen bespannten Schlitten zum Verwandtenbesuch von Ort zu Ort über die kahlen Höhen und durch die verschneiten Hohlwege fuhr, in den Schneeschleier hinein, der so geheimnisvoll alles verhüllte. Und der Glückliche wurde nicht müde, ihr Freundliches zuzuflüstern, ihr gute Worte zu geben, wenn sie auch so kühl, so kalt dabei blieb, wie der winterliche Tag.

Jene Naturstimmung verfehlte aber auch ihren Eindruck nicht auf die Schar von jungen Mädchen, die eines Abends bei Vollmond – dessen Schein, durch das anhaltende Schneien gemildert, sein Licht nur noch wie durch ein Milchglas verbreitete – mit ihren Spinnrädchen über Feld gingen, von Münster aus durch die Hohlwege am Kreuzsteinkirchhof vorüber zur Kreuzstraße hinan und weiter über die beschneiten Höhen in die „Kunkelstube" nach Oberhofen, wohin sie eigens durch Susel auf Wunsch ihrer Mutter geladen worden waren. Denn Frau Juliane wollte zu erkennen geben, daß sie nun keine „Feindschaft" mehr hege, nachdem ihre Tochter „vergeben" war, und sich bei dieser Gelegenheit überhaupt einmal „zeigen" vor den Münsterern. Darum war die Einladung an die Mädchen ergangen, die, mit Susel konfirmiert, auch angenommen hatten, ohne daß sie ihren Brüdern oder Schätzen etwas davon verrieten. Selbst Kathel war mit. Hatte sich doch indessen herausgestellt, daß Susel unschuldig an jenem heimtückischen Überfall gewesen war, der dem Schorsch nahezu das Leben gekostet hatte.

Und schön, sehr schön war die „Kunkelstube", die Aufnahme und Bewirtung ließ nichts zu wünschen übrig. Es wurde gegessen und getrunken, was die leckern Mädchen nur vertilgen konnten, und zuletzt noch Kaffee gekocht und das Waffeleisen angewandt. Susel war freundlich mit allen, auch mit Kathel. Aber kein Wort ließ sie fallen über ihre frühere Liebschaft und ihre jetzige Brautschaft. Als eines der Mädchen ihr noch nachträglich gratulieren zu müssen glaubte, wurde das so kühl aufgenommen, daß die Glückwünschende nunmehr betroffen Schweigen beobachtete. Sonst war man möglichst heiter. Auch gesungen wurde viel, so Sand's Abschied: „Ach, sie naht, die bange Stunde", dann „Heinrich schlief bei seiner Neuvermählten, einer reichen Erbin an dem Rhein." Zuletzt noch das:

„Ich wollt' ich läg und schlief'
viel tausend Klafter tief
Im Schoß der kühlen Erden,
Weil du mir nicht kannst werden,
Und ich keine Hoffnung mehr hab'.
Als nur das kühle Grab.
Auf deine Lieb' gebaut.
Nun aber – – –

An dieser Stelle des Liedes, das sie in jenen Tagen so oft im stillen vor sich hingesungen hatte, war Susel aufgestanden, um noch draußen in der Küche etwas zu besorgen, wohl noch eine Zwiebel in den Salat zu schneiden, der mit aufgetragen werden sollte. Und ihre Augen waren etwas rot, als sie wieder erschien. Den ganzen Abend über behielt sie bis zum Aufbruch ihr mild gelassenes Wesen bei.

Der Mond, dessen voller Glanz durch den fortdauernden Schneefall nicht getrübt und nur so weit gebrochen war, daß eine Fülle von weißem Licht über der Landschaft lag, hatte seinen höchsten Stand erreicht, als die Mädchen ihre mit flimmernden Seidenbändern umwundenen Kunkeln wieder aufnahmen, und, freundlich verabschiedet, sich um Mitternacht über die verschneiten „Hübel" auf den Heimweg machten. Dabei standen auch da, wo der Schnee schärfer über die steilen Hochränder der Hohlwege hereinwehte, die Mäulchen nicht still. Über Susel waren alle des Lobes voll. Mit der sei keiner angeführt. War sie doch ohnehin in der ganzen Umgegend die beste Partie, und man begriff auch hier wie überall nicht recht, wie die stolze Frau Juliane ihre Zustimmung geben konnte, noch wie Susel den Kronenwirt nehmen mochte. Ob sie wohl den Schorsch ganz vergessen hatte? Ob sie den Witmann so lieb haben könne, wie einen Ledigen, oder ob sonst etwas Besonderes an ihm sei! Ein netter und sauberer junger Mann war er ja; aber zwei Kinder waren da, und dabei hatte es noch seinen besonderen Haken, freilich auch auf der anderen Seite! Ob er feststand, der Kronenwirt, und – ob es überhaupt zur Hochzeit käm'?

Bereits war auch Susel mit ihrem Kronenwirt „ausgerufen" und angeschlagen, nämlich ihre Verlobung war von der Kanzel verkündigt und die Proklamation durch den Bürgermeister als Zivilstandesbeamten auf Stempelpapier an der Türe des Gemeindehauses angeheftet worden zur allfälligen Aufdeckung eines Ehehindernisses. Und diese Proklamation wurde nach der Sitte, so reichlich mit Blumen und Kränzen geschmückt, wie seit langem keine mehr; Widerspruch oder Einsprache aber von nirgends her erhoben. Einmal zwar flüsterte jemand der Braut zu, es stehe nicht gut mit dem Kronenwirt. Darauf erfolgte jedoch die Antwort: „Das geht nicht mich, sondern meine Mutter an!"

Juliane hatte indes bereits bei Herrn Rosenthal selbst Erkundigungen eingezogen und die tröstende Versicherung erhalten, daß sie unbesorgt dem Kronenwirt ihre Tochter geben könne. Wenn die Hochzeit dennoch über die Fastnacht hinausgeschoben wurde, so hatte das seinen Grund in den großen Vorbereitungen zur Ausstattung, da die Näherin Tag und Nacht mit Susel und ihrer Mutter an der Arbeit saß.

Zu jener Zeit herrschte ziemliche Not unter der weniger bemittelten Bevölkerung der Gebirgsgegend hinter Bergzabern und Klingenmünster. Die unzulängliche Ernte des verflossenen Jahres machte sich jetzt in peinlicher Weise geltend. Im Gossersweiler Tal waren die „Gehlen", die gelben Kartoffeln, nicht geraten; in dem Felsenland bei Dahn und auf der Pirmasenser Höhe steigerte sich der Mangel fast zur Hungersnot und trieb Kinder und Männer fort auf den Bettel in die fruchtbare Vorderpfalz, so daß Susanne Groß in Oberhofen während ihres Brautstands Gelegenheit fand, Wohltätigkeit zu üben. Kein Bittender ging unbeschenkt und ungetröstet von ihrer Tür. Die Not dauerte an. Dazu kam, daß man, statt die vorhandenen Zollschranken einzureißen, das Land mit neuen umgab, wodurch vor allem die Ausfuhr des Hauptprodukts, des Weins, untergraben wurde, und die ohnehin aufgeregten Gemüter noch ärger verbittert wurden. „Die Weinbauern müssen trauern", lautete die Inschrift einer schwarzen Fahne, die drei Monate später neben dem entfalteten schwarz-rot-goldnen Banner bei dem Feste auf dem Hambacher Schloß erschien.

Von Neujahr an, wo die nach heldenmütigem Kampf ihr Vaterland verlassenden Polen auf ihren Durchzügen nach Frankreich von den Pfälzern mit Begeisterung empfangen und bewirtet, gleichzeitig die freisinnigen Abgeordneten bei ihrer Rückkehr in die Heimat bei Banketten und in Versammlungen gefeiert wurden, hatte die politische Bewegung im Lande zugenommen und wurde besonders von Zweibrücken und Homburg aus durch die Preßtätigkeit Siebenpfeiffers und Wirths genährt. Schon beim Empfang des Führers der gemäßigten Liberalen lohte die Begeisterung in hellen Flammen, und er selbst wies zündend auf das über Deutschland aufgehende Morgenrot hin. Noch aufregender gestaltete sich die Feier des aus Bergzabern gebürtigen beredten Führers der äußersten Linken: Jubelrufe, rauschende Musik, hundertundzwei Mörserschüsse und nächtlicher Fackelglanz, in dessen Flammen sich das schmachvoll niedergetretene deutsche Vaterland läutern und wie der Phönix jugendlich zu erstehen hoffen dürfe, wie Siebenpfeiffer verkündigte.

Als die Regierung gegen die Blätter vorging und die Pressen versiegelte, wurden die Siegel so ungeschickt angelegt, daß die Blätter dennoch gedruckt werden konnten. Und bei erneuter Versiegelung riß Siebenpfeiffer die Siegel herunter und erklärte, nach wie vor sein Blatt drucken und unter dem Beistand der Bevölkerung Gewalt mit Gewalt vertreiben zu wollen. Ebenso warnte Dr. Wirth die Fürsten und den „Bund", sich auf einen ungleichen Kampf einzulassen. Mittlerweile ergriff die Regierung unter der Autorität des „Bundes" ihre Maßregeln zur völligen Unterdrükkung der liberalen Blätter. Und eines Tages, im Vorfrühlung 1832, als die Winzer in der Vorderpfalz schon hemdärmelig in den

Weinbergen standen, um die Reben zu schneiden, rückten Gendarmen und zwei Schwadronen Chevauxlegers von Zweibrücken aus gegen Homburg, um einen Gewaltstreich auszuführen.

Kurz vorher hatte es abends noch geschneit. Jerg, der Schwiegersohn der Juliane, schien daheim einige Langeweile zu empfinden, während sein Pöppel auf der Schiefertafel schrieb, sein Stöffele ba, ba, be, be lernte und die anderen Kleinen nach dem Bette schrien und heulten. So fragte er, nach der Mütze greifend, seine Frau, ob sie meine, daß er daheim bleiben solle. Eve bejahte.

„Gerad jetzt geh' ich", sagte er, setzte seine Kappe auf und verließ das Haus, Frau und Kinder, um einen Gang nach Pleisweiler zu machen. Geschäfte hatte er dort nicht; allein er fühlte das Bedürfnis, bei den schlechten Zeiten im Wirtshaus zu plaudern, hinterm Schoppenglas „denen da droben" einmal ungeniert die Meinung zu sagen, da sie es doch nicht hörten.

Mit diesem schönen Vorsatz begab sich also Jerg nach dem Essen aus dem Dorf, um an dem Kreuzstumpf bei der Ruhbank vorüber den Nachbarort zu erreichen. Es war eine helle Winternacht, der Mond schien durch das Flockengetümmel; und da Jerg keine Handschuhe mitgenommen hatte, – die Nacht war frisch, und gerade hier wehte ein kalter Wind – so steckte er die Hände in die Taschen und ging, den Lauterbacher pfeifend, wohlgemut dahin. Die kleine Strecke bis zur Straße lag so still vor ihm, da um diese Zeit niemand mehr unterwegs zu sein pflegte.

Um so mehr erstaunte er, daß sich beim umgestürzten Kreuz etwas regte, das wie ein Mensch aussah, und doch konnte sich kein vernünftiges Wesen in einer Winternacht an der Ruhebank aufhalten. Fast hätte ihn abergläubische Furcht angewandelt, als er die Beobachtung machte, daß es ein zusammengekauertes Weib war, das mit einem Handkorb und einem altertümlichen Spinnrädchen da beim Kreuz in der Schneenacht ausharrte, wie Frau Holle im Kindermärchen. „Was tut Ihr denn da? Ihr wollt wohl den Schnee vom Himmel spinnen, Alte?"

„Kümmer' dich um deine Sach', du hast's not, nicht um meine", greinte die Alte fauchend. „Brauchst mich nicht anzuranzen, wenn ich nichts von dir will. Du gibst mir doch nichts. Aber wart', bald geht's auch über euch her, ihr Spiegelgucker, ihr Hungerleider! Gelt, Korn und Weizen laßt ihr lieber ausfliegen, ihr Wucherer!

Der Herrgott im Himmel soll euch dafür heimsuchen, und er tut's bald, ich weiß! Ich erleb's noch, daß euch alle der Teufel holt!"

Nach der dortigen Volksanschauung wird wucherhaft aufgespeichertes Getreide endlich lebendig und fliegt in Milliarden kleiner schnakenartiger Insekten zu den Speicherluken hinaus und weit davon. In der Tat sieht man zuweilen ungeheure Insektenschwärme, die förmlich die Sonne verfinstern, das Gebirg entlangziehen, und dann heißt es, dem oder jenem „Wucherer" sei das Korn ausgeflogen.

Dem Schwiegersohn der Juliane war es etwas unheimlich geworden bei den Verwünschungen der Alten. Was suchte sie nur da? Bloß ausruhen? Oder wartete sie auf jemand? Er schritt hastiger aus; und als er eben an der Kirche und am Schulhaus vorüber wollte, kam ein kleiner Knabe in zerrissenen Socken auf ihn zu, weinerlich fragend, ob er seine Großmutter nicht gesehen habe.

„Wo bist du denn her, Kleiner?"

„Vom Gleiszeller Berg", sagte das Kind.

„Wie heißt du?"

„Hennerle."

Jerg sah das arme Kind scharf an, wandte sich dann rasch zum Gehen und sagte unwirsch zu dem Erschrockenen: „Draußen an der Ruhbank sitzt das alte Tier. Wer streicht so in der Nacht herum? Mach' gleich, daß du weiterkommst!"

Dann ging er in keiner angenehmen Stimmung in das Nachbardorf hinein. Die lange Gasse war leer, nur dann und wann klapperte ein Mädchen oder eine Frau, die vielleicht nur in eine Kunkelstube wollte, in Holzschuhen über das Pflaster der Gasse, die sich am Fuße der Berge zur katholischen Kirche hinwendet.

Einmal im Wirtshaus, vergaß Jerg das kleine Abenteuer, da er Gesellschaft vorfand. Der Zimmermeister, der wie gewöhnlich in seinem Schurzfell am Weintisch saß, brachte ihm „das Trinken" zu, und er selbst bestellte sich einen Schoppen, den er gleich zur Hälfte leerte. An einem anderen Tische saß noch ein Glaser aus der nahen Stadt und hatte die Zeitung vor sich, ohne jedoch viel darin zu lesen. Ihm gegenüber hatte der arbeitslose Schneider des Orts Platz genommen.

„Na", sagte der, von seinem halben Schoppen nippend, „wieder ist ein Haufen Polen auf der Kandel-Weißenburger Straße durchs

Land. Die Bergzaberner sind ja drüben in Steinfeld gewesen und haben sie als Mitkollegen begrüßt und gefeiert."

„Ich selber war abgehalten an dem Tag", bemerkte der Glaser. „Sonst hätt' ich gesagt: machen wir's den Landauern nach, die sich ihre Polen, weil keine in die Festung sollten, wagenweis geholt haben, um sie zu feiern."

„Und's tut nicht eher gut", fiel der Zimmermann ein, indem er seine Faust auf den Tisch legte, „als bis wir einmal zusammenstehen und dem Russen den Hals brechen – 's kommt doch noch einmal dazu."

„Ich sag's auch", stimmte der Schneider zu. „Wenn nur der Türk nicht wär'! Der lauert schon lang, um wieder einmal an uns rumzusäbeln und seine Gäule im Rhein zu tränken, wie der Immelbalzer prophezeit haben soll. Und was steht denn vom Siebenpfeiffer und vom Wirth in der Zeitung? Haben sie denen wieder einmal die Druckerei versiegelt? Die oben verpetschieren so lang, bis sie selber petschiert sind."

„Darum wird sich der Siebenpfeiffer kümmern!" meinte der Glaser überlegen. „Er reißt das Siegel wieder herunter, wie schon einmal. Aber neugierig bin ich doch, wie die Sach' hinausgeht!"

„Hat er wirklich die Siegel heruntergerissen?" fragte der Schneider.

„Ich hab's aus erster Hand."

„Mordskerl, der Siebenpfeiffer. Er soll leben!" und man stieß an.

„Die Viehhändler von Münster haben's schon lang heimgebracht", bestätigte der Zimmermann. „Und 's wird bald zu was kommen."

„Ja, ein bissel Untereinander tät not! 's tut nicht länger gut so!" meinte der Schneider. „Kein Mensch zerreißt mehr Hosen."

„Wenn's nicht bald losgeht", sagte der Zimmermann und ließ seine Faust auf den Tisch fallen, „geh' ich los. Gabholz und Sträsel ist die erste Bedingung der Freiheit. Dann wird alles eingerissen und neu gebaut. Dann muß unser Büttel weg, der Tyrannenknecht. Dann geht's unsern Altbayern an den Hals, dem glütigen Haspel, dem Schnurres und unserm Doktor Flax. Das sind die drei gefährlichsten. Ferner unsere Weiber – sie haben zu viel Recht und Gewalt im Land."

„Da stimm' ich bei", sagte der Schneider. „Das ist ein Hauptpunkt! 's ist nicht mehr auszuhalten."

„Meine Eve – – – aber bringe mir noch einen Schoppen von dem da!" fing jetzt der Jerg an, indem er dem Wirt das Glas hinreichte. „Meine Eve will sich auch nichts mehr gefallen lassen. Sie hat ihre Zunge und ich meine Hand, aber in der letzten Zeit pariert sie nicht mehr, meine Eve – – sie stellt sich."

„Auf die Hinterfüß", fügte der Schneider hinzu. „Ja ich kenn' das. Sie soll gestern wieder Bürgerhilf gerufen haben, und es muß der Mühe wert gewesen sein, daß du sie blutrünstig geschlagen hast."

„Blutrünstig?" wiederholte verächtlich der Jerg.

„Rühr ich sie nur an, kreischt sie gleich, daß man's zehn Häuser weit hört. Wegen jeder Kleinigkeit heult sie wie ein Schloßhund. Gestern sag' ich: Wo ist das Geld für die Milch und Eier? — Du hast Rindfleisch essen wollen, der Metzger gibt nichts umsonst, sagt sie. – Was hast du dort im Schrank? frag' ich. – Was werd' ich haben? Häfen hab' ich, kreischt sie; meinst wohl, ich hol' den Wein krugweis aus dem Keller, wie du? Da sag' ich ganz im Guten: Jetzt halt' einmal dein Maul, oder ich versetz dir eins, daß dir der rote Saft rausfährt. – Sie auf mich drein: Schlag' nur zu! – Na, da hab' ich ihr auch eins gegeben. Jetzt hängt sie den Kopf. Die ist gar wehleidig!"

„Aber nehmt mir's nicht übel!" äußerte der Glaser aus der Stadt, ohne jedoch fortzufahren. Denn Jerg und der Zimmermann sahen nicht aus, als nehmen sie Einwürfe gleichmütig hin. Auch wollte Jerg sich nicht unterbrechen lassen.

„He, wie steht's?" wandte sich der leutselige Lehrer an den städtischen Glaser. „Ist die Pirmasenser Deputation schon durch Bergzabern gekommen, um beim König in München ein Gesetz zu beantragen, daß überall Straminschuh eingeführt werden?"

„Hab' nichts davon gehört", war die Antwort. „Aber die Pirmasenser würden dabei Geschäfte machen."

„Auch die Ramberger haben eine Gesandtschaft ans Ministerium erlassen, daß mehr Bürsten angeschafft und Kirschenwasser getrunken wird."

„Es ist mir noch nichts davon zu Ohren gekommen."

„Steht auch nichts davon in der Zeitung, daß die Griechen den Siebenpfeiffer zum König wollen, he?"

„Das wär' 'ne wichtige Angelegenheit. Aber gelesen hab' ich nichts davon", äußerte der Glaser. „Denn wissen Sie, nehm' ich eine Zeitung in die Hand, guck' ich nur, was hinten steht, wo die Hauptsachen kurz zusammengefaßt sind. Man spart viel Zeit damit. Denn da heißt 's kurz und gut: Lombarden ruhig, Türken flau, Franzosen lebhaft, Russen nicht begehrt. Da weiß man gleich, wie man dran ist. Spanier still, Österreicher behauptet. Eines aber kränkt mich schon lang', daß ich nicht rauskriegen kann, was das heißt: Baumw. 19⁷/₈, Hab' schon oft hin und her simuliert, bei Tag und bei Nacht, was das heißen soll, und krieg's nicht krumm."

Der Lehrer nahm das Blatt, – die Notiz stand hinten im Handelsbericht unter „New York".

„Könnt's nicht Baumwachs heißen?", fragte der Schneider pfiffig.

„Oder Baumwichs", meinte der Zimmermann.

„Hab' noch nicht gehört, daß Bäume gewichst werden", hielt Jerg entgegen.

„Warum sollen die Amerikaner ihre Bäume nicht wichsen?" fragte der Schulmeister. „Dort ist Freiheit, und es sähe ihnen gleich. Übrigens scheint mir, es heiße Baumwuchs 19⁷/₈ Fuß oder Meter hoch."

„Na, dann wachsen in Amerika die Bäume noch nicht in den Himmel", bemerkte der Glaser.

„Baumwolle heißt es mit Preisangabe!" warf jetzt Dr. Flax erbittert schreiend aus seiner dunklen Ecke hin, und alle schwiegen eine Weile verblüfft über dies Ei des Kolumbus.

„Aber, das sollt' doch durch ein eigenes Gesetz verboten werden", begann nach längerer Pause der Glaser, daß man so was nicht ausdruckt. Wer kann denn gleich darauf kommen, daß das Baumwolle heißen soll! So verliert man seine Zeit für nichts und wieder nichts mit Nachdenken."

„Ich will aber jetzt einmal wissen, was man gegen mich hat", fuhr der Doktor laut und herausfordernd fort, indem er sich in seiner Ecke erhob. „Nicht wahr, nach der großen Schlägerei hat man statt des Schäfers, der auf zwanzig Schritte einen Menschen nicht von einem Hammel unterscheiden kann, mir wieder gute Worte gegeben, daß ich die Nase und Stirnhaut zusammenflicke, weil der Mensch kein Schaf ist, oder doch keines sein sollte. Jetzt aber ist's wieder die alte Geschichte. Was liegt vor gegen mich? – Heraus damit. – Na, wird's bald?"

Als fortwährend alles schwieg, trat der Schulmeister näher und sagte vertraulich: „Will Ihnen was sagen, Doktor. Sie gelten nicht bloß für einen Aristokraten, sondern noch für etwas mehr. Wüßte man, daß mein bester Freund daran ist, zu München in der Hofküche beim König – –"

„Demnächst Mundkoch zu werden, würde man Ihnen auch nicht trauen", fiel Dr. Flax ein, indem er aus seiner Ecke hervor mitten in die Wirtsstube trat. „Den Freunden so vornehmer Persönlichkeiten traut man die Fähigkeit nicht zu, dem Hofeinfluß zu widerstehen. Ich habe aber keinen königlichen Lakaien zum Freund. Leider! Was ist's also, was hat man an mir auszusetzen? Offen heraus, mit einem Wort, wofür hält man mich?"

„Achselträger, Angeber, Spion", sagte kleinlaut der Schulmeister wie im Selbstgespräch vor sich hin.

„Was?" schrie der Doktor. „Ich? Der begeisterte Anhänger nicht bloß des morgenrötlichen, sondern auch des geläuterten Deutschlands? Auf welche Tatsachen gründet man diese Verleumdung?"

„Die Großmutter hat's selber mit angehört", erklärte jetzt Jerg etwas unsicher.

„Wo? Wann? Was?"

„Daß Sie einen Anblochierten, einem anderen Altbayern von drüben herüber, den ganzen Plan verraten haben, in den sich der Siebenpfeiffer die Jahre her im geheimen hinein verspekuliert hat."

„Jetzt geht mir ein Licht auf!" sagte der Doktor mit der Hand am Kopf, sich auf der Ferse drehend. „Der alte Drache steckte damals im Alkoven und belauschte nicht bloß mein Gespräch mit Frau Juliane, sondern auch die Bewerbung des Kontrolleurs Kannhahn, den ich dann im Scherz fragte, ob er seinen Kopf nicht wackeln fühle. Und darum ein Spion, darum! Oh, alte Weiber, alte Weiber, alte Weiber!"

„Und junge", setzte der Schneider hinzu. „Sie haben viel zu viel Gewalt im Land."

„Übrigens", fuhr der Doktor fort, „bin ich kein Altbayer; sondern ein geborener Schwetzinger. Aber was überm Rhein liegt, heißt auch Altbayern. Meinetwegen. Daß ihr euch über die Mauth ärgert, find' ich begreiflich. Denn statt Wein zu verkaufen, müßt ihr ihn selber sauf – – trinken."

„Wir saufen ihn auch", sagte der Zimmermann trotzig.

„Die Bettelleut' fressen einen auf", warf Jerg etwas unvermittelt hin. „Tät' der Büttelhannes auf die Bettelleut' vigilieren, statt auf unsereinen!"

„Daß Not im Lande herrscht, weiß ich selber, aber helfen kann ich nicht", sagte der Doktor. „Von weither, sogar von der Pirmasenser Höhe, kommen sie betteln. Frag ich gestern einen vierzigjährigen Mann von Vinningen: Predigt euer Pfarrer Glöckner von Luthersbrunn noch mit dem roten Brusttuch unterm Frack von der Freiheit? – Ach Gott, sagt er, was hab ich von der Freiheit, wenn der Magen knurrt! Und der Mann hat von seinem Standpunkt aus so unrecht nicht", sagte Doktor Flaccus, indem er sich zu seinem Tisch zurückbegab, wo sein Wein stand.

„Meine Schwägerin, die Susel", bemerkte Jerg, tut auch alles an die Armen hängen. Den Umstand hat sie an sich."

„Aber was soll ich denn von der Bas Juliane denken?" fing der Schneider vertraulich an. „Weiß sie denn nicht, wie's mit dem Kronenwirt steht?"

„Wie wird's mit ihm stehen?"

„In seiner Haut möcht' ich nicht stecken. Es soll stark bei ihm wackeln."

„Meine Schwiegermutter wird wissen, was sie weiß", fuhr Jerg auf. „Und seine Haut ist immer noch neunundneunzigmal mehr wert als dein Bocksfell."

„Wie ist er gesinnt?" erkundigte sich der Zimmermann, sein Glas ergreifend.

„Ein Freiheitsmann."

„Na", versetzte der Zimmermann, nachdem er getrunken hatte, „dann wünsch' ich ihm bald Hochzeit, damit nichts dazwischen kommt."

„Was soll dazwischen kommen? Himmeldonnerwetter –!"

„Und nun will ich vollends klarlegen, wie sich die Dinge gestalten werden", begann der Doktor wieder nähertretend, nachdem er sein Glas geleert hatte. „Es drängt zur Entscheidung. Man wird's immer ärger treiben von der und von jener Seite. Dann kommt der Deutsche Bund und sagt: Kusch!"

„Dann geht's erst recht los!" knurrte der Zimmermann. „Freiheitsbäume werden gesetzt."

„Vielleicht. Man wird einen Arrestbefehl erlassen und meinen guten Dr. Wirth nebst Siebenpfeiffer einspunden."

„Dann gibt's Revoluation!" schrie der Zimmermann, auf den Tisch schlagend. „Das leiden wir nicht."

„Möglich. Aber, was hilft's? Was wir erstreben, erleben wir alle wahrscheinlich nicht mehr."

„Dann geht's drunter und drüber!"

„In Bergzabern glaubt man übrigens daran", bemerkte der Glaser dazwischen, „und auch die Billigheimer sagen: es wird durchgesetzt!"

„Mir sollt's lieb sein", meinte der Doktor, „und gern will ich auch meine alte Haut dabei zu Markte tragen. Aber es wird noch manchen Tropfen Wein, Schweiß und Blut kosten. Für's erste gilt eins: Zusammenhalten."

„Das ist auch meine Überzeugung", stimmte Jerg bei und stieß mit dem Doktor an. „Zusammenhalten, nicht sich besser dünken, wie die Münsterer, die alle Weisheit mit Löffeln gefressen haben. Vornehmtuerei und nichts dahinter! Statt Poppel, Pöppel oder Jokeb, heißt man da Schak oder Schakob, statt Hannes Schan, statt Jerg, Schorsch! Eingebildete Zipfel sind's, die Holzschlegel!"

„Ein Donnerwetter schlag' drein!" rief der Zimmermann und schlug mit der Faust auf den Tisch, daß alle Gläser tanzten. „Meine Mutter ist von Münster, du Spiegelgucker. Sag's noch einmal."

„Feierabend", gebot, rechtzeitig den Kopf zur Tür hereinstreckend, der Gemeindebüttel.

„Da haben wir's", schalt der Schneider. „Man wird doch noch sein Glas austrinken dürfen."

Über alle Tyrannen und ihren Knecht fluchend, taumelte der Zimmermann zur Tür hinaus. Auch Jerg kehrte, den Bachpfad entlang, in das stille Dorf zurück, ohne weiteres Abenteuer, nur daß er einmal ins Wasser trat und sich die Stiefel füllte, während der Doktor mit dem Schulmeister, in der langen Dorfgasse zuweilen stehenbleibend, bald hoffnungsvoll, bald nachdenklich über die nächste Zukunft plauderte, auch über die bevorstehende Heirat der Susanne Groß.

Sie hatten den Ausgang des Dorfes noch lange nicht erreicht, als von Oberhofen her Holzschuhe klapperten und ein junges Mädchen, das bei der Eve diente, in die Gasse herein und gerade auf das Paar zugelaufen kam.

„Herr Doktor kommen Sie schnell zu meiner Bas! Es ist ihr gar nicht gut."

„Da haben wir's", sagte der Doktor, sich von dem Begleiter verabschiedend, worauf er der Voraneilenden nachfolgte und an dem Kreuzstumpf vorüber durch die Schneenacht in das Dorf eilte.

31

Am Vorabend

Mit den Vorbereitungen zur Hochzeit kam man im Hause der Frau Juliane allmählich zu Ende. Susel tat ruhig ihre Pflichten und Arbeiten, war im Verkehr mit den Leuten im Hause und außerhalb noch immer gütig und freundlich wie früher, obwohl man sie selten mehr lachen sah. Dagegen behandelte und besprach sie alle auf ihre Hochzeit bezüglichen Angelegenheiten mit einer gewissen kühlen Entschiedenheit, mit einer ernsten Frostigkeit, die ihrer Mutter zuweilen auffiel.

Ob sich Susel grämte? Wenn sie es tat, so legte sie wenig davon in ihr Äußeres. Klagen und Seufzer hörte man keine mehr von ihr. Und wenn die Mutter glaubte, ihr gewissermaßen Trost zusprechen zu müssen, nahm die Tochter es gewöhnlich schweigend, doch seltsam kühl auf. Und kühl waren auch ihre Antworten.

„Sieh, Susel, mein Kind", sagte die Mutter beim Bügeln der Wäsche, „Müllers Katharine von Minfeld hat auch anfangs geweint, und hat ihn dann doch noch genommen – und es ist gut gegangen, recht gut. Tu mir den Stahl ins Feuer! Die Torheiten sind vorüber und sie lebt jetzt glücklich mit ihm."

„Und des Bürgermeisters Sanne von Dierbach hat sich zu Tod gegrämt", warf Susel ein, indem sie einen glühenden Stahl ins Bügeleisen schob.

„Ach, das war auch ein schwächliches Ding, hätte sowieso sterben müssen", versetzte die Mutter, mit dem Eisen über den gestärkten Unterrock hinfahrend. „Wer nicht mit Leidenschaft, sondern mit Vernunft wählt, wird immer glücklich."

„Wir sehen das an unserer Eve", sagte die Tochter. „Der letzte Anfall ging noch durch Gottes und des guten Doktors Hilfe glücklich vorbei. Aber es ist mir doch recht bang und leid um die Arme. Der Jerg ist ein roher Patron, und ich will sehen, ob man dem nicht Einhalt tun kann."

„Ich hab's auch satt und werd' ihn einmal gehörig vornehmen, den Grobian. Aber wahr ist, wenn alle Jahre ein Kind kommt, möcht' auch der beste Mann aus der Haut fahren. Daß es da unglücklich ausgefallen, ist nicht meine Schuld. Ich wasch' meine Hände in Unschuld. Es hätt' auch gut ausfallen können, wenn der Jerg ein Mann wie der Kronenwirt wäre."

„Aber, Mutter, Ihr habt doch zuletzt auch Euer Herz sprechen lassen", warf Susel hin, sich zu der Wäsche niederbeugend.

„Gewiß, sonst hätte ich deinen Vater nicht genommen. Und ich, ich hab' mich auch in *dem* Fall als brave Frau gehalten, stets aufs beste – auf Errungenschaften – bedacht, für dich, mein Kind. Hat sich dein Vater zu beklagen gehabt?"

„Ach, Mutter, reden wir nicht weiter davon", meinte Susel. „Aber es scheint doch, daß der Vater sich nicht ganz glücklich gefühlt hat."

„Er hätte es aber doch sein können!" bemerkte Frau Juliane etwas gereizt, und die Tochter schwieg von nun an ganz.

*

Einmal war Susel bei einem Gang zum Dreher in Pleisweiler dem Franz von Münster begegnet. Es kam nur zu wenigen Worten. Wenn sich das der Schorsch hätte träumen lassen, hatte Franz gesagt, und Susel darauf: wenn er gewollt hätte, würde er es aus ihrem eigenen Munde haben hören können, wie es gekommen war. Aber auch dieser flüchtige Austausch hatte keine Folge; Schorsch regte und rührte sich nicht und ließ, nach wie vor, nichts von sich sehen noch hören.

Als der Hochzeitstag schon auf Mitte März bestimmt war, stieß Susel bei einem notwendigen Ausgang auf den Borich, der mit dem Lumpensack überm Rücken des Weges kam.

„Nun, Susel, soll ich nichts ausrichten an den Herzallerliebsten?"

„Damit, Borich, ist's jetzt aus", sagte Susel. „Nichts sollst du ausrichten."

Borich machte sich seine Gedanken und berichtigte sie, indem er nachrief: „Ich hab' gemeint den Kronenwirt."

„Ah so", rief Susel zurück, sich halb umwendend. „Nun ja, einen Gruß", sagte sie leichthin und ging weiter.

Als nun der Bräutigam kam, um sich über die Einladungen zur Hochzeit zu besprechen, die großartig im mütterlichen Hause der Braut gefeiert werden sollte, hatte Frau Juliane gegen die Vorgeschlagenen nichts einzuwenden, mit einer einzigen Ausnahme. Der Kronenwirt war nämlich der Meinung, daß auch Schorsch, der ein guter Freund von ihm sei, eingeladen werden müsse. Hier fuhr die Mutter bedenklich dazwischen; Susel verfärbte sich. Aber der Kronenwirt bestand – zum ersten Male – in diesem Punkt hartnäckig auf seiner Meinung; er dachte, es sei schon ein Akt der Klugheit, und man stopfte damit am besten den Leuten die Mäuler.

„Ich hab' nichts dagegen!" sagte Susel kalt und herb.

„Um des Himmels willen!" schrie Juliane.

„Mutter", sagte Susel mit bleichen Lippen, „seid nur ganz ruhig. Das ist jetzt alles vorbei. Jetzt könnt Ihr ihn ungeniert in unser Haus einladen, jetzt!"

Juliane sah zu ihrer Tochter auf. Ein unbeugsamer Entschluß, der ihren Worten entsprach, stand auf dem blassen Gesicht geschrieben. „Na, so mag er denn unser Hochzeitsgast sein. Aber mir will es gar nicht gefallen", wiederholte sie noch öfter bei sich. „Und ich wollte, der Tag wäre schon herum!" sagte Frau Juliane nochmals an den Vorabenden des Hochzeitstages, als die Mägde schon mehlbestäubt und mit aufgestülpten Ärmeln über Hof und Gasse eilten und alle Welt erwartungsvoll dem Tag entgegensah, zu dem in Küche und Keller, in Wasch- und Backhaus so große Vorbereitungen stattfanden.

War doch eigens eine fremde Kochfrau bestellt, die die Herrschaft in der Küche führte und schon seit mehreren Tagen den Kochlöffel und Bratspieß als Szepter und Schwert schwang über Gerechte und Ungerechte unter den jungen und alten Mädchen aus der entfernten „Verwandtschaft", die zur Aushilfe gerufen waren und sich freudig eingestellt hatten. Da liefen sie nun hin und her mit Blechen und Pfannen, mit frischem Teig und frischgebackenen, duftenden Kuchen, hatten kaum Zeit, einander anzureden, wenn sie sich begegneten, und schäkerten und scherzten doch den lieben langen Tag. Dazwischen sprangen die Kinder Evens und aus der sonstigen Verwandtschaft in der Märzsonne umher, jubelnd und schreiend, daß es eine Lust war, während Hanjergs Grauschimmel und die Füchse des Kronenwirts, an mächtige Leiterwagen gespannt, wieherten und das Pflaster ungeduldig stampften, da die Ausstattung der Tochter des Hauses immer höher, zu wahren Bergen aufgeschichtet, noch nicht völlig auf die großen Fuhrwerke geladen war, die heute noch über Münster nach dem Hause des Kronenwirts abgehen sollten. Dahin wollten dann – so war es ausgemacht – in der Hochzeitsnacht die jungen Eheleute folgen.

Der „Stumpe" – er war seit Weihnachten Pferdeknecht beim Kronenwirt – vertrug sich diesmal aufs beste mit den Spiegelguckern, trank vom Wein, aß vom Kuchen und Braten, ließ sich necken und neckte wieder, guckte auch dann und wann dorthin, wohin er nicht gucken sollte, worauf es dann von den Mägden hieß: „Wart', du Häfelesgucker! Mach', daß du weiterkommst – oder wir sagen es der langen Christine, was du für einer bist."

Dann wurde ihm die Tür vor der Nase zugeschlagen, oder es klatschte ein Scheuerlappen nach ihm, oder die Kochfrau schwang ihren Topf so kühn, daß sie ihm einen schwarzen Strich über die Backe zeichnete, worauf er unbewußt mit einem halben schwarzen Bart das Gelächter im ganzen Hause und in der Nachbarschaft erregte. Allein, er war heute in seiner guten Laune, der „Stumpe", wie ausgewechselt, und ließ sich nicht verdrießen; auch dann nicht, als er unversehens vor die angelegene Kammer geriet, wo die Mägde sich umkleideten. Mit Geschrei, Besen und Kehrwischen machten sie einen Ausfall gegen den „verfluchten Kerl" und droschen ihm seinen breiten Buckel so derb, daß er, zur Treppe hinunterpolternd, schnell seinen Rückzug antrat. Nach allgemeinem Urteil hatte der Stumpe „ein bissel zu viel", und Frau Juliane befahl noch vor der Abfahrt dem Hanjerg, doch achtzugeben, daß der Stumpe unterwegs nicht umwerfe. Susel selbst hatte sich wenig blicken lassen und sah dann mit der kalten Ruhe, die man jetzt an ihr gewohnt war, auf all' das lärmende und summende Getriebe im Haus und in dessen Umgebung.

Stolz zogen die beladenen Wagen durch die Hohlwege über die „Hübel" und dann die Kreuzstraße hinunter unter fürchterlichem Peitschenknallen nach Münster, von wo sie im Klingbachgrund ebene Fahrt hatten. Überall staunte man die mächtig beladenen Fuhrwerke an, besonders auch am Rathausbrunnen in Münster, wo nicht bloß Schorsch bei der „Normal-Aiche" eben mit anderen Küfern verschiedene Weinfässer aichen half, sondern auch die Weiber und Mägde mit Garn und Wäscheklopfen einen Höllenlärm vollführten. Diese hielten die Brunnentröge wie den Bach so besetzt, daß weder die Salat waschenden Nachbarstöchter, noch die Wasser holenden Mägde an die drei Röhren gelangen konnten, und nur das zur Tränke getriebene Rindvieh mit seinen Hörnern sich zum gewohnten Platz am großen Trog Bahn zu brechen vermochte.

„He, der Stumpe!" scholl es ihm schon von weitem entgegen. „Das ist der rechte! Hat heute schon seinen Hieb! Wie soll das morgen werden mit dem Stumpe? Ist nur drei Käse hoch und schluckt wie eine Sandgrube! Man sollt' ihn doch einmal aichen, wie viel er hält, der Stumpe, und wo er's hinbringt."

Hier konnte der Knecht des Kronenwirts heute ohne „Streiche" selbstverständlich nicht vorüber. Seine Füchse mußten getränkt werden; und da keine ihren Kübel ablassen wollte, gab es, halb zum Entsetzen, halb zum Ergötzen des gesetzteren Hanjergs, eine fürchterliche Balgerei mit den lachenden und kreischenden Weibern, die ihm die Kübel über den Kopf stülpten, ihn nahezu in den Trog drängten und als er endlich wieder mit fürchterlichem Peitschenknallen durch das Stift davonfuhr, noch Scheltworte nachschrien, Kübel voll Wassers nachgossen, obwohl er ohnehin schon triefend aus der Bataille gekommen war.

Als sich das Gelächter etwas gelegt hatte, merkte Schorsch wohl, daß sein Name, häufiger als ihm lieb war, mit den hochbeladenen Aussteuerwagen in Verbindung gebracht wurde. Es lag ja nahe genug, daß man meinte, die Wagen könnten geradesogut hier in Münster abladen und so weiter. Ein besonders keckes Waschweib fragte geradezu, wie ihm zumute sei, so daß er zwar gute Miene zum bösen Spiel machte, dennoch sich, so bald er konnte, aus der Nähe dieser scharfen, stechenden Zungen zurückzog. Anderntags aber begab auch er, wie viele andere, sich in seinen schönsten Kleidern zur Hochzeit nach Oberhofen. Er hatte dem Kronenwirt zuletzt auf vieles Drängen doch sein Wort darauf gegeben und glaubte, es sich selbst schuldig zu sein, nicht wegzubleiben. Eine Einladung zur Hochzeit durfte nicht ausgeschlagen werden, und Schorsch hielt es für eine Ehrensache, zu erscheinen.

Das Wetter war an jenem Donnerstagmorgen im Monat März nicht mehr sonnig wie an einigen vorhergegangenen Lenztagen. Trübes Gewölk hatte sich vorgeschoben, doch regnete es nicht; der Boden war trocken, und der Wind fegte dann und wann den Märzenstaub von der Straße und hob ihn wolkenweis über das Feld. Schon früh war der Kronenwirt mit seinen beiden Kindern durch

Münster gefahren; er wollte Schorsch mitnehmen. Dieser aber zog vor, zu gehen, da er ohnehin der Ziviltrauung vor dem Bürgermeister – in der Pfalz ist von der französischen Zeit her jeder Ortsvorstand zugleich auch Zivilstandesbeamter – nicht beizuwohnen hatte und zur Trauung in der Kirche noch immer rechtzeitig kam. – Schon hatte die Lenzarbeit in den Wingerten begonnen, mit dem Schneiden und Binden der Reben, dem Umgraben, Stufenschlagen, Balkeneinziehen. Es sah sich seltsam an, wenn man den Winzer oben auf der Rebenhöhe den Schlag führen sah, und der Schall erst mehrere Sekunden später das Ohr des Wanderers erreichte. So oft beobachtet, erregte es seine Aufmerksamkeit dennoch wieder. Je näher er jedoch dem stillen Dorf kam, desto mehr glaubte er, jedesmal den Schlag zu spüren, als ob er gegen sein Herz geführt wäre. Eine wunderliche Spannung beklemmte ihm die Brust. Es lag wohl in der Frühlingsluft und in der bewegten Zeit.

Aus dem Westrich waren damals aufregende Botschaften gekommen. Die von Zweibrücken gegen Homburg ausrückende Gendarmerie, von zwei Schwadronen Chevauxlegers begleitet, hatte auf Befehl des dortigen Landkommissars die Türen der Wohnung des Dr. Wirth erbrochen, und aufs neue waren Siegel angelegt worden. In der folgenden Nacht aber wurden dem Landkommissär die Fenster eingeworfen und ein Freiheitsbaum aufgestellt. Nun sollte Dr. Wirth, der wieder die Siegel abgerissen hatte, verhaftet, die „Tribüne" gänzlich unterdrückt werden. Diese Botschaft hatte durch das ganze Land aufregend gewirkt, und schon wurde da und dort mit dem Aufstellen von Freiheitsbäumen begonnen.

Doch, war das alles imstande, einen Hochzeitsgast so sehr zu bewegen, daß ihm das Herz pochte, als er das Dorf vor sich sah, und daß es ihm noch heftiger schlug, als er die Gasse und das Haus betrat, wo die Hochzeit gefeiert werden sollte?

32

Die Trauung

Im Hause der Frau Juliane und in dessen Umgebung war bereits das harmlose heitere Treiben erwacht, das einen Hochzeitstag auf dem Lande begleitet. Geputzte, mit künstlichen Sträußen geschmückte Kinder, froher Willkommen zufahrender Gäste, zuströmende Neugierige und ein großer Segen von armen Leuten aus der ganzen Umgegend, die gekommen waren der Brosamen wegen, die heute von der reichen Hochzeitstafel reichlich für sie fielen. Denn so war es der Wille der Braut.

Nun war auch, herzlich begrüßt, Bas Philippine mit ihrem Mann angelangt, wie immer völlig schwarz gekleidet, als lebe sie in ewiger Trauer. Nachdem sie mit allen Anwesenden freundliche Worte gewechselt, ging sie auf die Kinder zu, die da in einem Häuflein beisammen standen.

„Na, du Lieb's, du Goldiges", sagte sie zu dem ältesten Bübchen. „Gib mir auch einmal ein Patschhändelchen. So! Wie heißt du denn, du Dickerle? So, Pöppel! Und du, du Nettes?"

„Stöffele!"

„So! Und was willst du denn einmal werden, du Herzgepoppeltes? He?"

„Zuckerbäcker."

„Und du?"

„Trompeter!"

„Na, ihr habt's gut vor!" sagte Bas Philippine etwas ernüchtert unter dem Lachen der Umstehenden.

Auch die beiden Kinder des Kronenwirts wurden ihrerseits von Juliane und andern ähnlich betätschelt und herzgepoppelt.

Während die Hochzeitsgäste noch von allen Seiten zu Wagen und zu Fuß kamen, ordnete sich das aus den nächsten Anverwandten bestehende Geleit des Brautpaares zur Kopulation ins Gemeindehaus, wohin auch Frau Juliane ihrer Unterschrift wegen mit mußte, während die Mutter, alter Sitte gemäß, nicht mit in die Kirche zu gehen hatte.

Alle Fenster der beiden Nachbardörfer waren besetzt, und selbst auf der Feldstrecke zwischen beiden Orten standen die Leute, um das Brautpaar zu sehen. Eine gewisse Spannung und Aufregung war nicht zu verkennen. Man schien zu glauben, daß der Tag nicht so glatt verlaufen, daß er noch etwas Unerwartetes, Ungewöhnliches, Überraschendes bringen werde. Allein, sah die Braut auch bleich aus, sie war doch augenscheinlich ruhig und gefaßt. Sie war nicht in vollem Hochzeitsstaat, der erst zum Kirchgang angelegt wurde. Mit niedergeschlagenen Augen ging sie, von hundert Blikken gemustert, die lange Dorfgasse entlang nach dem Gemeindehaus, das tiefer im Tal, bei der katholischen Kirche neben dem kleinen Bach und großen Dorfbrunnen steht.

Auch hier war zu dieser Jahreszeit jeder Platz mit Waschweibern besetzt. Sie hielten jetzt im Klopfen, Patschen und Ratschen inne, und standen hochgeschürzt mit dem hölzernen Bleuel in der Faust jenseits des Dorfbaches, um ihre Glossen über das Brautpaar zu machen, das eben mit seinem Gefolge das Gemeindehaus betrat.

„Wie bleich sie aussieht!“ meinte die eine. „Sie hätte wohl auch lieber den von Münster genommen!“

„Na, der Kronenwirt ist auch ein hübscher, junger Mann – und reich.“

„An Schulden!“

„Ach, was Schulden! Wer ist schuldenfrei! Auch der König hat Schulden. Und sie hat ja Geld genug seine Schulden zu bezahlen.“

„Ob sie ja sagen wird!“

„Was will sie denn machen?“

„Gib acht! So manche ist noch vor dem Alter zurückgetreten. Der Susel ist es zuzutrauen.“

„Das hilft ihr nichts, wenn der Bürgermeister sie einmal auf dem Gemeindehaus kopuliert hat.“

Das alles wurde in achtungsvoller Haltung und gedämpftem Ton gesprochen. Nur Bas Marlis, noch immer nicht versöhnt seit jenem Streit mit Frau Juliane wegen des Besuchs der Pfarrstunde, schien nicht einmal hinsehen zu wollen, sondern überließ sich einem leidenschaftlichen Anfall von Arbeitsdrang und Wascheifer. Sie war seitdem noch schwammiger und eigensinniger geworden. Mit aller

Wucht, die sie aufzubieten vermochte, schlug sie mit einem Waschbleuel auf das unglückselige Hemd, das sie zusammengerollt auf den Waschstein gelegt hatte, so daß es wie Pistolenschüsse krachte und das eingesogene Wasser nach allen Seiten spritzte. Und dazu schrie und lärmte sie. „Ei, ja, die Juliane da! Die meint schon, der große Hund sei ihr Vetter und der König ihr Schwager. Wenn man die einzige Tochter hat und es einem die Mittel erlauben, muß man natürlich eine Hochzeit halten, wie der Louis Philippie, wenn er eine Tochter verheiratet. Versteht sich, nobel, großartig, wenn man auch nur eine Spiegelguckerin ist, eine Bauersfrau aus Oberhofen, der es ansteht, wie der Kuh die Spitzenhaub'."

Als der Zug nach vollzogener Trauung wieder den Rückweg einschlug, da entfuhr der Bas Marlis ein ungemein höhnisches Gelächter, wobei sie, den Bauch vorstreckend, mit den Armen focht und mit den Händen um sich schlug, als befände sie sich mit ihrer Widersacherin im heftigsten Handgemenge.

„Ei, ja wohl", schrie sie. „Einen Witmann! Glaub's gern, daß er zugelangt hat, der Schuldenbuckel. Vetter Balzers Hannes hat nicht gewollt. Und das Brüderle Barfuß vom Gleiszeller Berg wird wohl auch zur Hochzeit geladen sein, he?"

„Jetzt aber still!" gebot der Büttel ärgerlich. „Seid Ihr dann ganz aus dem Häuschen?!"

„Du bist aus dem Häuschen, du Tyrannenknecht! Was meinst du denn! Wenn ich ruhig meine Arbeit tu', kommt der daher und will ein Protokoll machen! Oh, hätt' ich das Tyrannenpack! – Aber wart'!" Und wieder hieb sie auf ihre Wäsche los, als gelte es, alle Tyrannen der Welt zusammenzuklopfen. „Komm nur her, du Lump!"

So hatte man Bas Marlis schon seit den Tagen nicht gesehen, wo sie als junges Mädchen den Freiheitsbaum beim Beginn der großen Revolution hatte schmücken helfen. Als der Büttel glaubte, kurzen Prozeß machen und die Widerspenstige fortführen zu müssen, rotteten sich die andern Weiber zusammen, drohend ihre Waschbleuel schwingend, während die Kinder jubelnd zusahen.

„Ei jo!" hieß es. „Man verarretiert nur so! Nix da! Das hat sich aufgehört!"

„Freiheit in unserm Land,
Freiheit im ganzen Land!"

Als nun der Büttel, in einer Zeit, wo solche Revolutionsliedchen bereits aufzutauchen begannen, dem Landfrieden nicht mehr trauend, sich zurückzog, hatte er für Spott nicht zu sorgen, da ihm selbst das Hohngelächter der Kinder und die Walzermelodie, nach der von da an viel auf allen Hochzeiten getanzt wurde, nachscholl:

„Jagt sie zum Land hinaus,
Jetzt kommt der Völkerschmaus.
Aristokraten werden gebraten –."

Ohne Ahnung des stattgehabten Auftritts war das nach Oberhofen zurückgekehrte Brautgefolge im Haus der Frau Juliane. Denn nun rüstete man sich zum Kirchgang, im feierlichsten Aufzug und Hochzeitsstaat. Jedem Teilnehmer wurde von seiten des Brautpaares ein Blumenstrauß überreicht. Und Glockengeläute und unbändiges Schießen aus allen Höfen, das sich noch auf der Feldstrecke bis zur Kirche fortsetzte. Man zog dahin, voraus die kleinen herausgeputzten Mädchen mit Kränzen und Sträußen, dann die Braut selbst in einem schwarzen Tuchkleid mit dem Hochzeitskranz im Haar, inmitten der reichgeschmückten Brautjungfern. Nun kamen die Knaben, das Pöppele, das Stöffele, das Hansel, der Mathesel und der Anderesel, alle mit mächtigen, künstlichen Sträußen am Wämschen und Mützchen. Dann erst der Bräutigam, mit dem mächtigen Strauß künstlicher Blumen an der Herzseite seines Hochzeitsrockes, zwischen seinen Führern, unter denen auch Schorsch und Stoffel waren, die sich gegenseitig nicht ansahen. Zum Schluß folgten dann, mit Ausnahme der Mutter der Braut, die dem Brauch gemäß daheim blieb, um in würdiger Weise die Mahlzeiten vorbereiten zu lassen, die nächsten Verwandten und Hochzeitsgäste jeder Art; echte Bauern in dreieckigen Hüten, Manschettenbauern, wie der lange Jung und des Kronenwirts Schwager im Zylinder, die Weiber in Nebelkappen und Ziehhauben, und Bas Philippine, die Schwester des „Hochzeiters", in der schwarzen Samthaube.

Er sah heute sehr stattlich aus, der Kronenwirt, und war, wie es schien, auch sehr hoffnungsvoll und glücklich. Vom Aussehen der Braut ließ sich nicht das gleiche sagen. Groß und schön war ja Susanne heute wie immer, aber so seltsam bleich. Aber sie weinte nicht, wie es doch die bräutliche Sitte verlangt. Keine Träne glänzte durch die langen, niedergezogenen Wimpern; ihre so verschleierten Augen blieben völlig trocken.

In das stille Dorf war heute eine ungewohnte Bewegung gekommen. Niemand, der eine Stunde erübrigen konnte, blieb daheim. Von den letzten Häusern bis zum steinernen Kreuzsockel bei der Ruhbank und wieder bis zu den nächsten Häusern standen die Neugierigen, während Flinten und Pistolen andauernd krachten und knallten, Susel aber kaum zusammenzuckte, sondern alles mit Gleichmut über sich ergehen ließ. Nun drängten die Leute in die Kirche, während sich das Hochzeitsgefolge in den Chorstühlen, wo sonst nur die Presbyter saßen, um den Altar ordnete, indes das Brautpaar, außerhalb des Altars vor dem Geleite hielt.

Als der Geistliche dazukam, die Trauungsformel aus der Agente abzulesen und dem Paar die Pflichten des Ehestandes einzuschärfen, da wechselte die Braut mehrmals die Farbe, und wurde dann immer blasser. Nur einmal hatte sie die Augen flüchtig aufgeschlagen, und der Zufall wollte es, daß sie dem sich gegenüber sah, der nach der Wahl ihres Herzens hätte hier an ihrer Seite stehen müssen. Seine Augen begegneten den ihrigen. Eine Sekunde lang hielt sie den Blick aus.

Susel hatte ihre Augen wieder gesenkt, und stand nun ruhig, ganz ruhig da. Keineswegs nach der Sitte eng an der Seite des Bräutigams, sondern weit genug von ihm entfernt, daß man zwischen dem Paar hindurch sehen konnte.

Als der Geistliche zur Frage der liturgischen Trauungsformel kam: „Willst du, Konrad Kurz, diese deine erwählte Braut, Susanne Groß, allzeit als deine Ehefrau ansehen, und ihr in guten, wie in bösen Tagen zur Seite stehen, so sprich ein lautes, deutliches Ja!“ Da klang das „Ja“ des Kronenwirts so laut durch die Kirche, daß es an den Wänden widerhallte.

„Und du, Susanne Groß, willst du deinen Erkorenen hier, diesen Konrad Kurz, als deinen Ehemann ansehen und ihm in guten, wie in bösen Tagen treulich anhängen und zur Seite stehen, so sprich ein deutliches Ja!“

Aller Augen hatten sich auf die Braut geheftet, und nicht wenige lauschten mit erwartungsvoller Spannung! War auch für alle rechtlichen Fragen die Trauung schon durch die bürgerliche Kopulation genügend vollendet, so sollte doch hier, gleichsam vor Gott und vor dem eigenen Gewissen, die Verbindung feierlich bestätigt werden. Niemand von den Zeugen hatte ihr Ja gehört. Doch, der Geistliche mußte wohl das Wort der Einwilligung vernommen haben, denn er sah die Braut mit einer allerdings kaum merklichen Gebärde gelöster Spannung, als sei ihm ein Stein vom Herzen gefallen, und doch wieder mit einem Ausdruck an, als denke er: So ergeben sie sich zuletzt alle in ihr Schicksal. Und da der Pfarrer sprach: „So reichet euch die Hände!“ und sich anschickte, die Hand des Bräutigams auf die der Braut zu legen, was diese sich willenlos gefallen ließ, ging ein vernehmliches Aufatmen durch die Kirche.

Warum aber hatte Schorsch sich mehrmals so auffällig verfärbt, während jetzt der Segen über beide gesprochen wurde? Auch der Braut, die wieder mit demselben blassen Antlitz und den geschlossenen Lippen einmal flüchtig aufgeblickt hatte, war es nicht entgangen. Was war ihm denn nicht recht? Es hatte doch alles den gewohnten Verlauf genommen, und er selbst hatte, solange es noch Zeit gewesen wäre, nicht das mindeste unternommen, den Gang der Dinge zu wenden oder zu ändern, wie sehnlich es auch von einer Seite erwartet worden war! Was war ihm denn nun nicht recht?

Die Orgel fiel ein, der Pfarrer sprach händeschüttelnd seinen Glückwunsch aus, und reihte sich, zur Hochzeitstafel geladen, dem Zuge ein, der sich in derselben Ordnung heimwärts bewegte, nur daß jetzt das getraute Paar nebeneinander schritt. Mit lachendem Gesicht sah der Kronenwirt jetzt in die Welt, nachdem alles so gut abgelaufen war. Für Susel schien der Gang immer schwerer zu werden, und bei jedem Schuß und Knall, der nun Schlag auf Schlag erfolgte, zuckte sie zusammen. Noch immer war sie so bleich, als habe sie in der Kirche stark gefroren. Doch sie weinte auch jetzt nicht.

Gleich vor der Kirche war sie von den Mädchen von Pleisweiler „gefangen“ worden, das heißt: die Straße wurde ihr durch eine lange Schnur gesperrt und ihr Kleid mit bunten Blättern besteckt, so daß sie sich mit einem Geldstück lösen mußte – ein Brauch, der sich am Eingang des Dorfes durch die Mädchen von Oberhofen wiederholte. Inzwischen jedoch hatte sich etwas ereignet, das als kein gutes Omen betrachtet wurde.

Als der Zug sich nämlich auf dem Heimweg der Ruhebank

näherte, wo eine Gruppe ärmlich gekleideter fremder Leute mit Brotkörbchen und Bündeln stand, stieß ein altes Weib einen zerlumpten kleinen Jungen, der auf dem Kreuzsockel saß, von dem Stein herab mit den Worten: „So, jetzt hurtig! Tu, wie ich dir gesagt habe!“

Schnell glitt das arme Kind herunter, auf den Zug los und schlüpfte, bevor es aufgehalten werden konnte, zwischen dem Hochzeitspaar durch, um sich dann am Kleid der Braut festzuhalten: „Gib mir auch etwas, Susel! Wenn du anderen gibst, laß' auch deinen Bruder nicht ohne Hochzeitsstück!“

Susel war so in Gedanken versunken, daß sie, ohne der Anrede sonderlich geachtet zu haben, sofort in die Tasche griff, um dem vier- oder fünfjährigen Jungen, der sie vertrauensvoll ansah, das Erbetene zu geben. Aber schon traten andere dazwischen und stießen den Jungen aus der Reihe. Und Jerg, der Mann Eves, die der Hochzeit nicht beiwohnen konnte, ergriff das Kind beim Kragen und schleuderte es so derb zur Seite, daß es über den Straßengraben stürzte und laut weinend am Rain liegenblieb.

Wie ein wildes Tier stürzte die Alte auf das Kind los, hob es auf und rief, es an der Hand wieder zur Ruhebank nachziehend, dem Zuge mit geballter Faust nach: „Die Kränk' und die Pest auch! Meine Tochter ist mir zu Grund gangen durch euch! Wollt ihr auch das Kind da umbringen, das euch so viel angehet, wie mich! Seid verflucht in den Grunderdsboden bis in die siebente Höll hinein! Und der Tag soll kein gutes Ende nehmen! Das wünsch' ich euch allen miteinander!“

Die vorderen Reihen des Zuges waren bereits wieder in gewohnter Ordnung weitergegangen, um durch neue Eindrücke, Flintenknallen und Gefangennahme der Braut über den Vorfall hinwegzukommen.

„Wer ist die Bettelfrau?“ fragte man unter den älteren Männern.

„Die Benkerten vom Gleiszeller Berg“, flüsterte Vetter Balzer, der mit seinem Hannes und dessen Liesel ebenfalls der Hochzeit Susels beiwohnte. „Die Mutter der selbigen Nettl, die zu Henrichs Lebzeiten im Haus gedient hat.“

„So, da, Alte!“ sagte der lange Jung von Kapellen, aus dem Zuge tretend und ein Stück Geld aus der Tasche holend. „Nehmt und seid ruhig. Untersteht Euch nicht."

Doch die Alte stieß leidenschaftlich seine Hand zurück, kehrte ihm den Rücken und schrie: „Ich will jetzt nichts, von keinem von euch! Aber der Tag soll kein gutes End' nehmen, das hoffe ich, wenn ein Gott im Himmel ist!"

Böse Erinnerungen und unangenehme Gedanken waren hervorgerufen in der Schar der älteren Hochzeitsgäste. Doch hielt diese Stimmung nur noch, bis man im Festhaus anlangte, wo Juliane, tief gerührt, ihre nunmehr verheiratete Tochter begrüßte. „Halt' mir sie gut, Kronenwirt", sagte sie, „sie verdient es."

„Was an mir liegt, Mutter, soll geschehen!" war die Antwort, während sich alles zum Glückwunsch herandrängte, auch Schorsch.

„Gratuliere", sagte er auffallend kurz und frostig, als er die Hand der Braut eben nur berührte, ohne Susel anzusehen.

Dann traten andere an seine Stelle, und er zurück. Man achtete seiner kaum. Hierauf begann die Tafel in der großen Oberstube mit einem laut gesprochenen Tischgebet des Herrn Pfarrers.

33

An der Hochzeitstafel

So köstlich die Aufgabe wäre, einen pfälzischen Hochzeitsschmaus zu schildern, die Schmackhaftigkeit der Braten und weingetränkten gewürzigen Soßen, der mit Kastanien gefüllten Hühner und Kalbsbrüste, der Kuchen und durch die Jahreszeit gebotenen Eierspeisen, so kann man doch füglich darauf hinweisen, daß der Pfälzer Küche bereits durch Riehls kulturhistorische Feder ein Denkmal gesetzt worden ist. Manche Herrentafel auf der rechten Rheinseite würde den Vergleich kaum aushalten. Es genüge also die Versicherung, daß die „Kochfrau" große Lobsprüche und manches geheime Trinkgeld schon jetzt erntete, und daß Julianes Antlitz vor Genugtuung glänzte, so oft sie ihren Ehrenplatz neben dem Herrn Pfarrer wieder einnahm.

Die Großmutter war nicht an der Tafel; sie zog es vor, heute im Bett zu bleiben und so der zartesten Bissen und Aufmerksamkeiten gewiß zu sein, da besonders auch Bas Philippine darauf bedacht war, der lieben, guten, alten Frau gelegentlich das Beste zuzusenden. Indes wurde auch im Hof und im Kelterhaus reichlich verzehrt und an arme Leute gegeben, da die alte Aplone kaum damit fertig werden konnte, allen Herumstehenden das für sie bestimmte Labsal zu reichen, während die Mägde des Vetter Jokeb und des Vetter Balzer am Pumpbrunnen emsig Teller, Schüsseln und Tassen scheuern halfen. Auch in der Werkstatt aßen und tranken die Knechte, Mägde und ledige Burschen, die am Schießen beteiligt gewesen, recht tüchtig. Hier machte besonders Hanjerg mit seiner Käthrine die Honneurs.

Daß dabei der Stumpe, der Knecht des Hochzeiters, nicht zu kurz kam, läßt sich denken. Er leistete Großes im Spektakelmachen.

An der Tafel im Haus klangen die Gläser und man trank zum sechstenmal zu Ehren des Brautpaares, als ein Mann in gelblichbrauner Tuchkleidung mit einem großen ledernen Ranzen auf dem

Rücken halb unter die Tür trat. Es war der Kantonsbote von Annweiler, der zweimal in der Woche von dem Landkommissariatssitz Bergzabern zurückkehrte und die Briefschaften, Zeitungen und amtlichen Zirkulare für die am Wege liegenden Ortschaften besorgte. Da er gehört hatte, daß der Herr Pfarrer auf dem Hochzeitsfest war, wollte er ihm hier gleich die Zeitungen abliefern. Natürlich wurde er genötigt, wenigstens auf kurze Weile Platz zu nehmen, da jeder zufällig Einkehrende heute als Gast willkommen war.

„Aber", rief ihm der Doktor Flaccus zu, der sich unterdes ebenfalls auf eine Viertelstunde eingefunden hatte, „warum bringen Sie uns nicht mehr Siebenpfeiffers Westboten und Dr. Wirths Tribüne?"

„Geht nicht, beileibe nicht", war die Antwort. „Ist streng verboten."

„Warum nicht?" hieß es von mehreren Seiten. „Wer kann Ihnen verbieten, den Leuten ihre Zeitung zu bringen!"

„Strengstens von der Regierung untersagt bei Strafe der Entlassung. Geht nicht, beileibe nicht!"

„Na, wir kriegen die Blätter doch!"

„Wenn sie den bestellten Extraboten nicht durch den Gendarmen abgejagt werden", meinte der Kantonsbote, indem er sich ein Stück Braten schmecken ließ. „Die Regierung schreitet jetzt streng ein; nach Homburg hat sie die Gendarmerie und Chevauxlegers ausrücken, die Tür von Dr. Wirths Haus erbrechen und die Druckerei versiegeln lassen."

„Das darf ja doch nicht sein!" sagte der Schwager des Bräutigams. „Das darf die Bürgerschaft nicht leiden!"

„Es hat auch großen Spektakel gegeben. Dem Landkommissär in Homburg sind in der Nacht alle Fenster eingeschmissen worden – Steine, so groß! Bis in die Schlafzimmer sind sie geflogen. Auch einen Freiheitsbaum haben sie aufstellen wollen! Wir leben in einer Zeit!" berichtete der Bote mit einiger Beklommenheit.

„Das hat man gehört", meinte ein anderer der Hochzeitsgäste. „Aber was soll daraus werden?"

„Freiheitsbäume sind auch sonst im Lande aufgestellt worden", berichtete ferner der Bote achselzuckend. „In Zweibrücken und im ganzen Westrich ist alles in Aufregung. Der Wirth ist aber wahrscheinlich schon arretiert, die anderen Herausgeber der Tribüne aus dem Lande geschafft, Siebenpfeiffers Blatt unterdrückt."

„Na, da soll doch ein heilig Kreuz-Donnerwetter", fluchte einer der Gäste, worauf ihm der Pfarrer sanft die Hand auf den Arm legte mit der Bitte, nicht zu fluchen.

„Ich fluch ja nicht, Herr Pfarrer", sagte der Mann verwundert.

„Heilig Kreuz-Donnerwetter ist nicht geflucht?" wiederholte der Geistliche, sich im Kreise umschauend.

„Ach nein, Herr Pfarrer", erklärte Vetter Jokeb beschwichtigend und würdevoll den Kopf schüttelnd, „eigentlich geflucht ist das nicht!"

„Nun, dann möcht' ich wissen, was es ist!"

„Ebbe ein Seufzer!" warf Vetter Ebbe mit zitterndem Haupte ein.

„Eine Herzerleichterung!" meinte der Bräutigam, sich umsehend, ob man ihm recht gebe.

Plötzlich drang ein Hilferuf aus dem Hofe, so daß mehrere Männer an die Fenster eilten, um zu sehen, was es gebe. Im Nebenhaus streckte die Großmutter den Kopf zum Fenster heraus und schrie wie besessen.

„Was gibt's denn?" rief man ihr vom Hofe aus zu.

„Da will mich einer in die Luft sprengen! Bürgerhilf!"

Mehrere Hochzeitsgäste eilten in den Hof. Inzwischen war unter großem Spektakel der Stumpe über die Treppe des Nebenhauses heruntergepoltert, eine zersprungene Schweinsblase in der Hand, von der er hoch und teuer versicherte, sie sei ihm von selbst vor der Tür der Großmutterstube losgegangen, und da sei er vor Schreck die Treppe heruntergefallen.

„Was tust du denn mit einer Schweinsblase vor der Großmutterstube?" fragte der Kronenwirt, während Juliane ihre Schwiegermutter beruhigte. „Ich will dir was sagen, Stumpe, mach' dich auf den Weg in die Stadt, kauf' beim Eisenhändler Striegel und Kamm, richt' einen schönen Gruß von mir und dem langen Jung von Kapellen aus und – er wisse schon. Verstanden?"

„Jawohl", sagte der Stumpe, während er zum Pferdestall ging, seinen blauen Kittel überwarf, eine lederne Tasche umhängte und sich sofort auf den Weg machte.

„So verläuft er doch den ersten Rausch, meinst nicht?" wandte sich der Bräutigam an den hinter ihm stehenden Schwager, mit dem er eine Weile leise redete.

An der Tafel schien indes ein Stillstand eingetreten zu sein. Während die Kinder Wein und Kuchen in die befreundeten und verwandten Häuser trugen, damit auch die Daheimgebliebenen etwas von der Hochzeit hatten, ergriffen verschiedene Hochzeitsgäste die Gelegenheit, sich in der freien Luft zu ergehen. Die Anwesenheit des Pfarrers drückte etwas auf die Stimmung an der Tafel, wo keiner der gewohnten Hochzeitsscherze bis jetzt hatte Platz greifen wollen.

Schorsch hatte sich in den Hof begeben, nicht so heiteren Sinnes wie die Burschen von Oberhofen, die ihn umgaben. Sie hatten seiner nicht vergessen, kannten den wohl, der damals mit seinen Kameraden Kehraus gemacht hatte. Groll trugen sie ihm nicht nach, und wäre er selbst heute an der Seite Susels vor dem Bürgermeister und dem Altar in der Kirche gestanden. Denn mit dem „Verspruch", wenn die Sache in Richtigkeit gekommen, hört alle Feindseligkeit gegen fremde Freier auf; man rechnet auch hier mit vollendeten Tatsachen. Die Oberhofener Burschen kamen dem „Münsterer" sogar mit unverhohlener Achtung entgegen.

Doch Schorsch schien nicht in der hierfür empfänglichen Stimmung. Er überließ sich eigenen Gedanken, als er nun über den sauber gekehrten Hof schlenderte.

Dieser Besitz hätte sein Eigen werden können, dies alles – und *sie* dazu, die Tochter dieses Hauses. Ach, Susel! Sie war doch ein reizendes Weibchen! Und ihn hatte sie geliebt, ihn allein – und nun auf ihn verzichtet. Ja! Nun war sie für ihn verloren – für immer, weil er nicht die Kraft hatte; die Hindernisse wegzuräumen. – War er nun wirklich und völlig aus ihrem Herzen gerissen? Wie traurig hatte sie ihn noch vorm Altar in der Kirche angeschaut! Aber, sie hatte schließlich doch ja gesagt und füglich zugestimmt, so wie alle anderen es auch tun.

Ob er jetzt wirklich Reue fühlte? Vielleicht wußte er es selber nicht! Dem glücklichen Kronenwirt und auch dessen junger Angetrauten gegenüber tat er nicht dergleichen. Wenn er sich auch nicht besonders lustig vor der Hochzeitsgesellschaft gezeigt hatte, so doch auch nicht gerade trübe, nur etwas schweigsam. Da er nun beim Umherwandeln Blicke in den Pferdestall, Kuhstall, ins

Kelterhaus, in die Scheuer warf, mutete es ihn seltsam an – als sei er es, der hier nun schalten und walten dürfe in den wohlbestellten Räumen, anordnen und schaffen als Herr und Eigentümer dieses schönen Heimwesens. Und diese Anwandlung war für den Moment eine so lebhafte, daß er alles darüber vergessen hatte, bis er in der halbdunklen Scheuer plötzlich auf Stoffel stieß. Derselbe trat ihm mit einiger Hast entgegen, erstaunt und nicht eben höflich fragend: „Was suchst du da?"

„Dich!" sagte Schorsch gereizt. „Dich suche ich", und er zog den Widerstrebenden vollends ins Dunkel der Scheuer.

„Was willst du?" fragte Stoffel, bis auf die klumpige Nasenspitze erbleichend. „Jetzt habe ich nichts mehr gegen dich."

„Aber ich gegen dich, Tropf."

„Ich will meine Ruhe haben. Laß' mich, oder es geht dir noch schlimmer, als am Hollerstock."

Und damit war seine freie Hand bereits in die Tasche gefahren, um ein Messer herauszuholen. Aber, bevor er es öffnen konnte, hatte ihn Schorsch schon an der Gurgel und drückte ihn mit so ungestümer Gewalt über die niedere Barrenwand zurück, daß er rücklings völlig kraftlos überhing und, nur durch seines Gegners Faust in der Schwebe gehalten, unfähig sich zu wehren.

Schorsch hielt ihn eine Weile so in der Schwebe, um ihm seine Lage zum Bewußtsein kommen zu lassen, entwand ihm dann das Messer, schüttelte den Wehrlosen nochmals derb durch und schleuderte ihn seitwärts in eine Scheuerecke. Gelassen trat Schorsch durchs Scheuertor in den Hof hinaus, wo die Hochzeitsgäste umherstanden, während eben der Herr Pfarrer sich von dem jungen Paar und der Hausfrau verabschiedete, um den angespannten Wagen zu besteigen. Schorsch sah von allem nur die Braut, die in ihrem vollen Hochzeitsschmuck unter der Haustüre stand, um der Abfahrt des Geistlichen beizuwohnen – und im selben Augenblick sah auch sie her, mit einem geheimnisvollen, hoffnungsfreudigen Ausdruck, der freilich sofort wieder erlosch und tiefer Blässe und Niedergeschlagenheit Platz machte.

34

Ein Hochzeitsmaien

Die Braut auf der steinernen Türschwelle ihres elterlichen Hauses war von einer ähnlichen Vorspiegelung wie der frühere Geliebte berückt worden. Während der Geistliche den Wagen bestieg, hatte Susel einen verlorenen Blick über den ihr so vertrauten Raum hingeworfen, den sie zum letztenmal betreten sollte. Da sie nun Schorsch gewahrte, der eben ruhig vom Scheunentor her über den Hof geschritten kam, vergaß sie für einen Augenblick alle Kümmernis des Tages. Es war ihr zumute, ihm sei sie heute angetraut worden, ihn habe sie geheiratet, er sei der Mann und der Herr im Hause, das sie nimmermehr zu verlassen habe, und in dem sie, durch seine Liebe beglückt, auch fürder wohnen dürfe – bis an ihres Lebens Ende.

Dieses Gefühl bemächtigte sich ihres Herzens in so beglückender Weise, daß ihre Augen leuchteten und ihre Wangen flammten. Aber nur für einen Augenblick. Denn als der Kronenwirt herantrat, sie bei der Hand nahm, um sie zu dem Wagen hinzugeleiten, damit sie dem Herrn Pfarrer zum Abschied noch dankend die Hand drücke, da war der schöne Traum vorüber, sie wieder zur nüchternen Wirklichkeit erwacht. Mit frostigem Ernst nahm sie das freundliche tröstende und mahnende Segenswort des ehrwürdigen Mannes entgegen. Nun rollte der Wagen zum Tor hinaus – dasselbe schloß sich wieder – und auch ihr Herz vor jeder weiteren Täuschung über ihre eigentliche Lage. Mit Bitterkeit und Scham empfand sie, daß sie sich noch immer trügerischer Hoffnung hingegeben, daß solche Vorstellung – wenn auch nur vorübergehend – ihren verblendeten Sinn bestricken konnte, nachdem hinter ihr alle Brücken abgebrochen waren und das Tor, das sie von ihren Jugendhoffnungen trennte, unverrückbar in seinen Fugen stand, zwiefach verschlossen und verriegelt, durch ihren Willen nicht wieder zu öffnen.

Dieses Bewußtsein verließ sie auch den ganzen Abend nicht. Und mit aller Entschiedenheit faßte sie den Entschluß, keinen trügerischen Anwandlungen mehr Raum zu geben, keinem süßen Wahn, keiner schmeichelnden Vorstellung und an weiteres jetzt nicht mehr zu denken.

Inzwischen war es dunkel geworden. Man versammelte sich zum Abendschmaus, bei dem nun alle jene Bräuche und Scherze, ohne die eine rechte Bauernhochzeit nicht verläuft, zu ihrem Recht kommen sollten. Auch den Burschen draußen mußte man nach altem Herkommen gerecht werden. Eine Braut, die ihre Heimstätte in einem andern Dorf erhielt, war durch den auswärtigen Bräutigam den Ledigen im Orte förmlich abzukaufen und durch eine bestimmte Summe aus dem heimatlichen Verband zu lösen, wenn man einer Katzenmusik vor dem Haus entgehen wollte. Mit dem Glücksgefühl, das den Kronenwirt heute zu beseelen schien, war er dieser Verpflichtung nachgekommen und hatte mit den heimischen Burschen dabei freundschaftlich verkehrt. Daß er sich als eifriger Freiheitsmann gab, mit auf die „Freiheit“ anstieß und sogar in das „Freiheit in unserm Land!“ mit einstimmte, hatte ihm die Herzen vollends gewonnen. Und als er nun noch in etwas geheimnisvoller Weise einen großen Hochzeitsstrauß zu Ehren seiner Braut bestellte, nickte man ihm verständnisvoll und die Hand schüttelnd zu, während im Hause der Hochzeitsjubel seinen Fortgang nahm. Um alter Sitte zu genügen, mußte selbst die Köchin mit verbundener Hand erscheinen, welcher Mahnung sich niemand entzog. Ein Teller ging herum für die Trinkgelder, die von Zeit zu Zeit von der Köchin eingesteckt wurden, indem sie dabei zu sagen pflegte: „Nur das Kleine behalt' ich, das Große geb' ich weiter.“

Mittlerweise war auch der Braut der Schuh geraubt worden, um in althergebrachter Weise und mit hundertmal gehörten und dennoch immer wieder belachten Witzen an den Meistbietenden versteigert zu werden. Dabei überboten sich gegenseitig besonders der scheele Hannes, der mit seiner Liesel der Hochzeit beiwohnte, dann der reiche Schwager des Kronenwirts und der lange Jung von Kapellen, dem zuletzt auch die Ehre des Zahlens blieb.

Susel ließ alles über sich ergehen, ohne besondere Teilnahme zu bezeugen. Sie sprach wenig, aß und trank wenig; sie lachte nicht, wenn alle lachten. Sie war die stillste auf ihrer eigenen Hochzeit, wie das ohnehin einer sittsamen Braut gebührt. Während Schorsch sich einige Mühe gab, an der allgemeinen Heiterkeit teilzunehmen, saß Stoffel, vor sich hinbrütend, am Ende der Tafel, wenn er nicht in den Keller ging, um frischen Wein zu holen. Als aber der Jubel über die Brautschuhversteigerung endlich verschollen war, stand er plötzlich auf und rief über die Tafel hin: „Es sei ein wertvolles Taschenmesser abhanden gekommen und ob der, der es im Besitz habe, es behalten, oder ebenfalls zur Versteigerung bringen wolle? Denn einer, der mit am Tisch sitzt, hat es, das ist gewiß."

Während man, über diese seltsame Unterbrechung erstaunt, Stoffel fragend ansah, stand Schorsch auf und sagte: „Einer hat es, das ist gewiß. Ebenso gewiß ist, daß er es nicht gefunden, sondern genommen hat, mit Gewalt hat nehmen müssen, weil sonst leicht Unfug damit verübt worden wäre. Hier, Frau Groß, ist das Messer – nehmen Sie es in Verwahr, damit heute kein Schaden mehr damit geschieht. Soll es versteigert werden, setz' ich als erstes Gebot einen halben Gulden darauf."

Juliane hatte das Taschenmesser ihres Sohnes sofort erkannt, aber auch, gleich der Braut, den Sinn von Schorschs Andeutung verstanden, und sie verfehlte nicht, ihr Hausrecht sofort geltend zu machen. Mit einem sehr strengen Blick auf ihren Sohn, erhob sie ihre Stimme: „Hat's noch keine Ende? Mußt du Störung in den schönen Tag bringen? Wer heute unser Gast ist, soll als werter Gast gehalten, geehrt und geschützt sein. Das mußt du dir ein für allemal merken!"

„Er hat mich am Kragen gepackt!" fuhr Stoffel heraus.

„Still, sage ich", entgegnete die Mutter mit flammendem Blick. „Mußt gerade du Zwietracht in die schöne Eintracht bringen! Kein Wort will ich mehr von dir hören darüber."

Schorsch sagte gelassen, er wolle nicht die Schuld haben, daß jemand von der Familie die Freude des Tages nicht ganz teile, und werde, da es ohnehin Nacht geworden sei, sich dankbar für die genossene Gastfreundschaft nun auf den Heimweg machen.

„Nein!" rief der Kronenwirt. „Schorsch, tu' mir das nicht an. Du bleibst, solange wir auch bleiben, fährst mit uns bis Münster, und auch dem lieben Schwager Stoffel wird es einleuchten. Hab' ich recht oder nicht?"

„Meinethalben", versicherte der liebe Schwager Stoffel. „Was hab' ich davon, wenn er geht!"

Man wäre wohl nicht so schnell über diesen Zwischenfall hinweggekommen, wenn sich nicht im selben Augenblick auch ein Streit oder doch ein heftiger Wortwechsel auf der Gasse draußen erhoben hätte.

„Na, was gibt's denn jetzt wieder da?" sagte der Kronenwirt, der eine der streitenden Stimmen zu erkennen glaubte. Indem er das Fenster öffnete, gewahrte er zu seinem Erstaunen, das Blitzen eines Gewehres und Bajonetts und den roten Kragen eines Gendarmen. Das brachte einige Unruhe unter die Gäste. Indes verhielt sich die Sache folgendermaßen:

Der Knecht des Kronenwirts hatte sich in der Stadt einen neuen Peitschenstock gekauft, dann beim Eisenhändler den Striegel und Pferdekamm geben lassen, dabei einen Gruß von seinem Herrn und dem langen Jung von Kapellen ausgerichtet, und – er wisse schon. Hierauf hatte ihm der Eisenhändler ein Paket Zeitungen und Flugschriften in die Ledertasche gesteckt, womit sich der Stumpe denn auch wohlgemut auf den Rückweg machte. Dabei bemerkte er, daß er die Aufmerksamkeit eines Gendarmen erregt hatte, der ihm von ferne noch bei Nacht folgte – durch das Weidfeld über den Kirchberg, über die Wiesen und bis ins Dorf. Hier ließ sich der Stumpe, der für alle Fälle seinen Peitschenstock am dünnen Teil gefaßt hatte, gerade vor dem Hochzeitshaus noch erwischen.

„Was hast du in der Tasche?" fragte ihn der Bewaffnete.

„Geht dich nix an!" sagte der Stumpe gelassen.

„Ich will dir's zeigen! Und mich duzen?"

„Wie mir, so dir!" erwiderte der Knecht ruhig.

„So tu' Er heraus, was Er in seiner Tasche, hat, sag' ich."

„Nichts Verzollbares!" entgegnete der Stumpe.

„Her mit der Tasche!" schrie der Gendarm.

„Nit ums Verrecken!" sagte er. Und wenn der Stumpe einmal diese Versicherung ausgesprochen, so ließ er sich eher in Stücke hauen, als daß er seinen Vorsatz aufgab. „Himmel Sakrament!" fügte er hinzu. „Wenn Er mir nehmen will, was meinem Herrn gehört, treib' ich Ihm doch vorher den Tschako bis an die Kniekehle ein. Läßt Er jetzt los oder nit?" schrie der Stumpe, worüber der Kronenwirt das Fenster öffnete.

„Was hat denn der Gendarm da mit meinem Knecht?" fragte er laut, und auch Vetter Jokeb, ein gewichtiger Mann in der Gemeinde, rief nach dem Büttel, der sich in der Nähe befand.

„Darf denn das sein?" fing er an. „Nicht einmal am Hochzeitstag ist man sicher vor den Übergriffen dieser Leute. Ruf einmal den Bürgermeister herbei, damit er uns Ruhe verschafft vor dem Gendarmen da!"

Dem Polizeisoldat war Vetter Jokeb als einer der großen Eigentümer und einflußreichsten Leute in der Gemeinde nicht unbekannt, und er befürchtete, daß er in seinem Eifer zu weit gegangen war. Er hatte den stämmigen Blaukittel, den er aus der Eisenhandlung hatte kommen sehen, für einen der gewerbsmäßigen Vertreiber revolutionärer Zeitungen und Schriften gehalten, und wollte sie ihm abjagen, wie ihm geboten war. Wohl bemerkte er, daß hier, wie überall, die öffentliche Meinung sich gegen ihn wandte. Zu seinem Glück waren die ledigen Burschen für den Augenblick nicht in der Nähe, sonst wäre es ihm leicht übel ergangen.

Wie sich erwies, hatte der Gendarm nicht einmal so unrecht gehabt. Unter dem Striegel- und Pferdekamm in der ledernen Tasche fand sich in der Tat ein Paket, das nicht bloß die verbotene „Tribüne", sondern auch die „Menschenrechte" von 1792 und andere aufreizende Schriften enthielt. Die Männer stellten sich zusammen, der Schulmeister las die schärfsten Sätze vor, und – man war nichts weniger als empört über die schneidigen Ausführungen. Der Geist des Aufruhrs ging damals im Lande durch alle Klassen. Die Enttäuschung der Nation und die Mißachtung der gerechten Forderungen des Volkes von seiten der Regierenden waren zu grell vor Augen getreten, als daß sich nicht jeder gesunde Sinn dagegen hätte auflehnen müssen. Dieselbe Nacht sollte noch zeigen, wessen die Gemüter bereits fähig waren, wenn auch nur in einem kleinen Vorspiel des Dramas, das sich sieben Wochen später von der Süd- bis zur Nordgrenze des Landes, in allen Weinorten längs des Gebirges in einer schönen Mainacht abspielte.

Tief in die Nacht hinein hatte man im Hochzeitshause gegessen und getrunken, als ob man den Tag über noch keinen Bissen über die Lippen gebracht habe. Allmählich jedoch war man des Verzehrens müde. Der lange Jung fing schon an, vom Heimfahren zu sprechen, weil er heim müsse, und man möge es ihm nicht übelnehmen, worüber sein Freund sich bückend und auf der Ferse drehend jedesmal in ein ungeheures Gelächter ausbrach. Männer und Frauen begannen sich gruppenweise zu unterhalten; jene über Politik und kirchliche Angelegenheiten, diese über Haushaltungsgegenstände, als plötzlich einige der jungen Mädchen, die bei Tisch aufgewartet hatten, die Tür aufrissen und in großer Aufregung schrien: „Sie kommen! Sie bringen ihn!"

„Wer kommt?" rief Bas Philippine erschrocken.

„Wen bringen sie?" fragte Juliane.

In demselben Augenblick erscholl auch schon rauschende Musik, worüber Susel um so mehr erstaunt war, als sie sich zu ihrem Hochzeitstag Tanz und Musik, obwohl man solche im Ort selbst besaß, ausdrücklich verbeten hatte.

Gleichzeitig drang heller Jubel und Gesang durch die Fenster herein:

„Freiheit in unserm Land,
Freiheit im ganzen Land!"

Im Nu waren die Fenster geöffnet, ebenso rasch besetzt, während die jüngeren Männer hinauseilten, um an dem aufregenden Vorgang Anteil zu nehmen.

Eben kamen Hanjergs Rappen zum Vorschein. An dem leichten Handwagen, der den Herrn Pfarrer heimgebracht hatte, hing der Stamm einer Tanne in Ketten, deren Astteile von singenden Burschen in Seilen und Tragbändern geschleppt wurden und schon einen reichen Schmuck von bunten Bändern trugen, welche die in langen Reihen nachfolgenden Mädchen beider Orte bereits an die grünen Zweige geheftet hatten.

„Hierher, hierher!" rief eine Stimme draußen im Getümmel.

Im Nu schlugen, unmittelbar vor dem Hochzeitshause, Pickel und Hacken in den Boden, um rasch ein tiefes Loch zu graben.

„Heraus, wer Bänder hat, den Baum der Freiheit zu schmücken!" rief dieselbe Stimme wieder. Es war ein Mann in hellem Gewande.

Und jetzt drängten die Brautjungfern mit der Braut hinaus, die alle ihre bunten Hochzeitsbänder zur Zier des Freiheitsbaumes willig hingaben. Selbst die sonst so ruhige Liesel eilte heim, um ihre Bänder herbeizuschleppen, während ihr Mann, der scheele Hannes, und andere mit Stoffel auf den Speicher des Hochzeitshauses eilten, um den Baum, sobald der Ruf ertönte, mit Seilen aufzurichten und am Giebel zu befestigen.

„Setzt ihn ein!“ rief draußen die Stimme wieder durch das Getümmel.

„Es ist geschehen, Herr Doktor!“ erwiderte ein anderer. „Man soll nur oben ziehen!“

„So richtet ihn auf! Höher, höher! So. Oben fester! Stampft unten herum Erde! So. Nun gut!“ Der Mann im lichten Gewande schwang den Hut. „Es lebe die Freiheit!“

Ein Hoch ertönte unter Flintenknall in der Gasse und zu allen Fenstern heraus, indes die Burschen ihre Gewehre aufs neue luden.

„Und nun“, fuhr der Mann im hellen Rock fort, „habe ich noch eines zu sagen. Die harmlosen Zeiten, wo bei Frühlingsbeginn unsere Altvordern Maien setzten, sind für uns vorüber. Den Freiheitsbaum pflanzen wir als Beginn des Völkerlenzes. Diese junge Tanne, mit Brautbändern geschmückt, steht aber auch zur Ehre und zum Gedenken derjenigen, die uns heute an ihrem Hochzeitstage verlassen wird. Möge sie in der neuen Heimat auch unserer in der alten Heimat gern gedenken! Braut Susanne lebe hoch!“

In den Jubelruf krachten Flinten und Pistolen, die nun immer wieder aufs neue geladen wurden, um in die frische Märznacht hinein zu knallen.

„Herr Doktor Flax“, sagte der Kronenwirt, „ich bin Ihr Freund, seien Sie auch der meinige! Nicht wahr?“ Und dann umarmte er ihn und leerte auf die neue Freundschaft einen ganzen Schoppen.

„Und nun, Susanne?“ fragte Dr. Flax die Braut, als er ins Haus zurückgekehrt war, „wird Ihnen der große Hochzeitsmaien, den wir Ihnen gepflanzt haben, wirklich eine Mahnung sein, unserer in Freundschaft auch im neuen Heim zu gedenken?“

Sie reichte ihm die Hand und sagte bloß: „Es wäre auch ohnedies geschehen, lieber Herr Doktor!“

Im nächsten Augenblick rauschte schon die Musik durch die Stube, aus der man Tisch und Stühle geräumt, und im Nu begann das Tanzen, obwohl es sich Susel verbeten hatte. Jetzt, wo selbst ihre Mutter noch einen Schleifer mit dem Schwager des Kronenwirts walzte, konnte es auch die Braut, von älteren Männern aufgefordert, nicht mehr verweigern. Susel tanzte einige Male mit den Verheirateten, auch mit dem Vetter Jokeb, worauf sie von dessen Frau, der guten, sanften Bas Margaret schweigend ans Herz gedrückt und geküßt wurde. Susel tanzte dann auch einmal mit ihrem

Bräutigam, mit dem Hannes, aber mit keinem Ledigen – auch nicht mit Schorsch.

„Nein! Das ist jetzt vorüber, ich tanze nur noch, mit wem ich muß", sagte sie, als Schorsch um einen Tanz bat.

„Du willst nicht mit mir tanzen, Susel?"

„Nein, nicht mehr!"

Verletzt zog er sich zurück, mit dem bestimmten Vorsatz, sich nicht länger aufhalten zu lassen. Er war hier überflüssig. Niemand vermißte ihn, wenn er ging. Es war ja auch schon spät genug – elf Uhr nachts, draußen auf der Straße jedoch noch viel Leben um den Freiheitsbaum. Denn auch aus Pleisweiler waren die jungen Leute herbeigeströmt, um dem Freiheitsbaum zuzujauchzen und nach dem Takt der Musik vor ihm selber zu hüpfen und zu tanzen oder die damals auftauchenden Freiheitslieder zu singen.

Susel tanzte nicht mehr. Ihr Bräutigam hatte sie beiseite gezogen und ihr zugeflüstert: „Es ist Zeit!"

Nun stand sie draußen im Flur, nur von den Vertrauten des Hauses umgeben, tief in ein Halstuch gewickelt und in einen Kapuzenmantel gehüllt, den ihr noch die Mutter gebracht hatte. Sie fröstelte. Kein Wort sagte sie zu den geflüsterten Scherzreden.

Unterdes war Schorsch unbeachtet, und selbst auf nichts mehr achtend, hinausgegangen. Im Hof stand zur Abfahrt ein leichter, mit Füchsen bespannter Landwagen bereit, dessen Sitz mit Teppichen und Kissen reich belegt war; derselbe Wagen, in dem der Kronenwirt seine junge Frau heimbringen wollte, während seine Kinder, unter Obhut der alten Aplone bereits in einem entlegenen Zimmer schlafend, einige Tage bei der „neuen Großmutter" zubringen sollten.

Schorsch wollte sich unbemerkt vorüberdrücken, als ihm der Stumpe, sein Vorhaben durchschauend, zurief: „Nur noch ein bißchen warten. Wir fahren gleich!"

Doch einigermaßen froh, dem Trubel entronnen zu sein, schlüpfte Schorsch durch die Eingangspforte, an Gruppen froher Menschen auf der Gasse vorüber, zum Dorf hinaus, ohne noch einen Blick nach dem Freiheitsbaum zurückzuwerfen, und ohne den Wunsch nach weiterer Begegnung. Doch waren für ihn die Erlebnisse dieser Nacht noch nicht zu Ende.

35

Heimfahrt

Der Mond war durch das Gewölk gebrochen. Schorsch hatte den Feldpfad eingeschlagen, der zur Straße hinführt. Bevor er dieselbe erreichte, wäre er am liebsten wieder umgekehrt. Immer langsamer kam er vorwärts in der Stille der Nacht. Ihm war sehr eigenartig zumute.

Auf der Straße oben blieb er stehen, und sah auf das Dorf zurück, das heute seinen Beinamen „das stille" nicht verdiente, denn Musik klang herauf und zuweilen das Jubeln um den Freiheitsbaum.

Welch fröhliche Hochzeit! Es hätte seine eigene sein können, wenn – – ja, wenn! Hatte er denn des Ochsenwirts Kathel so lieb, daß er ein Mädchen wie Susanne Groß von Oberhofen so leicht aufgeben konnte? Merkwürdigerweise fiel ihm kein anderer Grund ein. Es wäre doch nur auf seinen Willen angekommen, trotz seiner Armut, trotz ihrer Mutter, ihres Bruders, und ihrer geldstolzen „Freundschaft" heute an des Kronenwirts Stelle zu sein!

Warum stand er nun hier auf der Straße? Was bannte ihn. In der Wingertslaube droben hatte er sie als junges Mädchen, das sich heftig sträubte, mehrmals geküßt. Und er hatte einen der glücklichsten Augenblicke jenes Heimganges vom Purzelmarkt erlebt.

Er machte jetzt kein Hehl daraus: die Schuld lag an ihm selbst. Bei ihrer Liebe zu ihm – welches Hindernis wäre nicht leicht hinwegzuräumen gewesen, wenn seine Treue, sein Vertrauen fest gewesen wären.

Und nun kam ihm das Lied in den Sinn, das sie – wer hat es ihm nur verraten? – in einsamen Stunden so oft vor sich hingesungen hatte:

„Ich wollt, ich läg' und schlief
Viel tausend Klafter tief
Im Schoß der kühlen Erden,

Weil du mein nicht kannst werden
Und ich keine Hoffnung mehr hab',
Als nur das kühle Grab.

Ich hab' dir ganz vertraut,
Auf deine Lieb gebaut;
Nun aber muß ich leiden
Daß sie mich von dir scheiden
In heißer Liebesglut,
Die schmerzlich brennen tut.

O Erde, deck' mich zu,
Gib meiner Seele Ruh',
Vertilge meinen Namen,
Lösch aus die Liebesflammen,
Lösch aus die Not und Pein, –
Vergessen will ich sein."

Schorsch ging weiter. Er war so in Gedanken, daß er nicht das Rasseln eines Wagens hörte, der rasch hinter ihm her kam und ihn einholte, bevor er die Höhe erreicht hatte.

Es war ein sogenannter Charabanc, mit Koffersitzen ohne Federn und Polster. Doch die harten Bänke waren weich belegt, selbst der Kutschersitz, auf dem der in eine Pferdedecke gewickelte Fuhrmann saß. Denn die Märznacht war kühl. Auch der Mann auf dem zweiten Sitz war in einen Kragenmantel, die Frau neben ihm unkenntlich in eine Kapuze gehüllt. Die beiden Pferde kamen jetzt bergan langsam an ihm vorbei.

„Schorsch!" rief der im Kragenmantel.

„Ja!"

„Bist du's, so setz' dich nur herauf bis Münster. Besser schlecht gefahren, als gut gegangen. Meinst du nicht auch?" wandte er sich an die Frau zu seiner Rechten.

Doch die im Mantel rührte sich nicht, während der Knecht bereits rückte und die Pferde anhielt.

„Ah pah!" sagte Schorsch. „Ich bin nicht müde und gehe lieber."

„Mach' keine Sachen", drängte der im Wagen. „Ich hab' dir doch gesagt, du sollst mit uns fahren. Schlag' mir's nicht ab! Ich hätte keine Ruhe, dich auf dem ganzen Weg hinter uns zu wissen."

„Du meinst wohl", entgegnete Schorsch, „ich könnte mich am Kofferbrett halten, weil nachts die Kinder nicht kreischen: es hängt einer hinten dran!"

„Ohne Stuß, setz' dich jetzt herauf! Beim Stumpe ist noch Platz."

„Na denn", sagte Schorsch und schwang sich von der Radnabe neben den Knecht, worauf es rasch über die Höhe und ins Tal von Gleishorbach hinunterging. Schorsch war sich seiner wunderlichen Lage wohl bewußt. Und nicht bloß die kühle Märznacht bewirkte, daß es auch ihn fröstelte und schauerte.

Im allgemeinen herrschte Stille. Dann kam der Kronenwirt mit etwas lallender Zunge und zuweilen lachend auf die Ereignisse seines Ehrentages zurück, und er äußerte besonders darüber große Genugtuung, daß zu seiner Hochzeit ein Freiheitsbaum aufgestellt worden war. Ob er aber lange stehen bleibe? Morgen schon fällt ihn vielleicht die Axt der Polizei – und darin hatte er allerdings recht. Aber, meinte er, in kurzem stehen andere auf, und diese würden dann fester wurzeln. Das sei die Meinung all jener, die schon einmal das Aufstellen von Freiheitsbäumen im Land erlebt haben.

Indem er sich in dieser Weise ausließ, hatte sich der Kronenwirt mehrmals um den Beifall der jungen Frau im Mantel an seiner Seite umgesehen, ja sich unmittelbar mit der Frage an sie gewandt, ob er nicht recht habe. Doch sie antwortete nicht. Sie ließ überhaupt kein Wort fallen. Wahrscheinlich war sie eingeschlummert, oder so tief in Betrachtungen über den Wandel der Dinge und der menschlichen Schicksale versunken, daß sie auf das Reden nicht achtete. Oder sie gedachte jener seltsamen, ahnungsvollen Anwandlung während der Heimfahrt mit Vater und Mutter von der Konfirmation, als sie zwei Männer und eine verhüllte junge Frau daherfahren sah, in der sie sich selbst erkannte. Und nun?

Sie schwieg. Allmählich wurde auch der Kronenwirt stiller. Als man jedoch über die Kreuzstraße hinunter in den nächtlichen Gassen von Münster anlangte, wurde er wieder munterer; einige Häuser unterhalb der protestantischen Kirche hieß er den Knecht anhalten, vor einem rot angestrichenen Erkerhaus, von dem ein Nasenschild weit in die Gasse vorsprang.

„Der Ochsenwirt, ein guter Freund von mir, würde es mir übelnehmen, wenn ich ohne Einkehr heut an ihm vorüberführe, nicht?"

Es war schon so spät, daß der Ochsenwirt das Vorüberfahren wohl entschuldigt hätte. Darum dauerte es eine Weile, bis auf das Pochen und Rufen des Abgestiegenen innen ein „gleich" erscholl, dann mit Stahl, Feuerstein, Schwamm und Schwefelfaden ein Licht angezündet war und endlich das Tor geöffnet wurde, um nach dem Begehr zu fragen.

„Bloß ein paar gute Stehschoppen, du schläfriger Mensch! Willst du nicht auf die Gesundheit meiner jungen Frau mittrinken, Ochsenwirt, he?"

Nun folgte frohe Begrüßung, Gratulation und lauter Willkomm des Glücklichen. Der Ochsenwirt trat an den Wagen heran, um auch die Braut zur Einkehr einzuladen. Diese lehnte aber entschieden ab, ihren Sitz zu verlassen, und verharrte auch bei diesem Entschluß, als die beiden Freunde durch die Einfahrt in die Wirtsstube traten.

„Schorsch", rief der Kronenwirt zurück, „du trinkst doch mit?!"

„Gleich!" sagte dieser, der noch verweilt hatte, um dem Stumpen das übliche Trinkgeld zu geben. Dabei beugte er sich plötzlich zurück zu der jungen Frau. „Und du hast kein Wort mehr für mich, gibst mir nicht einmal die Hand?"

„Wozu?" erwiderte sie. „Laß' es gut sein."

„Und mußte es denn so kommen, Susel?"

„Du hast es so gewollt."

„Also ist es ganz aus zwischen uns?"

„Du hast es so gewollt!" wiederholte sie nochmals leise.

Tiefer beugte er sich zu ihr, als hätte er ihr noch Besonderes zu sagen. Sie wich zurück und winkte ab, daß er nicht anders mehr konnte, als dem Kronenwirt zu folgen, während sie sich noch tiefer in ihren Kapuzenmantel wickelte, als friere sie jetzt stärker. Dennoch drängte sie nicht zur Eile und harrte, ohne Ungeduld zu äußern, ruhig aus.

In der Gaststube war der Kronenwirt bereits am zweiten Schoppen, der frisch aus dem Keller geholt worden war. Er forderte Schorsch zum Trinken auf, um den Wein dann seiner Susel zu bringen. Susel netzte nur die Lippen und gab das Glas sofort vom Wagen herab wieder zurück.

„Gelt, du frierst, mein Schatz?“ fragte der glückliche Bräutigam.

„Ich friere nicht.“

Der Kronenwirt trank noch einen Schoppen. Dann verabschiedete er sich schwankend von den beiden Münsterern. Der Wagen mit dem Brautpaar rasselte die Gasse hinunter, am Rathausbrunnen und am Stift vorbei heimwärts.

„Er hätte nicht mehr trinken sollen, der gute Konrad“, meinte der Ochsenwirt zu Schorsch. „Die junge Frau scheint keine Freude daran gehabt zu haben. In seinen Verhältnissen indes begreift man, daß er des Guten zu viel tut. Der hat einen Fang gemacht! Ich begreife nur die Großin nicht. Na, das muß ich sagen: Da wird's an Katzenjammer morgen früh nicht fehlen.“

„Das glaube ich auch. Gute Nacht!“

Schorsch schritt die hallende Gasse hinunter. Vom Rathausturm schlug es eben Mitternacht. Auf der Rathausbrücke standen Männer mit Stöcken – die nächtliche Bürgerwache.

Schorsch war leise und ohne jemanden zu wecken in seine Schlafstube im elterlichen Haus gegangen, legte dort sein Festgewand ab. Allein er selbst ging aber nicht ins Bett, da es ihm jetzt unmöglich war, einzuschlafen. Nach einer Weile, als die Bürgerwache draußen sich wieder in die Wachstube zurückgezogen hatte, und der Rathausbrunnen immer schläfriger rauschte, horchte er durch's Fenster in die Nacht hinaus. Ihm war als höre er noch immer das Rasseln des Wagens. Oder war es nur das Rauschen und Brausen der Stiftsmühle, das der Nachtwind von Osten her an sein Ohr trug? Von irgendwoher drang aus einer der von der Mitte des Ortes auslaufenden Gassen, durch die Ferne gedämpft, der Ton des Nachtwächterhorns, und verklungen in der Nachtstille, immer wieder das Gerassel des mehr und mehr sich entfernenden Wagens. In diesen vier Wänden hielt er es nicht mehr aus.

Rasch, wenn auch geräuschlos, verließ er die enge Kammer und begab sich in seine Werkstätte. Hier schlug er Licht, zog sein Überhemd an, das er bei der Küferarbeit zu tragen pflegte, suchte sich ein Messer aus, wie er es dann gewöhnlich in der Tasche führte, und holte aus einem Winkel, wo die Spaten und dergleichen aufbewahrt waren, eine kleine Wiesenhacke. Dann verließ er das Haus, ging an der katholischen Stiftskirche vorbei und die den Klingbachgrund hinunter führende Straße entlang, auf der der Kronenwirt die ihm Angetraute in jener rauhen Märznacht nach ihrer neuen Heimat brachte.

36

Nachwehen

Als der Tag graute, schritt ein ältlicher Herr – er mochte über sechzig Jahre hinaus sein – von Pleisweiler her die Straße entlang bis zur Ruhebank, wo rechts der Weg nach Oberhofen abzweigt. Hier blieb er nachdenklich stehen, als sei er im Zweifel, ob er die Straße weiter verfolgen oder in das nahe Dorf ablenken sollte. Nachdenklich las er die lateinische Inschrift auf dem steinernen Sockel des verschwundenen Kreuzes und schüttelte sich dabei. Waren unangenehme Erinnerungen geweckt?

Plötzlich drehte er sich nach rechts und ging nun auf seiner gewohnten Art, vornübergebeugt, die Hände mit dem Stock auf dem Rücken, in das stille Dorf hinein. Es verdiente jetzt diesen Namen. Kaum ein Laut ließ sich vernehmen. Kein Spitz bellte ihn an, kein Gänserich kam zischend auf ihn zugerannt, kein Enterich plärrte aus einem Hofe, und kein Brunnen unterbrach mit schläfrigem Plätschern die Stille, denn es gab hier nur öffentliche Ziehbrunnen in den Höfen. Doch brummte da und dort eine Kuh im Stalle, und zweimal erscholl Hahnenkrähen von irgendeiner Hühnerstange. Weiter unten im Dorf kreischte jetzt auch die Brunnenrolle mit dem Eimer, den eine struwwelige Magd gähnend aus der Tiefe zog.

Hier aber, in dem stattlichen Haus, vor dem der mit bunten Bändern geschmückte Freiheitsbaum noch mit frischem Nadelgrün in der Nebelfrische ragte, herrschte tiefe Ruhe. Der ältliche Herr im hellen Gewande sah flüchtig empor – und seufzte. Indem er wieder die Augen senkte, war es ihm, als ob hinter einer Fensterscheibe des Nebenhauses ein verschrumpftes, greises Antlitz mit dem Ausdruck boshafter Befriedigung lauere. Ingrimmig vor sich hinfluchend, eilte der frühe Spaziergänger, mit den Blicken gleichsam am Pflaster, vollends die Gasse hinunter und weiter dem nächsten Dorf zu.

In ihm waren trübe Erinnerungen geweckt. Hatte er doch vor vierzig Jahren schon die Freiheitsbäume in diesen kurpfälzischen und zweibrückischen Ortschaften zwischen Queich und Lauter aufsteigen sehen, als die empörte Landbevölkerung sich der benachbarten großen Republik anschloß und, gegen allen politischen und religiösen Druck sich wendend, auch den alten pfälzischen Hofgerichtsrat Orsolini, seinen Schwiegervater, aus dem warmen Nest der Amtskellerei bei der katholischen Kirche trieb. Throne waren seitdem gestürzt, erhoben und wieder gestürzt, Reiche gegründet und vernichtet, eines der gewaltigsten Dramen der Weltgeschichte aufgeführt worden. Was hatte er alles erfahren und durchlebt! Auch ihm hatten die Hoffnungen der Jugend geleuchtet, auch ihm war ein Liebesfrühling geblüht, dem ein trockener Sommer und ein dürftiger Herbst gefolgt waren. Und nun, da Weib und Kind schon längst unter der Erde lagen, jetzt wandelte er einsam zu jeglicher Stunde, bei jeglichem Wetter, die Leiden seiner Mitmenschen lindernd, seinem kümmerlichen Brot nach. Aber was war er in dieser Welt, wo Throne gestürzt wurden, und Könige ins Exil geflüchtet sind, wo die Besten eines tapferen Volkes – den teueren Heimatboden verlassend – auf ferner, fremder Erde eine Zuflucht suchten, vor deren Jammer und Elend noch der Zukunft Schleier lag! Was war er? Die Stelle der untergegangenen Ortschaft gab eine neue Mahnung an das Elend und den Jammer dieser Welt, als Oberhofen hinter ihm lag. Nun hatte auch das stattliche Haus dort seine Sonne verloren, seine liebe, junge, warme Morgensonne, die auch ihm beim Eintritt so erquicklich ins Herz hineinzuscheinen pflegte.

„Ei, guten Morgen, lieber Doktor. Setzen Sie sich, nehmen Sie doch Platz! Haben Sie schon gefrühstückt? Nicht? Da wollen wir doch gleich etwas besorgen!“

Es war doch schön, so lange „sie“ noch hier weilte. Auch das vorbei! Ob sie mit bräutlichem Glücksgefühl hineingefahren war in die Nacht? Der alte Mann schüttelte den Kopf, zog sein blaugewürfeltes Taschentuch aus den Rockschößen und – es war gar schnupfiges Wetter, an dem frühen Märzmorgen. Er hatte immer die Augen und Wangen zu trocknen, bis er endlich das Nachbardorf erreichte. Hier wohnte ein Vetter der Juliane, der dem Hochzeitsfest beigewohnt und trotz der Warnung des Arztes des Guten wie gewöhnlich zu viel getan hatte. Dr. Flax wußte ungefähr, daß er ihn schlaflos und aufgeregt, mit aufgetriebenem, bläulich-rotem Kopf antreffen werde, und so sah er auch richtig zum Fenster heraus, um die heiße Stirn in der feuchten Kälte des Märzmorgens zu kühlen. Die Ankunft des Doktors wurde als ein glücklicher Zufall begrüßt.

„Wie geht's, wie steht's? Gut ausgeschlafen?"

„Gar nicht geschlafen, Herr Doktor. Ohrensausen, Schwindel, Kopfweh – diesmal geht's zu End'."

„Wer wird gleich die Flinte ins Korn werfen!"

„Ich weiß, was ich weiß. Kein Kraut ist mehr für mich gewachsen."

„Falsch, falsch, mein Lieber!" rief der Doktor. „Kraut genug, wenn man nur folgen will!"

„Kurzum, Herr Doktor, es hat sich mir angezeigt. Wenn's Gespenster gibt, hab' ich beim Heimgehen eines gesehen."

„Wieso?"

„Na, hören Sie mich an, aber auslachen laß' ich mich nicht. Wie ich in der Nacht, – eine rauhe Nacht – so von Oberhofen her meines Weges torkle – denn wackelig sind wir alle heim, auch der lange Jung, der wieder nicht fortzubringen war – also wie ich so daher torkle, hör' ich vor mir die Uhr von Niederhorbach schlagen. Es wird so zwei oder drei gewesen sein. Und da merk' ich, daß ich grad vor dem Spitzacker stehe, am Kirchhof von Weier – wissen Sie das Dorf ist im Dreißigjährigen Kriege zugrunde gegangen. Na, denk' ich, die da unten schlafen schon zwei- oder dreihundert Jahre und denken an keine Hochzeit mehr. Da hör' ich auf einmal etwas winseln und greinen, wie ein Mensch in großem Jammer und großer Herzensnot. Na, denk' ich, was ist denn jetzt da? – und bleib' stehen. Richtig, es winselt und wimmert. Und angeduselt, wie ich bin, guck' ich vor mich hin. Dort sitzt etwas auf dem Markstein. Es kann ja doch nicht sein, denk' ich mir, wer soll denn da sitzen in der Nacht? Aber es sitzt und seufzt, wissen Sie, Herr Doktor, so recht tief und laut aus Herzensgrund."

„Da hat Euch das Herz geklopft", warf der Doktor ein.

„Ob mir's geklopft hat! Wie ein Hammerwerk. Aber angeduselt fürchtet man sich nicht so leicht. Also ruf ich: Holla! He! Wer da? Da springt's auf und davon über den Acker, über die Wiese, über den Bach und fort, mit einem Male verschwunden. Aber geschworen hätt' ich drauf – Sie müssen nicht lachen, Herr Doktor – ich weiß wohl, daß die Gespenster manchmal die Gestalt von bekannten Personen annehmen, und ich hab' sie doch grad so gestern nacht in dem Kapuzenmantel auf den Charabanc steigen und mit ihrem Kronenwirt zum Tor hinausfahren sehen."

„Ha – ha – ha!" lachte der Doktor. „Nehmt's mir nicht übel, Lieber, ich lach' auch nicht im Ernst, es ist nur Spaß. Aber uns allen ist die Susel im Traum oder auch wohl im Weinfieber erschienen, und vorhin, wie ich am Hochzeitshaus vorüber bin, hab' ich gemeint, sie müsse und müsse zum Fenster herauslächeln, und es war doch nichts. Wir wollen was verschreiben. Aber was geben wir da gleich?" sagte der Doktor für sich. „Aconit, Belladonna, Bryonia alba, Nux vomica oder Stramonium?"

„Was sie wollen, Doktor, aber auslachen laß' ich mich nicht", äußerte der Patient.

Als das Rezept geschrieben war, griff der Doktor wieder nach seinem Stock und wanderte nordwestwärts über die Feldhöhen, um seine Kranken in Gleishorbach und oben in Gleiszellen zu besuchen und dann den Heimweg über Oberhofen zu nehmen.

Hier im Hause der Juliane stand man heute ausnahmsweise spät auf. Schon war die Polizei am Werk, um den bebänderten Freiheitsbaum wieder zu entfernen. Selbst aus der Stadt war nicht bloß jener Gendarm vom gestrigen Abend wieder erschienen, sondern mehr aus Neugierde – wegen des Freiheitsbaumes, den die Oberhofener Bauern in ihrem Übermut aufgepflanzt hatten – auch der Schnurres und der glütige Haspel, der zornschnaubende Reden hielt: er wolle den Bauern schon kommen, er! Vetter Jokeb forderte den Bürgermeister auf, den Menschen schweigen zu heißen, da es den nichts anginge. Der Bürgermeister, der selbst auf der Seite des Volkes stand, suchte dem glütigen Haspel, einem kleinen, dicken, kurzhalsigen Kerl, begreiflich zu machen, daß er mit seinen Herausforderungen die Leute, die sich allmählich sammelten, nur reize. Doch, das war in den Wind gesprochen; der Haspel, der übrigens auch kein Altbayer, sondern aus dem Westrich war, trieb es nur noch ärger, bis der Vetter Jokeb wieder dazwischentrat: „Ich will Ihm was sagen, Er hat da gar nicht mitzureden. Wenn der Mann da, der Gendarm, einschreitet – gut! Es ist sein Amt, er kann nicht anders; Er aber kann hier nichts Gutes stiften, jedoch es dahin bringen, daß Ihm die Haut noch vollgeschlagen wird. Denn schelten, schimpfen und schumpfieren lassen wir uns nicht."

„Was?" schrie der Haspel, auf den Mann eindringend und ihn am Kragen packend, „ich will's euch zeigen, euch Rüpeln!"

Aber schon hatte Vetter Jokeb, ohne den Beistand der zur Hilfe eilenden Ortseinwohner abzuwarten, die Faust erhoben und den Angreifer niedergeschlagen, der wie ein Widder unter der Axt zusammenbrach. Vom Gendarmen wieder aufgerichtet, herrschte der Gestürzte diesen, noch halb taumelig, an: „Sofort arretieren!"

„Das kann ich nicht, Herr Haspel", war die Antwort. „Sie sind nicht mein Vorgesetzter, zur Verhaftung liegt kein Befehl vor, und Sie haben den Mann angegriffen, er sich aber nur gewehrt. Ich rat' Ihnen, machen Sie, daß Sie weiterkommen. Herr Kontrolleur, nehmen Sie ihn doch mit fort; ich kann sonst für nichts einstehen!"

Der Schnurres, dem die Mienen der Umstehenden nichts Gutes weissagten, setzte denn auch alles daran, den glütigen Haspel aus dem gefährlichen Bereich der Bauernfäuste zu bringen. Jetzt ließ man, während Vetter Jokeb mit auf der Brust verschränkten Armen etwas zurückgetreten war, den Büttel ruhig gewähren, der mit Hilfe zweier Waldarbeiter den Freiheitsbaum niederstürzte; nur legte, trotz aller Nötigung, niemand sonst Hand an.

„Haut ihn nur um!" sagte Hanjerg. „Über kurz oder lang wächst ein anderer euch doch über den Kopf."

Die Forderung, den Baum fortzuschaffen, wies der Knecht der Juliane mit Hohn von sich. Seine Gäule seien nicht dazu da, Polizeidienste zu tun. Es blieb nichts übrig, als den Baum kleinzusägen und den Waldarbeitern zu überlassen. Völlig vergeblich war die angestellte Untersuchung über die Urheber der Aufstellung eines Freiheitsbaumes. Niemand wollte etwas davon wissen oder auch nur gesehen haben, wer ihn gebracht hatte; plötzlich sei er in der Nacht dagestanden. Und lachend gab der Bürgermeister jeden weiteren Versuch, die Sache zu ergründen, auf.

Juliane tat, als ob sie diese Angelegenheit ganz und gar nichts angehe. Ihre Gedanken waren denn auch anderswo, ihre Teilnahme durch Näherliegendes in Anspruch genommen.

Es fiel ihr doch recht schwer aufs Herz und es mutete sie sehr wehleidig an, daß ihre Susel heute nicht mit ihrem freundlichen „Guten Morgen, Mutter!" hereintrat. Sie gab sich traurigen Erwägungen hin, da sie ihre Tochter, ihr Herzenskind, nicht mit beim Frühstück sitzen sah. Und so sollte es von nun an bleiben, – sie allein, einsam im Hause. Nun stieg ihr doch ein Zweifel auf, ob sie denn recht getan, die Heirat so zu betreiben und rasch durchzusetzen, statt auf einen Schwiegersohn zu achten, der die Zügel ergriff und den Betrieb der Landwirtschaft übernahm, wie ihr Henrich.

Sie war froh, als die nächsten Verwandten aus dem Dorf sich allmählich zu einem Nachimbiß einstellten. Selbst Eve überwand heute ihre Schwäche und kam, gestärkt durch den guten Wein und Rinderbraten, den ihr die Mutter gestern zugeschickt hatte, heute in das elterliche Haus herüber, wohin sie Doktor Flax, ohne sich lange aufzuhalten, geleitete. Er machte bloß Andeutungen darüber, daß dem Haus jetzt sein Bestes fehle. Der alte Mann war wirklich traurig.

„Alles ändert sich mit der Zeit", meinte Vetter Jokeb gelassen.

„Es muß sein", warf die Großmutter hin. „Unseretwegen können die Kinder nicht ledig bleiben. Und das ist der Lauf der Welt. Sie ist doch nicht gestorben, wie mein Adam – und zudem gut aufgehoben beim Kronenwirt, denk' ich mir."

Fürs erste antwortete niemand darauf. Eine Pause trat ein, als ob jedermann seinen kleinen Zweifel dabei hätte. Der Doktor empfahl sich, da er noch Krankenbesuche zu machen habe, worauf die Stille noch immer anhielt, bis Bas Margaret endlich einfiel: „Versorgt und aufgehoben wohl. Ob sie sich aber glücklich fühlt?"

„Warum denn nicht?" entgegnete Juliane, die wohl bei sich selbst Zweifel hegen konnte, aber solche nicht bei andern vertrug. „Das Glück kommt schon mit der Versorgung. Mir tut es auch ahnd nach meinem Kind. Aber sie ist ja gut verheiratet. Seine Schwester ist reich, hat keine Kinder! Es fällt ihm zu allem, was er hat, noch einmal ein großes Vermögen zu. So darf ich sagen: Bei mir ist Segen die Fülle! Und dann ist er ein gar netter Mann. Wie gut hat er sich als Hochzeiter ausgenommen. Und alles so schön, so glatt vorübergegangen, trotz Neid und Bosheit."

Juliane war sowohl von dem Benehmen und den Äußerungen der Bas Marlis, als von dem Zwischenfall mit dem armen „Hennerle" und den Verwünschungen der alten Benkerten unterrichtet. Doch vermied sie nähere Andeutungen und Beziehungen.

„Neid und Bosheit, so ist's, Juliane", sagte Vetter Jokeb. „Eine

Hochzeit wie die macht dir so leicht niemand nach, Juliane, und man wird noch lange von *der* Hochzeit reden. Das ist nicht bloß meine Ansicht, das sagt jeder. Eine Staatshochzeit!"

Juliane nahm schmunzelnd die Anerkennung aus diesem so lobkargen Munde hin. Sie fühlte sich jetzt ganz zufrieden mit sich und dem Gang, den die Dinge genommen hatten. Man erging sich in Erinnerungen an einzelne heitere Vorkommnisse bei dem Fest, lachte, scherzte, wobei die Großmutter wesentlich mithalf, und war nahezu in übermütige Laune geraten, als sich auf der Gasse scharfer Hufschlag näherte, als sei wieder einmal ein scheugewordenes Pferd durchgegangen, so daß Stoffel, wie es im Dorf Gepflogenheit war, sofort neugierig ans Fenster trat, um nachzusehen. Aber es war kein durchgegangenes, es war ein schweißtriefendes, dampfendes, gezügeltes Roß, dessen Reiter unmittelbar vor dem Tor hielt.

„Na, was ist denn jetzt das?" sagte Stoffel und ging rasch auf die Tür los.

„Was gibt's denn schon wieder?" fragte Juliane gleichmütig, ohne von ihrem Stuhle aufzustehen, während der Hufschlag vor dem Hoftor verklang. „In dem Oberhofen ist doch alsfort etwas los. Klein-Paris! Stoßen wir einmal auf Klein-Paris an, hi, hi, hi!"

Stoffel war schon draußen im Hof, machte hastig das Tor auf und ließ, ohne daß sich von der munteren Gesellschaft drinnen jemand weiter umsah, den Reiter ein, der sich vom Rücken des dampfenden Rosses schwang und ihm die Halfter zuwarf, indem er hastig fragte: „Ist die Susel heimgekommen?"

„Heimgekommen?!"

„Wo ist die Mutter?"

„Drinnen!"

„Ich hab' mit ihr zu reden", sagte der Reiter keuchend und schwankte nach der Haustür.

Drinnen ward man erst aufmerksam, als die Stubentür aufgerissen wurde und ein Kopf in der Spalte erschien, blaß, verstört, daß es, der übermütigen Laune ein Ende machend, allen schreckhaft durch die Glieder ging.

„Herr Jesus, mein Tochtermann!" schrie Juliane, während der Kronenwirt seine beiden kleinen Mädchen, die ihm jubelnd entgegengesprungen waren, von sich drängte, um vollends hereinzutreten.

37

Schorsch

Wäre das Gespenst des Großvaters hereingetreten, der nach dem Spinnstubengeplauder im Hause umging, – seine Erscheinung hätte nicht mehr Schrecken in dem frohen Verwandtenkreis hervorbringen können, als die unerwartete des Hochzeiters von gestern. Er ließ auch den Anwesenden kaum Zeit, sich von ihrer Bestürzung zu erholen, sondern platzte sofort, indem er sich hastig im Kreise umsah, mit der Frage heraus: „Ist die Susel nicht da?"

„Die Susel?" fielen alle ein. Juliane wurde bleich wie die frischgeweißte Kalkdecke.

War sie denn nicht verflossene Nacht mit ihm als sein junges Weib davongefahren – nach seinem eigenen Haus, ihrer künftigen Heimat? Niemand verstand eigentlich seine Frage, aber jedermann vermutete etwas Schreckliches. Nur die Großmutter saß da mit einem rätselhaften Ausdruck in den verschrumpften Zügen, und unter ihrer Schürze gab sich eine Bewegung kund, als ob sie dort heimlich die Hände reibe. Darauf zu achten hatte jedoch niemand Zeit.

„So weiß nur Gott, wo sie ist!" sagte der Kronenwirt mit erlöschender Stimme und sank kraftlos auf die nächste Wandbank.

Er hatte der Mutter seine Unglücksbotschaft allein bringen wollen, aber nicht die Fassung finden können, mit seiner traurigen Meldung zurückzuhalten.

Eine kleine Weile saßen die Anwesenden im starren Entsetzen. Dann aber gellte Julianes Schrei um so gräßlicher auf: „Mein Kind, meine Tochter, meine Susel!"

Selbst aufs äußerste betroffen, hatte doch Vetter Jokeb so viel gewohnheitsmäßige Gefaßtheit und Sammlung, daß er die emporgeworfenen Arme der verzweifelten Mutter faßte, niederdrückte und sprach: „Kreisch nicht, daß die Leute stehenbleiben! Still!"

„Soll ich nicht jammern und klagen?" schrie sie laut schluchzend. „Er kommt zu uns, um seine junge Frau zu suchen! O Gott!"

„Ist's denn erhört!" sagte die Großmutter. „Aller Appetit ist einem vergangen!"

„Was werden wieder die Leute sagen?" fiel Eve mit einem flehenden Blick ein. „Da wird wieder manche in die Hände patschen!"

„O mein Gott", sagte Bas Margaret leise klagend. „Ich habe befürchtet, daß es einen solchen Ausgang nehmen werde."

„Still, sag' ich!" befahl jetzt ihr Mann nachdrücklich, wenn auch in verhaltenem Ton. „Und niemand geht aus dem Haus, bevor wir nicht alles gehört haben. Und daß kein Wort davon verlautet, was wir hören müssen! – Die Kinder hinaus! Dem Stoffel sagen, das Pferd in den Stall! Kein Dienstbote im Haus darf etwas innewerden, niemand. Gerad' genug, daß wir es hören müssen."

Und damit trat er, während Margaret selbst die Kinder hinaus zu Aplone führte und die Botschaft an Stoffel ausrichtete, zu dem Kronenwirt, der noch immer völlig gebrochen auf der Wandbank saß und nun auf alle Fragen so klare Antwort gab, als er vermochte, während Juliane sich wie unsinnig gebärdete.

„So", sagte endlich Vetter Jokeb, „hast du keine Mutmaßung, was aus ihr geworden ist?"

Der Kronenwirt hob die Hände und breitete sie aus, was heißen sollte: nicht die mindeste, gar keine!

„Wie kommst du denn dazu, den Schorsch einzuladen . . ."

„Ich hab's ja immer gesagt, es taugt nichts, ich hab's ja immer gesagt!" wimmerte die Mutter trostlos.

„Ein Narrenstreich!" fiel Stoffel ein, der mit Bas Margaret in die Stube zurückgekehrt war. „Ein Einfall wie ein altes Haus!"

„Ich meine", fuhr der Vetter in seiner Nachforschung fort, „bis wohin er mitgefahren ist?"

„Bis zum Ochsenwirt in Münster. Dort ist er abgestiegen."

„Susel auch?"

„Nein, Susel nicht, das weiß ich noch", war des Kronenwirts Antwort, der wie betäubt dasaß. „Susel nicht, er allein!"

„Kein anderer hat Schuld!" schrie hier Juliane. „Wenn einer, so weiß der, was aus ihr geworden ist, der allein! Reit' nur gleich hinüber nach Münster, ich laß' anspannen und fahr mit. Hanjerg!" Sie hatte schon den Fensterflügel erfaßt, um dem Knecht zu rufen, als es noch der Vetter verhinderte. „Ich will sie schon herauskriegen, ich! Und gleich mach' ich die Anzeige und laß ihn verarretieren, den Räuber, den – den Mörder!"

„Ruhig", flüsterte Vetter Jokeb. „Den Teufel auch! Gelt, ausschellen! Das wär' gerad die rechte Höh'! Du hast noch nötig, die Sach' an die große Glock' zu hängen. Schand und Spott wird ohnehin wieder genug dabei herauskommen, wenn nicht noch Schlimmeres – Oh! Muß denn –" der Mann hielt ein, als ob er ein allzu bitteres Wort habe aussprechen wollen. „Muß denn, – Kronenwirt, fort auf deinem Gaul! Du reitest voran nach Münster; ich will nur Stock und Hut holen und komm' gleich nach. Wir wollen schon sehen!"

Jedermann wußte, daß es ein schwerer Entschluß für den Mann war. Auch der Kronenwirt mußte es wissen, und wenn nicht, so belehrten ihn doch die drängenden Mienen und Hände, daß er eilen, nichts versäumen dürfe, wenn der Vetter sich zu dem Gang entschloß. Stoffel war hinausgesprungen, um das Pferd seines Schwagers zu holen. Im Nu saß dieser darauf und jagte, blaß wie der Tod, zum Tor und zum Dorf hinaus, während Vetter Jokeb seinen Weg durch die Gärten auf dem Pfade nach der Straße hinauf wählte.

Der Kronenwirt hatte sein armes Roß rücksichtslos hügelan, hügelab getrieben. Und endlich hielt es, dampfend vor dem Erkerhaus „Zum roten Ochsen" in Münster. Neugierig sah der Ochsenwirt mit der Pfeife im Mund heraus.

„Mach' gleich auf!" rief ihm der Kronenwirt zu.

Er ging hinaus und führte das abgetriebene Tier selbst durch die Einfahrt, übergab es dann aber seinem Knecht, der klug genug war, es in dem windgeschützten Hof hin und her zu führen, statt ihm gleich einen Platz im Stall anzuweisen, während der Ochsenwirt seinen Berufsgenossen in das Gastzimmer führte.

„Wo ist der Schorsch?"

„So setz' dich doch erst einmal", meinte der Ochsenwirt.

„Wo ist der Schorsch?"

„Was ist, was gibt's denn? Was willst du von ihm?"

„Wo ist der Schorsch, frag' ich?"

„Na, Himmelsaker –, wo wird er sein? Aus der Welt ist er nicht. Drüben im Schulzenhaus hilft er Wein ablassen."

„Willst du mir ihn herbeischaffen, oder soll ich selber gehen?"

fragte der Kronenwirt, der seinem Bekannten völlig umgewandelt erschien.

„Gut. Ich schicke nach ihm. – Schaköbl!" rief er einem Knaben vor dem Fenster, „lauf einmal hinüber ins Schulzenhaus, der Schorsch soll gleich herüberkommen. Aber gleich!"

Keine zwei Minuten verstrichen und die beiden hatten noch kein weiteres Wort gewechselt, da trat Schorsch im Arbeitskleid des Küfers herein und auf den Kronenwirt zu, um ihm die Hand zu reichen. Der aber wich einen Schritt zurück.

„Keine Hand! – Halt!" rief er, als Schorsch kurz entschlossen wieder umwenden und gehen wollte, „ich hab' mit dir zu reden."

„Dann mach's kurz."

„Wo ist meine Frau?"

„Deine Frau?"

„Meine Susel, wo ist sie hingekommen?"

„Und das fragst du mich?" entgegnete Schorsch.

„Allerdings dich. Heraus mit der Sprache!"

Schorsch sah ihn von oben bis unten an und sagte dann: „Wie kommst du mir denn vor, Kronenwirt! Schlaf' erst deinen Rausch von gestern aus."

„So kommst du mir nicht durch. Kurz, wo ist *meine junge Frau?*" Und er betonte jede Silbe.

„Hör einmal, Kronenwirt", sagte Schorsch, während der Wirt „Zum roten Ochsen" in höchlichem Erstaunen daneben stand und bald den linken, bald den rechten Mundwinkel hinter dem Dampf seiner Pfeife zucken ließ. „Solche Späße treibt man nicht, und es ist traurig, daß ich dir das sagen muß!"

„Späße?" schrie der Kronenwirt. „Blutiger Ernst!"

Schorsch betrachtete ihn schärfer. „Um Gottes willen, du siehst auch danach aus", entgegnete er dann betroffen. „Was ist denn eigentlich geschehen?"

„Was geschehen ist, du fragst noch? Susel ist fort!"

„Und nun glaubst, sie sei zu mir? Oh, wie schlecht kennst du sie!"

Der Kronenwirt wandte verzweifelt den Kopf: „Wo soll sie denn sein?"

Während der unglückliche Gatte mit verzweifelter Spannung geängstigt lauschte und von einem zum andern schaute, nahm der

Ochsenwirt jetzt eine sehr ernste Miene an: „Laß' dir etwas sagen, Schorsch, mir scheint das eine Gewissenssache. Die Kathel, der du zu Gefallen gehst, ist mir nah' verwandt; so hab' ich schon das Recht, ein ernstes Wort mitzureden. Sieh mich einmal aufrichtig an. Wo bist du in der Nacht von mir weg noch hin?"

„Heim."

„Hast du dich schlafen gelegt?"

„Nein", kam es etwas zögernd heraus.

„Was hast du noch getan?"

Schorsch überlegte. „Wenn ich's doch einmal gestehen soll, auf die Rohrwiesen bin ich gegangen – zum Wässern."

„Aber *nach* dem Wiesenwässern, was hast du da angefangen?"

„Was soll ich angefangen haben? Heim bin ich."

„So! Wirklich?" Und der Ochsenwirt sah ihm scharf in die Augen, daß er verlegen zu lachen versuchte, als er nochmals entgegnete: „Laß' mich in Ruh'! Heim bin ich!"

„Das ist nicht wahr", behauptete jetzt der Ochsenwirt bestimmt, während der trostlose Gatte immer schärfer und gespannter lauschte. „Lach' nur, ins Gesicht hinein sag' ich dir, daß du nicht heim bist – mit deinem Häckchen. Leugne nicht. Talabwärts bist du gegangen und dann –"

„Wer kann das so bestimmt behaupten?" fuhr Schorsch auf. „Wer will mich gesehen haben?"

„Ich", sagte der Ochsenwirt leise, indem er eine Tabakswolke wegblies und seinen Mund dem Gesichte des Verblüfften näherte.

„Man ist ebenso schlau wie du, und einmal in der Nachtruhe gestört, habe ich auch mein Häckchen auf die Schulter genommen, um die Wiesen wässern zu gehen. Weiter unten habe ich einen mit der Hacke hantieren sehen und nur abwarten wollen, bis er geht, um das Wasser in meine Wiese zu leiten. Er hat sich aber lang verweilt, hat am abgeschliffenen Markstein sein Messer gewetzt. Dann erst hat er sich auf den Weg gemacht. Aber nicht herzu, weiter hinunter ist er gegangen und dann rechts über die Straße übers Feld auf den Galgenacker und die Erdlöcher los. Was, zum Teufel auch, hat der Mensch um Mitternacht am Galgenacker, im Pfaffenkastanienstück oder an der Bubenstube oben zu tun, wo viele nicht einmal am Tage allein hinmögen?"

Schorsch zuckte mit den Schultern, faßte sich aber plötzlich am Kopf, als falle ihm etwas „brühwarm“ ein.

„Ableugnen geht nicht“, fuhr der Ochsenwirt unerbittlich fort. „Wer der mit der Hacke gewesen ist, hab' ich schon an der Wiese merken können, in die alles Wasser geleitet war. Also heraus mit der Wahrheit.“

Schorsch erkannte, daß ihm das Leugnen nichts half. Nach einigem Kampf mit sich selbst, schaute er sich um, ob niemand in der Stube oder in der Nähe sei, dann den Ochsenwirt und Kronenwirt – einen nach dem andern – an und sagte mit äußerlicher Gelassenheit: „Ja, ich bin mit der Hacke noch hinauf in die Bubenstube!“

„Und –?“ fragte der Kronenwirt, mit gerungenen Händen vor ihm stehenbleibend.

„Und ich hab' sie gesehen“, sagte Schorsch.

38

Auf dem Heerweg

Als in der Hochzeitsnacht der Charabanc des Kronenwirts vom „Roten Ochsen“ von Münster aus durch das Stift zur Ruhbankhöhe gelangt war, konnte der Stumpe den beiden Schweißfüchsen an der Deichsel ihren ruhigen Lauf lassen. Denn von da an ging es unmerklich abwärts durch den wiesenreichen Klingbachgrund, und die Räder rasselten in eintönigem Lärm durch die stille Mitternacht. Dann ging es an den hohlen Weidenbäumen vorbei über die alte steinerne Brücke, durch deren Bogen der Klingbach murmelte und gurgelte. Und ruhig fuhr man weiter.

Kein Wort wurde dabei gesprochen. Der Kronenwirt lag, vom Wein übermannt, in der Ecke seines Sitzes und ließ den Kopf hängen und baumeln wie ein geknebeltes Kalb auf dem Schlächterwagen. Susel saß still in der anderen Ecke. Es war nicht zu erkennen, ob sie schlief oder wachte.

Nachdem endlich das Gefährt noch längere Weile über schlechtes Dorfpflaster gerumpelt war, hielt es vor einem stattlichen Haus. Es stand nicht mit der Giebelseite, sondern langgestreckt an der Gasse, in der Mitte das überbaute Tor. Während der Knecht ausstieg, kam eine alte, kleine behende Base sofort heraus an den Wagen, um so herzlich wie freudig die junge Herrin des Hauses in ihrem neuen Heim zu begrüßen und ihr vom Wagen zu helfen. Diese nahm den freundlichen Empfang ebenfalls nicht ohne Freundlichkeit, doch ruhig und mit Gelassenheit auf, während der Knecht seinen Herrn weckte und ihm mit einiger Mühe vom Wagen half.

Man trat ins Haus, durch die jetzt leere Wirtsstube weiter, unter Vorantritt der alten Frau, die ein Kerzenlicht im Leuchter hielt. Das schönste und freundlichste Zimmer im Haus war zur Brautkammer gewählt. Es lag, wie alle Wohnräume dortzulande, zu ebener Erde und hatte ein Fenster, das in die Gärten hinausging. Während Susel geflissentlich bei der Base verweilte, um noch einige Worte mit ihr zu wechseln, hatte der Stumpe seinen Herrn in das Brautgemach vorausgeführt, ihm die Stiefel ausgezogen und ihn ausgekleidet, um sich dann pflichtschuldig zurückzuziehen. Nun aber drängte die Base ihre neue Verwandte durch die Tür in das Zimmer, wünschte lächelnd „gute Nacht“ und ließ die Klinke in die Klammer fallen.

Der Kronenwirt lag schon im Bett.

„Na, mach' voran, Susel“, lallte er.

Susel sah nach ihm hin – und wich schaudernd zurück. Sie antwortete nicht, rührte sich nicht mehr. Sie preßte die Lippen zusammen. Da hob er wieder den schweren Kopf in den schönbefranzten, blütenweißen Kissen und schob den Umhang zurück.

„So mach' doch, daß du nachkommst“, lallte er wieder. „Lösch' das Licht aus.“

Susel regte sich nicht. Sie war in die dunkelste Ecke des Zimmers zurückgewichen, die Hände an den jungfräulichen Busen gepreßt. Im Schein des Kerzenlichts hätte man ihren Widerwillen und ihr Entsetzen sehen können.

Nochmals hob er den Kopf höher. „Geh' doch auch schlafen, Susel!“ Dann ließ er das schwere Haupt wie betäubt ins Kissen fallen, und schien sofort einzuschlafen.

Sie lauschte; ihre Nerven waren auf's äußerste gespannt. Schlief er? Sein Schnarchen schien dafür zu zeugen. Der Schauder zitterte ihr durch alle Glieder, und ihre Lippen bebten. „Allmächtiger!“ flehte sie leise. „Gott, der du die Liebe und Barmherzigkeit bist, steh' du mir bei in dieser Pein und Not! Ist es Sünde, daß ich den Gedanken nicht ertrage, seine Frau zu sein? Hab' ich denn wirklich ja gesagt, und wenn, bindet denn dies Ja der Lippen, von dem das Herz nichts weiß? Löst es den Eid, den ich mir selbst geschworen habe: Keinem anzugehören, wenn nicht – ihm? Und nun – auch nicht mehr ihm!“ Der Widerstreit ihrer Gedanken steigerte ihre Gewissensnot. „Ich kann nicht! Ich kann nicht!“ stöhnte sie verzweifelnd. „Gib du, Allmächtiger, mir den rettenden Gedanken ein, vielmehr stärke meinen Entschluß!“

Sie sah sich um. Sollte sie die ganze Nacht hindurch hier frierend ausharren? Und morgen? Nein. Fort, fort!

Sie erhob sich hastig, dennoch vorsichtig und geräuschlos. Er schlief. Auf den Zehen eilte sie aus dem Zimmer. Im nächsten Gemach war es dunkel. Aber hinter dem lag ein anderes, wo die Base noch zu verweilen schien. Denn ein Geräusch war zu hören und ein Lichtschimmer drang durch das Schlüsselloch.

Sorgsam jedes Geräusch verhütend, klinkte Susel die Tür wieder ein und trat in das Brautgemach zurück. Dort lag der Kronenwirt und schnarchte wie eine Rebensäge. Sie eilte am Bett vorüber ans Fenster, streifte die kleinen weißen Vorhänge zurück. Das Fenster ging in den Zwetschengarten hinaus, wie sie bei dem düsteren Zwielicht der windkühlen Märznacht erkannte; es zu öffnen, war keine Schwierigkeit.

Sie hatte das Licht vorsichtig gelöscht und nach ihrem Kapuzenmantel gelangt, stieg mit einem Fuß auf den Schemel, den sie unters Fenster gestellt hatte, warf noch einen Blick auf das Bett zurück, in dem der ihr angetraute Mann schnarchte.

„Nein, nein", rief es in ihr, „ich kann ihm nicht angehören. Er wird ohne mich fertig und sich trösten! Mag er mir verzeihen und Gott mir vergeben, wenn es eine Sünde ist – ich kann nicht anders."

Und damit hatte sie sich auf das breite Gesims geschwungen. Rasch war sie draußen, mit leichtem Sprung auf dem weichen Grund des Gartens, worauf sie das Fenster in seine Fugen zurückzog, um den Schlafenden vor Zug zu schützen, wenn sie es auch von außen nicht völlig zu schließen vermochte. Nun eilte sie ohne Aufenthalt den „lebendigen" Zaun entlang, um einen Ausgang zu gewinnen. Am Ende des Gartens stieß sie auf eine Plankentür, deren hölzerner Riegel rasch zurückgeschoben war, worauf sie, von außen mit der Hand durchlangend, die Türe wieder verschloß.

Sie befand sich auf einem Fußweg neben einem unter Weiden und Pappeln langsam dahinströmenden Bach. Der Pfad ging hinter den Häusern auf einen Fahrweg, der ins obere Dorf zurückführte. Dann war sie auf der Straße, auf der sie vor kurzem hergefahren war. Sie wurde auch von dem Nachtwächter nicht behelligt, der, auf seinen Stock gestützt, an der Ecke der flüchtigen Gestalt argwöhnisch nachgeschaut hatte, ohne daß er das Recht zu haben glaubte, sie anzuhalten.

Weiter eilte sie ohne Säumen in die Nacht hinein. Kühl strich der Märzwind über die frischen, noch jungen Saaten. Es war keine freundliche Frühlingsnacht; die Eile machte der nächtlichen Wanderin nicht allzu warm; und so ging es leichtfüßig nur fort, immer fort, ohne daß sie fürs erste sich Rechenschaft darüber ablegte, wohin sie ihre Flucht eigentlich richten sollte. Erst da, wo die weichen Wasser des Klingbachs seltsam gurgelnd und glucksend unter den Erlen murmelten, an dem Pfeiler der alten Brücke halbwegs Münster zu, suchte sie für einen Augenblick Rast. Es war hier an dem Schauplatz mannigfacher Sagen jetzt unheimlich still. Nicht einmal die Atzeln, – das sind Elstern –, die auf die hohen Erlenwipfel ihre Nester bauen, schrien schäkernd wie sonst. Nur der Wind sauste durch das noch laubleere Astwerk, und unten murmelten die Geister des Wassers, keine frohen Grüße von Klingenmünster herunterbringend. Dennoch gedachte Susel lebhaft jener seligen Nacht, wo ihr hier das Glück der Liebe aufblühte. Hier wurden heiße Schwüre und Gelöbnisse gewechselt und durch Küsse besiegelt, und hier kam ihr nun zum erstenmal ihre jetzige Lage zum Bewußtsein.

Sie setzte sich auf eine steinerne Brückenwand und weinte, zum erstenmal an jenem Tage und in jener Nacht ihrer Hochzeit. Unten wallten die Wasser, auch heimatlos und ohne zu wissen, wohin.

Sie raffte sich auf. Hier war ihres Bleibens nicht. An den alten Weiden vorüber, den Zeugen ihrer einstigen Glücksnacht, eilte sie weiter, jedoch nicht nach Münster hin. Links führte der sandige Feldweg hinauf – dem folgte sie. Rechts hin kam im trüben Zwielicht der wolkigen Mondnacht Klingenmünster im Tal mit den Ruinen, die es überragen, in Sicht, die Kuppen des Abtskopfes, des Treitelbergs, des Rehbergs, der Bergwall des Heidenschuh. Von dem Flecken her verkündete eben das Nachtwächterhorn „eins", als sie an der früheren Richtstätte des Galgens vorüber war und über den damals noch unheimlich überwachsenen Schluchtenrand der Bubenstube hinuntersah. Sie war sich der Verrufenheit dieser entlegenen Feldhöhe, wo die Fluren mehrerer Gemeinden zusammenstoßen, wohl bewußt. Sie kannte die Sagen, die sich an diese Gegend knüpften, auch die vom gespenstigen Großvater, der hier im Buschwerk umgeht und seine Sünden büßte. Oben an den Bergen lag Gleiszellen, und der Wind trug dann und wann den Klang des Nachtwächterhorns von dort bis auf diese entlegene Höhe. Ihr verstorbener Vater kam ihr in den Sinn. Ach, wenn er noch lebte! Sie wüßte, wohin sie sich wenden könnte, wo sie Schutz und Zuflucht fände. Allein die Toten kehren nicht wieder.

In demselben Augenblick machte sich ein starkes Geräusch seitwärts in unmittelbarer Nähe bemerklich. Befremdet wandte sie sich um, und ein Schauder faßte sie an. Ein gellender Schreckenston fuhr aus ihrem Mund. Dort, am Rand der unheimlichen Schlucht, stand ein Mann – er, dem sie unter allen Wesen in dieser Nacht am wenigsten begegnen wollte. Sie lief fort so schnell sie konnte, bis der Märzwind in den kahlen Ästen des Kastanienhains am Höhenrand über ihr sauste und die hohen Ränder des Wegeinschnitts sie aufnahmen, wo der Heerweg, vom Kreuzstein kommend, denselben kreuzt.

Unverweilt in diesen einlenkend, setzte sie ihre Flucht noch immer mit der gleichen Anstrengung fort. Unter allen Lebenden wollte sie gerade ihn, dem sie vertraut, den sie so innig geliebt hatte, nicht zum Zeugen ihrer nächtlichen Flucht haben. Geflissentlich hielt sie sich nicht in der unmittelbar nach Oberhofen führenden Richtung. Was wollte sie auch dort? Was jetzt noch im Hause ihrer Mutter? Dort fand sie keine Zufluchtsstätte in ihrer Bedrängnis, dort keinen Schutz und Beistand, keinen Trost, kein Mitleid, keine Teilnahme. Dort war ihre Heimat nicht mehr. Aber wo?

Wo vor tausend Jahren die kühnen Recken und leidenschaftlichen Frauen der Merowinger und Karolinger ab- und zugezogen waren; auf demselben Heerwege, wo der junge Hohenstaufe Kaiser Henricus asper alle Reichtümer der Könige Siziliens, den kostbaren Brautschatz seiner Konstanze auf Hunderten von Lasttieren nach dem nahen Trifels bringen ließ, von wo aus er die Eroberung der Welt ins Auge faßte: hier flüchtete ein verzweifeltes Menschenkind mit den Geistern der Vergangenheit und dem unheimlichen Spuk im eigenen Bewußtsein, von Angst und Gewissenszweifeln gehetzt, gottverlassen dahin ohne Hoffnung, ohne Ziel.

Die Nacht war rauher geworden, das Gewölk hatte sich gesenkt und rauschte zerrissen über das weite Land. Graue Nebelschwaden hingen an dem Dorngeheg über den Wegeinschnitten, oder sie eilten gespenstig vorüber. Ängstlich sich dann und wann umschauend, floh die nächtliche Pilgerin vorwärts. Ihre bänglichen Umblicke galten jedoch nicht den spukhaften Erscheinungen auf dem alten Heerweg, weder den geisterhaften Schweden, die drüben über das Bruch jagten, in dem sie einst versunken sind, noch dem schattenhaften Reiter ohne Kopf. Sie fürchtete den auf ihrer Spur, nach dem sich vor kurzem ihr ganzes Herz gesehnt hatte, und den sie von allen Lebenden zumeist zu meiden hatte.

Erst als sie die flache Feldhöhe erreicht hatte, fühlte sie sich etwas sicherer. Jetzt vermochte er sie wohl nicht mehr zu erreichen. Um so mehr wurde sie wieder die Beute ihrer Gewissenszweifel. Das Verhängnisvolle, das in seinen Ursachen, Wirkungen und Folgen völlig Unmeßbare ihres Unterfangens drängte sich ihr auf. Es war ein Bruch sondergleichen, mit allem Herkömmlichen, mit allen bürgerlichen und kirchlichen Geboten; es war wider alle überlieferten Regeln und Anschauungen, ein Abfall von Brauch und Gewohnheit. Indem sie nur den Eingebungen ihres sittsamen Herzens gefolgt war, hatte sie sich in Widerspruch mit der *Sitte* selbst gesetzt, sich gegen die Vorschriften ihrer Kirche aufgelehnt und außerhalb des Gesetzes, der bürgerlichen Rechte und jeglichen Familienverbandes gestellt. Sie war eine Ausgestoßene, hatte sich selbst aus der Gemeinschaft ausgeschlossen. Darüber gab sie sich keinem Zweifel hin.

Und dennoch empfand sie keinen Augenblick Reue; sie würde diesen Schritt wieder unternehmen – und stünde ihr noch Schlimmeres bevor. War es ein Frevel, diese nächtliche Flucht aus dem ihr bestimmten neuen Heimgut, sie wollte sich der Sühne nicht entziehen, sie wollte leiden, dulden, was ihr dagegen auferlegt wurde. Jedenfalls war es nur der kleinere Frevel; der größte war schon vorhergegangen und dadurch begangen, daß sie nicht schon am Altar – aus herkömmlichen Rücksichten und unter dem Zwang der Umstände – ein deutliches lautes „*Nein*“ entgegengesetzt hatte.

Also hierüber gab sie sich keinen Selbstvorwürfen hin. Allein die Wirkung auf den schmählich Verlassenen, auf die Mutter, die Verwandten, auf die Welt! Das Aufsehen, die Schmach, der Hohn, der Groll und Unwillen aller, die sie nicht verstanden, dann Gram und Kummer der Ihrigen: das waren die Furien, die ihr folgten und mit den Gespenstern des Heerwegs sie durch den Nebelspuk der Märznacht weitertrieben an ein unbekanntes Ziel.

Und welche Folgen hatte ihr Wagnis für sie selbst? Wie sollte ihr Beginnen enden? Wohin sich wenden? Heim durfte und wollte sie nicht; in ihrer Mutter Haus war kein Raum mehr für sie. Dort erwarteten sie nur Scheltworte, Spott, Schimpf und Hohn; dort würde ihr nur die Kette, die sie gebrochen hat, neu angeschmiedet.

Zur Mutter zurück konnte sie also nicht mehr. Dunkel schwebte ihr vor – wie allen Mühseligen und Beladenen, allen dem Elend und der Not des Tages Entrinnenden, den Verfolgten und vom Gewissen Gejagten jenes Landstrichs zu jenen Zeiten – noch vor Tagesanbruch die Grenze zu erreichen, sie bei Weißenburg zu überschreiten, wie die Polen jener Tage, die nach heldenmütigem Kampf ihre Heimat verließen, um auf fremder Erde sich ein neues, voraussichtlich kümmerliches Dasein zu begründen. Was dort beginnen? Das wußte sie noch nicht. Sie hatte jenseits der Grenze Verwandte, die ihr wohl auf einige Zeit eine Zuflucht gewährten, wenn sie solche beanspruchte. Dann wollte sie sich im Elsaß, wo man sie nicht als die reiche Susel von Oberhofen kannte, einen Dienst suchen. Sie hatte arbeiten gelernt von Kind an, in Feld und Haus; sie verstand das Vieh zu besorgen, zu grasen, zu spinnen, zu nähen, zu bügeln, zu kochen und die Haushaltung zu führen. Sie war willig, und durfte sich etwas zumuten.

Ja, einen Dienst wollte sie suchen, unerkannt als Magd. Und wenn das nicht gelang oder nicht mehr ging, ach, da wollte sie wie Tausende ihrer Landsleute über Havre de Grace nach Amerika – wenn sie das Reisegeld aufbrachte, oder – eine lang vergessene Erinnerung tauchte in ihr auf, – der Vetter ihres verstorbenen Vaters fiel ihr ein, der in der Frankenthaler Gegend als Lehrer lebte. An ihn wollte sie sich brieflich wenden, wenn ihre Stellung als Magd ihr unerträglich würde, was sie jedoch keinesfalls befürchtete. Sie wollte schon brav, fleißig und sorgsam dienen, daß die Leute sie liebgewännen; sie wollte sich gewiß gut halten.

Also nur fort, nur immer weiter auf dem Heerweg, den sie geflissentlich einhielt, ohne rechts abzuzweigen nach dem heimatlichen Dorf, das unfern drüben hinter den kahlen Bäumen lag. Dort schliefen jetzt wohl alle schon, und niemand dachte mehr an sie; niemand träumte davon, daß sie zu dieser Stunde allein, müde, abgehetzt draußen auf nächtlicher Flucht den Heerweg entlang das öde Land durchwanderte.

Ja, sie war müde, todmüde. Die leichten Brautschuhe an ihren Füßen boten auf diesem Wege keinen Schutz, und ihre weißen Strümpfe, über denen das schwarze Schuhband sich kreuzte, waren bereits vom Nachtnebel durchfeuchtet. Schon lag der stille Wiesengrund vor ihr, den der Heerweg bei dem einstigen Kirchhof des untergegangenen Dorfes kreuzte. Da trug der Wind den Hahnenschrei aus der Heimat her, und Jubel, Musik, den Klang eines Walzers. Sie tanzten noch zur Feier ihrer Hochzeit – und die Braut saß jetzt weinend in der rauhen Märznacht auf dem alten Markstein von Weier – ein armer, verzweifelter Flüchtling.

Sich traurigen Betrachtungen hinzugeben, war Anlaß genug für sie vorhanden. Die Macht der Gegensätze stürmte auf sie ein und überwältigte ihre mühsam errungene Fassung. Sie hatten wohl auch Hochzeiten gefeiert, die von Weier; dann kam mit der Pest und dem Hunger der Tod, und nun ruhten sie schon über zweihundert Jahre unter der Erde, und der Pflug geht über ihre Gräber und die Stätten ihrer Wohnungen, und sie spüren und wissen es nicht, die Glücklichen! Lustig grünt die Frühlingssaat über der Stelle.

„Vater, o Vater, nimm mich zu dir!" klagte die Einsame auf dem Markstein, schnellte aber plötzlich auf zu weiterer Flucht, als ein Hochzeitsgast den Weg von Oberhofen her taumelte und die Erscheinung auf dem Feldstein anrief. Die Stimme kam ihr bekannt vor.

Flüchtig setzte sie über die Wiese und den kleinen Bach, die Apfelhöhe hinan und hinunter ins weite Feld von Bergzabern, nochmals über brückenloses Gewässer, so daß die nächtliche Pilgerin mit triefend nassen Füßen, vom finsteren Gutleuthof stets in gerader Richtung, durch tief eingeschnittene Hohlwege weitere Feldhöhen überstieg, bis die Hunde der Mennoniten des einsamen Deutschhofes und des Kaplaneihofes links aus dem Grunde bellten. Noch schritt sie unverdrossen, stets in gerader Richtung vorwärts. Bald jedoch wußte sie, da weit und breit kein Dorf war, nicht mehr, wo sie sich befand, noch wohin sie sich wenden sollte. Noch mehrere sumpfige Wegstellen in den Niederungen hatte sie durchwaten müssen. Die nassen Füße und die rauhe Frische der Märznacht machten sich mehr und mehr geltend. Und so war Susel froh, als sie auf der jenseitigen Höhe ein großes, von Pappeln umgebenes Gebäude zu unterscheiden vermochte, in dem sie Schloß Gaisberg oberhalb Weißenburg zu erkennen glaubte.

Die nächtliche Pilgerin fühlte sich jetzt schon recht müde und erschöpft. Als sie sich wieder einen Hohlweg entlangschleppte, stieß die Erschrockene auf einen Hund, der ihr den Weg verstellte und sie grimmig anbellte. War er der getreue Begleiter eines Grenzzollwächters, war er der Genosse kecker Schmuggler?

„Wer da?" rief eine starke Männerstimme vom Wegrand herunter.

„Gutfreund, wer Ihr auch seid", bat Susel, „nehmt den Hund zurück!"

„Philax, daher!" sagte der Mann, dessen große Figur sich jetzt deutlicher vom Wegrande abhob. „Ihr seid früh auf dem Wege. Wo kommt Ihr her?"

„Von weither", antwortete Susel mit einem Seufzer. „Ist das drüben auf der Höhe der Gaisberg?"

„Nein, der Haftelhof. Bis Ihr den Gaisberg seht, habt Ihr noch eine geschlagene Stunde."

„So? Wie weit ist's noch bis zur Grenze?"

„Eine gute Stunde. Wohin wollt Ihr eigentlich?"

„Wohin mich meine Füße tragen. Gute Nacht!"

„Gute Nacht. Gebt acht", rief der große Mann ihr nach, „daß Euch kein Grenzjäger begegnet — es sind ein paar rohe Patrone bei unserer Zollpartie. Und dann nehmt Euch vorn am Heidenbrunnen, wo es über das Wasser geht, in acht. Nasse Füße tun nicht gut!"

„Wo liegt und wie heißt das nächste Dorf, guter Mann?"

„Gleich rechts im Tal gegen das Gebirge zu: Oberotterbach. Ihr werdet den Guttenberger Schloßturm auf der Bergspitze sehen."

„Besten Dank, gute Nacht!"

„Gute Nacht!" rief der Mann, während er weiterging. „Der liebe Gott geleite Euch an einen guten Ort!"

Der Segenswunsch aus fremdem Munde ging der einsamen Pilgerin sehr ans Herz. Als sie später den Bach vor sich glitzern sah, aber keine Brücke bemerkte, ihre Schuhe sich schon tief mit Wasser füllten und ihre weißen Strümpfe sich im Schlamm rot färbten, zog sie sich wieder zurück und suchte nach einem Stein, um sich auszuruhen. Denn sie hatte sich bis zur Erschöpfung abgearbeitet im Morast und konnte sich nicht mehr zurechtfinden in der Dunkelheit. Sie fand einen solchen Stein, setzte sich, überwältigt von Trostlosigkeit und verzweifelnder Verlassenheit. Eine Weile schluchzte sie in ihre Hände hinein. Doch konnte sie hier nicht länger bleiben. Die kalte Morgenluft scheuchte sie auf, sie mußte weiter.

39

Heimsuchungen

Der Kronenwirt lag indes daheim in seinem Bett, von bösen Erinnerungen, von traumhaften Beklemmungen, vom Alp und ähnlichen Quälgeistern heimgesucht.

Was man anderwärts den Alp, die Mahre, die Trude nennt, – oder wie in Friesland, an die altnordischen Schwanjungfrauen, die reitenden Walküren anklingend, als Walriderske bezeichnet, die wohl auch zu Roß daherstürmen oder geflügelt sich in der Luft erheben, um ihr Unwesen etwa in fremden Weinkellern zu treiben und Menschen oder Tiere nächtlicherweile zu plagen – das heißt in dem Landstrich zwischen Queich und Lauter das *Letzbetzl*, in Weißenburg das *Letzkäppel* und bis zum Hagenauer Forst hinan nur das *Letzl*. Das Wort „letz" bedeutet soviel als verkehrt, also ein gespenstiges Wesen, das die Nebelkappe oder „Betze" verkehrt aufhat, so wie nach dem Volksglauben die Hexen während der Christmette, wenn der katholische Priester das Allerheiligste in der Monstranz zeigt, das Antlitz rückwärts kehren, wie man auf einem Schemel von neunerlei Holz oder durch das Astloch der Kirchentür beobachten kann.

Oft kommt das Letzbetzl, teils aus Lust zur Quälerei, teils durch inneren Drang unfreiwillig genötigt, in Gestalt einer Flaumfeder, eines Strohhalms, oft in der eines Wiesels, Marders, einer weißen Maus oder in Menschengestalt, in der Erscheinung der Geliebten und naher Verwandten; auch wampenartig, ungeheuerlich, von unten her, um dem Gequälten Brust und Kehle zu drücken, daß er luftbeengt nicht mehr schreien kann – wenn er sich nicht dagegen vorgesehen hat. Und dazu hatte sich der Kronenwirt in seiner Hochzeitsnacht nicht Zeit genommen. Er war zwar rücklings ins Bett gestiegen, wie es seine Gewohnheit war, hatte jedoch weder das Schlüsselloch verstopft, noch seine Stiefel oder zwei Strohhalme kreuzweise vors Bett gelegt und dabei den Bannspruch gehalten.

Kurz, er hatte fast keine Maßregeln getroffen, wie sie der Volksaberglaube für diese Zwecke vorschreibt.

Kein Wunder, daß es ihn nun abwechselnd kalt und heiß überlief, geisterhaft, lähmend ihn anhauchte, endlich an ihm emporkroch, sich ihm auf die Brust setzte, wie ein „Kuhwampen", klumpfüßig, mit den kurzen, dicken Armen ihm den Hals zuschnürte, und, während er weder Luft bekam, noch atmen konnte, ihm heiser zuraunte:

„Kronenwirt, rühr' dich nicht, sonst drück' ich dich tot! Schon lang' bist du in meiner Gewalt und ich hab' dich zappeln lassen, damit du sie kriegst. Jetzt hast du sie, und nicht länger will ich zusehen. Willst du mir geben mein Geld, Kapital und Zinsen und alles, was du mir schuldest auf Handschrift und Hypothek, Kronenwirt, oder soll ich dir nehmen dein Haus, deine Äcker und Wingerte, deine Wiesen, deine Gärten und was du mir hast verschrieben, oder soll ich dir saugen dein Blut aus den Brustwarzen, soll ich dir nehmen deine Ehre und dein Leben?"

Der Gepeinigte ächzte und stöhnte unter dem halszuschnürenden Druck des gespenstigen Unholds, dessen Antlitz sich jetzt eben über ihn beugte. Es änderten sich seine Züge, die Hände und die Füße wurden lang und spinnenartig, umschlangen wie Stricke seinen Hals, würgend und drosselnd, schlimmer als die kurzen „Pratschen" vorhin; die plumpe Ungestalt wurde zu einem knochigen dürren Scheusal, die Lippen gespalten, wie die des Vampirs.

„Ich gedulde mich nicht länger, Kronenwirt, ich schnüre dir mit Lust den Hals zu, Kronenwirt, daß du die falsche Zunge herausstreckst. Mein Geld her, lös' deine Verschreibung ein oder ich sauge dich vollends aus und werf' dich – einen toten Mann – auf die Gasse!"

Der Kronenwirt schnappte nach Luft. Er wollte um Aufschub flehen, und konnte kein Wort hervorbringen. Er wußte wohl: wenn man solchen nächtlichen Unhold bei seinem wirklichen Personennamen zu rufen vermag, oder ihn umfaßt, so ist der Bann gelöst. Dazu aber hatte er nicht die Kraft. „Herr Christ!" keuchte er. „Geduld! Laßt ab, kommt morgen!"

Und langsam krochen die Spinnenbeine und Arme zurück, und der Kronenwirt fühlte sich für einen Augenblick frei. Aber, andere kamen an ihm heraufgekrabbelt, kleines mißgestaltetes Gewürm, das sich auf seine Brust setzte, an den Warzen saugte, bis er den einzelnen Namen rief und wieder Luft gewann, so daß die Quälgeister nacheinander langsam von ihm hinwegschlichen, als verließen sie ungern den warmen Platz auf seiner Brust und an seiner Kehle.

Laut stöhnte er auf, als er das gespenstige Gesindel los war. Jedoch es war eine böse Nacht für ihn; er war immer wieder nachfolgenden Quälgeistern bloßgegeben, sooft er ihrer losgeworden zu sein glaubte. Die Bettgardine wurde von einer bleichen Hand zurückgehoben, und leichenhaft schlich es ihn jetzt an – in Weibesgestalt mit entstellten Zügen und geisterhafter Stimme: „Konrad, wie ist dir's in deiner zweiten Hochzeitsnacht? Ist das deine Liebe, deine Treue bis ins Grab? Kaum ein Jahr ruh' ich in der Erde Schoß – und schon hast du ein anderes Weib geholt!"

„Der Kinder wegen, Helene!" keuchte er.

„Eine Stiefmutter. Ich komme wieder!" flüsterte sie langsam entschwindend, jedoch nur, um einer andern Platz zu machen, die ihre Stellung einnahm mit fleischigem Antlitz, grauen, blitzenden, stechenden Augen, schrecklicher, quälender, als alle vorhergehenden Erscheinungen, da sie ihn mit den runden Fingern bei der Gurgel faßte: „Kronenwirt, Schuldenbuckel! Hast dich in mein Vertrauen geschlichen, mich belogen, betrogen um mein Kind und mein Geld! Meinst du, ich laß' es hingehen? Nein! Eher drücke ich dir die Gurgel zu. Geschieden wirst du, mit Schimpf und Schande jage ich dich heim, du Bettelmann! Pfui der Schmach! Nichts ist mehr dein! Am besten, der nichtsnutzige Kerl ginge gleich hin!"

„Gott!" ächzte der Gequälte. „Laßt ab, laßt mich leben, um meiner Kinder willen, Schwiegermutter! Morgen, morgen will ich Euch beichten."

Und sie schwand dahin, die Zürnende, mit dem leidenschaftlich roten Gesicht. Aber gräulich, widrig krabbelte es an ihm empor wie ein Käfer mit scharfen, schneidenden Beinen und Fühlhörnern; es kroch ihm über den Leib herauf bis zur Brust. Und eine lange dürre, stechende Nase, ein zahnlos welker Mund drückten sich ihm an die Kehle. „Kronenwirt, Lump elender! Hab' alles dran gesetzt, dir mein stolzes Enkelkind ins Haus zu liefern! Und du Tropf, du jämmerlicher, bist nicht Mann's genug sie zu halten. Dein schlechtes Froschblut tu ich dir auszuckeln, du Jammerkerl!"

Und sie setzte die welken Lippen mit dem vorstehenden Zahn an seine Halsader, daß er verzweifelt aufschrie: „Hexe, verdammte, in drei Teufels Namen pack' dich und komm' morgen, wenn du etwas von mir willst. Ich halte sie ja fest, ich halte sie fest!" rief er, alle seine Kraft zusammennehmend, um, während die Alte wich, ihr Enkelkind zu umfassen. Aber schwer lag es ihm auf der Brust; er glaubte zu ersticken, als eine wohlbekannte, klagende Stimme ihm ins Ohr klang: „Du hast mich getäuscht, falscher Mann, mich gewissenlos zu dir in den Abgrund gezogen, hast mich unglücklich gemacht, mein Leben lang. Gott rechne dafür mit dir ab, – ich geh'!"

„Nein, nein, Susel! Du allein bleib'!" stöhnte er. „Wenn ich dich getäuscht habe, ist es meiner unschuldigen Kinder wegen. Sei du ihre Mutter, und alles geht gut, wenn du mich nicht verläßt. Arbeiten will ich neben dir Tag und Nacht; ich bin kein verlorener Mann, wenn du mir bleibst. Glaub' und vergib! Ich laß' dich nicht, und du darfst mich nicht verlassen. Versprich mir, versprich!"

Und diesmal umschlang er mit verzweifelter Anstrengung den Alp, der ihm auf der Brust lag, daß er, gefangen, sich nicht wegzuwenden vermochte. Er umfaßte ihn fest und fester, preßte ihn, überwältigt von seinem Kummer, an die gequälte Brust – und erwachte.

Es war ein grauer, frischer Märzmorgen, schon heller Tag. Die Glieder schmerzten ihn, wie durch Zug erkältet. Allein der Alp, der ihn zuletzt drückte, preßte noch immer auf seine Brust, daß er, schwer atmend, nach Luft schnappte. Denn auf dem Rücken liegend, drückte er mit fast erstickender Wucht die schwere Bettdecke auf seine Brust und Kehle, wie er jetzt, völlig erwacht, nachgerade inne wurde. Er lag allein im Bett. Erkennend, daß er all das Schreckliche für diesmal glücklicherweise nur geträumt hatte, richtete er den Kopf auf, schob die Gardine zurück und sah sich etwas verstört im Zimmer um.

Ach, wann sollten diese Nächte, diese quälenden Träume endigen? Wird die Qual überhaupt ein Ende nehmen? Seine Gläubiger drängten, ließen ihm heimlich keine Ruhe mehr, wollten nur noch sich bis nach der bevorstehenden Hochzeit gedulden. Und dann, o Himmel, wie sollte er vor Susel und deren Mutter bestehen? Glücklich hatte er bis jetzt seine wahre Lage zu verbergen gewußt. Wie lange noch gelang die Verheimlichung?

Er fühlte sich unwohl, mit schwerem Kopf, erkältet, Schmerz in der Brust; er litt an Atemnot, keuchte kurz und röchelnd. Und dabei fiel ihm die ungewöhnliche Ausstattung des Schlafzimmers auf. Nun kehrten ihm allmählich die Besinnung und Erinnerung zurück. Hatte denn nicht gestern die Hochzeit bereits stattgefunden? Oder war all das Erlebte nur ein Traum – die Trauung vor dem Bürgermeister und vor dem Altar, der Hochzeitsschmaus, der Freiheitsbaum, die Heimfahrt mit der Angetrauten? Nein, es war ihm wirklich widerfahren, er war bereits wieder verheiratet, Susel sein angetrautes Weib, die zweite Mutter seiner Kinder; und alles konnte noch gut werden, wenn sie den Glauben an ihn nicht verlor, ihm vertraute.

Aber wo war sein junges Weib? Schon aufgestanden, bereits im Hause wirkend, so durfte er annehmen. Er wollte sich deshalb ebenfalls erheben, um die junge Herrin seines Hauswesens zu begrüßen. Da pochte es leise an die Tür der Brautkammer. „Was gibt's?" fragte der Kronenwirt.

„Ausgeschlafen?" erkundigte sich die Base vor der Tür freundlich. „Nun schönen guten Morgen der jungen Frau in der neuen Heimat. Soll ich den Kaffee ins Zimmer bringen, oder wollt ihr ihn drüben in der Wirtsstube trinken?"

Es fiel ihm jetzt besonders auf, daß ihn die Base, die Schwester seiner verstorbenen Mutter, mit „Ihr" anredete.

„Ist es denn schon so spät? Sind die Kinder schon auf?" erkundigte er sich.

„Ei, ei, ei", sagte die alte Frau draußen, „die Kinder habt ihr doch in Oberhofen bei der Großmutter gelassen."

„Meine Hochzeit ist also wirklich gewesen?" erkundigte er sich in ernsterem Ton. „Wo ist denn Susel?"

„Ei, ei, ei", sagte die Base wieder vor der Türe. „Wo wird sie sein?"

„Hat sie Euch schon guten Morgen gesagt?" fragte der Kronenwirt. „Sie ist an's frühe Aufstehen gewöhnt."

Die Base draußen schüttelte hinter der Türe den alten Kopf. „Gott behüt', Konrad! Mit keinem Auge habe ich sie heute schon gesehen."

Der Kronenwirt griff sich an die Stirn, als ob ihn schwindle. Dort auf dem Stuhl lag denn auch ihr dunkles Hochzeitskleid. Er zitterte so, daß er kaum in seine Kleider zu schlüpfen vermochte. „Kommt einmal herein, Base!"

„Es ist von innen verriegelt."

Er schob den Riegel zurück und stand bleich vor der erblassenden alten Frau, die sich vergeblich im Zimmer nach der jungen Frau umsah. „Wo ist sie denn?"

Der Kronenwirt wankte, daß er sich an der Kommode halten mußte, um nicht umzusinken. Das nur halb zugezogene Fenster das der Wind weiter zurückgetrieben hatte und durch das die Morgenluft kühl hereinwehte, fiel zunächst in die Augen. Während der Kronenwirt sich über das Gesims hinausbeugte, fiel die Base mit gerungenen Händen auf den Stuhl nieder.

Da die Tür von innen verriegelt war, konnte die Vermißte sich nicht ins Haus entfernt haben.

Dennoch suchte man in allen möglichen Winkeln, Ecken und Verstecken. Allein die Fußspuren im umgegrabenen Grund unterm Fenster, die Abdrücke von Frauenschuhen längs des Zauns, die der durchs Fenster springende Kronenwirt mit der Hast eines Spürhundes bis zur Plankentür und hinaus verfolgte, ließen keinen Zweifel übrig: Susel war in der Nacht durch den Garten auf und davon – wohl ins elterliche Haus zurück.

„Wo ist der Knecht?" fragte der Kronenwirt wie vergeistert.

„Er ackert im Vogelsang", sagte ein Stalljunge.

„Welcher Gaul ist daheim?"

„Der Rapp'."

„Her damit! Zäum' ihn, leg' ihm Reitzeug an. Tapfer, Himmelsapperm – – !"

Er nahm sich nur so viel Zeit, ein anderes Wams anzuziehen, bestieg das Pferd und sprengte wie der fahle Teufel davon, die Feldhöhen hinauf, durch die Hohlwege in der geradesten Richtung nach Oberhofen hinüber, während die alte Base daheim vergrämt und verzweifelt noch immer in allen Ecken und Winkeln des Hauses nachsuchte.

Die Wirklichkeit, zu welcher der Kronenwirt erwacht war, übertraf an Schrecken noch all die wüsten Träume, die ihn in seiner Hochzeitsnacht gequält hatten. Was er erlebte, war so ungeheuerlich, daß er noch immer an eine weniger peinliche Lösung des unheimlichen Rätsels glauben wollte. Seine Lage war ja ohnehin unerhört.

Wie seine unerwartete Ankunft und unglaubliche Kunde im

Hause der Juliane aufgenommen worden, ist schon gemeldet, ebenso über den Ritt nach Münster und über die Unterredung mit Schorsch berichtet. Die Scham über eine kleine Unzulässigkeit hatte dabei den Argwohn gegen Schorschs Benehmen erregt.

Dieser hatte allerdings an dem abgeschliffenen Feldstein unten bei den Rohrwiesen sein Küfermesser in der Nacht gewetzt und dann mit dem Häckchen auf der Schulter den breiten Weg durchs Pfaffenkastanienstück auf den Kühnberg eingeschlagen, um am Galgenacker vorüber in der überwachsenen, unheimlichen Schlucht der Bubenstube unterzutauchen. Junge Birken standen dorten, deren Wachstum er schon vor Jahren verfolgt hatte, auf fremdem und, wie er sich einbildete, herrenlosem Boden. Ihre Loden gaben prächtige Reifstäbe, und er hatte jetzt Verwendung für solche Faßreifen. Nachdem er die jungen Birken abgeschnitten hatte, kroch er wieder zum Hochrand der Schlucht herauf und wäre nahezu jetzt einer abergläubischen Anwandlung verfallen, da er eine schattenhaft dunkle Gestalt des Weges zu einer Stunde kommen sah, wo nicht wohl ein Weib allein an der Bubenstube vorüberging. In der Überraschung ließ er einen Teil seiner Beute fallen, worauf die nächtliche Pilgerin aufschreiend entfloh und schon nach wenigen Sekunden seinen Blicken entschwunden war, obwohl er aus Neugierde bis an den jenseitigen Hang der Höhe folgte.

Gestalt und Stimme hatten ihn wohl an Susel erinnert. Doch schlug er sich die Vorstellung als eine völlig ungereimte wieder aus dem Sinn. Hatte er sie doch mit ihrem Angetrauten vor einer Stunde heimfahren sehen, und dachte somit an nichts weiter, als seine Beute in Sicherheit zu bringen. Daß es aber Susel gewesen war, müsse er nunmehr als gewiß annehmen, erklärte er sich. Sie habe die Richtung nach Oberhofen eingehalten und sei auch aller Wahrscheinlichkeit dort zu finden, wenn nicht im Hause ihrer Mutter, doch in jenem ihrer Schwester, ihrer Freundin Liesel oder in dem des Vetters Ebbe.

Das erschien auch dem Kronenwirt um so einleuchtender, weil er es wünschte. Er wendete, ohne auch nur einen Tropfen Wein zu verlangen, sein Pferd auf den Rückweg und ließ Schorsch und den Ochsenwirt in gerechtem Erstaunen über den Hochzeiter zurück, der das Land durchritt, um seine junge Frau zu suchen.

Dieser aber trieb seinen Rappen wieder die Kreuzstraße hinan.

Da, wo über dem Heideland und dem Kastanienhain des Heißbühls der nähere Fußweg führt, sah er den Vetter Jokeb kommen, und er rief ihm zu: „Nicht in Münster, aber sie ist gesehen worden in der Nacht an der Bubenstub', auf dem Weg nach Oberhofen."

„Also doch eine Spur!" bemerkte der Vetter, dem es bei dem Gang heiß geworden war. „Wir wollen sehen."

Nach Oberhofen zurückgelangt, stellte man vorsichtig Erkundigungen da an, wo man Susel vermuten konnte — vergeblich.

Und im Hause der Juliane zog wieder leidenschaftlicher Jammer ein. Verwirrung, Entsetzen packte alle Gemüter. „Mir zuleid hat sie's getan, mir zuleid, ihrer Mutter", rief Juliane. „Aber ich will sie schon wieder kriegen. Gleich schick' ich aufs Gericht in der Stadt, laß' selber anspannen, und an den Haaren schlepp' ich sie in dein Haus zurück, Kronenwirt!"

„Mutter, keine Gewalt", bat dieser völlig niedergedrückt. „Wohin sie auch die Ängste getrieben haben, nur durch Güte, Mutter, soll sie zurück. Ich hab' nicht gewußt", fügte der Arme hinzu, „daß sie mich so gar nicht mag. Ich hab's ja nicht gewußt. Und, ach, auf den Händen hätte ich sie getragen!"

Der Unglückselige dachte im Augenblick in der Tat nur an das bemitleidenswerte Schicksal seiner entflohenen jungen Frau. Der Abgrund, an dessen Rand er schwindelnd stand, lag allerdings stets im Hintergrund seiner Erwägungen.

Nachmittags setzte der Kronenwirt sich wieder aufs Pferd, um auf dem Heerweg weiter ins Oberland, bis über die Grenze ins Elsaß vorzudringen, um irgendwelche Nachricht aufzutreiben, während Hanjerg über Kapellen gegen den Bruch hinsprengte, um überall vorsichtige Erkundigungen einzuziehen, und selbst Stoffel über Bergzabern nach Weißenburg vordringen sollte. Doch kam der liebenswürdige Bruder bald von seinem Ritt zurück mit der Botschaft: Niemand wisse etwas von der Durchgebrannten. „Wer weiß, wo sie steckt!"

Völlig erfolglos war auch der weitere Ritt des Kronenwirts gewesen, der auf dem Heerweg über den Haftelhof nach Weißenburg und dem Gaisberg vorgedrungen war, selbst hinter demselben bei den Verwandten in Steinsels und Rott unter der Scherrhohl Nachfrage gehalten hatte.

Alle Welt sprach jetzt von der entlaufenen Braut. Man lachte und scherzte, ohne an den Eindruck und die Wirkung des Vorganges auf die Angehörigen zu denken. Man höhnte den Kronenwirt, der schon sein Schäfchen im trockenen zu haben glaubte, und lachte über seine Verlegenheit. Nur seine Gläubiger machten ernste Gesichter. Es rückte die Zeit heran, wo er die schwierigen Umstände seiner Lage nicht lange mehr vor seiner Schwiegermutter zu verheimlichen hoffen durfte.

40

Amy

Im pfälzischen Oberland, an der Gebirgsstraße nach Weißenburg, liegt in den Wasgaubergen, wo sich auf hohem Kegel der Turm der Ruine Guttenberg wie eine Leuchtwarte erhebt, ein großes Dorf, dessen Hauptgasse sich aus dem engen Waldtal im Wiesengrund des Otterbachs zwischen den Weinbergen und Feldhöhen herunterzieht. Das Dorf ist bekannt durch seinen hochgewachsenen, stattlichen Menschenschlag und die verhältnismäßig noch einfache Lebensweise seiner fleißigen Bewohner. Es stellte, seit der Landstrich zwischen Queich und Lauter wieder seinem angestammten Fürstenhaus gehörte, ein verhältnismäßig starkes Kontingent zu den Leibkürassieren nach München, und mancher Bauernknecht wußte in den Kunkelstuben von den Prachtstraßen und dem lustigen Bierleben der bayerischen Königsstadt Erkleckliches zu berichten.

Da, wo sich die den Wiesengrund entlanglaufende Gasse allmälich im freien Feld verliert, stehen nur noch auf einer Seite Häuser, die ihre Giebelfenster der Mittagssonne zukehren. Sie sind meistens so gebaut, daß auf einem hohen steinernen Kellerbau die Wohnräume sich erheben, und sie sind fast durchgängig von hochgezogenen Rebstöcken frühschwarzer Burgundertrauben umrankt.

In einem dieser freundlichen Heimwesen war die junge Hausfrau schon früh vor drei Uhr aufgestanden und hatte ein Feuer auf dem Herd angezündet, um ihrem Mann eine Morgensuppe zu kochen, der auf dem Kaplaneihof arbeitete.

Nun war er versorgt, fort, und die junge Hausfrau schürte das noch glutende Feuer in den Ofen der Wohnstube, da bei der kalten Frühe eine geheizte Stube noch sehr annehmlich erschien. Sie setzte sich ins Zimmer, um bei Licht zu spinnen bis zu Tagesanbruch, bis zum Erwachen ihrer Kinder, die in dem Bett hinterm Vorhang des Verschlages noch sanft schliefen, und bis zu der Stunde, wo ihre Kühe im Stall gefüttert und gemolken werden mußten.

Die Spinnerin hing ihren Gedanken nach, die sich teilweise mit den schweren Zeitläufen beschäftigten. Die Not war groß; kein Verdienst, kein Geld unter den Leuten, der Wein im Keller hatte keinen Wert, war wegen der Zollschranken nicht ins Ausland zu verkaufen, während die Kornpreise, in die Höhe geschraubt, für Unbemittelte unerschwinglich waren. Dabei war die Welt voller Unruhe und Kriegsbefürchtungen, die hier, so nahe an der Grenze, am schwersten empfunden wurden, und auch noch im Lande die allgemeine Erregung der Gemüter, die einer Revolution entgegensteuerte.

Ein Geräusch in dem noch finsteren Morgen draußen im Hof veranlaßte die Spinnerin schärfer zu horchen, ob es nicht der Märzwind sei, und dann ihr Rädchen beiseite zu stellen, um nachzusehen. Die Kühe im Stall fingen wohl an unruhig zu werden, so daß es vielleicht schon Zeit war, an ihre Fütterung zu denken. Rasch schürzte die junge Frau den Rock auf, ging in die Küche, griff nach einem Kübel, um vor allem den Tieren Wasser am nächsten Brunnen zu holen, der allerdings nicht aus steinernem Stock, sondern nur in einer hölzernen Röhre aus einer Deichsel über Steine und roten Sand am Wiesenrand floß.

Das Haus hatte, wie alle diese im unteren Dorf über den Kellern liegenden Heimwesen, einen kanzelartigen, ziemlich hohen steinernen Freitreppenbau, zu dessen Plattform die Stufen vom Hof her, bei der Stalltür beginnend, an der Kellerwand hinliefen. Wer von außen ins Haus wollte, mußte also diesen Treppenvorbau erst umgehen, um von der Scheuer her am Stall vorüber zu den Wohnräumen emporzugelangen.

Als nun die junge Bauersfrau mit ihrem Kübel auf die Platte des Stiegenbaus herausgetreten war, vernahm sie ein Geräusch wie von unsicherem Tasten und Tappen, als ob jemand im Finstern die Treppe und damit den Aufgang nicht finden könnte.

„Ist jemand da?“ fragte die junge Frau etwas unwirsch, da sie sich zu fürchten begann, von der Stiegenhöhe herunter.

„Gute Frau“, sagte eine matte Frauenstimme, „ich kann die Stiege nicht finden.“

„Was wollt Ihr denn?“

„Ich bin so müde und friere. Es ist so kalt. Ich habe nasse Füße, Schuh' und Strümpfe sind durchweicht: ich hab' Euer Licht von weitem in der Dunkelheit gesehen und ich bin darauf zu. Seid so gut und gönnt mir eine kleine Weile ein Plätzchen am warmen Ofen, um meine Füße zu wärmen und Schuhe und Strümpfe zu trocknen."

„Kommt doch herauf, arme Frau", sagte die Bäuerin. „Wer seid Ihr denn, woher kommt Ihr denn in solcher Nacht?"

„Gleich", sagte die Fremde. „Ich bin etwas außer Atem. Aber fragt nicht, wenn Ihr so gut sein wollt, nach meinem Namen und meiner Heimat."

„Um Gottes willen – diese Stimme!" schrie die Bäuerin auf, indem sie ihren Kübel auf die steinerne Brüstung des Treppenhauses stellte und die Stufen hinunterlief. „Susel! Susel! Bist du es denn oder ist es dein Geist?"

Die Fremde, die sich nur noch mühsam am steinernen Geländer hielt, zuckte zusammen. „Amyle, du! O Gott!" brachte sie hervor und sank der Bäuerin in die Arme und um den Hals.

Die Bestürzung und der Jammer der also Heimgesuchten über die trostlose Erscheinung der Pilgerin konnte nicht größer sein. „Wie ist es denn möglich? In der Nacht, in dem Zustand, Susel? O du allmächtiger Gott, was ist geschehen?" rief die gute Amy, indem sie die Tochter der Familie, wo sie so freundlich und nicht als dienende Magd gehalten war, an ihre Brust preßte. „Hab' ich denn nicht gehört, deine Hochzeit sei, Susel? Hab' ich denn nicht gehört?"

Die Erschöpfte nickte: „Ja, meine Hochzeit ist heut' gewesen – oder vielmehr gestern. Und darum, darum!"

„Oh, du arme Seele, oh, du unglückliches Kind, was ist dir geschehen?" jammerte Amy, sie durch den Flur in die Stube führend, an den Ofen in den Strohsessel. Niederkniend zog sie ihr die durchweichten Schuhe, die nassen Hochzeitsstrümpfe aus. Rasch zog sie ihr wärmere, wollene Strümpfe an, dann Socken aus Salband, nahm ihr den vom Nachtnebel feuchten Kapuzenmantel ab und legte ihr den eigenen und Decken und Tücher um, so viel sie davon in der Eile finden konnte. „Und was geb' ich dir denn schnell zum Verzehren? Kaffee trinken wir nicht, aber da steht ja warme Milch am Ofen – sie erwärmt auch!" Und rasch goß sie eine irdene Tasse voll und hielt sie der Erschöpften hin.

Diese trank, anfänglich ohne, dann mit steigendem Behagen. Und als sie getrunken und die Tasse hingestellt hatte, nahm sie den Kopf ihrer Wirtin in beide Hände und sagte unter krampfhaftem Schluchzen: „O Amy, daß wir uns so wiedersehen müssen!"

Die gute Frau vergoß bittere Tränen. Bevor sie etwas Näheres wußte, konnte sie sich nahezu schon alles denken. „Oh, deine Mutter!" jammerte sie. „Oh, daß deine Mutter hätte ein Einsehen haben wollen. Dem Schorsch wärst du nicht davon!"

„Sei still von ihm, kein Wort!" versetzte Susel hastig. „Das ist jetzt vorbei, ganz aus!"

„Aber was soll denn werden?"

„Ich weiß nicht, was der liebe Gott mit mir vorhat."

„Du mußt doch heim zu deinem Mann; er ist doch mal dein Mann!"

„Nein, Amy, nein. Das geht auch nicht. Nicht umsonst bin ich fort. Ich konnte es nicht über mich bringen. Gönn' mir ein Plätzchen in deinem Haus, bis ich mich etwas ausgeruht und erholt hab', bis es Tag ist und meine Schuhe und Kleider trocken sind. Dann geh' ich ja weiter."

„Wohin denn, Susel?" fragte Amy entsetzt.

„Soweit mich meine Füße tragen. Irgendwo über der Grenze, im Elsaß, wird sich ja ein Dienst für mich finden, da jetzt die Sommerarbeit im Felde angeht. Du weißt, ich bin stark und scheue die Mühe nicht. Ich kann schaffen, weiß mit den Kühen umzugehen, kann grasen, kann Futter stoßen, umgraben im Garten und Feld – alles kann ich und alles will ich tun."

„Du, Susel, du! Das reichste Mädel weit und breit, willst dienen! O Gott, mein Gott! Warum bin ich nicht reich, warum wohn' ich in keinem schönen großen Hause?"

„Ich will dir nicht lang zur Last fallen, Amy", entgegnete Susel. „Ich geh' ja bald wieder, sobald es Tag wird. Nur so lang behalt' mich, wenn du willst?"

„Susel, Susel, wie red'st du daher! Ob ich dich behalten will, dich, die mir neben meinen Kindern und meinem Andres das Liebste auf Erden ist! Ob ich dich behalten will? Mich plagt ja nur der Zweifel, ob es dir gut genug sein kann bei mir, ob du zufrieden wärst mit dem, was ich dir bieten kann! Du weißt ja, ich bin nicht ganz arm, doch auch nicht reich. Aber das weiß der liebe Gott im Himmel droben, solange ich noch ein Stück Brot auftreiben oder eine Grundbirne auf den Tisch bringen kann, solange ich etwas habe, es mit dir zu teilen, solange ich noch eine warme Stube und ein gutes Bett für dich habe, solange sollst du nicht aus diesem Haus anders als getröstet gehen. Wenn nur du zufrieden sein kannst mit dem, was ich dir bieten kann! So ist es gemeint, Susel, das darfst du mir glauben!"

„Aber dein Mann?"

„Mein Mann? Oh, ich sehe, daß du meinen Andres nicht kennst. Der denkt wie ich und wird die größte Freude haben."

„Gut, Amy, und Gott sei Dank! Geh' jetzt, besorg' deine Kühe. Hörst du, sie brüllen nach Futter. Ich will unterdes auf die Kinder und auf die Milch im Ofen achtgeben, daß sie nicht überkocht."

„Na denn", sagte Amy aufatmend, als sei ihr eine große Genugtuung zuteil geworden, indem sie sich aufs neue aufschürzte und behend über die steinernen Stufen hinuntereilte, um das Vieh zu versorgen.

Allmählich brach das graue Frühlicht des rauhen Märzmorgens durch das Eckfenster an der Morgenwand, und mit dem erwachenden Tag öffneten auch die beiden Kinder hinterm Bettvorhang die hellen Äuglein und guckten durch die Spalte verwundert nach der Spinnerin. Aber war denn die Frau dort am Rädchen die Mutter? Nein, sie war ja jünger und noch schöner, hatte aber lange nicht so schöne rote Backen wie die Mutter. Wer war sie denn?

Als Susel die Engelsköpfchen hinter der Vorhangspalte gewahrte, nickte sie ihnen so freundlich zu, daß sie kichernd in die Kissen zurückwichen. Sie stand auf und schob die grobe Bettgardine zurück. „Guten Morgen! Gelt, ihr wollt eure Morgensuppe?"

Die beiden Kleinen schwiegen, steckten den Zeigefinger in den Mund, die Köpfchen zusammen und kicherten wieder leise einander zu, hatten aber keine Antwort für die fremde Base, sondern versteckten sich unter der Bettdecke. An die eigenen Kleinen, vielmehr an die Kinder des Kronenwirts erinnert, sah Susel dies Gebaren, und wie ein Stich ging es ihr durch die Brust. Empfand sie auch keineswegs Reue über ihren Schritt, den sie auch nicht rückgängig gemacht hätte, so war jenes doch ein Umstand, der ihr leid tat. Wieder traurig geworden, ließ sie das kleine Volk gewähren und zog sich an ihren Platz am Spinnrad zurück.

Fürs erste hatte sie eine Zuflucht gefunden. Doch, wie lange durfte sie den guten Leuten beschwerlich fallen? In kurzem mußte sie ja doch fort von hier und sich um einen Dienst in größerem Hause umsehen.

Nun war Amy soweit fertig im Stall, um sich wieder nach ihrem Besuch und den Kindern umzusehen. Sie kam mit freudiger Miene herein, trocknete sich die Hände an dem hinter der Tür hängenden Handtuch ab und lachte der Susel fröhlich zu.

„Ha, da sind sie auch schon, die Krotten!" rief sie, als die Kleinen wieder die Köpfe durch den Vorhang streckten. „Gelt, da guckt ihr nach der jungen Base. Seid nur recht brav und folgsam, denn das ist eine vornehme und reiche Base, das!"

„Ach, Amy, um wieviel reicher und glücklicher bist du!" entgegnete Susel traurig.

„Na, für jetzt! Auch bei dir kehrt das Glück wieder ein, versteht sich, wenn du auch den Kopf schüttelst. Siehst du, Susel, das Spinnrad gehört jetzt dir, ich nehme der Großmutter ihres, und ihr Kämmerlein werde ich dir so sauber herrichten, daß du nicht gerade sagen wirst: Hier ist gut sein, aber doch: Es ist so übel nicht und jedenfalls gut gemeint. Du mußt dich in unsere Verhältnisse schikken und zufrieden sein, mit dem, was wir bieten können. Allez, ihr Kleinzeug, aus den Federn! Es wird Tag. An den Brunnen mit euch zur Wäsche! Dann gespult, gehaspelt! Morgenstund' hat Gold im Mund, und, jung gewohnt, alt getan! Du, Susele, ich hab' meiner ältesten deinen Namen geben lassen", wandte sich Amy inzwischen an ihren Gast, und dann wieder zu den Kindern – „du ziehst dein Schwesterlein hurtig an, gehst mit ihm an den Brunnen, wäschst ihm Gesicht und Hände sauber, damit die junge Base sieht, daß ihr brave Kinder seid."

„Amy", warf jetzt die Base ein, „ich hab' nicht einmal Kleider bei mir."

„Du nimmst vorerst ein neues von mir, wir sind ja von gleicher Größe, und an Röcken und Mützeln wollen wir dir schon etwas von der Großmutter zurechtmachen, wenn es dir nicht unangenehm ist."

„Oh, gar nicht, es ist gewiß eine brave Frau gewesen."

„Herzensgut, sie ist mir viel zu früh gestorben. Aber jetzt wollen wir sehen, wie's mit der Morgensuppe steht. Du mußt fürlieb nehmen Susel, dann geht es schon."

Und Susel nahm gern fürlieb. Wäre die stete Traurigkeit ihres Herzens nicht gewesen, der Schmerz über den verhängnisvollen Schritt, den sie vor der Welt und vor sich selber noch zu verantworten hatte – sie hätte sich zufriedengeben können mit noch Geringerem. Mit Tränen in den Augen sah sie, da der Tag weiter vorschritt, eine kleine Weile durch das Fenster. So trüb und wolkig, wie an diesem Märzmorgen, sah es auch in ihrem Innern aus.

So still und zurückgezogen sich Susel nach außen hin verhielt, erregte die fremde Erscheinung doch bald Aufmerksamkeit. Bald munkelten die Mägde und Nachbarinnen am Brunnen, woher denn die Amy das saubere, schöne Mädchen habe, das so behend und zierlich wusch, mit so besonderer Gewandtheit den „Wingertsalat“ reinigte und putzte, auf alle Fragen freundlich und doch einsilbig antwortete, so still und bescheiden sich an die Arbeit hielt und so nett und flink dahinschritt. Ein Bäschen aus Amys Heimat, hieß es. Aber damit war die Neugierde noch nicht gestillt.

41

Neuer Kampf

Auf den Wiesen vor dem freundlichen Haus traten schon die Schlüsselblumen und die Marienblümchen, auch Hasenblumen genannt, hervor. Ja selbst die Dotterblume begann schon goldene Placken und Felder in das frühlingsgrüne Tal zu malen. Da wanderte eines Nachmittags Susel mit einem mächtigen „Locken" frischen Grases, das sie hochgestreckt mit dem einen Arm stützte, schlank und strack, leichten Fußes wie eine echte Pfälzerin, mit stattlich aufgerichtetem Körper dem trauten Heimwesen zu, das ihr in schwerster Not Zuflucht und Schutz gewährt hatte.

Als sie um das Treppenhaus bog, um in die Scheune zu gelangen, hörte sie zu ihrer Überraschung laut zankende Stimmen aus der Wohnstube schallen. Sie wußte, daß heute der Mann Amys zu Hause war. Welche Ursache hatte dieser Streit? War es doch zwischen diesen Eheleuten nie zu harten Reden und Zänkereien gekommen!

Auch fiel ihr auf, daß Amy sich nicht sehen ließ. Kam Susel sonst aus dem Felde heim, rief ihr Amy schon von weitem durch das Fenster freundlich zu, oder sie lag, mit dem ganzen Gesicht lachend, auf der Brüstung der unteren Hälfte der geteilten Haustür.

In demselben Augenblicke, wo Susel mit ihrer Tracht grünen Futters in den Hof kam und durch das Scheunentor eintreten wollte, traten mehrere Leute schreiend in den Flur, in dessen Hintergrund das Küchenfeuer brannte. Das Brustbild einer ältlichen, stattlichen Frau in der ansehnlichen Gewandung einer reichen Bäuerin trat in den Türrahmen über der Treppe, und hinter ihr zeigte sich das hohlwangige Gesicht eines sonntäglich gekleideten Mannes. Beim Anblick der heimkehrenden Grasmagd schrien beide laut hinaus. Zwar verdeckte die niederdrückende Wucht des frischen Grünfutters die Züge der Heimkehrenden; allein Gestalt, Gang, Haltung waren nicht zu verkennen. Ihre Knie wankten. Was sie lang befürchtet, war eingetreten. „Susel, Susel! Nein, was man erlebt! Da ist sie ja!

Bist du denn ganz aus der Naht! Meine Tochter Grasmähd bei meiner früheren Magd?"

Gleichzeitig kam der Kronenwirt, der mit Juliane nach dem Oberland gefahren war, um einer Spur nachzugehen, die steinernen Stufen herunter, als säße ihm der böse Feind im Nacken. „O Gott, Susel, so haben wir dich wieder!"

Susel war mit ihrer Graslast in die Scheuer gegangen, hatte sie vom Kopf zu Boden geschleudert und stand nun da, blaß, schweratmend unter einer drückenderen Last, als sie eben abgeworfen hatte – mit abgewandtem Gesicht, die Augen starr in die Dunkelheit einer Scheuerecke hinein gerichtet, schweigend, ohne ein Wort.

„Ach Gott!" jammerte der Kronenwirt. „Daß ich dich nur am Leben sehe, so ist alles gut!"

„Bring' sie einmal herauf!" erscholl jetzt von oben Julianes Befehl.

Und der Kronenwirt langte nach Susels Hand, mit einem Blick, der wie eine Bitte nach Entschuldigung aussah. Sie versagte ihm die Hand nicht. Was hätte es ihr auch geholfen? Sie folgte ihm willenlos die steinernen Stufen hinauf, durch die Tür, da Juliane den unteren Flügel mit eigener Hand zurückriß, um ihre ungeratene Tochter einzulassen.

Man trat in die Stube zurück, in der Amy und ihr Mann – noch in starker Aufregung – waren und die Kinder verschüchtert im hintersten Winkel kauerten.

„Und nun sage mir einmal", fing Juliane nach einem langen, stummen Strafblick an, und zwar in der beliebten Stellung und Haltung leidenschaftlicher Weiber, nämlich mit den Fäusten in den Hüften. „Was man von dir denken, was man mit dir anfangen soll! Was treibst du denn für Teufelsstreiche? Der Spektakel im Land, der Spott, die Schmach und Schande! Mit Fingern deuten die Leute auf einen, ins Gesicht lachen sie einem. Hab' ich dich dazu aufgezogen, daß du der ganzen Welt zum Spott und zum Hohn dienst? Hab' ich deshalb gespart, zusammengehalten und gescharrt, mehr Geld und Geldeswert, als eine weit und breit, daß du mir solche Sachen anstellst? Ist das denn seit Menschengedenken vorgekommen? Läuft in der Hochzeitsnacht ihrem Mann davon, mitten in der Nacht! Red', oder besser, du sagst gar nichts und kommst jetzt nur gleich mit heim, – sonst . . . .!" Und das stark gerötete Antlitz der Mutter nahm einen harten, unheildrohenden Ausdruck an, indem sie nach der Tochter Hand griff.

Susel wich zurück, mit der Hand abwehrend.

„Nein, Mutter, ich geh' nicht mit heim. Laßt mich, wo ich bin, da ist's für mich und auch für Euch am besten. Kümmert Euch nicht um mich!"

„Verdienen tät'st du's in Not und Schmach zugrunde zu gehen, ja, und daß sich niemand mehr nach dir umsehe! Aber es geht nicht dich allein an. Du willst nicht heim? Ich werd' dir's zeigen! Ich rede dir nicht lange mehr im guten zu. Aut oder naut! Den Leuten sind die Mäuler schon sperrenweit aufgerissen, – weiter geht's ohnehin nicht mehr. Du kommst jetzt mit, ohne dich zu mucksen, oder –"

„Was, Mutter, oder –?"

„Oder, so wahr ich Juliane Groß heiße und deine Mutter bin, ich laß' dich vom Gendarmen fortführen!"

„Um Gottes willen!" fuhr hier der Kronenwirt dazwischen, während Susel ruhig, bleich, in unerschütterlicher Entschlossenheit verharrte. „Liebe Schwiegermutter, keine Gewalt! Nur keine Gewalt! Und du, Susel, sieh, alles in der Welt will ich dir zu Gefallen tun, auf den Händen will ich dich tragen, wie einen Engel will ich dich halten, tun, was ich dir an den Augen absehe! Komm mit heim zu deinem Mann!"

„Ich kann nicht, Kronenwirt."

„Oh, Gott im Himmel, soll ich sagen, wie lieb du mir bist?", fuhr der Verlassene mit herzbeweglichem Flehen fort, „wie ich lieber sterben möchte, als dir je ein übles Wort sagen, wie . . ."

„Ich kann nicht, ich kann nicht!" jammerte Susel und legte den Kopf weinend und mit einer trostlosen Gebärde in die Hände. „Nimm mir's nicht übel, Kronenwirt, aber ich kann nicht!"

„Ach was, an den Haaren zerr' ich sie heim!" fuhr Juliane dazwischen, nicht ohne Lust, den Worten die Tat auf dem Fuße folgen zu lassen. Doch hielt sie der Kronenwirt mit Aufwand aller Kraft noch zurück.

„Schwiegermutter", sagte er entschieden, „laß' mich mit meiner Frau reden! – Sieh, Susel, schon versprochen mit meiner ersten Frau hab' ich dich auf einem deiner Gänge in die Pfarrstunde gesehen und gedacht: über ein Kleines und mein junges Bäschen wär' auch eine Frau für dich! Du bist mir seitdem nicht mehr aus dem Sinn gekommen, und wie ich Witmann geworden bin, ist mein erster Gedanke gewesen: die Susel in Oberhofen! Und doch, guck' wenn ich gewußt hätte, daß dein Herz so sehr an einem andern hängt –" – Susel wandte sich ab – „ich hätte nicht um dich angehalten. Nein, Susel, so schuldig bin ich nicht, wie du dir denkst. Ich hab' nicht gewußt, daß du mich gar nicht magst, und –" – des Kronenwirts Stimme bebte – „wie lang werd' ich denn noch leben! Die Hochzeitsnacht geht mir nach, ich spür's, Susel. Mit mir ist's sowieso bald vorbei, dann kannst du ihn ja nehmen, den dein Herz begehrt, und niemand wird dir wehren."

Die Bedrängte machte eine abwehrende Bewegung mit der Hand, welche diese Aussicht weit abwies, sah jedoch nicht auf und stand noch immer mit abgewandtem Gesicht. „Damit ist's aus", sagte sie heftig, „ein für allemal!"

„Und du willst nicht mit?"

„Nimm mir's nicht übel: ich kann nicht, Konrad."

„Das wollen wir doch einmal sehen", fiel hier Juliane mit unbezähmbarer Ungeduld ein. „Man wird's dich lehren, wenn du nicht kannst. Meinst du denn, ich seh' nicht durch? Meinst du, ich habe vergessen, wie ihr – du und die Amy da – schon vor fünf, sechs Jahren einig gewesen seid, nichts geplaudert, nichts gesungen, nichts gedacht habt, als von ewiger Treu bis in den Tod, von der Armut, die so sehr veracht't, von der reinen Liebe und anderen Dummheiten! Ja, du, Amy, hast sie zu der Närrin gemacht, die sie jetzt ist. Du, Amy, hast ihr die Possen in den Kopf gepflanzt, du hast ihr nur von Münster hinten und von Münster vorn vorgeplaudert und wie lustig es da sei. Du hast die Fäden gesponnen, du die Grüße ausgerichtet, du, hinterm Rücken deiner Herrschaft, die keine Ahnung von der Schlechtigkeit gehabt und dir ganz vertraut hat! Du – – –"

„Ich, Bas, ich?" fragte die arme Amy betroffen, verblüfft und verwirrt von der Wucht dieser Anklagen, während die Kleinen in der Ecke schon still zu weinen anfingen.

„Du", fuhr Juliane unbeirrt fort, „du, ja, du!"

„Ich?" wiederholte Amy ganz niedergeschmettert.

„Niemand als du falsche und undankbare Person. Und zu dir ist sie natürlich auch gelaufen, bei dir hat sie ihren Unterschlupf gefunden, bis der Münsterer Lüftling – – –"

„Jetzt ist's aber genug!" fiel hier Andres, Amychens Mann, der bisher mühsam an sich gehalten hatte, in die Verhandlung ein, indem er sich von der Ehrfurcht, vor dem Ansehen und Reichtum der vielvermögenden Frau aufraffte. „Hotz Katzenstreich und kein End'! Was Sie, Frau Groß, zu Ihrer Tochter sagt, kann ungereimt sein, aber es geht mich nichts an. Auch ich kann zu meinem Heu Stroh sagen. Was Sie aber zu meiner Amy sagt, na, das geht mir denn doch an die Leber! Meine Amy ist eine brave Frau und ist auch ein braves Mädel gewesen. Ja, guck Sie mich nur an, Frau Groß, als wolle Sie mich vergiften, Frau Groß! Wir können es uns nicht zusammenreimen, wie man wegen ein paar Äcker mehr oder weniger ein Kind um sein Lebensglück bringen kann. Ich bin nur ein gewöhnlicher Mann, hab' aber doch, was wir brauchen, und tausch' nicht mit ihr, das kann ich ihr doch sagen, und wenn Sie auch zwanzigmal mehr hat als unsereiner."

„Er ist ein Taglöhner!"

„Ja, das bin ich, ich arbeit' freiwillig im Taglohn, wenn die eigene Arbeit mich nicht daheim hält, und der Bauer, bei dem ich schaffe, sieht mich nicht scheel drum an, sondern bietet guten Tag zuerst, wenn er ins Feld kommt und mich hinterm Pflug oder hinter der Egge trifft, und ist froh darum und behandelt mich wie seinesgleichen. Ich bin ein Bürger im Land, wie er. Auch ist das Haus da mein, Frau Groß, und schuldenfrei, und darin hat mir oder meiner Frau niemand ein Wort zu sagen, als das ich hören will!"

„Ach so!" fing hier Juliane mit einer höhnischen Verbeugung an, „verstehe schon. Also Punktum. Zieh dich an, Susel, du gehst mit, unser Wagen steht im Wirtshaus."

„Nein, Mutter, ich gehe nicht mit!" sagte Susel so gelassen wie fest.

„Du gehst mit, sag' ich!" Und Juliane zitterte vor Ingrimm.

„Ich gehe nicht mit, Mutter!"

„Nicht?"

Juliane faßte ihre Tochter so fest am Handknöchel, riß sie mit so rücksichtslosem Ruck davon, daß nicht bloß Andres, sondern auch der Kronenwirt wehrend dazwischentrat, um Susels Hand zu befreien.

„Na, so weiß ich, wie ich dran bin und was ich zu tun habe", sagte Juliane. „Die Polizei und die Gerichte werden's euch und dieser da schon zeigen. Du hast dir alles selbst zuzuschreiben, was über dich kommt, Susel. Zum letztenmal: Gehst du mit uns oder gehst du nicht mit? Bedenke deine Antwort."

„Ich hab' nichts zu bedenken, Mutter", sagte Susel mild. „Ich kann Euch den Willen nicht tun."

„So sei verflucht in Gottes Grundserdboden hinein!" äußerte die leidenschaftliche Frau mit erhobener Hand, indem sie der Türe zueilte ohne sich noch umzusehen.

Die Tochter sank mit dem leisem Ruf: „Mutter, o Mutter!" unter der Wucht der entsetzlichen Verwünschung in die Knie zusammen, während der Kronenwirt mit kreideweißen, hohlen Wangen und verzweifelter Haltung seiner Schwiegermutter aus dem Hause folgte.

42

Eine Wendung

Ruhe und Sicherheit war seitdem von Susel gewichen. Jeden Augenblick befürchtete sie vom Büttel eine Ladung vor den Bürgermeister zu erhalten, oder daß ihr eine Vorladung vom Gericht zugestellt werde, wenn nicht noch Schlimmeres. Von der Mutter war das Ärgste zu erwarten; einer Frau von ihrem Schlage, die sich durch ihr Kind so verletzt fühlte, war alles zuzutrauen, nachdem ohnehin die Angelegenheit hinlänglich Aufsehen erregt hatte.

So plante Susel ihr Flucht fortzusetzen, sobald sich zeigen würde, daß die Mutter ihre Drohungen verwirklichen könnte. Sie brauchte doch nur quer über die Wiesen hinlaufen und am Haftelhof vorüber die Feldwege einhalten, um in einer Stunde über der Grenze und damit aller Verfolgung entrückt zu sein. Dieser Ausweg blieb ihr im letzten Augenblick der Gefahr. Indes hatte sie sich auch hingesetzt und einen Brief an den Vetter ihres verstorbenen Vaters geschrieben, der Schulmeister im „Niederland", in der Gegend von Frankenthal, war. Dieser Brief machte ihr viel Bedenken, und nun mußte sie ihn noch zur Post nach Bergzabern oder Weißenburg tragen oder bringen lassen. Sie war froh, als er fort war.

Es vergingen Tag um Tag und Nacht um Nacht in Sorge, wenn auch nichts erfolgte. Eine Woche verstrich, ohne daß sich weiteres ergab. Ebensowenig kam eine Antwort vom Vetter. Freilich drangen auch keine Nachrichten über die Vorgänge im Lande draußen in das traute Heim am Otterbach; die politischen Stürme störten nicht den Frieden des häuslichen Herdes der Frau Amy.

Allein die Leute im Oberlande, wenigstens im Dorf selbst, waren unterdes aufmerksam geworden auf die eigentümliche Bewandtnis, die es mit dem jungen „Bäschen" hatte. Die Umstände, unter denen Susel bei Amy Zuflucht gefunden, konnten auf die Dauer nicht verborgen bleiben. Neugierige Blicke und anzügliche Reden verfolgten und quälten die Arme auf Schritt und Tritt. Da beriet sie sich ernstlich mit der Freundin, ob es nicht dennoch rätlich und Zeit sei, über die Grenze zu wandern und sich nach einem Platz umzusehen, wo man fleißige Hände brauchen konnte.

Gewöhnlich ging sie mit ihrem Wasserkübel an die Brunnendeichsel, ohne sich weiter in das Geplauder der andern einzulassen. Einmal aber mußte sie anhören, wie über ihre Verhältnisse nicht mehr gemunkelt, sondern laut gesprochen wurde. Von einer Frau aus Pleisweiler, die auf dem Weg nach Weißenburg im Dorf sich aufgehalten hätte, habe man gehört, sie sei eine entlaufene Frau, die ihrem Mann durchgegangen sei, weil der voll Schulden stecke und sich nicht mehr zu helfen wisse. Seine Gläubiger griffen blindlings zu, er sei ein verlorener Mann, liege krank daheim und werde nicht mehr aufkommen.

Aber sie mußte noch Weiteres mit anhören, als da erzählt wurde, wie reich sie sei. Ja, und ihre Mutter sei jetzt ganz zufrieden und mit der Verwandtschaft ziemlich guter Dinge darüber, daß die Tochter den Schritt getan und ihrem schlechten Mann schon in der Hochzeitsnacht durchgebrannt sei. Der Lump verdiene es nicht besser, als elend zugrunde zu gehen, und es sei ein Beweis von der ganz besonderen Gescheitheit ihrer klugen und entschlossenen Tochter, daß sie ihn schon so früh durchschaut habe und sofort davongegangen sei.

Wie? dachte Susel mit innerer Entrüstung. So sehr verkannte man ihre Sinnesart und die Beweggründe ihrer Flucht? War es denn möglich? Und die Mutter wäre jetzt mit ihrem Schritt einverstanden, lobe sie darum, befangen in einer Anschauung, von der ihr eigenes Wesen weit entfernt war. Und auch die andern teilten diese Auffassung. Susel verstand die Welt und die Menschen nicht mehr. Und der Kronenwirt wirklich ein Mann, um den es geschehen sei hinsichtlich seines Vermögens und seiner Gesundheit! Und niemand hatte eine teilnahmsvolle Äußerung für ihn!

Susel kam nachdenklich und etwas verstört heim, und blieb es auch bei Tisch. Nur mit den Kindern beschäftigte sie sich viel und reichte ihnen schweigend bald dies, bald das.

Unterdessen kam ein Charabanc die Gasse herunter und hielt gerade vor dem Hause der Amy. Der Kutscher im blauen Kittel auf dem Vordersitz guckte nochmals nach dem Brunnen zurück, wo die Weiber ihm auch zunickten, daß er an der rechten Stelle sei.

Susel sah zum Fenster hinaus, und wurde weiß wie das Linnen

auf der Bleichwiese drüben am Brunnen. Sie kannte den Fuhrmann im Blaukittel, sie kannte den Wagen. Es war derselbe, in dem sie die Heimfahrt von der Hochzeit gemacht hatte. Heute aber saß an der Stelle des Brautpaares eine kleine alte Frau zwischen zwei Kindern, ganz kleinen Mädchen, die jetzt hastig nacheinander, als der Knecht seine Peitsche aufsteckte und zu Boden sprang, vom Wagen kletterten.

Susel wurde blaß und blässer. Sie vermochte sich kaum mehr auf der Bank, auf die sie niedergesunken war, zu halten, während die Kinder die Treppe herauf und immer näher kamen. Und jetzt standen sie in der Stube, zwischen ihnen, jedes an einer Hand haltend, die Base des Kronenwirts.

„Guten Abend", sagte sie, mit ihren trüben Augen in der niederen Stube umhersuchend, um sich zurechtzufinden. „Bin ich hier im Hause der Frau Amy, die ihrerzeit einmal in Oberhofen gedient hat?"

„Gewiß!" sagte die Hausfrau, gespannt, was da folgen sollte, „die bin ich."

„Es soll sich ja bei Euch Susanne Groß, jetzt verehelichte Kurz, aufhalten."

Indes hatten schon die beiden kleinen Mädchen die Gesuchte erkannt; sie rissen sich von der Seite der Base los und liefen auf Susel zu. „Mutter! Mutter!" riefen sie durcheinander. „Willst du denn nicht unsere Mutter sein? Sind wir denn nicht brav gewesen? O Mutter, der Vater ist so krank, so arg krank. Es tut ihm so leid, so leid um dich, und er kann nicht sterben – er hat's uns dreimal gesagt, – wenn du ihm nicht alles vergeben willst."

Da wankte auch die alte Frau auf Susel zu, die jetzt wie ein Marmorbild, mit den Händen im Schoß, auf der Wandbank saß. „Ach ja, Susel, die Kinder reden die Wahrheit", fing die Alte an. „Erlaube einer alten Frau, die es gut meint, du zu dir zu sagen. Guck', Susel, er ist kein Lump, kein elender Tropf, kein schlechter Kerl, wie ihn jetzt deine Mutter, die Bas Juliane, schilt, die nichts mehr von ihm wissen will, seit seine Vermögensverhältnisse aufgekommen sind. Nein! Er hat sich geschunden und geplagt die Jahre her, um alles in Ordnung zu bringen. Aber die lange Krankheit seiner ersten Frau, die schlechten Zeiten und das Mißgeschick! Er hätte sich durchgebissen, er hatte den ernsten Willen dazu, ohne dein Zugebrachtes anzugreifen, weil er wieder Kredit gehabt hätte. Und ein einziges gutes Weinjahr hätte ihn wieder herausgerissen. Aber es sollte nicht sein. Du hast getan, was du nicht lassen kannst. Kein Vorwurf; er hat dir nie einen gemacht, und auch deine Mutter macht ihn dir jetzt nicht mehr. Du hast's getan, du bist fort in der Nacht, und das Fenster ist aufgestanden und er hat von da an stärker gehustet. Du hast's getan, Susel, nicht ohne Ursach', und weißt warum. Darüber kein Wort mehr. Er hat es gewußt, und ich auch: sobald es unter die Leute kommt, ist er ein verlorener Mann. Und so ist es auch gewesen. Sein Schwager hat die Hand von ihm abgezogen, Philippine sagte, es gehe sie nichts an, daß ihr Bruder soviel Schulden habe, und du hast es gewußt."

„Nein!" kam es jetzt von Susels blassen Lippen. Und sie sprang von der Bank auf, sich nach einer neuen Schürze, nach einer Halskrause umsehend, „nein, Gott sei mein Zeuge!"

„Deine Mutter sagt's. Und so haben sie alle zugleich zugegriffen und ihm den Hals zugeschnürt. Er hat's nicht lange ausgehalten, der Konrad, und an's Aufkommen denkt er nicht mehr. Nur seine Kinder – – –." Der alten Base stockte die Stimme. „Wer nimmt sich der armen Würmchen an? Nur seine Kinder machen ihm noch Sorge, und du, Susel! Reue und Sorge, daß er nicht ruhig sterben kann, wenn du ihm nicht vergibst, wenn du ihm nicht verzeihen willst, daß er so falsch gegen dich gewesen ist, dir seine Vermögensumstände verhehlt hat, daß er als ein schlechter Mensch vor deinen Augen aus dem Leben gehen soll, wenn du ihm nicht verzeihst."

„Ach, Mutter, ja", riefen hier die Kinder, „sei dem Vater wieder gut! Tu ihm verzeihen."

„Ich ihm verzeihen, ich ihm?" fing Susel jetzt an, drückte die kleinen Mädchen an ihre Brust und strich ihnen das Haar zurecht. Dann glättete sie ihr eigenes Haar, band die neue Schürze um und legte die Halskrause an. „Das habe ich nicht geahnt. Er will Vergebung von *mir*?"

Sie nahm das Kleinste auf den Arm, das andere an der Hand. „Kommt, Kinder, zum Vater. Kommt Base, zu meinem Mann. Lebe wohl, Amy! Lebt wohl, Susele und Kätherle! Der liebe Gott segne und vergelte eure Lieb' und Güte, die ihr einer Unglücklichen in ihrer schweren Not bewiesen habt. Adieu, Amy, adieu!"

„Aber Susel, wie du gehst und stehst?"

„Den Kapuzenmantel, den ich mitgebracht habe, bring' mir nach dem Wagen und grüß' mir deinen Mann schön."

So eilte sie mit den Kindern des Kronenwirts die Treppe hinunter, als dürfte keine Minute mehr versäumt werden. Rasch saß sie oben bei den Kindern, die Base neben dem Stumpen, der mit einem wahrhaften „Hurra!" in die Pferde hineinklatschte, daß es im Fluge über Berg und Tal ging. In dem Wasgaustädtchen Bergzabern ließ Susel etwas Backwerk in den Wagen reichen. Weder sie selbst, noch die Base hatten Appetit, nicht einmal der Stumpe Durst.

„Aber was wird deine Mutter sagen, Susel?" fragte die Base bekümmert, indem sie sich vom Vordersitz zurückbeugte.

„Was meine Mutter sagen wird? Ich denke doch, gerade sie werde nichts sagen, wenn ich zu meinem Mann zurückkehre, wo er in Not ist."

„Das ist alles anders, Susel", sagte die Base, „alles ganz anders."

„Wieso?" fragte Susel erstaunt. „Wenn der Mann, dem sie mich hingegeben hat, krank und unglücklich ist, wo anders soll dann mein Platz sein, als an seiner Seite?"

„Ja, so denkst du!" entgegnete bitter lächelnd die kleine Base. „Ob aber auch die Welt oder gar deine Mutter! Du kennst die arge Welt noch lange nicht, liebe Susel; sie wird deine jetzige Handlungsweise noch weniger begreifen, als deine Flucht, mein Kind. Gib acht, was deine Mutter für Augen machen wird, wenn sie dich mit uns anfahren sieht! Sie wird es gar nicht verstehen, daß du mit uns zum Kronenwirt zurückwillst, wenn sie es überhaupt zugibt und dich nicht lieber unter großem Spektakel ganz zurückhält!" setzte die kleine Frau hinzu, als man noch wenige Schritte von der Ruhbank entfernt war, wo der Weg nach dem stillen Dorf ablenkt.

„Meint Ihr, Base?" fragte Susel, bedenklich geworden.

„Ich weiß es!" antwortete die Base, sich tief in ihr Tuch hüllend.

„Dann halt, Stumpe!" rief Susel dem Knecht auf dem Vordersitz zu, der die Pferde schon nach dem nahen Oberhofen hin hatte einlenken lassen. „Nur geradeaus, über Münster heim! Und so schnell, als die Gäule können!"

Der Stumpe zog die Zügel an, ließ die Pferde zurückhufen und auf der Straße weitertraben, indem er lustig mit der Peitsche klapperte.

Es wurde wenig mehr gesprochen. Die beiden Füchse flogen nur so die Straße dahin. Nur auf den Höhen, wo sich der Weg wieder in ein neues Tal senkte, stutzten sie jedesmal, bis es dann im Tal desto rascher vonstatten ging und endlich auch die Kreuzstraße überwunden war. Ohne beim Ochsenwirt anzuhalten, ohne daß sich Susel beim Rathausbrunnen auch nur umsah, ging es durch Münster. Sie konnte es kaum erwarten, daß endlich der Wagen am Ziel hielt.

Es war schon dunkel, als man ankam. Die Fenster der Häuser waren schon vom abendlichen Lampenlicht erhellt, und so blieb Susel davon verschont, wie ein Meerwunder angestaunt zu werden. So wenig sie selbst vielleicht in diesem Augenblick berührt wurde, dankte doch die kleine Base ihrem Schöpfer, daß die Dunkelheit es unmöglich machte, und auch der Stumpe, der bei der Fahrt durch Münster fürchterlich mit der Peitsche geknallt hatte, vermied hier jeden Lärm, jedes auffällige Geräusch.

*

In der Wirtsstube „Zur Krone“ brannte eine Unschlittkerze in einem blechernen Leuchter. Zwei Männer gingen da auf und ab, ein dicker und ein dünner, langer. Und zwar richteten sie ihren Spaziergang auf den Zimmerdielen so ein, daß, wenn der eine herwärts ging, der andere hinwärts marschierte, so daß sie fast regelmäßig aufeinanderstießen und bei ihren vergeblichen Ausweichversuchen einander grimmige Blicke zuwarfen. Jeder von ihnen hatte ein Glas Wein auf dem Tisch stehen. Allein sie schienen nur zu trinken, weil der Wein besser durch die eigene, als durch eine fremde Kehle floß, weil sie nicht bar dafür zu zahlen hatten, sondern der Preis doch von der Schuldenmasse abgerechnet werden konnte. Indem sie den Wein tranken, verloren sie gegebenenfalls doch nur einige Groschen weniger.

Dabei ergriff bald dieser, bald jener die Lichtputzschere und schnippte den langen Docht, dessen schwelender Dampf auch ins nächste dunkle Zimmer drang, in das sie dann und wann ihre Wandelbahn fortsetzten, um Schränke und Kommoden zu betasten und zu untersuchen.

Jetzt öffnete sich die innere Tür des Gastzimmers. Ein kleiner, hagerer Mann mit Brille und Glatze kam herein und schrie: „Türe zu! Ein für allemal! Und bleiben Sie aus dem Nebenzimmer!“

„Sie tun so, Herr Doktor", entgegnete der Dicke, „als ob Sie hier mehr zu sagen hätten als unsereiner!"

„Allerdings habe ich das, solang ein Kranker im Hause unter meiner Behandlung liegt."

„Und wenn er morgen stirbt", fiel der Lange brutal ein, „so wird man Ihnen zeigen, wo der Zimmermann 's Loch gemacht hat, wenn's nicht heute noch geschieht. Auf dem Boden hier haben wir das Recht zu stehen und zu gehen, nicht Sie."

„Unsinn!" äußerte gereizt Dr. Flax, dem der Kronenwirt sich zuletzt noch aus dem Grunde anvertraut hatte, weil er Susels Vertrauen besaß. „Wenn Sie sich nicht ruhig verhalten, laß ich Sie nausschmeißen, alle beide!"

„Durch wen, Herr Doktor?" meinte der Dicke. „Ist kein Knecht da, nur die Magd, die uns den Wein bringt; 's ist ja nichts mehr im Hause! Sie sind jähstützig, Herr Doktor, zähmen Sie sich!"

„Geben Sie acht, Männchen", fügte der Dicke höhnisch hinzu, „daß nicht morgen Sie selbst hinausgeworfen werden."

„Gleichviel", antwortete der Doktor entscheidend, „wenn Sie sich nochmals unterstehen, da ins Nebenzimmer zu kommen, schröpfe ich Sie, setze Ihnen die Lanzette ins Fleisch – sie ist giftgetränkt – daß Ihnen Hören und Sehen vergeht. Verlassen Sie sich darauf."

Dr. Flax wollte gerade ins Krankenzimmer zurück, als eben der Wagen draußen vorgefahren war. Jemand eilte den Kindern und der kleinen Base voraus durch die Wirtsstube und ins Nebenzimmer.

„Wer ist das Frauenzimmer, das da mit den Kindern gekommen ist?" fragte der Dicke die alte Base.

Diese lief rasch weiter und klinkte die Tür hinter sich zu, während die Vorauseilende eben den Doktor erreichte, als dieser leise wieder die Tür des Krankenzimmers öffnen wollte.

„Herr Doktor Flax, darf ich zu meinem Mann?"

„Engel und Bote Gottes! Susel, Susanne, sind Sie es denn?"

„Wie Sie sehen, Herr Doktor! Darf ich hinein?"

„Vorbereitung nötig, Vorbereitung, liebe Sanne oder Sonne meines Lebens. Und – was wollen Sie von dem Armen? Ihn pflegen, seiner warten, ihm zur Seite stehen, wie es einer rechtschaffenen Frau gebührt?"

„Das will ich!"

„Wirklich? Und Sie wissen nicht, daß er ein zugrunde gerichteter Mann ist?"

„Ich weiß alles."

„Sonne, Sanne, Susanne, Susel!" Und der alte Kerl fiel ihr um den Hals. „Oh, ich wußte es ja, ich wußte es, ich habe nicht gezweifelt, als alle zweifelten. Aber es bedarf Vorbereitung! Vorbereitung! Still verhalten! Komm' gleich wieder!"

In der Tat nur kurz im Krankenzimmer verweilend, kam er rasch wieder heraus.

„Er hat die Stimme gehört, seine Augen leuchteten! Nur herein!"

Und Susel trat in das Zimmer, ans Krankenbett, faßte die nach ihr ausgestreckten abgezehrten Hände.

„Du kommst, kommst zu mir Susel!" sprach er leise und ein überirdischer Glanz lag in seinem Blick. „Wie gut du bist! Und – du hast mir verziehen?"

„Dir verziehen, dir?" sagte sie, sich zu ihm niederbeugend. „Oh, daß du mir vergeben könntest, Konrad!"

„Sprich nicht so!" entgegnete er matt. „Sieh, Susel, daß du nur wieder gekommen bist! Jetzt mag alles kommen, wie es soll! Ich weiß, du nimmst dich meiner Kinder an."

„Meine Kinder sind es, Konrad, meine Kinder."

Ein Lächeln glitt über seine Lippen. „Nun, da mag es denn bald zum Sterben gehen!" sagte er, und sah glücklich vor sich hin, ihre Hand haltend, bis er sanft schlummernd den Kopf in die Kissen legte.

„Das war Lebensbalsam für ihn!" flüsterte der Doktor ihr zu. „Wenn er noch davonkommen könnte, hätte ihm das geholfen. Nun hinaus, lassen wir ihn schlafen!"

„Wer sind die Männer in der Wirtsstube?" fragte Susel leise.

„Das ist der Rosenthal von Ingenheim, der Hauptgläubiger, und der Herr Christ von Kandel, der zweite."

„Was wollen sie?"

„Was sie wollen? Sich weiden, was sonst! Der Rosenthal ließe noch mit sich reden, er ist der schlimmste nicht! Aber der Christ, der Christ!"

„Ich will einmal mit ihnen reden und nur schnell einen anderen Rock anziehen. In den Schränken, da müssen meine Kleider hängen."

Der Doktor schlich sich leise ins Krankenzimmer zurück, um den Schlaf des Kranken zu prüfen, während Susel, so rasch sie konnte, ein Kleid überwarf, und sich dann hinaus in die Küche begab, um nach dem Nachtessen zu sehen. Vor dem Eingang zur Wirtsstube begegnete ihr Stumpe mit einer Peitsche und einem der landesüblichen „eingebändelten" Knittelstöcke in der Hand.

„Bas", sagte er, „soll ich die zwei da drinnen mit dem Peitschenstiel, mit dem Eingebändelten, oder mit einem Stuhlbein? Soll ich Ihnen die Hälse zudrücken, soll ich sie ebbe wie weiße Rüben, wie Dickrüben oder Grundbirnen –" und er machte die Bewegung des Zerstoßens. „Oder soll ich sie lebendig auffressen? Wenn's die Bas haben will – mit dem größten Appetit!"

„Nichts von alledem sollst du tun, Stumpe!" befahl Susel. „Verhalt' dich ganz ruhig. Die Leute sind in ihrem Recht und tun nichts Ungesetzliches!"

Hierauf trat sie selbst in die Wirtsstube, wo die beiden Gläubiger noch immer verweilten, als wolle keiner zuerst fort, jeder den anderen überwachen.

„Guten Abend", sagte Susel, „wünschen die Herren noch ein Glas Wein?"

„Weiß wirklich nicht", sagte der Herr Rosenthal, während auch Herr Christ etwas verdutzt dreinschaute. „Mit wem hab ich denn die Ehre?"

„Ich bin die Frau des Kronenwirts", sagte Susel, und schnippte selbst mit der Putzschere den Docht, worauf sie noch eine andere Kerze anzündete und in einen der Leuchter ihres Brautschatzes setzte.

Indes hatten beide wie auf Verabredung ihre Mützen herabgenommen, die sie die ganze Zeit über auf dem Kopf behalten hatten.

„Sie wollen also nicht mehr trinken und schon weg?" fragte Susel.

„Weg? Nun, wie sich's macht", sagte Rosenthal. „Wenn der Herr Christ mich nach Ingenheim begleitet, hat er morgen früh eine Viertelstunde näher nach Kandel."

„Ich kann auch hier in der Krone übernachten!" meinte Christ mit ausweichendem Trotz.

„Schwerlich", entgegnete Susel. „Es scheint kein Zimmer im Haus gerichtet zu sein."

„Er ist ein vermögender Mann, hat viel zu gut, einer der Gläubiger", wandte hier Rosenthal ein, wohl mit dem Versuch, der jungen Frau mehr Respekt einzuflößen. „Nicht der Hauptgläubiger, der bin ich, denn ich habe zu kriegen 6000 Gulden nebst Zinsen, – aber doch der zweite nach mir. Der Kronenwirt ist ihm schuldig an die 4500 Gulden, und nun kommt das Gericht und versiegelt."

„Ich denke nicht", sagte Susel gelassen. „Mein Mann kann alles bezahlen, wenn auch nicht auf einmal."

„Was Sie da sagen, Frau Kronenwirtin!" fuhr Rosenthal fort. „Könnt' er zahlen, käm' es nicht zur Versteigerung. Er kann nicht zahlen, und sein Schwager sagt, es ginge ihn nichts an, und seine Schwester und Schwiegermutter sagen, es ginge sie nichts an, und alle Blutsfreunde sagen, es ginge sie nichts an. Wie kann er da zahlen?"

„Wenn nicht er, so zahlt seine Frau, oder bürgt für ihn", versetzte Susel mit derselben Ruhe. „Bin ich Ihnen gut für 6000 Gulden? Nun, Herr Rosenthal?"

„Gott, wie kommen Sie mir vor, Frau Kronenwirtin? Für zehntausend sind Sie mir gut, und für noch mehr. Wenn 's so steht, kann's stehen bleiben, braucht für jetzt gar nichts bezahlt werden, als die Zinsen. Hab' ich doch nicht gewußt, daß seine Frau noch wissen will von ihm und seinen Schulden."

„Gut, Herr Rosenthal, jetzt wissen Sie's. Und Sie, Herr Christ, Sie wollen Ihr Guthaben wohl gleich bar?"

Der blickte ziemlich sauertöpfig drein.

„Oser", sagte Rosenthal, „machen Sie kein Gesicht wie eine frisierte Werr. Der Mann ist gut, weil die Frau gut ist. Es hat mich gefreut, die Bekanntschaft einer so braven Frau zu machen, Frau Kronenwirtin. Wenn's so steht, kann's stehen bleiben."

„Gute Nacht!" sagte Christ unwirsch und ging mit Rosenthal nach Ingenheim.

43

Stille Ernte

Die Neuigkeit, daß die junge Kronenwirtin zu ihrem Manne zurückgekehrt war, für ihn Bürgschaft leiste und an eine Tilgung der Schulden denke, verbreitete sich wie ein Lauffeuer. Man hatte keinen Maßstab für diese Susanna Groß und war – wie die Steiermärker, die jeden Kropflosen als einen Menschen bedauern, dem etwas fehlt – sehr geneigt, in ihr eine Person zu erblicken, die man nur bemitleiden und belächeln konnte. Ihre Flucht in der Hochzeitsnacht – nun, die vermochte man noch nachträglich zu erklären; daß sie nun zu ihrem ruinierten Mann zurückkehrte, mit ihrem Heiratsgut für ihn eintrat, vermochte man gerade in den Kreisen der besonders Klugen und Gescheiten am wenigsten zu begreifen und mit dem gesunden Menschenverstand zusammenzureimen.

Dem vermöglichen Bauer, zumal dem eigentlichen Manschettenbauer, der bei festlichen Gelegenheiten im Angstrohr einhersteigt, fehlt von Haus aus der Sinn für alles, was wie Edelmut aussieht, der ihm stets das Zeugnis für Verkehrtheit oder doch Übertriebenheit abgibt. Sorgfältig sucht er auch den Schein davon zu vermeiden und den Ruf der Pfiffigkeit zu retten. Hartnäckig besteht er auf dem, was er sein Recht nennt, läßt sich nichts darunter bieten. Daneben bekennt er sich ungescheut zur krassen Eigenliebe. Erwerben, Errungenschaften machen, wo und wie es geht, das ist der Grundsatz des „Kaffern", wie der Pfälzer selbst sich ironisch zu nennen pflegt. Die nackte Selbstsucht leitet ihn, und er bekennt sich ungescheut dazu.

Als die Kunde von Susels Rückkehr zu ihrer Mutter nach Oberhofen gelangte, war Frau Juliane außer sich. Dieses leidenschaftliche Weib glaubte, der Schlag müsse sie treffen. Nein, was sie noch in ihren alten Tagen an ihrem Herzenskind, ihrem Augapfel erleben mußte! Ihre Susel war ihr nun völlig unverständlich geworden. Die Mutter war so wild über diese törichte Handlungsweise, daß sie davon sprach, ihre Tochter unter Vormundschaft stellen und auf ihr

Pflichtteil beschränken zu wollen. Allein der Notar, der den Heiratsvertrag ausgefertigt hatte, bewies ihr, daß derselbe deutlich genug laute, als daß er nun von der eigenen Mutter mit Erfolg angegriffen werden könnte.

Selbstverständlich war, daß auch die übrige Verwandtschaft sich den Anschauungen der Frau Groß näherte oder sie noch übertrieb, Bas Margaret und vielleicht noch der Vetter Ebbe ausgenommen. Merkwürdigerweise ließ auch der scheele Hannes nichts auf Susel kommen, er war stets mit der Erklärung bei der Hand: die wisse schon, was sie tue. Die alte Schwiegermutter dagegen schwieg und wußte fürs erste nicht, wie sie sich zu dem neuen Wechsel der Umstände stellen sollte.

Übrigens zeigte sich bald, daß die Vermögensverhältnisse des Kronenwirts im Grunde durchaus nicht so verzweifelt standen, und nur durch die hereinstürmende Bedrängnis nach dem kundgewordenen Fehlschlagen seiner Heiratshoffnungen in so heillose Verwirrung und Unordnung geraten konnten. Schlimmer stand es mit seiner Gesundheit; da war nicht mehr zu helfen. Die stille Freudigkeit, die sich in seinen Zügen seit der Ankunft Susels kundgab, entsprang keinem Wiederaufflammen der Lebenskraft, sondern dem innigen Dankgefühl, daß ihm noch vergönnt worden war, ihr Antlitz voll schmerzlichen Mitleids und trauervoller Teilnahme über seine verblichenen Züge gebeugt zu sehen. Auf dieses Glück hatte er verzichtet gehabt, und es war ihm dennoch zuteil geworden. So starb er gern, da er seine Kinder unter ihren Fittichen wußte.

Sie weinte nicht allzusehr an seinem Grabe; aber man erkannte doch, daß sie den Mann innig betrauerte, den sie im Leben nicht so lieben konnte, wie er es vielleicht verdient hätte. Ihr ganzes Verhalten zeigte sich so achtungswürdig, daß auch die Widerstrebenden allmählich mit einem scheuen Respekt zu ihr aufsahen. Auch mit ihrer Mutter hatte eine Versöhnung beim Leichenbegängnis stattgefunden. Denn merkwürdigerweise war es Juliane, die über dem Grabe ihres Schwiegersohnes sich zu den heftigsten Schmerzensäußerungen hinreißen ließ.

Da Susel nicht daran dachte, die Wirtschaft „Zur Krone“ fortzuführen, fand sich in einem Verwandten Konrads bald ein Käufer des Hauses. Die liegenden Güter des Verstorbenen wurden um auffällig hohe Preise versteigert, so daß den hinterlassenen Kindern nach Bezahlung aller Schulden noch immer ein hübsches Erbteil blieb. Sie übersiedelten mit ihrer jungen Stiefmutter nach Oberhofen in das Haus der Frau Juliane, die zwar ihrer Tochter „die verkehrten Streiche" nicht völlig vergaß, allein doch in freundlichem Verhältnis mit ihr weiterzuleben, und als alternde Frau allmählich mehr und mehr mit dem Treiben der kleinen Mädchen im Hause, die sie doch im Grunde nichts angingen, sich zu versöhnen vermochte, ja sie noch recht liebgewann.

Die Tochter wieder im Hause zu haben, war ihr um so angenehmer, als Stoffel sich keineswegs als ein besonders liebevoller und lenksamer Sohn bewiesen hatte. Im Gegenteil. Sein „Was hab' ich davon?" klang ihr so oft und so höhnisch entgegen, daß sie das Wort nicht mehr hören konnte. Zudem hatte unter seiner merklichen Beihilfe die Schwiegermutter ihre Krallen so gefährlich aus ihrem Altensitz über den Hof und das Haus zu strecken begonnen, daß es Juliane dabei unheimlich wurde. Die Alte wußte alles, was im Hause vorging, und schien nachgerade auch alles lenken zu wollen. Noch immer strich sie an stillen Tagen und mitten in der Nacht gespenstig im Hause umher. Dabei hatte sie jedoch an der Stelle, wo man von der Spreukammer in den Hausspeicher konnte, dereinst einen bösen Fall getan, so daß sie eine ganze Nacht und einen halben Tag in Schmerzen lag, wo man sie nicht vermuten konnte, nachdem sie vermißt worden war.

Man hatte zwar die Nacht hindurch stöhnen und ächzen gehört, was den Dienstboten jedoch nur Anlaß zum Aufwärmen von Gespenstersagen gab. Als man sie entdeckte und in ihren Altensitz brachte, zu dem sie übrigens den Schlüssel in der Tasche trug, ließ sie den Schäfer Abraham holen und sich von ihm ihre gebrochenen Knochen einsalben. Daraufhin schrie sie Tag und Nacht so entsetzlich, daß es kaum mehr ein Mensch im Hause aushalten und keiner mehr schlafen konnte. Doktor Flax war grausam genug, sich der Alten mit seinem Rat nicht aufdrängen zu wollen, und so ließ sie sich von dem Schäfer Abraham noch ein schmerzstillendes Säftchen eingeben, das auch half. Sie schrie nicht mehr, denn sie wurde gleich darauf in ihrem Bett tot aufgefunden.

Als man ihre Bettlade von der Wand wegrückte, was in Gegenwart von Stoffel und Jerg geschah, fand sich eine Nische, in der neben vielen glänzenden Kleinigkeiten, die das elsterhafte Gelüste der alten Frau erregt hatten, in der Tat drei gewichtige Strümpfe voll Frankenstücken und ein Schmalztopf voll sogenannter Sechsbätzner mit dem Bildnis Maria Theresiens verborgen waren. Daneben lag eine Art Testament von ihrer Hand, freilich in Krähenfüßen unorthographisch geschrieben, in dem sie als Erben dieser Errungenschaften aus ihres Sohnes und ihres Mannes „Ersparnissen", mit ausdrücklichem Ausschluß ihrer Schwiegertochter, ihre Enkel Eve und Stoffel bezeichnete, jedoch unter der Bedingnis der Errichtung eines Grabsteins, dessen goldene Inschrift zu ihrem löblichen Gedächtnis sie selbst angab, so daß der Hort, der ohnehin den Wert von einigen hundert Gulden nicht überstieg, durch diese Bestimmung wieder ziemlich zusammenschmolz und Stoffel und Jerg ihr heimlich noch alle Knochen im Grabe verfluchten.

Bei dem Testament hatte sich noch ein braun gewordener Zettel gefunden, auf dem Adam, der Sohn der Alten, in einem lichten Augenblick den Versuch gemacht hatte, alle Orte, wo er seine Ersparnisse versteckte, in dunkler Kürze zu beschreiben. Augenscheinlich hatte die alte Frau nach dieser Darstellung ihre unheimlichen Umgänge im Haus eingerichtet, bis sie diese Sucht, ihren ewig brennenden Durst nach Geld und Besitz, mit ihrem Leben büßte. Die alte Aplone schwur übrigens darauf, daß die Großmutter erst in letzter Zeit ihre Entdeckungen gemacht haben könne; denn vor etwa sechs Jahren habe der Schatz nur aus einem Strumpf mit etwa zweihundert Dreibätznern bestanden.

Da sowohl nach dem Verzeichnis Vater Adams, als auch nach der Versicherung der tauben Aplone der Hort im Hause erschöpft sein mußte, hatte dieses seinen Reiz auf Stoffel eingebußt. „Was hab' ich davon", sagte er, „das Haus für teures Geld zu übernehmen? Dafür kann ich mir soviel Äcker kaufen und verheirat' mich lieber nach auswärts in ein fremdes Haus hinein." Und danach heiratete er denn auch in ein nach dem Bienwald zu gelegenes Dorf, und zwar eine, die ihm so ähnlich sah, daß er mit demselben Erfolg, wie der Swinegel und seine Frau auf der Buxtehuder Heide, einen Wettlauf mit dem Hasen auf den Bruchwiesen am Rande des großen Grenzforstes hätte eingehen können.

Diese Heirat hatte unter Hindernissen mit traurigem Ausgang stattgefunden. Die großmäulige Bawel, die unterdessen entlassen worden war, bestand nämlich fest darauf, von Stoffel einen Heiratsverspruch erhalten zu haben. Nachdem schon die Heiratsproklamation am Gemeindehaus nächtlicherweise heruntergerissen worden war, kam nach dem Hochzeitstag ein Brief, der Julianens Ärger in dem Maße erregte, daß sie einen förmlichen Schlaganfall erlitt, dessen Folgen Dr. Flax vergeblich zu bekämpfen suchte. Juliane, fast völlig gelähmt, genoß noch mehrere Wochen lang der liebevollsten Pflege ihrer Tochter, die mit der alten Aplone abwechselnd bei ihr wachte. Ihre Susel mit aufgelegten Händen für alle Liebe segnend und mit dem Wunsche, neben ihrem Henrich begraben zu werden, schied denn Juliane friedlich aus dem Leben, tief und aufrichtig betrauert von ihrer Tochter, die sich schon jetzt ihre einstige Ruhestätte dicht bei ihren Eltern aussuchte, da sie überzeugt war, sie um keine zwei Jahrzehnte zu überleben.

Nun war Susel die Herrin im Hause und im Alleinbesitz der reichen Hinterlassenschaft ihrer Mutter. Sofort trat Stoffel mit Ansprüchen und dem Antrag auf Abrechnung hervor, denen sich auch Jerg anzuschließen Lust hatte. Allein sie irrten, wenn sie meinten, mit der „Nonnensusel" leicht fertig zu werden, daß sie sich einschüchtern oder in ihrer bekannten Güte zu einem Vergleich herbeilassen würde. Mit aller Entschiedenheit, die ihr das Bewußtsein ihres guten Rechts eingab, trat sie dem schnöden Versuch entgegen und bewies durch die Akten über die frühere, abschichtende Hinauszahlung und Abfindung, sowie durch beweislich spätere freiwillige Spenden, daß die Kinder aus erster Ehe ihrer Mutter bereits nicht unbedeutend mehr bezogen hatten, als sie zu fordern hatten.

Während der Prozeß, bis er aus Mangel auf Aussicht von den Antragstellern selbst zurückgezogen wurde, noch lief, zogen sich die älteren Kinder Jergs, der Pöppel und das Stöffele, scheu und schämig von der „Bas Susel" und ihren zwei kleinen Mädchen zurück. Besonders Pöppel, dessen Geburt seinem Vater einst so viele Freude gemacht hatte, schien nicht nur unter dem Übelbefinden und der üblichen Behandlung seiner Mutter durch den Vater, sondern auch unter den gespannten Verhältnissen mit der „Bas Susel" zu leiden. Zuweilen stand er hinterm Gartenzaun und sah traurig durch die Planken nach den Beeten und Rabatten, wo Julchen und Lieschen mit ihren kleinen Gießkannen die Blumen begossen, während ihre Stiefmutter Salat rupfte, pflanzte oder neue Saaten machte. Bemerkte dann Susel den Knaben oder wurde sie durch eines der

Mädchen aufmerksam gemacht, rief sie ihn jedesmal herein, reichte ihm ebenfalls einen Traubenmus-, Butter- oder Käsfladen und behandelte ihn so freundlich wie möglich. Dennoch hielt es ihn nie lange, und Pöppel ging bald wieder weg, um traurig in ein weniger freundliches Heimwesen zurückzukehren.

Indes ließ Susel Even das Benehmen ihres Mannes keineswegs entgelten. Das Leben ihrer kindergesegneten Halbschwester war trotz der großmütterlichen Erbschaft kein müheloseres und freudigeres geworden. Der Mann wurde stets mürrischer und rauher, und begann in Wein Trost dafür zu suchen, daß es mit seinen Verhältnissen trotz allen Abschindens nicht besser gehen wollte. Da zeigte nun Susel viel schwesterliche Liebe, stand bei und half, wo sie konnte. Die arme Eve schien an der Auszehrung zu leiden; aber so schwach der Lebensfaden war, er riß dennoch nicht und spann sich unter den sorgsamen ärztlichen Bemühungen des Doktor Flax und der treuen schwesterlichen Hilfeleistung noch immer fort.

Als jedoch der „Nonnensusel" eines Tages hinterbracht wurde, man habe die arme geschlagene Frau wieder bitterlich weinend über die rohe Behandlung durch ihren Mann an der Scheuer stehen sehen, ließ Susel daheim alles liegen, wie es lag, zog eine neue Schürze an und begab sich in das Haus ihrer Schwester. Sie hatte bald heraus, was sie sich gedacht hatte, daß Eve jetzt besonders unter dem Ärger Jergs über die Begünstigung und Verhätschelung der beiden fremden „Krotten", die einem gar nichts angingen, zu leiden hatte. Jerg, der bei aller Roheit doch vor Susel einen heiligen Respekt hatte, wollte ihr scheu und verlegen ausweichen. Doch hielt sie ihn entschlossen zurück, er müsse hören, was sie zu sagen habe; der rohen Behandlung seiner Frau müsse ein Ende gemacht werden, er sei gar nicht einmal der Tropf, der schlechte bösartige Mensch, als der er sich zeige. Und nun folgte eine Auseinandersetzung und Erörterung, der er mit niedergeschlagenen Augen beiwohnte, ohne daß er den Mut zu einem Wort der Entschuldigung fand. Aber am Schluß gelobte er seiner Schwägerin in die Hand hinein, daß es besser werden solle. Und das Beste an der Sache war, es blieb kein bloßer Vorsatz, er hielt sein Versprechen. Eve bekam gute Tage und kein böses Wort mehr. Jerg war wie umgewandelt – vielleicht nicht aus innerem Drang zum Guten; die Besserung seines Tuns hatte einen ziemlich materiellen Untergrund. Hielt er sich ordentlich so, war seine Zukunft gleich der seiner Familie gesichert: das richtete ihn auf. Zudem wurde die gute Meinung von seiner besseren Natur, von einer Seite entgegengebracht, woher er es nicht erwarten durfte, ihm der kräftigste Antrieb, sie zu rechtfertigen.

Von da an war Pöppel täglich mit den kleinen Mädchen der „Bas Susel" beisammen und er vertrug sich besonders mit Julchen, das ihm auch im Alter näherstand, als das junge Schwesterchen. Aber auch die anderen Kinder Evens kamen häufig; und die kleine alte Base, die der jungen Witwe ihres Neffen als willkommener hilfreicher Engel nach Oberhofen gefolgt war, brachte der leidenden Eve so manche kräftige Suppe, so manches Huhn oder Entchen, oder half auch rüstig im Hauswesen mit.

Daß auch Susel ihre Sorgen mit dem großen Haushalt und der ausgebreiteten Landwirtschaft hatte, lag auf der Hand. Hanjerg diente noch immerfort als Knecht im Hause; dessen Käthrine stand jederzeit zur Aushilfe der Magd bereit. Als zweiter Knecht war der Stumpe gedungen worden, so daß auch die lange Christine täglich für dringende Angelegenheiten bei der Hand war. Beide wußten sich sehr nützlich zu machen.

Dennoch schien es die allgemeine Ansicht zu sein, daß Susel es auf die Dauer nicht ohne einen Herrn im Hause werde machen können. Die Leute sagten, sie werde sich nach Ablauf ihres Trauerjahres doch nach einem Mann nach ihrem Geschmack umsehen müssen, und die besten in der Umgegend würden sich dadurch geehrt fühlen. Es müsse ja nicht gerade der Schorsch von Münster sein, der zur Zeit der Rückkehr Susels zu ihrem Manne sich seiner „alten Liebe", Ochsenwirts Kathel in Münster, inniger angeschlossen hatte.

Doch Susel schien an keine Wiederheirat zu denken. Sie hatte von Schorschs Liebschaft ohne große Erregung gehört, und vernahm mit ebenso großem äußerem Gleichmut, daß er sich von der Kathel wieder abgewandt habe.

Damals legte sie es dem Andres ihrer Amy nahe, nach Oberhofen überzusiedeln, das Bürgerrecht zu erwerben und die Aufsicht über ihre Feldwirtschaft zu führen. Doch konnte sich das Paar nicht entschließen, ihr Haus am Otterbach im freundlichen Oberland zu verlassen. Indes hielten sie gute Freundschaft, kamen zuweilen sonntags mit ihren Kindern zu Besuch, wobei das Stöffele und die kleine Susel stets miteinander im Krieg lagen, und doch wieder zusammenhielten. Andres war indes von Oberhofen aus in Stand gesetzt, sich im Laufe der Jahre einen Acker, einen Wingert und eine Wiese um die andere zu ersteigern, bis er es nicht mehr nötig hatte, in den Taglohn zu gehen, da ihn seine bedeutender gewordene eigene Feldwirtschaft völlig in Anspruch nahm.

Es ruhte ein Segen auf dem Hause der „Nonnensusel." Die Leute sagten: sie entdecke wohl noch von Zeit zu Zeit verborgene Schätze darin. Seit man darin nicht mehr nach Geld suchte, waren wertvollere Schätze zu finden. Susel hielt auf Ordnung, Fleiß, haushälterischen Sinn, auch bei der Erziehung der Kinder, und das um so strenger, je mehr ihr in jenen Jahren Gelegenheit gegeben war, sich mildtätig gegen die Armut zu erweisen, die nie ungetröstet von ihrer Tür ging. Die „Nonnensusel" durfte überzeugt sein, daß ihr Andenken ein gesegnetes bleibe, wenn sie auch nicht darum Gutes tat, sondern aus Herzensdrang, und weil sie es für die heiligste Menschenpflicht hielt. Hierin stand die schlichte Bäuerin hoch über den Gebildetsten ihrer Zeit. Sie hatte eine Ahnung davon, daß hierin alles edle Menschentum gipfle. Vom eigenen mitzuteilen, ist der Grund aller Gesittung.

Inzwischen war aber auch noch eine andere schwere Verpflichtung und eine Heimsuchung an sie herangetreten, die ihrem Leben allem Ermessen noch eine andere, weniger entsagungsvolle Wendung geben konnte. Der Bericht hierüber soll in diesen wahrhaftigen Mitteilungen über die „Nonnensusel" den Schluß bilden.

44

Schluß

An einem etwas kühlen Junitage, als nach längerem Regenwetter der Ostwind wieder das Gewölk über die Rheinebene her gegen die Wasgauberge jagte, wählte die „Nonnensusel“ nach dem Mittagessen halbfesttägliche Trauerkleidung, legte Brot und Fleisch nebst zwei Flaschen Wein in ein Körbchen, das sie an den Arm hängte, und griff nach dem Regenschirm. Es war gerade die Zeit, wo nach dem Hambacher Fest die Verfolgung der Führer der Bewegung begann, die Freiheitsbäume nach kurzer Maienzeit wieder umgestürzt wurden und aus allen Orten längs des weinreichen Gebirgs verschwanden; die Zeit, wo man dem „Einmarsch der Bayern“ unter dem greisen Feldmarschall Fürst Wrede und der Strafeinquartierung in den beteiligten Ortschaften entgegensah.

„Ich muß über Feld“, sagte die „Nonnensusel“ zu der alten Base. Diese führte mit der tauben Aplone, die noch immer ihres vor vierzig Jahren fortgezogenen Daniels in Treue harrte, im Altensitz ein friedliches Zusammenleben, und es bedurfte keines weiteren Wortes, um sie zu mahnen, unterdes die Obhut im Hause zu führen.

Die „Nonnensusel“ schlug den zur Münsterer Straße hinanführenden Pfad ein. Im Weinberg an der Straße stand der Stumpe mit den Häckern beim „Rühren“ des Bodens um die Rebstöcke. Sie bot ihren Taglöhnern freundlich die Zeit, fragte nach dem und jenem, erhielt achtungsvolle Antwort und wollte nun in den Höheneinschnitt der Straße einlenken, als wieder der Vetter Ebbe, der ebenfalls einen Wingert hier besaß, dahergetrippelt kam, ihr die Hände zärtlich tätschelte und sagte: „Du bist's – ist ebbe kühlicht heute. Du bist brav und gut, Susel. Ich hab's ebbe immer g'sagt.“

„Ich weiß es, lieber Vetter, daß Ihr es gut mit mir meint.“

„So eine Tochter möcht' ich ebbe haben, so ein Kind. Du willst ebbe nach Münster oder nach Gleiszellen hinauf? Na geh' und der liebe Gott sei ebbe mit dir!“

Und dann schlürfte und trippelte das alte zitternde Männchen mit der weißen Zipfelhaube und den hirschledernen Kniehosen die Straße entlang heimwärts, immer vor sich hinmurmelnd: „Die Susel ist ebbe brav, ich hab's immer g'sagt!"

Indes hatte Susel die Anhöhe überstiegen, von wo sich über die Gleiszeller Kirche und Weinhöhen hin der reizende Anblick des Berggeländes von Klingenmünster auftut. Links in der Niederung, hinter der der tannengrüne Forst aufsteigt: Gleishorbach. Der Anblick erinnerte sie an den folgenreichen Beginn der bewegtesten Zeit ihres Lebens. Dort tanzte Schorsch zum erstenmal mit ihr. Rasch schritt sie die Straße entlang bis zur Brücke und Ruhbank, von wo der Weg nach Gleiszellen über die Nebenhöhe hinanführt, an der weißblinkenden Kirche des St. Dionys vorüber.

Diesen Weg schlug die Susel ein. Bald war sie oben im Dorf und stieg, an der protestantischen Kirche vorüber, die steile Dorfgasse hinan, immer steiler, immer höher – über dem Dorf durch die Steinhohl hinauf, bis sie endlich hoch oben in der nach Osten gekehrten Mulde des Hatzelberges auf die entlegene Häusergruppe stieß, die „auf dem Berge" genannt wird. Etwa fünfzehn einzelne, alte Häuser, meist klein und unansehnlich, betten sich droben über den Weinbergen am Rand des Gemeindeforstes von Münster in schattige Haine von Kirschbäumen und Kastanien, voll friedlichen, malerischen Reizes. Von hier aus hat man einen Blick in die fruchtbare, von der blauen Gebirgsmauer des Schwarzwalds geschlossene Rheinebene.

Es war an jenem Sommernachmittag fast kalt hier oben, da der Ostwind, aber nicht die Sonne durch das treibende Gewölk ungehindert Zugang hatte. Die „Nonnensusel" folgte der Biegung des Weges um die kleinen Einzelgehöfte, stets im Baumschatten an einem Waschweiher vorüber, bis an eines der kleinsten Häuschen im Zwickel der Wegscheide. Eine seltsame Stille herrschte hier oben; die Häuschen schienen unbewohnt. Kaum ein Huhn oder eine Gans ließen sich sehen. Vielleicht wurden keine gehalten, wo sie so leicht eine Beute des Fuchses oder Waldgeiers wurden. Susel hätte gern Nachfrage gehalten, konnte aber niemanden entdecken. Nur eine Kinderstimme ließ sich irgendwo in einem eintönigen Gesang vernehmen.

Endlich bemerkte sie einen kleinen blauäugigen Jungen, der zerrissen und barfüßig am Rain unter einem Kirschbaum saß, den

Kopf auf die Fäuste gestützt, ins Blaue starrend, als warte er – nach Goethes Wort – auf menschliche Schicksale. Dabei brach er von Zeit zu Zeit in den Kinderruf aus, den er eintönig traurig ausstieß:

„Wind, Wind, weit hinweg!
Sonn', Sonn' daher!"

Der Kleine fror; sein Gesicht war etwas bläulich, wie seine Füße.

„Kleiner", rief ihn Susel an, „wohnt hier herum nicht die alte Benkerten?"

Die Antwort war ein Blick, der die fremde Frau eigentümlich berührte. Nein, sagte er endlich, seine Großmutter wohne da, und er deutete auf das kleinste der ärmlichen Häuschen. Der Kleine schien also den Familiennamen seiner Großmutter nicht zu kennen.

Susel sah, daß die Tür des Häuschens offenstand, und trat, nochmals nach dem armen Kind zurückschauend, über die Schwelle ins enge, niedere Gemach. Da lag in schlechtem Bett, ächzend und von Fieber geschüttelt, ein bleiches abgezehrtes Weib, in der die Nettl früherer Tage nicht mehr zu erkennen war. Doch sie war es dennoch, denn sie schrie beim Anblick der Eintretenden laut auf, hielt die Hände vor das Gesicht und schluchzte heftig. Während nun draußen das Kind immer wieder den kalten Wind hinweg und die warme Sonne herbeiwünschte, wurden innen Laute der Verzweiflung und zerknirschter Reue gegen liebevolle, aufrichtende Worte des Trostes ausgetauscht, bis Ruhe über die Kranke kam und sie unter Tränen von den stärkenden Erfrischungen genoß, die die „Nonnensusel" in ihrem Körbchen – auch zwei Flaschen alten Weins waren darin – zur Erquickung mitgebracht hatte. Daß auch der gute Doktor Flax hier schon gewirkt hatte, sah sie an der Medizinflasche auf dem Fenstergesims, denn er pflegte armen Leuten die Medizin selbst mitzubringen. Gleichzeitig drückte die „Nonnensusel" der Kranken eine gefüllte Geldblase in die Hand.

„Ich will dir auf einige Tage die Aplone als Pflegerin heraufschicken; die kennt sich aus und wird auch deiner Mutter wehren, mehr für sich zu verwenden, als nötig ist. Du wirst gesund werden und mußt wieder in einen ordentlichen Dienst, so geht es denn nicht weiter. Wenn du dich hältst, steh' ich dir jederzeit bei, und in unverdienter Not wende dich an mich. Verstehst du? – Und nun das Kind. Es soll etwas aus ihm werden, wenn er einen guten Kopf hat. Aber er muß fort, an einen guten Ort, glaube mir. Er soll nicht unter deiner Mutter Zucht bleiben. Ein Vetter, er ist Lehrer im Niederland bei Frankenthal, will sich, da er selbst keine Kinder hat, von Herzen gern – so steht im Brief – seiner annehmen. Da ist das Kind in bester Hand. Es soll etwas aus ihm werden, ich sorge dafür. Schon heute Abend wird der Schneider kommen und ihm Kleider anmessen. Samstagabend kann dann deine Mutter das Kind bringen, Sonntag will der Vetter kommen und das Hennerle mitnehmen. Es ist zu seinem und deinem besten."

Die arme Mutter willigte auch sofort ein, da sie soviel Einsicht hatte. Alsbald trat denn auch die „Nonnensusel" auf die Schwelle und rief: „Hennerle, Hennerle!"

Das Kind auf dem kalten Rasen unterm Kirschbaum sang nochmals:

„Sonn', Sonn' daher!
Wind, Wind, weit hinweg!"

und kam dann eiligst herbei.

„Willst du lieber lernen, Hennerle, als mit der Großmutter betteln gehen?"

„Lernen möcht' ich!" sagte trotzig der Kleine nach einer nachdenklichen Pause. „Bettelmann werden?" Er schüttelte den Kopf.

„Was denn?"

„Pfarrer!"

„Na, wir wollen sehen, ob du brav bist und einen guten Kopf hast", sagte sie, nahm den Kleinen an der Hand und führte ihn zur Quelle am Waschweiher, wo er sich sofort an Händen, Füßen und am Kopf tüchtig waschen mußte, worauf sie ihn mit der im Korb liegenden Serviette abtrocknete und ihm dann von dem Brot und kalten Braten reichte, den sie mitgebracht hatte.

„So, jetzt gib mir ein Bäckelchen, Hennerle!" sagte sie, beugte sich nieder und küßte das Kind innig auf beide Wangen. Hierauf reichte sie nochmals mit einem kurzen Trosteswort der kranken Mutter die Hand und eilte, ihre Bewegung verbergend, fort.

Das Hennerle erreichte in der Folge sein Ziel, und seine Entwicklungsgeschichte böte Stoff zu einer weiteren Erzählung, für die hier kein Raum mehr ist. –

Das Trauerjahr verstrich. Allein die „Nonnensusel" behielt ihr zwischen Arbeit und Wohltätigkeit geteiltes Leben bei. Die rauschende Fröhlichkeit schien keine Anziehungskraft mehr auf sie auszuüben. Mit dem Doktor Flax oder der Bas Margaret eine Stunde zu verplaudern, den Kindern beim Spiel zuzusehen, oder auch teil daran zu haben, bildete ihre ganze Erholung. „Was wäre aus den lieben Kleinen geworden, wenn ich jetzt nicht die Nonnensusel hieße? Es hat so sein sollen!"

Ob sie nicht zuweilen darüber nachdachte, warum ihr Schicksal diesen Lauf genommen hat? Gar manchmal tauchten in ihren Erinnerungen selige, glückverheißende Stunden auf. Allein das entsagungsvolle Wort raffte ihre Seele immer wieder aus dieser berückenden Stimmung auf: „Es hat nicht sein sollen – und soll nicht sein!"

Eines Nachmittags, als sie am Fenster der Wohnstube saß, dann und wann einen flüchtigen Blick hinaus in die öde Gasse des Dorfes warf und dann wieder auf das leichte Kinderkleid aus Schamaß (Siamoise) niedersah, auf das sie einen Fleck einsetzen wollte, damit Julchen es noch länger tragen könne, kam jemand zu der Eingangspforte herein; wie sie an dem kräftigen Schritt merkte: ein Mann. Ihr klopfendes Herz, ihr errötendes Antlitz ließen die plötzlich aufsteigende Ahnung fast als sichere Erwartung erscheinen. Es war ein noch junger Mann, es war – – Da pochte es schon an der Tür und auf ihr banges „Herein!" erschien der, den sie so sehr geliebt, daß kein anderer ihrem Herzen Ersatz zu bieten vermochte.

„Ich bin doch nicht unwillkommen?" fragte er etwas betroffen über ihr Schweigen.

„Nein, Schorsch, nimm Platz!" sagte sie, sich mit Gewalt zusammennehmend. „Was führt dich hierher nach Oberhofen?" erkundigte sie sich mit erzwungener Gelassenheit, ruhig und nüchtern.

„Was mich hierher führt, Susel?" fragte er. „Kannst du dir's nicht denken? Kannst du dir nicht vorstellen, was mich in das Haus, das du jetzt als Herrin bewohnst, hertreibt?"

O ja! Das konnte sie wohl denken. Sie wußte längst, daß dieser Augenblick kommen würde. Sie hatte ihn weder erhofft noch gefürchtet, sie hatte ihn weder ersehnt noch war sie ihm ausgewichen, sondern willens, die Heimsuchung ruhig über sich ergehen zu lassen. Sie hatte gemeint, ihn mit Gleichmut hinnehmen zu können. Und nun saß sie dennoch fassungslos, mit pochendem Herzen vor ihm, die Augen auf den Zeugfleck gerichtet, ohne Mut, ihn anzusehen.

„Du bist jetzt dein eigener Herr, Susel, hast über dich selbst zu verfügen. Wenn ich nun frag', was hält dich noch ab, meine Hand anzunehmen, was würdest du antworten?“

„Ich würde sagen: es kann nicht sein“, sagte sie leise, aber bestimmt.

Es schoß ihm bleich über das Gesicht. Rasch erhob er sich. „Wie, Susel, hast du mich ganz aus dem Sinn geschlagen, ganz aus deinem Herzen gerissen?“

„Nein, Schorsch“, sagte sie, indem sie ebenfalls vom Stuhl aufstand, ohne jedoch das Kleidchen loszulassen. „Nein. Ich hab' dich nicht vergessen, die Erinnerung an dich nicht aus dem Herzen gerissen. Allein ich sehe: es hat nicht sein sollen. Was wäre aus den armen Kindern da geworden, wenn mir das Glück geworden wäre, wie ich geglaubt, daß es mir werden müsse? Und was würde aus ihnen werden, wenn ich nur an mich und – an dich dächte?“

„Sind es deine Kinder?“ fragte er hart und vorwurfsvoll.

„Ja“, sagte sie festeren Tones, „es sind meine Kinder jetzt, und sie machen mir zu schaffen gerade genug. Ich habe Familie, habe eine Haushaltung zu versorgen; an Arbeit und Zeitvertreib fehlt es dabei nicht. Guck', Schorsch, wenn uns das erhoffte Glück versagt wird, wissen wir nicht warum. Später erfahren wir es. Und doch können wir uns selbst sagen, wenn uns der liebste Wunsch versagt bleibt: Wer weiß, wozu es gut ist.“

Er machte eine ungeduldige Bewegung. „Also dieser Kinder wegen, die dich gar nichts angehen –“

„Nein, Schorsch“, sprach sie sanft. „Die Wahrheit ist, ich würde mich kaum anders entscheiden, auch wenn sie nicht wären.“

„So? Und wenn ein anderer käme, der dir besser anstände?“

„Red' nicht so, Schorsch“, bat sie. „Du weißt ja doch, mußt es wissen, daß dies nicht der Fall sein kann; niemand, gar niemand auf der Welt stände mir besser an.“

„Dann versteh' ich dich nicht mehr“, erwiderte er. „Du willst also wirklich aller Lust und Freud' deiner jungen Jahre entsagen, willst ledig bleiben dein Leben lang, als eine Nonne? Heißen sie dich doch schon die Nonnensusel!“

„Laß' sie mich so heißen, der Name schändet nicht“, sagte Susel.

„Und wenn du's so nennen willst – dem Leben entsagen – ja! Was du Lebensfreud' nennst, der will ich allerdings entsagen – und gern. Es fehlt aber meinem Leben nicht ganz so die Freud' und Lust, wie du dir vorstellst."

Er schien noch immer nicht an die Unerschütterlichkeit ihres Entschlusses glauben zu können, denn nochmals fragte er: „Und wirklich, Susel, du läßt mich gehen ohne Hoffnung?"

„Du wirst dich trösten, Schorsch", versetzte sie lächelnd, „glaube mir, bald trösten! Und eine, die vielleicht auf dich wartet, wird es mir danken, wenn sie dich lieb hat, daß ich in dieser Stunde standhaft geblieben bin. Guck', Schorsch, du kannst noch leicht mit andern glücklich werden, mit der Kathel, – gleichviel! Ich verlange nach allem, was ich erlebt habe, nach solchem Glück nicht mehr, habe mein Los gewählt und bin damit zufrieden."

„Ich hätte nicht gedacht, daß ich einen Metzgergang gemacht habe und mit einem Korb abziehen muß", äußerte er bitter. „Vor Jahren hättest du dich anders entschieden!"

„O ja, vor Jahren!"

„Und jetzt soll alles zwischen uns aus sein?"

„Du wirst mir immer freundlich im Gedächtnis stehen, Schorsch", sprach sie gefaßt. „Geh' hin, Schorsch, und sei glücklich, wenn du nicht warten willst, bis jemand kommt, den ich nach einem Glas Wein in den Keller schicken kann."

„Merci, ich danke wirklich, Susel. Ich bin nicht durstig, hab' eben in Pleisweiler beim Jung einen Schoppen getrunken. Das Wetter ist ja nicht heiß, es ist sogar etwas kühl." Und er schüttelte sich und wandte sich nach der Tür, drehte sich dann nochmals um: „Dein letztes Wort, Susel?"

„Es ist gesagt. Adieu, Schorsch!"

„So leb' wohl. Adjes!"

Er trat hinaus, zog die Tür hinter sich zu, ließ die Klinke einfallen, ging durch den Flur. Susel, mit der Hand am zuckenden Herzen, hörte ihn über die Schwelle des Hauses den Plattenweg entlangschreiten, die Tür der Eingangspforte öffnen und – erst nach einer Weile wieder hinter sich zuwerfen, hörte noch draußen auf der Gasse des Dorfes seinen Tritt – und legte niedersinkend den Kopf in die Hand.

Eine Weile verharrte sie in dieser Stellung. Dann aber suchte sie wieder ihren Platz am Fenster auf und wandte alle Aufmerksamkeit dem Fleck zu, den sie auf den Riß im Kinderkleidchen setzen wollte. Dabei rollten zwar die Tränen groß und heiß über ihre bleichen Wangen und auf das gestreifte Zeug herab.

Und als der Fleck gerade aufgesetzt war, stürzten die Kinder herein; ihr Julchen mit Pöppel voran, dann Lieschen und das ganze Gefolge der kleinen Jerge und Even, und sie brachten alle großen Appetit mit.

Susel war aufgestanden und hatte sich die Augen getrocknet. „Na", rief sie dem wilden Heer freundlich zu, „was wollt ihr: Kuchen oder Hasenbrot?"

„Hasenbrot mit Fleisch!" schrie Pöppel.

„Buben- oder Mädelkrust'?" fragte Susel.

Die Knaben entschieden sich natürlich für Bubenkruste, die obere bräunliche, harte Brotkruste, obwohl ihnen die Mädchenkruste, die weißmehlige untere Kruste, auf der der Brotlaib aufliegt, besser gemundet hätte. Aber das hätte Weichlichkeit verraten. Die Mädchen dagegen waren für ihre Kruste, mit Ausnahme des kleinsten – ein eigensinniges Ding, das hartnäckig auf Bubenkruste bestand.

Susel sah eine Weile zu, wie die Kinder mit leuchtenden Blicken in ihr Vieruhrbrot bissen und ohne ein Wort des Dankes es sich schmecken ließen. Und sie weinte nicht, fühlte sich nicht mehr unglücklich, da nun auch die Taglöhner zum „Abendbrot", das drei Stunden vor dem Nachtessen mit Wein gereicht wird, kamen. Sie fand keine Zeit, sich unglücklich zu fühlen – die „Nonnensusel."